诗经

任锦荣◎选编

U0597157

天津出版传媒集团
天津人民出版社

图书在版编目（CIP）数据

诗经 / 任锦荣选编. -- 天津：天津人民出版社，2017.9（2019.1重印）
ISBN 978-7-201-12042-3

Ⅰ.①诗… Ⅱ.①任… Ⅲ.①古体诗—诗集—中国—春秋时代 Ⅳ.①I222.2

中国版本图书馆CIP数据核字（2017）第146870号

诗　经

SHI JING

出　　版　天津人民出版社
出 版 人　黄　沛
地　　址　天津市和平区西康路35号康岳大厦
邮政编码　300051
邮购电话　（022）23332469
网　　址　http: //www.tjrmcbs.com
电子信箱　tjrmcbs@126.com
责任编辑　刘子伯
印　　刷　天津兴湘印务有限公司
经　　销　新华书店
开　　本　710×1000　1/16
印　　张　25
字　　数　350千字
版次印次　2017年9月第1版　2019年1月第2次印刷
定　　价　59.80元

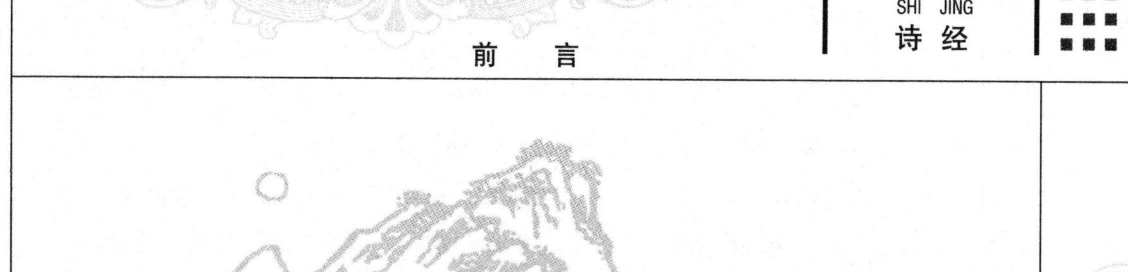

前　言

《诗经》是中国古代诗歌开端，在先秦时期称为《诗》，或称《诗三百》，西汉时被尊为儒家经典，始称《诗经》，并沿用至今。《诗经》的作者佚名，绝大部分已经无法考证，传为尹吉甫采集、孔子编订。收集了西周初年至春秋中叶（公元前11世纪至公元前6世纪）的诗歌。

《诗经》就整体而言，是周王朝由盛而衰五百年间中国社会生活面貌的形象反映，其中有先祖创业的颂歌，祭祀神鬼的乐章；也有贵族之间的宴饮交往，劳逸不均的怨愤；更有反映劳动、打猎以及大量恋爱、婚姻、社会习俗方面的动人篇章。

《诗经》分为《风》《雅》《颂》三部分。《风》的数量最多，出自各地的民歌，是《诗经》中的精华部分。其中有对爱情、劳动等美好事物的吟唱，也有怀故土、思征人及反压迫、反欺凌的怨叹与愤怒。一首诗中的各章往往只有几个字不同，表现了民歌的特色。“雅”是正的意思，周人所认为的正声叫作“雅乐”，正如周人的官话叫作“雅言”。“雅”字也就是“夏”字，也许原是从地名或族名来的。《雅》分《大雅》《小雅》，多为贵族祭祀之诗歌，祈丰年、颂祖德。《大雅》的作者是贵族文人，但对现实政治有所不满，除了宴会乐歌、祭祀乐歌和史诗以外，也写出了一些反映人民愿望的讽刺诗。《小雅》中也有部分民歌。《颂》则为宗庙祭祀之乐歌。《雅》《颂》中的诗歌对于考察早期历史、宗教与社会有很大价值。

《诗经》的表现手法主要有赋、比、兴。“赋”按朱熹《诗集传》中的说法。赋是直接铺陈叙述，是最基本的表现手法。如“死生契阔，与子成说。执子之手，与子偕老”，就是直接表达自己的感情；“比”，就是比喻之意，明喻和暗喻均属此类。

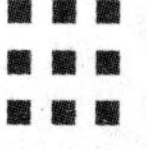

朱熹用“以彼物比此物”来解释，《诗经》中用比喻的地方很多，手法也富于变化。如《鹤鸣》用“他山之石，可以攻玉”来比喻治国要用贤人；《硕人》连续用“荼荑”喻美人之手，“凝脂”喻美人之肤，“瓠犀”喻美人之齿等等，都是《诗经》中用“比”的佳例；“赋”和“比”都是一切诗歌中最基本的表现手法，而“兴”则是《诗经》乃至中国诗歌中独特的手法。“兴”字的本义是“起”，因此又常被称为“起兴”，对于诗歌中渲染气氛、创造意境起着重要的作用。《诗经》中的“兴”，就是借助其他事物为所咏之内容作铺垫。用朱熹的解释就是“先言他物以引起所咏之辞”。它往往用于一首诗或一章诗的开头，可用是否用于句首或段首来判断是否是兴。在现代的歌谣中，仍可看到这样的“兴”。

《诗经》在中国文学史上具有崇高的地位和深远的影响，奠定了中国诗歌的优良传统，中国诗歌艺术的民族特色由此启端而形成。

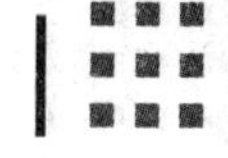

目　录

风

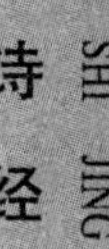

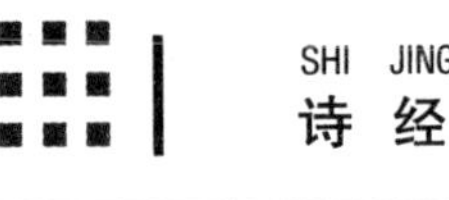

目　录

目　录

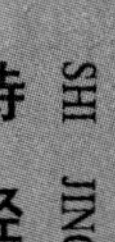

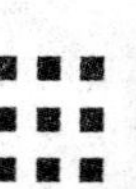

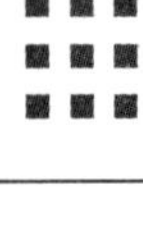

目　　录

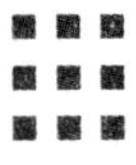

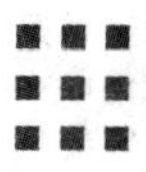

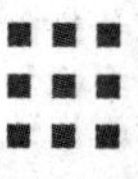

目 录

雅

目　　录

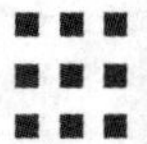

目　录

颂

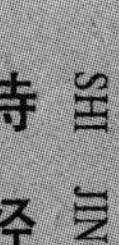

目 录

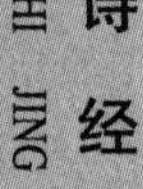

周南

关雎

【原文】

关关雎鸠[①]，在河之洲[②]。窈窕淑女[③]，君子好逑[④]。
参差荇菜[⑤]，左右流之[⑥]。窈窕淑女，寤寐求之[⑦]。
求之不得，寤寐思服[⑧]。悠哉悠哉[⑨]，辗转反侧[⑩]。
参差荇菜，左右采之。窈窕淑女，琴瑟友之[⑪]。
参差荇菜，左右芼之[⑫]。窈窕淑女，钟鼓乐之[⑬]。

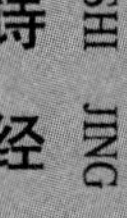

【注释】

①关关：雎鸠和鸣鸥声。雎鸠：未详何鸟。旧说或以为鹫类，或以为水鸟类。近人或疑为鸠类。②河：黄河。洲：水中央的陆地。一、二两句是诗人就所见以起兴（起头儿）。③窈窕（音“腰挑”上声）：美好貌。淑：善。淑女：等于说好姑娘。④君子：当时贵族阶级男子的通称。好：男女相悦。逑：同“仇”，配偶。好：“逑”在这里是动词（和《尚书大传》所载《微子歌》“不我好仇”句同例），就是爱慕而希望成为配偶的意思。⑤参差：不齐。荇（音杏）：生长在水里的一种植物，叶心脏形，浮在水上，可以吃。⑥流：通“摎”，就是求或捋取。和下文“采”、“芼”义相近。以上两句言彼女左右采荇。她采荇时的美好姿态使那“君子”时刻不忘，见于梦寐。⑦睡醒为“寤”，睡着为“寐”。“寤寐”在这里犹言日夜。⑧服

“复”：思念。“思”“服”两字同义。⑨悠哉悠哉：犹“悠悠”，就是长。这句是说思念绵绵不断。⑩辗：就是转。反：是覆身而卧。侧：是侧身而卧。辗转反侧：是说不能安睡。第二、三章写思服之苦。⑪友：亲。⑫芼：“覒”的借字，就是择。芼之：也就是“流之”“采之”的意思，因为分章换韵所以变换文字。⑬乐：娱悦。“友”“乐”的对象就是那“采”、“芼”之人。最后两章是设想和彼女结婚。琴瑟钟鼓的热闹是结婚时应有的事。

【译文】

雎鸠关关相对唱，双栖河里小岛上。纯洁美丽好姑娘，真是我的好对象。

长长短短鲜荇菜，左手右手顺流采。纯洁美丽好姑娘，醒着相思梦里爱。

追求姑娘难实现，醒来梦里意常牵。一片深情悠悠长，翻来复去难成眠。

长长短短荇菜鲜，左手采来右手拣。纯洁美丽好姑娘，弹琴奏瑟表爱怜。

长长短短鲜荇菜，左手右手拣拣来。纯洁美丽好姑娘，敲钟打鼓娶过来。

葛　覃

【原文】

葛之覃兮①，施于中谷②，维叶萋萋③。黄鸟于飞④，集于灌木⑤，其鸣喈喈⑥。

葛之覃兮，施于中谷，维叶莫莫⑦。是刈是濩⑧，为絺为绤⑨，服之无斁⑩。

言告师氏⑪，言告言归⑫。薄污我私⑬，薄浣我衣⑭。害（曷）浣，害否⑮？归宁父母⑯。

【注释】

①葛：多年生蔓草，茎长二三丈，纤维可用来织布。覃：延长。②施：移。中谷：就是谷中。③维：是用在语首的助词，或称发语词，无实义。萋萋：茂盛貌。④黄鸟：《诗经》里的黄鸟或指黄莺，或指黄雀，都是鸣声好听的小鸟。凡言成群飞鸣，为数众多的都指黄雀，这里似亦指黄雀。于：语助词，无实义。⑤群鸟息在树

上叫作“集”：丛生的树叫作“灌木”。⑥喈喈：鸟鸣声。⑦莫莫：犹漠漠，也是茂盛之貌。⑧刈：割。本是割草器名，就是镰刀，这里用作动词。濩：煮。煮葛是为了取其纤维，用来织布。⑨絺：细葛布。绤，粗葛布。⑩斁，厌。服之无斁：言服用絺绤之衣而无厌憎。⑪言：语助词，无实义。下同。师氏：保姆。⑫告归：等于说请假回家。告是告于公婆和丈夫，归是归父母家。上二句是说将告归的事告之于保姆。⑬薄：语助词。污：是洗衣时用手搓揉去污。私：指近身的衣服。⑭浣：洗濯。衣：指穿在表面的衣服。⑮害：是“曷”的借字，就是何。⑯宁：慰安。以上四句和保姆说：洗洗我的衣服吧！哪些该洗，哪些不用洗？我要回家看爹妈去了。

【译文】

葛藤枝儿长又长，蔓延到，山谷中央；叶子青青盛又旺。黄雀飞，来回忙，歇在丛生小树上；叫喳喳，在歌唱。

葛藤枝儿长又长，蔓延到，山谷中央；叶子青青密又旺。割了煮，自家纺，细布粗布制新装；穿不厌，旧衣裳。

告诉咱家老保姆，回娘家，去望望。搓呀揉呀洗衣裳，脏衣衫，洗清爽。别把衣服全泡上，要回家，看爹娘。

卷　耳

【原文】

采采卷耳①，不盈顷筐②。嗟我怀人③，寘彼周行④。
陟彼崔嵬⑤，我马虺隤⑥！我姑酌彼金罍⑦，维以不永怀⑧。
陟彼高冈，我马玄黄⑨！我姑酌彼兕觥⑩，维以不永伤⑪。
陟彼砠矣⑫，我马瘏矣⑬，我仆痡矣⑭！云何吁矣⑮！

【注释】

①采采：是采了又采。采者是一个正怀念着远人的女子。卷耳：菊科植物，又叫作“苍耳”或“枲耳”，嫩苗可以吃。②顷筐：斜口的筐子，后高前低，簸箕之类。这种筐是容易满的，卷耳又是不难得的，现在采来采去装不满，可见得采者心

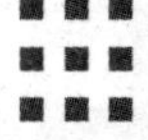

不在焉。③我：采者自称。"怀"思念。④寘：就是"置"。彼：指那盛着卷耳的顷筐。周行：大路。她因为怀人之故本没心思采卷耳，索性放下顷筐，搁在大路上。⑤陟：登。"陟彼"的彼字是指示形容词，与下文"酌彼"的彼字同。崔嵬：高处。这一句写思妇想象行人正登上高山。⑥虺隤：又作"瘣颓"，就是腿软。这是思妇设想行人在说。自此以下的"我"都是思妇代行人自称。⑦姑：且。金罍：盛酒之器。⑧维：发语词，无实义。永怀：犹言长相思。思妇想象行人用酒宽慰自己，使自己不致于老想家。⑨玄黄：病。这里指眼花。⑩兕：兽名，像牛，青色，有独角。用兕角做的酒杯叫作"兕觥。⑪永伤：犹永怀。⑫砠：有土的石山。⑬、⑭瘏："痡"都译作病，就是疲劳力竭。⑮云：语助词，无实义。"吁"又作"盱"，都是"忏"的借字，忧意。"云何忏矣"等于说"忧如之何！"

【译文】

采呀采呀卷耳菜，不满小小一浅筐。心中想念我丈夫，浅筐搁在大道旁。
登上高高土石山，我马跑得腿发软。姑且酌满铜酒杯，莫叫心中长相念。
登上高高山脊梁，马儿病得黑又黄。姑且酌满犀角杯，莫叫心中长悲伤。
登上那座乱石冈，马儿病倒躺一旁，仆人累得跟不上，心中怎不添忧伤！

樛 木

【原文】

南有樛木[①]，葛藟累之[②]。乐只君子[③]，福履绥之[④]。
南有樛木，葛藟荒之[⑤]。乐只君子，福履将之[⑥]。
南有樛木，葛藟萦之[⑦]。乐只君子，福履成之[⑧]。

【注释】

①南有樛（jiū）木：南边有一棵弯弯的大树。樛木：向下弯曲的树木。②葛藟（lěi）累（léi）之：葛藟缠绕攀附着它。葛藟（lěi）：蔓草名。累：缠绕。③乐只（zhī）君子：快乐啊，君子。只：语气词，相当于"啊""呀"。君子：贵族，统治者。④福履绥之：享有福禄平安吉祥。福履：福禄，福运。绥之：使之平安吉祥。

⑤荒：覆盖，掩盖。⑥将：佑护，扶助。⑦萦：回旋缠绕。⑧成：成就。

【译文】

南边弯弯树枝桠，野葡萄藤攀缘它。先生结婚真快乐，上天降福赐给他！
南边弯弯树枝桠，野葡萄藤掩盖它。先生结婚真快乐，上天降福保佑他！
南边弯弯树枝桠，野葡萄藤旋绕它。先生结婚真快乐，上天降福成全他。

螽　斯

【原文】

螽斯羽[①]，诜诜兮[②]。宜尔子孙[③]，振振兮[④]。
螽斯羽，薨薨兮[⑤]。宜尔子孙，绳绳兮[⑥]。
螽斯羽。揖揖兮[⑦]。宜尔子孙，蛰蛰兮[⑧]。

【注释】

①螽（zhōng）斯：蟋蟀。一说为蝗虫一类。斯：语气助词。羽：翅膀。②诜（shēn）诜：众多。形容螽斯的多。③宜：应该，应当。尔：代词，指螽斯。④振振：昌盛。⑤薨（hōng）薨：许多虫子飞行的声音。⑥绳绳：像绳子那样越搓越长，延续不断。⑦揖揖：会聚（在一起）。⑧蛰（zhé）蛰：众多繁盛。

【译文】

蝗虫展翅膀，群集在一方。你们多子又多孙，繁盛振奋聚一堂。
蝗虫展翅膀，嗡嗡飞得忙。你们多子又多孙，永远群处在一堂。
蝗虫展翅膀，紧聚在一方。你们多子又多孙，安静和睦在一堂。

桃　夭

【原文】

桃之夭夭[①]，灼灼其华[②]。之子于归[③]，宜其室家[④]。

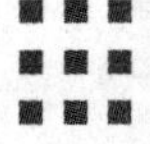

桃之夭夭，有贲其实⑤。之子于归，宜其家室⑥。
桃之夭夭，其叶蓁蓁⑦。之子于归，宜其家人。

【注释】

①夭夭：枝条壮美的样子。②灼灼：光彩鲜明的样子。华（huā），古“花”字。朱熹《诗集传》：“夭夭，少好之貌；灼灼，华之盛也。木少则华盛。”③之子：此人。子：男女通称。于：助词。归：女子出嫁。④宜：适合。此处有和顺之意。室家：家庭夫妻。室也是家的意思。⑤有：助词，用于形容词前。贲（fén）：果实硕大貌。⑥家室：义同室家。⑦蓁蓁（zhēn）：茂盛貌。

【译文】

茂盛桃树嫩枝桠，绽开鲜艳粉红花。这位姑娘要出嫁，和顺对待您夫家。
茂盛桃树嫩枝桠，桃子结得红润润。这位姑娘嫁出门，待您丈夫要和顺。
茂盛桃树嫩枝桠，叶儿密密发光华。这位姑娘要出嫁，和顺对待您全家。

兔 罝

【原文】

肃肃兔罝①，椓之丁丁②。赳赳武夫③，公侯干城④。
肃肃兔罝，施于中逵⑤。赳赳武夫，公侯好仇⑥。
肃肃兔罝，施于中林⑦。赳赳武夫，公侯腹心⑧。

【注释】

①肃肃兔罝（jū）：稀稀落落的捕兔网。肃肃：稀疏不密的样子。兔罝：捕兔的网。②椓（zhuó）之丁丁：将网的木桩丁丁当当地钉在地上。椓：敲击。丁丁：象声词，形容撞击声。③赳赳武夫：英姿飒爽的武士。赳赳：勇武雄壮的样子。④公侯干（gān）城：君主的左膀右臂。公、侯为古代爵位名，这里指君主。干城：干为盾牌，城为城郭，这里比喻坚强的捍卫者。⑤施于中逵：设置在四通八达的大道上。施：布置，设置。中逵：逵中。逵，四通八达的大路。⑥好仇（qiú）：好帮手。仇：同伴。⑦中林：林中，树林之中。⑧腹心：心腹，同心同德的人。

【译文】

繁密整齐大兔网，铮铮打桩张地上。武士英姿雄赳赳，公侯卫国好屏障。

繁密整齐大兔网，四通八达道上放。武士英姿雄赳赳，公侯助手真好样。

繁密整齐大兔网，郊外林中多布放。武士英姿雄赳赳，公侯心腹保国防。

芣 苢

【原文】

采采芣苢①，薄言采之②。采采芣苢，薄言有之③。

采采芣苢，薄言掇之④。采采芣苢，薄言捋之⑤。

采采芣苢，薄言袺之⑥。采采芣苢，薄言襭之⑦。

【注释】

①芣苢：植物名，就是车前。古人相信它的种子可以治妇女不孕。②薄言：都是语气助词。见《葛覃》篇。③有：采取。上面“采之”是泛言去采，尚未见到芣苢，这里“有之”是见到芣苢动手采取。④掇：拾取。⑤捋：成把地从茎上抹取。⑥袺：手持衣襟来盛东西。⑦襭：将衣襟掖在带间来盛东西，比手持衣角兜得更多些。

【译文】

车前草哟采呀采，快点把它采些来。车前草哟采呀采，快点把它采得来。

车前草哟采呀采，快点把它拾起来。车前草哟采呀采，快点把籽抹下来。

车前草哟采呀采，快点把它揣起来。车前草哟采呀采，快点把它兜回来。

汉 广

【原文】

南有乔木①，不可休息（思）②。汉有游女③，不可求思。

汉之广矣，不可泳思[④]。江之永矣[⑤]，不可方思[⑥]。

翘翘错薪[⑦]，言刈其楚[⑧]。之子于归[⑨]，言秣其马[⑩]。

汉之广矣，不可泳思，江之永矣，不可方思。

翘翘错薪，言刈其蒌[⑪]。之子于归，言秣其驹[⑫]。

汉之广矣，不可泳思。江之永矣，不可方思。

【注释】

①乔木：高耸的树。②休：就是“庥”荫之“庥”，“休”与“庥”本是一字。不可庥：言不能得到它的覆荫，形容树的高耸。息：《韩诗外传》引作“思”。思是语尾助词，无实义。下同。③汉：水名。源出今陕西省宁羌县北，东流入今湖北省，至汉阳入长江。潜行水中为“游”。游女：指汉水的女神。乔木不可休，游女不可求，都是喻所求之女不可得。④泳：泅渡，潜行水中。⑤江：长江，长江在古时专称“江”，或“江水”。⑥方：训周匝，就是环绕。遇小水可以绕到上游浅狭处渡过去，江水太长。不能绕匝而渡。“不可泳”、“不可方”也是喻彼女不可求得。⑦翘翘：高大貌。错薪：杂乱的柴草。⑧楚：植物名，落叶灌木，又名“荆”。以上两句似以“错薪”比喻一般女子，楚：比喻所求的女子。⑨之子：犹言，那人：指彼女。于：往。女子出嫁叫作“归”。⑩秣：喂马。上两句和末章的三、四两句是设想和彼女结婚，喂马是为了驾车亲迎。⑪蒌：是蒌蒿，菊科植物。一说蒌为“芦”字的假借。也是喻所求之女。⑫驹：是五尺至六尺的马。

【译文】

南方有树高又长，不可歇息少荫凉。姑娘游玩汉水旁，要想追求没指望。

好比汉水宽又广，不能游过河那方。好比江水长又长，划着筏子难来往。

乱柴杂草长得高，砍下荆条当柴烧。姑娘有朝能嫁我，喂饱马儿接她到。

好比汉水宽又广，不能游过河那方。好比江水长又长，划着筏子难来往。

乱柴杂草长得高，割下蒌蒿当柴烧。姑娘有朝能嫁我，喂饱马驹接她到。

好比汉水宽又广，不能游过河那方。好比江水长又长，划着筏子难来往。

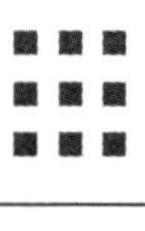

汝坟

【原文】

遵彼汝坟[①]。伐其条枚[②]。未见君子，惄如调饥[③]。

遵彼汝坟，伐其条肄[④]。既见君子，不我遐弃[⑤]。

鲂鱼赪尾[⑥]，王室如燬[⑦]。虽则如毁，父母孔迩[⑧]。

【注释】

①遵：沿着。汝：水名，汝河，源出河南梁县勉乡西天息山，流经宝丰、襄城、上蔡、汝南等地，注入淮河。坟：高岸，堤岸。②伐：砍伐。其：那。条：树枝。枚：树干。③惄（nì）：深切的思念。调（zhōu）饥：像早晨空肚里的饥饿一样难受，形容思念的深切。调：通"朝"。④肄：树枝砍去以后重新生出来的新枝。⑤不我：没有把我。遐（xiá）弃：远远的抛弃，永远抛弃。遐：远。⑥鲂鱼赪（chēng）尾：鲂鱼的白色尾巴累得变成红色，比喻丈夫征役的劳苦。鲂鱼：和鳊鱼差不多的淡水鱼，银灰色，倦怠后会变红色。赪：红色。⑦王室如燬：封建统治者是那样的残酷，（把丈夫折磨得变了人形）。王室：统治者。燬：焚烧，形容丈夫好像被烈火烧过一般。⑧父母孔迩：爹娘离着很近。意思是说丈夫虽然受到了很大的痛苦，但回来了，家庭是亲切温暖的。孔：很，非常。迩：近。

【译文】

沿着汝堤走一遭，砍下树枝当柴烧。好久没见我丈夫，就像早饥心里焦。

沿着汝堤走一遭，砍下嫩枝当柴烧，好像已见我丈夫，幸而没有将我抛。

鳊鱼红尾多疲劳，官家虐政像火烧。虽则虐政像火烧，爹娘还在莫忘掉。

麟之趾

【原文】

麟之趾[①]，振振公子[②]，于嗟麟兮[③]。

麟之定[4]，振振公姓[5]，于嗟麟兮。
麟之角[6]，振振公族[7]，于嗟麟兮。

【注释】

①麟：传说中的兽名，即“麒麟”。陆玑《毛诗草木鸟兽虫鱼疏》：“麟，麕身，牛尾，马足，黄色，员蹄；一角，角端有肉；音中钟吕，行中规矩，游必择地，详而后处，不履生虫，不践生草，不群居，不侣行，不入陷阱，不罹罗网。王者至仁则出。”古人把麟视为至仁至美的兽，因以象征祥瑞。并用它作比喻来称赞人物美好（如楚狂接舆称美孔子为“凤兮”一样）。现在的学者考证，麟就是长颈鹿。趾，足，此指麟的蹄。②振振：诚信仁厚貌。公子：公侯之子。③于嗟：同吁嗟，感叹词。④定：通“顶”。又作“额”。此指麟的额顶。⑤公姓：公侯之同姓。即公侯子孙。王引之《经义述闻》：“古者谓子孙曰姓。”《诗·唐风·杕杜》：“不如我同姓。”毛传：“同姓，同祖也。”⑥角：头角。⑦公族：公侯同高祖的一族人。指公侯子孙后人。

【译文】

麒麟蹄儿不踢人，振奋有为的公子。哎呀你是麒麟啊！
麒麟额头不撞人，振奋有为的公孙。哎呀你是麒麟啊！
麒麟角儿不触人，振奋有为的公族。哎呀你是麒麟啊！

召 南

鹊 巢

【原文】

维鹊有巢[1]，维鸠居之[2]。之子于归[3]，百两御之[4]。
维鹊有巢，维鸠方之[5]。之子于归，百两将之[6]。
维鹊有巢，维鸠盈之[7]。之子于归，百两成之[8]。

【注释】

①维鹊有巢：喜鹊筑巢。维：语气词，加强肯定语气。②维鸠居之：布谷鸟占据了它。鸠：布谷鸟。布谷鸟自己不筑巢而强占喜鹊的巢。③之子于归：这个姑娘出嫁。之：指示代词。这，这个。子：女子，姑娘。于：助词，放在动词前。归：出嫁。④百两御（yà）之：用一百辆车迎接她。御：同“迓”，迎接。⑤方：占有，占据。⑥将：送。⑦盈：占满。⑧成：完成婚礼。

【译文】

喜鹊树上把窝搭，布谷鸟来住它的家。这位姑娘要出嫁，百辆车子来接她。

喜鹊树上把窝搭，布谷鸟同住这个家。这位姑娘要出嫁，百辆车子保卫她。

喜鹊树上窝搭成，住满八哥喜盈门。这位姑娘要出嫁，车队迎来好成婚。

采蘩

【原文】

于以采蘩①，于沼于沚②。于以用之③，公侯之事④。
于以采蘩，于涧之中⑤。于以用之。公侯之宫⑥。
被之僮僮⑦，夙夜在公⑧。被之祁祁⑨。薄言还归⑩。

【注释】

①于以：到哪里，去什么地方。蘩（fán）：水草名，白蒿，多年生草本植物，可食用。②于沼于沚：在池塘还是在洲渚。沼：池塘。沚：水中的小块陆地。③于以用之：在什么地方用它？派什么用？④公侯之事：主人（统治者）把它用作祭品。公侯：主人（统治者）。侍：侍奉神明。⑤涧：流水的山沟。⑥宫：古代对房屋、居室的通称，秦汉以后才特指帝王的居处。⑦被之僮僮：妇女们打扮得珠光宝气，雍容华贵。被（pī）：通“披”，这里指妇女们的穿戴。僮（tóng）僮：繁盛。按这种解释，似乎和下句不合，如果把“被”作“精神负担”或“劳动强度”解释，倒比较合理些。即大家努力劳动，采到了许多白蒿。《左传·僖公四年》“太子曰：‘君实

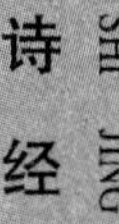

不察其罪，被此名以出，人谁纳我？'”。⑧夙夜在公：没日没夜地办理公事。夙夜：早上和晚上。在公：办理公事。《小星》“夙夜在公，是命不同。”。⑨被之祁祁：采白蒿的工作结束了。祁祁：舒缓的样子；⑩还归：回家。

【译文】

要采白蒿到哪方？在那池里在那塘。什么地方要用它？为替公侯祭神忙。

要采白蒿到哪里？山间潺潺溪流里。什么地方要用它？送到公侯官室里。

妇女发髻高高耸，日夜养蚕无闲空。妇女发髻像云霞，蚕事完毕快回家。

草　虫

【原文】

喓喓草虫①，趯趯阜螽②。未见君子③，忧心忡忡④。亦既见止⑤，亦即觏止⑥，我心则降⑦。

陟彼南山⑧，言采其蕨⑨。未见君子，忧心惙惙⑩。亦既见止，亦既觏止，我心则说⑪。

陟彼南山，言采其薇⑫，未见君子，我心伤悲。亦既见止，亦既觏止，我心则夷⑬。

【注释】

①喓喓（yāo）：虫鸣声。草虫：即草螽。雄者鸣如织机声，俗称“蝈蝈”。②趯趯（tì）：跳跃。阜螽：即“蚱蜢”。阜螽同草虫本一类，此以两名言之，以示小别。以上二句以草虫鸣而阜螽跳以比兴男女相求。③君子：女子对其所思慕的男子之称。④忡忡：忧烦不安貌。谓情绪冲动。⑤亦：语气词。既：已经。止：语末助词。⑥觏（gòu）：同“媾”。男女相爱结合。《毛传》：“觏，遇也。”⑦降：下。指情绪平静。一说通“夅，指悦服。见马瑞辰《毛诗传笺通释》。⑧陟：登。⑨言：语助。蕨，野菜名。初生时状似小儿拳。嫩时采食。仲春时采蕨，正男女求爱之时。《礼记·月令》：“仲春二月，令男女相会，奔者不禁。”⑩惙惙（chuò）：忧郁貌。

⑪说：通“悦”。⑫薇：野菜名，俗称“野豌豆”。⑬夷：平。指心情平舒。

【译文】

秋来蝈蝈喓喓叫，蚱蜢蹦蹦又跳跳。长久不见夫君面，忧思愁绪心头搅。

我们已经相见了，我们已经相聚了，心儿放下再不焦。

登到那座南山上，采集蕨菜春日长。长久不见夫君面，忧思愁绪心发慌。我们已经相见了，我们已经相聚了，心儿欢欣又舒畅。

登到那座南山上，采集薇菜春日长。长久不见夫君面，忧思愁绪心悲伤。我们已经相见了，我们已经相聚了，心儿平静又安详。

采 蘋

【原文】

于以采蘋①？南涧之滨②。于以采藻③？于彼行潦④。
于以盛之⑤？维筐及筥⑥。于以湘之⑦？维锜及釜⑧。
于以奠之⑨？宗室牖下⑩。谁其尸之⑪，有齐季女⑫。

【注释】

①于以采蘋（pín）：在哪里采蘋？于以：在哪里。蘋：植物。生于浅水中，可食。②滨：水边。③藻：水藻，可食。④于彼行潦（lǎo）：在那水沟的积水中。行：通“沆”，水沟。潦：积水。⑤于以盛之：用什么装它呢？⑥维筐及筥（jǔ）：（用）方筐和圆筐。维：语气词，加强判断语气。筐：方筐。筥：圆筐。⑦湘：煮。⑧维锜（qí）及釜：（用）带脚的锅和无脚的锅。锜：三只脚的锅。釜：无脚的锅。⑨于以奠之：在哪里放置祭品呢？奠：摆放，放置。⑩宗室牖（yǒu）下：（把它放在）宗庙的窗下。牖：窗户。⑪谁其尸之：由谁来主祭呢？其：句中语气词，表示推测语气。尸：主持。⑫有齐季女：（由）斋戒后的少女（主持）。齐：通“斋”，指在祭祀前吃素、洁身，以示对鬼神的恭敬。季女：未出嫁的少女。

【译文】

哪儿采浮萍？南山溪水边。哪儿采水藻？沟水、积水间。

盛它用什么？方筐和圆箩。煮它用什么？没脚、三脚锅。

祭品放哪儿？宗庙天窗下。是谁在主祭？虔诚女娇娃。

甘 棠

【原文】

蔽芾甘棠[①]，勿翦勿伐[②]，召伯所茇[③]。

蔽芾甘棠，勿翦勿败[④]，召伯所憩[⑤]。

蔽芾甘棠，勿翦勿拜[⑥]，召伯所说[⑦]。

【注释】

①蔽芾（bì fèi）：树木茂盛的样子。甘棠：乔木名，有赤、白两种。赤的叫“杜”，白的叫“棠”。白棠就是甘棠，也叫“棠梨”。果实酸美可食。②勿翦勿伐：不要剪去枝叶，不要砍去树干。翦：同“剪”。③茇（bá）：茅草屋，住在草屋里。④勿败：不要败坏这棵树。败：败坏，毁坏。⑤憩（qì）：休息。⑥勿拜：不要把这棵树拔掉。拜：拔掉。⑦说（shuì）：停留，寄宿。

【译文】

棠梨茂密又高大，不要剪它别砍它，召伯曾住这树下。

棠梨茂密又高大，不要剪它别毁它，召伯曾休息这树下。

棠梨茂密又高大，不要剪它别拔它，召伯曾停歇这树下。

行 露

【原文】

厌（浥）浥行露[①]，岂不夙夜[②]，谓（畏）行多露[③]？

谁谓雀无角（噣）[④]？何以穿我屋？谁谓女无家[⑤]？
何以速我狱[⑥]？虽速我狱，室家不足[⑦]。
谁谓鼠无牙？何以穿我墉[⑧]？谁谓女无家？
何以速我讼？虽速我讼，亦不女（汝）从。

【注释】

①厌："湇"的借字。湇浥：湿貌。行：路。②夙夜：早夜，就是夜未尽天未明的时候。③谓：是"畏"的借字，和下文"谁谓"的"谓"不同。以上三句是说只要不在早夜走路就不怕露水，似比喻不犯法就不怕刑罚。④角：指鸟嘴。鸟嘴古人叫作"噣"，角就是噣的本字。⑤家：夫家。⑥速：召。第二章的一、二两句和三、四两句的关系虽不是很贴切的比喻却是很自然的联想，因为有角和有家同是有，穿我屋和速我狱同是侵害。第三章一、二两句和三、四两句的关系同此。⑦室家：犹夫妇，男子有妻叫作"有室"，女子有夫叫作"有家"。"室家不足"是说对方要求缔结婚姻的理由不足。⑧墉：墙。"穿屋""穿墉"比喻害人的行为。

【译文】

道上露水湿漉漉，难道不愿早逃去？只怕道上沾满露！
谁说麻雀没有嘴？凭啥啄穿我的房？谁说你家没婆娘？
凭啥逼我上公堂？虽然要挨打官司，逼婚理由太荒唐！
谁说老鼠没有牙？凭啥打洞穿我墙？谁说你家没婆娘？
凭啥逼我上公堂？虽然要挨打官司，也不嫁你强暴郎！

羔 羊

【原文】

羔羊之皮[①]，素丝五纶[②]。退食自公[③]，委蛇委蛇[④]。
羔羊之革[⑤]，素丝五緎[⑥]。委蛇委蛇，自公退食。
羔羊之缝[⑦]，素丝五总[⑧]。委蛇委蛇。退食自公。

【注释】

①羔羊之皮：古代大夫穿羊羔皮裘。②素："白"。五，"通午"，交午。此指交错编结。纥（tuó），古代官服裘衣上的英饰。《毛传》："古者素丝以英裘，不失其制。"此句谓用白丝编结成英饰。案《郑风·羔裘》有"羔裘晏兮，三英粲兮"。③退食：指大夫食公膳毕而退。公，公家。《左传·襄公二十八年》："公膳日双鸡。"④委蛇（wēi yí）：雍容自得貌。《释文》："《韩诗》作逶迤，云公正貌。"⑤革：同皮。⑥緎（yù）：义同"纥"。⑦缝，通"韃"，闻一多《风诗类钞》："韃，亦皮也。"⑧总：义同"纥"。

【译文】

穿了一身羔皮袍，白丝交叉缝又绕。吃饱喝足下朝来，摇摇摆摆多逍遥。

穿了一身羔皮袍，白丝交叉缝又绕。大摇大摆下朝来，吃饱喝足往家跑。

穿了一身羔皮袍，白丝交叉缝又绕。吃饱喝足摇又摆，下得朝来往家跑。

殷其雷

【原文】

殷其雷[①]，在南山之阳[②]。何斯违斯[③]？莫敢或遑[④]。振振君子[⑤]，归哉归哉[⑥]！

殷其雷，在南山之侧[⑦]。何斯违斯？莫敢遑息[⑧]。振振君子，归哉归哉！

殷其雷，在南山之下。何斯违斯？莫敢遑处[⑨]。振振君子，归哉归哉！

【注释】

①殷（yǐn）其雷：那殷殷的雷声。殷：象声词，形容雷声。其：指示代词，那。②在南山之阳：在南山的南坡上。阳：山的北边。③何斯违斯：为什么这个人要远离家乡呢？何：为什么。斯：指示代词，这。前"斯"指代"这个人"，及下文的"公子"，作者思念的丈夫。后"斯"指代"这个地方"，即家乡。违：离别。④莫

敢或遑：不敢有所怠慢。或：有。遑：空闲。⑤振振君子：仁厚的人呀！振振：仁厚的样子。君子：这里指自己的丈夫。⑥归哉归哉：回来吧，回来吧！⑦侧：侧面，两侧。⑧遑息：有空闲休息。⑨遑处：有空闲停留。

【译文】

雷声雷声响轰轰，响在南山向阳峰。为啥这时离开家？忙得不敢有闲空。我的丈夫真勤奋，快快回来乐相逢。

雷声轰轰震四方，响在南边大山旁。为啥这时离家走？不敢稍停实在忙。我的丈夫真勤奋，快快回来聚一堂。

雷声轰轰震耳响，响在南山山下方。为啥这时离家门？不敢稍住儿那样忙。我的丈夫真勤奋，快快回来乐而康。

摽有梅

【原文】

摽有梅①，其实七兮②。求我庶士③，迨其吉兮④！

摽有梅，其实三兮⑤。求我庶士，迨其今兮⑥！

摽有梅，顷筐塈（摡）之⑦。求我庶士，迨其谓之⑧！

【注释】

①摽：坠落。梅：指梅树的果实。有：是语助词，古语往往在一个单音词上配一个有字，如有夏、有司等和“有梅”词例相同。②其实七兮：七：表多数，言未落的果实还有十分之七，比喻青春所馀尚多。兮：语助词，有声无义。③庶：众。士：指未婚的男子。④迨：及。吉：吉日。以上两句是说希望有心追求自己的男子们不要错过吉日良辰。⑤其实三兮：“三（古读如森）”表少数，言梅子所馀仅有十分之三，比喻青春逝去过半。⑥今：是即时的意思。言不必等待了，现在就来吧。⑦塈：是“摡”（音“欷”）的借字，《玉篇》引作“摡”，取。用顷筐取梅，言其落在地上的已经很多了。⑧谓：读为“会”。《诗经》时代有在仲春之月“会男女”的制度，凡男子到三十岁未娶，女子到二十岁未嫁的都借这个会期选择对象，不必依

正常的礼制而婚配。一说“谓”是告语，言一语定约。

【译文】

梅子渐渐落了地，树上果实留七成。追求我吧年轻人，趁着吉日来定情。

梅子纷纷落了地，树上只有三成稀。追求我的年轻人，趁着今儿定婚期。

梅子个个落了地，手拿畚箕来拾取。追求我的年轻人，趁着仲春好同居。

小 星

【原文】

嘒彼小星①，三五在东②。肃肃宵征③，夙夜在公④。实（寔）命不同⑤！

嘒彼小星，维参与昴⑥。肃肃宵征，抱衾与裯⑦。实（寔）命不犹⑧！

【注释】

①嘒：《广韵》作“暳”，光芒微弱的样子。②三、五：似即指下章所提到参、昴（详下）。③肃肃：急急忙忙。宵征：夜行。④夙夜：早晨和夜晚，和《行露》篇的夙夜意义不同。公：指公事。这句是说不分早晚都在办着国君的事。⑤实：当作“寔”，即是。⑥参：星宿名。共七星，四角四星，中间横列三星。古人又以横列的三星代表参宿。《绸缪》篇的“三星在户”和本篇的“三五在东”都以三星指参星。昴（音“卯”）：也是星宿名，又叫“旄头”，共七星。古人又以为五星，有“昴宿之精”变化成五老的传说。上章三、五：的五即指昴星。参、昴相近，可以同时出现在东方。⑦衾：被。裯：床帐。⑧不犹：不如。

【译文】

小小星星闪微光，三三五五在东方。急急匆匆赶夜路，早早晚晚为公忙。命运不同徒自伤！

小小星星闪微光，参星昴星挂天上。急急匆匆赶夜路，抱着棉被和床帐。人家

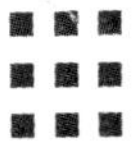

命运比我强！

江有汜

【原文】

江有汜[1]，之子归[2]，不我以[3]；不我以，其后也悔[4]。
江有渚[5]，之子归，不我与[6]；不我与，其后也处[7]。
江有沱[8]，之子归，不我过[9]；不我过，其啸也歌[10]。

【注释】

①汜（sì）：从干流分出又汇合到干流的水。②之子归：即之子于归，这个姑娘出嫁。③不我以：不拿我当做恋人了，不爱我了。以：拿，当做。④其后也悔：你是要后悔的。⑤渚：水中的小块陆地。⑥不我与：不和我亲近了。与：相与，相处，交往。⑦其后也处：看你今后怎么过。你今后是不会幸福的。处：居处，引申为"生活"。⑧沱（tuó）：江水支流，大河分出的小河。⑨不我过（guō）：不到我这里来了。过：过来。⑩其啸也歌：我只好吹吹口哨唱唱歌。啸：吹口哨。歌：唱。

【译文】

江水长长有支流，新人嫁来分两头，你不要我使人愁。今日虽然不要我，将来后悔又来求。

江水宽宽有沙洲，新人嫁来分两头，你不爱我使人愁。今日虽然不爱我，将来想聚又来求。

江水长长有沱流，新人嫁来分两头，你不找我使人愁。不找我呀心烦闷，唱着哭着消我忧。

野有死麕

【原文】

野有死麕[1]，白茅包之[2]。有女怀春[3]，吉士诱之[4]。

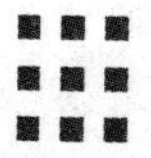

林有朴樕[5]，野有死鹿。白茅纯束[6]，有女如玉。

“舒而脱脱兮[7]！无感我帨兮[8]！无使尨也吠[9]！”

【注释】

①麕：兽名，就是獐。②白茅：草名，属禾本科。在阴历三四月间开白花。③怀春:春指男女的情欲。④吉士：男子的美称，指那猎获獐子的人。⑤朴樕：小木。⑥纯束：归总在一块儿捆起来。那“吉士”砍了朴樕做柴薪，用白茅纠成绳索，将它和打死的鹿捆在一处。⑦舒而：犹舒然，就是慢慢地。脱脱：舒缓的样子。⑧无：表示禁止的词，和“毋”同，“感”是撼字的古写，动。“帨”是佩巾，或蔽膝，系在腹前。⑨尨：多毛的狗。末章是女子对那吉士所说的话。她要求他别冒冒失失，别动手动脚，别惹得狗儿叫起来，惊动了人。

【译文】

猎来小鹿撂荒郊，洁白茅草将它包。有位姑娘春心动，小伙上前把话挑。

林中砍下朴樕烧，打死小鹿在荒郊。白茅捆扎当礼物，如玉姑娘接受了。

“轻轻慢慢别着忙！别掀围裙别莽撞！别惹狗儿叫汪汪！”

何彼襛矣

【原文】

何彼襛矣[1]，唐棣之华[2]。曷不肃雝[3]，王姬之车[4]。

何彼襛矣，华如桃李[5]。平王之孙[6]，齐侯之子[7]。

其钓维何[8]？维丝伊缗[9]。齐侯之子，平王之孙。

【注释】

①襛（nóng）：繁盛浓艳貌。②唐棣：也作棠棣、常棣。即“郁李”，为落叶灌木，高五六尺，花红或白。③曷：何。肃：庄严；雝（yōng），和乐。此指仪容庄重而和悦。④王姬：周王之女姬姓，故曰王姬。此泛言王室女子。宋吕祖谦《读诗

记》："肃雍者王姬，而曰王姬之车。不敢指切之也。"⑤华如桃李：即如桃李华之倒字句。⑥平王之孙：周平王的孙女。⑦齐侯之子：此句连上句谓周平王的孙女嫁给齐侯的儿子。《春秋》记载王姬嫁齐侯有两件事，一在鲁庄公元年嫁齐襄公，一在庄公十一年嫁齐桓公。这里的平王之孙，齐侯之子是根据这些史事而泛指贵族间的婚嫁，同"秦晋之好"出于一理。⑧钓：钓鱼。指钓鱼所用的东西。维，语助词。闻一多认为《诗经》中的"钓鱼""吃鱼"是婚姻、恋爱的隐语。古今民歌中亦多以鱼喻匹偶。⑨伊：语助词。缗（mín），丝绳。此句谓丝合成丝绳。喻男女合婚。缗，也作"缗"。《说文》谓"从糸昏声"。则缗字，古时谐"婚"字音，为双关之用。《庄子·在宥》："当我，缗乎！还我，昏乎！"清王先谦集解引郭嵩焘："缗，"昏"字通，"缗"亦"昏"也。"昏，即古"婚"字。

【译文】

怎么那样浓艳漂亮？像唐棣花儿一样。怎么气氛欠肃穆安详？王姬出嫁的车辆。怎么那样地浓艳漂亮？像桃李花开一样。天子平王的外孙，齐侯的女儿做新娘。钓鱼是用什么绳？是用丝线来做成。她是齐侯的女儿，天子平王的外孙。

驺 虞

【原文】

彼茁者葭①，壹发五豝②，于嗟乎驺虞③。
彼茁者蓬④，壹发五豵⑤，于嗟乎驺虞。

【注释】

①彼茁者葭（jiā）：那茂密茁壮的芦苇。者：助词，用于定语与中心词之间，相当于"的""之"。葭：芦苇。②壹发五豝（bā）：一拨开芦苇就发现五只母猪。壹：同"一"，刚一。发：通"拨"，拨开。豝：母猪。③于（xū）嗟乎驺（zōu）虞：哎呀！牧官！于嗟：叹词，相当于"哎呀"、"唉"。乎：语气词。驺虞：古代为贵族管理苑囿牲畜的官。④蓬：蓬蒿，草名。⑤豵（zōng）：小猪。

【译文】

密密一片芦苇丛，一群母猪被射中。哎呀！这位猎手真神勇！

密密一片蓬蒿草，一群小猪被射倒。哎呀！这位猎手本领高！

邶　风

柏　舟

【原文】

泛彼柏舟[①]，亦泛其流[②]。耿耿不寐[③]，如有隐（殷）忧[④]。微我无酒[⑤]，以遨以游[⑥]。

我心匪鉴[⑦]，不可以茹[⑧]。亦有兄弟，不可以据[⑨]。薄言往愬[⑩]，逢彼之怒。

我心匪石，不可转也。我心匪席，不可卷也[⑪]。威仪棣棣[⑫]，不可选（巽）也[⑬]。

忧心悄悄[⑭]，愠于群小[⑮]。觏（遘）闵既多[⑯]，受侮不少。静言思之[⑰]，寤辟（擗）有摽[⑱]。

日居月诸[⑲]，胡迭而微[⑳]？心之忧矣，如匪澣衣[㉑]。静言思之，不能奋飞。

【注释】

①泛：漂流貌。柏舟：柏木刳成的舟。②亦：语助词。这两句是说柏舟泛泛而流，不知所止。作者用来比喻自己的身世。③耿耿：不安貌。④如：犹而。隐：幽深。《淮南子·说山训》高诱注引作“殷”，盛大。“隐忧”是深藏隐曲之忧。“殷忧”是大忧，都可以通。⑤微：非。⑥五、六两句言并非我无酒消忧，也不是不得遨游，而是饮酒和遨游都解不了这忧愁。⑦匪：同“非”。鉴：就是镜子。⑧茹：含，容纳。以上两句是说我心不能像镜子对于人影似的，不分好歹，一概容纳。

⑨据：依靠。⑩薄言：见《芣苜》篇。愬：告诉。⑪以上四句言石头是任人转动的，席子是任人卷曲的，我的心却不是这样：也就是说不能随俗，不能屈志。⑫威仪：是尊严、礼容。“棣棣”犹“秩秩”，上下尊卑次序不乱之貌。⑬选：读为“巽”，巽是屈挠退让的意思。⑭悄悄：忧貌。⑮愠：怒。群小：众小人。⑯觏：“遘”的借字，遭遇。《楚辞·哀时命》王逸注引作“遘”。闵：痛。因为见怒于群小所以遭遇许多伤痛的事，受了不少侮辱，因此不得不“忧心悄悄”。⑰静言：犹静然，就是仔细地。⑱辟：《玉篇》引作“擗”，就是拊心。摽：捶击。这句是说醒寤的时候越想越痛，初则拊（抚摩）胸，继而捶胸。⑲居：“诸”，语助词。⑳迭：更迭，就是轮番。微：言隐微无光。《小雅·十月之交》篇“彼月而微，此日而微”，微指日月蚀，这里微字的意义相似。以上两句问日月为何更迭晦蚀，而不能常常以光明照临世界。言正理常常不得表白。㉑如匪澣衣：像不加洗濯的衣服。以上二句言心上的烦恼不能消除，正如不澣之衣污垢长在。

【译文】

飘飘荡荡柏木舟，随着河水任漂流。两眼睁睁睡不着，多少烦恼积心头。不是无酒来消愁，不是无处可遨游。

我心不是青铜镜，难把人面清清照。娘家虽有亲兄弟，谁知他们难依靠。勉强回家叹苦经，见他发怒心烦恼。

我心不像石一块，任人搬东又搬西。我心不是席一条，哪能打开又卷起。仪容娴静品行端，优点哪个数得齐？

愁思重重心头绕，群小怨我众口咬。横遭陷害已多次，身受侮辱更不少。仔仔细细想一想，梦醒痛苦把胸敲。

红太阳啊明月亮，为啥老是没光芒？心头烦恼除不尽，就像没洗脏衣裳。仔仔细细想一想，不能展翅飞天上。

绿衣

【原文】

绿兮衣兮，绿衣黄里[①]。心之忧矣，曷维其已[②]！

绿兮衣兮，绿衣黄裳。心之忧矣，曷维其亡（忘）[③]！

绿兮丝兮，女（汝）所治兮[④]。我思古（故）人[⑤]，俾无訧兮[⑥]。

絺兮绤兮[⑦]，凄其以风[⑧]。我思古（故）人，实获我心[⑨]。

【注释】

①里：在里面的衣服，似即指下章“黄裳”之裳，而不是夹衣的里层。衣在裳外，衣短裳长。从上下说，衣在上，裳在下；从内外说，衣在表，裳在里。②曷：何时。“已”止。③亡：“忘”同字。这两句和《小雅·沔水》篇“心之忧矣，不可弭忘”意同。④治：理。⑤古人：即“故人”，指故妻。（《古诗·上山采蘼芜》篇“新人虽言好，未若故人殊”，也是称故妻为故人。）⑥俾：使。訧（古通“尤”），过失。这句是说故妻能匡正我，使我无过失。⑦絺绤：见《葛覃》篇。丝和絺绤都是做衣裳的材料，所以联想。⑧凄：凉意。这两句是说絺绤之衣使人穿着感到凉快。⑨这一句等于说实在中我的心意。

【译文】

绿色衣啊绿色衣，外面绿色黄夹里。穿上绿衣心忧伤，不知何时停怀忆！

绿色衣啊绿色衣，上穿绿衣下黄裳。穿上绿衣心忧伤，旧情深深怎相忘！

绿色衣啊绿色丝，丝丝是你亲手织。想起我的亡妻啊，遇事劝我无差失。

葛布粗啊葛布细，穿上风凉又爽气。想起我的亡妻啊，样样都合我心意。

燕燕

【原文】

燕燕于飞[①]，差池其羽[②]。之子于归[③]，远送于野[④]。瞻望弗及，泣涕如雨。

燕燕于飞，颉之颃之[⑤]。之子于归，远于将之[⑥]。瞻望弗及，伫立以泣。

燕燕于飞，下上其音[⑦]。之子于归，远送于南[⑧]。瞻望弗及，实劳

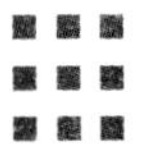

我心。

仲氏任只[9]，其心塞渊[10]，终温且惠[11]，淑慎其身。“先君之思”，以勖寡人[12]。

【注释】

①燕燕：鸟名，或单称燕。②差池：不齐貌。羽：指翅。诗人所见不止一燕，飞时有先后，或不同方向，其翅不相平行。③之子：指被送的女子。④野：古读如“宇”。⑤“颉”：上飞。“颃”，下飞。⑥将：送。⑦下上其音：言鸟声或上或下。⑧南：指南郊。一说“南”和“林”声近字通。林指野外。⑨仲氏：弟。诗中于归远行的女子是作者的女弟，所以称之为仲氏。任：可以信托的意思。一说任是姓，此女嫁往任姓之国。只：语助词。⑩塞：实。渊：深。⑪终：既。⑫勖：勉。寡人：国君自称之词。以上二句是说仲氏劝我时时以先君为念。

【译文】

燕子双双飞天上，参差不齐展翅膀。这位姑娘要出嫁。送到郊外远地方。遥望背影渐消失，泪珠滚滚雨一样！

燕子双双飞天上，高高低低追逐忙。这位姑娘要出嫁，送她不嫌路途长。遥望背影渐消失，凝神久立泪汪汪！

燕子双双飞天上，上上下下呢喃唱。这位姑娘要出嫁，送她向南路茫茫。遥望背影渐消失，离愁别恨断人肠！

二妹为人可信任，心地诚实虑事深。性格温柔又和顺，修身善良又谨慎。常说“莫忘先君爱”淳淳劝勉感我心！

日 月

【原文】

日居月诸[1]，照临下土[2]。乃如之人兮[3]，逝不古处[4]？胡能有定[5]？宁不我顾[6]。

日居月诸，下土是冒[⑦]。乃如之人兮，逝不相好[⑧]。胡能有定？宁不我报[⑨]。

日居月诸，出自东方。乃如之人兮，德音无良[⑩]。胡能有定？俾也可忘[⑪]。

日居月诸，东方自出[⑫]。父兮母兮，畜我不卒[⑬]。胡能有定？报我不述[⑭]。

【注释】

①日居（jī）月诸：太阳啊月亮啊！居、诸：语气词，相当于“啊”。②下土：下面的土地，大地。③乃如之人兮：就像这个人啊。乃：就。之：指示代词，这，这个。④逝不古处（chǔ）：不能像过去一样相处。逝：助词，无实义。古：通“故”。处：相待，相处。⑤胡能有定：什么时候才是个尽头呢？胡：何，什么时候。定：止，尽头。⑥宁（nìng）不我顾：意然不顾我。宁：乃，竟然。不我顾：宾语前置，即“不顾我”。以下“不我报”结构同此。⑦下土是冒：宾语前置，即“冒下土”。覆照大地。是：代词，放在动词前复指前置宾语。冒：覆盖，普照。⑧逝不相（xiāng）好：不与我交好。相：表示动作偏指一方。好：情好，交好。⑨宁不我报：竟然不报答我。⑩德音无良：道德品质恶劣。德音：道德品质。⑪俾（bǐ）也可忘：让我忘记他吧。俾：使。⑫东方自出：“出自东方”的倒装。⑬畜我不卒：不能终生养育我。畜：养育。卒：终。⑭报我不述：不能对我以礼相待。述：遵循，按照一定的礼仪。

【译文】

太阳啊，月亮啊！光辉普照大地上。天下竟有这种人，会把过去恩爱忘。为何不念夫妻情？为何不想进我房？

太阳啊，月亮啊！光辉普照大地上。天下竟有这种人，绝情不和我来往。为何不念夫妻情？为何使我守空房？

太阳啊，月亮啊！日月光辉出东方。天下竟有这种人，名誉扫地丧天良。为何不念夫妻情？使我真该把他忘。

太阳啊，月亮啊！东方升起亮堂堂。我的爹啊我的娘！丈夫爱我不久长。为何

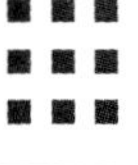

不念夫妻情？我也不愿诉衷肠！

终 风

【原文】

终风且暴[1]，顾我则笑[2]。谑浪笑敖[3]，中心是悼[4]。
终风且霾[5]，惠然肯来[6]。莫往莫来[7]。悠悠我思[8]。
终风且曀[9]，不日有曀。寤言不寐[10]，愿言则嚏[11]。
曀曀其阴[12]。虺虺其雷[13]。寤言不寐，愿言则怀[14]。

【注释】

①终风且暴：整天刮着大风。终风：一天到晚刮着的风。暴：猛烈。②顾我则笑：看到了我就笑嘻嘻。顾：看到。笑：轻浮的嬉笑。③谑：调戏。浪：放荡。笑：调笑。敖：傲慢。④悼：悲伤。⑤霾（mái）：大风挟着尘土而下，空气中因悬浮着大量的烟、尘土等微粒而形成的混浊现象。⑥惠然肯来：由于顺心、高兴而能够来到我的身边。⑦莫往莫来：一忽儿去了，一忽儿来了。不去也不来。⑧悠悠我思：我的心里深深地忧虑。悠悠：忧虑，深思。思：心里。⑨曀（yì）：天色阴沉而多风。⑩寤：躺在床上没有睡着。不寐：不能入睡，失眠。⑪愿言则嚏（tì）：（我在想念你）但愿你会打喷嚏。民间相传，当叨念一个人的时候，被叨念的人会打喷嚏。⑫曀曀其阴：天色阴沉沉的。⑬虺虺：隐隐的雷声。⑭怀：怀念。

【译文】

大风既起狂又暴，对我侮慢嘻嘻笑。调戏取笑太放荡，想想悲伤心烦恼！
大风既起尘飞扬，他可顺心来我房？如今竟然不来往，绵绵相思不能忘！
大风既起日无光，顷刻又阴晴无望。夜半独语难入梦，愿他喷嚏知我想。
天色阴沉暗无光，雷声隐隐天边响。夜半独语难入梦，愿他悔悟将我想。

击鼓

【原文】

击鼓其镗①，踊跃用兵②。土国城漕③，我独南行④。
从孙子仲⑤，平陈与宋⑥。不我以归⑦，忧心有忡⑧。
爰居爰处⑨？爰丧其马⑩？于以求之⑪？于林之下。
“死生契阔”⑫，与子成说⑬。执子之手，与子偕老。
于嗟阔兮⑭！不我活（佸）兮⑮！于嗟洵（敻）兮⑯！不我信兮！

【注释】

①镗：鼓声。②踊跃：操练武术时的动作。兵：武器。③土：“国”同义。城漕：在漕邑筑城。漕邑在今河南省滑县东南。④南行：指出兵往陈、宋。这两国在卫国之南。三、四两句表示宁愿参加国内城漕的劳役，不愿从军南征。⑤孙子仲：当时卫国领兵南征的统帅。孙：是氏，子仲：是字。孙氏是卫国的世卿。⑥陈国国都在宛丘，今河南省淮阳县。宋国国都在睢阳，今河南省商丘县南。平陈与宋：是说平定这两国的纠纷。⑦以：和“与”通，不我以归：就是说不许我参与回国的队伍。卫军一部分回国一部分留戍。⑧有忡：犹忡忡。心不宁貌。⑨爰：疑问代名词，就是在何处。这句是说不晓得哪儿是我们的住处。⑩丧：丢失。这句是说不知道将要在哪儿打败仗，把马匹丧失了。⑪于以：犹“于何”。以下两句是说将来在哪儿找寻呢？无非在山林之下吧。这是忧虑战死，埋骨荒野。⑫死生契阔：言生和死都结合在一起。契：合，阔：疏。“契阔”在这里是偏义复词，偏用“契”义。⑬成说：犹“成言”，就是说定了。所说就是“死生契阔”、“与子偕老”。子：作者指他的妻。下同。⑭于嗟：叹词。“阔”言两地距离阔远。⑮活：读为“佸”，会。⑯洵：《释文》谓《韩诗》作“敻”，久远。末章四句是说这回分离得长远了，使我不能和爱人相会，实现“偕老”的誓言。

【译文】

战鼓擂得咚咚响，官兵踊跃练刀枪。别人修路筑漕城，我独从军去南方。

跟随将军孙子仲，调停纠纷陈与宋。常驻戍地不让归，思妻愁绪心忡忡。

住哪儿啊息何方？马儿丢失何处藏？去到哪里找我马？丛林深处大树旁。

“生死永远不分离”，对你誓言记心里。我曾紧紧握你手，和你到老在一起。

可叹重重隔关山，不让我们重相见！可叹悠悠长别离，不让我们守誓言！

凯风

【原文】

凯风自南[①]，吹彼棘心[②]。棘心夭夭[③]，母氏劬劳[④]。

凯风自南，吹彼棘薪[⑤]。母氏圣善[⑥]，我无令人[⑦]。

爰有寒泉[⑧]？在浚之下[⑨]。有子七人，母氏劳苦。

睍睆黄鸟[⑩]，载好其音[⑪]。有子七人，莫慰母心。

【注释】

①凯：乐。南风和暖，使草木欣欣向荣，所以又叫作“凯风”。②酸枣树叫作“棘”。“棘心”是未长成的棘：作者以“凯风”喻母，“棘心”自喻。③夭夭：旺盛貌。④劬：劳苦。⑤棘薪：已经长成可以做柴薪的棘。长成而只能做柴薪，比喻自己不善。⑥“圣”，“听”古通：“听善”是听从善言的意思。⑦令：善。以上二句言阿母是能听从善言的，但在我们这七个儿子之中却没有一个善人（不能以善言帮助阿母）。⑧寒泉：似喻忧患。⑨浚：卫国地名，在楚丘之东。似即作者母子居住的地方。下：古音“郊外”。⑩睍睆：黄鸟鸣声，又作“间关”。黄鸟：今名黄雀，是鸣声可爱的小鸟。⑪“载”犹“则”：这两句是以鸟有好音反比人无善言。

【译文】

和风吹来自南方，吹在枣树红心上。枣树红心嫩又壮，我娘辛苦善教养。

和风南方吹过来，枣树成长好当柴。我娘人好又明理，我们兄弟不成材。

寒泉清冷把暑消，源头出自浚县郊。儿子七个不算少，却累我娘独辛劳。

宛转黄雀清和音，歌声吱吱真好听。我娘儿子有七个，不能安慰亲娘心。

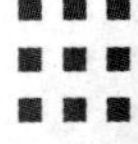

雄雉

【原文】

雄雉于飞[①]，泄泄其羽[②]。我之怀矣[③]，自诒伊阻[④]。
雄雉于飞，下上其音[⑤]。展矣君子[⑥]，实劳我心[⑦]。
瞻彼日月，悠悠我思[⑧]。道之云远[⑨]，曷云能来[⑩]？
百尔君子[⑪]，不知德行[⑫]。不忮不求[⑬]，何用不臧[⑭]？

【注释】

①雄雉：公野鸡。于：语助词。②泄泄（yì yì）：缓飞貌。以上二句以雄雉独飞比兴丈夫外出行役。缓飞暗含其不愿离去之意。③怀：思念。④诒（yí）：遗留。伊：此。阻：苦难。《毛传》："阻，难也。"《左传》引诗作戚。此句言自己留下了这苦难。⑤下上其音：指上下边飞边叫，雄雉鸣而呼雌，此暗含其夫恋妻徘徊不去之意。⑥展：诚信。君子，女子称夫。此句与《召南·殷其雷》"振振君子"用同。⑦实：是。劳：忧愁。⑧悠悠：深思貌。以上二句写女子孤独而望日月运行，言丈夫久役在外思念不已。⑨云：语助词。⑩曷：何。⑪百：言其多。凡是：所有。尔：你，指其夫。君子：称其夫。⑫德行：好的品德行为。在心为德，施之为行。此女子怨恨统治者发动战争劳民，征役其夫，然不敢直指统治者，故指斥其夫一类人，乃意在弦外之音。⑬忮（zhì）：害，嫉妒。严粲《诗缉》引朱氏语"春秋之世，诸侯无义战，报复私怨，所谓忮；贪人土地，所谓求。"⑭何用：何以。臧：善，好。以上二句乃斥责统治者妒害他国、贪人土地不会有好结果。

【译文】

雄雉起飞向远方，拍拍翅膀真舒畅。心中怀念我夫君，自找离愁空忧伤！
雄雉起飞向远方，忽高忽低咯咯唱。我的夫君确实好，苦思苦想心难放。
远望太阳和月亮，我的相思长又长！相隔道路太遥远，何时回到我身旁？
天下"君子"一个样，不知道德和修养。你不损人又不贪，为何没有好结果。

匏有苦叶

【原文】

匏有苦（枯）叶①，济有深涉②。深则厉③，浅则揭④。

有弥济盈⑤，有鷕雉鸣⑥。济盈不濡轨⑦，雉鸣求其牡⑧。

雝雝鸣雁⑨，旭日始旦⑩。士如归妻⑪，迨冰未泮（牉）⑫。

招招舟子⑬，人涉卬否⑭。人涉卬否，卬须我友⑮。

【注释】

①匏：葫芦。涉水的人佩带着葫芦以防沉溺。“苦”和“枯”通。叶枯则匏乾可用。②济：水名，又作“泲”。深涉：步行过河叫作“涉”，涉水的渡口也叫作涉。渡处本来是较浅的地段，现在水涨，也有水深的渡处了。③厉：连衣下水而涉。一说厉是带在腰间。④揭：撩起衣裳。一说揭是挑在肩头。⑤有弥：犹弥弥，水大时茫茫一片的景象。⑥有鷕：犹鷕鷕，雉鸣声。⑦濡：湿。轨：车0轴的两端。这句是说济水虽满也不过半个车轮那么高。那时人常乘车渡水，所以用车轴做标准来记水位。⑧牡：雄。⑨雝雝：群雁鸣声。⑩旭日：初出的太阳。旦：明。⑪归妻：等于说娶妻。⑫迨：见《摽有梅》。泮，同“牉”，合。以上两句是说男人如来迎娶，要赶在河冰未合以前。古人以春秋两季为嫁娶正时，这时正是秋季。⑬招招：摇摆，一说号召之貌。舟子：船夫。⑭卬：我。女性第一人称代名词。否：古读如“痞”。⑮须：等待。末章说舟子摇船送大家渡河，人家都过去了，我独自留着，我本是来等朋友的啊。

【译文】

枯叶葫芦腰间收，济水渡口深水流。水深和着衣裳趟，水浅提起下衣走。

济水涨起满盈盈，水边野鸡吆吆鸣。水满不湿车轴头，野鸡唱歌求配偶。

大雁嘎嘎相对唱，初升太阳放光芒。郎若有心娶新娘，要趁今冬冰未烊。

船夫招手把客揽，别人上船我留岸。别人上船我留岸，我等情郎来结伴。

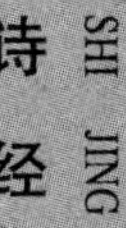

谷风

【原文】

习习谷风[①]，以阴以雨[②]。黾勉同心[③]，不宜有怒[④]。
采葑采菲[⑤]，无以下体[⑥]？德音莫违[⑦]，及尔同死[⑧]。
行道迟迟[⑨]，中心有违[⑩]。不远伊迩[⑪]，薄送我畿[⑫]。
谁谓荼苦？其甘如荠[⑬]。宴尔新昏[⑭]，如兄如弟。
泾以渭浊[⑮]，湜湜其沚（止）[⑯]。宴尔新昏，不我屑矣[⑰]。
毋逝我梁[⑱]，毋发我笱[⑲]。我躬不阅[⑳]，遑恤我后[㉑]？
就其深矣，方之舟之[㉒]；就其浅矣，泳之游之。
何有何亡[㉓]，黾勉求之[㉔]。凡民有丧，匍匐救之[㉕]。
不我能慉[㉖]，反以我为仇。既阻我德[㉗]，贾用不售[㉘]。
昔育恐育鞠[㉙]，及尔颠覆[㉚]。既生既育，比予于毒[㉛]。
我有旨蓄[㉜]，亦以御冬。宴尔新昏，以我御穷[㉝]。
有洸有溃[㉞]，既诒我肄[㉟]。不念昔者，伊余来塈[㊱]！

【注释】

①习习：犹飒飒，风声。谷风：来自谿谷的风，即大风。②以阴以雨：等于说为阴为雨。风雨比喻丈夫暴怒。③黾勉：犹努力。④有：犹又。三、四两句是说我已经尽力做到和你同心，你不该又发怒。怒字和篇末“有洸有溃”相应。⑤葑：蔓菁。菲：芦菔。⑥以：用。下体：指根茎。葑和菲的根叶都可以吃。采食葑菲，不能不根叶并用，比喻丈夫对妻不应该只重颜色，不重德行。⑦德音：是《诗经》里常见的熟套语，在这里兼指道义和恩意。莫违：言前后不要相反。⑧及尔同死：等于说“与子偕老”。就是到死都不分离。⑨迟迟：慢慢地。这个妇人终于被逐，出门时走得慢腾腾地。⑩中心：就是心中。违：相背。她不甘心走也不舍得走，脚向东而心向西，所以是“有违”，所以会“迟迟”。⑪伊：语助词，犹“维”。⑫畿：就是“机”，门限。上两句是弃妇希望丈夫相送的话，言不要你送远，你就送我到门边

吧。⑬以上两句是说：荼（音“徒”）菜的味道，虽然很苦，在我看来已经甜得像荠菜似地了。就是“人人都道黄连苦。我比黄连苦十分”的意思。⑭宴：乐。“新昏”指丈夫娶新人。下句“如兄如弟”形容丈夫新婚之乐，对照自己被弃之苦。⑮“泾”、“渭”都是水名，源出甘肃，在陕西高陵县合流：这一句是说泾水和渭水相形之下才显得浊。弃妇以泾水自比，渭水比新人，清比美，浊比丑。⑯湜湜：水清貌。沚：应从《说文》、《玉篇》等书所引作“止”。这句是说泾水在止而不流的时候也是澄清的，可见得也不是真浊。比喻自己的容貌若不和新人比也不见得丑。⑰不屑：犹不肯。“以”，与。以上两句是说你现在因为乐新婚之故才不屑和我同居。⑱梁：是石堰，拦阻水流而留缺口以便捕鱼。逝：往。⑲笱：是竹器，承对梁的缺口，用来捉顺水游出的鱼。发：打开。以上两句是要求丈夫不许新人动旧人的东西。⑳躬：身。阅：容。㉑“遑恤我后”言何暇顾及后人呢：以上四句又见于《小雅·小弁》篇，或是引用当时的谚语。大约这位弃妇本来要为亲生子女保存一些东西，转念一想自身既不能见容，还顾得了子女么。㉒方：见《汉广》。舟之：用舟渡过。㉓亡：读为“无”。“何有何无”言不论有无。㉔以上六句上四句是下二句的比喻，言家事无论难易都努力操持。㉕匍匐（音“蒲伏”）：伏在地上，手足并进。在这里用来形容急遽和努力。以上二句是说凡邻居有灾祸都急急救助。㉖能：应依《说文》所引移在句首。慉（音“蓄”）同“畜”，爱好。“能不我慉”等于说乃不我好。㉗既：尽。阻：犹拒。㉘贾：卖。用：货物。以上二句言我的善意尽被拒而不纳，好像商贩卖货而不能销售。《易林》引诗用作“庸”，就是“佣”。“贾佣不售”就是说如人要卖身为慵而不能自售。㉙育：长养，指经营生计。鞫：穷。这句连下句就是说从前经营生计，惟恐陷入无以为生的穷境，以至于和你同遭生活困乏之苦。㉚颠覆：谓困穷。㉛既生既育，比予于毒：言生育已经顺利，有了财业之后，你就看待我像毒虫似的了。㉜旨：美。蓄：收藏过冬的菜，如干菜、腌菜之类。一说蓄是菜名。㉝以上四句说你在宴尔新婚的时候就将我抛弃了，是把我作在穷乏时期权且备用的东西，好像“旨蓄”在冬天备用一样罢了。㉞有洸：相当于洸洸，有溃：相当于溃溃，是水激怒溃决之貌，用来形容暴戾刚狠的样子。㉟既：尽。诒：给。肄：劳。这句是说尽把劳苦的事使我担负。㊱来：是语辞，犹“是”。塈：是“慇”的借字。“慇”就是“爱”。“伊余来慇”就是“维我是爱”。末两句是以旧情动之，言你就不想想当年吗，你是那样爱过我的呀。

【译文】

飒飒山谷起大风，天阴雨暴来半空。夫妻勉力结同心，不该怒骂不相容。
萝卜地瓜当菜吃，难道要叶不要根。甜言蜜语莫忘记："和你到死永不分。"
走出家门慢吞吞，脚步向前心不忍。不求远送望近送，谁知只送到房门。
谁说荼菜苦无比？在我吃来甜似荠。你有新人多快乐，两口亲热像兄弟。
渭水入泾泾水浑，泾水虽浑底下清。你有新人多快乐，诬我不洁又不清。
别到我的鱼坝去，别把鱼篓胡乱提。今日我已不见容，往后事情难顾及。
好比河水深悠悠，那就撑筏划小舟。好比河水浅清清，那就游泳把水泅。
家里有这没有那，尽心尽力为你求。邻居出了灾难事，伏着爬着也去救。
你不爱我倒也罢，不该把我当冤仇。一片好意遭拒绝，好像货物难脱手。
以前生活困又穷，共度难关苦重重。如今生计有好转，翻脸比我像毒虫。
我有腌的美咸菜，贮藏起来度寒冬。你有新人多快乐，拿我旧妻挡困穷。
粗声恶气打又骂，还要逼我做苦工。不念昔日情绵绵，一片恩爱像场梦。

式 微

【原文】

式微[①]，式微，胡不归？微君之故[②]，胡为乎中露[③]！
式微，式微，胡不归？微君之躬，胡为乎泥中！

【注释】

①式：发语词。"微"，读为"昧"。"式微"言将暮。②微君：的"微"相当于"非"。"故"，事。③中露：就是露中。

【译文】

日光渐暗天色灰，为啥有家去不回？不是君主差事苦，哪会夜露湿我腿？
日光渐暗天色灰，为啥有家去不回？不是君主养贵体，哪会夜间踩泥水？

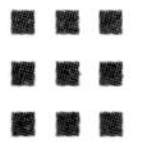

旄 丘

【原文】

旄丘之葛兮①，何诞之节兮②？叔兮伯兮③，何多日也④？

何其处也⑤？必有与也⑥。何其久也⑦？必有以也⑧。

狐裘蒙戎⑨，匪车不东⑩。叔兮伯兮，靡所与同⑪。

琐兮尾兮⑫，流离之子⑬。叔兮伯兮，褎如充耳⑭。

【注释】

①旄丘之葛兮：旄丘上的葛藤啊。旄丘：卫国的一个山丘，前高后低。葛：葛藤，多年生草本植物，茎皮可织布，也称葛麻。②何诞之节兮：它的茎节为什么那么长呢？诞：长。节：枝节，植物茎干上分枝长叶的地方。③叔兮伯兮：弟弟呀！哥哥呀！叔：同辈中的年少者，弟弟。伯：同辈中的年长者，哥哥。④何多日也：为什么迟延这么长时间呢？⑤何其处也：为什么住在这儿呢？何：为什么。其：助词，无实义。处：居住。⑥必有与也：想必有用。与：用。⑦何其久也：为什么要住这么久呢？⑧必有以也：想必有什么缘故。以：缘故，原因。⑨狐裘蒙戎：狐皮大衣毛茸蓬松。蒙戎：蓬松的样子。⑩匪车不东：不是车子不东行。匪：通“非”，不是。东：向东走。⑪靡所与同：（而是）没有人愿和我们一起走。靡：没有人。⑫琐兮尾兮：多么健壮漂亮呀！琐尾：健壮漂亮的样子。⑬流离之子：黄鹂鸟的雏鸟。流离：黄鹂鸟。褎（yòu）如充耳：衣着华美却装聋作哑。褎：衣着华美。如：形容词词尾，表示“……的样子”。充耳：充耳不闻。

【译文】

葛藤长在山坡上，枝节怎么那样长？叔叔啊，伯伯啊！为啥好久不帮忙？为啥躲在家里边，定要等谁才露面？为啥拖拉这么久，定有原因在其间。身穿狐裘毛蓬松，他坐车子不向东。叔叔啊，伯伯啊！你我感情不相同。我们渺小又卑贱，我们流亡望人怜。叔叔啊，伯伯啊！趾高气扬听不见。

简兮

【原文】

简兮简兮[1]，方将《万舞》[2]。日之方中，在前上处[3]。
硕人俣俣[4]，公庭《万舞》[5]。有力如虎，执辔如组[6]。
左手执籥[7]，右手秉翟[8]。赫如渥赭[9]，公言锡爵[10]。
山有榛[11]，隰有苓[12]。云谁之思？西方美人[13]。
彼美人兮！西方之人兮！

【注释】

①简：武勇之貌。②万舞：一种大规模的舞，包含文舞和武舞两个部分。文舞用雉羽和一种叫做籥的乐器，是模拟翟雉的春情的。武舞用干戚，就是盾和板斧，是模拟战术的。③在前上处：在前列的上头。这是舞师（众舞人的领导者）的位置。④硕：大。俣俣：大貌，也就是舞师的形容。⑤公庭：公堂前的庭院。⑥辔：马缰绳。组：编织中的一排丝线。万舞以模拟战术的武舞开场，舞仪中或有模拟战车御法的动作。一车有四马，一马两缰，四马共有八条缰，除两条系在车上外，御者手中有六条。如组：就是形容这六条缰的整齐。⑦籥：乐器名，似笛。用于跳舞的籥比笛长而有六孔或七孔。⑧秉：持。翟（古读如“濯”）：指翟羽，一种长尾雉鸡的羽。以上两句写文舞。⑨赫：红而有光。渥：浸湿。赭：红土。这句描写那舞师的脸红得像染了色似的。⑩公：指卫君。锡：赐。爵：酒器名。锡爵：是舞停后用酒赏赐。⑪榛：木名，就是榛栗。⑫隰：低湿的地方。苓：草名，即卷耳。《诗经》里凡称“山有口，隰有口”而以大树小草对举的往往是隐语，以木喻男，以草喻女，这里两句似乎也是这种隐语。⑬西方：似指周。美人：指上文称为硕人的那位舞师。

【译文】

敲起鼓来咚咚响，《万舞》演出将开场。太阳高挂正中央，舞师排在最前行。
身材高大真魁梧，公庭前面演《万舞》。扮成武士力如虎，手执缰绳赛丝组。
左手握着笛儿吹，右手挥起野鸡尾。脸儿通红像染色，卫公叫赏酒满杯。
榛树生在高山顶，低洼地里有草苓。是谁占领我的心？是那健美西方人。

美人难忘怀，他是西方来的人！

泉 水

【原文】

毖彼泉水[①]，亦流于淇[②]。有怀于卫[③]，靡日不思[④]。娈彼诸姬[⑤]，聊与之谋[⑥]。

出宿于泲[⑦]，饮饯于祢[⑧]。女子有行[⑨]，远父母兄弟[⑩]。问我诸姑[⑪]，遂及伯姊[⑫]。

出宿于干[⑬]，饮饯于言[⑭]。载脂载舝[⑮]，还车言迈[⑯]。遄臻于卫[⑰]，不瑕有害[⑱]。

我思肥泉[⑲]，兹之永叹[⑳]。思须与漕[㉑]，我心悠悠[㉒]。驾言出游[㉓]。以写我忧[㉔]。

【注释】

①毖（bì）彼泉水：泉水汩汩地涌出。毖：泉水涌出的样子。②于：到。淇：淇水，卫国的河流名。在今河南省北部，古为黄河的支流，南流至现在的汲县东北淇门镇南入黄河。③怀：怀念，深切的思念。④靡日不思：没有一天不想。靡：无，没有。⑤娈（luán）彼诸姬：那些美丽的女伴们。娈：美好，美丽。姬：古代妇女的美称。⑥聊：姑且。与之：和她们。谋：商量，合计。以下是那位思归女子的想象。⑦出宿于泲（jǐ）：出门住宿就在泲。泲：㳅河，即济水，又名沙河、白漕水。发源于河北赞皇县西南的赞皇山，东流入高邑县，分支入柏乡县，注入宁晋县的宁晋泊。⑧饮饯：喝送行酒。饯：送行，以酒食送行。祢（nǐ）：地名。祢水，一名大祢沟，在今山东省菏泽县西。⑨行：出嫁。⑩远：远离。⑪问：问候，请安。诸姑：父亲的姊妹们，姑母们。⑫及：问到。伯姊：长姊，大姊。⑬干：卫国的地名，在今河北省濮阳县北。⑭言：卫国的地名。⑮载脂载舝（xiá）：车轴里涂足了油，也插上了车辖。脂：涂在车轴里的油膏。舝：古代为了固定车轮而插在车轴两头的键。⑯还：回去，返回。迈：行进，前进。⑰遄（chuán）臻（zhēn）于卫：很快就到了

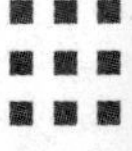

卫国。遄：快速。臻：到达。⑱不瑕：不无，有些。害：妒忌。⑲肥泉：又名泉源水、阳河。在河南淇县南，东南流入于卫河。⑳兹：增加。永叹：长叹，长久叹息。㉑须：卫国的城市，在今河南滑县东南。漕：卫国的城市，在今河南滑县东南。㉒悠悠：忧思，深思。㉓驾言：乘车。言：语气助词。出游：外出走动。㉔写：倾吐，发泄，消解。

【译文】

泉水涌涌流不息，毕竟流到淇水里。想起卫国我故乡，没有一天不惦记。同来姊妹多美好，且和他们共商议。

想起当初宿在泲，喝酒饯行在祢邑。姑娘出嫁到别国，远离父母和兄弟。临行问候姑姑们，还有大姊别忘记。

如能回家宿干地，喝酒饯行在言邑。涂好轴油插上键，回车归家走得快。只想快快回国去，想必看看没啥害！心儿飞到肥泉头，声声长叹阵阵忧。

心儿飞向须和漕，绵绵相思盼重游。驾起车子出门去，借此消我心中愁。

北 门

【原文】

出自北门，忧心殷殷①。终窭且贫②，莫知我艰③。已焉哉④！天实为之，谓之何哉！

王事适我⑤，政事一埤益我⑥。我入自外，室人交徧谪我⑦。已焉哉！天实为之，谓之何哉！

王事敦我⑧，政事一埤遗我⑨。我入自外，室人交徧摧我⑩。已焉哉！天实为之，谓之何哉！

【注释】

①殷殷：忧貌。②终窭且贫：犹言既窭且贫。窭：本义是房屋迫窄简陋，不合礼数的意思，引申起来便和“贫”同义。③艰：古读如“根”。④已焉哉：等于说罢

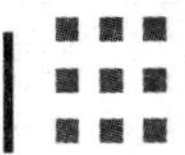

了！⑤王事：和周天子有关的事。适：督责。⑥政事：诸侯国内的事。一：犹皆。埤益我：加给我。⑦室人：指家中亲属。交：犹“俱”。適：同“谪”。⑧敦：迫。⑨埤遗：犹埤益。⑩摧：或作“催”，就是逼迫。

【译文】

一路走出城北门，心里隐隐含忧患。既无排场又穷酸，有谁了解我艰难。既然这样啦，老天存心摆布我，叫我怎么办！

王室差事扔给我，政事全都推给我。忙了一天回家来，家人个个骂我呆。既然这样啦，总是老天的安排，叫我也无奈！

王室差事逼迫我，政事全盘压着我。忙了一天回到家，家人个个骂我傻。既然这样啦，老天存心安排下，我有啥办法！

北 风

【原文】

北风其凉，雨雪其雱[①]。惠而好我，携手同行[②]。其虚其邪[③]？既亟只且[④]！

北风其喈[⑤]，雨雪其霏[⑥]。惠而好我，携手同归。其虚其邪？既亟只且！

莫赤匪狐，莫黑匪乌。惠而好我，携手同车。其虚其邪？既亟只且！

【注释】

①雨：动词，雨雪：就是“落雪”。“雱”和“滂”通，雪盛貌。第一、第二两章的开端两句以风雪的寒威比虐政的猛烈。②惠：爱。这两句是说凡与我友好的人都离开这里一齐走罢。下二章“同归”“同车”都是偕行的意思。③其虚其邪：等于说还能够犹豫吗？邪：是“徐”的同音假借。虚徐：或训“舒徐”，或训“狐疑”，在这里都可以通。④既亟只且：等于说已经很急了啊。既：训已。亟：同“急”。

"只""且"是语尾助词。⑤喈："湝"的借字，寒。⑥霏：犹"霏霏"，雪密貌。

【译文】

北风吹来冰冰凉，漫天雪花任飞扬。赞同我的好伙伴，携手同路齐逃亡。哪能犹豫慢吞吞？事已紧急大祸降！

北风刮得寒凛凛，雪花漫天下纷纷。赞同我的好伙伴，携手同去安乐村。哪能犹豫慢吞吞？事已紧急大祸临！

天下赤狐尽狡狯，天下乌鸦一般黑！赞同我的好伙伴，携手同车结成队。哪能犹豫慢吞吞？事已紧急莫后悔！

静　女

【原文】

静女其姝[①]，俟我于城隅[②]。爱而不见[③]，搔首踟蹰[④]。
静女其娈[⑤]，贻我彤管[⑥]。彤管有炜[⑦]，说怿女美[⑧]。
自牧归荑[⑨]，洵美且异[⑩]。匪女之为美[⑪]，美人之贻。

【注释】

①静：安详。姝：美好貌。②城隅：城上的角楼。③爱：是"薆"的借字，《方言》注引作"薆"，隐蔽。薆而：犹"薆然"。那女子躲在暗角落里，使她的爱人一下子找不着她，所以他觉得薆然不见。④搔首踟蹰：用手挠头，同时犹豫不进，这是焦急和惶惑的表现。⑤娈：和"姝"同义。⑥贻：赠送。彤：红色。彤管：是涂红的管子，未详何物，或许就是管笛的管。一说，彤管是红色管状的初生之草。郭璞《游仙诗》"陵冈掇丹荑"，丹荑就是彤管。依此说，此章的"彤管"和下章的"荑"同指一物。⑦炜：鲜明貌。⑧悦怿：心喜。汝：指彤管。⑨牧：野外放牧牛羊的地方。归：通"馈"，赠贻。荑（音"题"）：初生的茅。彼女从野外采来作为赠品，和彤管同是结恩情的表记。⑩洵美且异：确实是好看而且出奇。⑪匪汝：两句是说并非这柔荑本身有何好处，因为是美人所赠，所以才觉得它美丽。汝：指荑，但意思兼包彤管在内。

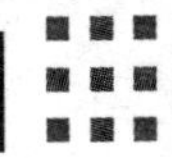

【译文】

善良姑娘真美丽，等我城楼去幽会。故意藏着逗人找，惹我搔头又徘徊。

善良姑娘真漂亮，送我彤管情意长。彤管鲜红光闪闪，越看越爱心欢畅。

效外送茅表情爱，嫩茅确实美得怪。不是嫩茅有多美，只因美人送它来。

新台

【原文】

新台有泚[①]，河水弥弥[②]。燕婉之求，籧篨不鲜[③]。

新台有洒[④]，河水浼浼[⑤]。燕婉之求，籧篨不殄[⑥]。

鱼网之设，鸿则离之。燕婉之求，得此戚施。

【注释】

①新台：卫宣公所筑台。据《毛诗序》，宣公为他的儿子伋聘齐女为妻，听说她貌美，就想自己娶为夫人，并在黄河上筑台迎接她。有泚：犹“泚泚”，鲜明貌。②弥弥：水盛满貌。③燕婉：或作宴婉，安乐美好貌。籧篨：即居诸：也就是虾蟆，用来比卫宣公。鲜：美。这两句说本来希望美满的新婚生活，不料嫁得这虾蟆似的丑物。这是代齐女设想，下二章仿此。④洒：鲜貌。⑤浼浼：盛貌。⑥殄：美丽。

【译文】

河上新台真辉煌，水面一片白茫茫。本想嫁个美男子，碰上丑汉虾蟆样。

河上新台真高敞，水面一片平荡荡。本想嫁个美男子，碰上虾蟆没好相。

想得大鱼把网张，谁知虾蟆进了网。本想嫁个美男子，碰上虾蟆四不像。

二子乘舟

【原文】

二子乘舟，汎汎其景[①]。愿言思子[②]，中心养养[③]。

二子乘舟，汎汎其逝[4]。愿言思子，不瑕有害[5]。

【注释】

①汎汎：同“泛泛”，漂貌。景，“影”之本字。②愿：心愿。指心中所想。言：语助词。《邶风·终风》有“愿言则怀”。③中心：心中。养养，通“恙恙”。忧思不安貌。④逝：往，去。⑤瑕：通“遐”。遐：何。不何有害，即不有何害。害：妨害。指不顺利之事。《邶风·泉水》亦有此句。

【译文】

两人同坐小船上，飘飘荡荡向远方。每当想起你们俩，心里不安多忧伤。

两人同坐小船上，飘飘荡荡往远方。每当想起你们俩，此行是否遭祸殃？

鄘 风

柏 舟

【原文】

泛彼柏舟，在彼中河[1]。髧彼两髦[2]，实维我仪[3]。之死矢靡它[4]。母也天只[5]！不谅人只[6]！

泛彼柏舟，在彼河侧。髧彼两髦，实维我特[7]。之死矢靡慝（忒）[8]。母也天只！不谅人只！

【注释】

①中河：即河中。②髧：发下垂貌。男子未冠之前披着头发，长齐眉毛，分向两边梳着，叫做“髦”。③维：犹“为”。仪：匹偶。以上四句说那在河中泛舟，垂着两髦的青年才是我要嫁的人啊。④之：到。矢：誓。“靡它”犹言“无二志”。只：语助词。⑤母也天只：唤母同时呼天，是痛心的表示。⑥谅：谅解，亮察。⑦特：匹偶。⑧慝：是“忒”的借字。靡忒：就是无所改变。

【译文】

柏木小船飘荡荡，一飘飘到河中央。额前垂发少年郎，是我心中好对象；到死誓不变心肠。我的爹啊我的娘！为何对我不体谅！

柏木小船飘荡荡，一飘飘到河岸旁。额前垂发少年郎，处处和我配得上；誓死不会变主张。我的爹啊我的娘！为何对我不体谅！

墙有茨

【原文】

墙有茨①，不可扫也②。中冓之言③，不可道也④。所可道也⑤，言之丑也⑥。

墙有茨，不可襄也⑦。中冓之言，不可详也⑧。所可详也，言之长也⑨。

墙有茨，不可束也⑩。中冓之言，不可读也⑪。所可读也，言之辱也⑫。

【注释】

①墙有茨（cí）：墙上的蒺藜。有：助词，放单音名词前。茨：蒺藜。②不可扫也：可不能把它扫掉呀！扫：扫除，清除。③中缕之言：王宫卧室里打情骂俏的淫词秽语。中冓：内室，卧室。言：言语，话。④不可道也：可不能说出来呀！⑤所可道也：一旦说出来的话。所：如果，一旦。⑥言之丑也：说出来可真丑恶呀！⑦襄：通“攘”，除去，去掉。⑧详：详细、详尽地说。⑨长：说不完，一言难尽（丑事太多）。⑩束：捆，缚，一下之除去。⑪读：说出来，张扬出来。⑫辱：可耻，丢人。

【译文】

墙上蒺藜爬，不可扫掉它。宫廷悄悄话，不可乱拉呱。还能说什么？说来太丑啦。

蒺藜爬满墙，难以一扫光。宫廷悄悄话，不可仔细讲。还能说什么？说来话太长。

墙上蒺藜生，除也除不尽。宫廷悄悄话，宣扬可不行。还能说什么？说来难为情。

君子偕老

【原文】

君子偕老①，副笄六珈②。委委佗佗③，如山如河④。象服是宜⑤。子之不淑⑥。云如之何⑦？

玼兮玼兮⑧。其之翟也⑨。鬒发如云⑩，不屑髢也⑪。玉之瑱也⑫，象之揥也⑬，扬且之皙也⑭。胡然而天也⑮？胡然而帝也⑯？

瑳兮瑳兮⑰。其之展也⑱。蒙彼绉絺⑲，是绁袢也⑳。子之清扬㉑，扬且之颜也㉒。展如之人兮㉓，邦之媛也㉔！

【注释】

①君子偕老：和老东西白头到老做夫妻。君子：从整篇诗意看，是一个老年丈夫。偕老：共同到老。偕：一起，共同。②副笄（jī）：古代贵族妇女的首饰。编发作假髻叫做“副”，插在发髻上的簪子叫做“笄”。六珈（gē）：古代妇女发簪上所加的金玉装饰物有六种兽形：熊、虎、赤罴、天鹿、辟邪、南山丰大特（大牛）。这句是形容她的首饰华贵。③委委佗佗（wēi wēi tuó tuó）：雍容自得的样子。委委：美好的样子。佗佗：体态优美的样子。④如山如河：看上去多么稳重。⑤象服是宜：穿的礼服很是合适称身。象服：古代王后和诸侯妇人所穿的礼服，上面绘有各种物象作为装饰。宜：合适，相配，得体。⑥子之不淑：（可惜）她的私生活不正派。子：指那位贵妇人。不淑：不贤惠，淫荡。⑦云如之何：这是为什么呢，那怎么办呢，说它干什么呢，说它也没有用。云：说，谈论。或作句首语气助词。如之何：为什么，怎么办。⑧玼兮玼兮：鲜明啊，洁白啊。赞叹她的衣服华丽。⑨翟：野鸡，鸡的长尾羽。⑩鬒（zhěn）发：乌亮稠密的头发。鬒：头发又黑又多。⑪不屑髢（tì）也：对假发看也不看，根本不用假头发。不屑：不值得，表示轻视。髢：装衬在稀少头发中的假发。⑫瑱（tiàn）：古人垂在帽子两侧用来塞耳朵的玉坠，美玉做

的耳塞子。⑬象之揥（tì）也：用象牙做的搔头的簪子。象：象牙或象骨。揥：搔头的簪子。⑭扬且之皙也：眉毛眼睛那么迷人，脸蛋雪白雪白的。扬：美眉美目。且：语气助词。皙：面色白。⑮胡然而天也：为什么她的容貌美得像天仙。胡然：为何，为什么。天：天仙，天神。⑯胡然而帝也：为什么她的服饰华贵得像帝王。⑰瑳（cuō）：玉色鲜白的样子。⑱展：展衣。古代王后六种服装之一，白色，在朝见皇帝和接见宾客时穿的。又是世妇和卿大夫的妻子的礼服。⑲蒙：外面罩的。绉絺：都是细葛布，绉比絺更细。⑳绁袢：衣服外面束的带子。㉑清：明亮的眼睛。扬：开阔的眉心。㉒颜：容貌。㉓展如之人兮：实在像这样会铺张的人。展：确实，实在。㉔邦之媛也：她是全国最妖冶的女人啊。邦：国家。媛：美女，妖冶的女人。

【译文】

君王爱妻亲又和，玉簪步摇珠颗颗。仪态万方移莲步。静如高山动如河，灿烂画袍身段合。只是行为不端正，对她还能说什么！

文采翟衣真鲜艳，画羽礼服耀人眼。黑发密密似乌云，不用假发更天然。美玉充耳垂两边，象牙簪子插发间，俊俏白皙好脸面。莫非尘世出天仙？莫非帝子降人间？

文采展衣真艳丽，轻纱薄绢会客衣。罩上绉罗如蝉翼，透明内衣世上稀。看她眉目多清秀，看她容颜多美丽。但是如此盛装女。天香国色差淑仪。

桑 中

【原文】

爱采唐矣[①]？沬之乡矣[②]。云谁之思[③]？美孟姜矣[④]。期我乎桑中[⑤]，要我乎上宫[⑥]，送我乎淇之上矣[⑦]。

爱采麦矣[⑧]？沬之北矣。云谁之思？美孟弋矣[⑨]。期我乎桑中，要我乎上宫，送我乎淇之上矣。

爱采葑矣[⑩]？沬之东矣。云谁之思？美孟庸矣[⑪]。期我乎桑中，要我乎上宫。送我乎淇之上矣。

【注释】

①爰：于何。唐：药草名。又名蒙，女萝、菟丝子。②沬（mèi）：卫国邑名。即商之朝歌。故地在今河南淇县。乡：地方。③云：句首助词。④孟姜：女子名。孟是排行居长，姜是姓。春秋时称女子在她的姓前加表示排行次序的“孟”“仲”“叔”“季”。⑤期：约会。桑中：桑树林中。或以为桑中为沬邑之小地名。⑥要：通“邀”。上宫：宫室之名，即“楼”。另外：古史记纣都朝歌，有鹿台，也叫殷墟上宫台，地在今河南淇县。故此上宫指地名亦通。⑦淇：卫国水名。在今河南北部。⑧采麦：指采麦穗。⑨弋（yì）：也是姓。⑩葑（fēng）：菜名。即“蔓菁”。⑪庸：也是姓。

【译文】

采集女萝去哪方？在那卫国朝歌乡。我的心中想念谁？漂亮大姊本姓姜。约我等待在桑中，邀我相会在上宫，淇水口上远相送。

采集麦子去哪里？朝歌北面旧邶地。我的心中想念谁？漂亮大姊本姓弋。约我等待在桑中，邀我相会在上宫，淇水口上远相送。

采集萝卜去哪垅？朝歌东头旧名鄘。我的心中想念谁？漂亮大姐本姓庸。约我等待在桑中，邀我相会在上宫，淇水口上远相送。

鹑之奔奔

【原文】

鹑之奔奔①，鹊之彊彊②。人之无良③，我以为兄④。
鹊之彊彊，鹑之奔奔。人之无良⑤，我以为君⑥。

【注释】

①鹑之奔奔：鹌鹑雌雄相伴双双飞翔。奔奔：鸟类雌雄相伴而飞的样子。之：助词，放在主语与谓语中间，取消句子独立性。②鹊之彊（qiáng）彊：喜鹊雄飞雌随相依相傍。彊彊：义同“奔奔”。③人之无良：这个人不是好人。人：指公子顽，参见《君子偕老》注①。无良：不善，品行恶劣。④我以为兄：我却把他当成兄长。⑤人：指宣姜，她十分荒淫。参见《新台》《二子乘舟》《君子偕老》的有关注释。

⑥我以为君：我却把她当成国君夫人。

【译文】

鹌鹑尚且双双飞，喜鹊也知对对配。这人鸟鹊都不如，我还把他当长辈。

喜鹊尚且对对配，鹌鹑也知双双飞。这人鸟鹊都不如，反而占着国君位。

定之方中

【原文】

定之方中[①]，作于楚宫[②]。揆之以日[③]，作于楚室[④]。树之榛栗[⑤]，椅桐梓漆[⑥]，爰伐琴瑟[⑦]。

升彼虚矣[⑧]，以望楚矣[⑨]。望楚与堂[⑩]，景山与京[⑪]。降观于桑[⑫]，卜云其吉[⑬]，终然允臧[⑭]。

灵雨既零[⑮]，命彼倌人[⑯]，星言夙驾[⑰]。说于桑田[⑱]。匪直也人[⑲]，秉心塞渊[⑳]，騋牝三千[㉑]。

【注释】

①定：星辰名。即营室星，一座室宿。方中：刚好到了中天；②作：建造。楚宫：卫文公在楚丘所建的宫殿。宫：古代对房屋的统称，后来才作为帝王或神灵所居住的房屋的专称；③揆之以日：观测太阳光以确定建造房屋的方向。揆：测度，观测；④楚室：同楚宫。室：古人居住房屋的内部，前面叫做堂，堂的后面用墙隔开，后部中央叫做室，室的东西两侧叫做房；⑤树：种。榛栗：两种树木名；⑥椅桐梓漆：四种树木名。椅：又叫山桐子、水冬瓜，初夏开黄花，结小红果，材木刻制小家具。桐：有梧桐、油桐、泡桐等种，据下句，应该是泡桐。梓：落叶树，木质轻，容易剖割，古代常用作琴瑟以及建筑材料。漆：落叶乔木，树脂可为涂料；⑦爰伐琴瑟：砍伐（上面种的）那些树制作琴和瑟；⑧升：登上，走上去。虚：大丘；⑨楚：楚丘；⑩堂：地名，堂邑，离楚丘不远；⑪景山：大山。京：高冈；⑫降（jiàng）观于桑：下山来视察桑田。降：自上而下。观：仔细地看；⑬卜云其

吉：神灵告诉我很吉利。卜：古人迷信，每逢重大的行动，事先都要用龟甲占卜问吉凶；⑭终然：终于。允臧：确实好。允：信，确实。臧：好，善；⑮灵雨：好雨，非常及时的雨。零：连续不断的下雨。这里是说雨落下来；⑯命：差遣。倌人：古代驾驭车马的小臣（仆人）；⑰星言夙驾：急急忙忙地大清早就赶路。星：快如流星。夙：早晨。驾：把车子加在马身上，套车；⑱说（tuō）于桑田：在桑田那里停车。说：同“税”，税驾，就是停车；⑲匪直也人：不只是这个人。匪直：不只；⑳秉心塞渊：处理事务的态度是公正而实事求是的；㉑骒（lái）：高大的马。牝：雌性，这里指母马。三千：三千匹马，不是实指，形容马匹多。

【译文】

冬月定星照天中，建设楚丘筑新宫。按照日影测方向，营造住宅兴土功。房前屋后种榛栗，加上梓漆和椅桐，成材伐作琴瑟用。

登上漕邑废墟望，楚丘地势细端详。看好楚丘和堂邑，遍历高丘和山冈，下到田里看蚕桑。占卜征兆很吉祥，结果良好真妥当。

好雨落过乌云散，叫起管车小马倌。天晴早早把车赶，歇在桑田查生产。既为百姓也为国，用心踏实又深远，良马三千可备战。

蝃 蝀

【原文】

蝃蝀在东[①]，莫之敢指[②]。女子有行[③]，远父母兄弟[④]。
朝隮于西[⑤]，崇朝其雨[⑥]。女子有行，远兄弟父母。
乃如之人也[⑦]，怀昏姻也[⑧]。大无信也[⑨]，不知命也[⑩]。

【注释】

①蝃蝀（dì dōng）在东：彩虹出现在东方。蝃蝀：虹，彩虹。②莫之敢指：宾语前置句，即“莫敢指之”，没有人敢指它。古人认为用手指虹，指头会烂掉。莫：没有人。③女子有行：女子出嫁。有：助词，放在动词前。行：出嫁。④远父母兄弟：远离父母兄弟。⑤朝隮（jī）于西：早上彩虹出现在西方。隮：虹。⑥崇朝其雨：

整个上午都在下雨。崇：终。其：助词，无实义。⑦乃如之人也：就像这个人。乃：就。之：指示代词，这。⑧怀昏姻也：（她）想着自己的婚姻大事。昏：同“婚”。⑨大无信也：（她）太不讲信义了。⑩不知命也：也不遵从父母之命。

【译文】

东方出现美人虹，没人敢指怕遭凶。这位女子要出嫁，远离父母和弟兄。
清晨西方彩虹长，阴雨不停一早上。女子自己找丈夫，远离兄弟父母乡。
就是这样一个人，破坏礼教乱婚姻。什么贞洁全不讲，父母之命也不听。

相鼠

【原文】

相鼠有皮，人而无仪[1]！人而无仪，不死何为？
相鼠有齿，人而无止[2]！人而无止，不死何俟[3]？
相鼠有体，人而无礼！人而无礼，胡不遄死[4]？

【注释】

①相：视。仪：礼仪。②止：通“耻”，羞耻。③俟（sì）：等待。④遄：速。

【译文】

请看老鼠还有皮，这人行为没威仪。既然行为没威仪，为啥还不命归西？
请看老鼠还有齿，这人行为没节止。既然行为没节止，还等什么不去死？
请看老鼠还有体，这人行为不守礼。既然行为不守礼，就该快死何迟疑？

干旄

【原文】

孑孑干旄[1]，在浚之郊[2]。素丝纰之[3]，良马四之[4]。彼姝者子[5]，

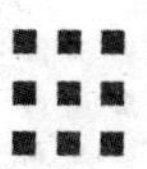

何以畀之[6]？

孑孑干旟[7]，在浚之都[8]。素丝组之[9]，良马五之[10]。彼姝者子，何以予之[11]？

孑孑干旌[12]，在浚之城[13]。素丝祝之[14]，良马六之。彼姝者子，何以告之？

【注释】

①孑孑：突出明显貌。干旄：用牦牛尾饰于旗竿头的旌旗。树于车后作仪仗。干：通“竿”。②浚：卫国邑名，其地在今河南濮阳县南。③纰：用以编丝带的丝缕。《毛传》：“纰所以织组也。”此句谓把白丝合成了丝缕。古代一车四马，每马两根缰绳，共八条缰绳，两条缚于车上，六条在御者手中，高明的御者握着的缰绳排列整齐，马的步伐也就齐了，车上的銮铃就响得有节奏了。此句即形容御者握着缰绳就像整齐的编织成的丝缕一样。④之：语末助词。古代一车四马。⑤姝：美好。子，指女子。⑥畀（bì）：给予。⑦旟（yú）：绘有鸟隼图像的旗。⑧都：城邑。⑨组：丝带。此句言御者握着马缰如整齐编织成的白丝带。⑩五：春秋时一车多四马，此言五马，下章言六马，似换文陪说。亦可以认为五马驾车。⑪予（yǔ）：给予。⑫干旌：用鸟羽饰于竿头的旗帜。⑬城：都城。指浚邑城中。陈奂：“是诸侯封邑大者，皆谓之都城也。”⑭祝：通“属”（zhǔ），织连。此句言御者握着马缰如整齐的织连的丝带。

【译文】

招贤旗子高高飘，插在车后到浚郊。旗边镶着白丝线，好马四匹礼不少。那位忠顺贤才士，用啥才能去应招？

招贤旗子高高飘，驾车浚邑近郊跑。旗边镶着白丝线，好马五匹礼不少。那位忠顺贤才士，用啥办法去应招？

招贤旗子高高飘，车马向着浚城跑。旗边镶着白丝线，好马六匹礼不少。那位忠顺贤才士，用啥建议去应招？

载 驰

【原文】

载驰载驱[①]，归唁卫侯[②]。驱马悠悠[③]，言至于漕[④]。
大夫跋涉[⑤]，我心则忧。既不我嘉[⑥]，不能旋反[⑦]。
视尔不臧[⑧]，我思不远？既不我嘉，不能旋济[⑨]。
视尔不臧，我思不閟[⑩]？陟彼阿丘[⑪]，言采其蝱[⑫]。
女子善怀[⑬]，亦各有行[⑭]。许人尤之[⑮]，众稚且狂[⑯]。
我行其野，芃芃其麦[⑰]。控于大邦[⑱]，谁因谁极[⑲]。
大夫君子，无我有尤[⑳]！百尔所思，不如我所之[㉑]。

【注释】

①载：犹“乃”。②凡有丧事向生者吊问叫作“唁”：吊人失国也叫作唁。卫侯：指卫戴公，许穆夫人之兄。③悠悠：长貌，形容道路之远。④漕：见《击鼓》篇。卫国故都朝歌（在今河南省淇县东北）覆灭后宋桓公将卫国的遗民安顿在这里。⑤大夫：指来到卫国劝说许穆夫人回国的许国诸臣。这句连下句就是说诸大夫远道来此，我不免增加了忧愁。⑥既：尽。嘉：善。“既不我嘉”就是全都不以我的主张为然。许穆夫人的主张是要联合大国（特别是齐国）助卫抗狄。⑦旋反：言回转许国。以上两句是说你们即使都不同意我的主张，我也不能回去。⑧视：比。臧：善。这句连下句就是说比起你们的不高明的意见，我所考虑的难道不深远么？⑨济：止。⑩閟：同“毖”，谨慎。⑪四边高中央低的山叫作“丘”，有一边偏高就叫作“阿丘”。这里可能是卫国的丘名。⑫蝱：是“莔”的借字，今名贝母，药用植物，属百合科。⑬善怀：就是多愁易感。⑭行：道路。“各有行”就是各有各的道理。⑮尤：埋怨或责备。⑯众稚且狂：众指“许人”，稚训骄。作者指斥那些轻视女子的意见而自以为是的许国人都是骄横而且狂妄的。⑰芃芃：盛貌。⑱控：赴告。⑲因：亲。急。对别人的灾难迫切地关心和及时地援助就叫作急人之难。这句是说谁和我卫国相亲谁就会急我卫国之难。⑳无：同“毋”。尤：“无我有尤”就是说别以为我有什

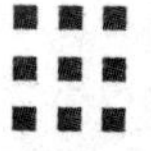

么可责备的。㉑之：往。末两句是说你们上百的主意都不如我自己的决定。

【译文】

赶着马车快快走，回国慰问我卫侯。挥鞭驱马路悠悠，望见漕邑城门楼。
许国大夫急急来，知他来意我心忧。对我归卫都摇头，我可不能往回走。
比起你们没良策，我的计划近可求。对我归卫都反对，决不渡河再回头。
比起你们没良策，我的计划有效果。登上那边高山冈，采来贝母治忧伤。
女子虽然多想家，自有道理和主张。许国大夫反对我，既是幼稚又愚妄。
走在祖国田野上，麦苗蓬勃长得旺。赶快奔告求大国，依靠齐人来救亡！
许国大夫众高官，不要再把我阻挡。你们纵有百条计，不如我跑这一趟！

卫 风

淇 奥

【原文】

瞻彼淇奥①，绿竹猗猗②。有匪君子③，如切如磋④，如琢如磨⑤。
瑟兮僩兮⑥，赫兮咺兮⑦。有匪君子，终不可谖兮⑧。
瞻彼淇奥，绿竹青青⑨。有匪君子，充耳琇莹⑩。会弁如星⑪。
瑟兮僩兮，赫兮咺兮。有匪君子，终不可谖兮。
瞻彼淇奥，绿竹如箦⑫。有匪君子，如金如锡⑬，如圭如璧⑭。
宽兮绰兮⑮，猗重较兮⑯。善戏谑兮⑰，不为虐兮⑱。

【注释】

①瞻彼淇奥（yù）：眺望那淇水弯曲的地方。瞻：向前看，眺望。奥：通“隩”，河岸弯曲之处。②绿竹猗（yī）猗：翠绿的竹林郁郁葱葱。猗猗：茂盛秀美的样子。③有匪君子：（那个）文质彬彬君子。有：助词，放在形容词前。匪：通“斐”，有

文采。④如切如磋（cuō）：就像切割打磨过的象牙。磋：将象牙加工成器物。⑤如琢如磨：就像雕刻打磨过的玉器。琢：雕刻玉器。磨：打磨，磨光。⑥瑟兮僩（xiàn）兮：他仪表庄重呀，威风凛凛。瑟：仪容庄重。僩：威武，威严。⑦赫兮咺（xuān）兮：他光明磊落呀，威不可犯。赫：显盛，光明磊落。咺：威仪显著。⑧终不可谖兮：始终不能让人忘怀呀！谖（xuǎn）：忘记。⑨青（jīng）青：同“菁菁”，草木茂盛的样子。⑩充耳琇莹：宝石充耳挂在两边。充耳：古代贵族冠冕两旁用丝线悬玉，下垂至耳，用以塞耳孔，叫充耳。琇、莹：像玉的美石。⑪会（kuài）弁如星：帽子缝合处宝石闪亮，如点点明星。会弁：帽子的缝合处。⑫箦（zé）：通“积”，堆积。⑬如金如锡：像金和锡一样闪闪发光。⑭如圭如璧：像玉器一样温润光洁。圭、璧：古代的玉制礼器，天子、诸侯在举行隆重仪式时使用，圭为长方形，璧为圆形。⑮宽兮绰（chuò）兮：他胸怀宽广性情温和。宽：宽宏。绰：和缓，柔和。⑯猗（yǐ）重（chóng）较兮：斜靠在车子的曲木上。猗：同“倚”，靠。重：双。较：古代车子的车厢两旁木板上用作扶手的曲木或曲铜钩。⑰善戏谑（xuè）兮：他幽默风趣，善于说笑。谑：逗笑。⑱不为虐兮：但不以言语伤人。虐：以言语伤人。

【译文】

河湾头淇水流过，看绿竹多么婀娜。美君子文采风流，似象牙经过切磋，似美玉经过琢磨。

你看他庄严威武，你看他光明磊落。美君子文采风流，常记住永不泯没。

河湾头淇水流清，看绿竹一片菁菁。美君子文采风流，充耳垂宝石晶莹，帽上玉亮如明星。

你看他威武庄严，你看他磊落光明。美君子文采风流，我永远牢记心铭。河湾头淇水流急，看绿竹层层密密。

美君子文采风流，论才学精如金锡，论德行洁如圭璧。你看他宽厚温柔，你看他登车凭倚。爱谈笑说话风趣，不刻薄待人平易。

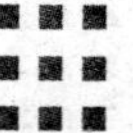

考 槃

【原文】

考槃在涧[1]，硕人之宽[2]。独寐寤言[3]，永矢弗谖[4]。

考槃在阿[5]，硕人之𬞟[6]。独寐寤歌，永矢弗过[7]。

考槃在陆[8]，硕人之轴[9]。独寐寤宿，永矢弗告[10]。

【注释】

①考槃在涧：在山涧边敲打着木盘子。考：打，敲击。槃：通“盘”，木盘子，古代盛水的器皿；②硕人：美丽的姑娘。宽：宽宏，气量大；③独寐寤言：睡着醒着一个人总是在叨念，一个人白天黑夜都在自言自语。寤：醒着。寐：如睡；④永矢弗谖：永远不会忘记；⑤阿（ē）：山边，水边；⑥𬞟（kē）：容貌美丽；⑦永矢弗过：发誓永远不会责怪她。矢：赌咒，发誓。过：责怪，责备；⑧陆：道路；⑨轴：进，追求；⑩后两句是说：单身汉孤眠独宿的苦闷，坚决不能告诉她的。

【译文】

敲着盘儿溪谷旁，贤人心胸自宽敞。独睡独醒独说话，这种乐趣誓不忘。

敲着盘儿在山坡。贤人自有安乐窝，独睡独醒独唱歌，发誓跟人不结伙。

敲着盘儿在高原，兜兜圈子真悠闲。独睡独醒独自躺，此中乐趣不能言。

硕 人

【原文】

硕人其颀[1]，衣锦褧衣[2]。齐侯之子[3]，卫侯之妻[4]。

东宫之妹[5]，邢侯之姨[6]，谭公维私[7]。

手如柔荑[8]，肤如凝脂[9]。领如蝤蛴[10]，齿如瓠犀[11]。

螓首蛾眉[12]，巧笑倩兮[13]，美目盼兮[14]。硕人敖敖[15]，说于农郊[16]。

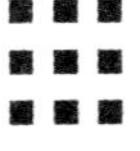

四牡有骄[17]，朱帏镳镳[18]，翟茀以朝[19]，大夫夙退，无使君劳[20]。
河水洋洋[21]，北流活活[22]。
施罛涉涉[23]，鳣鲔发发[24]。葭菼揭揭[25]。
庶姜孽孽[26]，庶士有朅[27]。

【注释】

①硕：大。硕人：指卫庄公的夫人庄姜。颀：长貌。其颀：《玉篇》引作颀颀。古代男女同以硕大颀长为美。②褧："褧衣"是女子嫁时在途中所穿的外衣，用枲麻之类的材料制成。这句是说在锦衣上加褧衣。第一个衣字是动词。③齐侯：指齐庄公。子：女儿。④卫侯：指卫庄公。⑤东宫：指齐国太子（名得臣）。东宫是太子所住的宫。这句是说庄姜和得臣同母，表明她是嫡出。⑥邢：国名，在今河北省邢台县。姨：妻的姊妹。⑦谭：国名，在今山东省历城县东南。维：犹"其"。女子称谓姊妹的丈夫为"私"。⑧柔荑：荑是初生的茅，已见《静女》篇注。嫩茅去皮后洁白细软，所以用来比女子的手。⑨凝脂：凝冻着的脂油，既白且滑。⑩领：颈。蝤蛴：天牛的幼虫，白色身长。⑪瓠：葫芦类。瓠中的子叫作犀，因其洁白整齐，所以用来形容齿的美。⑫螓：虫名，似蝉而小，额宽广而方正。蛾眉：蚕蛾的眉（即"触角"），细长而曲。人的眉以长为美，所以用蛾眉作比。⑬倩：口颊含笑的样子。⑭盼：黑白分明。⑮敖敖：高貌。⑯说：停息。农郊：近郊。⑰四牡：驾车的四匹牡马。骄：壮貌。⑱朱帻：马口旁铁上用红绸缠缚做装饰。镳镳：盛。⑲茀：读为"蔽"。女子所乘的车前后都要遮蔽起来，那遮蔽车后的东西叫作茀。翟茀：是茀上用雉羽做装饰。朝：是说与卫君相会。⑳大夫：二句是说今日群臣早退，免使卫君劳于政事。㉑河：指黄河。洋洋：水盛大貌。黄河在卫之西齐之东，庄姜从齐到卫，必须渡河。㉒活活：水流声。㉓施罛：撒鱼网。涉涉：撒网下水声。㉔鳣：黄鱼。鲔：鳝鱼。发发：鱼著网时尾动貌。诗意似以水和鱼喻庄姜的随从之盛。《敝笱》篇云，"敝笱在梁，其鱼唯唯。齐子归止，其从如水。"与此相似。㉕葭：芦。菼：荻。揭揭：高举貌。这里写芦荻的高长似与"庶姜""庶士"的高长作联想。㉖庶姜：指随嫁的众女。姜是齐君的姓。"孽孽"，高长貌。㉗庶士：指齐国护送庄姜的诸臣。朅，武壮高大貌。

【译文】

高高身材一美女，身穿锦服罩单衣。她本齐侯千金女，嫁给卫侯做娇妻。

本是太子同胞妹，邢侯称她小姨子，谭公原是她姊婿。

细如白茅嫩手指，皮肤润泽似冻脂，脖颈白皙像蝤蛴，牙比瓠子还整齐。

额角方正蛾眉细，嫣然巧笑两酒窝，秋水一泓转眼时。美人身材长得高，停车休息在近郊。

四匹雄马肥又壮，马嚼边上飘红绡，雉羽采车来上朝。大夫朝毕请早退，别教卫君太辛劳。

河水一片白茫茫，哗哗奔流向北方。

撒开鱼网呼呼响，鳣鲔泼泼跳进网，芦荻高高排成行。

陪嫁姑娘个子长，随从媵臣好雄壮！

氓

【原文】

氓之蚩蚩[1]，抱布贸丝[2]。匪来贸丝，来即我谋[3]。
送子涉淇，至于顿丘[4]。匪我愆期，子无良媒[5]。
将子无怒[6]，秋以为期。乘彼垝垣[7]，以望复关[8]。
不见复关，泣涕涟涟[9]。既见复关，载笑载言。
尔卜尔筮[10]，体无咎言[11]。以尔车来，以我贿迁[12]。
桑之未落，其叶沃若[13]。于嗟鸠兮，无食桑葚！
于嗟女兮，无与士耽[14]！士之耽兮，犹可说也[15]。
女之耽兮，不可说也。桑之落矣，其黄而陨[16]。
自我徂尔[17]，三岁食贫[18]。淇水汤汤[19]，渐车帷裳[20]。
女也不爽[21]，士贰其行[22]。士也罔极[23]，二三其德[24]。
三岁为妇，靡室劳矣[25]。夙兴夜寐[26]，靡有朝矣。
言既遂矣[27]，至于暴矣。兄弟不知，咥其笑矣[28]。
静言思之，躬自悼矣。及尔偕老，老使我怨[29]。

淇则有岸，隰则有泮[30]。总角之宴[31]，言笑晏晏[32]。
信誓旦旦[33]，不思其反[34]。反是不思[35]，亦已焉哉[36]！

【注释】

①氓：民。蚩蚩：同“嗤嗤”，戏笑貌。②贸：交易。抱布贸丝是以物易物。③即：就。匪：读为“非”。匪来：二句是说那人并非真来买丝，是找我商量事情来了。所商量的事就是结婚。④淇：水名。顿丘：地名。丘：古读如“欺”。⑤愆期：过期。这两句是说并非我要拖过约定的婚期而不肯嫁，是因为你没有找好媒人。⑥将：愿请。⑦垝：和“垣”通，墙。⑧复：返。关：在往来要道所设的关卡。女望男到期来会。他来时一定要经过关门。一说“复”是关名。⑨涟涟：涕泪下流貌。她初时不见彼氓回到关门来，以为他负约不来了，因而伤心泪下。⑩烧灼龟甲：观察龟甲的裂纹以判吉凶，叫作“卜”。用蓍草占卦叫作“筮”。⑪体：指龟兆和卦兆，即卜筮的结果。无咎言：就是无凶辞。⑫贿：财物，指妆奁。以上四句是说你从卜筮看一看吉凶吧，只要卜筮的结果好，你就打发车子来迎娶，并将嫁妆搬去。⑬沃若：犹沃然，润泽貌。以上二句以桑的茂盛时期比自己恋爱满足，生活美好的时期。⑭耽：贪乐太甚。以上四句以鸠贪吃桑葚（据说鸟吃桑葚过多会昏醉）比女子迷惑于爱情。⑮说：解脱。⑯陨：落。⑰徂：往。⑱食贫：过贫穷的生活。⑲汤汤：水盛貌。⑳渐：浸湿。帷裳：车旁的布幔。以上两句是说被弃逐后渡淇水而归。㉑爽：差错。㉒贰：“貣”的误字。貣就是忒，和“爽”同义。以上两句是说女方没有过失而男方行为不对。㉓罔极：无常，就是没有定准。㉔二三其德：言行为前后不一致。㉕靡：无。“靡室劳矣”言所有的家庭劳作一身担负无余。㉖兴：起。这句连下句就是说起早睡迟，朝朝如此，不能计算了。㉗言：字无义。既遂：就是《谷风》篇“既生既育”的意思，言生活既已过得顺心。㉘咥（音“戏”）：笑貌。以上两句是说兄弟还不晓得我的遭遇，见面时喜笑如常。㉙及尔：二句言当初曾相约和你一同过到老，现在偕老之说徒然使我怨恨罢了。㉚隰：当作“湿”，水名，就是漯河，黄河的支流，流经卫国境内。泮：同“畔”，边。以上二句承上文，以水流必有畔岸喻凡事都有边际。言外之意，如果和这样的男人偕老，那就是苦海无边了。㉛男女未成年时结发成两角叫作“总角”。“宴”：乐。㉜晏晏：温和。㉝旦旦：明。㉞反：即“返”字。不思其返：言不想那样的生活再回来。㉟反是不思：是重复上句的意思，

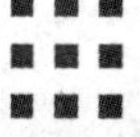

变换句法为的是和下句叶韵。㊱哉：罢了！

【译文】

流浪小伙笑嘻嘻，抱着布匹来换丝。不是真心来换丝，找我商量婚姻事。送你渡过淇水去，直到顿丘才告辞。并非我想拖日子，你我良媒来联系。请你不要发脾气，深秋时节作婚期。登上那堵残土墙，遥望复关盼情郎。望穿秋水人不见，心中焦急泪汪汪。既见郎从复关来，有笑有说心欢畅。龟甲蓍草你去占，卦没凶兆求神帮。拉着你的车子来，把我嫁妆往上装。桑叶未落密又繁，柔嫩润泽真好看。唉呀斑鸠小鸟儿，见了桑椹别嘴馋。唉呀年轻姑娘们，见了男人别迷恋。男人要把女人缠，说甩就甩他不管。女人若是恋男人，撒手摆脱难上难。桑叶萎谢飘落净，枯黄憔悴任凋零。自从我到你家来，多年吃苦受寒贫。淇水滔滔送我回，溅湿车帷冷冰冰。我做妻子没过错，是你男人太无情。真真假假没定准，三心两意话难凭。结婚多年守妇道，我把家事一肩挑。起早睡晚勤操作，累死累活非一朝。家业有成已安定，面目渐改施残暴。兄弟不知我处境，见我回家哈哈笑。静思默想苦难言，只有独自暗伤悼。与你偕老当年话，如今老了我怨他。淇水虽宽有堤岸，沼泽虽阔有边涯。回想年少未嫁时，一言一笑多温雅。海誓山盟还在耳，谁料翻脸变冤家。违背誓言你不顾，那就从此算了吧！

竹竿

【原文】

籊籊竹竿①，以钓于淇②。岂不尔思③？远莫致之④。
泉源在左⑤，淇水在右⑥。女子有行⑦，远兄弟父母。
淇水在右，泉源在左。巧笑之瑳⑧，佩玉之傩⑨。
淇水滺滺⑩，桧楫松舟⑪。驾言出游⑫，以写我忧⑬。

【注释】

①籊籊（tì）：竹长而细貌。②淇：卫国水名。此诗中以淇水暗喻女子所嫁之地

在淇水一方。诗中多以求鱼比兴寻求爱情或求偶。此以比兴寻求爱情而落空。③不尔思：即不思尔。④致：达到。此句的“远”有双关意，表面指女子嫁他人而路远，暗含自己和她的关系隔远。⑤泉源：泉水的源头。此以喻女子父母家之地。以泉水流出入河比兴女子出嫁离家，即思念嫁前的女子。一说“泉源”为水名。《集传》：“泉源，即百泉也，在卫之西北，而东南流入淇，故曰在左。淇在卫之西南，而东流与泉源合，故曰在右。”泉源水，在今河南淇县南。⑥淇水：泉流入淇水。此以喻所嫁夫家之地，即思念嫁人后的女子。⑦行：指女子嫁人。⑧巧笑：美女子的笑容。瑳（cuō）：玉色鲜白貌。此以状女子之齿。⑨佩玉：佩带珠玉为饰。傩（nuó）：行有节度。此指女子行步姿容优美。⑩滺滺（yóu）：水流貌。⑪桧楫：桧木船桨。桧（guì）：木名。松舟，松木制的船。此句言舟楫相配得水而行，比兴自己未能和女子相配成夫妻。⑫言：语助词。⑬写：消除，“泻”之本字。

【注释】

竹竿竹竿细又长，当年钓鱼淇水上。难道旧地我不想？路途遥远难还乡。
左边呀，泉源头；右边呀，淇水流。姑娘出嫁别故国，远离家人怎不愁。
右边呀，淇水流；左边呀，泉源头。巧笑露齿少年游，行动佩玉有节奏。
淇水悠悠照样流，桧浆松舟也依旧。只好驾车且出游，聊除心里思乡愁。

芄兰

【原文】

芄兰之支[①]，童子佩觿[②]。虽则佩觿[③]，能不我知[④]？容兮遂兮[⑤]，垂带悸兮[⑥]。

芄兰之叶，童子佩韘[⑦]。虽则佩韘，能不我甲[⑧]？容兮遂兮，垂带悸兮。

【注释】

①芄（wán）兰之支：芄兰枝叶茂盛。芄兰：草名，果实为荚形，成叉状，像古人佩带的觿。支：通“枝”，枝叶。②童子佩觿（xī）：小孩子佩带着角锥。童子：未成年人，孩子。觿：角锥，古代一种用骨头制成的解绳结的锥子。③虽则佩觿：虽

说是佩带了成年人才佩带的角锥。虽则：虽然。④能不我知：却并不明白我的心意。能：连词，表转折，相当于“却”。不我知：宾语前置，即“不知我”。⑤容兮遂兮：多么从容悠闲呀。容：从容自在的样子。遂：安闲自得的样子。⑥垂带悸兮：绅带飘然下垂。带：古代的一种丝制带子，围在腰上，在前面打结，两头垂下。悸：衣带下垂的样子。⑦韘（shè）：古代射箭时戴在右手拇指上用来钩弦的器具，用象骨制成。⑧甲（xiá）：通“狎”，亲近，亲昵。

【译文】

芄兰枝上尖荚垂，儿童挂着解结锥。虽然挂着解结锥，为何他不解我是谁？大摇大摆佩玉响，东晃西荡大带垂。

芄兰枝上叶弯弯，儿童佩韘不像样。虽然佩带玉扳指，为何不愿听我把话讲？大摇大摆佩玉响，垂带晃荡净装腔。

河 广

【原文】

谁谓河广？一苇杭之[①]。谁谓宋远？跂予望之[②]。

谁谓河广？曾来容刀[③]。谁谓宋远？曾不崇朝[④]。

【注释】

①杭：渡过。苇可以编筏，“一苇杭之”是说用一片芦苇就可以渡过黄河了，极言渡河之不难。②跂：同“企”，就是悬起脚跟。予：犹“而”（《大戴记·劝孝篇》“跂而望之”与此同义）。以上两句言宋国并不远，一抬脚跟就可以望见了。这也是夸张的形容法。③曾：犹“乃”。刀：小舟，字书作舠。“曾不容刀”也是形容黄河之狭。④崇：终。从天明到早饭时叫作“终朝”。这句是说从卫到宋不消终朝的时间，言其很近。

【译文】

谁说黄河广又广？一条苇筏就能航。谁说宋国远又远？踮起脚跟就在望。

谁说黄河宽又宽？一条小船容纳难。谁说宋国远又远？不用一朝到对岸。

伯 兮

【原文】

伯兮朅兮①，邦之桀兮②。伯也执殳③，为王前驱④。
自伯之东，首如飞蓬⑤。岂无膏沐⑥，谁適为容⑦！
其雨其雨，杲杲出日⑧。愿言思伯⑨，甘心首疾⑩。
焉得谖草⑪？言树之背⑫。愿言思伯，使我心痗⑬。

【注释】

①伯：或是男子的表字。女子也可以叫她的爱人为“伯”“叔”。朅：见《硕人》篇注。②桀：的本义是特立貌，引申为英杰。③殳：兵器名，杖类，长一丈二尺，用竹制成。④前驱：在前导引。⑤蓬：草名。蓬草一干分枝以数十计，枝上生稚枝，密排细叶。枯后往往在近根处折断，遇风就被卷起飞旋，所以叫“飞蓬”。这句是以飞蓬比头发散乱。⑥膏沐：指润发的油。⑦適：悦。“谁適为容”言修饰容貌为了取悦谁呢？⑧杲：明貌。以上两句言盼望下雨时心想：下雨吧！下雨吧！而太阳偏又出现，比喻盼望丈夫回家而丈夫偏不回来。⑨愿言：犹愿然，沉思貌。⑩疾：犹痛。“甘心首疾”言虽头痛也是心甘情愿的。⑪谖：忘。“谖草”是假想的令人善忘之草。后人因为“谖”和“萱”同音，便称萱草为忘忧草。⑫树：动词，种植。背：古文和“北”同字。这里“背”指北堂，或称后庭，就是后房的北阶下。以上二句是说世上哪有谖草让我种在北堂呢？也就是说要想忘了心上的事是不可能的。⑬痗：病。

【译文】

阿哥壮健又威风，他是国家真英雄。阿哥手执丈二殳，保卫君王打先锋。
自从哥哥去征东，无心梳发像飞蓬。难道没有润发油？讨谁欢心去美容！
好比久旱把雨盼，偏偏晴天日头灿。魂牵梦萦想哥回，想得头痛心口颤！
哪儿去找忘忧草？找来种到后院中。魂牵梦萦想哥回，心病难治意难通。

有 狐

【原文】

有狐绥绥，在彼淇梁①。心之忧矣。之子无裳②。

有狐绥绥。在彼淇厉③，心之忧矣，之子无带④。

有狐绥绥。在彼淇侧⑤。心之忧矣，之子无服⑥。

【注释】

①首两句是说：有雌雄两只狐狸在淇水的堤岸上安详地相并而行。暗示看到狐狸成双成对而希望能嫁给那个男子。绥绥：舒坦地行走的样子。彼：那。梁：桥或堤岸；②之子：这个男子。裳：下体衣服，指裙子。古代男女都穿裙子；③厉：河水深到腰部，可以淌水而过。浅水处；④带：衣带；⑤侧：河岸旁边；⑥服：衣服。

【译文】

狐狸缓缓走，淇水石桥上。心里真忧愁，这人没衣裳！

狐狸缓缓走，淇水浅滩头。心里真忧愁，这人没腰带！

狐狸缓缓走，在那淇水边。心里真忧愁，这人没衣衫。

木 瓜

【原文】

投我以木瓜①，报之以琼琚②。匪报也，永以为好也③！

投我以木桃④，报之以琼瑶⑤。匪报也，永以为好也！

投我以木李，报之以琼玖⑥。匪报也，永以为好也！

【注释】

①木瓜：植物名，落叶灌木，又名“楙”，果实椭圆。②琼：赤玉。又是美玉的

通称。琚：佩玉名。“琼琚”和下二章的“琼瑶”“琼玖”都是泛指佩玉而言。③好：爱。④木桃：就是桃子，下章的“木李”也就是李子，为了和上章“木瓜”一律，所以加上木字。⑤瑶：美石，也就是次等的玉。⑥玖：黑色的次等玉。

【译文】

送我一只大木瓜，我拿佩玉报答她。不是仅仅为报答，表示永远爱着她！

送我一只大木桃，我拿美玉来还报。不是仅仅为还报，表示和她永相好！

送我一只大木李，我拿宝石还报你。不是仅仅为还礼，表示爱你爱到底！

王 风

黍 离

【原文】

彼黍离离[①]，彼稷之苗[②]。行迈靡靡[③]，中心摇摇[④]。知我者，谓我心忧；不知我者谓我何求[⑤]。悠悠苍天[⑥]！此何人哉[⑦]？

彼黍离离，彼稷之穗[⑧]。行迈靡靡，中心如醉。知我者谓我心忧；不知我者，谓我何求。悠悠苍天！此何人哉？

彼黍离离，彼稷之实。行迈靡靡，中心如噎[⑨]。知我者，谓我心忧；不知我者，谓我何求。悠悠苍天！此何人哉？

【注释】

①黍：小米。离离：行列貌。②稷：高粱。头两句是说黍稷离离成行，正在长苗的时候。“离离”和“苗”虽然分在两句实际是兼写黍稷。下二章仿此。③迈：行远。行迈：等于说“行行”。靡靡：脚步缓慢的样子。④中心：就是心中。摇摇：又作“愮愮”，是心忧不能自主的感觉。⑤这两句说：了解我的人见我在这里徘徊，晓得我心里忧愁，不了解我的人还当我在寻找什么呢。⑥悠悠：犹遥遥。⑦此：指苍

天。人：读为“仁”（“人”“仁”古字通），问苍天何仁，等于说“昊天不惠”。⑧第二、三章的头两句是说黍稷成穗结实：从抽苗到结实要经过六七个月。不过苗、穗、实等字的变换也可能为了分章换韵，不必呆看作写时序的变迁。⑨噎：气逆不能呼吸。

【译文】

看那小米满田畴，高粱抽苗绿油油。远行在即难迈步，无限愁思郁心头。知心人说我心烦忧，局外人当我啥要求。遥远的老天啊，是谁害我离家走！

看那小米满田畴，高粱穗儿低下头。远行在即难迈步，心中恍惚像醉酒。知心人说我心烦忧，局外人当我啥要求。遥远的老天啊，是谁害我离家走！

看那小米满田畴，高粱结实不胜收。远行在即难迈步，心口如噎真难受。知心人说我心烦忧，局外人当我啥要求。遥远的老天啊，是谁害我离家走！

君子于役

【原文】

君子于役①，不知其期，曷至哉②？
鸡栖于埘③，日之夕矣，羊牛下来④。
君子于役，如之何勿思！
君子于役，不日不月⑤，曷其有佸⑥？
鸡栖于桀⑦，日之夕矣，羊牛下括（佸）⑧。
君子于役，苟无饥渴⑨？

【注释】

①君子：妻对夫的称谓。于：往。役：指遣戍远地。②曷至哉：言何时归来。③凿墙做成的鸡窠叫做“埘”。④来：古读如“厘”。⑤不日不月：不可以日月计算。这是“不知其期”的另一说法。⑥佸：会。又佸：就是“再会”。⑦桀：是“橛”的省借，就是小木桩。⑧括：和“佸”字变义同。牛羊下来而群聚一处叫作“下

括”。⑨苟：且。且无饥渴是希望他无饥渴而又不敢确信。

【译文】

夫君服役去远方，没年没月心忧伤。不知何时回家乡？

鸡儿纷纷奔回窝，西天暮霭遮夕阳，牛羊下坡进栏忙。

夫君服役去远方，叫我怎不苦苦想！

夫君服役去远方，没日没月别离长。何日团圆聚一堂？

鸡儿纷纷上木桩，西天暮霭遮夕阳，牛羊下坡聚拢忙。

夫君服役去远方，也许不致饿肚肠？

君子阳阳

【原文】

君子阳阳[①]，左执簧[②]，右招我由房[③]，其乐只且[④]！

君子陶陶[⑤]，左执翿[⑥]，右招我由敖[⑦]，其乐只且！

【注释】

①君子阳阳：君子快乐自得。阳阳：洋洋得意的样子。②左执簧：左手拿着笙。簧：乐器，笙。③右招我由房：右手招呼我到房中。由：从，自。房：房间中。④其乐只且：多么快乐啊！只且：语气词。表感叹语气，相当于“啊”。⑤陶陶：和谐快乐的样子。⑥翿（dào）：同“纛”，古代的一种舞具。⑦右招我由敖：右手招呼我加入舞蹈的队列。敖：舞蹈的位置，队列。

【译文】

舞师得意喜洋洋，左手握着大笙簧，右手招我奏《由房》这首曲子。快快乐乐舞一场！

舞师得意乐陶陶，左手举起鸟羽摇，右手招我奏《由敖》这首曲子。快快乐乐共舞蹈！

扬之水

【原文】

扬之水①，不流束薪②。彼其之子③，不与我戍申④。怀哉怀哉⑤！曷月予还归哉⑥？

扬之水，不流束楚⑦。彼其之子，不与我戍甫⑧。怀哉怀哉！曷月予还归哉？

扬之水。不流束蒲⑨。彼其之子，不与我戍许⑩。怀哉怀哉！曷月予还归哉？

【注释】

①扬之水：飞溅的流水啊。比喻当兵远去的丈夫。扬：飞起，远去。水：比喻丈夫；②不流束薪：河水不把一捆柴漂流走。比喻丈夫不把妻子一起带走；③彼其之子：那个人，指她的丈夫。彼其：那，那个；④不与我戍申：不肯带了我一起去防守申国。戍：防守，守边疆。申：申国；⑤怀哉怀哉：想念啊！想念啊；⑥曷月予还归哉：哪年哪月给我回来啊；⑦束楚：一捆荆柴木。楚：木名，即“牡荆”，又名“黄荆”，茎干坚韧，可做手杖；⑧甫：春秋时的小国名；⑨蒲：蒲柳，即“水杨”。妻子以蒲柳自比，暗示她的青春很快要消逝的；⑩许：春秋时的小国名。

【译文】

河水慢慢流过来，水小难漂一捆柴。想起我那意中人，我守申国她难来。日思夜想丢不开，哪月回家没法猜？

小河浅水缓缓流，一捆荆条漂不走。想起我那意中人，不能同我把甫守。日思夜想丢不开，何时回家相聚首？

河水缓缓流向东，一束蒲柳漂不动。想起我那意中人，不能来许意难通。日思夜想丢不开，何时我能回家中？

中谷有蓷

【原文】

中谷有蓷①，暵其干矣②。有女仳离③，嘅其叹矣④。嘅其叹矣，遇人之艰难矣⑤。

中谷有蓷，暵其修矣⑥。有女仳离，条其啸矣⑦。条其啸矣，遇人之不淑矣⑧。

中谷有蓷，暵其湿矣⑨。有女仳离，啜其泣矣⑩。啜其泣矣，何嗟及矣⑪。

【注释】

①中谷：谷中。蓷（tuī）：草名。又名"茺蔚"，俗称"益母草"。《本草纲目·茺蔚》："此草及子皆茺盛密蔚，故名"茺蔚"，其功宜于妇人及明目益精，故有"益母"之称。"②暵（hàn）：通"熯"。枯萎。干：指草枯萎发干。其：语助词。以上二句以本来对妇人有益处的益母草干枯，比兴女子被弃处于困境而忧病憔悴。③仳离：离别，指女子被丈夫遗弃。仳（pǐ）：分离。④嘅（kǎi）：叹息声。其：语助词。⑤人：指丈夫。艰难：艰苦困难。指丈夫对待妻子不好而使她处境艰苦困难。⑥修：干肉。此指干缩。⑦条：长，此指声音长。啸：嘬口出声，指哭出长声。⑧不淑：不善。淑：善，指命运处境不好。⑨湿："暩"（qī）之借字。《玉篇》作"暩"。暩，将要干枯。⑩啜（chuò）：抽泣貌。泣：低声落泪哭。⑪何嗟及：即"嗟何及"。嗟：嗟叹，指怨恨叹息。何及：哪里来得及。

【译文】

山谷长着益母草，天旱不雨草枯焦。有位女子被遗弃，抚胸长叹心苦恼。抚胸长叹心苦恼，嫁人嫁得太糟糕！

益母草长山谷间，天旱不雨草晒干。有位女子被遗弃，唉声长叹心里酸。唉声长叹心里酸，不幸嫁个负心汉！

益母草长山谷中，天旱草枯地裂缝。有位女子被遗弃，呜咽悲泣心伤痛。呜咽悲泣心伤痛，后悔莫及叹也空。

兔 爰

【原文】

有兔爰爰①，雉离于罗②。我生之初，尚无为③；我生之后，逢此百罹④。尚寐，无（毋）吪⑤！

有兔爰爰，雉离于罦⑥。我生之初，尚无造⑦；我生之后，逢此百忧。尚寐，无（毋）觉！

有兔爰爰，雉离于罿⑧。我生之初，尚无庸⑨；我生之后，逢此百凶。尚寐，无（毋）聪⑩！

【注释】

①爰爰：犹缓缓，宽纵貌。②离：遭，也就是“著”。罗：网。这里将“兔”比享受着自由的人，“雉”比自由被剥夺的人。③无为：指无劳役。“为”和徭役的“徭”古同字。④百罹：是说多种忧患。⑤尚：犹庶几，表希望的意思。吪：动。这句是说但求长眠不醒，也就是不愿再活着的意思。下二章末句意同。⑥罦：附设机轮的网，又叫作“覆车网”。⑦造：营造。无造：也是说没有劳役。⑧罿：捕鸟网名。⑨庸：劳。⑩聪：闻。

【译文】

狡兔自由又自在，野鸡落进网里来。当我初生那时候，没有战争没有灾。偏偏在我出生后，倒霉事儿成了堆。但愿长睡口不开！

狡兔自由又自在，野鸡落进网里来。当我初生那时候，没有迁都没有灾。偏偏在我出生后，百般晦气连着来。但愿长睡眼不开！

狡兔自由又自在，野鸡落进网里来。当我初生那时候，没有劳役没有灾。偏偏在我出生后，百样坏事上门来。但愿长睡两耳塞！

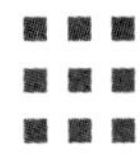

葛藟

【原文】

绵绵葛藟[①]，在河之浒[②]。终远兄弟[③]，谓他人父[④]。谓他人父，亦莫我顾[⑤]。

绵绵葛藟，在河之涘[⑥]。终远兄弟，谓他人母。谓他人母，亦莫我有[⑦]。

绵绵葛藟，在河之漘[⑧]。终远兄弟，谓他人昆[⑨]。谓他人昆，亦莫我闻[⑩]。

【注释】

①绵绵葛藟（léi）：长长的葛藟。绵绵：连绵不断的样子。葛藟：蔓草名。②在河之浒（hǔ）：爬满了河边。浒：水边。③终远兄弟：在远离兄弟之后。终：既，在……之后。④谓他人父：呼别人为“父”。谓：叫，称呼。⑤亦莫我顾：也不肯照顾我。亦：也。莫我顾：宾语前置句，即“莫顾我”，莫：不，顾：关心、照顾。⑥涘（sì）：水边。⑦有：通“友”，相亲，友爱。⑧漘（chún）：水边。⑨昆：兄，哥哥。⑩闻：通“问”，慰问，恤问。

【译文】

野葡萄藤绵绵长，攀在河边小树上。离别亲人去远方，喊人阿爸求帮忙。阿爸阿爸连声唤，没人理睬独彷徨。

野葡萄藤绵绵长，攀在河滨小树上，离别亲人去他乡，喊人阿妈求帮忙。阿妈阿妈连声喊，没人亲近徒悲伤。!

野葡萄藤绵绵长，攀在河岸小树上。离别亲人到异乡，喊人阿哥求帮忙。阿哥阿哥连声喊，没人救助空流亡。

采 葛

【原文】

彼采葛兮，一日不见，如三月兮。

彼采萧兮[1]，一日不见，如三秋兮[2]。

彼采艾兮[3]，一日不见，如三岁兮。

【注释】

①萧：植物名，蒿类。萧有香气，古人采它供祭祀。②三秋：通常以一秋为一年。谷熟为秋，谷类多一年一熟。古人说“今秋”“来秋”就是“今年”“来年”。在这首诗里“三秋”该长于“三月”，短于“三岁”，义同“三季”，就是九个月。又有以“三秋”专指秋季三月的，那是后代的用法。③艾：菊科植物。烧艾叶可以灸病。

【译文】

那位姑娘去采葛，只有一天没见着，好像三月久相隔。

那位姑娘去采蒿，只有一天没见到，像隔三秋受煎熬。

姑娘采艾去田间，只有一天没会面，好像隔了整三年！

大 车

【原文】

大车槛槛[1]，毳衣如菼[2]。岂不尔思[3]？畏子不敢[4]。

大车哼哼[5]。毳衣如璊[6]。岂不尔思？畏子不奔[7]。

穀则异室[8]，死则同穴[9]。谓予不信[10]，有如皦日[11]！

【注释】

①大车：大夫乘坐的车子。槛槛：车行的声音；②毳（cuì）衣如菼（tǎn）：毛

皮衣像嫩荻那样绿得可爱。毳衣：古代的礼服之一。上面是衣，下面是裳（裙子），子爵、男爵和大夫在朝觐天子、助祭、巡行、决讼时所穿。又为一般的毛皮衣。从诗意上看，应该是毛皮衣，作为礼服，就不可能家常随便穿用，何况在谈情说爱时候。菼：初生的芦荻，颜色嫩绿；③岂不尔思：难道不想你吗？尔思：思尔，思念你。尔：你；④畏子不敢：就怕你不敢爱。畏：惧怕。子：指女子；⑤啍（tūn）啍：车子走得笨重缓慢；⑥如璊（mén）：像赤玉那样的红。璊：赤色的玉；⑦畏子不奔：就怕你不敢私奔。奔：私奔。古代女子不经过父母之命，媒妁之言而自己找对象，到男方那里去叫做私奔；⑧穀则异室：活着住在两个家。穀：五穀，统指粮食。人活着要吃五穀，以穀代表活着。异室：不同的家，两家；⑨同穴：同一个坟墓的圹洞，就是说葬在一起；⑩谓予不信：说我不老实，如果你不相信我；⑪有如皦（jiǎo）日：

【译文】

大车驶过声坎坎，毛衣青翠色如菼。难道是我不想你？怕你犹豫还不敢。
大车驶过慢吞吞，毛衣殷红色如璊。难道是我不想你？怕你犹豫不私奔。
活着不能同房住，死后但愿同圹埋。别说我话难凭信，天上太阳作证来！

丘中有麻

【原文】

丘中有麻[1]，彼留子嗟[2]。彼留子嗟，将其来施施[3]。
丘中有麦，彼留子国[4]。彼留子国，将其来食[5]。
丘中有李，彼留之子[6]。彼留之子，贻我佩玖[7]。

【注释】

①丘：土山。麻：即大麻，古人取其纤维织布。②留：止留。子：对男子的称呼。嗟：语助词。③将（qiāng）：愿。施施：弯弯曲曲不紧不慢走路貌。《颜氏家训·书证》："江南旧本悉单为施。"可据改。施：施惠于人。指男子对女子所做的爱

恋行为。④国：此为语助词。⑤食：闻一多《诗经通义》：“古谓性的行为曰“食”。”⑥之子：此人，指男子。⑦贻：赠。佩玖：佩带的玉石。玖：次于玉的黑色美石。男子把佩玉赠给女子为定情信物。

【译文】

山坡上面种着麻，刘家小伙名子嗟。刘家小伙名子嗟，请他帮忙来我家。

山坡上面种着麦，那位子国是他爸。那位子国是他爸，请他吃饭来我家。

山坡上面种着李，刘家小伙就是他，刘家小伙就是他，送我佩玉想成家。

郑风

缁衣

【原文】

缁衣之宜兮[①]，敝，予又改为兮[②]。适子之馆兮[③]。还，予授子之粲兮[④]。

缁衣之好兮[⑤]，敝，予又改造兮[⑥]。适子之馆兮。还，予授子之粲兮。

缁衣之蓆兮[⑦]，敝，予又改作兮[⑧]。适子之馆兮，还，予授子之粲兮。

【注释】

①缁衣之宜兮：黑衣多么合身呀！缁：黑色。之：用于主语与谓语之间，取消句子独立性。宜：称体，合身。②敝，予又改为兮：穿破了，我再重新做。敝：破旧，坏。予：我。又：再。改：重新。为：做，缝制。③适子之馆兮：到你的宿舍去吧。适：到。子：你，对男子的尊称。馆：宿舍，宾馆。④还，予授子之粲兮：回来时，我送你上等的白米。还：回来，返回。授：给，赠。粲：上等白米。⑤好：

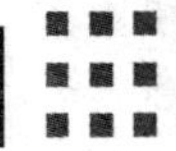

漂亮，好看。⑥造：做，制作。⑦蓆：大，宽大。⑧作：做，制作。

【译文】

黑色朝服多合样，破了，我再做衣裳。你去官署把事办，回来，给你试新装。

黑色朝服多美好，破了，我再缝一套。你去官署把公干，回来，给你穿新袍。

黑色朝服大又宽，破了，我再做一番。你到官署去办事，回来，给你新衣穿。

将仲子

【原文】

将仲子兮①，无踰我里②，无折我树杞③。岂敢爱之④？畏我父母⑤。仲可怀也，父母之言亦可畏也。

将仲子兮，无踰我墙，无折我树桑。岂敢爱之？畏我诸兄。仲可怀也，诸兄之言亦可畏也。

将仲子兮，无踰我园⑥，无折我树檀⑦。岂敢爱之？畏人之多言。仲可怀也，人之多言亦可畏也。

【注释】

①将：请。见《卫风·氓》篇。仲子：男子的表字。②无踰我里：五邻为里。里外有墙。踰里：言越过里墙。③树杞：就是杞树，就是柜柳。踰墙就不免攀缘墙边的树，树枝攀折了留下痕迹，踰墙的事也就瞒不了人。所以请仲子勿折杞也就是请他勿踰里的意思。下二章仿此。④爱：犹吝惜。之：指踰杞。⑤母：古音"米"。⑥种果木菜蔬的地方有围墙者为"园""踰园"也就是踰墙。⑦檀：树名。

【译文】

二哥请你听我讲！不要翻越我里墙，别把杞树来压伤。哪敢吝惜这些树？只怕我的爹和娘。二哥叫我好牵挂，只是爹娘要责骂，心里想想有点怕！

二哥请你听我讲！不要翻过我院墙，别伤墙边种的桑。哪敢吝惜这些树？怕我

兄长要张扬。二哥叫我好牵挂，只是兄长要责骂，想想心里有点怕！

二哥请你听我讲！不要翻我后园墙，别让檀树受了伤，哪敢吝惜这些树？怕人多嘴舌头长。二哥叫我好牵挂，只是别人要多话，想想心里有点怕！

叔于田

【原文】

叔于田①，巷无居人②。岂无居人？不如叔也③。洵美且仁④。
叔于狩⑤，巷无饮酒，岂无饮酒？不如叔也，洵美且好⑥。
叔适野⑦。巷无服马⑧。岂无服马？不如叔也，洵美且武⑨。

【注释】

①叔：老三，三少爷。这是一个贵族地主的子弟。田：通“畋”，打猎；②巷无居人：胡同里没有居民。住宅里没有居住的人。巷：村里的道路，胡同，街坊，住宅。居人：居民，居住的人；③不如叔也：赶不上三少爷的啊；④洵（xún）美：确实豪华。洵：确实，诚然，果真。美：漂亮。指豪华的房屋。仁：保养。是说房屋有专人经常在保养；⑤狩（shòu）：在冬天打猎；⑥洵美且好：酒实在醇，让人越喝越想喝。美：指酒好，酒醇。好（hào）：爱好，嗜好，爱得放不下；⑦适：到，往。野：荒郊野外；⑧服马：古代的车子，用四匹马拉，中间夹在车辕里面的两匹马叫“服马”，两旁的马叫“骖马”；⑨洵美且武：确实是既健壮又威武。美：指马的健壮。

【译文】

三哥打猎出了门，巷里空空不见人。并非真的没住人，能比三哥有几人？他真漂亮又谦逊。

三哥出去冬猎了，巷里不见喝酒佬。并非没有喝酒佬？三哥样样比人高，他真漂亮又和好。

三哥打猎到田野，巷里不见人驾马。并非别人不会驾？而是技术不如他。英俊威武人人夸。

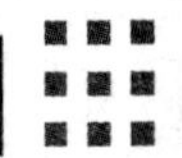

大叔于田

【原文】

叔于田[①]，乘乘马[②]。执辔如组[③]，两骖如舞[④]。
叔在薮[⑤]，火烈具举[⑥]。襢裼暴虎[⑦]，献于公所。
将叔勿狃[⑧]，戒其伤女[⑨]！
叔于田，乘乘黄[⑩]。两服上襄[⑪]，两骖雁行[⑫]。
叔在薮，火烈具扬[⑬]。叔善射忌[⑭]，又良御忌。
抑磬控忌[⑮]，抑纵送忌[⑯]。
叔于田，乘乘鸨[⑰]。两服齐首，两骖如手[⑱]。
叔在薮，火烈具阜[⑲]。叔马慢忌，叔发罕忌[⑳]。
抑释掤忌[㉑]，抑鬯弓忌[㉒]。

【注释】

①叔：一个男子的表字。田：打猎。②乘乘马：四马叫作“乘”。上“乘”字是动词，就是驾。③见《简兮》篇。④两骖：驾车的马之在两旁者 。如舞：是说行列不乱。⑤薮：低地，多草木，禽兽聚居之处。郑国有大薮名圃田。在薮：言已到田猎的所在。⑥烈：是“迾”的借字。就是“遮”。猎时放火烧草，遮断群兽逃散的路叫作“火迾”。具举：齐起。“火烈具举”是说几方面同时举火。⑦襢裼：脱去衣服露出肉体。暴虎：空手与虎搏斗。⑧狃：习惯以为常的意思。⑨汝：指叔。诗人警告叔别常干这种冒险的事。⑩乘乘黄：四匹黄马。⑪服：驾车的马在中央夹辕者。上：犹前。襄：读为“骧”，驾。“两服上襄”是说中央的两马在骖马之前并驾。⑫两骖雁行：两骖马比服马稍后，像飞雁的行列。⑬扬：起。⑭忌：语助词。下同。⑮抑：发语词。下同。磬控：双声连绵词，就是控制马不让它前进。⑯纵送：叠韵连绵词，就是放纵马使它奔驰。以上两句承“良御”。⑰鸨：黑白杂毛的马，又叫作“驳”。⑱如手：言两骖在旁而稍后，像人的两只手，和上章“雁行”意思相同。⑲阜：盛。⑳发：发箭。罕：稀。㉑掤：箭筒的盖。释掤：言解开箭筒的盖，准备将箭收起。㉒鬯：读为“韔”，弓囊。鬯弓：言将弓放进囊中。

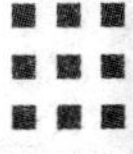

【译文】

三郎打猎上征途，驾起四马真英武。手提缰绳如丝组，骖马整齐像跳舞。
三郎驾车在林薮，猎火齐起截兽路。赤膊空拳打老虎，打来献到郑公府。
三郎请勿太大意，提防老虎伤肌肤！
三郎出猎真雄壮，驾起四马毛色黄。两匹服马首高昂，骖马整齐像雁行。
三郎驾车草地上，猎火熊熊把兽挡。拉弓能穿百步杨，驾车能驶万里疆。
忽而勒马急停车，忽而纵马四蹄扬。
三郎打猎郊外游，四匹花马跑不休。中央服马头并头，两旁骖马像双手。
三郎驾车在草泽，猎火熊熊风飕飕。马儿走得慢悠悠，箭儿少发无禽兽。
解下箭筒揭开盖，强弓装进袋里头。

清 人

【原文】

清人在彭①，驷介旁旁②。二矛重英③，河上乎翱翔④。
清人在消⑤，驷介麃麃⑥。二矛重乔⑦，河上乎逍遥⑧。
清人在轴⑨，驷介陶陶⑩。左旋右抽⑪，中军作好⑫。

【注释】

①清：郑国邑名。在今河南中牟县西。清人：清邑之人。指高克及其所带领的兵士。王先谦《诗三家义集疏》："据《易林》'清人高子'，知克亦清邑之人。故率其同邑之众，屯于卫邑彭地。"彭，黄河边上的郑国边境之地名。《正义》："卫在河北，郑在河南，恐狄渡河侵郑，故使高克将兵于河上御之。"②驷：一车驾四马。介：通甲，披甲。旁旁，强劲貌。③二矛：古代战车上立两支矛，一支攻敌，一支备用。英：英饰，即装饰矛头的缨络，染赤羽为之。重英：指二矛的英饰风飘而相叠。④河上：黄河边上。乎：语助词。翱翔：悠闲游乐貌，此指驾车闲游。⑤消：黄河边上郑国地名。⑥麃（biāo）麃：威武貌。⑦乔：通"鷮"，长尾雉鸡。此指用雉羽为矛之英饰。⑧逍遥：安闲自得貌。⑨轴：黄河边上郑国地名。⑩陶（dào）陶：

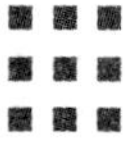

马奔跑貌。⑪左旋：身向左旋转。右抽：右手抽拔刀剑。此句指士兵习击刺。⑫中军：军中，军营中。作好：做出好看的样子。

【译文】

清邑军队守彭庄，驷马披甲真强壮。两矛装饰重缨络，河边闲游多欢畅。

清邑军队守在消，驷马披甲威风骄。两矛装饰野鸡毛，河边闲逛多逍遥。

清邑军队守在轴，驷马披甲如风跑。身子左转右抽刀，将军练武姿态好。

羔 裘

【原文】

羔裘如濡①，洵直且侯②。彼其之子③，舍命不渝④。

羔裘豹饰⑤，孔武有力⑥。彼其之子，邦之司直⑦。

羔裘晏兮⑧，三英粲兮⑨。彼其之子，邦之彦兮⑩。

【注释】

①羔裘如濡（rú）：羊羔皮袄油亮润泽。如濡：温润亮泽。②洵（xún）直且侯：确实正直而美好。洵：确实，的确。直：正直，公正。侯：美好，善。③彼其（jī）之子：那样的人。彼其：指示代词，那。之：指示代词，此。子：对男子的尊称。④舍命不渝：舍弃生命也不变节。渝：改变。⑤豹饰：边缘用豹皮镶饰。⑥孔武有力：十分勇武有力。孔：很，十分。⑦邦之司直：是国家主持公道的人。邦：周代的诸侯封地，泛指国家。司直：主持公道的人，公正的人。⑧晏：鲜艳，华美。⑨三英粲兮：羔羊皮袄上的三条丝绳闪闪发光。英：皮袄对襟上缀的用于挽结的丝绳。粲：色彩鲜明。⑩彦：俊杰，杰出的人才。

【译文】

身穿柔滑羊皮袄，为人正直又美好。他是这样一个人，肯舍生命保节操。

羔裘袖口饰豹皮，为人威武有毅力。他是这样一个人，国家司直有名气。

羔羊皮袄光又鲜，三道豹皮色更妍。他是这样一个人，国之模范正华年。

遵大路

【原文】

遵大路兮[①]，掺执子之袪兮[②]。无我恶兮[③]，不寁故也[④]！

遵大路兮。掺执子之手兮。无我魗兮[⑤]，不寁好也[⑥]！

【注释】

①遵大路：沿着大路走。遵：遵照，沿着；②掺（shǎn）执子之袪（qū）兮：紧紧地揪住他的衣袖口。掺：持。执：拉住。袪：袖口；③无我恶（wù）兮：请不要讨厌我啊。我恶：恶我，厌恶我。恶：厌恶，憎恨，讨厌；④不寁（jié）故也：不可以那么快就把旧人抛弃。寁：快速，很快地（断绝，抛弃）。故：故人，指旧妻；⑤无我魗（chǒu）兮：不要抛弃我啊！我魗：魗我，即抛弃我。魗：嫌弃，抛弃；⑥不寁好也：不可以那么快就恩断义绝。好：感情，恩爱。

【译文】

沿着大路跟你走，手儿拉住你袖口！求你不要讨厌我，多年相伴别分手！

沿着大路跟你走，手儿拉住你的手！求你不要嫌我丑，多年相好别弃丢！

女曰鸡鸣

【原文】

女曰：“鸡鸣。”士曰：“昧旦[①]。”“子兴视夜[②]，明星有烂[③]。”“将翱将翔[④]，弋凫与雁[⑤]。”

“弋言加之[⑥]，与子宜之[⑦]。宜言饮酒，与子偕老。琴瑟在御[⑧]，莫不静好[⑨]。”

“知子之来之[⑩]，杂佩以赠之[⑪]。知子之顺之，杂佩以问之[⑫]。知子之好之，杂佩以报之。”

【注释】

①昧旦：天将明未明的时候。②兴：起。视夜：观察夜色。③明星：即金星。早晨金星出现在东方，称为启明星或明星。有烂：犹烂烂，明亮。天将明的时候众星隐微，独启明星显得更亮。④翱翔：本是鸟飞之貌，这里指人的动作，犹遨游或彷徉。⑤弋：同“ ”。用生丝做绳，系在箭上来射鸟叫作“弋”。凫：野鸭。⑥加：古读如“歌”。加之：射中它。⑦与：犹为。宜：作肴。宜之：言将凫雁加以烹调，做成肴，啖食。本章的“言”字都是语助词。⑧御：侍。在御：犹言在侧。⑨静好：安静和乐，指琴瑟之音。《常棣》篇云。“妻子好合，如鼓瑟琴”，这里说琴瑟静好也是借琴瑟喻夫妇。本章都是妻对夫所说的话。⑩来：和顺。和下文“顺”、“好”意义相同。⑪杂佩：古人所带的佩饰，每一佩上有玉、有石、有珠，有珩、璜、琚、瑀、冲牙，形状和材料都不属一类，所以叫作“杂佩”。⑫问：赠送。

【译文】

女说：“雄鸡叫得欢。”男说：“黎明天还暗。”“你快起来看夜色，启明星儿光闪闪。”“我要出去走一走，射些野鸭和飞雁。”

“射中野鸭野味香，为你做菜请你尝。就菜下酒相对饮，白头到老百年长。弹琴鼓瑟乐陶陶，夫妻美满心欢畅。”

“你的体贴我了解，送你杂佩志不忘。你的温顺我懂得，送你杂佩表情长。你的爱恋我心知，送你杂佩诉衷肠。”

有女同车

【原文】

有女同车，颜如舜华[①]。将翱将翔[②]，佩玉琼琚[③]。彼美孟姜[④]，洵美且都[⑤]。

有女同行，颜如舜英[⑥]。将翱将翔，佩玉将将[⑦]。彼美孟姜，德音

不忘[⑧]。

【注释】

①颜：面容。舜：木槿。华：古“花”字。②将：且，又。翱翔：此形容美人步态轻盈美好。③琼琚：华美的佩玉。琼：美玉。琚：佩玉名。④孟姜：姜氏长女。古代长女称孟。⑤洵：诚，确实。都：娴雅大方。⑥英：花。⑦将将（qiāng）：同“锵锵”，指佩玉的响声。⑧德音：美好的声誉，此指品德美好。

【译文】

姑娘和我同乘车，脸儿好像木槿花。我们在外同遨游，美玉佩环身上挂。姜家美丽大姑娘，确实漂亮又文雅！

姑娘和我同路行，脸像槿花红莹莹。我们在外同游玩，身上佩玉响叮叮。姜家美丽大姑娘，美好品德永光明！

山有扶苏

【原文】

山有扶苏[①]，隰有荷华。不见子都[②]，乃见狂且[③]。
山有桥松[④]，隰有游龙[⑤]。不见子充，乃见狡童[⑥]。

【注释】

①扶苏：就是扶木。这里应与下章“桥松”相称，似非小木。②子都：和下章的“子充”都是古代美男子名。③狂且：狂者。一说且是“伹”字的省借，“伹”是“拙钝”的意思。狂伹：是复合词。这里偏用“狂”字的意义。④桥：同“乔”，高。⑤游龙：“龙”一作“茏”，草名，又名“荭”，红草。⑥狡童：狡是狡猾多诈的意思。本诗用来与“狂且”为一类，而与子都、子充相对，是骂辞。

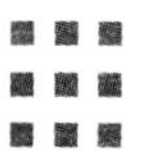

【译文】

山顶大树多枝桠，低洼地里开荷花。不见子都美男子，遇见个疯癫大傻瓜。

山顶松树高又大，低洼地里开茏花。不见子充好男儿，遇见个滑头小冤家。

萚兮

【原文】

萚兮萚兮[①]，风其吹女（汝）[②]。叔兮伯兮[③]，倡，予和女（汝）[④]。

萚兮箨兮，风其漂女（汝）[⑤]。叔兮伯兮，倡予要女（汝）[⑥]。

【注释】

①萚：草木落下的皮或叶。②吹：古读如“磋”。汝：指“萚”。此章和下章的头两句以风吹萚叶起兴。人在歌舞欢乐的时候常有飘飘欲仙的感觉，所以和风萚联想。③女子呼爱人为“伯”或“叔”或“叔伯”：“叔兮伯兮”语气像对两人，实际是对一人说话。④倡：带头唱歌。“汝”，指叔伯。⑤漂：或作飘，吹动。⑥要：会合。指唱歌的人以声音相会合，也就是和。

【译文】

枯叶枯叶往下掉，风儿吹你轻飘飘！叔呀伯呀大家来，我先唱来你和调！

枯叶枯叶往下掉，风儿吹你舞飘飘！叔呀伯呀大家来，我唱你和约明朝。

狡童

【原文】

彼狡童兮[①]，不与我言兮[②]。维子之故[③]，使我不能餐兮[④]。

彼狡童兮，不与我食兮[⑤]。维子之故，使我不能息兮[⑥]。

【注释】

①彼狡童兮：那个俊美的小伙子哟。彼：那。狡童：强壮美好的小伙子。②不

与我言兮：不和我说话呀！③维子之故：就是因为你的缘故。维：正因为。子：你。④使我不能餐兮：让我吃不下饭呀!。餐：吃。⑤不与我食兮：不和我一块儿吃饭呀!。⑥息：歇息，休息。

【译文】

那个小伙太狡猾，不肯和我再说话。为了你这小冤家，害我茶饭咽不下！

那个小伙耍手腕，不肯和我同吃饭。为了你这小冤家，害我胸闷气难喘！

褰裳

【原文】

子惠思我[①]，褰裳涉溱[②]。子不我思[③]，岂无他人？狂童之狂也且[④]！

子惠思我，褰裳涉洧[⑤]。子不我思，岂无他士？狂童之狂也且！

【注释】

①子：女子称她的情人。惠：见爱。②褰裳：提起下裙。溱：水名，源出今河南省密县北圣水峪，东南流与洧水会合。③不我思：即不思我。④狂：痴騃。狂童：犹言痴儿或傻小子。狂童之狂：就是说痴儿中之痴儿。且：是语尾助词，在这里的作用犹“哉”。⑤洧：水名，源出今河南省登封县东阳城山，东流经密县到大隗镇会合溱水为双洎河。

【译文】

你若爱我想念我，提起衣裳淌溱河。你若变心不想我，难道再没多情哥。看你那疯癫样儿傻呵呵！

你若爱我想念我，提起衣裳淌洧河。你若变心不想我，难道再没年少哥。看你那疯癫样儿傻呵呵！

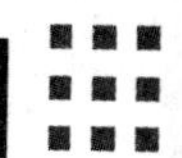

丰

【原文】

子之丰兮[①]，俟我乎巷兮[②]。悔予不送兮。

子之昌兮[③]，俟我乎堂兮。悔予不将兮[④]。

衣锦褧衣[⑤]，裳锦褧裳[⑥]。叔兮伯兮[⑦]，驾予与行[⑧]。

裳锦褧裳，衣锦褧衣。叔兮伯兮。驾予与归[⑨]。

【注释】

①子之丰兮：心上人长得真帅。丰：体态丰满，魁梧；②俟：等待，等候。乎：在。巷：里弄，胡同；③昌：强壮，健美；④将：送；⑤衣锦褧（jiǒng）衣：锦衣外面再加麻纱单罩衣，即穿好了嫁衣，作好出嫁的准备。衣：动词。穿。锦：用彩色经纬线织有各种花纹图案的织物。褧衣：古代用麻织的嫁衣，女子出嫁时在途中穿上以遮避尘土；⑥褧裳：也是出嫁的衣服；⑦叔兮伯兮：大叔大伯们；⑧驾予与行：用车子送我走（出嫁）吧！驾：套车，用车子；⑨归：出嫁。

【译文】

想你丰满美颜容，“亲迎”等我在巷中。后悔我家不相送！

想你身体多魁伟，“亲迎”等我在堂内。后悔当初没相随！

锦缎衣裳身上穿，以披绉纱白罩衫。大叔大伯请再来，驾车接我同归还！

身披罩衫白绉纱，锦缎衣裳灿如霞。大叔大伯请再来，驾车接我到你家！

东门之墠

【原文】

东门之墠，茹藘在阪[①]。其室则迩，其人甚远。

东门之栗，有践家室[②]。岂不尔思，子不我即。

【注释】

①墠：平坦广场。茹藘：茜草，绛色染料。“阪”，斜坡。这两句说东门外有堤，堤有阪，阪上有茜草。②践：齐，指排列整齐。家室：指诗中女主人公自家的居室。

【译文】

东门郊外广场大，土坡开着红茜花。你家离得这么近，人儿仿佛在天涯。

东门郊外栗树下，那里有个好人家。难道我不想念你？你不亲近为了啥！

风 雨

【原文】

风雨凄凄①，鸡鸣喈喈②。既见君子③，云胡不夷④！

风雨潇潇⑤，鸡鸣胶胶⑥。既见君子，云胡不瘳⑦！

风雨如晦⑧，鸡鸣不已。既见君子，云胡不喜！

【注释】

①凄凄：寒凉之意。②喈：古读如“饥”。喈喈：鸡鸣声。③君子：女子对她的爱人之称，已见《君子于役》篇。④云：是发语词。已见《卷耳》篇。胡：何。夷：平。云胡不夷：就是说还有什么不平呢？言心境由忧思起伏一变而为平静。⑤潇潇：《广韵》引作潇潇，急骤。⑥胶：古读如“鸠”。胶胶：或作“嘐嘐”，鸡鸣声。⑦瘳：病愈。言原先抑郁苦闷，像患病似的，现在却霍然而愈。⑧如晦：言昏暗如夜。已：止。

【译文】

凄风苦雨天气凉，雄鸡喔喔声断肠。丈夫忽然回家来，我心哪会不安畅！

急风骤雨沙沙响，雄鸡喔喔报晓唱。丈夫忽然回家来，害啥相思心不慌！

风雨交加日无光，雄鸡报晓不停唱，丈夫忽然回家来，哪会不乐心花放！

子 衿

【原文】

青青子衿[①]，悠悠我心[②]。纵我不往，子宁不嗣（诒）音[③]？
青青子佩[④]，悠悠我思。纵我不往，子宁不来？
挑兮达兮[⑤]，在城阙兮[⑥]。一日不见，如三月兮！

【注释】

①子：诗中女子指她的情人。衿：衣领。或读为“紟”！即系佩玉的带子。②悠悠：忧思貌。③宁不：犹何不。嗣：《释文》引《韩诗》作“诒”，就是寄。音：谓信息。这两句是说，纵然我不曾去会你，难道你就这样断绝音信了吗？④佩：指佩玉的绶带。⑤挑兮达兮：往来貌。⑥城阙：城门两边的观楼，是男女惯常幽会的地方。

【译文】

你的衣领色青青，我心惦记总不停。纵然我没去找你，怎么不给我音讯？
你的佩带色青青，我心思念总不停。纵然我没去找你，怎么不来真扫兴！
独自徘徊影随形，城门楼上久久等。只有一天没见面，好像隔了三月整！

扬之水

【原文】

扬之水[①]，不流束楚[②]。终鲜兄弟[③]，维予与女[④]。无信人之言，人实迋女[⑤]。

扬之水，不流束薪[⑥]。终鲜兄弟，维予二人。无信人之言，人实不信[⑦]。

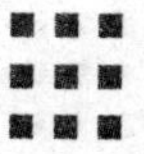

【注释】

①扬：激扬。②束楚：一捆荆楚。诗中凡言薪柴，皆代娶妻之事。以上二句以激扬之水漂不走一捆荆柴，比兴婚姻不当被破坏、离散。魏源《古诗微》："三百篇言取妻者，皆以析薪取兴，盖古者嫁娶，必以燎炬为烛，故《南山》之析薪，《车舝》之析柞，《绸缪》之束薪，《豳风》之伐柯，皆与此错薪、刈楚同兴。"③终：既，已经。鲜：少。此女子说自己。④维：仅，只。女：通"汝"。⑤迋（kuáng）：通"诳"。欺骗。⑥薪：柴草。⑦信：诚实。

【译文】

河水悠悠没有劲，哪能漂散一捆荆。我家兄弟本很少，只有你我结同心。不要轻听别人话，人家骗你你别信。

河水悠悠流过来，哪能漂散一捆柴。我家兄弟本很少，你我两人最关怀。不要轻信别人话，人家挑拨你别睬。

出其东门

【原文】

出其东门，有女如云①。虽则如云，匪我思存②。缟衣綦巾③，聊乐我员④。

出其闉阇⑤，有女如荼⑥。虽则如荼，匪我思且（著）⑦。缟衣茹藘⑧，聊可与娱⑨。

【注释】

①如云：言众多。②存：思念。"匪我思存"言非我所思念。③缟：未经染色的绢。缟衣：是较粗贱的衣服。綦：暗绿色。巾：佩巾，就是蔽膝。綦巾：是未嫁女子所服用的。④聊：且。员：一作云。语助词。以上二句是说那一位穿缟衣，佩綦巾，服装贫陋的姑娘才是令我喜爱的。⑤闉：曲城，又叫作瓮城，就是城门外的护门小城。阇：是闉的门。⑥荼：茅草的白花。如荼：亦言众多。⑦且：读为"著"，犹

存。思存："思著"和《关雎》篇的"思服"同例。⑧茹藘：茜草，可以做绛色染料。在这里是绛色佩巾的代称。綦巾：变为"茹藘"是因分章换韵而改字，所指还是同一个人。⑨娱：乐。这句和上章末句意思相同。

【译文】

出了东城门，女子多如云。虽然多如云，不是意中人。白衣绿巾妻，相爱又相亲。

出了外城郭，如花女子多。虽然如花多，不在我心窝。白衣红巾妻，家庭乐呵呵。

野有蔓草

【原文】

野有蔓草，零露漙兮①。有美一人，清扬婉兮②。邂逅相遇，适我愿兮③。

野有蔓草，零露瀼瀼④。有美一人，婉如清扬⑤。邂逅相遇，与子偕臧（藏）⑥。

【注释】

①蔓草：蔓生的草。零：落。漙：凝聚成水珠。②扬：明。"清"、"扬"都是形容目的美。婉：读为"睕"，目大貌。③邂逅：爱悦。亦作不期而遇解。遇：相逢或配合。适我愿：就是称心满意，也就是"邂逅"的意思。④瀼瀼：露珠肥大貌。⑤如：犹而。⑥臧：读为"藏"。"偕藏"言一同藏匿。

【译文】

野外蔓草碧连天，露珠落上颗颗圆。有位美人姗姗来，眉清目秀好容颜。今日路上巧相遇，情意绵绵合我愿。

野外蔓草绿成茵，露水浓浓多晶莹。有位美人姗姗来，眉清目秀千种情。不期而会缘份好，你欢我乐喜盈盈。

溱 洧

【原文】

溱与洧，方涣涣兮[①]。士与女，方秉蕑（兰）兮[②]。女曰："观乎[③]?"士曰："既且（徂）[④]。""且往观乎[⑤]。洧之外，洵訏且乐[⑥]。"维士与女，伊其相谑[⑦]，赠之以勺药[⑧]。

溱与洧，浏其清矣[⑨]。士与女，殷其盈矣[⑩]。女曰："观乎?"士曰："既且（徂）。""且往观乎，洧之外，洵訏且乐。"维士与女，伊其将谑[⑪]，赠之以勺药。

【注释】

①溱、洧：水名，见《褰裳》篇。涣涣：水弥漫之貌。②士与女：泛指众游春男女。"女曰""士曰"的士女则有所专指。以下仿此。蕑：兰。古字同。古人所谓兰是一种香草，属菊科，和今之兰花不同。郑国风俗，每年三月上巳日男女聚在溱洧两水之上，招魂续魄，秉执兰草，祓除不祥。③观：言游观。这句是说一个女子约她的爱人道：看看热闹去吧?（"观"亦可读为灌，灌谓洗濯，洗濯所以除不祥。）④既：已也。且：读为"徂"。往。这句是男答女。我已经去过了。⑤且往观乎：是女劝男再往之辞，且：训复。⑥訏：大。这句是说洧水之外确是宽旷而可乐。⑦伊：犹。维：语助词。谑：调笑。⑧勺药：香草名。男女以勺药相赠是结恩情的表示。⑨浏：清貌。⑩殷：众。⑪将：相将。

【译文】

溱水流、洧水淌。三月冰融水流畅。小伙子、小姑娘，手拿兰草驱不祥。妹说："咱们去看看?"哥说："我已去一趟。""陪我再去又何妨！洧水外、河岸旁，确实好玩又宽广。"男男女女喜洋洋，相互调笑心花放，送支芍药表情长。

溱水流、洧水淌，三月河水清亮亮。小伙子、小姑娘，人山人海闹嚷嚷。妹说："咱们去看看?"哥说："我已去一趟。""陪我再去又何妨！洧水外、河岸旁，确实好玩又宽广。"男男女女喜洋洋，相互调笑心花放，送支芍药表情长。

齐风

鸡鸣

【原文】

“鸡既鸣矣，朝既盈矣[①]。”“匪鸡则鸣[②]，苍蝇之声。”
“东方明矣，朝既昌矣[③]。”“匪东方则明，月出之光[④]。”
“虫飞薨薨[⑤]，甘与子同梦[⑥]，会且归矣[⑦]，无庶予子憎[⑧]！”

【注释】

①朝：朝堂，君臣聚会的地方。既盈：言人已满。以上二句妻催促丈夫起身赴朝会，告诉他时已不早。②则：犹“之”。这两句是夫答妻之辞。③昌：盛。言人多。以上二句妻告夫。④此二句夫答妻：言时候还早。⑤薨薨：飞虫声，似即指“苍蝇之声”。⑥甘：乐。“同梦”犹言共寝。⑦会：指朝会。且归：是说参加朝会者将散朝回家。这和“既盈”“既昌”都是故甚其词以引起对方的紧张。⑧庶：庶几。无庶是庶无的倒文。予：与。“憎”言见憎于人。末章四句是妻对夫说：在这催眠的虫声中，我也愿意你和我再睡一会儿，不过人家都要散朝了，还是早些去罢，别惹得人家对你憎恶。（或以上二句属夫，下二句属妻，亦通。）

【译文】

“你听公鸡喔喔叫，大家都已去早朝。”“不是什么公鸡叫，那是苍蝇在喧闹。”
“你瞧东方已发亮，朝会已经挤满堂。”“不是什么东方亮，那是一片明月光。”
“虫声嗡嗡催人睡，但愿一齐入梦乡。”“朝会人们快回啦，别招人厌说短长。”

还

【原文】

子之还兮[①]，遭我乎猛之间兮[②]。并驱从两肩兮[③]，揖我谓我

儇兮④。

子之茂兮⑤，遭我乎猺之道兮。并驱从两牡兮⑥，揖我谓我好兮⑦。

子之昌兮⑧，遭我乎猺之阳兮⑨。并驱从两狼兮，揖我谓我臧兮⑩。

【注释】

①子之还（xuán）兮：你矫健灵巧。子：你。之：助词，用于主语与谓语之间，取消句子独立性。还：矫健灵巧。②遭我乎猺（náo）之间兮：在猺山上碰上我了。遭：遇，碰上。乎：介词，相当于"于"，在。猺：山名。③并驱从两肩兮：我俩并肩策马追逐两只野兽。从：追逐。肩：通"豜"，三岁的兽，大兽。④揖我谓我儇（xuān）兮：你对我作揖还说我技艺娴熟。揖：拱手行礼。儇：灵巧，技艺娴熟。⑤茂:优秀。⑥牡：雄兽。⑦好：善，优秀。⑧昌：健壮勇武。⑨阳：山的南边。⑩臧:善，能干。

【译文】

猎技敏捷数你优，与我相遇猺山头。并马追赶两大猪，作揖夸我好身手。

你的猎技多漂亮，遇我猛山小道上。并马追赶两雄兽，作揖夸我手段强。

看你膀大腰又粗，遇我猺山向阳坡。并驱两狼劲头足，作揖夸我打得多。

著

【原文】

俟我于著乎而①。充耳以素乎而②，尚之以琼华乎而③。

俟我于庭乎而④，充耳以青乎而⑤。尚之以琼莹乎而⑥。

俟我于堂乎而⑦。充耳以黄乎而⑧，尚之以琼英乎而⑨。

【注释】

①俟：等待，等候。著：大门与屏风之间的地方。乎而：句末语气助词，表示赞叹；②充耳以素乎而：用白丝线系的耳塞啊。充耳：古人用的一种玉或美石做的饰物，挂在帽子的两边，用来塞耳朵以阻隔声音。素：指白色的丝线；③尚：还，

而且还，又。以：用。琼华：有光华的美玉或美石；④庭：厅堂，堂前的地方；⑤青：指青色的丝线；⑥琼莹：晶莹的美石或美玉；⑦堂：房间外面的屋子；⑧黄：指黄色的丝线：⑨琼英：像玉的美石。

【译文】

新郎等我屏风前，帽边“充耳”白丝线，美玉闪闪光照面！

新郎等我院中央，帽边“充耳”青丝长，美玉闪闪真漂亮！

新郎等我在厅堂，帽边“充耳”丝线黄，美玉闪闪增容光！

东方之日

【原文】

东方之日兮，彼姝者子[①]，在我室兮。在我室兮，履[②]我即兮。

东方之月兮，彼姝者子，在我闼兮[③]。在我闼兮，履我发[④]兮。

【注释】

①姝：美丽。子：古代男女通称，此指女子。②履：踩，踏。即：为膝之借字。见杨树达《积微居小学述林》。古人席地而坐，行者可踏坐者之膝。③闼（tà）：屋门内，指内室。④发：有足之义。

【译文】

太阳升起在东方，有位漂亮好姑娘，来到我家进我房。来到我家进我房，踩我膝头诉衷肠。月亮升起在东方，有位漂亮好姑娘，来到门内进我房。来到门内进我房，踩我脚儿表情长。

东方未明

【原文】

东方未明，颠倒衣裳。颠之倒之，自公召之。

东方未晞（昕）[①]，颠倒裳衣。倒之颠之，自公令之。

折柳樊圃[②]，狂夫瞿瞿[③]。不能辰夜[④]，不夙则莫（暮）[⑤]。

【注释】

①晞："昕"的借字，就是明。②樊：即"藩"。这句说折柳枝做园圃的藩篱。③狂夫：指监工的人。瞿瞿：瞪视貌。④辰：时。守时不失叫做时，犹"伺"。不能辰夜：吉不能按正时在家过夜。⑤夙：早。

【译文】

东方没露一线光，丈夫颠倒穿衣裳。为啥颠倒穿衣裳？因为公家召唤忙。

东方未明天还黑，丈夫颠倒穿裳衣。为啥颠倒穿裳衣？因为公家命令急。

折柳编篱将我防，临走还要瞪眼望。夜里不能陪伴我，早出晚归太无常。

南　山

【原文】

南山崔崔[①]，雄孤绥绥[②]。鲁道有荡[③]，齐子由归[④]。既曰归止[⑤]，曷又怀止[⑥]？

葛屦五两[⑦]。冠緌双止[⑧]。鲁道有荡，齐子庸止[⑨]。既曰庸止，曷又从止[⑩]？

艺麻如之何[⑪]？衡从其亩[⑫]。取妻如之何[⑬]？必告父母[⑭]。既曰告止[⑮]，曷又鞠止[⑯]？

析薪如之何[⑰]？匪斧不克[⑱]。取妻如之何？匪媒不得[⑲]？既曰得止[⑳]，曷又极止[㉑]？

【注释】

①南山崔崔：南山高峻挺拔。南山：山名，在齐国境内。崔崔：高峻的样子。

②雄狐绥（suí）绥：有一只公狐狸在孤独地走着。绥绥：独行的样子。③鲁道有荡：通向鲁国的道路平坦宽广。有：助词，放在单音节形容词之前。荡：平坦宽广。④齐子由归：齐女从这条路嫁到了鲁国。齐子：齐女，指齐襄公的异母妹妹文姜。由：从。归：出嫁。⑤既曰归止：既然说出嫁了。止：句末语气词。⑥曷又怀止：为什么又心里思念她呢？曷：何，为什么。据《左传》载，齐襄公与其异母妹妹文姜私通。文姜嫁给鲁桓公后，继续与齐襄公保持暧昧关系。后鲁桓公偕文姜赴齐，发现了奸情，痛斥文姜。文姜将此事说于齐襄公，襄公恼羞成怒，派人杀了鲁桓公。⑦葛屦五两：葛布做的鞋配成对。屦：鞋。五：通“伍”，配伍，配。两：两只鞋。⑧冠緌（ruí）双止：帽带必成双。緌：帽带打结后下垂的部分。⑨齐子庸止：齐女由这条道嫁到了鲁国。庸：由。⑩从：追，纠缠。⑪艺麻如之何：怎样种麻呢？艺：种，植。如之何：即“如何”，之：助词，无实义。⑫衡从其亩：要纵横耕耘田地。衡从：即“横纵”。⑬取妻如之何：怎样娶媳妇呢？取：同“娶”。⑭必告父母：一定要告知父母。⑮既曰告止：既然说已告知父母。⑯曷又鞠止：为什么又会让文姜如此荒淫放纵呢？鞠：穷，极尽其淫欲。⑰析薪如之何：怎样砍柴呢？析：劈开。薪：柴。⑱匪斧不克：没有斧头就干不成。匪：通“非”，没有。克：能，完成。⑲匪媒不得：没有媒人不行。得：成功。⑳既曰得止：既然说已经成功了（将文姜娶到手）。㉑曷又极止：为什么又会让文姜如此荒淫放纵呢？极：极尽其淫欲。

【译文】

巍巍南山高又大，雄狐步子慢慢跨。鲁国大道平坦坦，文姜由这去出嫁。既然她已嫁鲁侯，为啥你还想着她？

葛鞋两只双双放，帽带一对垂颈下。鲁国大道平坦坦，文姜从这去出嫁。既然她已嫁鲁侯，为啥你又盯上她？

农家怎样种大麻？田垅横直有定法。青年怎样娶妻子？必定先要告爹妈。告了爹妈娶妻子，为啥还要放纵她？

想劈木柴靠什么？不用斧头没办法。想娶妻子靠什么？没有媒人别想她。既然妻子娶到手，为啥让她到娘家？

甫 田

【原文】

无田甫田[①]，维莠骄骄[②]。无思远人[③]，劳心忉忉[④]。

无田甫田，维莠桀桀[⑤]。无思远人，劳心怛怛[⑥]。

婉兮娈兮[⑦]，总角丱兮[⑧]，未几见兮[⑨]，突而弁兮[⑩]。

【注释】

①无田甫田：没有人耕种的大片土地。是说由于战争，男人都去当兵，没有男劳动力耕种，田都荒芜了。无：没有。田：通“佃”，动词。耕种。甫：大，大面积。田：耕种的土地；②莠（yǒu）：草名，跟粟子差不多，但不结子实。泛指杂草。骄骄：草长得又高又茂盛；③无思：不要想念。无：不要。远人：在远方出征的丈夫；④劳心：心里忧愁。忉（dāo）忉：忧愁思念的样子；⑤桀桀：茂盛的样子；⑥怛（dá）怛：忧伤的样子。以下一章是女子在回忆；⑦婉兮娈（luán）兮：多么年轻啊，多么美丽啊。婉、娈：都有年轻美好的意思；⑧总角：古代男女未成年时头发梳成两个结，形状很像两只角，所以叫总角。丱（guàn）：儿童的头发梳成两只角的样子；⑨未几：不久；⑩突：忽然。弁（biàn）：古代男子在成年时加冠叫做弁。

【译文】

主子大田别去种，野草茂盛一丛丛。远方人儿别想他，见不到他心伤痛！

主子大田别去耪，野草长得那么旺。远方人儿别想他，见不到他徒忧伤！

少小年纪多姣好，两束头发像羊角。不久倘能见到他，突然戴上成人帽！

卢 令

【原文】

卢（獹）令令[①]，其人美且仁。

卢（獹）重环，其人美且鬈（拳）[②]。
卢（獹）重镅[③]，其人美且偲[④]。

【注释】

①獹：黑毛猎犬。令令：环声。②鬈：读为拳，勇壮貌。《巧言》篇写作拳。③镅：大环。一说一环贯二为镅。④偲：有才智。

【译文】

黑狗儿颈环铃铃响，那人儿和气又漂亮。
黑狗儿颈上环套环，那人儿漂亮又勇敢。
黑狗儿颈上套两环，那人儿漂亮有才干。

敝　笱

【原文】

敝笱在梁[①]，其鱼鲂鳏[②]。齐子归止[③]，其从如云[④]。
敝笱在梁，其鱼鲂鱮[⑤]。齐子归止，其从如雨。
敝笱在梁，其鱼唯唯[⑥]。齐子归止，其从如水。

【注释】

①敝：破。笱：捕鱼的竹笼，口有逆向的竹片，鱼入即不能再出。梁：筑以捕鱼的石堰。②鲂（fáng）：鱼名，一名鳊鱼。鳏：鱼名，一种较大的鱼。诗中多以得鱼喻婚姻之事，以上二句以破笱不能得鱼，暗喻鲁桓公娶文姜未得婚姻幸福，暗指文姜与其兄齐襄私通之事。③齐子：齐国女子，指文姜。归：出嫁。止：语气词。④从：指出嫁陪从的人。如云，言其多。以上二句写文姜出嫁盛况讽刺其表面威仪堂皇而却与其兄关系暖昧，亦写鲁桓公娶妻徒有虚名，讽刺其妻与齐襄私通。⑤鱮（xù）：鱼名，即鲢。⑥唯唯：相随而行顺利无阻貌。

【译文】

破笼撂在鱼梁上，鳊鱼鲲鱼心不慌。文姜回齐没人管，随从多得云一样。

破笼撂在鱼梁上，鳊鱼鲢鱼心不慌。文姜回齐没人管，随从多得雨一样。

破笼撂在鱼梁上，鱼儿游来又游往。文姜回齐没人管，随从多得水一样。

载 驱

【原文】

载驱薄薄①，簟茀朱鞹②。鲁道有荡③，齐子发夕④。

四骊济济⑤，垂辔沵沵⑥。鲁道有荡，齐子岂弟⑦。

汶水汤汤⑧，行人彭彭⑨。鲁道有荡，齐子翱翔⑩。

汶水滔滔⑪，行人儦儦⑫。鲁道有荡，齐子游遨⑬。

【注释】

①载驱薄薄：驾车急驰车轮辚辚。载：乃，则。驱：驾车疾行。薄薄：车急驰的声音。②簟（diàn）茀（fú）朱鞹（kuò）：铺着方纹竹席、用竹帘遮住车厢的红皮车。簟：方纹竹席。茀：遮盖车厢的竹席。鞹：革，去毛的皮。③鲁道有荡：去鲁国的大路平坦宽阔。有：助词，放单音节形容词前。荡：平坦宽阔。④齐子发夕：齐女从傍晚一直走到天亮。齐子：齐女，指齐襄公的妹妹文姜。发夕：从傍晚走到天亮。⑤四骊（lí）济（jǐ）济：驾车的四匹马英俊而整齐。骊：纯黑的马。济济：整齐漂亮的样子。⑥垂辔沵（mǐ）沵：垂下的缰绳柔软而优美。辔：马缰绳。沵沵：柔软的样子。⑦岂（kǎi）弟：同“恺悌”，快乐安逸。⑧汶水汤（shāng）汤：汶河水滔滔奔流。汤汤：水大的样子。⑨行人彭（bāng）彭：岸上行人如织。彭彭：众多的样子。⑩翱翔：自由快乐。⑪滔滔：水大的样子。⑫儦（biāo）儦：众多的样子。⑬游遨：恣意游玩。

【译文】

大车奔驰轧轧响，竹帘红盖好气象。鲁道宽阔又平坦，文姜从早拖到晚。

四匹黑马多美壮，柔软缰绳垂两旁。鲁道平坦接新娘，文姜动身天已亮。

汶水浩浩又荡荡，路人如潮争观望。鲁道平坦又宽广，文姜迟嫁在游逛。

汶水哗哗翻大浪，路人来来又往往。鲁道平坦接新娘，文姜迟嫁在游荡。

猗嗟

【原文】

猗嗟昌兮①，颀而长兮②。抑若扬兮③，美目扬兮④，巧趋跄兮⑤，射则臧兮⑥。

猗嗟名兮⑦，美目清兮⑧，仪既成兮⑨，终日射侯⑩。不出正兮⑪。展我甥兮⑫。

猗嗟娈兮⑬，清扬婉兮⑭，舞则选兮⑮，射则贯兮⑯。四矢反兮⑰，以御乱兮⑱。

【注释】

①猗（yī）嗟：表示赞叹的词语。昌：英俊健壮；②颀（qí）而长兮：身体多么高大魁伟啊。颀：修长，身材高；③抑若扬兮：弯腰伸腰的动作那么灵活啊！抑：俯，低。扬：仰，抬起；④美目扬兮：明亮的眼睛配上了威武的眉毛。扬：眉毛的上面和下面，指代眉毛；⑤巧趋跄兮：走路的姿势那么有风度啊！巧：灵活，美好，有风度。趋跄：走路的步伐有节奏；⑥射则臧兮：射箭的姿势那么优美啊！射箭的本领那么高超啊；⑦名：名声，名气大；⑧清：指眼睛清澈明亮；⑨仪：弓弩上的瞄准器。成：准备完毕；⑩侯：箭靶；⑪不出正兮：不会射出正中，就是说每一箭都射中红心；⑫展我甥兮：这实在是我的好外甥啊！展：确实，实在；⑬娈：美好，漂亮；⑭清扬婉兮：那么眉清目秀啊！清：眼睛；⑮舞则选兮：跳起舞来真是百里挑一。选：挑选，整齐的意思；⑯贯：射中；⑰四矢反：古代礼仪射箭，四枝箭为一组，射毕，返回再射。一说，射箭反复四次，都射中红心。矢：箭。反：同“返”；⑱御（yù）乱：抵抗变乱。御：抵挡，防备。

【译文】

生来多美貌啊！身材高又高啊，漂亮额角宽啊。美目向人瞟啊，舞步多巧妙啊。

射艺真正好啊！

长得多精神啊！美目如水清啊，准备已完成啊。打靶一天整啊，箭箭射得准啊！不愧我外甥啊！

美貌令人赞啊！秀眉扬俊眼啊，舞有节奏感啊。箭箭都射穿啊，连中一个点啊。有力抗外患啊！

魏 风

葛 屦

【原文】

纠纠葛屦[①]，可以履霜[②]。掺掺女手[③]，可以缝裳[④]。要（褄）之襋之[⑤]，好人服之[⑥]。

好人提提（媞媞）[⑦]，宛然左辟[⑧]，佩其象揥[⑨]。维是褊心[⑩]，是以为刺[⑪]。

【注释】

①屦：鞋。纠纠：犹缭缭，绳索缠结缭绕之状。形容屦上的绚（屦头上的装饰）或綦（系屦的绳）。绚是一条丝线打的带子，从屦头弯上来，成一小纽，超出屦头三寸。绚上有孔，从后跟牵过来的綦便由这孔中通过，又绕回去，交互地系在脚上。②履:践踏。葛屦是夏季所用（冬用皮屦），可以履霜：是说它不透寒气，也就是形容它的工细精致。③掺掺：一作“扦扦”，形容女人手指纤细。这里的“女手”有所指，就是制葛屦的手，也就是缝裳的手。④裳：是下裙。这里以裳与霜叶韵，举裳也包括衣。⑤要：制作衣腰。襋：是衣领。⑥好人：犹言美人。在这首诗里似属讥讽之词。以上二句是说缝裳之女将缝成的衣裳拿给“好人”去穿。⑦提提：《尔雅》注引作“媞媞”，细腰貌。⑧宛然：迴转貌。辟：即避。“左避”犹迴避。⑨象揥：象牙所制的发饰。女子用揥搔头，同时用来做装饰。⑩褊心：心地狭隘。⑪刺：讥刺。末二句诗人自道其作诗的用意。

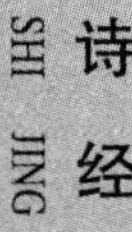

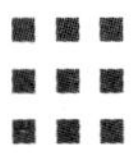

【译文】

葛编凉鞋麻绳缠，穿它怎能踏寒霜？缝衣女手纤纤细，用它怎能做衣裳？提起衣带和衣领，请那美人试新装。

美人不睬偏装腔，扭转身子闪一旁，插上簪子自梳妆。这个女子狭心肠，作诗刺她理应当。

汾沮洳

【原文】

彼汾沮洳①，言采其莫②。彼其之子③，美无度④。美无度，殊异乎公路⑤。

彼汾一方⑥，言采其桑。彼其之子，美如英⑦。美如英，殊异乎公行⑧。

彼汾一曲⑨。言采其萎⑩。彼其之子，美如玉。美如玉，殊异乎公族⑪。

【注释】

①汾：魏国水名，黄河支流。源出山西宁武县，南流至曲沃县西折，在河津县入黄河。沮洳（jù rù），水旁低湿之地。②言：语首助词。莫（mù）：莫菜。蔬类植物，嫩时可吃。③其：语助词。之子：此人。子：指男子。④无度：无限度。⑤殊：甚，很。异：不同。乎，于。公路：春秋时官名，掌路车，主居守。路：通“辂”（lù），公侯乘坐的车。⑥一方：一边。⑦英：花。⑧公行：春秋官名，掌戎车，主从行。⑨曲：水弯曲处，河湾。⑩萎（xù）：草名，生浅水中，叶可食。又名泽泻。⑪公族：公侯家族的人，指贵族子弟。

【译文】

汾水岸边湿地上，采来莫菜水汪汪。就是那位采菜人，美得简直没法讲。美得简直没法讲，他和“公路”大两样。

汾水岸边斜坡上，桑叶青青采撷忙。就是那位采桑人，美得好像花一样。美得好像花一样，他和“公行”不相像。

汾水河边曲岸旁，采那泽泻浅水上。就是那位采桑人，美如冠玉真漂亮。美如冠玉真漂亮，他和“公族”不一样。

园有桃

【原文】

园有桃，其实之殽①。心之忧矣，我歌且谣②。不知我者，谓我士也骄③。彼人是哉④？子曰何其⑤？心之忧矣，其谁知之！其谁知之！盖（盍）亦勿思⑥！

园有棘⑦，其实之食。心之忧矣，聊以行国⑧。不我知者，谓我士也罔极⑨。彼人是哉？子曰何其？心之忧矣，其谁知之！其谁知之！盖（盍）亦勿思！

【注释】

①之：犹“是”。殽：古作“肴”，食。食桃和下章的食棘似是安于田园，不慕富贵的表示。②我：是诗人自称。谣：行歌。③不知我：唐石经作不我知。士：旁人谓歌者。④彼人：指“不我知者”。⑤子：歌者自谓。其：语助词。以上二句诗人自问道：那人说的对么，你自己以为怎样呢？⑥盖：同“盍”，就是何不。亦：是语助词。这句是诗人自解之词，言不如丢开别想。⑦棘：酸枣。⑧行国：周行国中。这二句言心忧无法排遣，只得出门浪游。⑨罔极：无常。已见《氓》篇。

【译文】

园里有株桃，采食桃子也能饱。穷愁潦倒心忧伤，聊除烦闷唱歌谣。有人并不了解我，说我“先生太骄傲，朝廷政策可没错，你又为啥多唠叨？”穷愁潦倒心忧伤，谁能了解我苦恼？既然无人了解我，可不把它全抛掉！

园里有株枣，采食枣子也能饱。穷愁潦倒心忧伤，聊除烦闷去游遨。有人并不

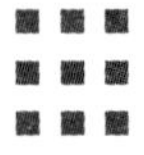

了解我，说我“先生违常道。朝廷政策可没错，你又为啥多唠叨！”穷愁潦倒心忧伤，谁能了解我苦恼？既然无人了解我，何不把它全忘掉！

陟　岵

【原文】

陟彼岵兮①，瞻望父兮②。

父曰：“嗟！予子行役，夙夜无已。上（尚）慎旃哉③！犹来无止④！”

陟彼屺兮⑤，瞻望母兮。

母曰：“嗟！予季⑥行役，夙夜无寐。上（尚）慎旃哉！犹来无止⑦！”

陟彼冈兮，瞻望兄兮。

兄曰：“嗟！予弟行役，夙夜必偕⑧。上（尚）慎旃哉，犹来无死！”

【注释】

①岵：有草木的山。②瞻：视。以上二句叙行役者登高，遥望家人所在的方向。第二、三章仿此。③上：是“尚”的借字。尚犹庶几。旃：犹“之”。④犹来：言还能够回家来。无止：言别永留外乡。以上四句是行役者想象他的父亲在说。下二章仿此。⑤屺：无草木的山。⑥季：少子。⑦弃：谓弃家不归。⑧偕：犹“俱”。夙夜必偕：是说兼早与晚。

【译文】

登上青山冈，远远把爹望。

好像听见我爹讲：“孩子啊，早夜服役你太忙！当心身体保安康，回来吧，别滞留远方！”

登上青山冈，遥望我亲娘。

好像听见亲娘讲："宝贝啊，日夜没睡太凄怆！当心身体保安康，回来吧，莫抛弃亲娘！"

登上高山冈，远远望兄长，好像听见哥哥讲："兄弟啊，早夜服役人尽伤！当心身体保安康，回来吧，休埋骨异乡！"

十亩之间

【原文】

十亩之间兮，桑者闲闲兮①。行与子还兮②。

十亩之外兮，桑者泄泄兮③。行与子逝兮④。

【注释】

①桑者：采桑者。采桑的劳动通常由女子担任。闲闲：犹"宽闲"，紧张忙碌的反面。②行：且。或在行字读断，作为动词，也可通。以上三句是说这个区域里采桑的人已经不紧张工作（将收工）了，我和你回去吧。③泄泄：弛缓、舒散之貌。④逝：去。这一章是说这区域以外的采桑者也都不再紧张，准备息了，咱们走吧。

【译文】

宅间十亩绿桑园，采桑姑娘已空闲。走吧，咱们一道回家转。

宅外十亩绿桑林，采桑姑娘一群群。走吧，咱们一道回家门。

伐檀

【原文】

坎坎伐檀兮①，寘之河之干兮②，河水清且涟猗③。不稼不穑④，胡取禾三百廛（缠）兮⑤？不狩不猎⑥，胡瞻尔庭有县（悬）貆兮⑦？彼君子兮，不素餐兮⑧！

坎坎伐辐兮⑨，寘之河之侧兮，河水清且直猗。不稼不穑，胡取禾三百亿（繶）兮⑩？不狩不猎，胡瞻尔庭有县（悬）特兮⑪？彼君子兮，

不素食兮！

坎坎伐轮兮，寘之河之漘兮[12]，河水清且沦猗[13]。不稼不穑，胡取禾三百囷（稛）兮[14]？不狩不猎，胡瞻尔庭有县（悬）鹑兮[15]？彼君子兮，不素飧兮[16]！

【注释】

①坎坎：伐木声。②寘：即"置"字，见《卷耳》篇。干：岸。③风吹水面纹如连锁叫作"涟"。猗（音"医"）：托声字，犹"兮"。④稼：耕种。穑：收获。⑤廛："缠"字的假借。"三百缠"就是三百束，三百言其很多，不一定是确数。下二章仿此。⑥狩：冬猎。⑦尔：指"不稼不穑""不狩不猎"的人，也就是下文的"君子"。貆：兽名，就是貒，今名猪獾。⑧素餐：言不劳而食。素就是白，就是空，就是有其名无其实。上文"不稼不穑"四句正是说那"君子"不劳而食，这里"不素餐"是以反语为讥刺。⑨辐：车轮中的直木。"伐辐"是说伐取制辐的木材，承上伐檀而言。下章"伐轮"仿此。⑩亿："繶"的假借，犹缠。⑪特：三岁之兽。一说兽四岁为特。⑫漘：水边。⑬沦：水纹有伦理。⑭囷："稛"的假借。稛也是束。⑮鹑：鸟名，俗名鹌鹑。⑯飧：熟食。

【译文】

砍伐檀树响叮当，放在河边堤岸上，河水清清起波浪。不下种子不收割，为啥粮食堆满仓？不拿弓箭不打猎，为啥猪獾挂院墙？那些大人老爷们，不是白白吃闲粮！

叮叮当当檀树砍，为做车辐放河边，河水清清波浪坦。不下种子不收割，为啥聚谷百亿万？不拿弓箭不打猎，为啥大兽挂你院？那些大人老爷们，不是白白吃干饭！

砍起檀树声坎坎，为做车轮放河边，河水清清微波展。不下种子不收割，为啥粮囤都冒尖？不拿弓箭不打猎，为啥鹌鹑挂你院？那些大人老爷们，不是白白吃熟饭！

硕 鼠

【原文】

硕鼠硕鼠[1]，无食我黍！三岁贯女（汝）[2]，莫我肯顾。

逝（誓）将去女（汝）[3]，适彼乐土。乐土乐土，爰得我所[4]。
硕鼠硕鼠，无食我麦！三岁贯女（汝），莫我肯德[5]。
逝（誓）将去女（汝），适彼乐国。乐国乐国，爰得我直[6]。
硕鼠硕鼠，无食我苗！三岁贯女（汝），莫我肯劳[7]。
逝（誓）将去女（汝），适彼乐郊。乐郊乐郊，谁之永号[8]？

【注释】

①硕鼠：就是《尔雅》的鼫鼠，又名田鼠，啮齿类动物，穴居河川沿岸，吃豆粟等物。今北方俗称地耗子。这里用来比剥削无厌的统治者。硕鼠：解作肥大的鼠亦可。②贯：侍奉。三岁贯汝：就是说侍奉你多年。三岁言其久，汝指统治者。③逝：读为“誓”（《公羊传》徐彦疏引作誓）。去汝：言离汝而去。④爰：犹“乃”。所：指可以安居之处。⑤德：恩惠。⑥直：就是“值”。得我值：就是说使我的劳动得到相当的代价。⑦劳：慰问。⑧之：犹“其”。永号：犹“长叹”。末二句言既到乐郊，就再不会有悲愤，谁还长吁短叹呢？

【译文】

大老鼠呀大老鼠，不要吃我种的黍！多年辛苦养活你，我的生活从不顾。
发誓从此离开你，去那理想新乐土。新乐土呀新乐土，才是安居好去处！
大老鼠呀大老鼠，不要吃我大麦粒！多年辛苦养活你，从来不见你感激。
发誓从此离开你，去那理想新乐邑。新乐邑呀新乐邑，劳动价值归自己！
大老鼠呀大老鼠，不要吃我种的苗！多年辛苦养活你，从来不见你慰劳。
发誓从此离开你，去那理想新乐郊。新乐郊呀新乐郊，有谁去过徒长号！

唐　风

蟋　蟀

【原文】

蟋蟀在堂[1]，岁聿其莫（暮）[2]。今我不乐，日月其除[3]。

无已大（泰）康[4]，职思其居[5]！好乐无荒[6]，良士瞿瞿[7]。
蟋蟀在堂，岁聿其逝。今我不乐，日月其迈[8]。
无已大（泰）康，职思其外[9]好乐无荒，良士蹶蹶[10]。
蟋蟀在堂，役车其休[11]。今我不乐，日月其慆[12]。
无已大（泰）康，职思其忧！好乐无荒，良士休休[13]。

【注释】

①古人以候虫纪时。《七月》篇云："七月在野，八月在宇，九月在户，十月蟋蟀入我床下。"在宇、在户、入床下就是本篇所谓"在堂"。在堂是对在野而言。蟋蟀本在野地，由野而堂是为了避寒，所以诗人用此句表示岁将暮的光景。②聿：同"曰"，语助词。莫：是暮字的古写。其暮：言将尽。③除：过去。以上两句是说这时候如再不寻乐，可乐的日子就要过去了。④已：过甚。大：读泰。泰康：安乐。⑤职：当。居：谓所处的地位。以上两句是预先警戒之辞。言享乐别过分了，得想到自己的职务。⑥荒：废弛。⑦瞿瞿：惊顾貌，这里用来表示警惕之意。以上两句言良士时时警惕，所以为乐而不致荒废业务。"好乐无荒"承"无已大康"，"良士瞿瞿"承"职思其居"。⑧迈：行。⑨外：本位以外的工作。⑩蹶蹶：动作勤敏之貌。⑪役车：车名，方箱驾牛，农家收获时用来装载谷物。役车其休：言农事已毕。⑫慆："滔"的借字。滔滔是行貌，这里单用一个字，词义相同。⑬休休：宽容。这句和"职思其忧"相应。唯其"思忧"所以能心宽无忧。

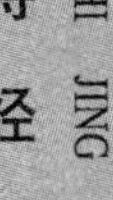

【译文】

蟋蟀进房天气寒，岁月匆匆近年关。今不及时去寻乐，光阴一去不复返。
过度安乐也不好，还是要把工作干。"不荒正业又娱乐"，贤士警语记心间。
蟋蟀进房天气寒，一年匆匆将过完。今不及时去行乐，光阴一去再不还。
过度安乐也不好，份外事儿也要干。"不荒正业又娱乐"，贤士勤快是模范。
蟋蟀进房天气寒，出差车儿将回转。今不及时去寻乐，光阴一去再不还。
过度安乐也不好，战争可忧莫小看。"不荒正业又娱乐"，贤士爱国真好汉。

山有枢

【原文】

山有枢①，隰有榆②。子有衣裳③，弗曳弗娄④。
子有马车⑤，弗驰弗驱⑥。宛其死矣⑦，他人是愉⑧。
山有栲⑨，隰有杻⑩。子有廷内⑪，弗洒弗扫。
子有钟鼓，弗鼓弗考⑫。宛其死矣，他人是保⑬。
山有漆⑭，隰有栗⑮。子有酒食⑯，何不日鼓瑟⑰。
且以喜乐⑱，且以永日⑲。宛其死矣，他人入室⑳。

【注释】

①山有枢：山上长满了刺榆。枢：刺榆，榆树的一种。②隰（xí）有榆：洼地里长着榆树。隰：低湿的地方。③子有衣裳（cháng）：你有各种衣服。子：你。衣：上衣。裳：下衣。④弗曳弗娄（lǚ）：也不穿用。弗：不。曳：拉。娄：通“搂”，拉，扯。曳娄是穿衣服时的动作，这里指穿。⑤子有车马：你又有车又有马。⑥不驰不驱：也不坐上车策马飞奔。驰驱：赶着车马疾行。⑦宛其死矣：一旦伸腿儿咽了气。宛：枯萎，衰落。其：形容词词尾，表示“……的样子”。⑧他人是愉：宾语前置句，即“愉他人”，别人得了便宜。是：代词，放在动词前，复指前置宾语。愉：使动用法，使……快乐。⑨栲（kǎo）：山樗，树名。⑩杻（niǔ）：菩提树。⑪廷内:院落。廷：堂屋前的平地。内：房屋。⑫弗鼓弗考：也不敲击演奏。鼓：击鼓，奏乐。考：扣打，击。⑬他人是保：前置宾语句，即“保他人”，保佑别人。⑭漆:漆树。⑮栗：栗树。⑯酒食：美酒佳肴。食：食物。⑰何不日鼓瑟：为什么不天天鼓瑟弹琴？⑱且以喜乐：姑且寻欢作乐。⑲且以永日：姑且消磨时光。永日：延长日子，即消磨时光。⑳他人入室：别人住进你的家里。

【译文】

山上刺榆长，低地白榆香。你有衣来又有裳，不穿不用放在箱。

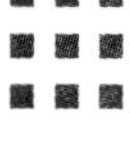

你有车来又有马。不乘不骑闲置放。有朝眼闭腿一伸，别人享受喜洋洋。
山上栲树长，低地杻树长。你有院来又有房，不去打扫随它脏。
你有钟来又有鼓，不敲不打没音响。有朝眼闭腿一伸，空为别人省一场。
山上漆树长，低地栗树长。你有美酒和好菜，何不奏乐又宴享？
姑且用它来寻乐，姑且用它度时光。有朝眼闭腿一伸，别人就要进你房。

扬之水

【原文】

扬之水，白石凿凿①。素衣朱襮②，从子于沃③。
既见君子④，云何不乐⑤？
扬之水，白石皓皓⑥。素衣朱绣⑦，从子于鹄⑧。
既见君子，云何其忧⑨？
扬之水，白石粼粼⑩。我闻有命⑪，不敢以告人⑫。

【注释】

①凿凿：鲜明的样子；②素衣：白色的衣服。朱襮（bó）：绣有花纹的红色衣领。朱：深红色。襮：衣领；③从：跟随，相送。沃：地名。春秋时晋国曲沃的简称；④既见君子：马上见到你。即见：立刻见到；⑤云何不乐：为什么不高兴呢？云：语气助词；⑥皓皓：明亮的样子；⑦绣：有彩色花纹的丝织品；⑧鹄（hú）：古地名。在今山西省闻喜县附近；⑨云何其忧：为什么要忧愁呢；⑩粼（lín）粼：水、石闪映的样子；⑪我闻有命：我听说又有了王命。意思是说他又不能回来了；⑫不敢以告人：不敢把内心的痛苦告诉给别人。

【译文】

河水悠悠缓慢行，水底白石多鲜明。身穿白衫红衣领，跟他一道到沃城。
一同拜见曲沃君，怎不高兴笑盈盈？
河水悠悠缓慢行，水底白石多洁净。身穿白衫绣衣领，跟他一道到鹄城。
一同拜见曲沃君，还有什么不高兴？

河水悠悠缓慢行，水底白石多晶莹。听说将有政变令，严守机密不告人！

椒 聊

【原文】

椒聊之实[1]，蕃衍盈升[2]。彼其之子[3]，硕大无朋[4]。
椒聊且[5]！远条且[6]！
椒聊之实，蕃衍盈匊[7]。彼其之子，硕大且笃[8]。
椒聊且！远条且！

【注释】

①椒：花椒，果实红色，种子黑色，可入药或调味。聊：语助。椒香：多子，是美好女子象征，汉代以“椒房”称皇后住室，本此。此诗以椒起兴，赞美作者的未婚妻。②蕃衍：繁盛众多。盈：满。③其：句中助词。之子：此人。④硕大：健壮高大。硕：大。无朋：无比。朋：匹。⑤且（jū）：语气词。⑥远条：长枝。此赞椒树长枝，喻美妇人身体壮美。⑦匊（jū）：古“掬”字，两手合捧。⑧笃：厚，诚实笃厚。

【译文】

花椒串串挂树上，结子繁盛满升量。这位妇人子孙多，身材高大称无双。
花椒一囊囊！远闻扑鼻香！
花椒串串已成熟，结子繁盛捧不够。这位妇人子孙多，身材高大又肥厚。
花椒一兜兜！远远暗香透！

绸 缪

【原文】

绸缪束薪[1]，三星在天[2]。今夕何夕[3]？见此良人[4]！子兮子兮[5]，

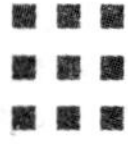

如此良人何[⑥]？

绸缪束刍[⑦]，三星在隅[⑧]。今夕何夕？见此邂逅[⑨]！子兮子兮，如此邂逅何？

绸缪束楚，三星在户[⑩]。今夕何夕？见此粲者[⑪]！子兮子兮，如此粲者何？

【注释】

①绸缪：犹缠绵，紧紧捆缚的意思。诗人似以束薪缠绵比喻婚姻。②三星：指参星。③今夕何夕：是惊喜庆幸之辞，言今晚不同寻常的夜晚。④良人：犹言“好人”，这里是男称女。⑤子兮子兮：诗人感动自呼之辞。⑥如：犹“奈”。如此良人何：是喜不自禁之辞，言爱这良人：爱得无可奈何。⑦刍：草。⑧隅：房角。“三星在隅”言三星稍偏斜，对着房角。⑨邂逅：喜悦。这里用为名词，谓可悦之人。⑩在户：言当门而见。⑪粲：鲜明。粲者：犹言漂亮人儿。

【译文】

捆捆柴草紧紧缠，黄昏星星天上闪。今天夜里啥日子，见这郎君欢不欢？新娘子啊新娘子，你把丈夫怎么办？

把把草料密密缠，星儿遥遥天边闪。今天夜里啥日子，两口心里甜不甜？新娘子啊新官人，你把爱人怎么办？

束束薪条细细缠，星儿低低门外闪。今天夜里啥日子，见这美人恋不恋？叫新郎啊问新郎，你把美人怎么办？

杕 杜

【原文】

有杕之杜[①]，其叶湑湑[②]。独行踽踽[③]。岂无他人[④]？

不如我同父[⑤]。嗟行之人[⑥]，胡不比焉[⑦]？人无兄弟[⑧]，胡不佽焉[⑨]？

有杕之杜，其叶菁菁[⑩]。独行睘睘[⑪]，岂无他人？

不如我同姓[12]。嗟行之人，胡不比焉？人无兄弟，胡不佽焉？

【注释】

①有杕（dì）之杜：一棵孤独挺立的赤棠树。有：助词，放在单音节形容词之前。杕：树木孤独挺立的样子。杜：赤棠树。②其叶湑（xǔ）湑：它的叶子翠绿繁茂。湑湑：茂盛的样子。③独行踽（jǔ）踽：我孤独地走在路上。踽踽：一个人孤零零走路的样子。④岂无他人：难道没有别人吗？他人：别的人，指同行者。⑤不如我同父：总不如自己的亲弟兄。同父：同父的人，亲弟兄。⑥嗟行之人：唉！过往的行人哪！嗟：语气词，表感叹，相当于"唉""可叹哪"。⑦胡不比焉：为什么不帮帮我呢？胡：何，为什么。比：亲近，帮助。⑧人无兄弟：人没有兄弟。⑨胡不佽（cì）焉：为什么不帮帮我呢？佽：帮助。⑩菁菁：茂盛的样子。⑪睘（qióng）睘：孤独无依的样子。⑫同姓：同族弟兄，堂兄弟。

【译文】

一株杜梨虽孤零，还有叶子密密生。独自行走冷清清，难道没人同路行？

不如同胞骨肉亲。可叹处处陌路人，为何不来近我身？有人生来没兄弟，为何不肯怜我贫？

一株杜梨虽孤零，还有叶子青又青。独自行走苦伶仃，难道没人同路行？

不如同胞骨肉亲。可叹处处陌路人，为何不来近我身？有人生来没兄弟，为何不肯怜我贫？

羔 裘

【原文】

羔裘豹祛[①]，自我人居居[②]。岂无他人[③]？维子之故[④]。

羔裘豹褎[⑤]，自我人究究[⑥]。岂无他人？维子之好[⑦]。

【注释】

①羔裘：小羊皮袄。豹祛：用豹皮镶的袖口。古代卿大夫穿的衣服。②自我人

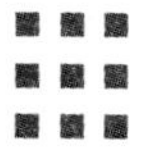

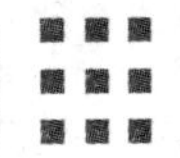

居居：不肯和我们老百姓接近。居居：厌恶，不相亲近的样子。③岂无他人：难道没有别的人来当官吗。④维子之故：就是因为你从前办事还有成绩。⑤褎（xiù）："袖"的古字，即衣袖。⑥自我人究究：对我们老百姓有厌恶的神气。究究：憎恶，讨厌。⑦维子之好（hào）：就是因为我们对你还有以往的感情。好：爱，亲善。

【译文】

羔袍袖口镶豹毛，对我傲慢气焰高。难道没有别的人？非要同你才相好？

羔袍豹袖显贵人，态度恶劣气焰盛。难道没有别人爱？非同你好就不成？

鸨羽

【原文】

肃肃鸨羽[①]，集于苞栩[②]。王事靡盬[③]，不能艺稷黍[④]！父母何怙[⑤]？悠悠苍天！曷其有所[⑥]？

肃肃鸨翼，集于苞棘。王事靡盬，不能艺黍稷！父母何食？悠悠苍天！曷其有极[⑦]？

肃肃鸨行[⑧]，集于苞桑。王事靡盬，不能艺稻粱！父母何尝？悠悠苍天！曷其有常[⑨]？

【注释】

①肃肃：鸨羽之声。"鸨"是形状像雁的大鸟。属涉禽类。一名野雁。鸨羽：犹鸨翼。②鸟类息在树上叫作"集"。草木丛生为"苞"。"栩"是栎树。鸨的脚上没有后趾，在树上息不稳，所以颤动羽翼，肃肃有声：这里以鸨栖树之苦，比人在劳役中的苦。③王事：见《北门》篇注。靡"盬"：没有停息的时候。④艺：种植。⑤怙:依靠。⑥所：居处。曷其有所：言何时才能安居。⑦极：止。曷其有极：言何日才是苦尽之时。⑧行：行列。一说行指鸟翮。⑨曷其有常：言何时恢复正常。

【译文】

大雁沙沙展翅膀，落在丛丛栎树上。国王差事做不完，不能在家种黍粱，爹娘

生活靠谁养？老天爷啊老天爷！何时才能回家乡？

大雁沙沙拍翅膀，落在丛丛酸枣上。国王差事做不完，不能在家种黍粱，爹娘吃饭哪来粮？老天爷啊老天爷，劳役何日能收场？

大雁沙沙飞成行，落在密密桑树上。国王差事做不完，不能在家种稻粱，可怜爹娘吃啥粮？老天爷啊老天爷！何时生活能正常？

无 衣

【原文】

岂曰无衣？七兮①。不如子之衣，安且吉兮②。

岂曰无衣？六兮。不如子之衣，安且燠兮③。

【注释】

①衣七：即七衣，泛指多件衣。下章“衣六”同。②安：安适。吉：善，美。③燠（yù）：暖。

【译文】

难道说我今天缺衣少穿？叹只叹都不是你的针线，怎比得你做的舒坦美观！

难道说我今天缺衣少穿？叹只叹都不是旧日衣冠，怎比得你做的舒服温暖！

有杕之杜

【原文】

有杕之杜①，生于道左②。彼君子兮③，噬肯适我④？中心好之⑤，曷饮食之⑥？

有杕之杜，生于道周⑦。彼君子兮，噬肯来游⑧？中心好之，曷饮食之？

【注释】

①有杕（dì）之杜：一棵孤独挺立的赤棠树。有：助词，放在单音节形容词之前。杕：树木孤独挺立的样子。杜：赤棠树。②生于道左：长在大路的左侧。③彼君子兮：那位先生。彼：那。君子：这里指贵族男子。④噬肯适我：他愿意到我这里来。噬：助词，无实义。适：到，往。⑤中心好（hào）之：我打心眼儿里喜欢他。中心：心中。好：喜欢。⑥曷饮（yìn）食（sì）之：给他喝什么、吃什么呢？曷：什么。饮：使……喝。食：给……吃。⑦周：拐弯的地方。⑧来游：来我这里游玩。

【译文】

一株杜梨独自开，长在左边道路外。不知我那心上人，可肯到我这里来？心里既然爱着他，何不请他喝一杯？

一株杜梨独自开，长在右边道路外。不知我那心中人，可肯出门看我来？心里既然爱着他，何不请他喝一杯？

葛　生

【原文】

葛生蒙楚①，蔹蔓于野②。予美亡此③，谁与？独处④？
葛生蒙棘，蔹蔓于域⑤。予美亡此，谁与？独息？
角枕粲兮⑥，锦衾烂兮⑦。予美亡此，谁与？独旦（坦）⑧？
夏之日，冬之夜⑨。百岁之后⑩，归于其居⑪。
冬之夜，夏之日。百岁之后，归于其室⑫。

【注释】

①蒙：覆盖。首句言葛藤蔓延，覆盖荆树。上古“死则裹之以葛，投诸沟壑”（《法言·重黎篇》注），其后仍有以葛缠棺之俗（《墨子·节葬篇》）。诗人悼亡用“葛生”起兴，或许与古俗有联想。②蔹：葡萄科植物，蔓生，草本。蔓：延。以上二句互文，葛和蔹同样生于野，同样可以言“裴”，言“蔓”。③予美：诗人称她的亡夫，犹言我的好人。亡：不在。此：指人间世。④谁与独处：应在与字读断，和“不远，

伊逖”句法相似。言予美不在人世而在地下，谁伴着他呢？还不是独个儿在那里住！⑤域：葬地。⑥角枕：用牛角制成或用角装饰的枕头。据《周礼·玉府》注，角枕是用来枕尸首的。⑦锦衾：彩丝织成的被。殓尸用单被。⑧旦：读为“坦”，就是安。独坦：犹“独息”，都是独寝之意。⑨以上二句言未来的日子不易熬过，每天将如夏日的迟迟，每夜都似冬夜的漫漫。⑩百岁之后：犹言死后。⑪其居：指死者的住处，就是坟墓。以上二句言待死后和“予美”同穴。⑫其室：犹“其居”。

【译文】

葛藤爬满荆树上，蔹草蔓延野外长。我爱已离人间去，谁人伴我守空房？
葛藤爬满枣树上，蔹草蔓延墓地旁。我爱已离人间去，谁人伴我睡空房？
角枕鲜丽作陪葬，锦被敛尸闪闪光。我爱已离人间去，谁人伴我熬天亮？
夏日炎炎白昼长，寒冬凛冽夜漫漫。但愿有朝我死后，到你坟里再相伴！
寒冬凛冽夜漫漫，夏日炎炎白昼长。但愿有朝我死后，到你坟中永相伴！

采　苓

【原文】

采苓采苓①，首阳之巅②。人之为言③，苟亦无信④。
舍旃舍旃⑤，苟亦无然⑥。人之为言。胡得焉⑦？
采苦采苦⑧，首阳之下。人之为言，苟亦无与⑨。
舍旃舍旃，苟亦无然。人之为言，胡得焉？
采葑采葑⑩，首阳之东。人之为言，苟亦无从⑪。
舍旃舍旃，苟亦无然。人之为言，胡得焉？

【注释】

①苓：草名。②首阳：山名，又叫首山、雷首山。在今山西省永济县南。巅：山顶。③为（wěi）言：假话，欺骗人的话，不真实的话。为：通“伪”，虚假。④苟亦无信：不能随便相信。苟：随便。⑤舍旃（zhān）舍旃：抛弃它抛弃它。不要听它，不要听它。舍：放弃，丢开。旃：之，它。⑥苟亦无然：那确实是不正确的。无然：不

是，不正确。⑦胡得焉：说假话的人想得到什么呢；⑧苦：草名，即“苓”。⑨苟亦无与：确实不能听信。与：听从，听信。⑩葑：蔬菜名，蔓青。⑪苟亦无从：确实不能被它牵着鼻子走。从：跟着，听从。

【译文】

采甘草呀采甘草，在那首阳山顶找。有人专爱造谣言，千万别信那一套。
别理他呀别睬他，那些全都不可靠。有人专爱造谣言，啥也捞不到？
采苦菜呀到处跑，在那首阳山下找。有人喜欢说谎话，千万别跟他一道。
别理他呀别睬他，那些全都不可靠。有人喜欢说谎话，啥也得不到？
采芜菁呀路迢迢，首阳山东仔细瞧。有人爱说欺诳话，千万不要跟他跑。
别理他呀别睬他，那些全都不可靠。有人爱说欺诳话，啥也骗不到？

秦风

车邻

【原文】

有车邻邻①，有马白颠②。未见君子③，寺人之令④。

阪有漆⑤，隰有栗⑥。既见君子，并坐鼓瑟⑦。今者不乐⑧，逝者其耋⑨。

阪有桑，隰有杨。既见君子，并坐鼓簧⑩。今者不乐，逝者其亡⑪。

【注释】

①有车邻邻：马车辚辚而行。有：助词，放在单音节名词前。邻邻：通“辚辚”，马车行走声。②有马白颠：拉车的马儿是白额骏马。颠：顶，额头。③未见君子：没看到我的丈夫。君子：作者称自己的丈夫。④寺人之令：宾语前置句，即“令寺人”，让寺人转达问候。寺人：宫廷中供使唤的小臣。之：指示代词，复指前

置宾语。⑤阪有漆：山坡上长着漆树。阪：山坡。⑥隰（xí）有栗：洼地里长着栗树。隰：低湿之地。⑦并坐鼓瑟：和他坐在一起鼓瑟。并：挨着，一起。鼓：弹奏。⑧今者不乐：现在要是不及时行乐。者：代词，放在时间词之后，义为“……的时候”。⑨逝者其耋（dié）：到将来可就老了（来不及了）。逝者：将来的时候。其：语气词，表示推测语气。耋：老，七八十岁的年纪。⑩鼓簧：敲击簧片。⑪亡：死。

【译文】

车儿驶过响辚辚，驾车马儿白额顶。为啥不见君王面，只因寺人没传令。

山坡上面漆树种，低洼地里栗成丛。总算见到君王面，并坐弹瑟喜相逢。“现在及时不行乐，将来转眼成老翁。”

山坡上面有绿桑，低洼地里长水杨。总算见到君王面，并排坐着吹笙簧。“现在及时不行乐，将来转眼见阎王。”

驷驖

【原文】

驷（四）驖孔阜①，六辔在手。公之媚子②，从公于狩③。
奉时辰牡④，辰牡孔硕。公曰“左之！”⑤舍拔（栊）则获⑥。
游于北园⑦，四马既闲⑧。𬨎车鸾镳⑨，载猃歇骄⑩。

【注释】

①驷：应从《说文》所引作“四”。驖：又作“铁”，赤黑色的马。孔：甚。阜：肥硕。首句言驾车用四匹很肥大的黑马。②公：指秦君。媚：爱。媚子：谓秦君所爱的人。③狩：冬猎。④奉：言“虞人”（掌苑囿的官）驱群兽到猎场待射。时：同“是”。辰牡：应时的牡兽。四季所需的兽不同，所以虞人所奉也就按时节而不同。⑤左之：使御者转车向兽的左方。群兽被虞人驱逐奔来，猎者迎上去，这时车子就要转向兽的左方以便射中兽的左体。（射兽必须使箭从兽的左体穿进，才能命中心脏，迅速杀死。一说古人祭祀多半用兽的右半体，射左方能保持右体的完整。）⑥舍:放。栊：箭末衔弦处，或名为括。则：犹“即”。这句是说秦君善射，一发而

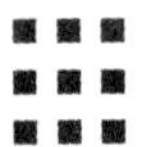

得兽。⑦北园：似是游息的地方而不是田猎的苑囿（秦国著名的苑囿叫作具圃，未闻有北园）。这句是写猎后的事。⑧四马：就是首章的四驖。既闲：言猎罢不再驰逐，显得从容闲暇。⑨輶车：轻车。“鸾”当作銮。镳：是马衔的两端，出于马口之外。两端各系一銮铃，所以叫作“銮镳”。⑩猃：长喙猎犬。歇骄：《尔雅》作“猲獢”，短喙猎犬。猎后载犬车上，使犬休息。

【译文】

四匹黑马壮又肥，六根缰绳手里垂。公爷宠爱赶车人，跟他一起去打围。兽官放出应时兽，应时野兽个个肥。公爷喊声“朝左射”，箭发野兽应声坠。

猎罢再去游北园，驾轻就熟马悠闲。车儿轻快銮铃响，猎狗息在车中间。

小 戎

【原文】

小戎俴收①，五楘梁辀②。游环胁驱③，阴靷鋈续④。
文茵畅毂⑤，驾我骐馵⑥。言念君子⑦，温其如玉⑧。
在其板屋⑨，乱我心曲⑩。四牡孔阜⑪，六辔在手⑫。
骐骝是中⑬，騧骊是骖⑭。龙盾之合⑮，鋈以觼軜⑯。
言念君子，温其在邑⑰。方何为期⑱？胡然我念之⑲。
俴驷孔群⑳，厹矛鋈錞㉑。蒙伐有苑㉒，虎韔镂膺㉓。
交韔二弓㉔，竹闭绲滕㉕。言念君子，载寝载兴㉖。
厌厌良人㉗，秩秩德音㉘。

【注释】

①小戎俴（jiàn）收：轻便兵车，浅浅的车厢四周有横木拦住。小：轻便，轻型。戎：戎车，即兵车俴：浅，不深。收：古代车厢下的横木，起收束作用。②五楘（mù）梁辀（zhōu）：五彩的皮带加固着曲辕。楘：车辕上加固的皮革带，也是车上的一种装饰品。梁辀：古代车上用以驾马的曲辕，突出于车前，穹窿形状，像屋梁，

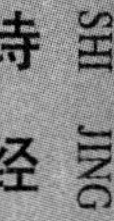

故名。③游环：古代驾御马车的用具。用皮革做成的靷环，靷环安放在中间两匹服马的背上，套着两匹骖马的缰绳。靷环可以移动。所以叫游环。胁驱：驾马用的器具。用一条皮带，上面系在衡木上，后面系在车厢底部的后横木上，刚好在服马的胁肋，以防止骖马往里边靠。④阴：车轼前覆车掩板的横板。靷：引导车子向前的皮带，一头系在马颈的皮套上，一头系在车轴上，能引导车子前进。鋈（wù）续：马车上镀了白铜的皮带。鋈：镀。⑤文茵：车上的虎皮坐褥。畅毂：兵车，主将用的较为宽敞的兵车。⑥骐：青黑色的马。馵（zhù）：膝以上为白色的马。⑦言：语气助词。君子：指丈夫。⑧温其如玉：他的性格温和，好比美玉一般。⑨板屋：西戎风俗，不论高贵和贫贱，都是板屋土墙。⑩心曲：内心深处。⑪四牡孔阜：四匹公马又高大又健壮。⑫六辔在手：见前首注。⑬骝（liú）：今作“骝”。赤色黑鬣尾的马。是中：在中间的服马。⑭騧（guā）：身黄嘴黑的马。骊：黑色的马。⑮龙盾：画有龙形的盾。盾：挡箭牌。合：配对。⑯觼軜（jué nà）：古代的驾车用具。觼是有舌的环，軜是两骖马内侧的缰绳，用来系马。⑰在邑：在城里（不在家中）。⑱方何为期：什么时候能给我一个回来的日期。⑲胡然我念之：不知什么缘故我就是想念他。⑳俴驷孔群：兵车上四匹披了薄甲的马儿走得非常协调。俴驷：兵车上四匹披了薄甲的马。一说四匹不披甲的马。孔群：协调。㉑厹（qiú）矛：三棱矛，有三个尖头的长枪。錞（duì）：矛戟柄下端的平底金属套。㉒蒙伐有苑：雕花的大盾很有文彩。蒙伐：刻有花纹的大盾。苑：有文彩。㉓虎韔（chàng）：虎皮做的弓袋。韔：弓袋。镂膺：雕金为装饰的马肚带。镂：金属雕刻装饰物。膺：胸，当胸的马带。这里应该是马肚带。㉔交韔二弓：两张弓交叉插在弓袋里。㉕竹闭：竹子做的正弓器具，缚在弓弩上，防止变形折损。绲（gǔn）縢：用绳子捆扎起来。绲：绳子。縢：缄封。㉖载寝载兴：一会儿睡觉，一会儿起来，即心神不定，坐卧不安。㉗厌厌良人：盼望丈夫在外平平安安。厌厌：平安。㉘秩秩德音：不断有好音信给我。秩秩：有次序，不断。德音：好的音信，好消息。

【译文】

战车轻小车厢浅，五根皮条缠车辕。环儿扣儿马具全，拉车皮带穿铜圈。
虎皮垫座车毂长，花马驾车他执鞭。想起夫君好人儿，人品温和玉一般。
如今从军去西戎，搅得我心烦又乱。四匹马儿肥又大，六根缰绳手里拿。
青马红马在中间，黄马黑马两边驾。画龙盾牌双双合，白铜绳环对对拉。

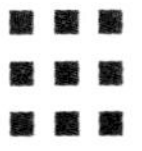

想念夫君好人儿，从军戎地战敌寇。何时才能凯旋归？叫我怎么不想他！四马协调铁甲轻，酋矛杆柄套铜镦。新漆盾牌画毛羽，虎皮弓袋刻花纹。两弓交叉袋中放，正弓竹柲绳捆紧。想念夫君好人儿，忽睡忽起不安心。夫君温和又安静，彬彬有礼好名声。

蒹葭

【原文】

蒹葭苍苍①，白露为霜。所谓伊人②，在水一方③。
溯洄从之④，道阻且长⑤。溯游从之⑥，宛在水中央⑦。
蒹葭凄凄⑧，白露未晞⑨。所谓伊人，在水之湄⑩。
溯洄从之，道阻且跻⑪。溯游从之，宛在水中坻⑫。
蒹葭采采⑬，白露未已。所谓伊人，在水之涘⑭。
溯洄从之，道阻且右⑮。溯游从之，宛在水中沚⑯。

【注释】

①蒹：荻。葭：芦。苍苍：鲜明之貌。②所谓：所念。伊人：犹是“人”或“彼人”。指诗人所思念追寻的人。③方：边。在水一方：就是说在水的另一边。④溯：逆水而行。这里是说傍水走向上游。看下文“道阻且跻”可知是陆行而非水行。洄：回曲盘纡的水道。从：就。⑤阻：难。⑥游：通“流”，流是直流的水道。⑦宛：可见貌，犹言“仿佛是”。从以上四句见出彼人所在的地点似是一条曲水和一条直流相交之处。诗人如沿直流上行，就看见彼人在曲水的彼方，好像被水包围着；如走向曲水的上游，虽然可绕到彼人所在的地方，但道路艰难而且遥远。⑧凄凄：一作“萋萋”，犹“苍苍”。⑨晞：干。⑩湄：水草交接之处。⑪跻：升高。⑫坻：水中高地。⑬采采：犹“萋萋”。⑭涘：水边。⑮右：古读为“已”，迂曲。⑯沚：中水的小块陆地。

【译文】

河边芦荻青苍苍，秋深白露凝成霜。意中人儿何处寻，就在河水那一旁。

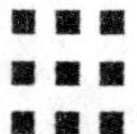

逆着流水去找她，道路坎坷险又长。顺着流水去找她，仿佛人在水中央。

河边芦荻湿漫漫，白露滴滴叶未干。意中人儿何处寻，就在河岸那一端。

逆着流水去找她，道路险阻攀登难。顺着流水去找她，仿佛人在水中滩。

河边芦荻密稠稠，清晨露水全未收。意中人儿何处寻，就在河岸那一头。

逆着流水去找她，道路弯弯险难求。顺着流水去找她，仿佛人在水中洲。

终 南

【原文】

终南何有[①]？有条有梅[②]。君子至止[③]，锦衣狐裘。颜如渥丹[④]，其君也哉。

终南何有？有纪有堂[⑤]。君子至止，黻衣绣裳[⑥]。佩玉将将[⑦]，寿考不忘[⑧]。

【注释】

①终南：山名，亦名南山，主峰在今陕西西安市南。终南山下之地本属西周，幽王骊山亡国后，平王东迁，秦取其地。②条：木名，即山楸树。梅：又名楠，高大乔木。一说即梅树。③君子：指秦国君。止：语气词。④渥丹：润泽的朱砂，以喻脸色红润。渥：湿润。丹：朱砂。⑤纪：“杞”之借字，即杞柳。堂：“棠”之借字，即棠梨。⑥黻（fú）衣：古代礼服，其上绣黑青相间花纹。黻：礼服上黑青相间的花纹。绣裳：用五彩绣成的下裳。⑦将（qiāng）将：佩玉相击声。⑧寿考：长寿。考：老。忘：“亡”之借字。不亡：不已。

【译文】

终南山有什么来？又有山楸又有梅。公爷封爵到此地，锦衣狐裘好气派。脸色红润像涂丹，他做君主好是坏？

终南山有什么来？丛丛杞树棠梨开。公爷封爵到此地，绣花衣裙闪五彩。身上佩玉锵锵响，永记我们别忘怀。

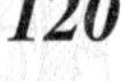

黄 鸟

【原文】

交交黄鸟，止于棘[①]。谁从穆公[②]？子车奄息[③]。维此奄息，百夫之特[④]。临其穴[⑤]，惴惴其慄[⑥]。彼苍者天，歼我良人[⑦]！如可赎兮，人百其身[⑧]。

交交黄鸟，止于桑。谁从穆公？子车仲行[⑨]。维此仲行，百夫之防[⑩]。临其穴，惴惴其慄。彼苍者天！歼我良人！如可赎兮，人百其身。

交交黄鸟，止于楚。谁从穆公？子车鍼虎[⑪]。维此鍼虎，百夫之御[⑫]。临其穴，惴惴其慄。彼苍者天！歼我良人！如可赎兮，人百其身。

【注释】

①交交：读为“咬咬”，鸟声。黄鸟：见《葛覃》篇注。②穆公：春秋时秦国之君，名任好。卒于周襄王三十一年（公元前621年），以一百七十七人殉葬。“从”谓从死，就是殉葬。③子车奄息：子车是氏，奄息是名。一说字“奄”名“息”。④夫：男子之称。特：匹。这句是说奄息的才能可以为百男的匹敌。⑤穴：指墓圹。⑥惴惴：恐惧貌。慄：恐惧战栗。以上二句是说奄息身临墓穴时的恐怖。⑦歼：灭尽。良人：善人。诗人以子车氏三子为本国的良士，所以称为“我良人”。这里合三子而言，所以说“歼”。⑧人：言“每人”。百其身：谓百倍其身。以上二句是说：如允许旁人代死以赎取三子的生命，对于每一人都值得以百人之身来代替。“百夫之特”和“人百其身”两百字相应。⑨仲行：一作中行，人名，或上字下名。⑩防：当，比。百夫之防：犹“百夫之特”。⑪鍼虎：一作“拑虎”，人名，或上字下名。⑫御：犹防。

【译文】

黄鸟交交声凄凉，飞来落在枣树上。谁从穆公去殉葬？子车奄息有名望。说起这位奄息郎，才德百人比不上。走近墓穴要活埋，浑身战栗心发慌。老天爷啊老天

爷，杀我好人你不挡！如果可以赎他命，愿死百次来抵偿！

黄鸟交交声凄凉，飞来落在枣树上。谁从穆公去殉葬？子车仲行有名望。说起这位贤仲行，百人才德难比量。走到墓穴要活埋，浑身哆嗦魂魄丧。老天爷啊老天爷，杀我好人你不响！如果可以赎他命，愿死百次来抵偿！

黄鸟交交声凄凉，飞来落在荆树上。谁从穆公去殉葬？子车鍼虎有名望。说起这位鍼虎郎，百人才能没他强。走到墓穴要活埋，浑身发抖心惊惶。老天爷啊老天爷，杀我好人你不帮！如果可以赎他命，愿死百次来抵偿！

晨风

【原文】

鴥彼晨风[①]，郁彼北林[②]。未见君子，忧心钦钦[③]。如何如何？忘我实多[④]！

山有苞栎[⑤]。隰有六驳[⑥]。未见君子，忧心靡乐[⑦]。如何如何？忘我实多！

山有苞棣[⑧]，隰有树檖[⑨]。未见君子，忧心如醉。如何如何？忘我实多！

【注释】

①鴥：亦作“鹬”，疾飞貌。晨风：一作鷐风，鸟名。即鹯，鸷鸟类。一说晨风亦名天鸡，雉类。后一说从者较少，但说到见雉闻雉而思配偶，在《诗经》中例子却较多，如《雄雉》和《匏有苦叶》中都有。②郁：形容树林的茂密。一说，高出貌。北林：林名。③钦钦：忧貌。④忘：犹“弃”。多：犹“甚”。⑤苞栎：成丛的栎树。或作“枹”栎：两字合为树名，即橡栗。⑥隰：低洼地。六驳：驳亦作驳，木名，即赤李。六表示多数。⑦乐：即疗。靡疗言不可治疗。⑧棣：郁李。⑨树：竖立。檖：山梨。

【译文】

鹯鸟展翅疾如梭，北林茂密有鸟窝。许久未见我夫君，心里思念真难过。怎么办啊怎么办？他怎那么不想我！

从丛棣树长山坡，低湿地里红李多。许久未见我夫君，愁闷不乐受折磨。怎么办啊怎么办？他怎那么不想我！

成丛棣树满山坡，低湿地里山梨多。许久未见我夫君，心如醉酒失魂魄。怎么办啊怎么办？他怎那么不想我！

无衣

【原文】

岂曰无衣？与子同袍①。王于兴师②，修我戈矛③，与子同仇④。

岂曰无衣？与子同泽⑤。王于兴师，修我矛戟⑥，与子偕作⑦。

岂曰无衣？与子同裳。王于兴师，修我甲兵，与子偕行。

【注释】

①袍：长衣。行军者日以当衣，夜以当被。就是今之披风，或名斗篷。同袍：是友爱之辞。②于：语助词，犹“曰”或“聿”。兴师：出兵。秦国常和西戎交兵。秦穆公伐戎，开地千里。当时戎族是周的敌人，和戎人打仗也就是为周王征伐，秦国伐戎必然打起“王命”的旗号。③戈、矛：都是长柄的兵器，戈平头而旁有枝，矛头尖锐。④仇：《吴越春秋》引作“雠”。雠与仇同义。与子同仇：等于说你的雠敌就是我的雠敌。⑤泽：汗衣。⑥戟：兵器名。古戟形似戈，具横直两锋。⑦作：起来。

【译文】

谁说没有军衣穿？你我合穿一件袍。国王调兵要打仗，赶快修理戈和矛，共同对敌在一道！

谁说没有军衣穿！你我合穿一件衫。国王调兵要打仗，修好矛戟亮闪闪，咱们两个一道干！

谁说没有军衣穿？你我合穿一件裳。国王调兵要打仗，修好盔甲和刀枪，咱们一道上战场！

渭阳

【原文】

我送舅氏[①]，曰至渭阳[②]。何以赠之[③]？路车乘黄[④]。

我送舅氏，悠悠我思[⑤]。何以赠之？琼瑰玉佩[⑥]。

【注释】

①我送舅氏：我送舅舅离开秦国。氏：助词，放名词后。春秋时晋国公子重耳流亡秦国，秦穆公的夫人是重耳的姐姐。后重耳返晋，穆公让太子？罃（重耳的外甥）送重耳，本诗即太子罃所作。②曰至渭阳：一直送到渭水北岸。曰：助词，无实义。至：到，到达。渭阳：渭水北岸。③何以赠之：用什么赠给他呢？何以：宾语前置，即“以何”。之：他，指舅舅。④路车乘（shèng）黄：送给他四匹黄马拉的豪华的车。路车：古代贵族乘坐的马车。乘：（拉一辆车的）四匹（马）。黄：黄中带红的马。⑤悠悠我思：我的思念绵绵无尽。悠悠：思虑悠长的样子。⑥琼瑰玉佩：美石和玉佩。琼：色泽光洁。瑰：像玉的石头，美石。

【译文】

我送舅舅回舅家，送到渭水北边涯。用啥礼物送给他？一辆路车四黄马。

我送舅舅回舅家，忧思悠悠想起妈。用啥礼物送给他？宝石佩玉一大挂。

权舆

【原文】

於！我乎，夏屋渠渠[①]，今也每食无余。于（吁）嗟乎！不承权舆[②]！

於！我乎，每食四簋[③]，今也每食不饱。于（吁）嗟乎！不承权舆！

【注释】

①於：叹词。乎：语助词。夏屋：大屋。一说夏屋是大俎，食器。渠渠：亦作“蘧蘧”，高貌。②承：继。权舆：本是草木的萌芽，引申为事物的起始。③簋：食器名。

【译文】

唉，我呀！从前住的大厦高楼，如今每餐勉强吃够。唉呀呀！当初排场哪能讲究！

唉，我呀！从前每餐四碗打底，如今每餐饿着肚皮。唉呀呀！再也没有当初福气！

陈风

宛丘

【原文】

子之汤（荡）兮[1]，宛丘之上兮[2]。洵有情兮，而无望兮[3]。
坎其击鼓[4]，宛丘之下。无冬无夏，值其鹭羽[5]。
坎其击缶[6]，宛丘之道。无冬无夏，值其鹭翿[7]。

【注释】

①子：指那在宛丘跳舞的女子。汤：《楚辞》王逸注引作“荡”，汤荡古通用。荡是摇摆，形容舞姿。②宛丘：作为普通名词就是中央宽平的圆形高地。这里的宛丘已经成为专名，又叫櫑丘，是陈国人游观之地。③以上二句诗人自谓对彼女有情而不敢抱任何希望：“望”，或读为“忘”，亦可。④坎：击鼓与击缶之声。⑤值：训持，或戴。“鹭羽”就是下章的“鹭翿”，舞者有时执在手中，有时戴在头上。以上

二句是说彼人无分冬夏都在跳舞。⑥缶：瓦盆，用为乐器。⑦鹭翿：用鹭鸶的羽毛做成伞形，舞者所用。

【译文】

姑娘舞姿摇又晃，以那宛丘高地上。心里实在爱慕她，可惜没有啥希望。
敲起鼓来咚咚响，跳舞宛丘低坡上。不管寒冬和炎夏，鹭羽伞儿手中扬。
鼓起瓦盆当当响，跳舞宛丘大路上。不管寒冬和炎夏，头戴鹭羽鸟一样

东门之枌

【原文】

东门之枌①，宛丘之栩。子仲之子②，婆娑其下③。
穀旦于差④，南方之原⑤，不绩其麻，市也婆娑⑥。
穀旦于逝⑦，越以鬷迈⑧。视尔如荍⑨，贻我握椒⑩。

【注释】

①枌：木名，即白榆。②子仲之子：子仲氏之女。③婆娑：舞貌。④穀：善。“穀旦”指好天气的早晨。于：语助词。差：择。⑤原：高而平阔的土地。“南方之原”或即指东门和宛丘。那儿是歌舞聚乐的地方，同时是市井所在的地方。⑥市：买卖货物的场所。《潜夫论》引作“女”。⑦逝：往。这句是说趁好日子往跳舞之处。⑧越以：发语词。鬷：频。迈：行。“鬷迈”是说去的次数很多。⑨荍：植物名，又名荆葵，草本，花淡紫红色。这句是诗人以荆葵花比所爱的女子。⑩握椒：一把花椒。赠椒是表示结恩情，和“赠之以芍药”意思相同。

【译文】

东门白榆长路边，宛丘柞树连成片。子仲家里好姑娘，大树底下舞翩跹。
挑选一个好时光，同到南边平原上。撂下手中纺的麻，闹市当中舞一场。
趁着良辰同前往，多次相会共寻芳。看你像朵锦葵花，送我花椒一把香。

衡门

【原文】

衡门之下①，可以栖迟②。泌之洋洋③，可以乐饥④。
岂其食鱼，必河之鲂⑤？岂其娶妻，必齐之姜⑥？
岂其食鱼，必河之鲤？岂其娶妻，必宋之子⑦？

【注释】

①衡：是“横”的假借字。衡门：横木为门，门上无屋，言其简陋。一说东西曰横，横门就是东向或西向的城门。②栖迟：叠韵连绵词，栖息盘桓之意。以上二句言负郭陋室也可以居住。③泌：指泌邱下的水。洋洋：水流不竭貌。④乐：“㾾”字的省借。㾾，治疗。《韩诗外传》作疗。“㾾饥”等于说充饥解饿。清水解饿当然是夸张之辞，和一、二两句都表示自甘贫陋。⑤鲂：鱼名，就是鳊。鳊是肥美的鱼，黄河的鳊尤其名贵。⑥齐君姜姓：姜姓是当时最上层贵族之一。以上四句上二句是下二句的比喻，言娶妻不必选齐姜这样的名族，正如吃鱼不一定要吃黄河的鲂。下章仿此。⑦宋君是殷之后：子姓。

【译文】

支起横木做门框，房子虽差也无妨。泌丘泉水淌啊淌，清水也能充饥肠。
难道我们吃鱼汤，非要鲂鱼才算香？难道我们娶妻子，不娶齐姜不风光？
难道我们吃鱼汤，非要鲤鱼才算香？难道我们娶妻子，不娶宋子不排场？

东门之池

【原文】

东门之池①，可以沤麻②。彼美淑姬③，可与晤歌④。
东门之池，可以沤纻⑤。彼美淑姬，可以晤语⑥。

东门之池，可以沤菅[⑦]。彼美淑姬，可与晤言[⑧]。

【注释】

①东门之池：东门外的小塘。②可以沤麻：可以用来沤麻。可以：可以用来。沤：长时间地浸泡。纺麻之前先用水将其泡软。③彼美淑姬：那个美丽贤淑的姑娘。彼：那，那个。淑：贤淑，贤惠。姬：古代对妇女的美称。④可与晤歌：可以和她对歌。晤歌：对着唱歌，对歌。⑤纻：纻麻。⑥晤语：面对面交谈。语：交谈，说话。⑦菅（jiān）：一种植物，用水浸软后，其茎叶可织席编筐。⑧晤言：义同“晤语”。

【译文】

东城门外护城河，可以泡麻织衣裳。姬家美丽三姑娘，可以和她相对唱。

东城门外护城河，可以泡苎织新装。姬家美丽三姑娘，有商有量情意长。

东城门外护城河，可以浸茅做鞋帮。姬家美丽三姑娘，可以向她诉衷肠。

东门之杨

【原文】

东门之杨[①]，其叶牂牂[②]。昏以为期[③]，明星煌煌[④]。

东门之杨，其叶肺肺[⑤]。昏以为期，明星晢晢[⑥]。

【注释】

①东门之杨：东门的杨树。②其叶牂（zāng）牂：它的叶子沙沙作响。牂牂：风吹树叶发出的响声。③昏以为期：宾语前置，即“以昏为期”，将傍晚定为见面的时间。昏：傍晚。期：约定的时间。④明星煌煌：一直相会到东边的启明星升起。明星：启明星。煌煌：明亮的样子。⑤肺肺：风吹树叶发出的响声。⑥晢（zhé）晢：明亮的样子。

【译文】

东门之外有白杨，叶子茂密好乘凉。约定黄昏来相会，等到启明星儿亮。

白杨长在城门东，叶子密密青葱葱。约定相会在黄昏，等到天亮一场空。

墓门

【原文】

墓门有棘[①]，斧以斯之[②]。夫也不良[③]，国人知之[④]。知而不已，谁昔然矣[⑤]。

墓门有梅（棘）[⑥]，有鸮萃止[⑦]。夫也不良，歌以讯（谇）之（止）[⑧]。讯予不顾[⑨]，颠倒思予[⑩]。

【注释】

①墓门：墓道的门。一说是陈国的城门。棘是恶树，诗人用来比他所憎恨的人。②斯：碎裂。这是咒骂之辞，言须把它碎劈了才称心。③夫也：犹言“彼人”，指作者所讥刺的人。④国人知之：言其不良行为已成人所共知的事。⑤谁昔：即“畴昔”。畴昔有久（较远的过去）和昨（较近的过去）两义，这里应该是后者。以上两句是说彼人虽知恶行已经暴露，还是不改，直到最近还是这样。⑥梅：《楚辞》王逸注引作“棘”。⑦鸮（音“嚣”）：恶声之鸟。诗人似以恶鸟比助彼人为恶者。萃：止息。萃止：止是语尾助词。⑧讯：又作“谇”，二字互通。谇是数说责问之意。讯之：之应依《广韵》所引作“止”。和上句的“止”字是相应的语助词。⑨予：“虚”字，犹“而”。“讯予不顾”和“知而不已”句法相同。⑩颠倒思予：犹“颠倒思而”，言其思想颠倒黑白，不辨好歹。

【译文】

墓门有棵酸枣树，拿起斧头砍掉它。那人不是好东西，大家都很知道他。恶行暴露不制止，当初是谁纵容他？

墓门有棵酸枣树，树上停着猫头鹰。那人不是好东西，唱个歌儿来提醒。我的警告听不进，遭难才知我话真。

防有鹊巢

【原文】

防有鹊巢①，邛有旨苕②。谁侜予美③？心焉忉忉④！

中唐有甓⑤，邛有旨鹝⑥。谁侜予美？心焉惕惕⑦！

【注释】

①防：堤坝。②邛（qióng）：土丘。旨苕（sháo）：美味的紫云英。旨：味道甘美。苕：草名。即紫云英，红花草，为农家绿肥，嫩叶可作蔬菜吃，味颇鲜美。③谁侜（zhōu）予美：是谁对我的美丽在造谣中伤。侜：诽谤，说坏话。④忉（dāo）忉：忧伤的样子。⑤中唐：大门到厅堂之间的路。甓（pì）：砖。⑥鹝：绶草，一种有杂色像绶带的小草。⑦惕惕（tì tì）：又忧伤又恐惧。

【译文】

哪有堤上筑鹊巢？哪有山上长苕草？谁在离间我情人？心里又愁又烦恼。

哪有庭院瓦铺道？哪有山上长绶草？谁在离间我情人？心里担忧又烦躁。

月　出

【原文】

月出皎兮①，佼人僚兮②。舒窈纠兮③，劳心悄兮④。

月出皓兮⑤，佼人懰兮⑥。舒懮受兮⑦，劳心慅兮⑧。

月出照兮，佼人燎兮⑨。舒夭绍兮⑩，劳心惨（懆）兮⑪。

【注释】

①皎：洁白光明。《文选》注引作“皦”，字通。②佼：或作“姣”，佼人：美人。僚：美好貌。③舒：徐。窈纠：详见下“夭绍”注。这句是说“佼人”行步安闲，体

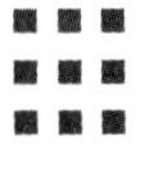

态苗条。④劳心：忧心。悄：犹“悄悄”，忧貌。这句是诗人自道其由爱情而生的烦闷。二、三章仿此。⑤皓：犹“皎”。⑥懰：《埤苍》媊，妖冶。⑦懮受：详见下“夭绍”注。⑧慅：犹“慅慅”，动。⑨燎：明，言彼人为月光所照。⑩夭绍：汉赋里往往写作“要绍”，曲貌。“窈纠”“懮受”“夭绍”都是形容女子行动时的曲线美，就是曹植《洛神赋》所谓“婉若游龙”。⑪惨：读若“懆”，声近义同。懆犹“懆懆”，不安。

【译文】

月儿东升亮皎皎，月下美人更俊俏。体态苗条姗姗来，惹人相思我心焦。

月儿出来多光耀，月下美人眉目娇，婀娜多姿姗姗来，惹人相思心头搅。

月儿出来光普照，月下美人神采姣，体态轻盈姗姗来，惹人相思心烦躁。

株 林

【原文】

胡为乎株林①？从夏南②。匪适株林③，从夏南。

驾我乘马④，说于株野⑤。乘我乘驹⑥，朝食于株⑦。

【注释】

①株：陈国邑名。是夏姬子征舒的封地。在今河南西华县夏亭镇北。《尔雅·释地》：“邑外谓之郊，郊外谓之牧，牧外谓之野，野外谓之林。”株林代指株邑，以取韵。②从：追随。夏南：陈国大夫夏御叔的儿子夏征舒，字子南。陈灵公到株邑去本是追逐夏姬，诗言从夏南，是故意隐晦其辞。③匪：通“彼”，指陈灵公。适：去，往。④乘（shèng）：四匹马。⑤说（shuì）：通“税”，舍止，住下。野：郊野。此株野代指株邑，以取韵。此句意灵公傍晚赶到株邑与夏姬通。⑥乘：前一“乘”（chéng）字，驾，坐。驹：少壮骏马。⑦朝食：吃早饭。古人常以饮食、饥饱隐喻男女情欲之事，此句也如此。

【译文】

他到株林去干啥，是跟夏南去游玩？原来他到株林去，不是为了找夏南。

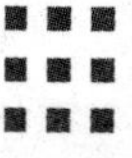

驾着我的四匹马，到了郊外卸下鞍。再换我的四匹驹，赶到夏家吃早饭。

泽陂

【原文】

彼泽之陂①，有蒲与荷②。有美一人③，伤如之何④！
寤寐无为⑤，涕泗滂沱⑥。
彼泽之陂，有蒲与蕳。⑦有美一人，硕大且卷⑧。
寤寐无为，中心悁悁⑨。
彼泽之陂，有蒲菡萏⑩。有美一人，硕大且俨⑪。
寤寐无为，辗转伏枕⑫。

【注释】

①彼泽之陂（bēi）：在那池塘边上。彼：那。泽：水泽，池塘。陂：岸，水边。②有蒲与荷：生长着蒲草和荷花。蒲：蒲草，水生植物，茎叶可编席，嫩草可食。③有美一人：有一个英俊的小伙子。④伤如之何：我该把他怎么样呢？伤：通“阳”，我。如之何：拿他怎么办，将他怎么办。之：他。⑤寤寐无为：一天到晚什么事都干不成。寤：醒。寐：睡着（zháo）。寤寐喻指一天到晚，白天黑夜。无为：干不了事情。⑥涕泗滂沱：整天以泪洗面。涕：眼泪。泗：鼻涕。滂沱：雨下很大，这里比喻眼泪鼻涕交流的样子。⑦蕳（jiān）：：莲子。⑧硕大且卷（quán）：他身材魁梧高大而且英俊。硕：大。卷：通“鬈”，美好，英俊。⑨悁（yuān）悁：忧闷愁苦的样子。⑩菡萏（hàn dàn）：荷花。⑪俨（yǎn）：一庄重威严。⑫辗转伏枕：伏在枕头上翻来覆去睡不着觉。辗转：翻来覆去。

【译文】

池塘边上围堤坝，塘中蒲草伴荷花。看见一个美男子，我心爱他没办法！
日夜相思睡不着，眼泪鼻涕一把把。
池塘边上堤岸高，塘中莲蓬伴蒲草。看见一个美男子，身材高大品德好。

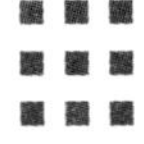

日夜相思睡不着，心里忧郁愁难熬。

池塘边上堤岸高，塘中荷花伴蒲草。看见一个美男子，身材高大风度好。

日夜相思睡不着，翻来覆去空烦恼。

桧风

羔裘

【原文】

羔裘逍遥①，狐裘以朝②。岂不尔思③？劳心忉忉④。

羔裘翱翔⑤，狐裘在堂⑥。岂不尔思？我心忧伤。

羔裘如膏⑦，日出有曜⑧。岂不尔思？中心是悼⑨。

【注释】

①羔裘逍遥：穿了小羊皮的袍子，到外面不顾一切地游玩宴乐。逍遥：安闲自得的样子。②狐裘以朝（cháo 潮）：穿了高档的狐狸皮袍子到朝堂上召见臣下。朝：上朝，君主办公。③岂不尔思：你难道不考虑考虑。你难道不能为国家的前途动动脑筋。尔：你。④劳心忉忉：见前《防有鹊巢》注④。⑤翱翔：像鸟儿飞翔一般自由自在。⑥堂：朝堂，君主办公的地方。⑦羔裘如膏：小羊皮袄像擦上了脂膏一般油光水滑。膏：油脂。⑧日出有曜：小羊皮袄在太阳下面闪闪发光。曜：太阳照射出的光彩。⑨悼：伤感，悲伤。

【译文】

游逛你穿羊皮袄，上朝你披狐皮袍。难道我不思念你？心有顾虑愁难消。

你穿羊裘去游逛，你披狐裘上公堂。难道我不思念你？心有顾虑暗忧伤。

羊皮袍子油光光，太阳出来衣发亮。难道我不思念你？心中恐惧又发慌。

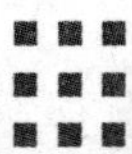

素 冠

【原文】

庶见素冠兮[①]，棘人栾栾兮[②]，劳心慱慱兮[③]。

庶见素衣兮，我心伤悲兮。聊与子同归兮[④]。

庶见素韠兮[⑤]，我心蕴结兮[⑥]。聊与子如一兮[⑦]。

【注释】

①庶：庶几，表示希望之词。素：素色，无华饰。素冠与下文素衣、素韠均指穿普通衣冠的人。此人是作者希望见到的人。②棘：通“瘠”，瘦弱。栾栾：瘦弱貌。③劳：忧劳。慱慱（tuán）：忧苦不安貌。④聊：愿。同归：一同归家，同住一起之意。⑤韠（bì）。蔽膝。是古代官服上的革制装饰物，长方形，上窄下宽，缝在肚下膝上。⑥蕴结：忧郁不解。⑦如一：如同一人，相依为命之意。

【译文】

见到您戴着白帽，瘦棱棱变了容貌，心忧伤不安难熬！

见到你素白衣衫，我心里伤悲难言！愿和您一同归天。

见到您围裙素淡，心忧郁难以排遣！愿和您同赴黄泉。

隰有苌楚

【原文】

隰有苌楚[①]，猗傩其枝[②]。夭之沃沃[③]，乐子之无知[④]。

隰有苌楚，猗傩其华。夭之沃沃，乐子之无家[⑤]。

隰有苌楚，猗傩其实。夭之沃沃，乐子之无室。

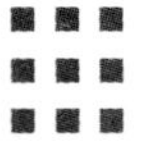

【注释】

①苌楚：植物名，又名羊桃，花赤色，子细如小麦，形似家桃，柔弱蔓生。②猗傩：有柔顺和美盛二义，在这里是形容苌楚枝条柔弱，从风而靡。二、三章对于华、实也称“猗傩”，似兼有美盛的意思。③夭：是草木未长成者。这里似用为形容词，就是少而壮盛之貌。之：犹“兮”。沃沃：犹“沃若”（见《氓》篇）。④乐：爱悦。子：指苌楚。以上四句，前三句写苌楚猗傩随风，少壮而有光泽。末一句诗人自叹其不如草木之无知。言外之意：倘若苌楚有知，一定也像我似的忧伤憔悴，不能这样欣欣向荣了。⑤无家：言其无累。下章仿此。

【译文】

低湿地上长羊桃，枝儿婀娜又娇娆。细细嫩嫩光泽好，羡你无知无烦恼。
低湿地上长羊桃，繁花一片多俊俏。柔嫩浓密光泽好，羡你无家真逍遥。
低湿地上长羊桃，果儿累累挂枝条。又肥又大光泽好，羡你无妻无家小。

匪 风

【原文】

匪风发兮[①]，匪车偈兮[②]。顾瞻周道[③]，中心怛兮[④]。
匪风飘兮，匪车嘌兮[⑤]。顾瞻周道，中心吊兮[⑥]。
谁能亨（烹）鱼[⑦]？溉（摡）之釜鬵[⑧]。谁将西归[⑨]？怀之好音[⑩]。

【注释】

①匪：读为“彼”，“彼风”犹“那风”。下同。发：犹发发，风声。②偈：犹“偈偈”，驰驱貌。③周道：大道或官路。④怛：忧伤。⑤嘌：又作“票”。轻疾貌。⑥吊：犹“怛”。⑦亨：就是“烹”字，煮。⑧溉：应依《说文》所引作“摡”。摡训拭，训涤，又训与，均可通。鬵：大釜。⑨西归：言回到西方的故乡去，这是桧国人客游东方者的口气，西：就指桧。⑩怀：训遗，送给。以上四句是说如有人能煮鱼我就给他锅子请他煮，如有人西归我就请他向家里送个消息。上二句是下二句之比。

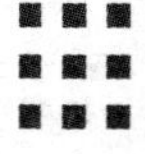

【译文】

风儿刮得呼呼响，车儿跑得飞一样，回头向着大路望，心里想家真忧伤。

风儿刮得打旋转，车儿轻快急忙忙。回头向着大路望，心里想家泪汪汪。

谁会烧那新鲜鱼？替他把锅洗干净。谁要回到西方去？托他带个平安信。

曹　风

蜉　蝣

【原文】

蜉蝣之羽①，衣裳楚楚②。心之忧矣③，於我归处④。

蜉蝣之翼⑤，采采衣服⑥。心之忧矣，於我归息⑦。

蜉蝣掘阅⑧，麻衣如雪⑨。心之忧矣，於我归说⑩。

【注释】

①蜉蝣（fú yóu）之羽：蜉蝣的翅膀（多么美丽，可惜长不了）。蜉蝣：一种昆虫，幼虫生活在水中，成虫有两对翅，可在水面飞行，寿命只有几个小时到一星期左右。②衣裳楚楚：你们这些贵族老爷个个衣冠楚楚（不知道死到临头）。楚楚：整齐干净。③心之忧矣：心中充满忧愁呀。之：用于主语与谓语之间，取消句子独立性。④於我归处（chǔ）：哪里才是我的安身之地呢？於：通“乌”，何，哪里。归：归依，归附。处：居，住。⑤翼：翅膀。⑥采采：光洁鲜艳的样子。⑦息：止息，居住。⑧掘阅：挖穴而出。阅：通“穴”，孔穴。⑨麻衣如雪：你们这些贵族老爷们的麻衣洁白如雪。麻衣：古代诸侯、大夫等统治阶级日常衣服，用白麻皮缝制。⑩说（shuì）：住，居住。

【译文】

蜉蝣有对好翅膀，衣裳整洁又漂亮。可恨朝生暮就死，我们归宿都一样。

蜉蝣展翅在飞翔，衣服华丽真漂亮。可恨朝生暮就死，与我归宿一个样。

蜉蝣穿洞来人间，麻衣像雪白晃晃。可恨朝生暮就死，大家都是这下场。

候人

【原文】

彼候人兮，何（荷）戈与祋①。彼其之子，三百赤芾②。

维鹈在梁，不濡其翼③。彼其之子，不称其服④。

维鹈在梁，不濡其咮⑤。彼其之子，不遂（对）其媾⑥。

荟兮蔚兮，南山朝隮⑦。婉兮娈兮，季女斯饥⑧。

【注释】

①候人：担任在国境和道路上守望及迎送宾客职务的人，总数有一百多人，除少数低级官僚外都属普通兵卒。本诗中的候人是指一般供役的兵卒。何：即“荷”，肩负。祋：兵器名，杖类。②彼：指曹国朝廷。其：语助词。之子：指下文“三百赤芾”“不称其服”的那些人。赤芾：红色熟牛皮所制的蔽膝，即韨，卿大夫朝服的一部分。曹是小国，而朝中高官厚禄者多至三百人。③鹈：水鸟名，即鹈鹕，食鱼。梁：鱼梁，即拦鱼坝。濡：湿。鹈鹕以鱼为食却不曾濡湿翅膀，说明不曾下水。这两句是比喻，如果是比朝中的贵人，就是说这些人不是自己求食，而是高高在上，靠别人供养，如是比候人自己，就是说侯人值勤辛苦，连吃饭都顾不上。第一章上二句写候人，下二句写朝中贵人，这里也以上二句指候人较顺。下章同此。④服：指赤芾。这句说“三百”着“赤芾”的人才德和地位不相称。⑤咮：亦作“噣”，鸟嘴。这句和“不濡其翼”比喻的意思相同。⑥遂：和“对”古同音互训，不对也就是“不称”的意思。媾：待遇。这句也是说才德和地位不相称。⑦荟：“蔚”都是聚集的意思，这里指云彩浓密。隮：升起。这两句说南山早晨有浓云升起。⑧婉娈：形容女孩子娇好之词。季（稚）女：幼小的女儿。这一章写侯人值勤到天明，看见南山朝云，惦记小女儿在家没有早饭吃。

【译文】

候人官职小得很，肩上扛着戈和棍。可恨那些暴发户，红皮绑腿三百人。

鹈鸪栖在鱼梁上，居然未曾湿翅膀。可笑那些暴发户，哪配穿上贵族装。

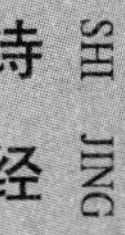

鹈鹕栖在鱼梁上，长嘴不湿太反常。且看那些暴发户，不会称心得宠长。
云漫漫啊雾弥弥，南山早上彩虹起。候人幼女虽娇好，没有饭吃饿肚皮。

鸤鸠

【原文】

鸤鸠在桑①，其子七②兮。淑人君子③，其仪一兮④。
其仪一兮，心如结兮⑤。
鸤鸠在桑，其子在梅⑥。淑人君子，其带伊丝⑦。
其带伊丝，其弁伊骐⑧。
鸤鸠在桑，其子在棘。淑人君子，其仪不忒⑨。
其仪不忒。正是四国⑩。
鸤鸠在桑，其子在榛。淑人君子，正是国人⑪。
正是国人，胡不万年⑫。

【注释】

①鸤鸠：布谷鸟。在桑：在桑树上。全篇四章，鸤鸠始终在桑，这一起兴，是和下面的“其仪一”“心如结”密切配合的。②七：七只小布谷鸟。③淑人君子：善良而有才德的人。淑人：善良的人。君子：指有才学有品德的人。④其仪一兮：他的行为作风是一贯正派的，言行是一致的。仪：容貌、举止、风度。一：一贯，一致。⑤心如结兮：意志坚强，立场坚定。心：意志。结：凝聚，坚定。⑥在梅、在棘、在榛：在梅树上、酸枣树上、榛树上。说明小鸟已经长大，逐渐远离它们的父母和老窝，比喻一些年轻人往往见异思迁，不能始终如一。⑦其带伊丝：他的腰带是丝织品。伊：语气助词，常用于句中。⑧弁：古代男子的礼帽。骐：青黑色的丝织物。⑨不忒：没有差错，不改变。忒：差错，改变。⑩正是四国：即“是四国正”，是大家的楷模。正：标准，模范，楷模，样板。四国：四方，引申为“大家”“群众”。⑪正是国人：即“是国人正”，是全国人民的楷模。国人：全国人民。⑫胡不万年：（这样的典型）怎能不万世流传下去呢。怎能不流芳百世呢。胡不：为什么不。

【译文】

布谷筑巢桑树间，喂养小鸟心不偏。我们理想好君子，说到做到不空谈。

说到做到不空谈，忠心耿耿磐石坚。

布谷筑巢桑树间，小鸟学飞梅树颠。我们理想好君子，丝带束腰真不凡。

丝带束腰真不凡，玉饰皮帽花色鲜。

布谷筑巢桑树间，小鸟飞在枣树上。我们理想好君子，言行如一不走样。

言行如一不走样，四方各国好榜样。

布谷筑巢桑树间，小鸟飞落榛树上。我们理想好君子，全国百姓好官长。

全国百姓好官长，怎不祝他寿无疆。

下泉

【原文】

冽彼下泉①，浸彼苞稂②。忾我寤叹③，念彼周京④。

冽彼下泉，浸彼苞萧⑤。忾我寤叹，念彼京周⑥。

冽彼下泉，浸彼苞蓍⑦。忾我寤叹，念彼京师⑧。

芃芃黍苗⑨，阴雨膏之⑩。四国有王⑪，郇伯劳之⑫。

【注释】

①冽：寒冷。下泉，出自地下的泉水。②稂（láng）：莠一类的草，又叫童粱。《毛传》："稂，童梁，非溉草，得水而病也。"③忾（kài）：叹息。寤：醒，指不寐，睡不着。④周京：周之京城，指西周的国都镐京。幽王骊山亡国，平王东迁。念周京：即怀念西周之意。⑤萧：即"艾蒿"。⑥京周：即周京，为协韵而倒文。京：有"大"之意，京周故可视为双关之语。⑦蓍（shī）：蓍草，古人用其茎占卜。⑧京师：本称周之国都，后世即称国都为京师。⑨芃芃（péng）：草木茂密貌。黍，黍子，谷子之一种。⑩膏：滋润。此上二句以雨水滋润黍苗茂盛比兴西周恩泽布于各诸侯国。⑪四国：四方各国。此句指各诸侯国有周王而依赖尊仰。东周时周天子名存实亡，故诗怀念过去西周之时。《郑笺》："有

王，谓朝聘于天子也。”⑫郇（xún）伯，文王之子封于郇，为郇侯，曾为州伯（诸侯之长），故称郇伯。劳，慰劳《郑笺》：“郇侯，文王之子，为州伯，有治诸侯之功。”

【译文】

下泉水呀清又凉，淹得莠草难生长。睁眼醒来长叹息，不知京都怎么样。

下泉水呀清又凉，淹得蒿草难生长。睁眼醒来长叹息，空念京城难回。

下泉水呀清又凉，淹得蓍草难生长。睁眼醒来长叹息，京师惹人常怀想。

蓬勃一片黍苗壮，阴雨润泽助它长。各国诸侯终有主，护送敬王荀伯忙。

豳　风

七　月

【原文】

七月流火[①]，九月授衣[②]。一之日觱发[③]，二之日栗烈[④]。无衣无褐[⑤]，何以卒岁？三之日于耜[⑥]，四之日举趾[⑦]。同我妇子，馌彼南亩[⑧]，田畯至喜[⑨]。

七月流火，九月授衣。春日载阳[⑩]，有鸣仓庚[⑪]。女执懿筐[⑫]，遵彼微行[⑬]，爰求柔桑[⑭]。春日迟迟[⑮]，采蘩祁祁[⑯]。女心伤悲，殆及公子同归[⑰]。

七月流火，八月萑苇[⑱]。蚕月条桑[⑲]，取彼斧斨[⑳]，以伐远扬[㉑]，猗（掎）彼女桑[㉒]。七月鸣鵙[㉓]，八月载绩。载玄载黄[㉔]，我朱孔阳[㉕]，为公子裳。

四月秀葽[㉖]，五月鸣蜩[㉗]。八月其获，十月陨萚[㉘]。一之日于貉[㉙]，取彼狐狸，为公子裘。二之日其同[㉚]，载缵武功[㉛]。言私其豵[㉜]，献豜于公[㉝]。

五月斯螽动股[㉞]，六月莎鸡振羽[㉟]。七月在野，八月在宇，九月在户，十月蟋蟀入我床下[㊱]。穹窒熏鼠[㊲]，塞向墐户[㊳]。嗟我妇子，曰为

改岁[39]，入此室处。

六月食郁及薁[40]，七月亨（烹）葵及菽[41]。八月剥（扑）枣[42]，十月获稻。为此春酒[43]，以介眉寿[44]。七月食瓜，八月断壶[45]，九月叔苴[46]。采荼薪樗[47]，食我农夫。

九月筑场圃[48]，十月纳禾稼[49]，黍稷重（种）穋（稑）[50]，禾麻菽麦[51]。嗟我农夫，我稼既同，上（尚）入执宫功[52]。昼尔于茅，宵尔索绹[53]。亟其乘屋[54]，其始播百谷。

二之日凿冰冲冲[55]，三之日纳于凌阴[56]。四之日其蚤[57]，献羔祭韭[58]。九月肃霜[59]，十月涤场[60]。朋酒斯飨[61]，曰杀羔羊，跻彼公堂[62]，称彼兕觥[63]，“万寿无疆”[64]！

【注释】

①七月流火：火，或称大火，星名，即心宿。每年夏历五月，黄昏时候，这星当正南方，也就是正中和最高的位置。过了六月就偏西向下了，这就叫作流。②授衣：将裁制冬衣的工作交给女工。九月丝麻等事结束，所以在这时开始做冬衣。③一之日：十月以后第一个月的日子。以下二之日、三之日等仿此。觱发：大风触物声。④栗烈：或作凛冽，形容气寒。⑤褐：粗布衣。⑥于：犹“为”。为耜是说修理耒耜（耕田起土之具）。⑦趾：足。举趾：是说去耕田。⑧馌：是馈送食物。亩：指田身。田耕成若干垄，高处为亩，低处为畎。田垄东西向的叫作东亩，南北向的叫作南亩。这两句是说妇人童子往田里送饭给耕者。⑨田畯：农官名，又称农正或田大夫。⑩春日：指二月。载：始。阳：温暖。⑪仓庚：鸟名，就是黄莺。⑫懿筐：深筐。⑬微行：小径（桑间道）。⑭爰：是语词，犹“曰”。柔桑：是初生的桑叶。⑮迟迟：是天长的意思。⑯蘩：菊科植物，即白蒿。古人用于祭祀，女子在嫁前有“教成之祭”。一说用蘩“沃”蚕子，则蚕易出，所以养蚕者需要它。其法未详。祁祁：众多。⑰公子：指国君之子。殆及公子同归：是说怕被公子强迫带回家去。一说指怕被女公子带去陪嫁。⑱萑苇：芦类。八月萑苇长成，收割下来，可以做箔。⑲蚕月：指三月。条桑：修剪桑树。⑳斨：方孔的斧。㉑远扬：指长得太长而高扬的枝条。㉒猗：《说文》《广雅》作“掎”，牵引。掎桑：是用手拉着桑枝来采叶。

南朝乐府诗《采桑度》云：“系条采春桑，采叶何纷纷”，似先用绳系桑然后拉着绳子采。女桑：小桑。㉓鵙：鸟名，即伯劳。㉔玄：是黑而有赤的颜色。玄、黄指丝织品与麻织品的染色。㉕朱：赤色。阳：鲜明。以上二句言染色有玄有黄有朱，而朱色尤为鲜明。㉖葽：植物名，今名远志。秀葽：言远志结实。㉗蜩：蝉。㉘陨萚：落叶。㉙貉：通“祃”。田猎者演习武事的礼叫祃祭或貉祭。于貉：言举行貉祭。㉚同:聚合，言狩猎之前聚合众人。㉛缵：继续。武功：指田猎。㉜　：一岁小猪，这里用来代表比较小的兽。私其豵：言小兽归猎者私有。㉝豣：三岁大猪。代表大兽。大兽献给公家。㉞斯螽：虫名，蝗类。旧说斯螽以两股相切发声，动股：言其发出鸣声。㉟莎鸡：虫名，今名纺织娘。振羽：言鼓翅发声。㊱以上四句都指蟋蟀，先在野地，后移宇下（即檐下），再移到户内，最后入床下：言其鸣声由远而近。㊲穹:与“空”通。窒：塞满。穹窒：言将室内满塞的角落搬空。搬空了才便于熏鼠。㊳向：是朝北的窗。墐：是用泥涂上。贫家门扇用柴竹编成，涂泥使它不通风。㊴曰：《汉书》引作“聿”，语词。改岁：是说旧年将尽，新年快到。㊵郁：植物名，唐棣之类。树高五六尺，果实像李子，赤色。薁：植物名，果实大如桂圆。㊶菽：豆的总名。㊷剥：读为扑，击。㊸春酒：冬天酿酒经春始成，叫作春酒。枣和稻都是酿酒的原料。㊹介：助。眉寿：指老人，人老眉上有豪毛，叫秀眉。酒所以养老。㊺壶：葫芦。㊻叔：拾。苴：秋麻之子，可以吃。㊼樗：臭椿。薪樗：言采樗木为薪。㊽场：是打谷的场地。圃：是菜园。春夏做菜园的地方秋冬就做成场地，所以场圃连成一词。㊾纳：收进谷仓。稼：古读如“故”。禾稼：谷类通称。㊿重：穋，就是“种”稑”。种是先种后熟的谷，稑是后种先熟的谷。51这句的“禾”是专指一种谷：即今之小米。52功：事。宫功：指建筑宫室，或指室内的事。53索：是动词，指制绳。绹：就是绳。索绹：是说打绳子。上两句言白天取茅草，夜晚打绳子。54亟：急。乘屋：盖屋。茅和绳都是盖屋需用的东西。以上三句言宫功完毕后，急忙修理自己的屋子。因为播谷的工作又要开始了，不得不急。55冲冲：凿冰之声。56凌：是聚积的冰。阴：指藏冰之处。57蚤：同“早”，早晨。这句是说取冰。58这句是说用羔羊和韭菜祭祖：《礼记·月令》说仲春献羔开冰，四之日正是仲春。59肃霜：犹肃爽，双声连语。这句是说九月天高气爽。60涤场：清扫场地。这句是说十月农事完全结束，将场地打扫洁净。一说“涤场”即“涤荡”，十月涤荡：是说到了十月草木摇落无余。61朋酒：两樽酒。这句连下句是说年终燕乐。62跻：登。公堂：或指公共场所，不一定是国君的朝堂。63称：举。64万：大。无疆：无穷。以上三

句言升堂举觞，祝君长寿。

【译文】

七月大火偏西方，九月女工缝衣裳。十一月北风哔拨响，腊月寒气刺骨凉。粗布衣服都没有，怎样过冬心悲伤！正月农具修整好，二月下地春耕忙。叫来老婆和孩子，饭菜送到田边头，农官老爷充饥肠。

七月大火偏西方，九月女工缝衣裳，春天太阳暖洋洋，黄莺吱喳枝头唱。姑娘手提深竹筐，沿着墙边小路旁，采呀采那柔嫩桑。春天日子渐渐长，采蒿人儿闹嚷嚷。姑娘心里暗悲伤，只怕公子看上抢。

七月大火偏西方，八月割苇好收藏。三月动手修桑树，拿起斧头拿起斨，高枝长条砍个光，攀着短枝摘嫩桑。七月伯劳树上唱，八月纺麻织布忙。染成黑红染成黄，我染深红最漂亮，为那公子做衣裳。

四月远志结子囊，五月知了声声唱。八月庄稼要收割，十月落叶随风扬。十一月里打貉子，剥下狐狸茸茸皮，好为公子做衣裳。腊月大伙聚一起，继续打猎练武忙。小猪自己留下来，大猪送到公府上。

五月蚱蜢弹腿响，六月蝈蝈抖翅膀。七月蟋蟀野地鸣，八月屋檐底下唱，九月跳进房门来，十月到我床下藏。打扫垃圾熏老鼠，糊好柴门封北窗。唉呀我的妻和儿，眼看就要过年关，避寒住进这破房。

六月郁李葡萄尝，七月煮葵烧豆汤。八月打下大红枣，十月收割稻米香。用来酿成好春酒，老爷饮了寿命长。

七月采瓜食瓜瓤，八月葫芦摘个光，九月拾麻好收藏。采来苦菜砍臭椿，是咱农夫半年粮。

九月筑好打谷场，十月庄稼要进仓，谷子黄米和高粱，粟麻豆麦分开放。唉呀可叹咱农夫！庄稼刚刚收拾完，又要服役修官房：白天割来粗茅草，晚上搓绳长又长，急忙上屋把顶盖，开春要播各种粮。

腊月凿冰冲冲响，正月送进冰窖藏。二月起早行祭礼，献上韭菜和小羊。九月天高气又爽，十月萧瑟树叶黄。两壶美酒大家饮，举刀宰了小羔羊，踏上台阶进公堂，高高举起牛角杯，同声高祝寿无疆！

鸱 鸮

【原文】

鸱鸮鸱鸮[1]！既取我子，无毁我室[2]。恩斯勤斯[3]，鬻（育）子之闵斯[4]。

迨天之未阴雨，彻彼桑土（杜）[5]，绸缪牖户[6]。今女（汝）下民[7]，或敢侮予[8]。

予手拮据[9]，予所捋荼[10]，予所蓄租[11]，予口卒瘏[12]，曰予未有室家[13]。

予羽谯谯[14]，予尾翛翛[15]。予室翘翘[16]，风雨所漂摇[17]，予唯音哓哓[18]。

【注释】

①鸱鸮：鸟名，即鸱鸺，今俗名猫头鹰。②室：指鸟巢。③恩斯勤斯：两个"斯"字都是语助词，恩勤：犹殷勤。④鬻：是"育"的借字。育子：指孵雏。闵：病。⑤彻：剥裂。土：是"杜"的借字，《释文》引《韩诗》作杜。桑杜：就是桑根。⑥绸缪：见前。牖户：指巢。以上二句是说剥取桑根的皮来修补鸟窠。⑦女：《孟子》作"此"。下民：指人类，鸟在树上，所以称人类为下民。⑧侮：指投石、取卵等事，巢不坚固就为人所乘。⑨"拮据"：撠挶的假借，手病。⑩所：尚。捋荼：取芦苇和茅草的花，为垫巢之用。⑪租：积。或读为苴，草。⑫卒瘏：言终于疲病。卒或读为"悴"，"悴""瘏"同义。以上四句言爪和嘴都因为过劳而病。⑬家：这句是说巢未完成。⑭谯谯：不丰满。⑮翛翛：干枯无润泽之色。⑯翘翘：危。⑰漂摇：冲击扫荡。漂属雨，摇属风。⑱哓哓：由于恐惧而发的叫声。

【译文】

猫头鹰啊猫头鹰，你已抓走我娃娃，不要再毁我的家。辛苦爱我小宝贝，养育孩子累又乏！

趁着天晴没阴雨，剥下桑树根上皮，修补窗子和门户。现在你们树下人，有谁还敢来欺侮！

我手发麻太疲劳，我采芦花来垫巢，我还贮存干茅草，我的嘴巴累痛了，我窝还没修理好！

我的羽毛已枯焦，我的尾巴干寥寥。我的窝儿险又高，风吹雨打晃又摇，吓得我啊吱吱叫。

东山

【原文】

我徂东山[①]，慆慆不归[②]。我来自东，零雨其濛[③]。我东曰归，我心西悲[④]。制彼裳衣[⑤]，勿士（事）行枚[⑥]。蜎蜎者蠋[⑦]，烝在桑野[⑧]。敦彼独宿[⑨]，亦在车下。

我徂东山，慆慆不归。我来自东，零雨其濛。果臝之实[⑩]，亦施于宇[⑪]。伊（蛜）威（蛷）在室[⑫]，蟏蛸在户[⑬]。町畽鹿场[⑭]，熠燿宵行[⑮]。不可畏也，伊可怀也[⑯]。

我徂东山，慆慆不归。我来自东，零雨其濛。鹳鸣于垤[⑰]，妇叹于室。洒扫穹窒，我征聿至[⑱]。有敦瓜苦[⑲]，烝在栗薪[⑳]。自我不见，于今三年。

我徂东山，慆慆不归。我来自东，零雨其濛。仓庚于飞[㉑]，熠燿其羽。之子于归[㉒]，皇驳其马[㉓]。亲结其缡[㉔]，九十其仪[㉕]。其新孔嘉[㉖]，其旧如之何[㉗]？

【注释】

①东山：诗中军士远戍之地。相传本诗和周公伐奄有关，东山当在奄国（今山东省曲阜县境）境内。②慆慆：一作“滔滔”，久。③零雨：徐雨，小雨。濛：微雨貌。④悲：思念。（《汉书·高帝纪》“游子悲故乡”的“悲”字和这里相同。）⑤裳衣：言下裳和上衣。古人男子衣服上衣下裳，但戎服不分衣裳。⑥士：从事。行：读为“衡”，就是横。横枚等于说衔枚。古人行军袭击敌人时，用一根筷子似的东西

横衔在嘴里以防止出声，叫做衔枚。以上两句是设想回家后换上平民服装，不再从事征战。⑦蜎蜎：蚕蠋屈曲之貌。蠋：字本作蜀，蛾蝶类的幼虫。这里所指的是桑树间野生的蚕。⑧烝：久。⑨敦：团。敦本是器名，形圆如球。这句连下句是说在车下独宿，身体蜷曲成一团。上文"蜎蜎者蠋"两句以蠋和人对照，独宿者蜷曲的形状像蠋，但蠋在桑间是得其所，人在野地露宿是不得其所。⑩果臝：葫芦科植物，一名栝楼或瓜蒌。⑪施：移。栝楼蔓延到檐上是无人剪伐的荒凉景象。⑫伊威：虫名。椭圆而扁，多足，灰色，今名土鳖，常在潮湿的地方。《本草》一作"蛜蝛"。⑬蠨蛸：虫名，蜘蛛类，长脚。以上两句是室内经常无人打扫的景象。⑭町畽：平地被兽蹄所践踏处。"町"音"廷"。畽音团的上声。鹿场：鹿经行的途径。⑮熠燿：光明貌。宵行：燐火。以上两句写宅外荒凉景象。从果臝句以下到这里都是设想自己离家后，园庐荒废的情形。⑯以上两句设为问答，上句说这样不可怕吗？下句说是可怀念的啊。下句并非将上句否定，诗意是尽管情况可怕还是可怀念的，甚至越可怕越加怀念。⑰鹳：鸟名，涉禽类，形似鹤，又名冠雀。俗名又叫"老等"，因其常在水边竚立，等待游鱼。垤：小土堆。⑱征：行。"聿"语词，同"曰"。聿、曰都有将意，《七月》篇"聿为改岁"言将改岁。本诗"我东曰归"也是说将归。以上三句是说征夫设想妻在家悲叹，恨不得告诉她：别叹息了，赶紧收拾屋子吧，我正在赶路，将要到家了。⑲瓜苦：即瓜瓠，也就是匏瓜，葫芦类。古人结婚行合卺之礼，就是以一匏分作两瓢，夫妇各执一瓢盛酒漱口，这诗"瓜苦"似指合卺的匏。下文叹息三年不见，因为想起新婚离家已经三年了。⑳栗薪：《释文》引《韩诗》作"蓼薪"，聚薪，和《绸缪》篇的"束薪"同义。以上二句言团团的匏瓜搁在那柴堆上已经很久了。㉑仓庚：鸟名，见《七月》篇注。㉒之子：指妻。㉓皇：黄白色。驳：赤白色。㉔亲：指"之子"的母亲。缡：古读如"罗"。结缡：将佩巾（就是"帨"，见《野有死麕》）结在带上。古俗嫁女时母为女结缡。㉕九十：言其多。仪：古读如"俄"。这句是说仪注之繁。以上追忆新婚时的情形，和上章瓜苦栗薪的回忆紧相承接。㉖嘉：美。㉗旧：犹"久"。以上二句言"之子"新嫁来的时候很好，隔了三年不晓得怎样了。

【译文】

我到东山去打仗，久久不归岁月长。今天我从东方来，细雨蒙蒙倍凄凉。我刚

听说要回乡，西望家园心悲伤。缝好一套平日装，不再衔枚上战场。青虫爬动曲又弯，长在野外桑树上。孤身独宿缩成团，兵车底下权当床。

我到东山去打仗，久久不归岁月长。今天我从东方来，细雨蒙蒙倍凄凉。瓜蒌结实一串串，爬到高高房檐上。屋里到处地鳖虫，门前结满蜘蛛网。田地变成野鹿场，入夜萤火点点亮。家园荒凉怕不怕？越是荒凉越怀想！

我到东山去打仗，久久不归岁月长。今天我从东方来，细雨蒙蒙倍凄凉。老鹳长鸣土堆上，爱妻嗟叹守空房。洒扫房屋修好墙，盼我征夫早回乡。团团苦瓜涩又苦，结在苦菜柴薪上。自从我们不相见，于今三年断人肠！

我到东山去打仗，久久不归岁月长。今天我从东方来，细雨蒙蒙倍凄凉。黄莺翻飞春已暮，毛羽鲜明闪闪光。想起当年她出嫁，迎亲花马白里黄。娘替女儿结佩巾，仪式繁多求吉祥。新婚夫妇多美满，久别重逢该怎样？

破斧

【原文】

既破我斧①，又缺我斨②。周公东征③，四国是皇④。
哀我人斯⑤，亦孔之将⑥。
既破我斧，又缺我锜⑦。周公东征，四国是吪⑧。
哀我人斯，亦孔之嘉⑨。
既破我斧，又缺我銶⑩。周公东征，四国是遒⑪。
哀我人斯，亦孔之休⑫。

【注释】

①既破我斧：在交战中砍坏了我的斧头。破：砍破，砍坏。②又缺我斨(qiāng)：我的斨也砍出了豁口。缺：砍出缺口，砍出豁口。斨：柄孔为方形的斧子。既……又：在……以后，又……。③周公东征：周公率军东征。周公：姬旦，周文王之子，周武王之弟。辅佐武王灭纣，武王死后，辅佐武王的幼子成王，平定了西周初年的叛乱，为周初的繁荣奠定了基础。东征：指周公东征平定武庚、管蔡之乱。④四国是皇：宾语前置，即“皇四国”，平定了天下。四国：四方诸侯国，泛

指全国各地。是：代词，放在动词之前，复指前置宾语。皇：通“匡”，匡正，平定。⑤哀我人斯：可怜我多灾多难的人民呀。哀：可怜。人：人民，百姓，在战争中遭受巨大的痛苦。斯：语气词，表感叹。⑥亦孔之将：今后的日子将会越来越美好。亦：助词，无实义。孔：很，十分。之：助词，用于状语与中心语之间。将：通“臧”：美，善。⑦锜（qí）：古代的一种凿子。⑧吪（é）：改变。⑨嘉：美，好。⑩銶（qiú）：凿子一类的器具。⑪遒（qiú）：平定，稳定。⑫休：美。

【译文】

斧头砍得裂缝长，满身伤痕青铜斨。周公东征到远方，四国听着都着慌。可怜我们这些人，总算命大能回乡！

斧头砍得裂缝粗，作战折断三齿锄。周公东征到远方，四国幡然都悔悟！可怜我们这些人，总算有福回乡土！

斧头砍裂刃锋销，缺口参差手中锹。周公东征到远方，四国平定不动摇。可怜我们这些人，熬到回乡算命好！

伐 柯

【原文】

伐柯如何①？匪斧不克②。取妻如何③？匪媒不得④。
伐柯伐柯⑤，其则不远⑥。我觏之子⑦，笾豆有践⑧。

【注释】

①伐柯如何：光有斧头柄能砍树吗？后来把伐柯作为媒人的代词。柯：斧柄；②匪斧不克：没有斧头是不行的。克：能；③取妻如何：讨老婆应该要怎样的？取：通“娶”，娶妻子；④匪媒不得：没有媒人是得不到的；⑤伐柯伐柯：快把斧头柄削好。媒人啊，媒人啊；⑥其则不远：有了媒人亲事成功就不远了；⑦觏（gòu）：遇见。子：指要娶的妻子；⑧笾（biān 边）：古代在祭祀、燕享、婚仪时用来装盛果脯等的竹编食器。豆：古代的一种食器。木制的高脚盘。践：（酒肴）陈列得整整齐齐。

【译文】

要砍斧柄怎么办？没有斧头不成功。要娶妻子怎么办？没有媒人行不通。

砍斧柄呀砍斧柄，样子就在你面前。我看那位好姑娘，料理宴席很熟练。

九 罭

【原文】

九罭之鱼，鳟鲂①。我觏之子②，衮衣绣裳③。

鸿飞遵渚④，公归无所⑤，于女信处⑥。

鸿飞遵陆⑦，公归不复⑧，于女信宿⑨。

是以有衮衣兮⑩，无以我公归兮⑪，无使我心悲兮。

【注释】

①九罭（yù）：一种带有囊袋、网目细密的鱼网，用以捕小鱼。九：虚数，言其囊袋多密。鳟（zūn）：鱼名，即赤眼鳟，又名红眼鱼，一种鲤科鱼。鲂（fáng）：鱼名，即三角鲂，又称三角鳊，一种鲤科鱼。以上二句言用捉小鱼的网捉到了鳟、鲂大鱼，比兴女子与尊贵的男子结合，得到爱情。古今民歌，多以鱼、得鱼、食鱼，暗喻爱情、婚媾。②觏：通“媾”，男女结合。之子：此人，指男子。③衮（gǔn）衣：画着龙的上衣。绣裳：彩色绣裙。衮衣绣裳，是王公贵族的礼服。④鸿：大雁。遵：沿循。渚：水中沙洲。此以鸿雁沿沙洲飞寻止居之处，比兴贵族男子将归去他处。⑤公：公爵，称所遇合之贵族男子。所：处所。无所，指无一定处所。⑥女：通“汝”。此是女子自言自语。信：住两宿为信。处：居住。⑦陆：高平之地。⑧复：返。⑨宿：住。⑩是：此，指这里。以：通“已”。此句女子言在这里他已经有衮衣。即已经当上公侯了。⑪无：通“毋”。以：有“让”之意。

【译文】

细网捞着大鳟鲂，我的客人不平常，画龙上衣彩色裳。

大雁飞飞沿沙洲，您若归去没处留，不住两夜不让走。

大雁沿着陆地飞，您若归去不再回，请住两夜别推诿！

藏起您的绣龙袍，请您别走好不好，不要让我添烦恼！

狼跋

【原文】

狼跋其胡[①]，载疐其尾[②]。公孙硕膚（臚）[③]，赤舄几几[④]。

狼疐其尾，载跋其胡。公孙硕膚（臚），德音不瑕[⑤]。

【注释】

①跋：践蹋，踩。胡：颈下垂肉。狼老了颈下就有胡。②载：再。疐：同“跋”。诗人形容老狼行步艰难，走起路来身子如跳板一上一下的形状，前后更迭地一起一伏，前跋后疐。用来比公孙步态笨重动摇。③公孙：指豳公的后代。膚：古与“臚”同字，腹前部为“臚”。硕膚：就是大肚子。④赤舄：黄朱色的鞋，周朝王和诸侯都穿它。几几：亦作己己，形容弯曲。舄的前端有絇，就是弯曲的“鼻”，它是舄上最显眼的部分，诗人就以它代表舄。⑤德音：声名。瑕：读作“假”。义犹“嘉”。不瑕：就是不好。

【译文】

老狼朝前踩下巴，后退又踏长尾巴。公孙身体肥又大，红鞋弯弯神气煞。

老狼后退踩尾巴，前进又踏肥下巴。公孙身体肥又大，品德名誉差不差？

小雅

鹿鸣

【原文】

呦呦鹿鸣①，食野之苹②。我有嘉宾③，鼓瑟吹笙④。
吹笙鼓簧⑤，承筐是将⑥。人之好我⑦，示我周行⑧。
呦呦鹿鸣，食野之蒿⑨。我有嘉宾，德音孔昭⑩。
视民不恌⑪，君子是则是傚⑫。我有旨酒⑬，嘉宾式燕以敖⑭。
呦呦鹿鸣，食野之芩⑮。我有嘉宾，鼓瑟鼓琴⑯。
鼓瑟鼓琴，和乐且湛⑰。我有旨酒，以燕乐嘉宾之心⑱。

【注释】

①呦（yōu）呦鹿鸣：呦呦鸣叫的鹿群。呦呦：鹿叫声。②食野之苹：食着田野中的藾萧。苹：多年生草本，也叫藾萧。③我有嘉宾：我有贵客。嘉：美，善。④鼓瑟吹笙：我为他鼓瑟又吹笙。鼓：弹奏。瑟：古代的一种乐器。笙：古代的一种吹奏乐器。⑤吹笙鼓簧：吹奏笙，鼓动里面的簧片。簧：笙中用以振动发声的簧片。⑥承筐是将：捧着筐子，将筐中的礼物献给客人。承：捧。是将：宾语前置，即“将是”，献上它。将：献上。是：代词，指筐中之物。⑦人之好（hào）我：客人们都对我很友好。人：人们，指嘉宾。之：用于主语与谓语之间，取消句子独立性。好：喜欢，友好。⑧示我周行（háng）：给我指出光明大道。示：给……看。周行：

大道，这里引申为真理，做人的准则。⑨蒿：青蒿，一种植物。⑩德音孔昭：他的美名四处传扬。德音：好声誉。孔：很，十分。昭：明，昭著。⑪视民不恌（tiāo）：他教百姓要忠厚老实。视：同“示”，让……看。恌：轻佻，轻浮。⑫君子是则是傚：有道德的人都以他为榜样，效法他的言行。君子：有道德的人。是则是傚：宾语前置，即“则是傚是”，则：以……为法则。是：这，指“嘉宾”。傚同“效”，效法，仿效。⑬我有旨酒：我有美酒。旨：味美（的）。⑭嘉宾式燕以敖：贵客该开怀畅饮纵情欢乐。式：助词，表示劝诱，有“当”“该”的意思。燕：宴饮。以：连词，而。敖：遨游，指纵情欢乐。⑮芩（qín）：一种草。⑯琴：古代的弦乐器，有五弦或七弦。⑰和乐且湛（dān）：大伙儿欢乐和谐，久久沉浸在快乐中。且：并且。湛：沉浸在欢乐中。⑱以燕乐嘉宾之心：用它（旨酒）来使贵客舒畅开心。燕：快乐。这里“燕乐”用于使动，使……快乐。

【译文】

鹿儿呦呦叫不停，唤来同伴吃野苹。我有满座好宾客，席上弹瑟又吹笙。
吹笙鼓簧声和声，捧上礼物竹筐盛。诸位宾朋喜爱我，教我道理最欢迎。
鹿儿呦呦叫不停，寻吃青蒿结伴行。我有满座好宾客，品德高尚有美名。
待人宽厚不刻薄，君子学习好典型。我有美酒敬一杯，宾客欢宴喜盈盈。
鹿儿呦呦叫不停，唤来同伴吃野芩。我有满座好宾客，席上弹瑟又奏琴。
琴瑟齐奏声和鸣，酒酣耳热座生春。我有美酒敬一杯，借此娱乐诸贵宾。

四 牡

【原文】

四牡骓骓[①]，周道倭迟[②]。岂不怀归[③]？王事靡盬[④]，我心伤悲。
四牡骓骓，啴啴骆马[⑤]。岂不怀归，王事靡盬，不遑启处[⑥]。
翩翩者雏[⑦]，载飞载下[⑧]，集于苞栩[⑨]。王事靡盬，不遑将父[⑩]。
翩翩者雏，载飞载止，集于苞杞[⑪]。王事靡盬，不遑将母[⑫]。
驾彼四骆，载骤骎骎[⑬]。岂不怀归，是用作歌[⑭]，将母来谂[⑮]。

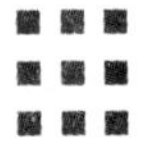

【注释】

①四牡：四匹公马。騑騑：马不停的奔跑。②周道：大路。倭迟：迂回曲折的样子。③怀归：想回家。④王事：国王的事，公家的事，公事。靡盬（gǔ 古）：没完没了。靡：没有。盬：止息，停止。⑤啴啴（tān tān 贪贪）：喘气的样子。骆马：白身黑鬣的马。⑥不遑启处：没有空闲去安安稳稳地休息。遑：空闲时间。启处：安处，起居，休息。⑦翩翩：鸟飞轻而快的样子。鵻（zhuī 追）：鸟名。鹁鸠。⑧载飞载下：一会儿飞翔一会儿停落。⑨集：一群鸟儿栖息在树上。苞：茂盛。栩（xǔ 许）：树木名。柞树。⑩将父：奉养父亲。⑪杞：枸杞。⑫将母：奉养母亲。⑬骤：马跑，奔驰。骎骎（qīn qīn 亲亲）：马走得快的样子。⑭是用作歌：所以做了这首歌。⑮将母：把不能奉养父母的苦衷。来谂（shěn 沈）：诉说。谂：告诉，告知。

【译文】

四匹马跑得累，大路遥远又迂回。难道不想把家回？王家差事做不完，使我心里太伤悲！

四匹公马不停蹄，累得骆马直喘气。难道不想回家里？王家差事做不完，哪有时间去休息！

翩翩鹁鸪飞又鸣，飞上飞下多高兴，落在丛丛柞树顶。王家差事做不完，要养老父也不行！

翩翩鹁鸪任飞翔，飞飞停停多舒畅，歇在一片杞树上。王家差事做不完，没空回家养老娘！

四马驾车成一行，车儿急驰马蹄忙。难道不想回家乡？唱支歌儿诉衷肠，日夜思念我亲娘！

皇皇者华

【原文】

皇皇者华[①]，于彼原隰[②]。駪駪征夫[③]，每怀靡及[④]。
我马维驹[⑤]，六辔如濡[⑥]。载驰载驱[⑦]，周爰咨诹[⑧]。
我马维骐[⑨]，六辔如丝[⑩]。载驰载驱，周爰咨谋。

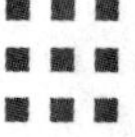

我马维骆[11]，六辔沃若[12]。载驰载驱，周爰咨度[13]。

我马维骃[14]，六辔既均[15]。载驰载驱，周爰咨询。

【注释】

①皇皇：同“煌煌”，色彩鲜明貌。华：古“花”字。②原：高的平地，隰（xí）：低湿之地。③駪駪（shēn）：众多貌。《韩诗》作莘莘。征夫：行人，出使者。④每：每人。怀：想。靡：无。靡及：指未办的事。⑤驹：少壮马。⑥辔：马缰绳。古代一车四马，马各二辔，共八辔，其中两骖马的内两辔系在轼前不用，故执者只执六辔。濡：湿润。如濡：像油润湿那样光泽鲜艳。谓马训练有素，御术高超，缰绳用而不损，因而新有光泽。⑦载：又。驰：马快跑；驱：鞭马前进。⑧周：普遍广泛。爰：语中助词。咨：问。诹（zōu）：聚谋。⑨骐：青色有黑纹的马。⑩如丝：指御术高超，轻牵缰绳如丝而齐匀。⑪骆：黑鬣白马。⑫沃若：有光泽貌。⑬度（duó）：揣测，衡量。⑭骃（yīn）：浅黑杂有白毛的马。⑮均：均匀。指因御术高超，执缰绳齐匀。

【译文】

花儿朵朵开烂漫，高原低地都开遍。急急忙忙我出差，纵有考虑不周全。
驾起马儿真高骏，六条缰绳多滑润。赶着车儿快快跑，广泛访问城和村。
驾起马儿黑带青，六条缰绳称手匀。赶着车儿快快跑，到处访问老百姓。
雪白马儿黑尾巴，缰绳光润手中拿。赶着车儿快快跑，到处访问细调查。
马儿浅黑毛斑驳，缰绳均匀手中握。赶着车儿快快跑，细心察访勤探索。

常　棣

【原文】

常棣之华[1]，鄂不韡韡[2]。凡今之人，莫如兄弟。

死丧之威（畏）[3]，兄弟孔怀[4]。

原隰裒矣[5]，兄弟求矣[6]。脊令在原[7]，兄弟急难。

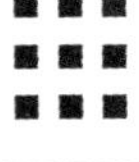

每有良朋[8]，况也永叹[9]。

兄弟阋于墙[10]，外御其务（侮）[11]。每有良朋，烝也无戎[12]。

丧乱既平，既安且宁。

虽有兄弟，不如友生[13]。傧尔笾豆[14]，饮酒之饫[15]。

兄弟既具（俱）[16]，和乐且孺[17]。

妻子好合，如鼓瑟琴[18]。兄弟既翕[19]，和乐且湛[20]。

宜尔室家[21]，乐尔妻帑[22]

是究是图[23]，亶其然乎[24]！

【注释】

①常棣：木名。果实像李子而较小。花两三朵为一缀，茎长而花下垂。诗人以常棣的花比兄弟，或许因其每两三朵彼此相依，所以联想。②鄂不：花蒂。“鄂”字《说文》引作“萼”。“不”字在甲骨文是花蒂的象形，韡韡：光辉。这两句是说常棣的花蒂的光辉表现于外：③威、畏：古时通用。④孔怀：很关心。这两句是说死丧的事一般人只觉可怕，兄弟却真是关怀。⑤裒：聚。聚于原野似指战争一类的事。一说“裒”读为“踣”，毙。⑥求：相求，是说彼此关心生死，互相寻觅。一说言在兄弟死后往求其尸。⑦脊令：水鸟名。水鸟在原野比喻人有患难，兄弟有患难就急于相救。⑧每：犹言“时常”。⑨况：就是“贶”，赐给。以上两句是说当危难的时候往往有些良朋只能为之长叹，而不能像兄弟奔赴援助。⑩阋（音“吸”）：相争。⑪务（古读如“蒙”）：《左传》和《国语》都引作“侮”。以上二句是说兄弟虽有时相争于内，一旦有外侮，就同心抵御。⑫烝：久。“戎”，助。⑬友生：朋友，“生”是语助词。⑭傧：陈列。“笾”、“豆”，祭祀或燕享时用来盛食物的器具。笾用竹制，豆用木制。⑮之：犹“是”。饫：满足。⑯具：同“俱”，聚集。⑰孺：中心相爱。⑱鼓：弹奏。以上二句言夫和妻相亲爱，像乐音之配合调谐。用夫妇来衬出兄弟。⑲翕（音“吸”）：聚合。⑳湛（音“耽”）：久乐或甚乐。㉑宜：安。㉒帑（音“奴”）：子孙。㉓究：言用心体会上面两句话的道理，图：言努力做到。㉔亶：信。其：指宜室家，乐妻帑。

【译文】

棠棣花开照眼明，花萼花蒂同根生。试看如今世上人，没人能比兄弟情。

死亡威胁最可怕。只有兄弟最关心。

假如地震山川变，只有兄弟来相寻。鹡鸰流落在高原，兄弟着急来救难。

平时虽是好朋友，看你遭难只长叹。

兄弟在家虽争吵，却能同心抗强暴。平时虽有好朋友，事到临头难依靠。

死丧祸乱既平靖，一家生活也安宁。

那时虽有亲兄弟，反觉不如朋友亲。大碗小碗摆上来，又是喝酒又吃菜。

兄弟已经都来齐，家宴和乐又亲爱。

情投意合妻子好，弹琴奏瑟同到老。兄弟感情既融洽，和睦相处乐陶陶。

妥善安排你家庭，妻子儿女喜盈盈。

认真考虑细思量，此理是否很分明！

伐木

【原文】

伐木丁丁[①]，鸟鸣嘤嘤[②]。出自幽谷，迁于乔木。嘤其鸣矣，求其友声。

相彼鸟矣[③]，犹求友声。矧伊人矣[④]，不求友生？

神之听之，终和且平[⑤]。伐木许许[⑥]，酾酒有萸[⑦]。既有肥羜[⑧]，以速诸父[⑨]。

宁适不来[⑩]，微我弗顾[⑪]。於粲洒扫[⑫]，陈馈八簋[⑬]。既有肥牡[⑭]，以速诸舅[⑮]。

宁适不来，微我有咎[⑯]。伐木于阪[⑰]，酾酒有衍[⑱]。笾豆有践[⑲]，兄弟无远[⑳]。

民之失德[㉑]，干糇以愆[㉒]。有酒湑我[㉓]，无酒酤我[㉔]。

坎坎鼓我㉕，蹲蹲舞我㉖。迨我暇矣㉗，饮此湑矣。

【注释】

①丁丁：刀斧砍树的声音。②嘤嘤：鸟鸣声。③相：视。④矧：况。⑤终：既。以上二句是说人类友好和爱，神听到之后也会给与人既和且平之福。⑥许许：一作“浒浒”，一作“所所”，削木皮声。⑦酾：用筐漉酒去掉酒糟。萸：亦作“萸”，甘美。⑧羜：五月小羊。⑨速：召。诸父：对同姓长辈的尊称。⑩宁：犹何。这句是说诸父何往而不来呢？言其必来。⑪微：训无，就是勿。顾：念，微我弗顾：就是勿弗顾我。⑫於：发声词，犹“爰”。粲：鲜明貌。埽：古读如“叟”。⑬进食品给人叫作“馈”：“簋”，盛食品的器具，圆筒形。八簋：言陈列食器之多。⑭牡：指羜之雄性的。⑮诸舅：对异姓长辈的尊称。⑯咎：过。⑰阪：山坡。⑱水溢叫作“衍”：这句言酒多。⑲践：陈列貌。⑳兄弟：指同辈亲友。无远：言别疏远我。也是希望对方应邀赴宴的意思。㉑失德：言失和而相仇怨。㉒馁：干粮。干馁：代表食品之粗薄的。愆：过失。以上二句言人与人反目失和，往往因饮食细故。㉓湑：澄滤。我：语尾助词，犹汉乐府《乌生》篇“唶我”之我。以下三句仿此。㉔酤：买酒。㉕坎坎：击鼓声，见《宛丘》。㉖蹲蹲：舞貌。

【译文】

砍起树木铮铮响，林中小鸟嘤嘤唱。小鸟本从深谷出，飞来住到大树上。鸟儿嘤嘤啼不住，呼伴引类声欢畅。

看那小鸟是飞禽，尚且求友不断唱。何况我们是人类，不和朋友相来往？

天神听说人相爱，也会把那和平降。呼起号子砍树忙，筛出美酒喷喷香。备好肥嫩小羔羊，请我伯叔来尝尝。

宁可凑巧他不来，非我把他撇一旁。屋里扫得真清爽，八盘好菜都摆上。备好肥嫩小公羊，请我长辈来尝尝。

宁可凑巧他不来，免叫他人说短长。小山坡上来砍树，酒已满杯还要注。盘儿碗儿排整齐，兄弟之间别相疏。

人们为啥失友情，饭菜不周致交恶。家里有酒筛出来，没酒店里买一壶。

敲起鼓儿冬冬响，扬起长袖翩翩舞。趁着今朝有空闲，把这清酒喝下肚。

天 保

【原文】

天保定尔[1]，亦孔之固[2]。俾尔单厚[3]，何福不除[4]。俾尔多益[5]，以莫不庶[6]。

天保定尔，俾尔戬穀[7]。罄无不宜[8]，受天百禄[9]。降尔遐福[10]，维日不足[11]。

天保定尔，以莫不兴[12]。如山如阜[13]，如冈如陵[14]。如川之方至[15]，以莫不增[16]。

吉蠲为饎[17]，是用孝享[18]。禴祠烝尝[19]，于公先王[20]。君曰：卜尔[21]，万寿无疆。

神之吊矣[22]，诒尔多福[23]。民之质矣[24]，日用饮食[25]。群黎百姓[26]，遍为尔德[27]。

如月之恒[28]，如日之升[29]。如南山之寿[30]，不骞不崩[31]。如松柏之茂，无不尔或承[32]。

【注释】

①天保定尔：上天保佑你，使你平安无事。定：安定，平安无事。尔：你。②亦孔之固：你的地位十分稳固。亦：助词，无实义。孔：很，十分。之：助词，用于状语和中心词之间。固：稳固，牢固。③俾（bǐ）尔单厚：使你十分富有。俾：使，让。单厚：富有。④何福不除（zhù）：有什么福没赐给你呢？意即把什么福都赐给了你。除：给予，赐予。⑤多益：（财富）越来越多。益：增加。⑥以莫不庶：并且没有什么东西不多。意即什么东西都不缺，什么东西都有。以：连词，并且，而且。莫：没有什么。庶：多。⑦戬（jiǎn）穀（gǔ）：福禄。戬：福。穀：禄。⑧罄无不宜：你的一切都是好的。罄：全，尽。宜：好，合适。⑨受天百禄：接受上天所有的福报。受：接受，承受。禄：福。⑩降尔遐福：赐予你长久的福运。降：赐予。遐福：长久的福，永久的

福。⑪维日不足：只是时光太短了（意为有生之年享用不尽）。维：语气词，加强肯定语气。日：时日，时光。⑫以莫不兴：从而使你无事不成，万事亨通。兴：兴盛，兴隆。⑬如山如阜（fù）：就像高山一样。阜：土山。⑭如冈如陵：就像峻岭一样。冈：山脊。陵：大土山。⑮如川之方至：就像大河奔腾而来。川：河。之：用于主语与谓语之间，取消句子独立性。方：正，正在。至：到来。⑯以莫不增：从而使你的一切都在增加。⑰吉蠲（juān）为饎（chì）：选择良辰吉日，沐浴洁身，准备好酒食。吉：吉日，这里用作动词，择吉日。蠲：洁净。这里用作动词，洗干净。为：做。饎：酒食。⑱是用孝享：用它来祭祀祖先。是用：宾语前置，即“用是”，用这个。是：此，这。孝享：祭祀祖先。享：祭祀。因为是祭祀祖先，故称“孝”。⑲禴（yuè）祠（cí）烝（zhēng）尝：四季祭祀不断。禴：古代的祭礼仪式，商代指春祭，周代为夏祭。祠：春祭。烝：冬祭。尝：秋祭。⑳于公先王：（祭祀）祖宗先王。于：助词，无实义。公：祖先，祖宗。㉑君曰卜尔：先王将赐予你。君：先君，先王。曰：助词，放在动词前。卜：通“付”，给予。㉒神之吊（dì）矣：神灵降临你家。之：见注⑮。吊：到，降临。㉓诒（yí）尔多福：赐给你许多福。诒：给，赐给。㉔民之质矣：百姓淳朴敦厚。民：百姓。之：见注⑮。质：质朴。㉕日用饮食：每天喝水吃饭（意为生活简朴）。用：耗费，使用。㉖黎：民众。㉗遍为尔德：都被你施以恩德（意为全都承受你的恩德）。遍：普遍，全都。为：表被动。德：施德。㉘如月之恒：就像新月初现。之：见注⑮。恒：上弦，农历月初，月亮刚出来。㉙如日之升：就像红日冉冉升起。㉚如南山之寿：就像南山长生不老。寿：长生不老。㉛不骞（qiān）不崩：不坍塌不崩溃。骞：亏损，坍塌。㉜无不尔或承：宾语前置，即“无不或承尔”，没有不拥护你的。或：助词，无实义。承：拥护。

【译文】

上天保佑庇护，使您政权巩固。使您国家强大，赐您一切幸福。让您物产丰盈，叫您国家富庶。

上天保佑庇护，使您安乐幸福。万事无不如意，享受众多福乐。福祉降临您身，唯恐一天不足。

上天保您吉祥，生产蒸蒸日上。恰如巍巍丘陵，又如高高山岗。如水滚滚而来，

永远不断增长。

饭菜清清爽爽，拿来祭祀祖上。春夏秋冬四季，祭我先公先王。祖宗开口说话，赐您万寿无疆。

祖宗已经来临，赐您幸福如锦。人民淳朴老实，每天吃饱就好。不管是官是民，个个感您恩情。

您像新月渐盈，您像旭日东升。您像南山高寿，永不亏损塌崩。您像松柏常青，子孙永远继承。

采薇

【原文】

采薇采薇[①]，薇亦作止[②]。曰归曰归，岁亦莫（暮）止[③]。靡室靡家[④]，猃狁之故[⑤]；

不遑启居[⑥]，猃狁之故。采薇采薇，薇亦柔止[⑦]。曰归曰归，心亦忧止。

忧心烈烈[⑧]，载饥载渴。我戍未定[⑨]，靡使归聘[⑩]。采薇采薇，薇亦刚止[⑪]。

曰归曰归，岁亦阳止[⑫]。王事靡盬，不遑启处[⑬]。忧心孔疚[⑭]，我行不来[⑮]。

彼尔（薾）维何[⑯]？维常之华[⑰]。彼路斯何[⑱]？君子之车。戎车既驾[⑲]，四牡业业[⑳]。

岂敢定居，一月三捷[㉑]。驾彼四牡，四牡骙骙[㉒]。君子所依[㉓]，小人所腓[㉔]。

四牡翼翼[㉕]，象弭鱼服（箙）[㉖]。岂不日戒[㉗]，猃狁孔棘[㉘]。昔我往矣，杨柳依依[㉙]。

今我来思，雨雪霏霏[㉚]。行道迟迟，载渴载饥。我心伤悲，莫知我哀！

【注释】

①薇：豆科植物，野生，可食。又名大巢菜。②作：生出。止：是语尾助词。③岁暮：一年将尽的时候。④靡：无。靡室靡家：言终年在外，和妻子远离，有家等于无家。⑤猃狁：一作"猃狁"，种族名。到春秋时代称为狄，战国、秦、汉称匈奴。猃狁居住的地方在周之北方。以上两句是说远离家室是为了和猃狁打仗。⑥遑：暇。启居：启是小跪。居是安坐。古人坐和跪都是两膝著席。坐时臀部和脚跟接触，跪时将腰伸直。这句是说奔走不停，没有闲暇坐下来休息。⑦柔：是说未老而肥嫩。⑧烈烈：本是火势猛盛的样子，用来形容忧心，等于说忧心如焚。⑨戍：驻守。这句是说驻防未有定处。⑩聘：问讯。这句是说没有归聘的使者代我问室家安否。⑪刚：是说将老而粗硬。⑫十月为"阳"：现代对农历十月还称为"小阳春"。⑬启处：犹"启居"。⑭疚：病痛。"孔疚"等于说很痛苦。⑮来：慰勉。不来：是说无人慰问。⑯尔：《说文》引作"薾"，音同，花繁盛貌。⑰常：常棣的简称。以上两句是以开得很繁盛的常棣起兴，引到壮盛军容的描写。⑱路：就是辂，音同。车的高大为辂。斯：是语助词，犹"维"。这句和"彼尔维何"句法相同。⑲戎车：兵车。⑳牡：指驾车的雄马。业业：高大貌。㉑抄行小路为"捷"："三捷"言多次行军，就是不敢定居的意思。㉒骙骙：强壮貌。㉓君子所依：君子指将帅，依犹乘。㉔小人所腓：小人指兵士。腓：隐蔽。步卒借戎车遮蔽矢石。㉕翼翼：整齐貌。㉖弓两端受弦的地方叫作"弭"："象弭"就是用象牙制成的弭。服：是"箙"的假借字。箙是盛箭的器具。鱼箙：就是用沙鱼皮制成的"箙"。㉗戒：古读如"亟"。日戒：每日警备。㉘棘：急。㉙依依：柳条柔弱随风不定之貌。㉚霏霏：雪飞貌。以上四句言春去冬还。

【译文】

采薇采薇一把把，薇菜新芽已长大。说回家呀说回家，眼看一年又完啦。有家等于没有家，为着猃狁来厮杀。

没有空闲坐下啦，为着猃狁来厮杀。采薇采薇一把把，薇菜柔嫩初发芽。说回家呀说回家，心里忧闷多牵挂。

满腔愁绪火辣辣，又饥又渴真苦煞。驻地至今难定下，书信无人捎回家！采薇

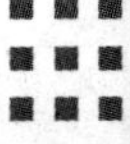

采薇一把把，薇菜已经发杈桠。

说回家呀说回家，转眼十月又到啦。王室差事没个完，想要休息没闲暇。满腔愁绪真苦煞，只怕从此难回家。

什么花儿开得盛？密密层层棠棣花。什么车儿高又大？将军战车要出发。兵车已经套上马，四匹公马壮又大。

边地怎敢图安居？一月数胜为邦家！驾起四匹大公马，马儿雄骏高又大。将军威武倚车立，兵士掩蔽也靠它。

四匹马儿多齐整，鱼皮箭袋雕弓挂。哪有一天不戒备，军情紧急难卸甲！回想当初出征日，杨柳依依随风斜。

如今归来路途中，大雪纷纷漫天洒。道路泥泞脚步慢，又渴又饿又疲乏。我心伤感满腔愁，没人体会苦生涯！

出车

【原文】

我出我车，于彼牧矣[1]。自天子所，谓我来矣[2]。召彼仆夫，谓之载矣[3]。

王事多难，维其棘（急）矣[4]。我出我车，于彼郊矣。设此旐矣，建彼旄矣[5]。

彼旟旐斯，胡不旆旆[6]。忧心悄悄，仆夫况瘁[7]。

王命南仲，往城于方[8]。出车彭彭，旂旐央央[9]。

天子命我，城彼朔方。赫赫南仲，玁狁于襄[10]。

昔我往矣，黍稷方华[11]；今我来思，雨雪载涂[12]。

王事多难，不遑启居[13]。岂不怀归！畏此简书[14]。

喓喓草虫，趯趯阜螽[15]。未见君子，忧心忡忡[16]。

既见君子，我心则降[17]。赫赫南仲，薄伐西戎[18]。

春日迟迟[19]，卉木萋萋[20]。仓庚喈喈，采蘩祁祁[21]。

执讯获丑[22]，薄言还归。赫赫南仲，玁狁于夷[23]。

【注释】

①我：诗人代南仲自称（本诗中只有第三章的我字是代将士的妻，其余都属南仲），牧：远郊放牧之地。②谓：犹命或使。这两句说周王命我来此。③仆夫：指御者。④维：发语词。棘：急。⑤旐：画龟蛇的旗，见《无羊》注。建：立。旄：装在旗竿头的羽毛，这里指装饰着羽毛的旗。⑥旟：画鸟隼的旗，见《无羊》注。斯：语助词。旆旆：动摇，飞扬。⑦悄悄：忧貌，见前《邶风·柏舟》。况：甚。瘁：劳。⑧王：指周宣王。南仲：周宣王臣，率师伐猃狁有功。《后汉书·马融传》："猃狁侵周，周宣王立中兴之功，是以赫赫南仲载在周师焉。"方：地名，即下文的"朔方"，在周王畿之北。城于方：言在朔方筑城。⑨彭彭：众盛。旂：龙旗。央央：又作"英英"，鲜明貌。⑩赫赫：显盛貌。猃狁：见《采薇》。襄：除，指解除猃狁入侵的患难。⑪往：指出征时。方华：正开花。⑫来：指伐猃狁后归途中。载：满。涂：泥泞。⑬不遑：不暇。启居：见《采薇》。⑭简书：写在竹简上的文书，指周王的命令，下文"薄伐西戎"即简书的内容。⑮喓喓：虫声。草虫：指蝗，或泛指草间之虫。趯趯：跳跃。阜螽：蝗类。⑯君子：这里是征夫的眷属称征夫之词。"忡忡"，不安。"未见……"既见……"都是想象中的情况。⑰降：悦。以上六句又见《召南·草虫》，写女子念征夫。⑱薄：语助词。西戎：西方戎族。这两句是诗人用自己的口气叙述南仲的军队在归途中又奉命西征。⑲迟迟：言天长。此又见《豳风·七月》。⑳卉：草的总名。㉑蘩：白蒿。祁祁：众多。此句又见《七月》。㉒执：捕。讯：审问。获："馘"的假借字，就是杀而献其左耳。丑：指首恶。（马瑞辰《诗经通释》说："《隶释》有'执讯获首'之语，盖本三家诗，以丑为首之假借。"）这句说对待俘虏分两类：对于需要问讯取得口供的就拘捕起来；对于罪魁就杀掉并割下左耳。㉓夷：平。最后再把平定猃狁的事重叙一笔以作结束。伐戎只是小小插曲，包括在伐猃狁这一大事之中。

【译文】

推出战车马套上，驾到远郊养马场。有人从王那里来，派我出征到北方。唤来马夫驾起车，赶快送我到边防。

国王政事多外患，事儿紧急保家邦。推出战车马套上，驾到郊外养马场。车上插起龟蛇旗，树起干旄随风扬。

旗上鹰隼气昂昂，怎不展翅高飞翔？我为战事心不安，马夫憔悴驾驭忙。

王命南仲大将军，筑城防敌到北方。驾车驷马多壮健，旌旗鲜明亮晃晃。

天子下令我执行，去到北方筑城墙。威名赫赫南仲子，扫除猃狁上战场。

当初北征离家乡，黍稷茂盛庄稼香。现在回来打西戎，大雪满路化泥浆。

国王政事多外患，无法安居整天忙。难道不想回家乡？邻邦盟约不敢忘。

蝈蝈喓喓不住唱，蚱蜢蹦蹦跳场上。未曾看见南仲面，忧心忡忡虑国防。

如今见了南仲面，石头落地心舒畅。声名赫赫南仲子，征伐西戎威名扬。

春天日子渐渐长，草木茂盛叶苍苍。黄莺吱喳枝头唱，采蘩姑娘闹洋洋。

捉来间谍杀敌寇，胜利归来到家乡。威名赫赫南仲子，平定猃狁国增光。

杕杜

【原文】

有杕之杜，有睆其实①。王事靡盬，继嗣我日②。
日月阳止③，女心伤止，征夫遑止④。
有杕之杜，其叶萋萋。王事靡盬，我心伤悲。
卉木萋止，女心悲止，征夫归止。
陟彼北山，言采其杞。王事靡盬，忧我父母。
檀车幝幝⑤，四牡痯痯⑥，征夫不远。
匪载匪来⑦，忧心孔疚。期逝不至，而多为恤⑧。
卜筮偕止⑨，会言近止⑩，征夫迩止。

【注释】

①杕（dì）：孤独貌。杜：棠梨。睆：犹“圆”。一说“睆”是形容颜色美好之词。②靡盬：无止息。已见前。继嗣：一延再延。日：指归期。《盐铁论》：“古者行

役不踰时，春行秋返，秋行春返。”③阳：十月为阳月，已见《采薇》篇。“日月阳止”犹《采薇》篇的“岁亦阳止”。一说“阳”“犹”“扬”，扬是过去的意思，“日月扬止”和《蟋蟀》篇“日月其迈”意义相同。④遑：暇。“征夫遑止”是思妇估计之词，言征人这时该到闲暇将归的时候了。下文“征夫归止”等句仿此。⑤檀车：檀木所造的车。参看《伐檀》篇幝：一作嘽嘽，敝貌。或解作车声，亦通。⑥痯痯：疲貌。这两句写思妇设想征夫在途中车敝马疲，缓缓前进。⑦载：“问”的意思。来：是慰劳。匪载匪来：二句言因无人慰问而伤心。⑧期逝：归期已过。不至：代替的人不来。而：犹是。恤：忧。而多为恤：言因此更多忧。⑨偕：犹“谐”。一说“偕”“犹”“嘉”，就是吉。⑩会：合。卜筮各三人。会言：指三人合言。近：言归期不远。

【译文】

一株棠梨生路旁，果实累累挂树上。国王差事无休止，服役期限又延长。
日子已到十月头，满心忧伤想我郎，征人有空应回乡！
一株棠梨生路旁，叶儿繁茂真盛旺。国王差事无休止，遥想征人我心伤。
草木青青春又到，心儿忧碎愁断肠，征人哪天能还乡！
登上北山我彷徨，手采枸杞心想郎。国王差事无休止，谁来奉养爹和娘。
檀木车子已破烂，四马疲劳步踉跄，征夫归期该不长！
人不回来车不装，忧心忡忡苦怀想。服役期过不回来，最是忧愁最惆怅。
占卜卦辞说吉祥，聚会之期不太长，征人很快就回乡！

鱼丽

【原文】

鱼丽于罶[①]，鲿鲨[②]。君子有酒，旨且多[③]。
鱼丽于罶，鲂鳢[④]。君子有酒，多且旨。
鱼丽于罶，鰋鲤[⑤]。君子有酒，旨且有[⑥]。
物其多矣，维其嘉矣[⑦]。物其旨矣，维其偕矣[⑧]。
物其有矣，维其时矣[⑨]。

【注释】

①鱼丽于罶（liǔ）：鱼儿游进了鱼篦。丽：缠住，落进了。罶：即笱，用竹子编的捕鱼工具；②鲿（cháng）：鱼名，又叫黄颊。鲨：一种小鱼，一名吹沙，又叫重唇籥鲈。像鲫鱼而小，常张口吹沙；③旨且多：酒又好又多。旨：味道美；④鲂（fáng）：鳊鱼。鳢（lǐ）：黑鱼；⑤鰋（yǎ）：鱼名，鲇鱼；⑥有：丰盛；⑦嘉：优质；⑧偕：共同，齐备。通“谐”，协调，搭配得合理；⑨时：（各种物品）都是时鲜。

【译文】

鱼儿篓里历录跳，小鲨黄颊下锅烧。老爷有酒藏得好，满坛满罐清香飘。
鱼儿篓里历录跳，鳊鱼黑鱼有味道。老爷有酒藏得好，满桶满缸清香飘。
鱼儿篓里历录跳，鲶鱼鲤鱼好菜肴。老爷有酒藏得好，满樽满杯清香飘。
酒菜丰盛花色多，味道实在好不过。样样酒菜都精美，客人尝了对口味。
吃的喝的堆满仓，时鲜货色不断档。

南有嘉鱼

【原文】

南有嘉鱼①，烝然罩罩②。君子有酒，嘉宾式燕以乐③。
南有嘉鱼，烝然汕汕④。君子有酒，嘉宾式燕以衎⑤。
南有樛木⑥，甘瓠累之⑦。君子有酒，嘉宾式燕绥之⑧。
翩翩者雏⑨，烝然来思⑩。君子有酒，嘉宾式燕又思⑪。

【注释】

①嘉鱼：美好新鲜的鱼。②烝然：众多的样子。罩罩：鱼游的样子。一说竹制的捕鱼工具。③嘉宾：尊贵的客人。式燕：也作“式宴”，宴饮。乐：快乐。④汕汕：鱼游的样子。一说捕鱼的网。⑤衎（hàn）：快乐。⑥樛（jiū 纠）木：向下弯曲的树木。⑦瓠（hú）：蔬菜类植物。也叫葫芦、扁蒲。累：缠绕。⑧绥：古代上车时

挽手所用的绳索。这里是说客人们要告辞了。⑨翩翩者鵻（zhuī）：飞得轻快的是鹁鸠。鵻：鹁鸠。⑩来：回来。思：语气助词。⑪嘉宾式燕又思：尊贵的客人请再来宴饮。又：再一次，再来。

【译文】

南方有好鱼，群群游水中。主人有好酒，宴会宾客乐融融。

南方有好鱼，群群游水里。主人有好酒，宴会宾客乐无比。

南方曲树弯，葫芦缠树上。主人有好酒，宴会宾客真欢畅。

鹁鸪轻飞翔，成群落树上。主人有好酒，宴会宾客敬一觞。

南山有台

【原文】

南山有台①，北山有莱②。乐只君子③，邦家之基④。乐只君子，万寿无期⑤。

南山有桑⑥，北山有杨⑦。乐只君子，邦家之光⑧。乐只君子，万寿无疆。

南山有杞⑨，北山有李⑩。乐只君子，民之父母。乐只君子，德音不已⑪。

南山有栲⑫，北山有杻⑬。乐只君子，遐不眉寿⑭。乐只君子，德音是茂⑮。

南山有枸⑯，北山有楰⑰。乐只君子，遐不黄耇⑱。乐只君子，保艾尔后⑲。

【注释】

①南山有台：南山有薹草。台：通“薹”，莎草，茎叶可编织斗笠、蓑衣等。②北山有莱：北山有莱草。莱：也叫藜，一种草，嫩叶可食。③乐（zhǐ）君子：快乐啊！君子。只：句中语气词，相当于“啊”“呀”。君子：这里指贵族、统治者。

④邦家之基：你是国家的柱石。邦：周代诸侯的封地，家：周代卿大夫的采（cài）邑，邦家泛指国家。基：基石，柱石。⑤万寿无期：祝你万寿无疆。⑥桑：桑树。⑦杨：杨树。⑧光：光荣。⑨杞：杞柳，一种落叶乔木。⑩李：李树。⑪德音不已：美好的声誉传流不绝。德音：好声誉。已：止。⑫栲（kǎo）：山樗，一种落叶乔木。⑬杻（niǔ）：菩提树，一种乔木。⑭遐不眉寿：怎么能不长寿呢？遐：同“胡”，何，怎么。眉寿：长寿。⑮德音是茂：宾语前置，即“茂德音”，努力维护他的美好的声誉。是：代词，放在动词前，复指前置宾语。茂：通“懋”，勉力。⑯枸（jǔ）：一种落叶乔木，也叫枳椇，果实状如鸡爪，可食。⑰楰（yú）：楸树的一种，苦楸。⑱黄耇（gǒu）：长寿。黄：人老头发变黄。耇：老。⑲保艾（ài）尔后：保佑你的后代万世不绝。艾：护，养。尔：你，你的。后：后代。

【译文】

南山莎草绿萋萋，北山遍地长野藜。得到君子多快乐，国家靠你做根基。得到君子多快乐，祝你万寿无穷期！

南山遍地有嫩桑，北山到处长白杨。得到君子多快乐，国家有你增荣光。得到君子多快乐，祝你万寿永无疆！

南山杞木株连株，北山冈上长李树。得到君子多快乐，民众尊你是父母。得到君子多快乐，你的美名永记住。

南山栲树绿油油，北山杻树满山丘。得到君子多快乐，怎不盼你享长寿！得到君子多快乐，你的美名传九州。

南山枸树到处有，北山遍地是苦楸。得到君子多快乐，怎不愿你永长寿！得到君子多快乐，保养子孙传千秋。

蓼 萧

【原文】

蓼彼萧斯[①]，零露湑兮[②]。既见君子，我心写兮[③]。燕笑语兮[④]，是以有誉处兮[⑤]。

蓼彼萧斯，零露瀼瀼[⑥]，既见君子，为龙为光[⑦]。其德不爽[⑧]，寿

考不忘[⑨]。

蓼彼萧斯，零露泥泥[⑩]。既见君子，孔燕岂弟[⑪]。宜兄宜弟[⑫]，令德寿岂[⑬]。

蓼彼萧斯，零露浓浓。既见君子，鞗革冲冲[⑭]。和鸾雝雝[⑮]，万福攸同[⑯]。

【注释】

①蓼（lù）：草长大貌。萧：艾蒿，菊科植物，有香气。斯：语气词。②零：落。湑（xǔ），露盛貌。以上二句起兴，比兴“诸侯来朝，王者推恩以接之，无所不及，如零露之于萧”（苏辙《诗集传》）。③写（xiè）：宣泄，舒放情意。④燕：安乐。⑤誉：通“豫”，安乐。处：居住。⑥瀼（ráng）瀼，露浓貌。⑦为：指接受，得到。龙：通“宠”。光：荣光。⑧爽：差。⑨考：老。⑩泥泥：露沾湿貌。⑪孔：甚。岂弟（kǎi dì），同“恺悌”：和乐平易。⑫宜：适合。宜兄：作别人之兄。⑬令德：美德。岂：通“恺”，和乐。⑭鞗（tiáo）：皮制马勒的铜饰。革：勒的借字，即马络头。冲冲：马络头的装饰下垂貌。⑮和鸾：都是车铃。在轼上的叫和；在马嚼子两边上的叫銮。鸾：通銮。雝雝：和谐铃声。⑯攸：所。同：聚。

【译文】

艾蒿高又长，露水闪闪亮。见到周天子，我心真舒畅。宴饮又笑谈，大家喜洋洋。

艾蒿高又长，露水晶晶亮。见到周天子，得宠沾荣光。皇恩真浩荡，万寿永无疆。

艾蒿长又高，露珠纷纷掉。见到周天子，盛宴乐陶陶。兄弟情融洽，德美又寿考。

艾蒿密成丛，叶上露珠浓。见到周天子，马辔镶黄铜。鸾铃响叮当，万福归圣躬。

湛 露

【原文】

湛湛露斯①，匪阳不晞②。厌厌夜饮③，不醉无归④。
湛湛露斯，在彼丰草⑤。厌厌夜饮，在宗载考⑥。
湛湛露斯，在彼杞棘⑦。显允君子⑧，莫不令德⑨。
其桐其椅⑩，其实离离⑪。岂弟君子，莫不令仪⑫。

【注释】

①湛湛：露水浓重的样子。②匪阳不晞（xī）：不是太阳晒不会干。晞：晒干。③厌厌：安静，时间长久。夜饮：通宵宴会。④无归：不要回去，不能回去。⑤丰草：茂盛的小草。⑥在宗载考：同宗同祖，寻起根来我们原是同一个祖先。⑦杞棘：枸杞和酸枣。⑧显允：英明信诚。⑨莫不令德：没有一个没有好名声的，（君子们）个个都具有很好的品德和声誉。⑩椅：树木名。又叫山桐子、水冬瓜，初夏开黄花，结小红果，材木可做小家具。⑪离离：结的果实多而下垂的样子。⑫令仪：整肃威仪，好的仪表，可以做楷模的仪表。

【译文】

早晨露水重又浓，不晒太阳它不干。夜间宴饮安又闲，酒不喝醉莫回还。
浓浓露水闪亮光，沾在茂盛野草上。夜间宴饮多舒畅，宗庙燕享乐钟响。
浓浓露水闪亮光，沾在枸杞酸枣上。尊贵忠诚众来宾，品德美好有名望。
桐树椅树到深秋，果实累累满枝头。贵客和气又平易，彬彬有礼不酗酒。

彤 弓

【原文】

彤弓弨兮①，受言藏之②。我有嘉宾③，中心贶之④。

钟鼓既设[5]，一朝飨之[6]。

彤弓弨兮，受言载之[7]。我有嘉宾，中心喜之[8]。

钟鼓既设，一朝右之[9]。

彤弓弨兮，受言櫜之[10]。我有嘉宾，中心好之[11]。

钟鼓既设，一朝酬之[12]。

【注释】

①彤弓弨（chāo）兮：朱红大弓松了弦。彤：朱红色。弨：放松弓弦。②受言藏之：接受后珍藏起来。指诸侯接受天子的赏赐。受，接受。言：连词，连接两个动词，相当于“而”。藏：收藏，珍藏。之：它，代指彤弓。③我有嘉宾：我有这么多的嘉宾。我：天子自称。④中心贶（kuàng）之：我打心眼儿里夸赞他们。中心：心中。贶：嘉美，夸赞。之：他们，这里指诸侯。⑤钟鼓既设：布置了钟鼓乐器。既：已经。设：布置。⑥一朝飨（xiǎng）之：今天就宴请他们。一朝：一早，今天。飨：用酒食招待。⑦载：装在车上（带回去）。⑧喜：喜欢，喜爱。⑨右：通“侑”，劝酒。⑩櫜（gāo）：（把弓箭）装进弓袋。⑪好（hào）：喜爱。⑫酬：主人第二次向客人敬酒，劝酒。

【译文】

弦儿松松红漆弓，诸侯受赐藏家中。我有如此好宾客，诚心赠物表恩宠。
钟鼓乐器齐备好，从早摆宴到日中。
弦儿松松红漆弓，诸侯受赐带家中。我有如此好宾客，心里欢喜现笑容。
钟鼓乐器齐备好，从早饮酒到日中。
弦儿松松红漆弓，诸侯受赐插袋中。我有如此好宾客，无限宠爱喜气浓。
钟鼓乐器齐备好，从早敬酒到日中。

菁菁者莪

【原文】

菁菁者莪[1]，在彼中阿[2]。既见君子[3]，乐且有仪[4]。

菁菁者莪，在彼中沚[⑤]。既见君子，我心则喜。

菁菁者莪，在彼中陵。既见君子，锡我百朋[⑥]。

泛泛杨舟[⑦]，载沉载浮[⑧]。既见君子，我心则休[⑨]。

【注释】

①菁菁（jīng）：茂盛貌。莪（é）：草名，即萝蒿，嫩茎可食。②中阿：即阿中。阿：大丘陵。以上二句比兴之意，《毛传》："君子能长育人材，如阿之长莪菁菁然。"③君子：称贵族统治者。④仪：礼仪。⑤沚：水中小洲。⑥锡：赏赐。朋：古人以贝壳为货币，五贝为一串，两串为一朋。⑦泛泛：浮流貌。杨舟：杨木船。⑧载：语助词。⑨休：喜。

【译文】

萝蒿一片密又多，长在向阳南山坡。有幸见到好老师，心里快乐有楷模。

萝蒿一片蓬勃长，长在河心小洲上。有幸见到好老师，心里欢喜又舒畅。

萝蒿一片真茂盛，高高丘陵连根生。有幸见到好老师，胜过赏我百千丈。

水中飘着杨木舟，半沉半浮没人管。有幸见到好老师，学有榜样心喜欢。

六　月

【原文】

六月棲棲[①]，戎车既饬[②]。四牡骙骙[③]，载是常服[④]。猃狁孔炽[⑤]，我是用急[⑥]。

王于出征，以匡王国[⑦]。比物四骊[⑧]，闲之维则[⑨]。维此六月，既成我服[⑩]。

我服既成，于三十里[⑪]。王于出征，以佐天子[⑫]。四牡修广[⑬]，其大有颙[⑭]。

薄伐猃狁[⑮]，以奏肤公[⑯]。有严有翼[⑰]，共武之服[⑱]。共武之服，以定王国[⑲]。

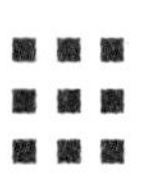

玁狁匪茹[20]，整居焦获[21]。侵镐及方[22]，至于泾阳。织文鸟章[23]，白旆央央[24]。

元戎十乘[25]，以先启行[26]。戎车既安[27]，如轾如轩[28]。四牡既佶[29]，既佶且闲[30]。

薄伐玁狁，至于大原[31]。文武吉甫[32]，万邦为宪[33]。吉甫燕喜[34]，既多受祉[35]。

来归自镐[36]，我行永久[37]。饮御诸友[38]，炰鳖脍鲤[39]。侯谁在矣[40]？张仲孝友[41]。

【注释】

①六月棲棲：六月份国家情况紧急，不能安居。在古代冬季和夏季不打仗，因玁狁来犯，情况吃紧，不得不在六月起兵。②戎车：兵车。饬：整理，准备好。③骙骙（kuí kuí）：马匹强壮的样子。④常服：平日穿的军装。⑤孔炽（chì）：十分猖狂。炽：旺盛，猛烈，猖狂。⑥用急：急忙为国出力。用：出力，效命。⑦匡：扶助，辅助。⑧比物：连缀在一起。骊：黑色的马。⑨闲：训练纯熟，熟练。则：有规矩，有法度。⑩成：做成。我服：我的军服。⑪于三十里：一天行军三十里。⑫佐：辅助。⑬四牡修广：四匹高大的公马。修：长。广：大。⑭颙（yóng）：大头，高大。⑮薄：语气助词，没有实际含义。⑯奏：呈上，成，取得。肤公：大功。⑰有严有翼：既威严又恭敬。翼：谨肃，恭敬。⑱共武之服：符合打仗的职务。共：通“供”，供给，符合。服：职务，工作。⑲定：安定。⑳玁狁匪茹：玁狁不是好吃的软蛋，即玁狁的力量很强。匪：不，不是。茹：柔软。㉑整：出兵占领。焦获：古地名。焦获泽，也叫瓠口、瓠中，在陕西泾阳县西北。㉒侵：侵犯。镐：地名。周朝的首都，在陕西省西安市西南。方：地名。㉓织：通“帜”，旗帜。鸟章：鹰隼等猛禽图象。章：图象，记号，标志。㉔旆：旗帜的统称。央央（yīng yīng）：鲜明的样子。㉕元戎：大型战车。乘：辆。㉖以先启行：先出发，作先锋。启行：动身，出发。㉗安：安排，布置。㉘轾（zhì）：车箱前低后高（前轾后重）的叫轾。轩：车箱前高后低（前重后轻）的叫轩。㉙佶（jí）：健壮的样子。㉚闲：安闲，驯良。㉛大原：古地名。在今山西省阳曲县。㉜吉甫：尹吉甫，周宣王时的大臣。姓兮，名吉甫，也叫兮伯吉父。周宣王中兴时，曾领兵北伐玁狁到太原。甫，通“父”，尹

为官名。㉝万邦：各国。宪：效法，学习的榜样。㉞燕喜：高高兴兴地宴饮。㉟祉：福。㊱来归自镐：从镐京回来。㊲我行永久：这次我们出去作战的时间很长了。㊳御：奉进，劝酒。㊴炰："炮"的异体字。烧烤。脍：细切。㊵侯谁在矣：是谁在作陪。侯：奉陪，陪饮。㊶张仲：张家二哥。孝友：孝顺父母，友爱兄弟。这里作感情亲切诚挚解。

【译文】

六月出兵好紧张，整理兵车备战忙。四匹公马肥又壮，士兵军服装载上。可恨猃狁太猖狂，我军急行守边防。

周王命令我出征，保我邦国保我王。四匹黑马选得壮，驾马技术练习忙。就在盛夏六月里，军服制成好穿上。

新制军服穿上身，日行卅里赴边疆。周王命令我出征，帮助天子战强梁。四匹公马高又壮，大头大脑气昂昂。

同心勉力讨猃狁，建立大功安周邦。将帅威武又谨严，共管战事守国防。共同管好国防事，卫我国家安我王。

猃狁不弱非窝囊，驻兵焦获战线长。侵略宁夏和朔方，深入甘肃到泾阳。我军挂徽竖鹰旗，旗端飘带白又亮。

大型战车有十乘，冲开敌垒勇难挡。战车安然奏凯还，俯仰自如无损伤。四匹公马真雄壮，说它雄壮却驯良。

同心勉力讨猃狁，深入大原敌胆丧。能文能武尹吉甫，四方诸侯好榜样。宴清吉甫庆喜事，接受赏赐多吉祥。

我从固原班师归，路上行军日子长。邀请战友作陪客，蒸鳖脍鲤佳肴香。宴会座中还有谁？孝友张仲有名望。

采 芑

【原文】

薄言采芑①，于彼新田②，于此菑亩③。方叔莅止④，其车三千⑤，师干之试⑥。

方叔率止[⑦]，乘其四骐[⑧]，四骐翼翼[⑨]。路车有奭[⑩]，簟茀鱼服[⑪]，钩膺鞗革[⑫]。

薄言采芑，于彼新田，于此中乡[⑬]。方叔莅止，其车三千，旂旐央央[⑭]。

方叔率止，约軧错衡[⑮]，八鸾玱玱[⑯]。服其命服[⑰]，朱芾斯皇[⑱]，有玱葱珩[⑲]。

鴥彼飞隼[⑳]，其飞戾天[㉑]，亦集爰止[㉒]。方叔莅止，其车三千，师干之试。

方叔率止，钲人伐鼓[㉓]，陈师鞠旅[㉔]。显允方叔[㉕]，伐鼓渊渊[㉖]，振旅阗阗[㉗]。

蠢尔蛮荆[㉘]，大邦为雠[㉙]。方叔元老[㉚]，克壮其犹[㉛]。方叔率止，执讯获丑[㉜]。

戎车啴啴[㉝]，啴啴焞焞[㉞]，如霆如雷[㉟]。显允方叔，征伐玁狁[㊱]，蛮荆来威[㊲]。

【注释】

①薄言采芑（qǐ）：采摘芑菜。薄言：语助词，放在动词前，无实义。芑：一种野菜，味苦，可食。②于彼新田：在那片新开垦二年的田间。新田：新开垦二年的田地。③于此菑（zī）亩：在这片开垦一年的土地上。菑：开垦一年的田地。④方叔莅（lì）止：方叔亲临此地。方叔：周宣王时的大臣，曾率兵征讨玁狁和楚国并获胜。莅：来到，亲临。止：句末语气词。⑤其车三千：兵车有三千辆。⑥师干（gān）之试：战士们操练武器，准备战斗。师：军队，战士。干之试：宾语前置，即“试干”，操练武器。干：盾，这里泛指武器。之：放在动词前，复指前置宾语。试：演习，操练。⑦方叔率止：方叔率军出征。⑧乘其四骐：乘坐那四匹青黑马拉的战车。骐：有青黑色纹理的马。⑨翼翼：整齐一致的样子。⑩路车有奭（shì）：他的座车红红的。路车：贵族乘坐的车。有：助词，放在形容词前。奭：红。⑪簟茀（diàn fú）鱼服：车门悬挂着竹席，箭袋是海兽皮制成。簟茀：遮盖车箱的竹席。鱼：一种海兽，外形似猪，其皮坚韧有花纹，古人用它制箭袋。服：通“箙”，箭

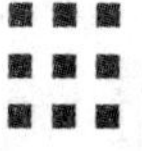

袋。⑫钩膺鞗（tiáo）革：套在马颈和胸部的带饰，还有带铜饰的笼头，华贵威严。钩膺：套在马颈和胸部的带饰。鞗革：带有铜饰的马笼头。⑬中乡：乡中，田野之中。⑭旂（qí）旐（zhào）央央：绘有蛟龙和龟蛇的军旗鲜明夺目。旂：绘有蛟龙图案的旗帜。旐：绘有龟蛇图案的旗帜。央央：鲜明的样子。⑮约軧（qí）错衡：红漆车毂，金色车衡。约：缠绕，捆绑。軧：车毂的末端。将毂用皮革缠绕绑紧，再涂上红色，叫约毂。错：金色。衡：车辕前端驾牲口的横木。⑯八鸾玱（qiāng）玱：八只车铃叮咚作响。鸾：挂在马嚼子两端的铃。玱玱：铃声。⑰服其命服：方叔穿着他的命服。前“服”：穿。其：他。命服：天子按爵位等级赐给贵族的礼服，用于表明其身份。⑱朱芾（fú）斯皇：红色蔽膝鲜艳夺目。朱：红色。芾：通“韨”。古代官服的一种饰物。革制，上窄下宽，系于腰间，下遮膝盖，也叫蔽膝。⑲有玱（qiáng）葱珩（héng）：绿色的佩玉叮当作响。有：助词，放动词前。玱：佩玉撞击发声。葱：绿色。珩：佩玉上部横着的两块长玉，爵位高者佩葱珩。⑳鴥（yù）彼飞隼（sǔn）：那疾飞而过的鹰隼。鴥：鸟快飞的样子。隼：一种猛禽，飞得很快，故称飞隼。㉑其飞戾天：它一直飞到天边。其：它，指飞隼。戾：到，至。㉒亦集爰止：又落在了这里。亦：又。集：鸟停（在树上）。爰：于此，在这里。㉓钲（zhēng）人伐鼓：掌钲鼓的将官擂响战鼓。钲：军中乐器，形似小钟，握柄振摇发声。古人作战，鸣钲收兵，击鼓进兵。钲人为掌管钲鼓的将官。伐：击，敲。㉔陈师鞠（jū）旅：集合队伍，向战士发出动员令。陈：陈列，集合。鞠：告诫。㉕显允方叔：威猛而忠诚的方叔。显：显赫，威猛。允：诚信，忠诚。㉖伐鼓渊渊：战鼓擂得咚咚响。渊渊：击鼓声。㉗振旅阗（tián）阗：指挥部队虎虎生威。振：整，指挥。阗阗：声势浩大的样子。㉘蠢尔蛮荆：你们这些轻举妄动的楚国南蛮。蠢：蠢动，轻举妄动。蛮：古代北方民族对南方民族的蔑称，也泛称周边各民族。荆：楚国的别称。㉙大邦为雠：竟敢与大国为敌。大邦：大国，这里指周王朝。仇：敌。㉚方叔元老：方叔是朝廷的元老。㉛克壮其犹：能施展他宏大的作战意图。克：能，能够。壮：壮大，这里用作使动，使……壮大，意即极大地施展、运用。犹：通“猷”，计谋，谋略。㉜执讯获丑：生擒楚军头目，俘虏了敌军。执、获：擒获，俘获。讯：头目。丑：走卒，小兵。㉝戎车啴（tān）啴：战车滚滚向前。啴啴：车轮滚动声。㉞啴啴焞（tūn）焞：滚滚向前势不可挡。焞焞：声势浩大的样子。㉟如霆如雷：如同雷霆万钧。霆：暴雷，霹－雳。㊱征伐猃狁（xiǎn yǔn）：征服了猃狁。猃狁：周代北方的一个民族。㊲蛮荆来威：宾语前置，即“威蛮荆”，征服南蛮楚

国。来：宾语前置的标志。威：征服。

【译文】

急急忙忙采芑菜，在那郊外新田间，又到这块初垦田。方叔亲临来检验，战车排开整三千，战士执盾勤操练。

方叔领兵上前线，乘上战车驰在先，四匹青鬃肩并肩。朱漆战车红艳艳，鱼皮箭袋细竹帘，马鞅马勒光耀眼。

急急忙忙采苦菜，在那郊外新田间，又到这块初垦田。方叔亲临挂帅印，战车威武有三千，军旗招展多光鲜。

方叔领兵去出征，皮饰车毂雕花辕，车铃叮当走得欢。王赐官服身上穿，鲜红蔽膝亮闪闪，玉佩铿锵响声传。

鹞鹰疾飞快如箭，忽然高飞上九天，忽然停息落地面。方叔亲临来检验，战车排开整三千，战士持盾勤操练。

方叔带兵去出征，钲人击鼓声喧阗，列队誓师好庄严。方叔军纪明又信，击鼓咚咚号令传，士兵动作应鼓点。

荆州蛮子太愚蠢，敢同周朝做仇人。方叔乃是元老臣，雄才大略兵如神。方叔领兵去出征，打得敌人束手擒。

战车隆隆起烟尘，排山倒海军容振，势如雷霆动乾坤。方叔军纪明又信，曾经北伐克玁狁，荆蛮闻风已惊心。

车攻

【原文】

我车既攻（工）①，我马既同②。四牡庞庞，驾言徂东③。田车既好④，四牡孔阜⑤。

东有甫草，驾言行狩⑥。之子于苗⑦，选徒嚣嚣⑧。建旐设旄，搏兽于敖⑨。

驾彼四牡，四牡奕奕⑩。赤芾金舄，会同有绎⑪。决拾既佽，弓矢既调⑫。

射夫既同，助我举柴[13]。四黄既驾，两骖不猗[14]。不失其驰，舍矢如破[15]。

萧萧马鸣，悠悠旆旌[16]。徒御不惊（警），大庖不盈[17]。之子于征，有闻无声[18]。

允矣君子，展也大成[19]！

【注释】

①攻：修治。《石鼓文》有“吾车既工”句，字作工。这句说车子已经加工修理，坚固可用。②同：齐。这句说拉车的马已经过挑选和训练，跑起来快慢相齐了。③庞庞：躯体充实。驾：驾车。言：语助词，无义。驾言徂东：言驾好车往东方去。东：指东都雒邑，在镐京之东。④田车：打猎时所乘的车。⑤孔阜：很高大肥壮。⑥甫草：甫田之草。甫田一名圃田，一名原圃，宣王时其地在王畿之内，后归郑国。行狩：进行田猎。冬猎为狩，这里用来指一般田猎。这两句说驾车往甫田行猎。⑦之子：那些人（指随从周王出猎者，实即指周王，古人对尊贵的人往往不直接指称，而称其臣属以代本人，如陛下、殿下、阁下、左右等都是）。于苗：往猎。苗本是夏猎的专称，这里指一般田猎，因押韵而换字，正如上句之用狩字。⑧选：读为“算”，点数的意思。徒：步卒。嚣嚣：众多。⑨搏兽：一作“薄狩”。敖：地名，和甫田相近。今河南成皋县西北有敖山。这两句说前往敖地打猎。⑩奕奕：盛貌（形容车马络绎）。⑪赤芾：诸侯朝服的一部分，见《曹风·候人》。金舄：黄朱色的鞋。会同：诸侯盟会的专称。有绎：犹“绎绎”，盛貌。这两句说诸侯聚会。⑫决：射时钩弦之具，用象骨制成，戴在左手拇指。拾：又名遂，就是射鞲（用熟制兽皮制成的臂衣，著在左臂）。佽：利。调：指箭的重轻和弓的强弱配合得当。⑬射夫：射手。夫是男子的总名。同：聚齐。柴：当作掌，积。举掌：指堆积动物的尸体。这两句说参加打猎的射手都已集合来相助获得禽兽。⑭四黄：四匹黄马。两骖：左右两侧的马。猗：当作倚。不倚：指方向不偏，和中间两马一致。⑮不失其驰：指御不违法则。御和射相配合，有一定法则。舍失：言放箭。如：犹而。破：指射中。舍矢如破：和《秦风·驷驖》“舍拔则获”句意同，就是说箭一离手就中的。⑯萧萧：马长嘶声。悠悠：闲暇貌。这两句写大猎后整队等待着下令返归时的静肃景象。⑰徒：指步行者。御：指在车上驾驶者。惊：当作警。徒御不警：是用诘问语气说明

车上车下都在警戒着（等候周王）。大庖：指周王的厨房。这句说大庖充实，猎获物很多。⑱征：行。有闻：言车行马鸣的声音有所闻。无声：言没有人声。二句说归途中队伍严肃。⑲允：信、诚。指周王指挥措施得宜。展：诚。末句称颂这次会合诸侯，选徒行猎，十分成功。

【译文】

猎车修理已完工，马儿整齐速度同。四匹公马多强壮，驾着猎车驶向东。猎车修得很完好，四匹公马大又高。

东都甫田有草原，驾车打猎走一遭。国王夏猎有排场，清点随员闹洋洋。树起旗子插上旄，前往敖山狩猎场。

诸侯驾着四马来，四马从容又轻快。大红蔽膝金头鞋，共同会猎好气派。扳指臂韝都齐备，强弓利矢两相配。

猎罢射手都集中，助拣猎物抬又背。四匹黄马已驾上，两旁骖马不偏向。往来驰驱有章法，一箭射出就杀伤。

耳听马鸣声萧萧，眼望旌旗悠悠飘。驭手机警又严肃，野味厨房充佳肴。国王猎罢归京城，人马整肃寂无声。

真是圣明好天子，会猎胜利大有成。

吉 日

【原文】

吉日维戊①，既伯既祷②。田车既好③，四牡孔阜④。升彼大阜⑤，从其群醜⑥。

吉日庚午⑦，既差我马⑧。兽之所同⑨，麀鹿麌麌⑩。漆沮之从⑪，天子之所⑫。

瞻彼中原⑬，其祁孔有⑭。儦儦俟俟⑮，或群或友⑯。悉率左右⑰，以燕天子⑱。

既张我弓，既挟我矢⑲。发彼小豝⑳，殪此大兕㉑。以御宾客㉒，且以酌醴㉓。

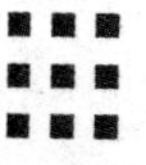

【注释】

①维：表示判断之语助词。戊：古人以天干配合地支记日，从第二章“吉日庚午”推知此戊日为戊辰日，即初五。②既伯既祷：祭马神，祈祷多获猎物。伯：马神。③田车：畋猎用的车。④牡：牡马，即公马。孔：甚。阜，肥大。⑤阜：丘陵。⑥从：追逐。群醜，成群的禽兽。醜：众，指禽兽。⑦庚午：初七日。⑧差(chāi)：选择。⑨同：指野兽聚集。⑩麀（yú）：母鹿。麌麌（yū）：群鹿聚集貌。⑪漆沮：是西周境内的二水名，在今陕西省境内。⑫天子之所：指驱逐野兽至周王所在的猎地。⑬中原：山间平原地带。⑭祁：大，此指兽大。孔：甚。⑮儦儦(biāo)：奔跑的样子。俟俟（sì）：行走的样子。⑯群、友：指兽群。《毛传》：“兽三曰群，二曰友。”⑰悉：尽。率：聚敛。《毛传》：“驱禽之左右，以安待天子。”此二句言全部驱赶左右的禽兽聚在一起。⑱燕：安顺。⑲挟（xié）：用二手指拿箭。⑳发：射箭。豝（bá）：母猪。一说二岁兽为豝。㉑殪：死。兕（sì）：一种似犀牛的野兽。㉒御：进献食物。㉓酌：斟酒。醴：甜酒。

【译文】

时逢戊辰日子好，祭了马祖又祈祷。猎车坚固更灵巧，四匹公马满身膘。驾车登上大土坡，追逐群兽飞快跑。

庚午吉日时辰巧，猎马已经选择好。查看群兽聚集地，鹿儿来往真不少。驱逐漆沮岸旁兽，赶向周王打猎道。

放眼远望原野头，地方广大物富有。或跑或走野兽多，三五成群结队游。把它统统赶出来，等待周王显身手。

按好我的弓上弦，拔出箭儿拿在手。一箭射中小野猪，再发射死大野牛。烹调野味宴宾客，作成佳肴好下酒。

鸿 雁

【原文】

鸿雁于飞，肃肃其羽[①]。之子于征，劬劳于野[②]。爰及矜人，哀此

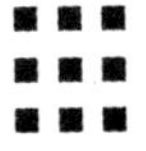

鳏寡[3]！

鸿雁于飞，集于中泽[4]。之子于垣，百堵皆作[5]。虽则劬劳，其究安宅[6]？

鸿雁于飞，哀鸣嗷嗷。维此哲人[7]，谓我劬劳。维彼愚人，谓我宣骄[8]。

【注释】

①鸿雁：鸿与雁同物异称，或复称为鸿雁。肃肃：鸟飞时羽声，已见前《鸨羽》篇。②之子：这些人，指被征服役者。劬：过劳。③爰：犹“乃”。矜人：可怜人。鳏寡：老而无配偶者。这两句说矜人中包括鳏寡。④集：群息。中泽：泽中。⑤于垣：往筑墙。百堵：一百方丈。⑥究：究竟。安宅：何处居住。⑦哲人：智者。⑧宣骄：骄傲。

【译文】

大雁远飞翔，翅膀沙沙响。使臣走远路，辛劳奔波忙。救济贫苦人，鳏寡可怜相。
大雁远飞翔，落在湖中央。使臣巡工地，筑起百堵墙。虽然很辛劳，穷人有住房。
大雁远飞翔，哀鸣声凄凉。只有明白人，说我辛苦忙。那些愚昧者，说我讲排场。

庭燎

【原文】

夜如何其[1]？夜未央[2]，庭燎之光[3]。君子至止[4]，鸾声将（锵）将（锵）[5]。

夜如何其？夜未艾[6]，庭燎晣晣[7]。君子至止，鸾声哕哕[8]。

夜如何其？夜乡（嚮）晨[9]，庭燎有辉[10]。君子至止，言观其旂[11]。

【注释】

①其：语尾助词。②未央：未尽。一说未央即未中，未半。③庭燎：在庭院内

燃点的火炬。又叫“大烛”，古人的烛是用麻稭或苇做的。④君子：指入朝的卿大夫或诸侯。止：是语尾助词，犹只。⑤鸾：鸾镳，见《驷驖》。一说鸾即銮，指旂上的众铃。将：同“锵”。“锵锵”是铃声。⑥未艾：未已，犹未央。⑦晣晣：小明。从上章的“光”见出燃烧正盛，从本章的“晣晣”见出火光渐小。⑧哕哕：也是铃声。⑨鄉：是“嚮”的假借。嚮晨言将到天明的时候。⑩辉：烟气。⑪旂：是一种旗子，上绘交龙，有铃。

【译文】

现在夜里啥时光？长夜漫漫天未亮，是那火炬烧得旺。诸侯朝见快来到，远处车铃叮当响。

现在夜里啥时光？夜色蒙蒙天未亮，是那火炬明晃晃。诸侯朝见快来到，铃声渐近响叮当。

现在夜里啥时光？长夜将尽天快亮，火炬渐熄烟气香。诸侯朝见已来到，只见旌旗随处扬。

沔 水

【原文】

沔彼流水[①]，朝宗于海[②]。鴥彼飞隼[③]，载飞载止[④]。嗟我兄弟，邦人诸友[⑤]。

莫肯念乱[⑥]，谁无父母。沔彼流水，其流汤汤[⑦]。鴥彼飞隼，载飞载扬[⑧]。

念彼不迹[⑨]，载起载行[⑩]。心之忧矣，不可弭忘[⑪]。。鴥彼飞隼，率彼中陵[⑫]。

民之讹言[⑬]，宁莫之惩[⑭]。我友敬矣[⑮]，谗言其兴[⑯]。

【注释】

①沔（miǎn）彼流水：满满的河水流呀流。沔：水大而满的样子。②朝

(cháo）宗于海：所有的水都归到大海。朝：朝向，归到，汇合到。宗：祖先，最初的地方。③鴥：鸟飞的极快的样子。隼：猛禽，即鹞。④载飞载止：一会儿飞一会儿停。⑤邦人：国人，百姓，乡亲。⑥莫肯念乱：没有一个肯思念在乱离的人。⑦汤（shāng）汤：水大而流急的样子。⑧扬：升高。⑨不迹：不按照正规的道路走。迹：原有的道路。⑩起：动身。⑪弭（mǐ）忘：停止忘却，难忘。弭：停止，消解。⑫率：遵循，依照。中陵：土山中。⑬讹言：错误的话，谣言。⑭宁（nìng）莫之惩：难道没有一个去惩罚他的。宁：难道。惩：警戒，处罚。⑮友敬：友爱敬重。⑯其兴：怎么能兴起呢，不会再起来了。这一句应该是反问句，结合上句，是说我对人友爱，敬重别人，坏话难道还会起来吗？

【译文】

流水盈盈向东方，百川归海成汪洋。天空隼鸟任疾飞，飞飞停停不慌忙。可叹同姓诸兄弟，可叹朋友和同乡。

无人考虑国事乱，你们难道没爹娘？流水盈盈向东方，浩浩荡荡入海洋。天空隼鸟任疾飞，扇动翅膀高飞翔。

上边做事没准则，坐立不安我彷徨。心忧国事这模样，终日焦虑不能忘。天空隼鸟任疾飞，沿着山陵高飞翔。

民间谣言纷纷起，不去制止真荒唐。告我友朋须警惕，谣言蜂起要提防。

鹤 鸣

【原文】

鹤鸣于九皋[①]，声闻于野。鱼潜在渊，或在于渚[②]。
乐彼之园[③]，爰有树檀[④]，其下维萚[⑤]。它山之石，可以为错[⑥]。
鹤鸣于九皋，声闻于天。鱼在于渚，或潜在渊。
乐彼之园，爰有树檀，其下维榖[⑦]。它山之石，可以攻玉[⑧]。

【注释】

①皋：泽边地。九是虚数，言水泽边地曲折而远。古书注：如《史记·滑稽列

传》《论衡·艺增篇》《汉书·张衡传》注等引此句诗，都作“鹤鸣九皋”。《毛传》谓此句比兴之意“言身隐而名著也”。②渚：水中小洲，此指洲边浅水，与“渊”对言。《毛传》：“良鱼在渊，小鱼在渚。”③乐：喜爱。园：林园。④爰，语首助词。树檀：檀树。⑤萚（tuò）：枯落叶。⑥错：“厝”之借字，《说文》引《诗》作厝。厝是磨石：指用以琢磨玉石的硬石工具。《毛传》：“错，石也，可以琢玉，举贤用智，则可以治国。”⑦榖（gǔ）：楮树，皮可制纸。⑧攻：修治，此指磨琢。

【译文】

沼泽曲折白鹤叫，鸣声嘹亮传四郊。鱼儿潜伏深水里，有时游出近小岛。

美丽花园逗人爱，园里檀树大又高，树下萚树矮又小。它乡山上有宝石，同样可做雕玉刀。

沼泽曲折白鹤叫，鸣声嘹亮传九霄。鱼儿游在沙洲边，潜入深渊也逍遥。

美丽花园逗人爱，园里檀树大又高，下有楮树丑又小。它乡山上有宝石，同样可将美玉雕。

祈　父

【原文】

祈父①，予王之爪牙②。胡转予于恤③，靡所止居④？

祈父，予王之爪士⑤。胡转予于恤？靡所底止⑥。

祈父，亶不聪⑦。胡转予于恤？有母之尸饔⑧。

【注释】

①祈父：你这司马大人呀！祈父：即司马，古代官名，执掌兵权。②予王之爪牙：我是天子的卫士。予：我。王：这里指周天子。爪牙：爪、牙是禽兽觅食和自卫的武器，喻指得力的武臣、卫士。这里是褒义词。③胡转予于恤：为什么使我陷入忧患之中？胡：何，为什么。转：使陷入。恤：忧患。④靡所止居：四处漂泊无家可归。靡：没有。所：与后面的动词组成名词性词组，义为“……的地方”。止：停息，停留。居：住。⑤爪士：爪牙之士，义同“爪牙”。⑥底（zhǐ）止：终点，

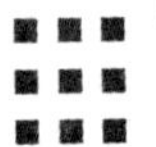

归宿。底：至，到达。⑦亶（dǎn）不聪：真昏愦不明。亶：实在是，的确。不聪：失聪，昏愦不明。⑧有母之尸饔（yōng）：只有老母为我煮饭。之：放在主语与谓语之间，取消句子独立性。尸：主持。饔：煮饭。

【译文】

大司马呀大司马，你是国王的爪牙。为啥调我到战场？害我背井离家乡。

大司马呀大司马，你是卫士的领班。为啥调我到战场》害我有家难回还。

大司马呀大司马，你真不了解情况。为啥调我到战场，去时娘在，回来哭灵堂！

白驹

【原文】

皎皎白驹，食我场苗①。絷之维之②，以永今朝③。
所谓伊人④，于焉逍遥⑤。
皎皎白驹，食我场藿⑥。絷之维之，以永今夕。
所谓伊人，于焉嘉客⑦。
皎皎白驹，贲然来思⑧。尔公尔侯⑨！逸豫无期⑩。
慎尔优游⑪，勉尔遁思⑫。
皎皎白驹，在彼空谷⑬。生刍一束⑭，其人如玉⑮。
毋金玉尔音⑯，而有遐心⑰！

【注释】

①场：圃。参看《七月》②絷：绊马两足。维：用绳一头系马勒一头系在树木楹柱等物上。③永：长。这句是留客之词，言多留一刻，这欢乐的早晨就多延长一刻。下章“以永今夕”仿此。④谓：这里训勤，就是望或念的意思。伊人：此人，指白驹的主人。⑤焉：此。逍遥：闲散自在貌。这句是说伊人在此游息。⑥藿：初生的豆。上章的苗就是指豆苗。⑦这句说在我处做好客人。⑧贲：饰。贲然：是光采貌。⑨尔公尔侯：指“伊人”。⑩逸豫：安乐。期：读为綦，极。以上二句是说客

人在这里可得到极大的安乐。⑪慎：重。优游：犹“逍遥”。⑫勉：抑止之辞。遁：迁。以上二句对客人说：你重视这一番优游罢，且别作离去的打算。⑬空谷：《文选》李善注引《韩诗》作“穹谷”，即深谷。以上二句言白驹离此归去正走在深谷之中。⑭生刍：青草，用来喂白驹。⑮其人：指白驹的主人。如玉：言其有美德。⑯这句对“其人”说，别太珍惜你的音信象珍惜金玉似地。⑰遐：远。遐心：是说疏远之心。最后两句是希望其人勿断绝音信。

【译文】

浑身皎洁小白马，请来吃我场中苗。拿起绳索拴马脚，伴我朋友度今朝。
说起我的好朋友，请在这里且逍遥。
浑身皎洁小白马，来我场中吃豆叶。拿起绳索绊马脚，留下你再过一夜。
说起我的好朋友，此地作客此地歇。
浑身皎洁小白马，飞跑奔来真快煞。才能堪为公和侯，莫要日夜只玩耍。
安闲游乐须谨慎，切勿隐居图闲暇。
浑身皎洁小白马，向那山谷自在跑。备捆青草作饲料，等待如玉友人到。
别后音书莫吝惜，心存疏远忘知交。

黄　鸟

【原文】

黄鸟黄鸟①，无集于榖②，无啄我粟。此邦之人，不我肯榖③。
言旋言归④，复我邦族。
黄鸟黄鸟，无集于桑，无啄我粱。此邦之人，不可与明⑤。
言旋言归，复我诸兄。
黄鸟黄鸟，无集于栩⑥，无啄我黍。此邦之人，不可与处。
言旋言归，复我诸父⑦。

【注释】

①黄鸟：比剥削者。②榖：树名，桑科，落叶亚乔木。即楮木，皮可造纸。

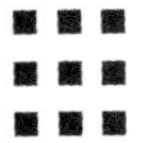

③毂：善。或作养，也可以通。不我肯毂：就是不肯善待我（或不肯养我）的意思。④旋：还。⑤明：晓喻。这句就是不可与言的意思，也就是“有理说不清”的意思。郑笺读为“盟”，“不可与盟”就是不能和他讲信义，也可以通。⑥栩：即橡树。⑦诸父：指同姓的长辈。

【译文】

黄鸟黄鸟听我讲，不要停在楮树上，不要吃我小米粮。这个国家的人们，对我实在不善良。

回去回去快回去，回到本国我家乡。

黄鸟黄鸟听我讲，不要停在桑树上，不要吃我红高粱。这个国家的人们，不守信用真荒唐。

回去回去快回去，回到故土见兄长。

黄鸟黄鸟听我讲，不要停在柞树上，不要吃我玉米粮。这个国家的人们，没法共处相来往。

回去回去快回去，去和伯叔细商量。

我行其野

【原文】

我行其野①，蔽芾其樗②。婚姻之故③，言就尔居④。
尔不我畜⑤，复我邦家⑥。
我行其野，言采其蓫⑦。婚姻之故，言就尔宿⑧。
尔不我畜，言归斯复⑨。
我行其野，言采其葍⑩。不思旧姻⑪，求尔新特⑫。
成不以富⑬，亦祇以异⑭。

【注释】

①我行其野：我在原野上走着。②蔽芾：幼小的样子。一说树荫遮盖。樗：树木名。臭椿。这句是说她嫁到这里，好比遮蔽在臭椿的树荫底下。③婚姻之故：因

为婚姻的缘故。出嫁，结为亲戚。④言就尔居：所以来和你一起住。就：接近，靠拢。尔：你。⑤尔不我畜（xù）：尔不畜我，你不负担我的生活。你并不爱我。畜：养，喜爱。⑥复我邦家：返回我的家乡。⑦蓫（zhú）：草名。蓫薚，一名当陆、章柳、王母柳。是一种恶菜。⑧宿：住在这里。⑨言归斯复：说回去马上就动身。⑩葍（fú）：一种有臭味的恶菜。⑪旧姻：从前的妻子，结发之妻。⑫新特：新娶的妻子。特：匹配，配偶。⑬成不以富：我确实因为没有财富。成：通“诚”，果然，确实，诚然。⑭亦祇以异：就拿我两样对待。

【译文】

我在郊外独行路，臭椿枝叶长满树。因为结婚成姻缘，才来和你一块住。
你却无情不爱我，只好回去当弃妇。
我在郊外独行路，采棵臭椿情难诉。因为结婚成姻缘，夜夜才和你同宿。
你却无情不爱我，只好回到娘家住。
我在郊外独行路，摘株葍草心凄楚。不念旧妻太狠心，追求新配真可恶。
并非她家比我富，是你异心相辜负。

斯　干

【原文】

秩秩斯干[①]，幽幽南山[②]。如竹苞矣[③]，如松茂矣。
兄及弟矣，式相好矣，无相犹矣[④]。
似（嗣）续妣祖[⑤]，筑室百堵[⑥]。西南其户[⑦]。爰居爰处，爰笑爰语。
约之阁阁[⑧]，椓之橐橐[⑨]。风雨攸除[⑩]，鸟鼠攸去，君子攸芋（宇）[⑪]。
如跂斯翼[⑫]，如矢斯棘[⑬]，如鸟斯革[⑭]，如翚斯飞[⑮]，君子攸跻[⑯]。
殖殖其庭[⑰]，有觉其楹[⑱]，哙哙其正[⑲]，哕哕其冥[⑳]，君子攸宁[㉑]。
下莞上簟[㉒]，乃安斯寝。乃寝乃兴[㉓]，乃占我梦[㉔]。
吉梦维何？维熊维罴[㉕]，维虺维蛇[㉖]。

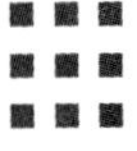

大人占之㉗：维熊维罴，男子之祥；维虺维蛇，女子之祥。

乃生男子，载寝之床，载衣之裳，载弄之璋㉘。

其泣喤喤㉙，朱芾斯皇㉚，室家君王㉛。

乃生女子，载寝之地，载衣之裼㉜，载弄之瓦㉝。

无非无仪㉞，唯酒食是议，无父母诒罹㉟。

【注释】

①秩秩：水流貌。干：涧，古通用。②幽幽：深远貌。南山：即终南山，在镐京之南。③苞：植物丛生稠密的样子。竹苞："松茂"都是比喻兄弟相好。④犹：欺诈。⑤似：与"嗣"同，继续。妣：亡母之称。这里的"妣祖"等于说先妣、先祖，指远祖。⑥方丈为"堵"："筑室百堵"是说房屋四面的墙共合一百方丈。⑦古人堂寝的制度，有正户有侧户，正户南向，侧户东西向。⑧约：束缚。阁阁：捆缚停妥貌。⑨椓（zhuó）：击。橐橐：敲击的声音。⑩攸：是语助词。这句是说风雨之害得以除去，下句说鸟鼠不能穿破，都是写房屋的坚牢严密。⑪芋：居住。⑫翼：端正貌。这句是说房屋的端正像人跂立。⑬棘：《玉篇》引《韩诗》作"朸"，棱。这句是说屋四角有棱，象箭头。⑭革（古读如"亟"）：翱字的省借，指鸟翅。这句是说栋宇的宏壮像鸟类举翅。⑮翚（音"辉"）：雉名。这句是说宫室有华彩，形势轩张，像雉鸟起飞。⑯跻：升。⑰殖殖：平正貌。⑱觉：高大。楹：柱。⑲哙哙：犹"快快"，形容堂殿的轩豁宽明。正：向明之处。⑳哕（huì）哕：犹"熠熠"，明亮。冥：幽暗处。这句是说本当是幽暗的地方也是明亮的，可见其轩豁。㉑宁：安。这句就是下文"乃安斯寝"的意思。㉒莞（guān）：植物名，生在水中，又名水葱，形似小蒲，可以织席。这里莞即指莞席。簟：苇或竹丝织成的席。㉓兴：起。㉔占梦：言推断梦的吉凶。㉕罴（pí）：兽名，似熊而高大。㉖虺（huì）：四脚蛇蜥蜴类。以上三句言主人梦中见熊罴与虺蛇。㉗大人：或许即指太卜，《周礼》有太卜之官，掌占梦。以下四句就是"大人"对梦的解释。㉘璋：玉器，形似半圭。弄：是说放在手边作玩弄状。㉙喤喤：小儿哭声。㉚芾（fèi）：亦作韨，古时祭服，以熟治的兽皮制成，着在腹前，遮蔽膝部，形似今时的围裙。天子所用的芾是纯朱色，诸侯用黄朱色。皇：犹"煌煌"。㉛君王：君指诸侯，王指天子。这两句是说孩子将来都要服朱芾，都是周室周家的君或王。㉜裼（xi）：又名褓衣，就是婴儿的被。㉝瓦：指

古人纺线时所用的陶锤。㉞无非：就是无违。无仪：就是无邪。“仪”读为“俄”。俄，邪。㉟诒：通“贻”，给与。罹：忧。这句是说不累父母担忧。

【译文】

流水清清小山涧，林木幽幽终南山。丛丛绿竹好形势，密密青松满冈峦。

兄弟同住多和睦，相亲相爱心相关，胸襟坦白不欺瞒。

继承祖妣遵遗愿，盖起宫室千百间，厢列东西门朝南。就在这里同居住，亲人团聚笑语欢。

扎紧木板阁阁响，夯土咚咚筑泥墙。从此不怕风和雨，麻雀老鼠都赶光，君子住着多舒畅。

端正犹如踮脚立，齐整有如利箭急，宽广好似鸟展翼，华丽赛过锦毛鸡，君子登堂心欢喜。

庭院宽阔平且正，屋柱笔直高又挺。白天光线多明亮，夜晚昏暗真幽静，君子住着心安定。

上铺竹席下铺草，高枕无忧没烦恼。睡得酣来起得早，昨夜梦境好不好。

好梦梦见啥东西？是熊是罴显吉兆，有虺有蛇好运道。

大人占梦细细讲，“梦见熊罴有名堂，象征生男有力量。梦见虺蛇有讲究，象征生个女娇娘”。

如若生个男孩子，给他睡张小眠床，给他裹上大衣裳，给他玩弄白玉璋。

娃儿哭声真洪亮，朱红蔽膝更辉煌，将来周朝做君王。

如若生个小姑娘，给她铺席睡地板，一条小被包身上，纺线瓦锤给她玩。

不许违抗莫多话，料理家务烧好饭，别给父母添麻烦。

无 羊

【原文】

谁谓尔无羊，三百维群[1]。谁谓尔无牛？九十其犉[2]。

尔羊来思，其角濈濈[3]。尔牛来思，其耳湿湿[4]。

或降于阿[5]，或饮于池，或寝或讹[6]。

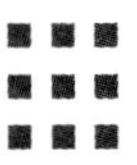

尔牧来思，何（荷）蓑何（荷）笠[⑦]，或负其糇。三十维物[⑧]，尔牲则具[⑨]。

尔牧来思，以薪以蒸[⑩]，以雌以雄[⑪]。

尔羊来思，矜矜兢兢[⑫]，不骞不崩[⑬]。麾之以肱[⑭]，毕来既升[⑮]。

牧人乃梦[⑯]，众维鱼矣[⑰]，旐维旟矣[⑱]。

大人占之：众维鱼矣，实维丰年；旐维旟矣，室家溱溱[⑲]。

【注释】

①维：犹“为”。这句是说以三百羊为一群。②犉（chún）：七尺的牛。以上言牛羊之多。③濈濈（音 jí）：一作戢戢，聚集。④湿湿：耳动貌。⑤阿：丘陵。⑥池：犹作“讹”，《玉篇》引作“吪”，动。以上三句写牛羊的动态，承上章“羊来”“牛来”。⑦何：同“荷”。肩上担东西叫作荷。⑧物：毛色。“三十维物”是说毛色有多种。⑨具（古音够）：备。这句是说供祭祀用的牲都具备了。古人有些祭祀用牲的毛色不同，如阳祀用骍（赤色），阴祀用黝（黑色）之类，见《周礼·地官牧人》。⑩蒸：细小的柴薪。⑪雌雄：指捕得的鸟兽，如雉兔之类。以上三句写牧者除放牧牛羊外，兼做打柴草、猎野味的事。⑫矜矜兢兢：谨慎坚持，唯恐失群的样子。⑬骞：亏损。崩：溃散。以上三句是说群羊驯谨相随，不会散失。⑭麾：指挥。肱：臂。这句是说牧者不用鞭箠，只以手臂指挥，是承接上文写羊的驯顺。⑮毕、既都训尽。升：进。这句是说牛羊全都赶入圈牢。⑯牧人：官名，掌畜牧。上文的“牧”指一般放牧牛羊的人，与此不同。⑰“众维鱼矣”犹维众鱼矣：一说，“众”是“螽”字之省。螽就是蠡，蝗类。“螽维鱼矣”就是“螽”化为鱼。⑱旐（zhào）、旟（yú）都是用来聚众的旗子：旐画龟蛇，旟画鸟隼。以上二句言牧人梦见鱼、旐等物。⑲溱溱：《潜夫论》引作“蓁蓁”，众多貌。“室家溱溱”言丁口旺盛。以上四句记“大人”对此梦的解释。

【译文】

谁说你家没有羊？数百成群遍山丘。谁说你家没有牛？壮牛就有几十头。

你的羊群走来啦，只见犄角密稠稠。你的牛群走来啦，摇摇耳朵慢悠悠。

有的牛羊下山坡，有的池边找水喝，有的走动有的卧。

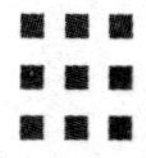

你家牧童归来时，戴着斗笠披着蓑，有的背着干馍馍。牲口毛色好几十，品种齐备祭牲多。

你家牧童归来时，拣回一捆柴和草，顺便打猎收获好。

你的羊群牧罢归，争先恐后快快跑，不掉队儿不乱套。牧童胳膊挥一挥，一只不少进圈了。

牧官夜里做个梦，梦见鱼儿无其数，梦见鹰旗漫天舞。

大人占梦说端详："梦见鱼儿无其数，预兆丰年多富裕。梦见鹰旗漫天舞，人丁兴旺真欢愉。"

节南山

【原文】

节彼南山[①]，维石岩岩[②]。赫赫师尹[③]，民具（俱）尔瞻[④]。
忧心如惔（炎）[⑤]，不敢戏谈[⑥]。
国既卒斩[⑦]，何用不监[⑧]！节彼南山，有实其猗[⑨]。
赫赫师尹，不平谓何[⑩]！
天方荐瘥[⑪]，丧乱弘多[⑫]。民言无嘉[⑬]，憯莫惩嗟[⑭]！
尹氏大师，维周之氐[⑮]。
秉国之均[⑯]，四方是维[⑰]。天子是毗[⑱]，俾民不迷。
不吊昊天[⑲]，不宜空我师[⑳]。
弗躬弗亲，庶民弗信[㉑]。弗问弗仕，勿罔君子[㉒]。
式夷式已[㉓]，无小人殆[㉔]。
琐琐姻亚[㉕]，则无朊仕[㉖]。昊天不佣[㉗]，降此鞠讻[㉘]。
昊天不惠，降此大戾[㉙]。
君子如届[㉚]，俾民心阕[㉛]。君子如夷，恶怒是违[㉜]。
不吊昊天，乱靡有定。
式月（抈）斯生[㉝]，俾民不宁。忧心如酲[㉞]，谁秉国成[㉟]？

不自为政，卒劳百姓㊱。
驾彼四牡，四牡项领㊲。我瞻四方，蹙蹙靡所骋㊳。
方茂尔恶㊴，相尔矛矣㊵。
既夷既怿㊶，如相酬矣㊷。昊天不平，我王不宁。
不惩其心㊸，覆怨其正㊹。
家父作诵㊺，以究王讻㊻。式讹尔心㊼，以畜万邦㊽。

【注释】

①节：高峻貌。②岩岩：山石堆积之貌。③赫赫：势位显盛貌。师：官名，太师的简称。太师是三公之最尊的。师尹：言太师尹氏。尹氏是周之名族。④具：俱。瞻：视。⑤惔："炎"的借字，《释文》引《韩诗》作炎。如惔：等于说如焚。⑥戏谈：言随便戏谑谈论。这句是说人民畏惧尹氏的威虐。⑦国：指周。卒：终。斩：绝。这句是说国祚已到终绝的时候，极言其危殆。⑧用：犹"以"。监：察。⑨实：满。言草木充实。猗：长。言草木长茂。⑩谓何：犹云何。这句是说尹氏为政不平，没有可说的。⑪荐：重，再。瘥：病，包括疾疫饥馑等灾患。荐瘥：是说屡次降瘥。⑫这句是说死丧祸乱既大且多。⑬这句是说人民没有什么好听的话可说（所说的无非怨愤忧戚之言）。⑭憯（cǎn）：犹曾或尚。惩：戒。嗟：语尾助词。以上四句言天意民心是这样了，尹氏还不自惩戒。⑮氐：同柢，树根。以上二句言尹氏地位重要，为国家的根本。⑯这句是说尹氏执国家的大权。"均"同钧，本是制陶器的模子下面的车盘。制陶器必需运转陶钧，治国必需运用政权，所以借比。⑰维：护持。⑱毗：一作埤，辅佐。⑲不吊：不恤。⑳空：穷。师：众。"我师"犹言我们大众。以上二句是愤怨呼天，要求那不体恤下民的上帝，不要再容许害人的执政者把人民大众抛向穷途绝境。㉑这句是说王不信民众。正因为王自己不问政事，所以不了解民情。本章八句都是对周王而言。㉒勿：是语助词。罔：欺。君子：指贤臣，和下文"小人"相对。以上二句是说对君子不咨询不任用是欺罔君子。㉓式：是语助词。夷：平。已：止。言使上文所述的不合理现象得到夷平与制止。㉔无：勿。殆：近。以上二句表示希望周王纠正尹氏，疏远尹氏。㉕琐琐：计谋褊浅之貌。姻亚：婿父为姻，两婿相谓曰亚。尹氏和周室有婚姻关系，琐琐姻亚：似指尹氏，或包括尹氏。

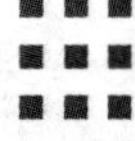

㉖朊：厚，腴美。以上二句是说姻亚中才智短浅的人不必给以高官厚禄。㉗佣：均。不佣：犹云不平。㉘鞫：同“鞠”，穷。汹，凶。鞠凶：犹言极祸。㉙戾：恶。大戾：犹“鞠凶”。㉚届：到。㉛阕：息。以上二句是说贤者如果来从政，人民的怨愤之心就可止息。㉜违：去。以上二句是说君子如没有什么不平，众人的暴怒也可以除去。㉝月：是“抈”字的省借。摧折。“抈斯生”就是说扼杀斯民。㉞酲：病酒。㉟秉：执。国成：国政的成规。《周礼·天官小宰》列举官府八事作为经邦的根据，叫做“八成”。㊱卒：“瘁”字的假借，就是病。以上三句是说周王不亲问政事，使小人掌权，致百姓受苦。㊲项：大。领：颈。久驾不行马颈将有肿大之病。㊳蹙蹙：局缩不得舒展的意思。靡所骋：无可驰骋之处。以上四句是说四方没有可去的地方。㊴方茂尔恶：当你怨恶正盛的时候。尔：指尹氏。㊵相：视。相尔矛：是说要用武。㊶夷怿：是说怒火平息。㊷酬：宾主以酒相酬。以上四句是说小人情态无常。㊸不惩其心：就是其心不惩。言周王无惩戒之意。㊹覆：反。这句是说周王反而怨恨对他谏正的人。㊺家父：或作嘉父，又作嘉甫，人名，就是本篇的作者。诵：诗。㊻究：纠，举发。讻：王凶：指尹氏。以上二句作者自述作诗的用意是揭发王左右的凶人。㊼吪：同“吡”，变化。尔：指周王。㊽畜：养。

【译文】

终南山，山峻峭，崖石层层高又高。赫赫有名尹太师，人人对他侧目瞧。
满心忧忿像火烧，不敢谈论发牢骚。
国运已经快断绝，为何还不觉察到！终南山，高又长，一片山坡多宽广。
赫赫有名尹太师，为何办事太荒唐！
上天正在降灾荒，国家动乱人死亡。民怨沸腾没好话，还不认真想一想！
尹太师啊尹太师，你是国家的基石。
朝廷大权手中握，天下靠你来维持。君王靠你当助手，百姓靠你把路指。
可恨老天没长眼，让他刮尽民膏脂。
国事以不亲主宰，百姓对你不信赖。人才不问又不用，欺骗好人太不该。
赶快铲除害人虫，不要因此惹祸灾。
亲戚既然无才能，乌纱帽儿摘下来。老天爷啊心太坏，降下浩劫把人害！
老天爷啊太不仁，降下灾难活不成！

好人如果能执政，民愤可以平一平。好人如果排除掉，人民反抗怒火烧。

可恨老天没眼睛，乱子从来不曾停。

生灵涂炭命难存，百姓生活不安宁。忧愁搅得心如醉，究竟让谁掌权柄？

君王不管天下事，结果苦了老百姓。

驾起四匹大公马，马儿肥壮粗脖颈。东南西北望一望，天地太窄难驰骋！

看你作恶真不少，就像一柄杀人矛。

铲除恶人开心日，举酒相庆乐陶陶。老天多么不公平，害得我王不安宁。

君王不惩尹氏恶，反而怨恨劝谏臣。

家父作诗自长吟，追究王朝祸乱根。但愿君王心意转，治理天下享太平。

正　月

【原文】

正月繁霜[①]，我心忧伤。民之讹言[②]，亦孔之将[③]。念我独兮，忧心京京[④]。

哀我小心，癙忧以痒[⑤]。父母生我，胡俾我瘉[⑥]。不自我先，不自我后[⑦]。

好言自口，莠言自口[⑧]。忧心愈愈[⑨]，是以有侮[⑩]。忧心茕茕[⑪]，念我无禄[⑫]。

民之无辜，并其臣仆[⑬]。哀我人斯，于何从禄[⑭]？瞻乌爰止，于谁之屋[⑮]？

瞻彼中林，侯薪侯蒸[⑯]。民今方殆，视天梦梦[⑰]。既克有定，靡人弗胜[⑱]。

有皇上帝[⑲]，伊谁云憎？谓山盖（盍）卑[⑳]？为冈为陵[㉑]。民之讹言，宁莫之惩[㉒]。

召彼故老，讯之占梦。具（俱）曰“予圣”[㉓]，谁知乌之雌雄[㉔]？谓夫盖（盍）高？不敢不局[㉕]。

谓地盖（盍）厚？不敢不蹐[㉖]。维号斯言[㉗]，有伦有脊[㉘]。哀今之

人，胡为虺蜴[29]。

瞻彼阪田[30]，有菀其特[31]。天之抓我[32]，如不我克[33]。彼求我则[34]，如不我得。

执我仇（执）仇（执）[35]，亦不我力[36]。心之忧矣，如或结之。今兹之正[37]，胡然厉矣[38]？

燎之方扬[39]，宁或灭之。赫赫宗周[40]，褒姒威（灭）之[41]。终其永怀[42]，又窘阴雨[43]。

其车既载，乃弃尔辅[44]。载输尔载[45]，将伯助予[46]。无弃尔辅，员于尔辐[47]。

屡顾尔仆[48]，不输尔载。终逾绝险，曾是不意[49]。鱼在于沼[50]，亦匪克乐[51]。

潜虽伏矣[52]，亦孔之炤（昭）[53]。忧心惨（懆）惨（懆）[54]，念国之为虐。彼有旨酒，又有嘉殽。

洽比其邻[55]，昏姻孔云[56]。念我独兮，忧心殷殷。仳仳彼有屋[57]，蔌蔌方有谷[58]。

民今之无禄，天夭是椓[59]。哿矣富人[60]，哀此茕独！

【注释】

①正月：指周历六月（相当夏历四月），是孟夏时节。繁霜：多霜冻。这种天时失常的现象古人往往认为是灾祸的预兆，所以诗人为之忧伤。②讹：伪。讹言：犹今语妖言或谣言。③孔：甚。将：大。以上二句是说谣言流传很盛。④京京：忧不能止。以上二句是说想到忧时的人只有我一个时，我心就更忧了。⑤癙：忧。痒：病。⑥俾：使。瘉：病。⑦言忧患之来不先不后，正让我碰上。⑧莠言：丑言。以上二句言好话和丑话都可以从人口中出来，是畏惧谗言的意思。⑨愈愈：犹“瘐瘐”，病貌。⑩有侮：是说被小人所轻侮。小人不以国事为忧，而以忧国的人为迂阔，加以嗤笑，甚至嫉害。⑪茕茕:孤独貌。⑫无禄：犹言不幸。⑬臣仆：犹言囚虏奴隶。以上二句是说一旦亡国，无论有罪无罪，都将做人奴隶。⑭禄：指维持生活之资。这句是说将无以维生。⑮以上二句言乌鸦不知将止息在谁家屋上，比喻国人将不晓得何所依归。这话是承上

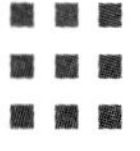

文“并其臣仆”说的。⑯侯：犹“维”。“薪蒸”见《无羊》篇注。以上二句是说林中树木都被砍伐做薪蒸。似用来比喻国人将被摧残，沦为臣仆。⑰梦梦：不明。以上二句是说一般人正在危殆之中，因为把天看做昏昧无知。⑱靡人弗胜：言无人不为天所胜。以上二句是说天意有定之后，可以消灭人祸。表示作者仍然对天寄予希望。⑲有皇：犹“皇皇”，大。上帝：指天的主宰。这句连下句是说天心憎恶什么人还不知道呢？言外之意：殃民者未必为天所偏爱。⑳盖：犹“何”。下同。㉑冈：山脊。陵：大阜。冈陵都是高处。以上二句是说高山何尝变卑呢？它不是仍然为冈为陵么？比喻讹言无凭。㉒宁：犹“乃”。惩：止。㉓言故老和占梦者各自以为圣。㉔乌的形状毛色雌雄无别。这句以乌的雌雄难辨比喻故老和占梦者各执一说，是非难分。㉕局：或作“跼”，屈曲不伸。不敢不局：是说顶上如有所压。㉖厚：大。蹐：小步，不敢不蹐：言轻轻下脚，不敢放步。以上四句是说天虽高地虽厚，人在其何刻刻危惧，不得舒展。㉗号：呼。斯言：指上四句。㉘伦：理。脊：《春秋繁露》引作“迹”。迹：道理。㉙蜴:蜥蜴。虺蜴见人就逃避，用来比人的局蹐。㉚阪田：山坡上的田。㉛菀：茂盛之貌。特：独特。以上二句作者以高田里一棵特出壮苗自比。㉜抗：摇动。我：作者自称。㉝克：制胜。以上二句是说天对我这茂盛独特之苗要加以摧残，唯恐不克。㉞彼：指周王。则：语尾助词。这句连下句是说王征求我的时候好像唯恐不能得到。㉟仇仇：同“执执”：缓持。㊱不我力：言不用力持我，和执执意相同。以上二句是说征得我之后并不认真用我。㊲正：政。㊳厉：恶。㊴燎：放火烧草木。扬：盛。㊵宗周：指镐京（今陕西省长安县西南）。㊶褒姒：人名，西周时褒国的女子，被周幽王纳为妃，幽王因宠爱她而做了许多荒唐的事，终于亡国。烕：古灭字。《左传·昭公元年》引作灭。以上四句以方扬的燎火比显盛的宗周。言燎火虽烈仍然可以灭，宗周虽盛亡国并不难。所以该引为鉴戒。㊷终：既。永怀：长忧。㊸窘：困。㊹辅：大车载物时用来夹持所载物的板。用来比国家辅佐之臣。㊺载输尔载：上载字是语助词。下载字指所载之物。输：堕。㊻将：请（见《氓》篇注）。伯：对男子的泛称。这句是述输载人的话。以上四句是说车上货物已装载好之后把夹板扔了，所载的东西必然垮下来，到这时只得呼唤“请老哥帮忙”了。㊼员：增益，就是加大。辐有松脱时，用布条等物围裹起来或加木楔，就是加大的意思。辐：古读如“逼”，和下文载（古读如稷）字，意字相韵。㊽顾：言照顾，仆：指御车者。㊾不意：不放在心上。这里以御车比喻执政，言度过险关本有方法，但执政者不加考虑。㊿沼：池。(51)匪：非。克：能。(52)潜虽伏矣：犹云“虽潜伏矣”。潜：深藏。(53)炤：《中庸》引作“昭”，明白。以上四句是说鱼在池中不能快乐，虽潜伏深藏还是昭然可见，难逃网罟。作者以鱼自比。㊹惨：见《陈风·月出》篇注。㊺洽：和协。比：亲近。㊻云：周旋。“昏姻孔云”言在姻戚之间大事周旋。以上四句是说那当权的小人交结联络，成群树党。和自己的孤立相对照。㊼佌佌：小貌。㊽蔌蔌：陋貌。以上二句是说那猥琐鄙陋的小人都有屋有谷（拥有财产）。㊾夭：灾祸。椓：打击。㊿哿：喜乐。

【译文】

六月下霜不正常，这使我心很忧伤。民间已经有谣言，沸沸扬扬传得广。想我一身多孤单，愁思萦绕常怅怅。

胆小怕事真可哀，又怕又闷病一场。爹娘既然生了我，为啥使我受创伤？我生不早又不晚，乱世灾祸偏碰上。

好话凭他嘴里说，坏话凭他去宣扬。反复无常真可怕，受人欺侮更懊丧。没人了解满腹愁，想我命苦泪暗流。

平民百姓有何罪，国亡都成阶下囚。可怜我们这些人，爵位俸禄何处求？看那乌鸦往下飞，停下谁家屋脊头？

看那树林密层层，粗干细枝交错生。人民处境正危险，老天糊涂太昏昏。世上一切你主宰，没人能够违天命。

皇皇上帝我问你，究竟你恨什么人？人说山矮像土冢，却是高冈耸半空。民间谣言既发生，怎不警惕采行动。

召来元老仔细问，再请占梦卜吉凶。都说自己最高明，不辨乌鸦雌和雄。是谁说那天很高？走路不敢不弯腰。

是谁说那地很厚？走路不敢不蹑脚。人民喊出这些话，确有道理说得好。可恨如今世上人，为何像蛇将人咬。

看那山坡坡上田，一片茂密长禾苗。老天拼命折磨我，好像非把我压倒。当初朝廷需要我，找我唯恐得不到。

邀去却又撂一边，不让我把重担挑。心里忧愁没办法，就像绳子结疙瘩。试看今日朝中政，为啥暴虐乱如麻？

野火蓬蓬正燃起，有谁能够烧熄它！赫之镐京正兴旺，褒姒一笑灭亡它！心中已经常忧伤，又逢阴雨更凄凉。

车子已经装满货，却把拦板全抽光。等到货物遍地撒，才叫“大哥帮帮忙!”请勿丢掉车拦板，还要加粗车轮辐。

经常照顾你车夫，莫使失落车上物。这样才能渡险境，你却总是不在乎！鱼儿虽在池里游，并不能够乐逍遥。

虽然潜在深入中，水清仍旧躲不掉。心中不安常忧虑，想想朝政太残暴。他有美酒喷喷香，鱼肉好菜供品尝。

狐群狗党相勾结，亲朋好友周旋忙。想我孤零无依靠，忧心如捣痛断肠。

卑劣小人住好屋，鄙陋家伙有五谷。

如今人民最不幸，天降灾祸真命苦。富人享福哈哈笑，可怜穷人太孤独。

十月之交

【原文】

十月之交[1]，朔月辛卯[2]。日有食之[3]，亦孔之丑[4]。
彼月而微[5]，此日而微[6]。
今此下民[7]，亦孔之哀[8]。日月告凶[9]，不用其行[10]。
四国无政[11]，不用其良[12]。
彼月而食[13]，则维其常[14]。此日而食[15]，于何不臧[16]！
烨烨震电[17]，不宁不令[18]。
百川沸腾[19]，山冢崒崩[20]。高岸为谷[21]，深谷为陵[22]。
哀今之人[23]，胡憯莫惩[24]！
皇父卿士[25]，番维司徒[26]。家伯维宰[27]，仲允膳夫[28]。
聚子内史[29]，蹶维趣马[30]。
楀维师氏[31]，艳妻煽方处[32]。抑此皇父[33]，岂曰不时[34]。
胡为我作[35]，不即我谋[36]。
彻我墙屋[37]，田卒汙莱[38]。曰予不戕[39]，礼则然矣[40]。
皇父孔圣[41]，作都于向[42]。
择三有事[43]，亶侯多藏[44]。不慭遗一老[45]，俾守我王[46]。

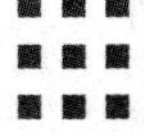

择有车马[47]，以居徂向[48]。
黾勉从事[49]，不敢告劳[50]。无罪无辜，谗口嚣嚣[51]。
下民之孽[52]，匪降自天[53]。
噂沓背憎[54]，职竞由人[55]。悠悠我里[56]，亦孔之痗[57]。
四方有羡[58]，我独居忧[59]。
民莫不逸[60]，我独不敢休[61]。天命不彻[62]，我不敢傚我友自逸[63]。

【注释】

①十月之交：十月之初。十月：这是周历十月，为夏历八月。交：前后相接之时，这里指九、十月之交，即十月初。②朔月辛卯：初一辛卯日。朔月：即朔日，阴历每月的第一天，初一。辛卯：辛卯日，古代以干支纪日，这一天为辛卯。③日有食之：又发生了日食。有：通“又”，再一次。据推算这一天为周幽王六年十月初一（公元前776年9月6日），这是人类最早的有确切日期的日食记录。④亦孔之丑：这可太可怕了。孔：很，十分。之：结构助词。用于状语与中心词之间。丑：恶，不好。⑤彼月而微：前不久发生月食。彼：那，那时，指不久前。而：连词，连接主语和谓语。微：昏暗不明，指日食、月食。⑥此日而微：今天又出现日食。此：这，指今天。⑦今此下民：现在这些人们。下民：人类，世间的人，对“上天”而言。⑧哀：可怜。⑨日月告凶：太阳和月亮显示出凶兆。告：告诉给，显示出。凶：灾异，凶兆。⑩不用其行（háng）：不按它的轨道运行。用：使用。其：它，这里指日月。行：轨道。⑪四国无政：天下没有善政。四国：四方之国，指天下。政：善政，好的政治。⑫不用其良：天子不任用良臣。良：良臣。⑬彼月而食：前些日子发生月食。⑭则维其常：就算是正常现象。则：就。维：语气词，加强判断语气。常：常态，正常现象。⑮此日而食：今天出现日食。⑯于何不臧（zāng）：那可是多么不吉利呀！于：助词，无实义。何：多么。臧：好，善。⑰烨（yè）烨震电：白亮刺目的闪电。烨烨：电光闪烁的样子。震电：雷电。⑱不宁不令：搅得天翻地覆，使人胆战心惊。宁：安宁。令：好，善。⑲百川沸腾：所有的河流像滚沸一般泛滥四溢。百：虚数，形容多。川：河流。⑳山冢（zhǒng）崒（zú）崩：山顶一下子崩塌。冢：山顶。崒：通“猝”，突然，一下子。㉑高岸为谷；高高的山崖变成了深谷。岸：山崖。为：变成。㉒深谷为陵：深谷升起变成了山陵。㉓哀今之人：可怜

现在的人。㉔胡憯（cǎn）莫惩：为何竟然还不警惕呢？胡：何，为什么。憯：乃，竟然。莫：不。惩：警惕。㉕皇父（fǔ）卿士：皇父位居卿士。皇父：周幽王时的执政大臣。卿士：总管朝政的大臣，类似后来的宰相。㉖番维司徒：番氏为司徒。番：人名。维：参注⑭。司徒：掌管土地人口及劳动的官员。㉗家伯维宰：家伯任宰夫。家伯：人名。宰：宰夫，冢宰的属官。㉘仲允膳夫：仲允为膳夫。仲允：人名。膳夫：官职名，负责宫廷膳食。㉙棸（zōu）子内史：聚子为内史。棸子：人名。内史：官职名，掌管朝廷法令文件。㉚蹶维趣马：蹶氏任趣马。蹶：人名。趣马：官职名，掌管王室的马匹，为司马的属官。㉛楀（jǔ）维师氏：楀氏任师氏。楀：人名。师氏：官职名，主管王室的教育。㉜艳妻煽方处：这些人都是妖艳的妻子褒姒得宠时谋取官职的。艳妻：妖艳的妻子，指幽王的宠妃褒姒。煽：炽盛，深得宠幸。处：处于，获得官位。㉝抑此皇父：哎呀！这个皇父。抑：通"噫"，叹词，相当于"哎呀"、"唉"。㉞岂曰不时：难道说他不好吗？时：通"是"，对，善。㉟胡为我作：为什么让我服劳役。胡为：为胡，为什么。我作：宾语前置，即"作我"，让我劳作（服劳役）。作：使……劳作。㊱不即我谋：却不来与我商量。即：就，靠近。谋：谋划，商议。㊲彻我墙屋：折毁了我的房屋。彻：折毁，折掉。墙屋：屋子，房屋。㊳田卒汙（wū）莱：田地完全荒芜，低处积满雨水，高处长满杂草。卒：尽，全部。汙：积水。莱：长满杂草。㊴曰予不戕（qiāng）：他居然还说："我并没有残害百姓。"戕：残害。㊵礼则然矣："按照礼仪等级就应该如此。"礼：古代社会的等级制度。则：就。然：这样。㊶皇父孔圣：皇父太圣明了。圣：圣明。㊷作都于向：在向地建筑城邑。作：建造。都：城。向：地名，在今河南省尉氏县。㊸择三有事：他任命了三公。择：择官，任命。有：助词，放在名词前。三事：三公，即司徒、司空、司马。㊹亶（dǎn）侯多藏：他们实在是巧取豪夺欲壑难填。亶：实在是，的确。侯：维，语气词，加强判断语气。藏：收藏，敛财。㊺不慭（yìn）遗一老：不愿留下我这个老头儿。慭：愿，愿意。遗：留下。老：老年人，这里是作老者自称。㊻俾守我王：使我能守卫我的天子。俾：使。王：指周天子。㊼择有车马：挑选许多车马。有：助词，放在名词之前。㊽以居徂向：将他聚敛的财物迁往向地。以：把，将。居：蓄积，这里指聚敛的财物。徂：去。㊾黾（mǐn）勉从事：我努力尽职。黾勉：努力，勤勉。从事：做事，工作。㊿不敢告劳：从不敢说一声劳累。告：说，诉说。51谗口嚣嚣：可诬陷之口喋喋不休。谗：说坏话，诬陷。嚣嚣：众多的样子。52下民之孽：人们的灾难。下民：参见注⑦。孽：

灾难。㊸匪降自天：并不是从天而降。匪：通“非”，不，不是。㊹噂（zūn）沓背憎：聚在一起相互吹捧一团和气，背地里相互仇视。噂：聚集。沓：合，和谐。背：背后，背地里。㊺职竞由人：是因为奸臣们只知道争权夺利。职：只。竞：争，争斗。由：因为。人：这里指奸臣，谗口之人。㊻悠悠我里：我的忧愁无穷无尽。悠悠：忧思不已的样子。里：通“悝”。忧愁。㊼亦孔之痗（mèi）：日重一日积忧成疾。痗：忧病。㊽四方有羡：天下之人个个欣喜万分。四方：四方之人，天下之人。有：助词，放在动词前。羡：欣喜，高兴。㊾我独居忧：只有我陷入忧愁之中。居：处于。㊿民莫不逸：人们个个安闲自在。莫：没有谁。逸：安逸，安闲。(61)我独不敢休：只有我不敢懈怠职守。休：休息。(62)天命不彻：天命无常。彻：轨道。不彻：不遵常轨，无常。(63)我不敢傚我友自逸：我不敢效仿我的朋友自顾自己安逸。傚：效仿。

【译文】

九月刚过十月到，初一早上辰时交。忽然太阳又蚀了，这种天象是凶兆。
不久之前方月蚀，今又日蚀更糟糕。
如今天下老百姓，大难临头真堪悼。日月显示灾难兆，不再遵循常轨道。
到处没有好政治，贤臣良才全不要。
上次月亮被吞食，还算平常屡见到。太阳遭蚀了不得，坏事临头怎么好！
电光闪闪雷轰鸣，政治黑暗民不宁。
大小江河齐沸腾，山峰倒塌乱石崩。高山刹那变深谷，深谷顿时变丘陵。
可恨如今掌权人，何曾引以为教训！
六卿之首是皇父，樊氏当上大司徒。朝廷典籍家伯掌，仲允管的是御厨。
聚子充当内史官，蹶父养马管放牧。
还有扭氏算监察，都同褒姒很热乎。提起皇父叫人气，硬说他没违农时。
为啥派我服劳役，也不商量就通知。
我家墙屋被拆毁，我家田园全荒弛。还说：“不是我害你，照章办事该如此。”
这位皇父太高明，要在向邑建都城。
选中大官有三个，钱财多得数不清。不肯留下一老臣，让他保王卫宫廷。
看中富家有车马，迁往向邑结伴行。

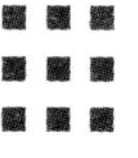

尽力服役为王事，不敢诉苦不敢怨。没犯过错没犯罪，众口诽谤难分辨。

百姓遭受大灾难，不是老天不长眼。

当面谈笑背后骂，都是坏人在诬陷。苦恼烦闷恨悠悠，恰似大病在心头。

看看别家很富裕，独我一人在忧愁。

人们生活都安逸，我独不敢片刻休。天道无常难预测，不敢学人图享受。

雨无正

【原文】

浩浩昊天[1]，不骏其德[2]。降丧饥馑[3]，斩伐四国[4]。旻天疾威[5]，弗虑弗图[6]。

舍彼有罪[7]，既伏其辜[8]。若此无罪，沦胥以铺[9]。周宗既灭[10]，靡所止戾[11]。

正大夫离居[12]，莫知我勚[13]。三事大夫[14]，莫肯夙夜[15]。邦君诸侯[16]，莫肯朝夕[17]。

庶曰式臧[18]，覆出为恶[19]。如何昊天，辟言不信[20]。如彼行迈[21]，则靡所臻[22]。

凡百君子，各敬尔身[23]。胡不相畏，不畏于天[24]。戎成不退[25]，饥成不遂[26]。

曾我暬御[27]，憯憯日瘁[28]。凡百君子，莫肯用讯[29]。听言则答[30]，谮言则退[31]。

哀哉不能言，匪舌是出[32]，维躬是瘁[33]。哿矣能言[34]，巧言如流[35]，俾躬处休[36]。

维曰于仕[37]，孔棘且殆[38]。云不可使[39]，得罪于天子。亦云可使，怨及朋友[40]。

谓尔迁于王都[41]，曰予未有室家。鼠思泣血[42]，无言不疾[43]。

昔尔出居[44]，谁从作尔室[45]？

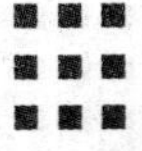

【注释】

①浩浩：宽阔广大的样子。昊天、旻（mín）天：都指天，上帝。②不骏其德：并没有永远赐予恩德。骏：长久。③降：给予。丧：死亡。饥：粮食收成不好，荒年。馑：蔬菜收成不好。④斩伐：诛杀。四国：四方，四方的人民。⑤疾威：暴虐。⑥虑：考虑，想法子。图：商量谋划。⑦舍彼有罪：不去惩处那些有罪的。舍：释放，不去管。⑧伏：隐藏，埋下了。辜：祸害，祸根。⑨沦胥：互相牵连。沦：沉沦。胥：普遍。铺：通"痡"，病，痛苦。⑩周宗：周朝的宗庙，指西周皇朝。⑪止戾：安定。⑫正大夫：正职大官。离居：离散居住。⑬勚（yì）：辛劳，⑭三事：三公，辅助国君掌握军政大权的最高官员。⑮莫肯夙夜：不肯起早摸黑去办事。夙夜：白天和夜晚，这里指工作，办事。⑯邦君：国君，封国的君主。诸侯：地方长官。⑰莫肯朝夕：同"莫肯夙夜"。⑱庶曰式臧：应该树立一个好榜样。庶：差不多，应该。曰：语气助词。式：榜样，规矩。臧：善，好。⑲覆：反过来。为恶：做坏事。⑳辟言：合乎法度的言论，正确的话，忠言。信：相信。㉑行迈：走路，行径，所作所为。㉒臻：到，到达。㉓各敬尔身：个人只是看重自己的身家性命。敬：看重。㉔胡不相畏两句：是说那些大大小小的统治者，胆大妄为，既不怕人，又不怕天。㉕戎成：战争已经形成，指内乱外患。戎：兵，指代战争。㉖饥：灾荒。遂：安，安抚。㉗曾我暬（xiè）御：像我这样的小官。曾：语气助词。暬御：近侍小臣。㉘憯（cǎn）憯：忧闷愁苦的样子。日瘁：一天天的憔悴。㉙讯：告诉，进谏。㉚听言：好听的话，拍马奉承的话。答：回答，赏赐。一说拒绝。㉛谮（zèn）言：诬陷人的坏话。按诗意应该是忠言，或是把忠言当做谮言。退：拒绝，不接受。㉜匪舌是出：不是舌头不灵活，不是嘴笨，不是不肯说。㉝维躬是瘁：实在是忧愁得身体生病了。躬：身体，自身。㉞哿（gě）矣能言：那些满面堆笑、能说会道的人。哿：欢乐，高兴。㉟巧言：好听的话，拍马奉承的话。如流：像流水一样滔滔不绝。㊱俾躬处休：他们都使自己获得了很多的好处。休：吉利，福份。㊲于仕：做官。㊳孔棘：非常紧急。殆：危险。㊴云不可使：如果说这帮人不可以任用，如果说这些巧言不能听。使：使用，听从。㊵怨及朋友：被朋友埋怨，得罪了朋友。㊶迁：搬迁，搬家。王都：都城。㊷鼠思：忧思，忧愁出来的病。鼠：通"癙"。泣血：眼里哭出了血，形容忧愁悲伤到极点。㊸疾：憎恨。㊹出居：搬出去，逃到外面去。㊺从：跟随。作：建造。

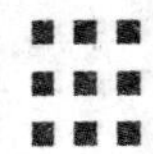

【译文】

浩浩老天听我讲，你的恩惠不经常。降下饥荒和死亡，天下人都被残伤。老天暴虐太不良，不加思考不思量。

有罪之人你放过，包庇恶行瞒罪状。无罪之人真冤枉，相继受害遭祸殃。都城如果被攻破，想要栖身没地方。

大臣高官都逃走，有谁知我工作忙。三公位高不尽职，不肯早晚辅君王。各国诸侯也失职，不勤国事匡周邦。

总盼周王能变好，谁知反而更荒唐。老天这样怎么行！忠言逆耳王不听。好比一个行路人，毫无目的向前进。

百官群臣不管事，各自小心保自身。为何互相不尊重，甚至不知畏天命？敌人进犯今未退，饥荒严重兵将溃。

只我侍御亲近臣，每天忧虑身憔悴。百官群臣都闭口，不肯进谏怕得罪。君王爱听顺耳话，谁进忠言就斥退。

可悲有话不能讲，不是舌头生了疮，是怕自己受损伤。能说会道就吃香，花言巧语来开腔，高官厚禄如愿偿。

别人劝我把官当，危险太大太紧张。要说坏事干不得，那就得罪了国王；要说坏事可以做，朋友要骂丧天良。

劝你迁回王都吧，推辞那里没有家。苦口婆心再劝他，对我切齿又咬牙。

试问从前离王都，是谁帮你造官衙？

小 旻

【原文】

旻天疾威[①]，敷于下土[②]。谋犹回遹[③]，何日斯沮[④]？谋臧不从[⑤]，不臧覆用[⑥]。

我视谋犹，亦孔之邛[⑦]。潝潝訿訿[⑧]，亦孔之哀。

谋之其臧，则具是违[⑨]。谋之不臧，则具是依。我视谋犹，伊于胡底[⑩]！我龟既厌[⑪]，不我告犹[⑫]。

谋夫孔多[13]，是用不集[14]。发言盈庭，谁敢执其咎[15]？

如匪行迈谋[16]，是用不得于道[17]。

哀哉为犹[18]，匪先民是程[19]，匪大犹是经[20]。维迩言是听[21]，维迩言是争。

如彼筑室于道谋[22]，是用不溃于成[23]。国虽靡止[24]，或圣或否[25]。

民虽靡膴[26]，或哲或谋[27]，或肃或艾[28]。如彼泉流，无沦胥以败[29]。

不敢暴虎[30]，不敢冯河[31]。人知其一[32]，莫知其他[33]。

战战兢兢，如临深渊，如履薄冰。

【注释】

①旻（mín）天：敬称天，如说皇天，老天。旻：有幽远之意。疾威：如说暴虐，凶暴施威。疾：恶。威：施威。②敷：布，指散布灾祸。③谋犹：计谋。犹：通“猷”，谋划。回遹（yù）：邪僻，不正违理。④斯：乃，才。沮：止。⑤臧：善。⑥覆：反而。⑦孔：甚。邛（qióng），病：指多弊病。⑧潝（xì）潝：众口附和貌。訿訿（zǐ），同“呰呰”：极力诽谤的样子。⑨具：通“俱”。是违：违是。是：此，指谋之善者。⑩伊：发语词。底（zhǐ）：至，达到。⑪龟：占卜用的龟甲。厌：厌恶。此句谓神灵已经厌恶这些人。⑫不我告犹：即不告我犹。告：指告诉吉凶。⑬谋夫：出谋划策的人。⑭是用：是以，因此。集：成就，成功。⑮执：持，承担。咎：罪责。⑯匪：通“非”。行迈：走路。迈：行走。谋：指坐谋。⑰不得于道：不会前进在道路上。⑱为：作，制定。⑲匪：非。先民：古人。程：效法。⑳大犹：即“大猷”，远大的谋略。经：行，实行。㉑维：仅，只。迩：近。迩言：肤浅而无远见的话。㉒于道谋：指和路人商量。㉓溃：遂，达到。㉔靡：无。止：安定。㉕或：有的人。圣：通晓一切。㉖靡膴（wù）：不多。膴：厚。㉗哲：明智。谋：善谋。㉘肃：举止庄重：指认真负责。艾（yì）：通“乂”，治理，指有治理才能。㉙沦胥：相率，互相牵连。指坏人相率引作恶。败：指水浊腐。以上二句谓用贤朝政就会像清泉水流，不要用坏人相率作恶而使水浊腐。㉚暴虎：空手搏虎。暴：空手

搏击。㉛冯河：徒步渡河。冯（píng）：“淜”之借字，徒步渡水。㉜其一：那一类事。指暴虎、冯河之事。此句言人们只知道那一类事危险。㉝其他：别的事。指处于小人之间更危险。

【译文】

老天暴虐太恶毒，灾难遍布满国土。政策谋略全错误，哪天结束这痛苦？好的计谋你不听，坏的主意反信服。

我看现在的政策，糟糕透顶弊无数！人们叽叽又呰呰，我心悲哀难解除。正确意见提上来，千方刁难百计阻。

错误主张提上来，一拍即合就依附。我看现在的政策，不知弄到啥地步！我的灵龟已厌恶，谋略吉凶不告诉。

参谋顾问一大堆，议来议去不算数。你一言来我一语，哪个敢把责任负！

好像问讯陌路人，很难得到正确路。

可叹执政太糊涂，不学祖宗不师古，不遵正道走邪路；只肯听些浅陋话，还要吵闹争赢输！

如造房子问路卜，终究没法盖成屋。国家虽然不算大，也有天才有凡夫。

人民虽然不算多，也有明智谋略富，也有干才责任负。国运如水一泻去，终将败亡拦不住！

不敢空手打老虎，不敢徒步河中渡。这个道理人皆知，别的危险就糊涂。

战战兢兢过日子，如临深渊须留步，如踩薄冰防险路。

小 宛

【原文】

宛彼鸣鸠①，翰飞戾天②。我心忧伤，念昔先人③。明发不寐④，有怀二人⑤。

人之齐圣⑥，饮酒温克⑦。彼昏不知⑧，壹醉日富⑨。各敬尔仪⑩，

天命不又[11]。

中原有菽[12]，庶民采之[13]。螟蛉之子[14]，蜾蠃负之[15]。教诲尔子[16]，式穀似之[17]。

题彼脊令[18]，载飞载鸣[19]。我日斯迈[20]，尔月斯征[21]。夙兴夜寐[22]，无忝尔所生[23]。

交交桑扈[24]，率场啄粟[25]。哀我填寡[26]，宜岸宜狱[27]。握粟出卜[28]，自何能穀[29]。

温温恭人[30]，如集于木[31]。惴惴小心[32]，如临于谷[33]。战战兢兢，如履薄冰[34]。

【注释】

①宛彼鸣鸠：那小巧的斑鸠。宛：小的样子。彼：那。鸣鸠：斑鸠。②翰飞戾天：展翅高飞直冲九天。翰飞：高飞。戾：到，至。③念昔先人：心中缅怀已故的父母。念：怀念，缅怀。昔：从前，往昔。先人：祖先，这里指父母。④明发不寐：直到天亮都不能入睡。明发：黎明，天亮。⑤有怀二人：想念父母双亲。有：助词，放在动词之前。怀：想念。怀念。二人：父母双亲。⑥人之齐圣：人思维敏捷通达事理。之：助词，用于主语与谓语之间，取消句子独立性。齐：思维敏捷。圣：通达事理。⑦饮酒温（yùn）克：饮酒过量也能自持而不失态。温：宽和有涵养。克：克制。⑧彼昏不知：那昏庸无知的人。⑨壹醉日富：每饮必醉，日甚一日。壹：专门。富：甚，厉害。⑩各敬尔仪：请注意你们的言行举止。敬：警惕。尔：你们的，仪：容止，言行举止。⑪天命不又：老天给你的安排不会有第二次。天命：命运，老天的安排。又：再，第二次。⑫中原有菽（shū）：田野中长满了豆苗。中原：原中，田野之中。菽：豆类的总称。⑬庶民采之：老百姓去采摘它。⑭螟蛉（míng líng）有子：螟蛉有幼子。螟蛉：螟蛾的幼虫。⑮蜾蠃（guǒ luǒ）负之：细腰蜂将它背回去养育。蜾蠃：细腰蜂，一种寄生蜂，它常将螟蛉背回自己的窝中，将卵产在螟蛉体内，卵孵化出幼虫后以螟蛉为食。古人误以为蜾蠃不能产子，喂养螟蛉为子。因此后来常用“螟蛉”代指义子。⑯教诲尔子：要教诲你的儿子。⑰式穀似之：该让他像你一样善良。式：助词，表劝诱，有“当”“该”的意思。穀：善。之：

你。⑱题彼脊令：看那脊令鸟。题：通“睇”，看。脊令：一种鸟。⑲载飞载鸣：它们飞翔，鸣叫。载：则。⑳我日斯迈：我天天奔波在外。斯：助词，无实义。迈：远行。㉑而月斯征：你月月都在路途中。而：你。征：远行。㉒夙兴夜寐：起早贪黑勤于职守。夙：早上。兴：起来，起床。㉓毋忝尔所生：可别有愧于你的父母。毋：不要。忝：有愧于。所：代词，与后面的动词组成名词性词组，表示“……的人”。所生：生育的人，父母。㉔交交桑扈：喳喳鸣叫的桑扈鸟。交交：鸟叫声。桑扈：青雀，一种鸟。㉕率场啄粟：沿着打谷场啄食小米。率：沿着，顺着。场：打谷场。粟：小米。㉖哀我填寡：可怜我一贫如洗。填：通“殄”，穷困。寡：贫穷。㉗宜岸宜狱：被关入监狱。宜：且，又。岸：乡间的卒狱，这里用作动词，关入乡间卒狱。狱：关入朝廷的监狱。㉘握粟出卜：抓一把小米去问卜。㉙自何能穀：从何时起才能时来运转呢？何：何时。穀：善，吉利。㉚温温恭人：温文尔雅谦逊有礼的人。恭：谦逊而有礼貌。㉛如集于木：就像站在树上一样谨慎小心。㉜惴惴小心：小心翼翼提心吊胆。惴惴：恐惧的样子。㉝如临于谷：就像站在万丈深谷边。㉞如履薄冰：就像踏在薄薄的冰面上一样。

【译文】

小小斑鸠鸟，高飞上云天。我心真忧伤，想起我祖先。一夜睡不着，又把爹娘念。

聪明正派人，喝酒克制又从容。无知糊涂人，越喝越醉发酒疯。各位作风要谨慎，国运一去难追踪。

地里有豆苗，人们采回充菜肴。螟蛾有幼虫，细腰土蜂捉回巢。教育你儿子，王位定要继承好。

看那小鹡鸰，边飞又边鸣。天天我奔波，月月你出行。早起晚睡忙不停，不要辱没父母名。

小小青雀本食肉，却啄黄粟在谷场。叹我穷得叮当响，还吃官司进牢房。抓把小米去占卜，何处才能得吉祥？

为人柔顺又温良，竟像爬在高树上。惴惴不安往下看，如临山谷深万丈。战战兢兢怕失手，好像踩在薄冰上。

小弁

【原文】

弁彼斯鸒[①]，归飞提提[②]。民莫不穀[③]，我独于罹[④]。何辜于天，我罪伊何？

心之忧矣，云如之何！踧踧周道[⑤]，鞫为茂草[⑥]。我心忧伤，惄焉如捣[⑦]。

假寐永叹[⑧]，维忧用老[⑨]。心之忧矣，疢如疾首[⑩]。维桑与梓[⑪]，必恭敬止。

靡瞻匪父[⑫]，靡依匪母[⑬]。不属于毛[⑭]，不罹于里[⑮]？天之生我，我辰安在[⑯]？

菀彼柳斯，鸣蜩嘒嘒[⑰]。有漼者渊[⑱]，萑苇淠淠[⑲]。譬彼舟流[⑳]，不知所届。

心之忧矣，不遑假寐。鹿斯之奔，维足伎伎[㉑]。雉之朝雊[㉒]，尚求其雌。

譬彼坏（瘣）木[㉓]，疾用无枝[㉔]。心之忧矣，宁莫之知。相彼投兔[㉕]，尚或先之[㉖]。

行有死人，尚或墐之[㉗]。君子秉心，维其忍之[㉘]。心之忧矣，涕既陨之。

君子信谗，如或酬之[㉘]。君子不惠，不舒究之[㉚]。伐木掎矣[㉛]，析薪杝矣[㉜]。

舍彼有罪，予之佗矣[㉝]。莫高匪山，莫浚匪泉[㉞]。君子无（毋）易由言[㉟]，耳属于垣[㊱]。

无（毋）逝我梁，无（毋）发我笱。我躬不阅，遑恤我后[㊲]。

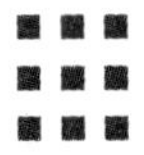

【注释】

①弁："昪"字的假借，快乐。鸒：鸟名，形似乌鸦，大如鸽，腹下白色。往往千百成群，鸣声雅雅。又名雅乌。②提提：群飞安闲之貌。③穀：善。④罹：忧。⑤踧踧：平易。⑥鞫：穷，阻塞。一说"鞫"读为"芃"，荒。⑦惄：忧思。捣：舂。⑧假寐：不脱衣而寐。这句是说虽在梦中还是长叹。⑨维：犹"以"。用：犹"而"。忧能伤人，使人早衰老。⑩疢：热病。如：犹"而"。以上二句是说心忧时烦热而头痛。⑪梓：木名。可以供建筑和器用。桑梓都是宅旁常栽的树。这句连下文是说见桑梓容易引起对父母的怀念，所以起恭敬之心。⑫瞻：尊仰。匪：非。⑬依：依恋。二句说我所瞻依的只有父母。⑭属：连。⑮罹：唐石经作"离"，附著。以上二句是以衣裘为喻，古人衣裘以毛向外而用布做里子。毛喻父、里喻母。⑯辰：时运。这句是说遭遇不幸。⑰蜩：蝉。嘒嘒：蝉声。⑱漼：深貌。⑲淠淠：草木众盛貌。以上四句就所见景物起兴，和上文鸒斯、周道同类，不一定有所比。⑳舟流：言无人操纵随舟自流。这里的两句和"汎彼柏舟，亦汎其流"同意。㉑伎伎：奔貌。㉒雊：雉鸣。㉓坏：读为"瘣"，树木瘿肿。㉔用：犹"而"。本句枝字和下文"宁莫之知"的知字谐音。树木疾而无枝和人的忧而莫知有双关的意思。㉕相：视，见《伐木》篇注。"投兔"，投网之兔。㉖先之：言在兔入网以前先驱走它。一说先读为掀，言掀网放兔。㉗墐：埋。㉘维：犹"何"。㉙酬：见《节南山》篇。"如或酬之"是说好像有人向他进酒似的，那样乐于接受。"之"指"君子"，"君子"指父。㉚不舒究之：不徐徐加以研究。㉛掎：牵引。伐大木时用绳牵着树头，要树向东倒就得向西牵，让它慢慢倒下。㉜析薪：劈柴。杝：就是顺木柴的丝理来劈破。以上二句是比。言"君子"听信谗言，不能徐究，不能依理分析，还不如伐木析薪的人。㉝佗：加。以上二句是说丢开真有罪的人不管而将罪过加在我的身上。㉞浚：深。二句说无高非山，无深非泉。山高泉深喻父子之情。㉟由：于。㊱耳属于垣：是说将有偷听的人贴耳于墙壁，就是今语"壁有耳"的意思。㊲末四句已见《邶风·谷风》：这是引谚语表示本身既不见容，日后的事更顾不得了。

【译文】

乌鸦乌鸦心里欢，飞回窝里真安闲。人们生活都很好，我独忧愁难排遣。我有啥事得罪天，我是犯了啥条款？

满心忧伤说不完，叫我究竟怎么办？平平坦坦京都道，如今长满丛丛草。忧伤痛苦不堪言，犹如棒锤把心捣。

和衣而卧长叹息，忧伤使我人衰老。心里苦闷说不完，好像头痛发高烧。桑梓爹娘种门前，敬它就如敬祖先。

儿子哪有不敬父，孩儿怎不把母恋。谁非爹生皮和毛，谁非和娘血肉连。老天既然生了我，为啥时乖命又蹇？

千丝万缕柳条青，蝉儿喳喳不住鸣。一泓池水深又深，水边芦苇密密生。我像小船断了缆，不知飘到何处停。

满腹忧伤说不尽，无法安心打个盹。鹿儿觅群怕失散，留恋同伴脚步慢。野鸡早上不住啼，还知追求它伙伴。

我像一株有病树，枝叶不生都枯干。心里忧伤说不完，没人知我真孤单。兔子关在笼子里，有人怜悯把门开。

尸体横在大路上，有人同情把他埋。不料父亲居心狠，这般残忍真不该。心里忧伤说不完，涕泪涟涟只自哀！

父亲听谗太轻信，像受敬酒味津津。父亲对我没恩情，不究谣言何由生。砍树还要拉紧绳，劈柴还得顺木纹。

放过罪人造谣者，却把罪名加我身。若是不高不是山，若是不深不是潭。父亲休要轻开言，隔墙有耳贴壁边。

别到我的鱼坝去，别把鱼篓打开看。自身尚且不见容，哪顾身后事变迁。

巧言

【原文】

悠悠昊天，曰父母且[①]。无罪无辜，乱如此幠[②]。昊天已威[③]，予慎无罪[④]。

昊天泰幠[⑤]，予慎无辜。乱之初生。僭始既涵[⑥]。乱之又生，君子信谗[⑦]。

君子如怒[⑧]，乱庶遄沮[⑨]。君子如祉[⑩]，乱庶遄已[⑪]。君子屡盟[⑫]，乱是用长[⑬]。

君子信盗[14]，乱是用暴[15]。盗言孔甘[16]，乱是用餤[17]。匪其止共[18]，维王之邛[19]。

奕奕寝庙[20]，君子作之[21]。秩秩大猷[22]，圣人莫之[23]。他人有心[24]，予忖度之[25]。

跃跃毚兔[26]，遇犬获之。荏染柔木[27]，君子树之[28]。往来行言[29]，心焉数之[30]。

蛇蛇硕言[31]，出自口矣。巧言如簧[32]，颜之厚矣[33]。彼何人斯[34]，居河之麋[35]。

无拳无勇[36]，职为乱阶[37]。既微且尰[38]，尔勇伊何[39]？为犹将多[40]？尔居徒几何[41]？

【注释】

①曰、且（jū）：语气助词，无实义。②乱如此幠（hū）：遭受的迫害是这样的巨大。乱：指谗言陷害。幠：巨大。③威：暴虐。④慎：确实。⑤泰幠：过分。⑥僭始既涵：坏话在一开始就全给领导（国君）包庇了。僭：超越身分，这里应该是“谮”，诬陷，说坏话。涵：宽容，包庇。⑦君子：指国君。信谗：听信谗言。⑧怒：怒斥，对谗言斥责。⑨庶：几乎。遄（chuán）：很快，快速。沮（jǔ）：止，制止。⑩祉：福，这里是支持好人，主持正义的意思。⑪已：结束，停止。⑫屡：几次，一直。盟：结盟，友好。这里指相信说坏话的人。⑬是用：因此。长（zhǎng）：加多。⑭盗：小人，说坏话的人。⑮暴：严重，嚣张。⑯盗言：谗言，诬陷别人的坏话。孔甘：非常甜蜜，实在动听。⑰餤（tán）：进，听得进，被接受。⑱匪其止共：不仅是说坏话的人外表装得恭敬老实。止：容止，外表，礼貌。共：通“恭”。⑲维王之邛：国王也有爱听谗言的毛病。邛：病，毛病。⑳奕奕（yì yì）：高大盛美的样子。寝庙：古代帝王的祠堂。分两个部分，前部有东西厢房的叫庙，后部没有厢房只有室的叫寝。㉑作：建造。㉒秩秩：有次序的，有步骤的。大猷：宏伟的计划，治国的基本方针政策；㉓莫：通“谟”，谋划，制定。㉔他人：别人，一般人，相对于圣人而言。心：想法。㉕忖度（cǔn duó）：猜测，思考。㉖跃跃（tì tì）：跳得非常快的样子。毚（chán）兔：狡兔。比喻进谗的人。㉗荏（rěn）染：柔软的样子。

柔木：多指可以制作琴瑟的椅、桐、梓、漆等木类。㉘树：种植。之：指柔木。㉙行言：流言蜚语。㉚数（shǔ）：计算，记着。㉛蛇蛇（yí yí）：浅薄自大。硕言：大话，空话，假话。㉜巧言：花言巧语，奉承拍马的话。如簧：像吹奏出来的乐曲那样动听，比唱的还好听。簧：乐器中的簧片。㉝颜之厚矣：脸皮厚极了。形容不知羞耻。㉞彼何人斯：他是什么样的人啊。㉟麋（méi）：通“湄”，岸旁，水边。㊱拳：力气。勇：勇气，才气。㊲职为乱阶：（他们的）职务是专门制造祸乱，把制造祸乱当做职业。职：职务，职业。乱阶：祸根，祸乱制造者。㊳微：通“癓”，脚胫溃疡。尰（hóng 虫）：脚肿。㊴尔勇伊何：你的勇气有什么了不起。伊何：作什么，怎样。㊵为犹将多：出了那么多的坏主意。犹：计谋。将多：很多。㊶尔居徒几何：你有几个徒弟。有几个人跟你走的。居：语气助词。徒：徒弟，拥护的人。

【译文】

悠悠老天听我讲，我把你来当父母。人们没罪没过错，遭受祸乱太残酷。老天施威太可怖，罪过我真半点无。

老天疏忽太糊涂，我是真正属无辜。当初乱事刚发生，所有谗言都听进。乱事再次又出现，君王又把谗言信。

君王如能斥谗人，祸乱马上能除尽。君王如能用贤良，祸乱很快能平定。君王谗人常结盟，所以乱子无穷尽。

君王轻信窃国盗，所以乱子更凶暴。盗贼说话蜜蜜甜，所以乱子更增添。不忠职守太不该，专把君王来坑害。

宫殿宗庙多雄伟，都是先王建成功。典章制度多完善，圣人制订谋略宏。别人有心破坏它，我能揣度猜测中。

好比狡兔脚虽快，碰上猎犬把命送。好的树木柔又韧，君子种来树成荫。流言散布没定准，我能辨别记在心。

骗人大话哪里来，都以谗人嘴中喷。花言巧语像吹簧，脸皮太厚真可恨。他是一人啥货色？住在大河水边沿。

既无才能又无勇，祸乱他是总根源。烂了小腿又肿脚，你的勇气怎不见？诡计多端真可恶，多少同党共作乱？

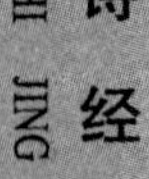

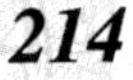

何人斯

【原文】

彼何人斯①？其心孔艰②。胡逝我梁③，不入我门④。伊谁云从⑤？维暴之云⑥。

二人从行⑦，谁为此祸⑧？胡逝我梁，不入唁我⑨？始者不如今⑩，云不我可⑪。

彼何人斯？胡逝我陈⑫？我闻其声⑬，不见其身⑭。不愧于人⑮？不畏于天⑯？

彼何人斯？其为飘风⑰。胡不自北⑱，胡不自南？胡逝我梁，祇搅我心⑲！

尔之安行⑳，亦不遑舍㉑。尔之亟行㉒，遑脂尔车㉓。壹者之来㉔，云何其盱㉕。

尔还而入㉖，我心易也㉗。还而不入，否难知也㉘。壹者之来，俾我祇也㉙。

伯氏吹埙㉚，仲氏吹篪㉛。及尔如贯㉜，谅我不知㉝。出此三物㉞，以诅尔斯㉟。

为鬼为蜮㊱，则不可得㊲。有靦面目㊳，视人罔极㊴。作此好歌㊵，以极反侧㊶。

【注释】

①彼何人斯：那是个什么人呢？斯：句末语气词。②其心孔艰：他的用心十分险恶。孔：十分，很。艰：险恶，阴险。③胡逝我梁：为什么到了我门前小桥边。胡：何，为什么。逝：去。梁：桥。④不入我门：却不进我的家门？⑤伊谁云从：宾语前置，即“从谁”，他是听从谁的旨意？伊：云：都是语气词。从：听从，服从。⑥维暴之云：他只听从暴辛公的话。维：只，仅仅。暴：暴国国君暴辛公。云：

话。⑦二人从行：二人一块儿走。二人：指暴辛公及其同伙。⑧谁为此祸：是谁种下这样祸殃呢？⑨不入唁我：不进我家门来安慰安慰我。唁：对遇祸的人表示慰问。⑩始者不如今：当初不像现在这样。始者：最初，从前。今：现在。⑪云不我可：说不赞成我。云：说。不我可：宾语前置，即“不可我”。可：赞成，认为可以。⑫陈：由堂前到院门的通道。⑬我闻其声：我听着他们的声音。⑭不见其身：却看不见他们的身影。⑮不愧于人：我无愧于人。⑯不畏于天：也不怕老天。⑰其为飘风：他们像是旋风一样捉摸不定。其：他们。为：是。飘风：旋风，暴风。⑱胡不自北：为什么不在北边刮。胡：何，为什么。自：在。⑲祇（zhī）搅我心：只是搅乱了我的心。祇：只，仅仅。⑳尔之安行：你慢慢走着。之：助词，用于主语与谓语之间，取消句子的独立性。安：缓慢。㉑亦不遑舍：也没工夫歇一歇。遑：空闲，闲暇。舍：休息。㉒尔之亟行：你放马疾驶。亟：急，快。㉓遑脂尔车：反倒有空给你的车加油。脂：给车轴加油。㉔壹者之来：只要你来一次。壹者：一次。之：助词，用于状语和中心词之前。㉕云何其盱（xū）：我是多么忧愁呀！云、其：助词，无实义。何：多么。盱：通“忬”，忧愁。㉖尔还而入：你上朝回来进我家。还：回来，指暴辛公上朝回来。㉗我心易也：我心中还能轻松一点，易：高兴，轻松。㉘否难知也：我的前途就不难想象了。否：不。㉙俾我祇（qí）也：使我十分痛苦。祇：病，痛苦。㉚伯氏吹埙（xūn）：哥哥吹埙。伯氏：哥哥。埙：古代的一种吹奏乐器，形如鸡蛋。㉛仲氏吹篪（chí）：弟弟吹篪。仲氏：弟弟。篪：古代的竹管乐器，形似笛子。㉜及尔如贯：我和你就像是穿在一条绳子上的钱贝一样。及：与，和。贯：钱贝穿在一条绳子上。㉝谅不我知：可你根本就不了解我。谅：确实，的确。不我知：宾语前置，即“不知我”。㉞出此三物：我拿出三样祭品：狗、猪、鸡。㉟以诅尔斯：我和你在神灵面前起誓。诅：发誓。斯：句末语气词。㊱为鬼为蜮（yù）：如果是鬼蜮害人。蜮：传说中在水中含沙射人影子使人生病的动物。㊲则不可得：就会无影无踪，看不见它们的身影。得：获得，看见。㊳有靦（tiǎn）面目：可你却是有鼻子有眼的人。有：助词，放在形容词前。靦：面目清晰的样子。㊴视人罔极：倒像鬼蜮一样让人不可捉摸。视：通“示”，显示，让……看。罔极：没有准则，反覆无常。㊵作此好歌：我写出这首善意的诗歌。好：善，善意。㊶以极反侧：来揭露你反覆无常的面目。以：连词，表示目的。极：追究，揭露。

【译文】

谁问他是什么人？心地阴险真可恨。为何路过我鱼梁，不肯进入我家门。谁问他听谁的话？暴公说甚他说甚。

他跟暴公并肩行，我遭祸事谁是根？为何走过我鱼梁，不进我门来慰问？当初对我还不错，如今翻脸不认人。

谁问他是什么人？为何从我穿堂行？远远只听脚步声，看看不见他身影。难道人前不惭愧？难道不怕天报应？

请问他是什么人？一阵暴风从此经。为何不从北边走，为何不从南边行？为何走过我鱼梁，恰恰使我疑心生！

你的车儿慢慢行，也没工夫停一停。现在你说要快走，偏又添油把车停。前次你到我家来，使我苦闷心头冷。

回国走进我家门，交情如旧我欢欣。回国不进我家门，居心叵测难相信。上次你到我家来，气得我竟生了病。

大哥奏乐吹起埙，二哥吹篪相和音。你我本是一线穿，却不理解我的心。捧出三牲鸡猪狗，求神降祸于你身。

为鬼为蜮害人精，无影无形难找寻。你有颜面是人样，却比别人没定准。特地唱支善意歌，揭穿反覆无常人。

巷伯

【原文】

萋（缕）兮斐兮[1]，成是贝锦[2]。彼谮人者[3]，亦已大（太）甚[4]。哆兮侈兮[5]，成是南箕[6]。

彼谮人者，谁适与谋[7]？缉（咠）缉（咠）翩翩[8]，谋欲谮人。慎尔言也，谓尔不信[9]。

捷捷幡播[10]，谋欲谮言。岂不尔受，既其女（汝）迁[11]。骄人好好[12]，劳人草草[13]。

苍天苍天，视彼骄人[14]，矜此劳人[15]。彼谮人者，谁適与谋？

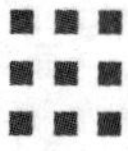

取彼谮人，投畀豺虎[16]。豺虎不食，投畀有北[17]。有北不受，投畀有昊[18]。

杨园之道[19]，猗于亩丘[20]。寺人孟子[21]，作为此诗。凡百君子[22]，敬而听之。

【注释】

①萋："缕"的假借字。"缕""斐"都是文采相错的样子。②贝锦：织成贝纹的锦。古人珍视贝壳，所以用为锦上的图案。以上二句是说谗人诬陷别人用许多迷惑人的言语，好像组织好看的文采以成美锦似的。③谮人：谗害别人的人。④大甚：犹言过分。⑤哆：张口。侈：大。⑥南箕：星名，即"箕宿"。箕宿四星，联起来成梯形，也就是簸箕形。距离较远的两星之间就是箕口。上句"哆""侈"言箕口张大。古人认为箕星主口舌，所以用来比谗者。⑦适：专主。与：助。以上二句意谓谮者害人太甚，或有助谋的人，但不知谁是其中主要的。⑧缉：本字是"咠"，附耳私语。翩翩：是"谝谝"的假借，谝是巧佞之言。缉缉是说言语之密，翩翩是说言语之巧。⑨以上二句是警告谗者：你说话谨慎些罢，听者会发现你是不可信的。⑩捷捷：犹"缉缉"。幡幡：犹翩翩。⑪既：犹言既而，就是不多时。以上二句就听谗的人说，言听谗者虽接受你的意见，而加害别人，转眼间就将移用于你的身上了。⑫骄人：指谗者。谗者因谗言被君主听从而跋扈，所以为娇人。好好：喜悦。⑬劳人：指被谗者。草草：是"慅慅"的假借，"忧"貌。⑭视：犹"察"。言察其罪。⑮矜：哀怜。⑯畀：与。⑰有北：北方极寒无人之境。⑱有昊：昊天。以上六句言必须置那谮人于死地，使昊天制其罪。⑲杨园：种植杨木的园。一说是园名。⑳猗：加。亩丘：有垄界像田亩的丘。一说是丘名。以上二句言亩丘之上有杨园之道。诗人徘徊在这条道上，吟成这篇诗。㉑寺人：阉官，是天子侍御之臣。篇题《巷伯》也就是寺人的意思。孟子：是达寺人的表字，就是达诗的作者。诗人将自己的名字放在篇末，和《节南山》相同。㉒凡百君子：指执政者。

【译文】

丝线错杂颜色明，织成五彩贝纹锦。那个造谣害人精，用心实在太凶狠！张开大口畚箕样，箕星高挂天南方。

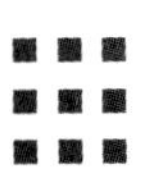

那个造谣害人精，谁愿和他去搭腔！唧唧喳喳嚼舌根，整天算计陷害人。劝你说话要当心，否则对你就不信。

花言巧语信口编，挖空心思造谣言。虽说一时受你骗，终久恨你太阴险。小人得志就忘形，好人被谗意消沉。

老天老天把眼睁，你看那人多骄横，可怜我们受害人。那个造谣大坏蛋，谁愿和他去搭腔！

抓住那个造谣家，丢到野外喂虎狼！虎狼嫌他不愿吃，把他摔到北大荒；北荒如果不接受，送他归天见阎王。

一条大路通杨园，紧紧靠在亩丘边。我是宦官叫孟子，受人陷害写诗篇。诸位君子大老爷，请您认真听我言。

谷 风

【原文】

习习谷风，维风及雨①。将恐将惧②，维予与女③。
将安将乐，女转弃予④。习习谷风，维风及颓⑤。
将恐将惧，置予于怀⑥。将安将乐，弃予如遗⑦。
习习谷风，维山崔嵬⑧。无草不死，无木不萎⑨。
忘我大德，思我小怨⑩。

【注释】

①维：语首助词。及：在一起。以上二句以和风伴雨比兴自己与朋友和好相处。②将：且，又。恐惧：喻危难之时。③女：通“汝”。④转：反而。⑤颓：下落的旋风。以上二句以和风、旋风相伴比兴自己与朋友相追随。⑥置：放。⑦遗：忘记。⑧崔嵬：山高峻貌。以上二句以和暖东风吹至高山，比兴自己与朋友尽力相好。⑨萎：指树叶枯落。以上二句以草木无有不死枯者比喻朋友之义断绝。⑩怨：指令对方不满意之事。

【译文】

山谷大风呼呼叫，风狂雨骤天地摇。当初忧患飘摇日，唯我助你把心操。如今日子已安乐，反而将我抛弃掉。山谷大风呼呼起，旋风阵阵不停息。当初忧患飘摇日，把我搂在怀抱里。如今生活已安乐，把我丢开全忘记。大风呼呼叫不停，吹过高山刮过岭。刮得百草都枯死，刮得树木尽凋零。我的好处全忘记，专把小错记在心。

蓼莪

【原文】

蓼蓼者莪①，匪莪伊蒿②。哀哀父母③，生我劬劳④。蓼蓼者莪，匪莪伊蔚⑤。

哀哀父母，生我劳瘁⑥。缾之罄矣⑦，维罍之耻⑧。鲜民之生⑨，不如死之久矣⑩！

无父何怙⑪，无母何恃⑫。出则衔恤⑬，入则靡至⑭。父兮生我，母兮鞠我⑮。

拊我畜我⑯，长我育我。顾我复我⑰，出入腹我⑱。欲报之德，昊天罔极⑲。

南山烈烈⑳，飘风发发㉑。民莫不穀㉒，我独何害㉓！

南山律律㉔，飘风弗弗㉕。民莫不穀，我独不卒㉖！

【注释】

①蓼蓼（lù lù）：长大的样子。莪：草名，又叫萝、萝蒿、莪蒿，茎可以作蔬菜。②匪莪伊蒿：不是莪而是白蒿草。伊：判断词，是，而是。③哀哀：不停地悲伤。可怜的。④劬（qú）劳：辛勤，劳苦。⑤蔚：牡蒿。⑥劳瘁：忧劳憔悴。⑦缾：同“瓶”，小的汲水器。罄：尽，完，容器中一点东西也没有了。⑧维罍（léi）之耻：那是大瓶子的耻辱。结合前句，是用瓶子比喻为儿子，是说儿子不富有，无力奉养父母，还可以原谅；儿子富有而不奉养父母，那就是儿子的耻辱了。罍：古代

装酒或水的用具，比瓶子大。⑨鲜（xiǎn）民：没有父母的孤穷之民。生：活着。⑩死之久矣：早点死吧，死了拉倒。⑪怙：依靠，倚仗。⑫恃：依赖，凭借。⑬衔恤：含忧，心里不忘记忧愁。⑭靡至：没有归宿，没有依靠。⑮鞠：养育，抚养。⑯拊：抚慰，抚育。畜（xù）：喜爱。⑰顾：照看。复：反反复复，再三再四，就是说不停地照看着孩子。⑱腹：怀抱着，抱着。⑲罔极：没有穷尽。⑳烈烈：山势高峻的样子。㉑飘风：旋风。发发：快速的样子。㉒莫不穀：没有一个不幸福。穀：善，好，幸福。㉓何害：那么不幸。害：灾祸，不幸。㉔律律：高大的样子。㉕弗弗：快速的样子。㉖不卒：不能尽孝心把父母养老送终。

【译文】

一丛莪蒿长又高，不料非莪是散蒿。可怜我的爹和娘，生我养我太辛劳。高高莪蒿叶青翠，不料非莪而是牡蒿。

可怜我的爹和娘，生我辛劳太憔悴。酒瓶底儿朝了天，酒坛应该觉害臊。孤儿活在世界上，不如早些就死掉！

没有父亲何所依，没有母亲何所靠！离家服役心含悲，回来双亲见不到。爹呀是你生下我，娘呀是你抚养我。

抚摸我啊爱护我，养我长大教育我。照顾我啊挂念我，出门进屋抱着我。如今想报爹娘恩，谁料老天降灾祸！

南山崎岖行路难，狂风呼啸刺骨寒。人人都能养爹娘，独我服役受苦难！

南山高耸把路挡，狂风呼啸尘飞扬。人人都能养爹娘，独我不能去奔丧！

大东

【原文】

有饛簋飧①，有捄（觩）棘匕②。周道如砥③，其直如矢。君子所履，小人所视④。

睠言顾之⑤，潸焉出涕⑥。小东大东⑦，杼柚其空⑧。纠纠葛屦，可以履霜⑨。

佻佻公子⑩，行彼周行⑪。既往既来，使我心疚⑫。有洌氿泉⑬，

无（毋）浸获薪[14]。

契契寤叹[15]，哀我惮（瘅）人[16]。薪是获薪[17]，尚可载也。哀我惮（瘅）人，亦可息也。

东人之子，职劳不来[18]。西人之子[19]，粲粲衣服。

舟人之子[20]，熊罴是裘[21]。私人之子[22]，百僚是试[23]或以其酒[24]，不以其浆[25]。

鞙鞙佩璲[26]，不以其长[27]。维天有汉[28]，监（鉴）亦有光[29]。跂彼织女[30]，终日七襄[31]。

虽则七襄，不成报章[32]。睆彼牵牛[33]，不以服箱[34]。东有启明，西有长庚[35]。

有捄（觩）天毕[36]，载施之行[37]。维南有箕，不可以簸扬[38]。维北有斗[39]，不可以挹酒浆[40]。

维南有箕，载翕（歙）其舌[41]。维北有斗，西柄之揭[42]。

【注释】

①馕：食物满器之貌。簋：见《伐木》篇。“飧”犹“食”。②捄：通作觩，角上曲而长之貌，形容匕柄的形状。匕是饭匙或羹匙。以上二句是说周人饮食丰足。③周道：见《匪风》篇。砥：是磨刀石，磨物使平也叫砥。如砥：言其平。④君子：“小人”指贵族与平民。来往于周道的多是有公务的“君子”，他们的行动被“小人”所注视。⑤睠：回顾之貌。⑥潸：涕下貌。东方的贡赋就是由这平直大道输送给周人，所以望之生悲。⑦小东大东：“东”指东方之国，远为大，近为小。⑧杼、柚：是织机上的两个部分。杼持纬线，柚受经线。“杼柚共空”是说所有丝布被周室搜刮将尽。⑨以上二句见《葛屦》篇。⑩佻佻：《释文》引《韩诗》作“嬥嬥”，美好。⑪周行：即周道。⑫疚：病痛。那去了又来的佻佻公子就是来收刮贡赋的人，所以使诗人“心疚”。⑬冽：寒。氿：从旁出，流道狭长的泉叫作“氿泉”。⑭获薪：已割的柴草。以上二句言获薪不能让水浸湿，浸了就要腐烂，比喻困苦的东人不堪再受摧残。⑮契契：忧苦。⑯惮：亦作“瘅”。惮人：疲劳之人。⑰薪是获薪：上薪

字是动词，言用来供炊。连下文就是说若要把获薪当薪来使用，还可以用车子载往别处，以免继续被水浸。对疲劳的东人也该让他息一息，否则就不堪役使了。⑱职：专任。来：读为 ，慰勉。以上二句是说东方诸国的人专担任劳苦的事而得不着劳 。⑲西人：指周人。⑳舟人：犹“舟子”。㉑裘：古读如“期”。这句是说以熊罴的皮为衣，即所谓粲粲衣服。（《庄子》以“丰狐”文罴”并提，熊罴之裘似与狐裘同样珍贵。）㉒私人：私家仆隶之类。（舟人、私人，当时或许有所指。）㉓僚：又作“寮”，官。试：用。以上四句是说西人之中某些社会地位低下的人也有丰富的物质享受或有一定的权力。相形之下更见得东人之苦。㉔以：用。“或”字贯四句。㉕浆：薄酒。以上二句是说有人用酒，有人连浆也不能用。这是将西人和东人相比，下二句仿此。㉖鞙鞙：《尔雅》作“琄琄”，玉圆貌。璲：瑞字的假借，宝玉。㉗长：是说杂佩的长。杂佩虽长而珩、璜、琚、瑀都是小玉，不足宝贵。西人崇尚奢侈，所以不用普通的长佩只用琄琄的宝玉。而东人连普通的长佩都不得佩。㉘汉：云汉，就是天河。㉙监：鉴。镜子叫作鉴，以镜照形也叫作鉴。古人以水为鉴。以上二句是说天河鉴人只有光，不见影。㉚跂：歧。织女三星，下二星象两足分歧。㉛襄：驾。七驾言移动位置七次。一日七辰，每辰移动一次，因而称为七襄。（一昼夜分为十二辰，通常以自卯时到酉时为昼，共七辰。）㉜报：复，就是往来的意思。织时要将纬线一来一去，然后成文。织女空有织名，不能反复，所以无成。㉝睆：明貌。牵牛：星名，俗称扁担星。㉞服：驾。箱：指车箱（车内容物之处）。以上二句是说这星名为牵牛而不能用来驾车。《文选·思玄赋》李善注引作“不可以服箱”。㉟启明、长庚：同是金星的异名，朝在东方，叫作启明，晚在西方，叫作长庚。㊱毕：星名。共八星，形状像田猎所用的毕网（有柄的网）。捄：形容毕星的柄。㊲施：犹“张”。行：路。毕是手持掩兔的小网，拿来张在路上，当然更不会有实用。㊳箕：星名，见《巷伯》篇“南箕”条注。簸：扬米去糠。以上二句是说箕星徒然叫作箕，不能拿来簸糠。㊴斗：指南斗星。南斗六星聚成斗形。当它和箕星同在南方的时候，箕在南，斗在北。㊵挹：用勺酌水。斗本是挹取液体的器具，既不能挹酒浆，也只是空有斗之名。㊶翕：读为“歙”，缩。箕星的形状口大而底短缩，这样的箕本不能簸扬。㊷揭：高举。南斗的柄常指西而高举。用斗挹酒必须将柄持平，柄高则斗倾侧而酒外泻。诗人指出斗柄的方向或许又有暗示授柄西人，向东方挹取的意思。

【译文】

一盒熟食装得满，枣木饭勺柄儿弯。大路平如磨刀石，笔直就像箭一般。贵人在这路上走，小民只能瞪眼看。

回过头来怅然望，不禁伤心泪潸潸！东方远近诸侯国，织机布帛搜刮空。夏布凉鞋麻绳缠，怎能踏在秋霜冻？

贵人公子轻佻样，走在那条大路中。往来不绝征赋税，使我忧伤心里痛。冰冷泉水从旁来，不要浸湿那劈柴！

忧愁不眠暗叹息，劳苦人们真可哀。谁要想烧这劈柴，还需车儿去装载。可怜我们劳苦人，休息休息也应该。

东方子弟头难抬，没人慰劳只当差。西方青年高一等，衣服鲜艳有光彩。

大人子弟福气好，打熊猎罴心花开。小人子弟命运乖，干这干那当奴才。有人进贡美味酒，周人嫌它薄如浆。

进贡美丽佩玉带，周人嫌它不够长。天上银河虽宽广，用作镜子空有光。织女星座三只角，一天七次移位忙。

虽然来回移动忙，不能织出好花样。牵牛星儿亮闪闪，不能用来驾车辆。早晨启明出东方，傍晚长庚随夕阳。

毕星似网长柄弯，斜挂天空没用场。南方箕星簸箕样，不能用它扬米糠。斗星高高挂天上，不能用它舀酒浆。

南方箕星像簸箕，缩着舌头把嘴张。斗星高高挂天上，扬起柄儿向西方。

四　月

【原文】

四月维夏[①]，六月徂暑[②]。先祖匪人[③]，胡宁忍予[④]？秋日凄凄[⑤]，百卉具腓[⑥]。

乱离瘼矣[⑦]，爰其适归[⑧]。冬日烈烈[⑨]，飘风发发[⑩]。民莫不穀[⑪]，我独何害[⑫]。

山有嘉卉[13]，侯栗侯梅[14]。废为残贼[15]，莫知其尤[16]。相彼泉水[17]，载清载浊[18]。

我日构祸[19]，曷云能穀[20]。滔滔江汉[21]，南国之纪[22]。尽瘁以仕[23]，宁莫我有[24]。

匪鹑匪鸢[25]，翰飞戾天[26]。匪鳣匪鲔[27]，潜逃于渊[28]。山有蕨薇[29]，隰有杞桋[30]。

君子作歌[31]，维以告哀[32]。

【注释】

①四月维夏：四月进入了夏季。维：语气词，加强判断语气。②六月徂暑：六月到了炎热时节。徂：到。暑：天气炎热。③先祖匪人：祖宗不是别人。先祖：祖先，祖宗。匪：通“非”，不是。人：他人，别人。④胡宁忍予：为何竟然忍心让我遭受如此不幸。胡：何，为什么。宁：竟然。忍：忍心。予：我。⑤秋日凄凄：秋天凉风凄凄。凄凄：寒冷的样子。⑥百卉俱腓（féi）：百草都已凋零。卉：草的统称。俱：都，全。腓：（草木）枯萎，凋谢。⑦乱离瘼（mò）矣：祸乱、忧愁交相袭来，使我疲病不堪。乱：祸乱。离：通“罹”，忧愁。瘼：病。⑧爰其适归：该回到什么地方呢？爰：何处，哪里。其：语气词，表推测语气。适：去。⑨冬日烈烈：冬天寒气逼人。烈烈：通“冽冽”，寒冷的样子。⑩飘风发（bó）发：狂风呼啸。飘风：旋风，大风。发发：大风吹刮声。⑪民莫不穀：人们没有谁不平安幸福（人们都平安幸福）。莫：没有谁，没有人。穀：善，安乐。⑫我独何害：只有我一个人蒙受祸害。何：遭受，蒙受。⑬山有嘉卉：山上有美丽的花草树木。嘉：美。⑭侯栗侯梅：有栗树，也有梅树。侯：语气词，加强判断语气。⑮废为残贼：人们习惯于残害它们。废：习惯于。残：残害。贼：害，破坏。⑯莫知其尤：没有人知道自己的罪过。尤：过错，罪过。⑰相彼泉水：看那泉水。相：看。⑱载清载浊：有清也有浊。载：则。⑲我日构祸：我天天遭受灾祸。构：遇到，遭受。⑳曷云能穀：怎么才能过上平安快乐的生活呢？曷：怎么：云，助词，无实义。㉑滔滔江汉：滔滔不绝的长江和汉水。㉒南国之纪：它们是南方江河的纲纪。纪：纲纪。㉓尽瘁以仕：我竭尽全力工作。尽瘁：不辞劳苦，竭尽全力。以：连词，而。仕：工作。㉔宁莫我有：竟然没有人关心我。莫我有：宾语前置，即“莫有我”。有：通“友”，友爱，关怀。㉕匪鹑（tuán）匪鸢：那些雕和老鹰。匪：通

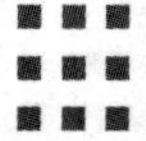

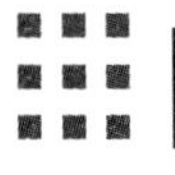

“彼”，那，那些。鹑：雕。鸢：老鹰。㉖翰飞戾天：展翅高飞直冲云天。翰：高（飞）。戾：到。㉗匪鳣匪鲔（wěi）：那些大大小小的鲤鱼。鳣：大鲤鱼。鲔：鲤鱼的一种。㉘潜逃于渊：都潜入深深的水底。㉙山有蕨（jué）薇：山上生长着蕨菜和薇菜。蕨：蕨菜，一种野菜，可食。薇：薇菜，一种野菜，可食，也叫巢菜。㉚隰有杞桋（yí）：山下长着枸杞和苦槠树。桋：苦槠树，一种常绿乔木，木质坚韧。㉛君子作歌：我写出这首诗歌。君子：这里是作者自称。㉜维以告哀：以此诉说心中的哀痛。以：用以，用来。告：诉说。

【译文】

四月出差是夏天，六月盛暑将过完。祖先不是别家人，为啥任我受苦难？秋风萧瑟真凄清，百草干枯尽凋零。

兵荒马乱心忧苦，何处可去何处行？三九寒天彻骨凉，阵阵狂风呼呼响。人们生活都很好，我独受害离家乡！

好树好花山上栽，也有栗子也有梅。习惯成为害民贼，还不承认是犯罪。看那泉水下山坡，清时少来浊时多。

天天碰上倒霉事，日子怎么会好过？长江汉水浪滔滔，总揽南方小河道。鞠躬尽瘁为国家，可是没人说声好。

为人不如鹰和雕，高飞能够冲云霄。为人不如鲤和鲔，逃进深水真逍遥。山上一片蕨薇草，低地杞桋真不少。

作首诗歌唱起来，心头悲哀表一表！

北山

【原文】

陟彼北山，言采其杞。偕偕士子[①]，朝夕从事[②]。
王事靡盬，忧我父母[③]。溥（普）天之下[④]，莫非王土。
率土之滨[⑤]，莫非王臣。大夫不均[⑥]，我从事独贤[⑦]。
四牡彭彭[⑧]，王事傍傍[⑨]。嘉我未老，鲜我方将[⑩]。
旅力方刚[⑪]，经营四方。或燕燕居息[⑫]，或尽瘁事国[⑬]。

或息偃在床[14]，或不已于行[15]。或不知叫号[16]，或惨惨（懆懆）劬劳[17]。

或栖迟偃仰[18]，或王事鞅掌[19]。或湛乐饮酒[20]，或惨惨（懆懆）畏咎。

或出入风议[21]，或靡事不为[22]。

【注释】

①偕偕：强壮貌。士子：作者自称。②从事：言办理王事。③忧我父母：使父母担忧。④溥：犹"普"。《左传》《孟子》《荀子》、《韩非子》等书引作普。⑤率：自。滨：水边。古人相信中国四周都有海，"率土之滨"是举外以包内，犹言四海之内。⑥大夫：指执政大臣。"不均"，不公平。⑦独贤：犹言独多、独劳。⑧彭彭：不得休息之貌。⑨傍傍：纷至沓来，无穷尽之貌。⑩鲜：犹嘉，善。将：壮。⑪旅力：即膂力。⑫燕燕：安息貌。居息：言在私居休息。⑬瘁：劳。尽瘁：等于说不留余力。⑭偃：卧。⑮不已于行：言奔走不停。⑯叫号：呼叫号哭。不知叫号：言不识人间有痛苦事。⑰惨：一作"懆"。懆懆：不安。⑱栖迟：见《衡门》篇。偃仰：犹息偃。⑲鞅掌：叠韵连绵词，忙乱烦扰的意思。⑳湛：乐。㉑风：犹"放"。议：古读如"俄"。风议：就是放言。㉒为：古读如"讹"。

【译文】

登上那座北山冈，采点枸杞尝一尝。士子身强力又壮，从早到晚工作忙。

国王差事无休止，担心爹娘没人养。普天之下哪片地，不是国王的领土。

四海之内哪个人，不是国王的臣仆。大夫做事不公平，派我工作特别苦。

四马拉车匆匆赶，王事繁重没个完。他们夸我年纪轻，赞我身体真壮健。

说是年富力又强，奔走四方理当然。有的坐家中安乐享受，有的忙国事皮包骨头。

有的吃饱饭高枕无忧，有的在路上日夜奔走。有的从不知民间疾苦，有的忧国事累断筋骨。

有的专享福悠闲自得，有的为工作忙忙碌碌。有的寻欢作乐饮美酒，有的担心灾难要临头。

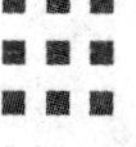

有的夸夸其谈发议论，有的样样事情要动手。

无将大车

【原文】

无将大车[①]，祇自尘兮[②]。无思百忧[③]，祇自疷兮[④]。
无将大车，维尘冥冥[⑤]。无思百忧，不出于颎[⑥]。
无将大车，维尘雝兮[⑦]。无思百忧，祇自重兮[⑧]。

【注释】

①无将：不要推动。将：用手推车。大车：牛拉的车。②祇：只是。尘：沾上尘土。③无思：不要去考虑。百忧：许多的烦恼。④疷（qí）：病，因忧愁而成病。⑤冥冥：尘土飞扬，昏暗不明。⑥不出于颎（jiǒng）：忧愁使人不开朗。颎：光亮，引申为开朗。⑦雝（yōng）：通“壅”，遮蔽，堵塞。⑧自重：自己加重烦恼。

【译文】

不要去推那牛车，只会惹上一身尘。不要去想忧心事，多想徒然自伤身。
不要去推那牛车，扬起尘土迷眼睛。不要去想忧心事，多想前途没光明。
不要去推那牛车，尘土飞扬看不清。不要去想忧心事，多想只会把病生。

小　明

【原文】

明明上天，照临下土。我征徂西[①]，至于艽野[②]。二月初吉[③]，载离寒暑[④]。

心之忧矣，其毒大苦[⑤]。念彼共人[⑥]，涕零如雨[⑦]。岂不怀归？畏此罪罟[⑧]。

昔我往矣，日月方除[⑨]。曷云其还[⑩]？岁聿云莫[⑪]。念我独兮，我事孔庶[⑫]。

心之忧矣，惮我不暇[13]。念彼共人，睠睠怀顾[14]！岂不怀归？畏此谴怒[15]。

昔我往矣，日月方奥[16]。曷云其还？政事愈蹙[17]。岁聿云莫，采萧获菽[18]。

心之忧矣，自诒伊戚[19]。念彼共人，兴言出宿[20]。岂不怀归？畏此反覆[21]。

嗟尔君子[22]，无恒安处[23]。靖共尔位[24]，正直是与[25]。神之听之[26]，式穀以女[27]。

嗟尔君子，无恒安息。靖共尔位，好是正直[28]。神之听之，介尔景福[29]。

【注释】

①徂：往。②艽（qiú）野：荒远之地。艽：远荒。③二月：夏历二月。初吉：指每月初一至七、八日。④载：则。离：指经历。寒暑：冬寒夏暑，指一年。⑤毒：痛苦。大：通太。⑥共人：恭慎之人，指作者的僚友。共：通“恭”。⑦涕：泪。零：落。⑧罪罟（gǔ）：指法网。罪：捕鱼竹网。罟：网。⑨除：除旧，指旧岁过去。⑩曷：何，何时。云：语助词。⑪聿：语助词。莫：“暮”之古字。⑫孔：甚。庶：多。⑬惮：通“瘅”，劳苦。⑭睠睠：同“眷眷”，反顾貌。⑮谴：责问。⑯奥（yù）：通“燠”，暖。⑰蹙（cù）：紧迫。⑱萧：艾蒿。菽：泛指豆类。⑲诒：通“贻”，给予。伊：此。戚：忧愁。⑳兴：起。言：语助词。出宿：出到外边过夜。㉑反覆：变化无常，指政令多变而加害人。㉒君子：作者称其僚友。㉓恒：常。安处：安居。㉔靖：安，指关心。共：通“恭”，指谨慎。位：职位。㉕与：赞助。㉖听：顺从。㉗式：乃，则。穀，禄。以：与。㉘好：喜爱。㉙介：“丐”之借字，给予。景：大。

【译文】

昭昭上天亮光光，普照辽阔大地上。想我出差到西方，直到荒凉那边疆。周正二月初吉日走，至今寒来又暑往。

心中想想真忧愁，好像吃药苦难当。想起那位老同事，不禁伤心泪汪汪。难道不想回家乡？只怕获罪触法网。

回想当初我动身，正是新年好时光。何日才能回家乡？一年将近犹无望。想想只有我一人，事情多得头发胀。

心里真是太忧伤，整年劳累天天忙。思念那位老同事，很想回去望一望。难道不想回家乡？怕人恼怒说短长。

回想当初我动身，天气正暖不太凉。何日才能回家乡？政事越来越繁忙。一年很快就过完，采艾收豆上晒场。

心里想想真忧愁，自寻烦恼徒悲伤。想起那位老同事，难以入睡起彷徨。难道不想回家乡？只怕无辜受灾殃。

唉呀劝你老同事！休要安居把福享。认真办好本职事，亲近正直靠贤良。神明听到这一切，赐你福禄永吉祥。

唉呀劝你老同事！休贪安逸把福享。认真办好本职事，亲近正直靠贤良。神明听到这一切，赐你大福寿无疆。

鼓钟

【原文】

鼓钟将将①，淮水汤汤②，忧心且伤③。淑人君子④，怀允不忘⑤。

鼓钟喈喈⑥，淮水湝湝⑦，忧心且悲。淑人君子，其德不回⑧。

鼓钟伐鼛⑨，淮有三洲⑩，忧心且妯⑪。淑人君子，其德不犹⑫。

鼓钟钦钦⑬，鼓瑟鼓琴⑭，笙磬同音⑮。以雅以南⑯，以籥不僭⑰。

【注释】

①鼓钟将（qiāng）将：将钟敲得当当响。鼓：敲击。将将：金属撞击声。②淮水汤（shāng）汤：淮河水滚滚奔流。汤汤：水大流急的样子。③忧心且伤：心中忧虑又悲伤。④淑人君子：善人君子呀！淑：善。⑤怀允不忘：心中想念永不忘记。怀：想念。允：的确，实在是。⑥鼓钟喈（jiē）喈：将钟敲得悦耳动人。喈喈：钟声和谐悦耳的样子。⑦湝（jiē）湝：水流盛大的样子。⑧其德不回：他的品德纯正

无邪。回：邪僻。⑨鼓钟伐鼛（gāo）：敲钟打鼓。伐：敲，打。鼛：古代的一种大鼓。⑩淮有三洲：淮河中有三个小沙洲。洲：水中的小块儿陆地。⑪妯（chōu）：悲伤。⑫不犹：诚信不欺。犹：欺诈。⑬钦钦：敲钟声。⑭鼓瑟鼓琴：又鼓瑟又弹琴。⑮笙磬同音：笙和磬交响回应。笙：古代的一种吹奏乐器，竹制。磬：古代一种打击乐器，石制。同音：协调发声。⑯以雅以南：演奏雅和南。以：用，演奏。雅、南：均为古代乐器。⑰以籥（yuè）不僭（jiàn）：吹奏籥，各种乐器合奏，和谐悦耳。一丝不乱。籥：古代一种吹奏乐器，形似排箫。僭：乱。

【译文】

敲起编钟响叮当，淮水滚滚起波浪，我心忧愁且悲伤。想起古代好君子，叫人思念不能忘。

敲起编钟声和谐，淮水滔滔流不歇，我心忧愁且悲切。想起古代好君子，人品道德不偏邪。

敲钟打鼓声未休，淮河水中三小洲，我心伤悼且忧愁。想起古代好君子，品德高贵传千秋。

敲起编钟声清脆，又鼓瑟来又弹琴，笙磬同奏相和鸣。歌唱雅乐和南乐，吹籥伴奏更分明。

楚 茨

【原文】

楚楚者茨①，言抽其棘②，自昔何为③？我艺黍稷④，我黍与与⑤，我稷翼翼⑥。

我仓既盈⑦，我庾维亿⑧。以为酒食，以享以祀⑨。以妥以侑⑩，以介景福。

济济跄跄⑪，絜尔牛羊⑫，以往烝尝⑬。或剥或亨⑭，或肆或将⑮。

祝祭于祊⑯，祀事孔明⑰。先祖是皇⑱，神保是飨⑲。

孝孙有庆⑳，报以介福㉑，万寿无疆！执爨踖踖㉒，为俎孔硕㉔，

或燔或炙[24]。

君妇莫莫[25]，为豆孔庶[26]。为宾为客[27]，献酬交错[28]。

礼仪卒度[29]，笑语卒获[30]。神保是格[31]，报以介福，万寿攸酢[32]。

我孔熯矣[33]，式礼莫愆[34]。工祝致告[35]，徂赉孝孙[36]。

苾芬孝祀[37]，神嗜饮食[38]。卜尔百福，如幾如式[39]。既齐既稷[40]，既匡既敕[41]。

永锡尔极[42]，时万时亿[43]。礼仪既备[44]，钟鼓既戒[45]。

孝孙徂位[46]，工祝致告，神具醉止。皇尸载起[47]，鼓钟送尸，神保聿归[48]。

诸宰君妇[49]，废彻不迟[50]。诸父兄弟[51]，备言燕私[52]。乐具入奏[53]，以绥后禄[54]。

尔肴既将[55]，莫怨具庆[56]。既醉既饱，小大稽首[57]。神嗜饮食，使君寿考[58]。

孔惠孔时[59]，维其尽之[60]。子子孙孙，勿替引之[61]！

【注释】

①楚楚：植物丛生的样子。茨：疾藜。②抽：除去，拔掉。棘：刺，③昔：从前，过去。④艺：栽种，种植。黍稷：同一类的谷物，小米。黍黏，稷不黏。⑤与(yú)与：茂盛的样子。⑥翼翼：整齐的样子。⑦仓：贮藏粮食的建筑物。盈：满。⑧庾：谷物堆放在场上，用器物围起来，上面加盖。露天的谷仓。亿：多，满。⑨享：上供。把祭品、珍品贡献给祖先、神明或天子、王侯。祀：祭祖先或神明。⑩妥：安坐。侑：在筵席上助兴、劝食或陪侍。⑪济(jǐ)济：庄严恭敬的样子。跄(qiāng)跄：行走有节奏的样子。⑫絜(jié)：同“洁”，使清洁，弄干净。⑬以往：拿去。烝：冬祭叫“烝”。尝：秋祭叫尝。⑭或：有的人。剥：宰割。亨(pēng)：通“烹”，烧煮食物。⑮肆：陈设，把肉放在案板上。将：有几种解释：a. 奉献；b. 分割；c. 通“鬺”，把肉放在鼎（锅子）里；d. 调酱。按诗意，应为“分割”的意思。⑯祝：祠庙中专管祭礼的人。祊(bāng)：宗庙门内设祭的地方。⑰祀事：祭祀的事。孔明：很勤勉，非常周到，办得漂亮。⑱皇：往，请祖先到这

里来享受祭祀。⑲神保：对祖先神灵的美称。古人认为祖先神灵是人的保护者。飨(xiǎng)：享受祭祀。⑳孝孙：孝顺的子孙。有庆：有奖赏，将获得神灵的赏赐。㉑报:报酬。介福：大福。㉒执爨（cuàn)：掌厨的，炊事工作。爨：炊事。踖踖(jí jí)：恭敬而又敏捷的样子。㉓俎：古代祭祀或设宴时陈置牺牲（牛羊猪等牲畜）的木制礼器。孔硕：很大。㉔燔（fán)：烧肉。炙：烤肉。㉕君妇：主妇。莫莫：严肃恭敬的样子。㉖豆：古代的木制食器，形状像高脚盘，多用于祭祀。孔庶：非常丰盛。庶：多。㉗宾：宾尸。古代在祭祀时，代表死者受祭，象征死者神灵的人。在第二天，为了酬谢尸的辛劳，备了酒食请尸来吃，叫做宾尸。宾是尊贵的客人，后来和客连用，为客人的统称。㉘献：敬酒。酬。还敬。交错：互相往来。㉙礼仪卒度：礼节完全合乎规格。卒：全部，完全。度：法度，规定的程式。㉚笑语卒获：说说笑笑也全都有分寸。获：通“镬”，法度，规矩。㉛格：至，到。㉜攸：就是。酢（zuò)：回报。㉝熯（rǎn)：恭敬。㉞式：规定的。礼：祭礼。莫：不，没有。愆（qiān)：过失，差错。㉟工祝：古代掌管卜筮的官员，祝官。致告：代表神灵致词。㊱赉（lài)：赐予，赐福。㊲苾（bì）芬：芬芳。孝祀：祭祀，享祭，孝敬祖先的祭祀。㊳嗜：爱好，喜欢。㊴如幾：依照规定的日期。如：按照，遵照。幾：通“期”，日期，期限。式：规定的程式。㊵既：又。齐（zhāi)：通“斋”，庄重，严肃恭敬。稷：敏捷，快速。㊶匡：端正。敕（chì)：谨慎恭敬。㊷锡：赐给。极：最好的。㊸时：是。万、亿：表示数量之多。㊹备：完备。㊺戒：准备。㊻孝孙徂位：孝孙到主祭的位置上。㊼皇：美。起：起身告辞。㊽聿：乃，于是。㊾诸宰：诸位厨师。㊿废彻：指撤去祭品席面。不迟：不延迟，就是说动作很利索。51诸父：各位伯伯叔叔。52备言燕私：全都参加了家庭宴会。备：全部，全都。燕私：古代在祭祀后宴请同族以叙亲族的感情叫燕私。53乐具入奏：乐队都进来演奏。古代贵族家宴也奏乐。54以绥后禄：安享祭祀后的福禄。古人在祭祀之后，喝祭神余下的酒，这酒叫做福酒；吃祭神余下的肉，这肉叫做胙肉，认为是接受神灵所赐的福。绥：安享，坐享。禄：福。55尔肴：那些菜肴胙肉。既将：都已拿了。56莫怨：没有一个有牢骚的。具庆：全都高兴，皆大欢喜。57小大：小孩和大人。稽首：磕头。58考：老。59惠：恩惠。时：仁慈。60维其尽之：他们（祖先）把恩德全部留了下来。61替：废，衰败。引：延长，延续下去。

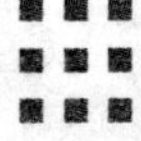

【译文】

蒺藜丛丛长满地，我拿锄头除荆棘。从前开荒为的啥？我种高粱和小米。我的小米多茂盛，我的高粱多整齐。

我的仓库已堆满，囤里藏粮千百亿。粮食用来做酒饭，用它献神和祭祀。请来尸神敬上酒，求神快将大福赐。

助祭恭敬又端庄，洗净你的牛和羊，准备拿去作祭享。切的切来烧的烧，摆开碗盏端上堂。

司仪祭神庙门里，祭事完备又周详。祖宗前来受祭祀，神灵来把酒肉尝。

主祭少爷有吉庆，神明酬报洪福降，赐您万寿永无疆！厨师敏捷做菜肴，案上鱼肉真不少，有的红烧有的烤。

主妇恭敬又小心，端上佳肴一道道。招待宾客真周到，主劝客饮杯盏交。

遵守礼节不喧闹，合乎规矩轻谈笑。祖先神灵已来到，神用大福来酬报，赐您长寿永不老！

我的态度很恭敬，礼节周到没毛病。司仪传下祖宗话：快去赐福给孝孙。

祭祀酒菜香喷喷，神灵爱吃心高兴，赐您百福作报应。祭祀及时又标准，办事快速又齐整，态度谨慎又端正。

永远赐您无量福，福禄亿万数不清。祭祀仪式都完备，钟鼓敲响近尾声。

主祭走回堂下位，司仪报告祭礼成：神灵都已醉醺醺。皇尸告辞立起身，乐队敲鼓送尸神，祖宗神灵上归程。

烧菜厨师和主妇，撤去祭品不留停。伯叔兄弟都聚齐，合家宴饮叙天伦。乐队进庙齐奏起，子孙享受祭后食。

您的菜肴真美好，怨言全无乐滋滋。菜饭吃饱酒喝足，老小叩头齐致辞：“神灵爱吃这饭菜，使您长寿百年期。

祭祀又好又顺利，主人确实尽礼制。但愿子孙和后代，永把祭礼来保持。

信南山

【原文】

信彼南山[①]，维禹甸之[②]。畇畇原隰[③]，曾孙田之[④]。我疆我理[⑤]，南

东其亩[⑥]。

上天同云[⑦]，雨雪雰雰[⑧]。益之以霡霂[⑨]，既优既渥[⑩]，既霑既足[⑪]，生我百谷。

疆埸翼翼[⑫]，黍稷彧彧[⑬]。曾孙之穑[⑭]，以为酒食。畀我尸宾[⑮]，寿考万年[⑯]。

中田有庐[⑰]，疆埸有瓜。是剥是菹[⑱]，献之皇祖[⑲]。曾孙寿考，受天之祜[⑳]。

祭以清酒，从以骍牡[㉑]，享于祖考[㉒]。执其鸾刀[㉓]，以启其毛[㉔]，取其血膋[㉕]。

是烝是享[㉖]，苾苾芬芬[㉗]，祀事孔明[㉘]。先祖是皇，报以介福[㉙]，万寿无疆！

【注释】

①信：通伸，指山势绵延。②维：是。禹：大禹。甸：治理。③畇（yún）畇：田地平整貌。原：高而平的地；隰：低湿之地。④曾孙：主祭的周王对先祖的自称。田：耕种。⑤疆：划分田界。理：平治田地。⑥南东：有的向南、有的向东。因南、东向阳，利于农作物生长，故向南、东的地是良田。亩：田地。⑦同：聚集。⑧雨雪：落雪。雰雰：同纷纷。⑨益：增加。霡霂（mài mù）：小雨。⑩优：丰厚。渥：湿润。⑪沾：沾湿。⑫疆埸（yì）：田界。何楷《诗经世本古义》："疆、埸皆田界之名，疆乃八家同井之界畔，埸乃一夫百亩之界畔。"翼翼：整齐貌。⑬彧（yù）彧：茂盛貌。⑭穑：收获庄稼。⑮畀（bì）：给予。尸：祭祀时扮神的人。⑯寿考：长寿。考：老。⑰中田：田中。庐：农民住的房屋。⑱剥：切开。菹（zū）：腌菜。⑲皇：大，伟大。⑳祜：福。㉑从：随从，接着。骍：赤黄色。牡：公牛。㉒享：献。祖考：祖先，生曰父，死曰考。㉓鸾刀：祭祀时用带铃的刀。鸾：通銮，铃。㉔启：割开。毛：皮毛。㉕膋（liáo）：脂膏。周人祭祀取牛油脂合黍稷之实在艾蒿上烧，使溢香气享神。㉖烝：进献祭品。享：献祭品。㉗苾苾芬芬：即"苾芬"，苾芳：指祭品香美。苾（bì）：芳香。芬：香气。㉘孔：甚。明，指整齐完备。㉙报：回报。介：大。

【译文】

绵延不断终南山，大禹治过旧封疆。原野平坦又整齐，曾孙在此种食粮。划分田界挖沟渠，亩亩方正好丈量。

天上乌云密层层，雪花飞舞乱纷纷。加上细雨蒙蒙下，雨水充足好年成，土地潮湿又滋润，苗壮茂盛五谷生。

疆界齐整划井田，小米高粱连成片。曾孙收获粮食多，制酒做饭香又甜。供给神主和宾客，神灵赐我寿万年。

田中有房住人家，田边种着青翠瓜。瓜儿切开腌起来，献给祖先请收下。曾孙寿命长百岁，皇天赐福保佑他。

神前斟上清清酒，再献赤黄大公牛，上供祖先来享受。拿起锋利金鸾刀，分开公牛颈下毛，取出牛血和脂膏。

美酒黄牛已献上，烧起脂膏喷喷香，祭事完备又周详。祖宗来临把祭享，神明酬报洪神降，赐您万寿永无疆！

甫田

【原文】

倬彼甫田①，岁取十千②。我取其陈③，食我农人④。自古有年⑤，今适南亩⑥。

或耘或耔⑦，黍稷薿薿⑧。攸介攸止⑨，烝我髦士⑩。

以我齐明⑪，与我牺羊⑫，以社以方⑬。

我田既臧⑭，农夫之庆⑮。琴瑟击鼓⑯，以御田祖⑰。

以祈甘雨⑱，以介我稷黍⑲，以谷我士女⑳。

曾孙来止㉑，以其妇子㉒，馌彼南亩㉓，田畯至喜㉔。攘其左右㉕，尝其旨否㉖。

禾易长亩㉗，终善且有㉘。曾孙不怒㉙，农夫克敏㉚。

曾孙之稼㉛，如茨如梁㉜。曾孙之庾㉝，如坻如京㉞。

乃求千斯仓㉟，乃求万斯箱㊱。黍稷稻粱㊲，农夫之庆。报以介福㊳，万寿无疆。

【注释】

①倬（zhuō）彼甫田：那广阔无边的大块儿农田。倬：广大。彼：那。甫：大。②岁取十千：每年收获无数的粮食。取：获取，收获。十千：形容数量大。③我取其陈：我拿出往年收获的陈谷。取：取出，拿出。陈：旧谷。④食（sì）我农人：把它拿给我的农民吃。食：给……吃，供养。⑤自古有年：从古到今这片地年年丰收。有年：年成好，丰年。⑥今适南亩：现在我去南边的田地去。适：去。⑦或耘或耔：有的人锄草，有的人培土。或：有的人。耘：锄草。耔：给庄稼培土。⑧黍稷薿（nǐ）薿：黍子谷子苗壮茂盛。黍：黍子，籽实去皮后叫黄米。稷：谷子，籽实去皮后叫小米。薿薿：茂盛的样子。⑨攸介攸止：我停下来休息。攸：乃，就。介：通"愒"，休息。止：停息，休息。⑩烝我髦士：召见我的英俊之士。烝：召见。髦：英俊。⑪以我齐（zī）明：摆出我的盛在器物中的黍子和谷子。以：用，摆出。齐明：即"粢盛"，祭祀时盛在器物中的黍稷。⑫与我牺羊：宰杀我的毛色纯一的羊。与：用，宰杀。牺：用于祭祀的毛色纯一的牲畜。⑬以社以方：祭祀土神，祭祀四方之神。以：连词，表示两个动作并存。社：上神，这里用作动词，祭祀土神。方：祭祀四方之神。⑭我田既臧：我的土地十分肥沃。臧：善，肥沃。⑮农夫之庆：这是农民之福。庆：福，吉庆。⑯琴瑟击鼓：弹琴鼓瑟又击鼓。琴瑟：这里用作动词，弹琴鼓瑟。⑰以御（yà）田祖：以迎接神农。以：连词，表示目的。御：通"迓"，迎，迎接。田祖：神农，占代传说中教人从事农业生产的人物。⑱以祈甘雨：以祈求普降甘雨。⑲以介我稷黍：以祈求我的谷子黍子苗壮成长。介：求。⑳以谷我士女：以养育我男女人等。谷：养育。㉑曾孙来止：先王的后代来了。曾孙：曾孙以下的后辈儿孙，这里指贵族。止：句末语气词。㉒以其妇子：还有那农民的妻子儿女。以：与，和。妇子：妻子儿女。㉓馌（yè）彼南亩：送饭到那南边的田地。馌：送饭。㉔田畯（jùn）至喜：农官十分高兴。田畯：农官，负责监督农民劳动。至：最，十分。㉕攘（ràng）其左右：向左右的人让酒让饭。攘：通"让"，请别人享用。㉖尝其旨否：让他们尝尝酒菜是否美味可口。其：它，指送来的饭（酒和菜）。旨：味美。否：不，是不是。㉗禾易长亩：禾苗滋长充满田地。易：治理。长：竟，

满。㉘终善且有：长势良好，丰收在望。终……且：既……又，表示两种状态并存。善：好，这里指庄稼长势好。有：丰收。㉙曾孙不怒：先王的后代很满意。㉚农夫克敏：农民耕作娴熟。克：能。敏：敏捷、熟练。㉛稼（jià）：作物，庄稼。㉜如茨（cí）如梁：堆积起来像屋顶，像桥梁。茨：芦苇、茅草盖的屋顶。梁：桥梁。㉝庾（yǔ）：露天的粮囤。㉞如坻（chí）如京：像小岛，像山丘。坻：水中的小块陆地，小岛。京：高冈，土山。㉟乃求千斯仓：于是追求有成千上万的粮仓。乃：就，于是。斯：助词，无实义。㊱箱：车厢。㊲黍稷稻粱：黄米、小米、大米还有优质小米（泛指所有的作物）。粱：优质小米。㊳报以介福：神灵赐给我们福祉。介：大。

【译文】

一片大田广无边，每年收粮万万千。拿出仓里陈谷子，给我农民把肚填。古来都是丰收年，我到南亩去巡视。

锄草培土人不闲，小米高粱一大片。庄稼长大收上场，田官向我来进献。

黍稷装满碗和盆，配上羊羔毛色纯，祭祀土神四方神。

我的庄稼长得好，召集农夫同欢庆。击鼓奏瑟又弹琴，迎神赛会祭农神。

祈求上天降甘霖，使我庄稼得丰收，养活老爷小姐们。

曾孙来到大田间，农民叫他妻和子，一齐送饭到田边。田官一见心喜欢，拿起身边菜和饭，尝尝味道鲜不鲜。

满田庄稼密又壮，既好又多是丰年。

曾孙欢喜笑颜开，农夫干活很勤勉。曾孙庄稼堆满场，高如屋顶和桥梁。曾孙粮囤只只满，就像小丘和山冈。

快造仓库成千座，快造车子上万辆。黍稷稻粱往里装，农夫同庆喜洋洋。

神灵报王以大福，长命百岁寿无疆！

大田

【原文】

大田多稼①。既种既戒②，既备乃事③。

以我覃耜④，俶载南亩⑤。播厥百谷，既庭（挺）且硕⑥。

曾孙是若[⑦]。既方（房）既皁[⑧]，既坚既好，不稂不莠[⑨]。

去其螟螣[⑩]，及其蟊贼[⑪]，无（毋）害我田稚[⑫]。田祖有神[⑬]，秉畀炎火[⑭]。

有渰萋萋（缕缕）[⑮]，兴雨祁祁[⑯]。雨我公田[⑰]，遂及我私[⑱]。

彼有不获稚[⑲]，此有不敛穧[⑳]；彼有遗秉[㉑]，此有滞穗[㉒]。伊寡妇之利[㉓]。

曾孙来止，以其妇子。馌彼南亩，田畯至喜。

来方禋祀[㉔]，以其骍黑[㉕]，与其黍稷。以享以祀，以介景福[㉖]。

【注释】

①大田：面积广大的农田。②种：选种子。戒：修农具。③既备：言上述的事已准备停当。乃事：言从事下文所述的工作。这句句法和《公刘》篇的"既顺乃宣"相同。④覃："剡"字的假借，锐利。⑤俶：始。载：从事。亩：古音"米"。这句是说开始工作于南亩。⑥庭：读为"挺"，挺拔。这句是说百谷挺拔而硕大。⑦曾：犹"重"。孙之子为"曾孙"，以下每代都可以称曾孙。这里指周王。若：顺。这句是说一切顺了王的意愿。⑧方：房。"既房"是说已生长粟皮，既皁是说已生长谷穀。下句"坚""好"也是指谷粒而言。⑨稂：禾粟之生穗而不充实的，又叫做童粱。莠：草名，叶穗象禾。⑩螟：吃苗心的小青虫，长约半寸。螣：《说文》作"蟘"，也是虫名，长一寸许4，食苗叶，吐丝。⑪蟊：吃苗根的虫。贼：也是虫名，专食苗节，善钻禾秆。⑫稚：幼禾。⑬田祖：稷神。神：犹"灵"。⑭畀：付。以上二句是希望于稷神之词，言田祖是有灵的，将这些害虫投到火里去吧。⑮渰：云起貌。萋萋："缕缕"的假借，现指乌云密布。⑯祁祁：徐徐。⑰公田：属于公家的田。⑱私：属于私人的田。⑲不获稚：因未成熟而不割的禾。⑳穧：收割。不歛穧：已割而未及收的禾。㉑遗秉：遗漏了的成把的禾。㉒滞穗：抛撒在田里的穗子。㉓伊：犹"是"。以上五句是说这里那里都有遗下的穗粒，准许穷苦的寡妇拾取。㉔方：祭四方之神。禋：精洁致祭。㉕骍：赤色牲。㉖介：读为"丐"，求。景：大。福：古读如"逼"。

【译文】

大田宽广庄稼多，选好种子修家伙，事前准备都完妥。

背起我那锋快犁，开始下田干农活。播下黍稷诸谷物，苗儿挺拔又壮茁。

曾孙心里好快活。庄稼抽穗已结实，籽粒饱满长势好，没有空穗和杂草。

害虫螟螣全除掉，蟊虫贼虫逃不了，不许伤害我嫩苗。多亏农神来保佑，投进大火将虫烧。

凉风凄凄云满天，小雨下来细绵绵。雨点落在公田里，同时洒到我私田。

那儿谷嫩不曾割，这儿几株漏田间；那儿掉下一束禾，这儿散穗三五点，照顾寡妇任她拣。

曾孙视察已光临，农民叫他妻儿们，送饭田头犒饥人，田官看了真开心。

曾孙来到正祭神，黄牛黑猪案上陈，小米高粱配嘉珍。献上祭品行祭礼，祈求大福赐曾孙。

瞻彼洛矣

【原文】

瞻彼洛矣[①]，维水泱泱[②]。君子至止，福禄如茨[③]。韎韐有奭[④]，以作六师[⑤]。

瞻彼洛矣，维水泱泱。君子至止，鞞琫有珌[⑥]。君子万年，保其家室。

瞻彼洛矣，维水泱泱。君子至止，福禄既同。君子万年，保其家邦。

【注释】

①洛：洛水，在今陕西省北部，故又叫北洛水，流入渭水。不是河南的洛水。②泱泱：同“洋洋”，水深广的样子。③如茨：堆积得像茅草屋那么高。④韎韐（mèi gé）：古代祭服上的蔽膝，用茅蒐草染成赤黄色。奭（shì）：赤色。⑤作：起。六师：六军。周朝的制度，天子有六军，诸侯国有三军、二军、一军不等，每军有

一万二千五百人。⑥鞞（bǐng）：刀剑鞘。琫（běng）：刀鞘口的玉饰。珌（bì）：琫对面的小方玉，一说刀鞘末端的装饰。

【译文】

站在岸边看洛水，茫茫一片无边际。国王车驾已到来，福禄厚重如茅茨。皮制蔽膝红艳艳，号召六军齐奋起。

远望洛水长又宽，茫茫一片不见边。国王车驾已到来，玉饰刀鞘花纹鲜。敬祝国王万年寿，保卫国家天下安。

洛水岸边举目望，茫茫一片浪打浪。国王车驾已到来，福禄俱全世无双。敬祝国王万年寿，保卫国家守边疆。

裳裳者华

【原文】

裳裳者华①，其叶湑兮②。
我觏之子③，我心写兮④。我心写兮，是以有誉处兮⑤。
裳裳者华，芸其黄矣⑥。
我觏之子，维其有章矣⑦。维其有章矣，是以有庆矣⑧。
裳裳者华，或黄或白。我觏之子，乘其四骆⑨。
乘其四骆，六辔沃若⑩。
左之左之⑪，君子宜之⑫。右之右之⑬，君子有之。
维其有之，是以似之⑭。

【注释】

①裳（táng）裳：同“堂堂”，鲜明貌。②湑（xǔ）：茂盛貌。③觏，遇见。④写：排除忧虑而舒畅。⑤誉：通“豫”，安乐。处：居住。⑥芸：黄色深浓貌。⑦章：文章，才华。指礼乐法度。⑧庆：福乐。⑨骆：黑鬃黑尾的白马。⑩辔：马缰绳。周四马驾车，独辕在中，两服各一辔，骖马各两辔，故六辔。沃若：润泽貌。⑪古人以文

事、吉事属左。左：也有辅佐之意。之：语气词。⑫君子：即上文的“之子”。宜：适合。⑬右：古人以武事、丧事属右。右：也有佑助之意。⑭似：“嗣”借字，继承。

【译文】

花朵儿鲜明辉煌，绿叶儿郁郁苍苍。

我见到各位贤人，心里头真是舒畅。心里头真是舒畅，彼此有安乐家邦。

花朵儿鲜明辉煌，叶儿密花儿金黄。

我见到各位贤人，有才华又有专长。有才华又有专长，可庆贺国之荣光。

花朵儿鲜明辉煌，开起来有白有黄。我见到各位贤人，驾四马气宇轩昂。

驾四马气宇轩昂，马缰绳柔滑溜光。

左手边有个左相，他定能安于职掌，右手边有个右相，有才干用其所长。

正因为用其所长，祖业绵延永昌。

桑扈

【原文】

交交桑扈①，有莺其羽②。君子乐胥③，受天之祜④。

交交桑扈，有莺其领⑤。君子乐胥，万邦之屏⑥。

之屏之翰⑦，百辟为宪⑧。不戢不难⑨，受福不那⑩。

兕觥其觩⑪，旨酒思柔⑫。彼交匪敖⑬，万福来求⑭。

【注释】

①交交桑扈：喳喳鸣叫的青雀呀。交交：鸟叫声。桑扈：青雀。②有莺其羽：它的羽毛五彩斑斓。有：助词，放在形容词之前。莺：鸟的羽毛有文采。③君子乐胥（xū）：君子十分高兴。君子：这里指周王朝的执政大臣。胥：语气词。④受天之祜（hù）：承受上天的赐福。祜：福。⑤领：颈，脖子。⑥万邦之屏：你是所有诸侯国的依靠。万邦：所有的诸侯国。屏：屏障，依靠。⑦之屏之翰：你是屏障，是栋梁。之：你。翰：通“干”，栋梁，靠山。⑧百辟为宪：所有的诸侯都以你为榜样。

百：所有的。辟：君主，这里指诸侯。为：作为。宪：榜样，法则。⑨不（pī）戢（jí）不难：十分温和，十分敬慎。不：通“丕”，大，十分。戢：和，温和。难：通“戁”，敬惧，敬慎。⑩受福不那（nuó）：你受到上天无数的福佑。那：多。⑪兕觥（sì gōng）其觩（qiú）：牛角做的酒杯角儿弯弯。兕觥：用牛角做成的酒杯。其：助词，用于主语与谓语之间，增强表述性。觩：兽角弯曲的样子。⑫旨酒思柔：美酒绵软柔和。旨：味美（的）。思：助词，放在形容词之前。⑬彼交匪敖：不骄横不傲慢。彼：通“匪”，非，不。交：通“姣”，侮慢，骄横。敖：通“傲”，傲慢。⑭万福来求：所有的幸福都来你这里聚会。求：通“逑”，聚集，聚会。

【译文】

小巧玲珑青雀鸟，彩色羽毛多俊俏。祝贺各位常欢乐，上天赐福运气好。
小小青雀在飞翔，头颈彩羽闪闪亮。祝贺各位常欢乐，各国靠你当屏障。
为国屏障为骨干，诸侯把你当典范。克制自己守礼节，受福多得难计算。
牛角酒杯弯又弯，美酒香甜性儿软。不求侥幸不骄傲，万福齐聚遂心愿。

鸳 鸯

【原文】

鸳鸯于飞，毕之罗之①。君子万年，福禄宜之②。
鸳鸯在梁③，戢其左翼④。君子万年，宜其遐福⑤。
乘马在厩⑥，摧之秣之⑦。君子万年，福禄艾之⑧。
乘马在厩，秣之摧之。君子万年，福禄绥之⑨。

【注释】

①毕之罗之：用网捕捉，比喻贵族招罗人才。毕：有长柄的捕鸟网。罗：张在地上的捕鸟网。②宜：适合，相配。③梁：河梁，捕鱼的土坝。④戢其左翼：收起左边的翅膀，把嘴和头插在里边睡觉。比喻依赖在贵族的门下生活。⑤遐：远，长久。⑥乘马：四匹马。厩：马棚。⑦摧：铡草。秣（mò）：拿饲料喂马。⑧艾：报答；⑨绥：安，安抚。

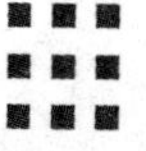

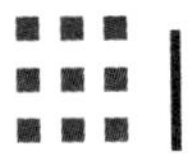

【译文】

鸳鸯双飞不分开，用网用罗捕回来。敬祝君子寿万年，安享福禄永相爱。

鸳鸯对对在鱼梁，嘴插左翅睡得香。敬祝君子寿万年，美满家庭福禄长。

棚中四马拴得牢，粮草把它喂喂饱。敬祝君子寿万年，福禄祝您永和好。

迎亲四马系在槽，喂它粮食又喂草。敬祝君子寿万年，安享福禄永偕老。

頍弁

【原文】

有頍者弁[①]，实维伊何[②]？尔酒既旨[③]，尔殽既嘉。岂伊异人[④]？兄弟匪他。

茑与女萝[⑤]，施于松柏[⑥]。未见君子，忧心奕奕[⑦]。既见君子，庶几说怿[⑧]。

有頍者弁，实维何期？尔酒既旨，尔殽既时[⑨]。岂伊异人？兄弟具来[⑩]。

茑与女萝，施于松上。未见君子，忧心怲怲[⑪]。既见君子，庶几有臧[⑫]。

有頍者弁，实维在首。尔酒既旨，尔殽既阜[⑬]。岂伊异人？兄弟甥舅[⑭]。

如彼雨雪[⑮]，先集维霰[⑯]。死丧无日[⑰]。无几相见[⑱]。乐酒今夕，君子维宴[⑲]。

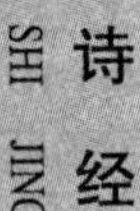

【注释】

①有：形容词头。頍（kuǐ）：帽顶圆貌。弁：皮帽，一般是贵族所戴。②实：通是“此”。维：为。伊：句中语助词。③既：尽。旨：味美。④伊：此。异人：外人。⑤茑（niǎo）：一种攀援植物，又名桑寄生。女萝：即菟丝，也是寄生攀缘植物。⑥施（yì）：蔓延。此以茑与女萝缠附松柏比喻自己攀附贵族有地位者。⑦奕奕：

忧愁不安貌。⑧庶几：差不多能够，表希望之词。说：通“悦”。怿：喜悦。⑨时：善。⑩具：通“俱”，皆。⑪怲怲（bǐng）：忧重貌。⑫臧：善，良好：指心情好。⑬阜：盛多。⑭甥舅：古称女婿为甥，岳父为舅；姊妹之子为甥，母之兄弟为舅。此泛指异姓亲戚。《礼记·文王世子》：“公若与族燕，则异姓为宾。”⑮雨雪：下雪。⑯集：落。霰（xiàn）：下雪前，雨点遇冷而凝成的小冰粒，俗谓雪糁。此以霰和雪先后落下比喻人将先后下世。⑰无日：无定日，即不定哪一天。⑱无几：没有几次。⑲宴：安乐。

【译文】

皮帽尖尖顶有角，戴着它来做什么？您的酒味既甘醇，您的菜肴也不错。难道来的是外人？兄弟非他同一桌。

攀藤茑草和女萝，蔓延依附松和柏。还没见到君主时，心神不定难诉说；如今见到君主面，心里舒畅又快活。

皮帽尖尖角在上，戴着它是为哪桩？您的酒味既甘醇，您的菜肴喷喷香。难道来的是外人？至亲兄弟聚一堂。

攀藤茑草和女萝，蔓延缠绕松枝上。还没见到君主时，心里痛苦又忧伤；如今见到君主面，希望能够得赐赏。

新制皮帽尖尖顶，戴在头上正相称。您的酒味既甘醇，您的菜肴更丰盛。难道来的是外人？兄弟舅舅和外甥。

人生好比下场雪，先霰后雪终融尽。不知何日命归阴，能有几番叙天伦。不如今夜痛饮酒，及时宴乐各尽兴。

车　舝

【原文】

间关车之舝兮[①]，思娈季女逝兮[②]。匪饥匪渴[③]，德音来括[④]。
虽无好友[⑤]，式燕且喜[⑥]。依彼平林[⑦]，有集维鷮[⑧]。
辰彼硕女[⑨]，令德来教[⑩]。式燕且誉[⑪]，好尔无射[⑫]。
虽无旨酒[⑬]，式饮庶几[⑭]。虽无嘉殽[⑮]，式食庶几[⑯]。

虽无德与女[17]，式歌且舞[18]。陟彼高冈[19]，析其柞薪[20]。
析其柞薪，其叶湑兮[21]。鲜我觏尔[22]，我心写兮[23]。
高山仰止[24]，景行行止[25]。四牡騑騑[26]，六辔如琴[27]。
觏尔新昏[28]，以慰我心[29]。

【注释】

①间关车之舝兮：随着车轮转动的车轴上的铁棍儿呀。间关：转动的样子。舝：车键，穿在车轴两端以防车轮脱落的铁棍儿。②思娈季女逝兮：美丽的姑娘乘车出嫁呀。思：助词，放在形容词之前。娈：美丽。美好。季：少（shào），年轻。逝：去，这里指去夫家，出嫁。③匪饥匪渴：不饥不渴。匪：通"非"不。④德音来括：贤慧的姑娘来与我相会。德音：有美德的人。这里指作者喜欢的姑娘。括：会合，相聚。⑤虽无好友：虽然没有什么高朋俊友。⑥式燕且喜：也当开怀畅饮尽情欢乐。式：助词，表示劝诱。燕：通"宴"，饮酒。⑦依彼平林：那茂盛的平地上的树林。依：茂盛的样子。平林：平地上的树林。⑧有集维鷮（jiāo）：只有野鸡栖息在上面。有：助词，放在动词前。集：鸟停在树上。维：只有，仅。鷮：野鸡的一种。⑨辰彼硕女：那美丽丰满的姑娘。辰：美善，美好。硕：高大，丰满。⑩令德来教：她以美好的品德来教导我。令：善，美好。教：教导，教育。⑪誉：通"豫"，安乐，快乐。⑫好（hào）尔无射（yì）：我永远喜欢你。好：喜欢。射：通"斁"，厌倦。⑬虽无旨酒：虽然没有美酒。旨：味美的。⑭式饮庶几：也当喝一点吧。庶几：一些。⑮嘉殽：佳肴，精美的饭食。⑯式食庶几：也当吃一点吧。⑰虽无德与女（rǔ）：虽然没有恩德与你。女：同"汝"，你。⑱式歌且舞：也当载歌载舞。且：又。⑲陟（zhì）彼高冈：登上那高山。陟：登上。⑳析其柞（zuò）薪：砍山上柞木为劈柴。析：劈（柴）。柞：柞树。薪：木柴。㉑其叶湑（xǔ）兮：柞树枝叶繁茂。湑：茂盛。㉒鲜（xiǎn）我觏尔：多么幸运呀！我碰上了你。鲜：善，幸运。觏：碰上。遇见。㉓我心写兮：我心中无比欢畅。写：舒畅，喜悦。㉔高山仰止：仰望巍巍高山。仰：仰望，抬头向上看。止：句末语气词。㉕景行（hàng）行（xíng）止：走在宽阔的大道上。景：大。前"行"：路，道路。后"行"：走。㉖四牡騑（fēi）騑：拉车的四匹马奔走不停。四牡：拉一辆车的四匹马。騑騑：马行不停的样子。㉗六辔（pèi）如琴：缰绳紧绷如同琴弦。辔：缰绳。㉘觏尔新昏：碰上你这新媳妇。昏：同"婚"，古代夫称妻为昏。㉙以慰我心：从而使

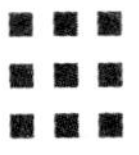

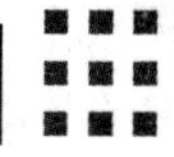

我心满意足。慰：安慰。

【译文】

迎亲车轮响格格，美丽少女要出阁。不再似饥又似渴，娶来姑娘有美德。
宴会虽然没好友，大家喝酒也快乐。平原莽苍有丛林，长尾野鸡树上停。
善良姑娘身材高，美德教诲家有庆。宴会热闹又快乐，永远爱你不变心。
虽然没有美味酒，希望你也干几杯。虽然没有丰盛菜，希望你也尝尝味。
虽无美德来相配，望你歌舞庆宴会。登上山冈巍巍高，砍下柞栎火把烧。
砍下柞栎火把烧，柞叶长满嫩枝梢。今天有幸配到你，心花怒放百忧消。
德如高山人仰望，行如大路人所钦。四马迎亲快快跑，缰绳调和如弹琴。
配上车中新婚人，甜蜜幸福慰我心。

青　蝇

【原文】

营营青蝇①，止于樊②。岂弟君子③，无信谗言！
营营青蝇，止于棘。谗人罔极④，交乱四国⑤。
营营青蝇，止于榛。谗人罔极，构我二人⑥。

【注释】

①营营：飞来飞去的样子；一说：苍蝇飞的声音。青蝇：苍蝇的一种，也叫金蝇、金苍蝇。诗人憎恶谗人，把他们比作肮脏讨厌的苍蝇。②止：停息。樊：篱笆。③岂弟(kǎi tì)：同“恺悌”，和气，平易近人。君子：国君或当权者。④罔极：没有准则。⑤交乱四国：到处制造矛盾，扰乱各国。四国：各国。⑥构：挑拨，离间。二人：不知指谁。

【译文】

苍蝇飞舞声嗡嗡，飞上篱笆把身停。平易近人好君子，害人谗言您莫听。
苍蝇飞舞声嗡嗡，飞上枣树把身停。谗人说话没定准，搅乱各国不太平。
苍蝇飞舞声嗡嗡，飞上榛树把身停。谗人说话没定准，离间我们老交情。

宾之初筵

【原文】

宾之初筵[1]，左右秩秩[2]。笾豆有楚[3]，殽核维旅[4]。酒既和旨[5]，饮酒孔偕[6]。

钟鼓既设，举酬逸逸[7]。大侯既抗[8]，弓矢斯张。射夫既同[9]，献尔发功[10]。

发彼有的[11]，以祈尔爵[12]。籥舞笙鼓[13]，乐既和奏[14]。烝衎烈祖[15]，以洽百礼[16]。

百礼既至，有壬有林[17]。锡尔纯嘏[18]，子孙其湛[19]。其湛曰乐[20]，各奏尔能[21]。

宾载手仇[22]，室人入又[23]。酌彼康爵[24]，以奏尔时[25]。宾之初筵，温温其恭。

其未醉止，威仪反反[26]。曰既醉止[27]，威仪幡幡[28]。舍其坐迁[29]，屡舞仙仙[30]。

其未醉止，威仪抑抑[31]。曰既醉止，威仪怭怭[32]。是曰既醉，不知其秩[33]。

宾既醉止，载号载呶[34]。乱我笾豆，屡舞僛僛[35]。是曰既醉，不知其邮[36]。

侧弁之俄[37]，屡舞傞傞[38]。既醉而出，并受其福。醉而不出，是谓伐德[39]。

饮酒孔嘉，惟其令仪[40]。凡此饮酒[41]，或醉或否。既立之监[42]，或佐之史[43]。

彼醉不臧[44]，不醉反耻。式勿从谓[45]，无俾大怠[46]。匪言勿言[47]，匪由勿语[48]。

由醉之言[49]，俾出童羖[50]。三爵不识[51]，矧敢多又[52]。

【注释】

①筵：铺在地上的竹席，此指入坐筵席。②秩秩：恭敬整齐貌。③笾：古代竹编食器，用以盛果脯等。豆：木制食器，形同高脚盘。有楚：楚楚，排列整齐貌。④殽：鱼肉菜肴。核：指干果。维：句中助词。旅：陈列，摆放。⑤和旨：酒味醇美。⑥孔：甚。偕：同皆，普遍，一致。⑦酬：敬酒。逸逸：同"绎绎"，来往不断貌。⑧侯：箭靶。古人射箭时用皮或布做箭靶，箭靶中心加布块叫"的""质""鹄""正"，以射中"的"为胜。抗：举，竖起。⑨射夫：射手。同：会聚。⑩发功：射技。发：射箭。⑪有：名词词头。的：箭靶中心。⑫爵：古代青铜酒器，三足。古代射礼，为射中者敬酒，故言以祈尔爵。⑬籥（yuè）：古管乐器，似后世排箫。籥舞，执籥而舞。⑭和：互相应和。⑮烝：进献。衎（kàn）：娱乐。烈祖：有功业之祖。烈：功业。⑯洽：配合。百礼：指合用牺牲、玉帛等祭品的祭祀之礼仪。⑰有壬：犹"壬壬"，礼仪盛大貌。有林：犹"林林"，礼仪隆重貌。壬：大。林：盛。⑱锡：赐。纯嘏（gǔ）：大福。纯：大。嘏：福。⑲湛（dān）：喜乐。⑳曰：语助词。㉑奏：施展。能：技能，指射箭本领。㉒载：则。手：取。仇（qiú）：匹偶，指射箭的对手。㉓室人：主人。入：指进射场。又：借为"侑"，助：指为射者助兴。㉔康：大。㉕时：善，指射箭的好本领。㉖威仪：庄重的举止。反反（bǎn）：慎重、和善貌。㉗曰：语首助词。㉘幡幡：轻佻不庄重貌。㉙迁：移动。㉚仙仙：同"跹跹"，舞姿轻盈貌。㉛抑抑：谨慎严肃貌。㉜怭怭（bì）：轻薄粗鄙貌。㉝秩：次序，常规。㉞号：呼叫。呶（náo）：喧闹。㉟僛僛（qī）：身体歪斜貌。㊱邮：通"尤"，过失。㊲侧：偏歪。弁：皮帽。俄：倾斜，指帽子倾斜欲掉。㊳傞傞（suō）：舞动不止貌。㊴伐德：伤害品德。㊵维：只。令仪：好礼节。㊶凡：共，所有的。㊷监：亦名司正，宴会上督察仪礼的官。㊸史：史官，记载宴会之事。㊹臧：善。㊺式：发语词。从跟随。谓：指劝酒。㊻大：通"太"。怠：怠慢失礼。㊼匪：非。言：说，指自己说。㊽由：缘由，来历。语：对人讲。㊾由：来自。㊿俾：使。童：秃。羖（gǔ）：黑公羊。公羊皆有角，无角公羊是绝无之事，此句谓醉言妄说荒唐。51识（zhì）：记。52矧（shěn）：况且。敢：竟敢。又：通"侑"，助酒。

【译文】

来宾入坐才开宴，宾主谦让守礼节。杯盘碗盏摆整齐，鱼肉干果全陈列。醴酒

味儿醇又美，觥筹交错真热烈。

钟鼓乐器都齐备，往来敬酒杯不绝。虎皮靶子竖起来，张弓搭箭如满月。射手云集靶场上，表演技术逞英杰。

人人争取中目标，要叫对手罚一爵。执籥起舞笙鼓响，众乐齐奏声铿锵。祖宗灵前进娱乐，配合百礼神来享。

祭礼周到又完备，隆重盛大又堂皇。神灵赐你大福气，子孙个个都欢畅。人人欢喜又快乐，各献其能射靶场。

来宾赛箭找对手，主人相陪比短长。满满斟上大杯酒，祝你胜利进一觞。来宾入席刚宴请，态度温雅又恭敬。

酒才入口人未醉，仪表庄重又自矜。酒过三巡醉态露，举止失措皆忘形。离开坐席乱走动，手舞足蹈真轻盈。

酒还没到喝醉时，态度谨慎又文静。待到喝得醉酩酊，还说这是酒吃醉，不守规矩不要紧。客人已经喝醉了，又是叫来又是闹。

打翻杯盘和碗盏，跌跌撞撞跳舞蹈。还说这是酒吃醉，不知过失不害臊。头上歪戴鹿皮帽，疯疯颠颠跳舞蹈。

如果喝醉快出门，大家托福没烦恼。醉得糊涂不肯走，那就叫做缺德佬。宴会喝酒本好事，只是要有好礼貌。

凡是这些赴宴者，有人清醒有醉倒。设立酒监察礼节，又设史官写报导。

酗酒本来是坏事，反说不醉是脓包。不要随人乱劝酒，害他失礼太胡闹。别人不问休多嘴，语涉非礼莫乱道。

醉汉话儿听不得，胡说公羊没犄角。限饮三杯也不懂，何况多喝更糟糕。

鱼藻

【原文】

鱼在在藻①，有颁其首②。王在在镐③，岂乐饮酒④。

鱼在在藻，有莘其尾⑤。王在在镐，饮酒乐岂。

鱼在在藻，依于其蒲⑥。王在在镐，有那其居⑦。

【注释】

①鱼在在藻：鱼儿游于水草中。前“在”：动词，处，存身。后“在”：介词，于。“在在”即“在于”。藻：一种水草。②有颁（fén）其首：它的脑袋又大大圆。有：助词，放在形容词之前。颁：头大的样子。③王在在镐（hào）：天子住在镐京。王：周王，周天子。镐：镐京，西周的国都。在今陕西西安西南。④岂（kǎi）乐饮酒：快乐地与群臣饮酒。岂：乐，高兴。⑤有莘（shēn）其尾：它的尾巴长长的。莘：长的样子。⑥依于其蒲：游弋在蒲草之间。依：依傍，靠近。蒲：蒲草，一种水生植物。⑦有那（nuó）其居：他的住处多么安适。那：舒适，安闲。居：居所。

【译文】

水藻丛中鱼儿藏身，不见尾巴见大头。周王住在镐京城，逍遥快乐饮美酒。
水藻丛中鱼儿藏，长长尾巴左右摇。镐京城中住周王，喝喝美酒乐陶陶。
鱼儿藏在水藻中，贴着蒲草岸边游。周王在镐住王宫，居处安乐好享受。

采菽

【原文】

采菽采菽[①]，筐之筥之[②]。
君子来朝[③]，何锡予之[④]？
虽无予之[⑤]，路车乘马[⑥]。又何予之[⑦]，玄衮及黼[⑧]。
觱沸槛泉[⑨]，言采其芹[⑩]。君子来朝，言观其旂[⑪]。
其旂淠淠[⑫]，鸾声嘒嘒[⑬]。载骖载驷[⑭]，君子所届[⑮]。
赤芾在股[⑯]，邪幅在下[⑰]。彼交匪纾[⑱]，天子所予。
乐只君子[⑲]，天子命之[⑳]。乐只君子，福禄申之[㉑]。
维柞之枝[㉒]，其叶蓬蓬[㉓]。乐只君子，殿天子之邦[㉔]。
乐只君子，万福攸同[㉕]。平平左右[㉖]，亦是率从[㉗]。
汎汎杨舟[㉘]，绋缅维之[㉙]。乐只君子，天子葵之[㉚]。
乐只君子，福禄膍之[㉛]。优哉游哉，亦是戾矣[㉜]。

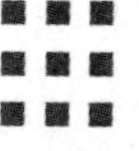

【注释】

①菽：豆类农作物。②筐：方形的盛物竹器。筐之，即用筐子装它。莒：圆形的盛物竹器。莒之，即用莒装它。③君子：指诸侯国君。朝：来面见天子叫朝。④何锡予之：拿什么东西赏赐给他。锡：赏赐。予：给。⑤无：没有。⑥路车：也作"辂车"，古代天子或诸侯所乘坐的豪华车子。乘马：四匹马。⑦又：还有。⑧玄：黑色。衮：袍子，古代贵族所穿，上面绣着盘龙的礼服。黼（fǔ）：黼衣，绣有黑白斧形花纹的礼服。⑨觱（bì）沸：泉水涌出的样子。槛：通"滥"，泛，喷涌而出。⑩芹：楚葵，俗名水芹。⑪旂（qí）：画有蛟龙图案的旗。⑫淠（pèi）淠：飘动的样子。⑬鸾声：马铃声。嘒（huì）嘒：拟声词，马铃的声音。⑭骖：三匹马拉的车子，三驾马车。驷：四匹马拉的车子。⑮届：来到。⑯芾（fú）：古代官服外面的蔽膝，缝在腹下膝上。股：大腿。⑰邪幅：裹小腿的布幅，绑腿。⑱交：紧。纾：舒缓，宽松。⑲乐只：愉快啊。只：语气助词。⑳命：策命，天子的赐予。㉑申：再三。㉒维：语气助词。柞之枝：柞树的枝。㉓蓬蓬：茂盛的样子。㉔殿：安抚。邦：国家。㉕攸同：所聚集的。㉖平（pián）平：治理有条理。左右：指各封国。㉗率从：全都服从。㉘汎汎：漂浮的样子。㉙绋纚（fú lǐ）：系船的绳索。维：系，缚。㉚葵：通"揆"，测度。一说通"阕"，止，是说天子挽留。㉛膍（pí）：厚赐，重赏。㉜戾：善，好。

【译文】

采大豆呀采豆忙，方筐圆筐往里装。
诸侯来朝见我王，天子用啥去赐赏？
纵使没有厚赏赐，一辆路车四马壮。此外还有什么赏？花纹礼服画龙裳。
在那翻腾涌泉旁，采下芹菜味儿香。诸侯来朝见我王，遥看龙旗已在望。
旗帜飘飘随风扬，铃声不断响叮当。三马四马各驾车，诸侯乘它到明堂。
红皮蔽膝垂到股，绑腿斜缠小腿上。不急不慢风度好，这是天子所奖赏。
诸侯公爵真快乐，天子策命赐嘉奖。诸侯公爵真快乐，洪福厚禄从天降。
柞树枝系长又长，叶子茂密多兴旺。诸侯公爵真快乐，辅佐天子镇四方。
诸侯公爵真快乐，万种福禄都安享。左右臣子很能干，顺从君命国安康。
杨木船儿河中漾，系住不动靠船缆。诸侯公爵真快乐，天子准确来衡量。

诸侯公爵真快乐，厚赐福禄有嘉奖。优游闲适过日子，生活安定清福享。

角 弓

【原文】

骍骍角弓①，翩其反矣②。兄弟昏姻③，无胥远矣④。
尔之远矣，民胥然矣⑤。尔之教矣⑥，民胥傚矣。
此令兄弟⑦，绰绰有裕⑧。不令兄弟，交相为瘉⑨。
民之无良，相怨一方。受爵不让⑩，至于已斯亡⑪。
老马反为驹，不顾其后。如食宜饇⑫，如酌孔取⑬。
毋教猱升木⑭，如涂涂附⑮。君子有徽猷⑯，小人与属⑰。
雨雪瀌瀌⑱，见晛曰消⑲。莫肯下遗⑳，式居娄骄㉑。
雨雪浮浮㉒，见晛曰流。如蛮如髦㉓，我是用忧㉔。

【注释】

①骍（xīn）骍：弓调和貌。角弓：两端镶牛角的弓。②翩：弓向外弯曲貌。反，指弓松弦时向外翻。③昏：婚之本字。兄弟：指同姓兄弟；婚姻：指外姓姻戚。④胥：通“疏”疏远。⑤胥：皆。⑥教：指身教。⑦令：善。⑧绰绰：宽舒貌。裕：指宽和相容。⑨瘉（yù）：病患。⑩爵：官爵。⑪斯：乃。亡：通“忘”。⑫饇（yù）：饱。⑬酌：舀酒而饮。孔：甚。孔取：指饮酒过量。⑭猱（náo）：猿猴。⑮涂：前一个涂，泥。后一个涂，抹。附：附著。⑯徽：美好。猷：道，指治国之道。⑰属：依附。⑱瀌瀌（biāo）：雪盛貌。⑲见：“曣”（yàn）之借字。曣晛（xiàn）：日出暖貌。曰：语助词。⑳下：卑下。遗：“随”之借字，随顺。㉑式：语助词。娄：“屡”之借字。㉒浮浮：雪大貌。㉓蛮：周人对南方部族之称。髦：亦作“髳”，古代西南部族名。此言小人如蛮髦无礼义。㉔是用：是以，因此。

【译文】

角弓调和绷紧弦，卸弦就向反面弯。兄弟骨肉和亲戚，相亲相爱别疏远。
你若疏远亲和眷，大家都会学坏样。你若言教加身教，大家也会来模仿。

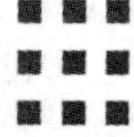

兄弟和好不倾轧，平安和气少闲话；兄弟关系搞不好，相互残害成冤家。
如今人们不善良，不责自己怨对方，接受官爵不谦让；事关私利道理忘。
老马反当驹使唤，后果如何你不管。如请吃饭请吃饱，如请喝酒该斟满。
猴子上树哪用教，泥浆涂墙粘得牢。只要君子有美政，人民自会跟着跑。
纷纷雪花满天飘，太阳出来就融消。小人对下不谦虚，态度神气要骄傲。
纷纷雪花飘悠悠，太阳一出化水流。小人无知像蛮髦，为此使我心烦忧。

菀　柳

【原文】

有菀者柳①，不尚息焉②。上帝甚蹈③，无自暱焉④。
俾予靖之⑤，后予极焉⑥。有菀者柳，不尚愒焉⑦。
上帝甚蹈，无自瘵焉⑧。俾予靖之，后予迈焉⑨。
有鸟高飞⑩，亦傅于天⑪。彼人之心⑫，于何其臻⑬？
曷予靖之⑭，居以凶矜⑮？

【注释】

①有菀（wǎn）者柳：茂密的柳树。有：助词，放在形容词之前。菀：茂盛的样子。者：结构助词，相当于“之”“的”。②不尚息焉：难道不想在下面歇息吗？尚：庶几，表示希望。焉：句末语气词，表示强调。③上帝甚蹈：周天子十分昏乱无常。上帝：最高的神，这里代指周天子。甚：十分，很。蹈：变乱无常，昏乱无常。④无自暱（nì）焉：不要去主动亲近他。无：通“毋”，不要，别。自：主动。暱：近，亲近。⑤俾（bǐ）予靖之：让我治理国家。俾：使，让。予：我。靖：治理。之：它，指国家。⑥后予极焉：宾语前置，即“后极予焉”，后来却又放逐了我。极：通“殛”，放逐，流放。⑦愒（qì）：休息，歇息。⑧无自瘵（zhài）焉：不要自讨苦吃。瘵：痛苦。⑨迈：放逐。⑩有鸟高飞：鸟儿展翅高飞。有：助词，放在名词前。⑪亦傅于天：上薄云天。亦：助词，无实义。傅：靠近，迫近。⑫彼人之心：那个人的心肠。彼人：那个人，这里指周天子。⑬于何其臻：到什么地步才算到头呢？于何：到什么地步。其：语气词，表示推测语气。臻：至，到头。

⑭曷予靖之：为什么我治理国家。曷：为什么。⑮居以凶矜（jīn）：却处于如此凶险的境地呢？居：处，生活。以：于，矜：危险。

【译文】

柳树枯萎叶焦黄，莫到树下去乘凉。周王喜怒太无常，莫去做官惹祸殃。当初邀我商国事，而今贬我到异乡。柳树枯萎枝叶稀，莫到树下去休息。周王喜怒太无常，莫去做官找晦气。当初邀我商国事，而今流放到边地。鸟儿展翅高飞翔，最高不过到天上。那人心思难捉摸，到啥地步怎估量？为啥邀我商国事，却置我于凶险场？

都人士

【原文】

彼都人士①，狐裘黄黄②。其容不改③，出言有章④。行归于周⑤，万民所望⑥。

彼都人士，台笠缁撮⑦。彼君子女⑧，绸直如发⑨。我不见兮，我心不说⑩。

彼都人士，充耳琇实⑪。彼君子女，谓之尹吉⑫。我不见兮，我心苑结⑬。

彼都人士，垂带而厉⑭。彼君子女，卷发如虿⑮。我不见兮。言从之迈⑯。

匪伊垂之，带则有余⑰。匪伊卷之，发则有旟⑱。我不见兮，云何盱矣⑲。

【注释】

①彼都人士：那位风度翩翩的绅士。都：有风度，有气派。一般都作“城市”“京都”解，不妥。既然是京都人士，又何必再要“行归于周”。人士：指贵族，绅士。②黄黄：通“煌煌”，皮毛闪闪发光。③容：仪容，风度。④出言：说起话来。

章：文采，文雅。⑤行归：即将回到。周：指周朝的首都镐京。⑥万民：群众。⑦台：通“苔”，苔草，生长在沼泽地，叶子扁而长，可以编织蓑衣、草帽。笠：斗笠，草帽。缁撮：黑色的帽带。缁：黑色。撮：古人用来束住头发使帽子能够固定的带子。⑧君子女：绅士的女儿。⑨绸：通“稠”，浓密，多。直：头发丝直直的。如：其，她的。⑩说：通“悦”，高兴，愉快。⑪充耳：古人用来塞耳朵隔音的玉石饰物。琇（xiù）：比玉次一点的美石。实：坚固。⑫谓之：都说她。尹吉：是尹姑娘，是吉姑娘；是嫁到尹家的“尹门吉氏”。尹吉是当时的两个大姓尹氏和吉氏。吉：通“洁”，相传是黄帝的后裔。⑬苑（yǔn）结：郁结，愁闷得胸口打了个结。⑭而：如，好像。厉：腰带的垂下部分。⑮卷发：卷起的发型。虿（chài）：昆虫名，蝎子一类毒虫。⑯从之迈：跟随他一起走。⑰“匪伊垂之”两句：不是她要把带子垂下，带子是应该有多余的。⑱“匪伊卷之”两句：不是她要把头发卷起来，头发就该卷得高高的。⑲云：语气助词。何：那样的。盱（xū）：通“吁”，忧愁。

【译文】

那位先生真漂亮，狐皮袍子罩衫黄。他的容貌没变样，讲话出口就成章。将要回到镐京去，万千人们心仰望。

那位先生真时髦，戴着草笠黑布帽。那位姑娘好容貌，头发密直真俊俏。不能见到姑娘面，心中郁闷多苦恼。

那位先生真漂亮，充耳宝石坚又亮。那位美丽好姑娘，芳名尹姞叫得响。不能见到姑娘面，心中忧郁实难忘。

那位先生真时髦，冠带下垂两边飘。那位姑娘真美貌，鬓发卷如蝎尾翘。不能见到姑娘面，真想跟她在一道。

不是故意垂冠带，冠带本来细又长。不是故意卷鬓发，鬓发天生高高扬。不能见到姑娘面，心中怎么不悲伤！

采　绿

【原文】

终朝采绿，不盈一匊（掬）①。予发曲局，薄言归沐②。

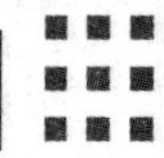

终朝采蓝[3]，不盈一襜[4]。五日为期，六日不詹[5]。
之子于狩，言韔其弓[6]。之子于钓，言纶之绳[7]。
其钓维何？维鲂及鱮[8]。维鲂及鱮，薄言观者（诸）[9]。

【注释】

①绿：一作"菉"，草名。又名王刍。匊：即"掬"。两手承取为掬。②曲局：卷曲。薄言：二字皆语助词，无义。已见前。③终朝：见《卫风·河广》④。蓝：草名，叶可为染料。④襜：（dān），指衣服遮着前面的部分，蔽膝或前裳。⑤詹：到。这两句说出行过约期不归。⑥韔（chàng）：藏弓的套子，这里用作动词，"即收弓入套。⑦纶：即"绳"。⑧鲂：鳊鱼。鱮（xù）"，鲢鱼。⑨者："诸"的古文，"诸"是之乎两字的合音。

【译文】

整个早上采荩草，采了一捧还不到。我的长发乱糟糟，回去洗头梳梳好。
蓝草采了一早上，撩起衣襟兜不满。丈夫约好五天归，如今六天仍不还。
丈夫如果想打猎，我就为他装弓箭。丈夫如果想钓鱼，我就陪他缠钓线。
丈夫钓的什么鱼？既有花鲢又有鳊。既有花鲢又有鳊，他钓我看意绵绵。

黍 苗

【原文】

芃芃黍苗[1]，阴雨膏之[2]。悠悠南行[3]，召伯劳之[4]。
我任我辇[5]，我车我牛[6]。我行既集[7]，盖云归哉[8]！
我徒我御[9]，我师我旅[10]。我行既集，盖云归处[11]！
肃肃谢功[12]，召伯营之[13]。烈烈征师[14]，召伯成之[15]。
原隰既平[16]，泉流既清。召伯有成[17]，王心则宁。

【注释】

①芃（péng）芃：草木茂盛貌。②膏：润泽。③悠悠：遥远貌。④召伯：周初召公奭之后，名虎：封于召，亦称召穆公，厉王、宣王、幽王时大臣。劳：慰劳。⑤任：担负。辇：人推挽的车。⑥车：指牛拉的车。牛：指牵牛。⑦集：完成。⑧盖：通“盍”，何不。云：语助词。⑨徒：步行。御：驾车马。⑩师：二千五百人为师；旅：五百人为旅。师旅：指军队，此指组成队伍。⑪处：居住。⑫肃肃：规划严密而整齐貌。谢：邑名，在今河南泚源县南。功：工役之事功，指工程。⑬营：经营，营造。⑭烈烈：威武貌。征：行。⑮成：组建。⑯原：高平之地；隰：低湿之地。平：治理。⑰成：成功。

【译文】

黍苗蓬勃多喜人，全靠好雨来滋润。南行虽然路遥远，召伯慰劳暖人心。
有的拉车有的扛，马车牛车运输忙。建筑谢城已完工，何不大家回家乡！
你走路来我驾马，编好队伍就出发。建筑谢城已完工，何不回乡安居家！
快速修建谢邑城，召伯苦心来经营。出工群众真热烈，召伯用心组织成。
高地低地已治平，泉水河流都疏清。召伯大功已告成，宣王欢喜心安宁。

隰 桑

【原文】

隰桑有阿，其叶有难[①]。既见君子，其乐如何！
隰桑有阿，其叶有沃[②]。既见君子，云何不乐！
隰桑有阿，其叶有幽[③]。既见君子，德音孔胶[④]。
心乎爱矣，遐不谓矣[⑤]？中心藏之，何日忘之？

【注释】

①阿：美貌。难：通“傩”（nuó），盛多。“阿傩”是连绵词，这里分用。②沃：柔美。③幽：即“黝”，色青而近黑。④胶：固。⑤遐不：就是胡不，也就是何不。

【译文】

低地桑树多婀娜，枝干茂盛叶子多。如果见了我夫君，我的心里多快活！

低地桑树舞婆娑，叶子柔润又肥沃。如果见了我夫君，我心怎会不快活！

低地桑树姿态柔，叶子肥厚黑黝黝。如果见了我夫君，互诉衷情意相投。

我爱你啊在心里，为啥总不告诉你？思念之情藏心底，哪有一天能忘记？

白华

【原文】

白华菅兮①，白茅束兮②。之子之远③，俾我独兮④。
英英白云⑤，露彼菅茅⑥。天步艰难⑦，之子不犹⑧。
滮池北流⑨，浸彼稻田⑩。啸歌伤怀⑪，念彼硕人⑫。
樵彼桑薪⑬，卬烘于煁⑭。维彼硕人⑮，实劳我心⑯。
鼓钟于宫⑰，声闻于外⑱。念子懆懆⑲，视我迈迈⑳。
有鹙在梁㉑，有鹤在林㉒。维彼硕人，实劳我心。
鸳鸯在梁㉓，戢其左翼㉔。之子无良㉕，二三其德㉖。
有扁斯石㉗，履之卑兮㉘。之子之远，俾我疷兮㉙。

【注释】

①白华菅（jiān）兮：将巴茅沤成菅。白华：茅草的一种。菅：经浸泡沤制后的巴茅，茎叶柔韧，可以织席编筐。这里用作动词，沤成菅。②白茅束兮：用白茅捆住它。白茅：丝茅草，茅草的一种。束：捆扎。③之子之远：这个人远离我（抛弃了我）。之子：这个人，指周幽王。幽王宠幸褒姒，废了申后，申后作此诗抒发自己的忧愤。之：助词，用于主语与谓语之间，取消句子独立性。远：远离，疏远。④俾（bǐ）我独兮：使我孤独无依。俾：使，让。⑤英英白云：那晶莹如玉的白云哟。英英：晶莹清明的样子。⑥露彼菅茅：露水打湿了菅茅。露：润泽，打湿。⑦天步艰难：我的命运坎坷艰难。天步：命运，时运。⑧之子不犹：这个人昏庸无谋。犹：谋略。不犹：没有谋略，昏庸而无见识。⑨滮（biāo）池北流：滮池之水

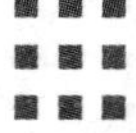

向北流淌。滮池：古水名，在今陕西西安西北。⑩浸彼稻田：滋润着那稻田。浸：泡，滋润。⑪啸歌伤怀：长啸悲歌伤心欲绝。啸：撮口打口哨，古人用此抒发强烈的感情。怀：忧伤。⑫念彼硕人：心中想着那个高大的人。硕人：高大的人，这里指周幽王。⑬樵（qiáo）彼桑薪：采伐那桑枝柴禾。樵：砍柴。⑭卬（áng）烘于煁（chén）：我用它烧没有锅的灶。桑柴宜于烹饪，烧于无锅之灶，不得其用，暗指自己得不到应有尊宠。卬：我。烘：烧。煁：没有锅的灶。⑮维彼硕人：想起那个高大的人。维：通“惟”思念。想起。⑯实劳我心：实在使我心中忧愁不已。实：确实，实在是。劳：忧烦，忧劳。⑰鼓钟于宫：在宫中敲钟。鼓：敲，击打。⑱声闻于外：钟声传到外边。闻：传播。⑲念子懆（cǎo）懆：想你想得心烦意乱。子：你，指周幽王。懆懆：忧虑不安的样子。⑳视我迈迈：而你一看到我就一脸不高兴。迈迈：不高兴的样子。㉑有鹙（qiū）在梁：秃鹙占据了鱼梁。有：助词，放在名词前，“有鹤”同此。鹙：秃鹙，一种凶猛的水鸟，顶项无毛，这里比喻褒姒。梁：鱼梁，拦鱼的石堰，比喻优越的地位。㉒有鹤在林：仙鹤却被赶到了山林。鹤：仙鹤，这里比喻申后自己。㉓鸳鸯在梁：鸳鸯双双落在鱼梁上。㉔戢（jí）其左翼：收起了它左侧的翅膀。戢：收敛，收拢。㉕之子无良：这个人品行不端。无良：不良，品行不端。㉖二三其德：反复无常的无情无义。二三：多次改变。其：他的。德：心意。㉗有扁斯石：这块扁平的石头。有：助词，放在形容词前。扁：扁平。斯：这。㉘履之卑兮：踩着它还是太矮。暗指自己已无法接近幽王。履：踏，踩。卑：低，矮。㉙俾我疧（qí）兮：使我愁苦不堪。疧：忧病。

【译文】

菅草细细开白花，白茅紧紧捆着它。恨他变心远离我，使我空房度年华。
天上白云降甘露，地下菅茅受润濡。怨我命运太不济，恨他白云还不如。
滮池河水向北流，灌溉稻田绿油油。边哭边唱伤心事，冤家还在我心头。
砍那桑枝好柴薪，我烧行灶来暖身。想起那个壮健汉，实在煎熬我的心。
宫廷里面敲大钟，钟声尚且传出宫。想你想得心不安，你却对我怒冲冲。
恶鹙堰头吃鱼腥，白鹤挨饿在树林。想起那个壮健汉，实在煎熬我的心。
堰上鸳鸯雌伴雄，嘴巴插在左翼中。可恨这人没良心，三心二意爱新宠。

扁扁垫石地上摆，石头虽贱他常踩。恨他变心远离我，相思成病将我害。

绵蛮

【原文】

绵蛮黄鸟[1]，止于丘阿[2]。道之云远[3]，我劳如何！
饮之食之[4]，教之诲之。命彼后车[5]，谓之载之[6]。
绵蛮黄鸟，止于丘隅[7]。岂敢惮行[8]，畏不能趋[9]。
饮之食之，教之诲之。命彼后车，谓之载之。
绵蛮黄鸟，止于丘侧[10]。岂敢惮行，畏不能极[11]。
饮之食之，教之诲之。命彼后车，畏之载之。

【注释】

①绵蛮：鸟叫声。②止：栖息。丘阿：小山坡。③道之云远：路太长了。④饮之食之：给他喝，给他吃。⑤命：命令，吩咐。后车：后面跟随的车子。⑥载之：让他上车。⑦隅：角落。⑧惮行：害怕走路。惮：畏惧，害怕。⑨趋：急走，跑步。⑩侧：旁边。⑪极：至，到达终点。

【译文】

黄鸟喳喳不住唱，停在路边山坡上。道路实在太遥远，奔波劳累真够呛！
给他水喝给他饭，教他劝他要坚强；副车御夫停一停，让他坐上也不妨。
黄雀喳喳叫得急，山坡角落把脚息。哪敢害怕走远路，只怕慢了来不及。
给他喝的给他吃，教他劝他别泄气；副车御夫停一停，让他坐上别着急。
黄雀喳喳叫得欢，停在路旁山坡边。哪敢畏惧走远路，就怕难以到终点。
给他喝的给他吃，教他劝他好好干；副车御夫停一停，让他坐上把路赶。

瓠 叶

【原文】

幡幡瓠叶①，采之亨之②。君子有酒③，酌言尝之④。

有兔斯首⑤，炮之燔之⑥。君子有酒，酌言献之⑦。

有兔斯首，燔之炙之⑧。君子有酒，酌言酢之⑨。

有兔斯首，燔之炮之。君子有酒，酌言酬之⑩。

【注释】

①幡（fān）幡：翻动貌。瓠（hù）：葫芦，其嫩叶可食。②亨："烹"之古字，煮。③君子：称贵族主人。④酌：斟酒。言：语助词。⑤斯：语助词。首：头，只。⑥炮（páo）：带毛烧烤。燔（fán）：烧肉使熟。⑦献：向客人敬酒。⑧炙：熏烤肉。⑨酢：客人答敬酒。⑩酬：回敬酒。

【译文】

风吹葫芦叶乱翻，采来做菜可佐餐。主人藏有好陈酒，请客一尝杯斟满。

几只野兔鲜又嫩，有煨有烤香喷喷。主人藏有好陈酒，斟满一杯敬客人。

几只野兔鲜又嫩，有的烤来有的熏。主人藏有好陈酒，宾客回敬满杯斟。

几只野兔肥又嫩，有的烤来有的煨。主人藏有好陈酒，宾主劝酒都干杯。

渐渐之石

【原文】

渐渐之石①，维其高矣②。山川悠远③，维其劳矣④。武人东征⑤，不遑朝矣⑥。

渐渐之石，维其卒矣⑦。山川悠远，曷其没矣⑧。武人东征，不遑出矣⑨。

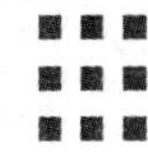

有豕白蹢[⑩]，烝涉波矣[⑪]。月离于毕[⑫]，俾滂沱矣[⑬]。武人东征，不遑他矣[⑭]。

【注释】

①渐（chán）渐之石：高峻壁立的岩石。渐渐：同“巉巉”，高峻的样子。②维其高矣：它高耸入云。维：语气词，表示肯定语气。③山川悠远：山高水长。悠远：遥远。④维其劳矣：它辽远无边。劳：通“辽”，辽远，广远。⑤武人东征：将士奉命东征。武人：将士，军人。⑥不遑朝矣：没有一点儿空闲。遑：闲暇。朝：早晨，形容很短的时间。⑦卒：通“崒”，高峻。⑧曷其没矣：什么时候才能走到头呢？曷：何时，什么时候。其：语气词，表示推测语气。没：尽头。⑨不遑出矣：只知前进，无暇考虑后退。出：退出，脱离。⑩有豕（shǐ）白蹢（dí）：猪儿白蹄。有：助词，放在名词的前面。豕：猪。蹢：蹄子。⑪烝涉波矣：跳进河中游水。烝：进，进入。涉波：游水。⑫月离于毕：月亮运行到毕宿的位置。古人认为月亮运行到毕宿的位置就会下大雨。离：通“丽”，附着。毕：毕宿，二十八宿之一，共有八颗星。⑬俾（bǐ）滂沱矣：会使天降滂沱大雨。俾：使。⑭不遑他矣：无暇顾及其他。

【译文】

满山石头真陡峭，那样危险那样高。山又多来水又遥，日夜行军路迢迢。将帅士兵去东征，军情紧急天未晓。高耸怪石堆满山，那样高峻那样险。山又高来水又长，征途何时能走完？将帅士兵去东征，勇往直前不想还。

有只白蹄大肥猪，跳进水里渡清波。月亮靠近毕星边，大雨滂沱积水多。将帅士兵去东征，其他事情没空做。

苕之华

【原文】

苕之华[①]，芸其黄矣[②]。心之忧矣，维其伤矣[③]！

苕之华，其叶青青。知我如此，不如无生。

牂羊坟首[④]，三星（鮏）在罶[⑤]。人可以食，鲜可以饱[⑥]。

【注释】

①苕（tiáo）：植物名，又名凌苕、凌霄或紫葳。蔓生木本，花黄赤色。②芸：黄盛。③维：犹何。④牂（zāng）：母绵羊。坟：大。绵羊头小角短，但羊身越瘦就显得头越大。⑤罶：鱼笱。这句是说罶中没有鱼，水静静地，映着星光。一说，星读为“鱼生”（xīng），小鱼。鱼小而少，所以不堪一饱。⑥以上二句是说可以得到食物的人也少有能吃饱的。

【译文】

凌霄藤上繁花放，千朵万朵是深黄。荒年心里真忧愁，无限痛苦念悲伤！
繁花满枝凌霄藤，花落叶儿密层层。早知做人这般苦，不如当初别出生！
身瘦头大一雌羊，空空鱼篓闪星光。灾荒年头人吃人，可怜还没填饥肠！

何草不黄

【原文】

何草不黄①，何日不行。何人不将②，经营四方。
何草不玄③，何人不矜④。哀我征夫，独为匪民⑤。
匪兕匪虎，率彼旷野⑥。哀我征夫，朝夕不暇。
有芃者狐⑦，率彼幽草。有栈之车⑧，行彼周道。

【注释】

①何草不黄：犹言无草不萎。诗人以草的憔悴象征人的憔悴。②将：行。上句是说一年之中无一日不奔走，这句是说无人能免于奔走。③玄：赤黑色，是百草由枯而腐的颜色。④矜：和“鳏”字通。无妻为鳏，久役的人丧失室家之乐，等于无妻。⑤匪民：非人。以上二句是说：我们从役的人难道不是人吗！⑥率：循。以上二句言身非野兽而行于旷野。⑦芃（péng）：本是众草丛生之貌，这里用来形容狐尾的蓬松。有芃：二句就所见起兴。⑧栈：就是高大的样子。（“有栈之车”和“有芃者狐”句法相同，

栈字应该是形容词。)

【译文】

哪有草儿不枯黄，哪有一天不奔忙。哪个人啊不出征，往来经营奔四方。

哪有草儿不腐烂，哪个不是单身汉。可怜我们出征人，偏偏不被当人看。

不是野牛不是虎，为啥旷野常出入。可怜我们出征人，整天劳累受辛苦。

狐狸尾巴毛蓬松，钻进路边深草丛。高高役车征夫坐，走在漫长大路中。

大雅

文王

【原文】

文王在上[①]，於昭于天[②]。周虽旧邦[③]，其命维新[④]。有周不显[⑤]，帝命不时[⑥]。

文王陟降[⑦]，在帝左右[⑧]。亹亹文王[⑨]，令闻不已[⑩]。陈锡哉周[⑪]，侯文王孙子[⑫]。

文王孙子，本支百世[⑬]。凡周之士[⑭]，不显亦世[⑮]。世之不显[⑯]，厥犹翼翼[⑰]。

思皇多士[⑱]，生此王国[⑲]。王国克生[⑳]，维周之桢[㉑]。济济多士[㉒]，文王以宁[㉓]。

穆穆文王[㉔]，於缉熙敬止[㉕]。假哉天命[㉖]，有商孙子[㉗]。商之孙子，其丽不亿[㉘]。

上帝既命[㉙]，侯于周服[㉚]。侯服于周，天命靡常[㉛]。殷士肤敏[㉜]，祼将于京[㉝]。

厥作祼将[㉞]，常服黼冔。王之荩臣[㊱]，无念尔祖[㊲]。无念尔祖，聿修厥德[㊳]。

永言配命[39]，自求多福[40]。殷之未丧师[41]，克配上帝[42]。宜鉴于殷[43]，骏命不易[44]。

命之不易，无遏尔躬[45]。宣昭义问[46]，有虞殷自天[47]。上天之载[48]，无声无臭[49]。

仪刑文王[50]，万邦作孚[51]。

【注释】

①文王在上：文王的英灵在天上。文王：周文王，姓姬名昌，商时为诸侯，深得各诸侯的拥护，为西方各诸侯的领袖，称西伯。其子武王推翻商纣王的统治，建立了周王朝，追遵他为文王。②於（wū）昭于天：啊！他的光辉照耀着上天。於：叹词，相当于“啊”。昭：光明，光耀。③周虽旧邦：周虽然是个古老的诸侯国。周从后稷开国，历经夏、商两朝，故称旧邦。④其命维新：它的天命是上帝所赋于的（上帝赋于它建立新王朝的使命）。命：天命，建立帝王之业的使命。维：语气词，加强判断语气。⑤有周不（pī）显：周的功业十分显耀。有：助词，放在名词前。不：通“丕”，大，十分。显：显耀，光耀。⑥帝命不时：上帝授命十分正确。时：善，正确。⑦文王陟（zhì）降：文王之灵上下升降。陟降：升降。⑧在帝左右：都紧随上帝左右。⑨亹（wěi）亹文王：勤勉不懈的文王。亹亹：勤勉的样子。⑩令闻不已：他的美名传遍天下。令闻：美好的名誉。不已：不停，不停地传扬。⑪陈锡哉周：德布四方开创周朝。陈：布，传布。锡：赐，恩赐。哉：通“载”，开始，开创。周：周朝。⑫侯文王孙子：是文王的子孙。侯：语气词，加强判断语气，相当于“维”，孙子：子孙，泛指后代。⑬本支百世：嫡系为天子支庶为诸侯百代不绝。本：本宗，嫡系。支：庶支，旁系。⑭凡周之士：凡是周朝的异姓之臣。士：朝臣，这里指周王朝的异姓之臣。⑮不显亦世：十分显耀累世不绝。亦：通“奕”，长，累。⑯世之不显：世世代代光耀显赫。之：助词，放在主语与谓语之间，取消句子独立性。⑰厥犹翼翼：他们为君谋划谨慎认真。厥：他们，犹：谋划。翼翼：恭敬谨慎的样子。⑱思皇多士：这么多的英才俊杰。思：助词，放在形容词之前。皇：美好。⑲生此王国：出生在这个王国。⑳王国克生：只有王国才能生出这么多英才俊杰。克：能。㉑维周之桢：他们是周朝的栋梁。维：参见注④。桢：支柱，栋梁。㉒济（jǐ）济多士：众多齐全的英才俊杰。济济：多而齐全。㉓文王以宁：文王之国

因此而安定繁荣。以：以此，因此。宁：安定。㉔穆穆文王：庄重恭敬的文王。穆穆：庄重恭敬的样子。㉕於缉熙敬止：啊！他光明伟大而谦虚谨慎。缉熙：光明。敬：谨慎认真。㉖假哉天命：伟大呀！上天的意志。假：大，伟大。天命：上天的意志，上天安排的命运。㉗有商孙子：施于商王朝的后代。㉘其丽不亿：他们的人数不止千千万万。丽：数目。亿：万万，这里强调多。㉙上帝既命：上帝已作出安排。既：已经，命：命令，安排。㉚侯于周服：即“侯服于周”，只有臣服于周王朝。侯：参见注⑫。服：臣服，归顺。㉛天命靡常：上天的意志并非恒久不变。靡：不。常：固定，恒久不变。㉜殷士肤敏：商朝的臣子多才而勤勉。殷士：商朝的臣子。肤：美，优秀。敏：勤勉。㉝祼（guàn）将于京：在镐京为周王助祭。祼：祭祀时，将白茅铺在神位前，把酒浇在白茅上，象征神灵饮酒。将：进献祭品。祼将是整个祭祀过程中的组成部分，商臣参与商王朝的祭礼，表示归顺周朝。京：周朝京城，镐京。㉞厥作祼将：他们在行祼将之礼时。作：行，做。㉟常服黼（fú）冔（xǔ）：还穿着商朝的礼服，戴着商朝的帽子。常：通“尚”，还，仍然。服：穿戴。黼：古代贵族绣有黑白相间斧形图案的礼服，这里指商朝的礼服。冔：商朝贵族戴的礼帽。㊱王之荩（jìn）臣：周王任用商朝的故臣。荩：进用，任用。㊲无念尔祖：告诫他们：“应想着你们的祖先。”无：助词，无实义。念：想，思念。㊳聿（yù）修厥德：提高自己的德行修养。聿：助词，放在动词前。修：修养，努力提高。德：道德，德行。㊴永言配命：永远地服从上帝的安排。永：长久，永远。言：副词词尾，相当于“……地”。配命：合乎天命，服从上帝的安排。㊵自求多福：自己求得更多的幸福。㊶殷之未丧师：商朝还未失去民心的时候。丧：丧失，失去。师：众，民众。㊷克配上帝：能服从上帝的意志。克：能。㊸宜鉴于殷：应当以商朝失德覆灭为鉴。宜：应。鉴：借鉴，以……为镜子。㊹骏命不易：上帝的安排来之不易。骏命：大命，上帝的安排。㊺无遏尔躬：不要断送在你的身上。无：通“毋”，别，不要。遏：绝，断送。躬：自身。㊻宣昭义问：光大文王的美名。宣：明。昭：显著。义：善，美。问：名声。㊼有虞殷自天：又要考虑商朝的兴亡取决于天意。有：又。虞：考虑。㊽上天之载：上天化育万物。载：通“栽”，培育长养。㊾无声无臭：没有声音，没有气味（在无形中化育万物）。臭：气味。㊿仪刑文王：效法文王。仪刑：效法。51万邦作孚：天下所有的诸侯国才会信服。作：开始。孚：信服。

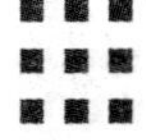

【译文】

文王神灵在天上，在天上啊放光芒。岐周虽是旧邦国，接受天命新气象。周朝前途无限量，上帝意志光万丈。

文王神灵升又降，常在上帝的身旁。勤勤恳恳周文王，美好声誉传四方。上帝赐他兴周国，文王子孙常兴旺。

文王子孙都繁衍，大宗小宗百世昌。天子臣仆周朝官，世代显贵沾荣光。世代显贵沾荣光，谋事谨慎又周详。

贤士众多皆俊杰，此生有幸在周邦。周邦能出众贤士，都是国家好栋梁。济济一堂人才多，文王安宁国富强。

端庄恭敬周文王，谨慎光明又善良。上天意志多伟大，殷商子孙来归降。殷商子孙蕃衍多，数字上亿难估量。

上帝已经下命令，殷商称臣服周邦。殷商称臣服周邦，可见天命并无常。殷人后代勤而美，来京助祭陪周王。

看他助祭行灌礼，冠服仍是殷时装。成王所用诸臣下，牢记祖德永勿忘。牢记祖德永勿忘，继承祖德发荣光。

常顺天命不相违，要求幸福靠自强。殷商未失民心时，能应天命把国享。借鉴殷商兴亡事，国运永昌不寻常。

国运永昌不寻常，切勿断送你身上。发扬光大好名声，须知殷鉴是天降。上天意志难猜测，无声无息真渺茫。

只有认真学文王，万国诸侯都敬仰。

大 明

【原文】

明明在下[①]，赫赫在上[②]，天难忱斯[③]，不易维王[④]。天位殷適[⑤]，使不挟四方[⑥]。

挚仲氏任[⑦]，自彼殷商，来嫁于周[⑧]，曰嫔于京[⑨]。乃及王季[⑩]，维德之行。

大任有身[⑪]，生此文王。维此文王，小心翼翼。昭事上帝[⑫]，聿怀

多福[13]。

厥德不回[14]，以受方国[15]。天监在下[16]，有命既集[17]。文王初载[18]，天作之合。

在洽之阳[19]，在渭之涘[20]。文王嘉止[21]，大邦有子[22]。大邦有子，伣天之妹[23]。

文定厥祥[24]，亲迎于渭。造舟为梁[25]，不显其光[26]。有命自天[27]，命此文王。

于周于京。缵女维莘，长子维行[28]，笃生武王[29]。保右命尔[30]，燮伐大商[31]。

殷商之旅[32]，其会如林[33]。矢于牧野[34]："维予侯兴[35]。上帝临女[36]，无贰尔心[37]。"

牧野洋洋[38]，檀车煌煌[39]，驷騵彭彭[40]。维师尚父[41]，时维鹰扬[42]。

凉彼武王[43]，肆伐大商[44]，会朝清明[45]。

【注释】

①明明在下：上帝对于下界的一切事情看得清清楚楚。明明：明察。②赫赫：显赫盛大的样子。在上：天帝在上面。③天难忱斯：天是难以信赖的，是说天道无常。忱：信赖。斯：语气助词。④不易维王：做国王是不容易的。⑤天位：帝王的位子。殷適（dí 敌）：殷商的嫡子。適：通"嫡"，正妻（大老婆）的儿子，指纣王。这句是说帝位让殷纣给占了。据《史记·殷本纪》载，帝乙的长子叫微子启，因为启的母亲贱（是妾），所以启不能继承皇帝的位子。而小儿子辛的母亲是正后（大老婆），古代只有大老婆的儿子，也就是嫡子（在古代大儿子不一定是嫡子），才能够继承，所以帝乙死后，辛就做了皇帝，帝辛就是纣王。⑥挟：拥有。四方：国家。⑦挚仲氏任：挚国的任家二姑娘，就是太任，是王季的妻子。挚：挚国。仲：次，老二。氏任：姓任，挚国的国君姓任。⑧"自彼殷商"两句：挚是殷商的一个诸侯国，所以说太任从殷嫁到周。⑨嫔：古代帝王的女儿出嫁。京：周京。⑩王季：太王的儿子，文王的父亲。⑪大（tài）任：即挚仲，文王的母亲。有身：有孕，怀孕。⑫昭：勤勉。事：侍奉。⑬聿怀：招来。⑭厥德：他的德行。回：邪僻，不正

派。⑮方国：四方诸侯之国，各诸侯国。⑯天监在下：上帝监视着下界。监：从上往下看，监视，监察。⑰有命既集：上帝把天命集中到文王身上。⑱初载：初年，文王即位的第一年。⑲洽：古代的河流名，现在叫金水河，发源于陕西省合阳县北，东南流入黄河。阳：河流的北岸。⑳渭：渭水。涘（sì）：水边。㉑嘉：嘉礼，喜事，到了结婚的时候。㉒大邦：指殷国。子：女子。㉓伣（qiàn）天之妹：好比天帝的妹妹，简直是天仙美女。伣：好像是，简直就像。㉔文定：下聘礼，订婚。祥：吉祥。㉕造舟为梁：用船搭成了浮桥。梁：桥，这里指浮桥。㉖不显其光：婚礼大大的风光，指婚礼的盛大。不：通“丕”，大。㉗有命自天：天帝下达命令。㉘“缵（zuān）女维莘（shēn）”两句：续娶的妃子是莘国的大姑娘。缵：继承，继续。莘：古国名，姓姒。长子：大女儿。行：出嫁。㉙笃生：生出来就不平凡，得到天帝的优厚赏赐而出生。㉚右：同“佑”，助。尔：指武王。㉛燮（xiè）：协调，协同。㉜旅：军队。㉝会：旗帜。如林：像树林一样，形容旗帜多，也就是军队多。㉞矢：通“誓”，誓师。牧野：地名，在今河南省淇县南。㉟维予侯兴：周国于是兴盛。维：语气助词。予：我，指周国。侯：乃，于是。㊱临：注视，监视。女：汝，你，你们。㊲贰心：二心。贰：副，两个。㊳洋洋：宽广的样子。㊴檀车：檀木战车。煌煌：明亮，闪闪发光的样子。㊵驷：四匹。騵（yuán）：红毛白腹的马。彭彭：健壮有力的样子。㊶师：官名，太师。尚父：吕望，姜子牙，俗名姜太公。㊷时:是。鹰扬：像老鹰一般飞扬。形容军队的迅猛。㊸凉：辅佐。㊹肆伐：纵兵讨伐。㊺会朝（zhāo）：牧野会战到早晨结束。清明：指会战以后天下安定。

【译文】

文王明德四海扬，赫赫神灵显天上。天命确实难相信，国王也真不易当。上帝有意王殷纣，却又使他失四方。

挚国任家二姑娘，从那遥远的殷商，嫁到我们周国来，来到京都做新娘。她跟王季配成双，专做好事美名扬。

太任怀孕降吉祥，生下这个周文王。就是这个周文王，小心谨慎很善良。明白怎样待上帝，招来幸福无限量。

他的德行真不坏，各国归附民所望。上天监视看下方，天命已经属文王。文王即位初年间，上天给他配新娘。

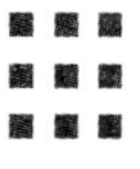

新娘住在洽水北，就在莘国渭水旁。文王将要行婚礼，大国有位好姑娘。大国有位好姑娘，好比天上仙女样。

定下聘礼真吉祥，文王亲迎渭水旁。联结木船当桥梁，婚礼显耀真辉煌。上天有命示下方，命令这个周文王。

周国京师建家邦。莘国有位好姑娘，她是长女嫁周邦，婚后生下周武王。天命所属天保佑，让他出兵伐殷商。

殷商派出军队来，军旗密密树林样。武王誓师在牧野："我周兴起军心壮，上帝监视看你们，休怀二心要争光！"

广阔牧野作战场，檀木兵车亮堂堂，四马威武又雄壮。三军统帅师尚父，好像雄鹰在飞扬。

协助武王带军队，指挥三军击殷商，一朝开创新气象！

绵

【原文】

绵绵瓜瓞[①]，民之初生，自土（杜）沮漆[②]。古公亶父[③]，陶复陶穴[④]，未有家室[⑤]。

古公亶父，来朝走马[⑥]，率西水浒[⑦]，至于岐下[⑧]。爰及姜女[⑨]，聿来胥宇[⑩]。

周原朊朊[⑪]，堇荼如饴[⑫]。爰始爰谋。爰契我龟[⑬]，曰止曰时[⑭]，筑室于兹。

乃慰乃止[⑮]，乃左乃右[⑯]。乃疆乃理[⑰]，乃宣乃亩[⑱]。自西徂东[⑲]，周爰执事[⑳]。

乃召司空[㉑]，乃召司徒[㉒]，俾立室家。其绳则直，缩版以载[㉓]，作庙翼翼[㉔]。

捄之陾陾[㉕]，度之薨薨[㉖]。筑之登登[㉗]，削屡冯冯[㉘]。百堵皆兴，鼛鼓弗胜[㉙]。

乃立皋门[㉚]，皋门有伉[㉛]。乃立应门[㉜]，应门将将[㉝]。乃立冢土[㉞]，

戎丑攸行[35]。

肆不殄厥愠[36]，亦不陨厥问[37]。柞棫拔矣[38]。行道兑矣[39]。混夷駾矣[40]，维其喙矣迺[41]。

虞芮质厥成[42]，文王蹶厥生[43]。

予曰有疏附[44]，予曰有先后[45]，予曰有奔奏[46]，予曰有御侮[47]。

【注释】

①瓞（dié）：小瓜。诗人以瓜的绵延和多实比周民的兴盛。②土（dù）：读为“杜”，《汉书·地理志》引作“杜”，水名，在今陕西省麟游、武功两县。武功县西南是故邰城所在地。邰是周始祖后稷之国。“沮”“漆”都是水名，又合称漆沮水。古漆沮水有二：一近今陕西邠县，就是后稷的曾孙公刘迁住的地方；一近今陕西岐山，就是周文王的祖父太王迁住的地方。以上二句是说周民初生之地是在杜水、沮水和漆水之间。③古公亶父：就是前注所说的太王。古公是称号，犹言故“邠公”。亶父是名。④陶：窑灶。复：同寝，即旁穿之穴。寝、穴都是土室。这句是说居住土室，象窑灶的形状。⑤家室：犹言宫室。以上二句是说亶父初迁新土，居处简陋。(本住豳地，因被狄人所侵迁到岐山。) ⑥朝：早。走：《玉篇》引作趣。趣马是驱马疾驰。这句是说亶父在早晨驰马而来。⑦率：循。浒：厓岸。⑧岐下：岐山之下。岐山在今陕西省岐山县东北。以上二句是说亶父循西来之水而到岐山下。⑨姜女：亶父之妃，姜氏。⑩胥：相，视。胥宇：犹言“相宅”，就是考察地势，选择建筑宫室的地址。⑪周：岐山下地名。原：广平的土地。膴膴（wǔ）：肥美。⑫堇：植物名，野生，可以吃。饴：用米芽或麦芽熬成的糖浆。堇菜和荼菜都略带苦味，现在说虽堇、荼也味甜如饴，足见周原土质之美。⑬契：刻。龟：指占卜所用的龟甲。龟甲先要钻凿，然后在钻凿出来的空处用火烧灼，看龟甲上的裂纹来断吉凶。占卜的结果用文字简单记述，刻在甲上。契或指凿龟，也可能指刻记卜言。⑭曰止曰时：“止”言此地可以居住，时：言此时可以动工，这就是占卜的结果。⑮慰：安。这句是说决定在此定居。⑯这句是说定居之后又划定左右隙地的用途。⑰疆：画经界。理：分条理。⑱宣：言导沟洫泄水。亩：言治田垄。⑲自西徂东：西东指周原之内，举西东以包南北。⑳周：徧。以上二句是说周原之内无人不担任工作。㉑司空：官名，营建的事属司空职掌。㉒司徒：官名，调配人力的事属司徒职掌。㉓缩：束。

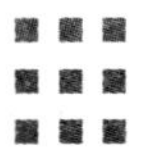

版：筑墙夹土的板。"缩版以载"言竖木以约束筑墙的版。㉔庙：供祖先的宫室。翼翼：严正貌。㉕捄（jiù）：聚土和盛土的动作。陾陾（réng）：众多。㉖度：向版内填土。薨薨：人声及倒土声。㉗筑：捣土。登登：捣土声。㉘屡：古"娄"字，读同"偻"，隆高。削娄是说将墙土隆高的地方削平。冯冯（píng）：削土声。㉙鼛（fù）：大鼓名，长一丈二尺。鼛鼓是为了使劳动着的人兴奋。以上二句是说百堵之墙同时兴工，众声齐起，鼛鼓的声音反不能胜过了。㉚皋门：王都的郭门。㉛伉（kàng）：高。㉜应门：王宫正门。㉝将将：尊严正肃之貌。㉞冢土：大社。社是祭土神的坛。㉟戎：兵。丑：众。攸：语助词。这句是说兵众出动。出军必须先祭社，所以诗人将两件事连叙。㊱肆：故。殄（tiǎn）：绝。厥：其，指古公亶父。愠：怒。㊲陨：失。问：名声。以上二句是说古公避狄而来未能尽绝愠怒，而混夷畏威逃遁，仍然保持声望。㊳柞（zuò）：植物名，橡栎之一种。棫：小木，丛生有刺。㊴行道：道路。兑：通。以上二句言柞棫剪除而道路开通。㊵混夷：古种族名，西戎之一种，又作昆夷、串夷、畎夷、犬夷，也就是犬戎。駾：奔突。㊶喙（huì）：通"瘃"，困极。以上二句言混夷逃遁而窘困。㊷虞：古国名，故虞城在今山西省平陆县东北。芮（ruì）：古国名，故芮城在今陕西省朝邑县南。质：要求平断。成：犹"定"。相传虞芮两国国君争田，久而不定，到周求西伯姬昌（即周文王）平断。入境后被周人礼让之风所感，他们自动地相让起来，结果是将他们所争的田作为闲田，彼此都不要了。㊸蹶：动。这句是说文王感动了虞芮国君礼让的天性。㊹予：周人自称。曰：语助词。王逸《楚辞章句》引作聿。疏附：宣布德泽使民亲附之臣。㊺先后：前后辅佐相导之臣。㊻奔奏：奔命四方之臣。"奏"亦"作"走。㊼御侮：捍卫国家之臣。以上四句富在文王时代我周有这四种良臣。

【译文】

大瓜小瓜藤蔓长，周族人民初兴旺，从杜来到漆水旁。古公亶父功业创，挖洞筑窑风雨挡，没有宫室没有房。

古公亶父迁居忙，清早快马离豳乡；沿着渭水向西走，岐山脚下土地广。他与妻子名太姜，勘察地址好建房。

周原肥沃又宽广，堇葵苦菜像饴糖。大伙计划又商量，刻龟占卜望神帮；神灵说是可定居，此地建屋最吉祥。

这才安心住岐乡，这边那边同开荒：丈量土地定田界，翻地松土垅成行。从西到东一片地，男女老少干活忙。

找来司空管工程，人丁土地司徒掌，他们领工建新房。拉开绳墨直又长，树起夹板筑土墙，建成宗庙好端庄。

铲土噌噌掷进筐，倒土轰轰声响亮，捣土一片登登声，括刀乒乒削平墙。百堵土墙齐动工，声势压倒大鼓响。

建起周都外城门，城门高大好雄壮。建起宫殿大正门，正门庄严又堂皇。堆起土台作祭坛，大众祈祷排成行。

狄人怒气虽未消，文王声誉并无伤。柞棫野树都拔尽，交通要道无阻挡。昆夷夹着尾巴逃，气喘吁吁狼狈相。

虞国芮国不再相争，文王感化改其本性。

我有贤臣相率来附，我有人才参预国政，我有良士奔走效力，我有猛将克敌制胜。

棫 朴

【原文】

芃芃棫朴①，薪之槱之②。济济辟王③，左右趣之④。
济济辟王，左右奉璋⑤。奉璋峨峨⑥，髦士攸宜⑦。
淠彼泾舟⑧，烝徒楫之⑨。周王于迈⑩，六师及之⑪。
倬彼云汉⑫，为章于天⑬。周王寿考，遐不作人⑭？
追琢其章⑮，金玉其相⑯。勉勉我王⑰，纲纪四方⑱。

【注释】

①芃（péng）芃：茂盛貌。棫：木名，青刚木，柞之一种。朴：木名，榆科落叶乔木。②槱（yǒu）：积柴备燃用。③济济：仪容盛美貌。辟（bì）：君。④左右：指左右大臣。趣（qū）：同趋，趋附。⑤奉：双手持。璋：古时官员朝聘、祭祀等隆重场合所持玉器。⑥峨峨：仪容庄重貌。⑦髦士：英俊之士，指大夫卿士。攸：所。宜，适合。⑧淠（pì）：舟行貌。泾：水名。⑨烝：众。徒：役者，指船夫。楫：船桨，指划

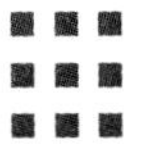

桨。⑩于：语助词。迈：出行。⑪六师：六军。《毛传》："天子六军。"及：跟随。⑫倬（zhuó）：广大。云汉：天河。⑬章：花纹。⑭遐：通"胡"，何。作：培养，造就。⑮追："雕"之借字。⑯相：质地。⑰勉勉：努力不懈貌。⑱纲纪：治理。

【译文】

棫树朴树枝叶茂，砍下当作祭柴烧。周王恭谨走在前，左右群臣跟着跑。
周王恭敬又严肃，群臣手捧玉酒壶。棒着酒壶真端庄，英俊贤士有气度。
泾水行船哗哗响，众人用力齐举桨。周王将要去远征，六军云集威风扬。
银河漫漫广无边，星光灿烂布满天。周王长寿在位久，何不树人用百年？
精雕细刻有才华，质如金玉无疵瑕。勤奋勉力我文王，张纲立纪教四方。

旱　麓

【原文】

瞻彼旱麓①，榛楛济济②。岂弟君子③，干禄岂弟④。
瑟彼玉瓒⑤，黄流在中⑥。岂弟君子，福禄攸降⑦。
鸢飞戾天⑧，鱼跃于渊⑨。岂弟君子，遐不作人⑩？
清酒既载⑪，骍牡既备⑫。以享以祀⑬，以介景福⑭。
瑟彼柞棫⑮，民所燎矣⑯。岂弟君子，神所劳矣⑰。
莫莫葛藟⑱，施于条枚⑲。岂弟君子，求福不回⑳。

【注释】

①瞻彼旱麓：看那旱山山麓。瞻：看，远望。旱：旱山，在今陕西省南部。②榛楛（hù）济济：榛树楛树茂密丛生。榛：树树，一种落叶小乔木。楛：楛树，形似荆条，丛生。济济：众多的样子。③岂（kǎi）弟君子：快乐平易的君子呀！岂弟：同"恺悌"，和乐平易。君子：这里指贵族。④干禄岂悌：在快乐平易中求福。干：求。禄：福。⑤瑟彼玉瓒（zàn）：那鲜亮光洁的玉瓒。瑟：鲜亮光洁的样子。瓒：古代祭祀时用以舀酒的器具，以玉圭为柄，柄端有铜勺。⑥黄流其中：敬神的

香酒盛在其中。黄流：用黑黍和香草酿成的香酒，祭祀时将其浇在铺在神位前的白茅上，象征神灵饮酒。⑦福禄攸降：福运就降临到他身上。攸：乃，就。⑧鸢飞戾天：老鹰展翅高飞，直冲云天。鸢：老鹰。戾：到，至。⑨鱼跃于渊：鱼儿在潭中跳跃。⑩遐不作人：怎么能不培育人才呢？遐：通“何”，怎么，为什么。作：培育。培养。⑪清酒既载：纯净的酒已经摆放停当。清：纯净。既：已经。载：陈设，摆放。⑫骍（xīng）牡既备：用于祭祀的红色公牛也已备好。古代祭祀要宰杀动物。骍：红色。牡：这里指公牛。⑬以享以祀：进上祭品，祭祀祖先。以：连词，表示两个动作并存。享：进献祭品。⑭以介景福：以求大福。以：连词，表示目的。介：求。景：大。⑮瑟彼柞（zuò）棫：那干干净净的柞树和棫树。柞：柞栎树，树小叶大。棫：棫树，也叫白桵。⑯民所燎矣：是老百姓焚烧的东西。所：代词，与所面的动词组成名词性结构，表示“……的东西”“……的人”。燎：放火焚烧。⑰神所劳（lào）矣：是神灵慰劳的人。劳：慰劳。⑱莫莫葛藟：那茂密的葛和藟。莫莫：茂密的样子。葛藟：葛和藟，都为蔓生植物。⑲施（yì）于条枚：蔓延缠绕在树的枝干上。施：蔓延。条：树枝。枚：树干。⑳求福不回：光明正大地求福。回：邪僻，不正常。

【译文】

遥望旱山那山麓，密密丛生榛与楛。平易近人好君子，品德高尚有福禄。
祭神玉壶有光彩，香甜美酒流出来。平易近人好君子，祖宗赐你福和财。
鹞鹰展翅飞上天，鱼儿跳跃在深渊。平易近人好君子，培养人才万万千。
摆好清醇美味酒，备好红色大公牛。虔诚上供祭祖先，祈祷神灵把福求。
密密一片柞棫林，砍下烧火祭神灵。平易近人好君子，神灵保佑百事成。
茂密葛藤长又柔，蔓延缠绕树梢头。平易近人好君子，不违祖德把福求。

思 齐

【原文】

思齐大任[①]，文王之母。思媚周姜[②]，京室之妇[③]。大姒嗣徽音[④]，则百斯男[⑤]。

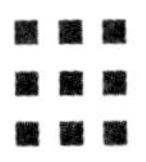

惠于宗公⑥，神罔时怨⑦，神罔时恫⑧。刑于寡妻⑨，至于兄弟，以御于家邦⑩。

雝雝在宫⑪，肃肃在庙⑫。不显亦临⑬，无射亦保⑭。肆戎疾不殄⑮，烈假不瑕⑯。

不闻亦式⑰，不谏亦入⑱。肆成人有德⑲，小子有造⑳。

古之人无斁㉑，誉髦斯士㉒。

【注释】

①思：句首语气助词。齐：庄敬。大任：即太任，王季的妻子，文王的母亲。②媚：美好，柔顺。周姜：即太姜，古公亶父的妻子，文王的祖母。③京室：王室。④大姒：即太姒，文王的妻子。嗣：继承。徽音：（太任等的）美好的声誉。⑤则百斯男：她有一百个儿子。因为太姒是正妻，可以把妾生的儿子算在她的名下。斯：其，她的。⑥惠：孝顺。宗公：宗庙先公，指在宗庙里的后稷以后，太王以前的一些祖宗。⑦神：指先公之神。罔：无，没有。时怨：所埋怨的。⑧恫（tōng）：痛苦，忧伤。⑨刑：通“型”，模范，榜样。寡妻：国君的嫡妻（大老婆）。国君在一国之中只有一个，所以古代的君主自己谦称寡人。古代君主的老婆有许多，但正妻只有一个，所以称寡妻。这里是指太姒；⑩御：治理，照管。家邦：家族和国家。⑪雝雝（yōng）：融和、和睦的样子。宫：宫室，家庭里。⑫肃肃：严肃恭敬的样子。庙：宗庙。祭祀祖先的地方，国君的叫宗庙，百姓的叫祠堂。⑬不显亦临：不明显的地方也到，即无微不至的关怀。⑭无射（yì）亦保：毫不厌倦地保护人民。射：厌倦。⑮肆戎疾不殄（tiǎn）：所以瘟疫之类的大病灾不再发生。肆：所以。戎疾：大病，指瘟疫一类。不殄：不善，不好。对疾病不利，就是说疾病不发生。⑯烈假（jiǎ）不瑕：严重的虫灾不发生。烈：严重，厉害。一说：“烈”就是“疠”。假：通“蛊”，害虫的总名。瑕：通“假”，至，到。⑰不闻亦式：即使不是有价值的意见也一样接受作为参考。闻：名声，有价值。式：规格，榜样，可作参考的。⑱不谏亦入：不是善意的意见也一样采纳。谏：向国君提意见。入：采纳。⑲成人有德：成年人有修养。德：品德，修养。⑳小子：孩子，青少年。有造：有造就，有培养前途。㉑古之人：指周文王。无斁（yì）：不厌弃。指对人才的喜爱。㉒誉髦斯士：提拔有才能的人。一说：“誉髦斯士”应该为“誉斯髦士”，“髦斯”

两字是传写的倒误。其实，“斯”字作语气助词，倒与不倒都一样。誉：赞美，推荐，提拔。

【译文】

太任端庄又严谨，文王之母有美名。周姜美好有德行，太王贤妻居周京。太姒继承好遗风，多子多男王室兴。

文王为政顺祖宗，祖宗欢喜无怨容，祖宗放心不伤痛。文王以礼待正妻，对待兄弟也相同，以此治国事事通。

和和睦睦一家好，恭恭敬敬在宗庙。认真视察明显事，警惕阴暗不辞劳。西戎祸患已断根，害人瘟疫不发生。

良计善策乐于用，忠言劝告记在心。所以成人品德好，儿童个个可深造。

文王育才永不倦，人才济济皆英豪。

皇 矣

【原文】

皇矣上帝[1]，临下有赫[2]。监观四方[3]，求民之莫[4]。维此二国[5]，其政不获[6]。

维彼四国[7]，爰究爰度[8]。上帝耆之[9]，憎其式廓[10]。乃眷西顾[11]，此维与宅[12]。

作之屏之[13]，其菑其翳[14]，修之平之[15]，其灌其栵[16]。启之辟之[17]，其柽其椐[18]。

攘之剔之[19]，其檿其柘[20]。帝迁明德[21]，串夷载路[22]。天立厥配[23]，受命既固。

帝省其山[24]，柞棫斯拔[25]，松柏斯兑[26]。帝作邦作对[27]，自大伯王季[28]。

维此王季[29]，因心则友[30]。则友其兄，则笃其庆[31]。载锡之光[32]。

受禄无丧[33]，奄有四方[34]。维此王季，帝度其心，貊其德音[35]。

其德克明[36]，克明克类[37]，克长克君[38]。王此大邦[39]，克顺克比[40]。

比于文王[41]，其德靡悔[42]。既受帝祉[43]，施于孙子[44]。

帝谓文王，无然畔援[45]，无然歆羡[46]，诞先登于岸[47]。

密人不恭[48]，敢距大邦[49]，侵阮徂共[50]。王赫斯怒[51]，爰整其旅，以按徂旅[52]。

以笃于周祜[53]，以对于天下[54]。依其在京[55]，侵自阮疆[56]。

陟我高冈[57]，无矢我陵[58]，我陵我阿[59]。无饮我泉，我泉我池。

度其鲜原[60]，居岐之阳[61]，在渭之将[62]。万邦之方[63]，下民之王。

帝谓文王，予怀明德[64]，不大声以色[65]，不长夏以革[66]。

不识不知[67]，顺帝之则。帝谓文王，询尔仇方[68]，同尔兄弟。

以尔钩援[69]，与尔临冲[70]，以伐崇墉[71]。

临冲闲闲[72]，崇墉言言[73]。执讯连连[74]，攸馘安安[75]。

是类是禡[76]，是致是附[77]，四方以无侮。

临冲茀茀[78]，崇墉仡仡[79]。是伐是肆[80]，是绝是忽[81]，四方以无拂[82]。

【注释】

①皇：大，如今言伟大。②临：居上视下。有：形容词词头。赫：明亮。③监：监视。④莫：安定。《尔雅·释诂》："莫，定。"⑤维：语首助词。二国：指夏殷二朝。夏桀殷纣皆灭亡之国君。⑥获：得。此句言其政不得其正，即政治失误。⑦四国：四方之国。指殷商时的诸侯国。⑧爰：于是。究：谋划。度（duó）：考虑。⑨耆（qí）：厌恶。⑩式：用。指施行暴政。廓：大，指举动更大，不收敛。⑪眷：回视，转头看。顾：回头看。西顾：指注意到岐周。⑫此：这里，指岐周之地。维：仅，只。宅：居住。此句言只和周人同住岐周，即保佑周人。⑬作：拔起。屏（bǐng）：除去。⑭菑（zì）：直立未倒的枯木。翳：通"殪"，倒地的枯木。⑮平：

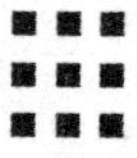

治理。⑯灌：灌木。栵（lì）：砍伐后再生的小树。⑰启：开拓。辟：开辟。⑱柽（chēng）：木名，即柽柳。椐（jū）：木名，即灵寿木，多肿节。⑲攘：除去。剔：剪除。⑳檿（yǎn）：木名，亦名山桑。柘（zhè）：木名，亦名黄桑。㉑帝：上帝。迁：移就。明德：美好的品德，此指具有美好品德之人。此句言上帝转而佑助周王。㉒串（guàn）：习惯。夷：通“彝”，常道。载：则。路：大，指强大。此句言周王惯行常道则功业盛大。一说串夷即昆夷。㉓厥：其。配：匹对，指德与天相配之人。天是上帝，与其相配即下帝天子。㉔省（xǐng）：视察。㉕柞：柞树。棫（yù）：棫树。斯：语助词。拔（bèi）：树生枝叶。㉖兑（duì）：直。㉗作：生，创造。邦：指周国。对：匹配，指配天之国君。㉘大（tài）伯：即太伯，古公亶父的长子。王季：古公亶父少子。㉙维：语首助词。㉚因：凭靠。因心：凭真心。友：友爱。㉛笃：厚，多。庆：善。㉜载：语首助词。锡：赐给。光：荣耀。此句谓上帝赐给王季王位。㉝禄：福禄。㉞奄：全。㉟貊（mò）：静，安定。德音：美好的声誉。此句言保持美誉不变。㊱克：能够。㊲明：指明察是非。类：指分辨善恶。㊳长，指作师长。君：指作君主。㊴王（wàng）：统治。㊵顺：指使人顺服。比：跟从，指上下亲和。㊶比：及。㊷靡：无。悔：因祸而悔。无悔：即无可悔之过失。㊸祉：福。㊹施（yì）：延续。㊺无然：不要如此。无：通“毋”。然：如此。畔援：跋扈。㊻歆羡：羡慕而欲得到。歆：欣悦。㊼诞：语首助词。岸：喻高位。此句谓就能最先得天下。㊽密：即密须，商时姞姓之国，在今甘肃灵台县西。㊾距：通“拒”，抗拒。大邦：指周国。㊿阮：商代诸侯国，在今甘肃泾川县境。徂：往，指去侵伐。共（gōng）：古国名，在今甘肃泾川县北。51王：指文王。赫斯：发怒貌。斯：形容词尾。52按：遏止。旅：通“莒”（jǔ）：古国名，地在密须附近。53笃：厚，增加。祜：福。54对：顺合。55依：凭靠。京：高丘。56疆：边界。57陟：登。58矢：陈，指陈兵。59阿（ē）：大丘陵。60度（duò）：测量。鲜，通巘（yǎn）：小山。原：平地。此句谓伐密须胜利后规划扩大了的疆域。61岐：岐山，在今陕西岐山县东北。阳：山南。62渭：渭水。将：旁侧。63方：榜样64怀：眷念。65以：而。此句言不声音高大而变容色去对待人。谓谦慎不骄。66夏：大。长夏：由弱小成长，指强大。革：变更。此句言不因已成强大而改变品德。67不识不知：不知不觉。68仇（qiú）：同“伴”。仇方：指友好之国。下句“同尔兄弟”，《后汉书·伏湛传》《太平御览》

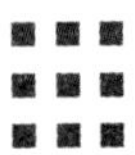

卷六十七引此诗，并作“同尔弟兄”，今本“弟”“兄”误倒，以致失韵，当更正。⑲钩：钩梯。能钩着城壁，人因援引而上。援：拉引。⑳与：给予。临：临车，居高临下攻城的战车；冲：冲车，从旁边冲破城墙的战车。㉑崇：古国名，在今陕西西安沣水南。墉：城。㉒闲闲：车摇动行进貌。㉓言言：高大貌。㉔执：捉捕。讯：指可审问的俘虏。连连：连续不断貌。㉕攸：所。馘（guó）：割下所杀敌人左耳以计功。安安：从容不迫貌。㉖是：于是。类：通“禷”，军队在出师前祭天。祃（mà）：军队于所征之地祭神。㉗致：招来。附：归附。此句言招来崇人使他们归附。㉘茀（fú）茀：强盛貌。㉙仡（yì）仡：同“屹屹”，高耸貌。㉚伐：攻打。肆：纵兵冲击。㉛绝：杀尽。忽：很快消灭。㉜拂：违抗。

【译文】

上帝光焰万丈长，俯视人间真明亮。洞察全国四方事，了解民间疾苦状。想起夏商两朝末，不得民心国危亡。

思量四方诸侯国，天下重任谁能当。上帝意在岐周国，有心扩大它封疆。于是回头望西方，同住岐山佑周王。

砍掉杂树辟农场，枯枝朽木全扫光。精心修剪枝和叶，灌木丛丛新枝长。开出疆域辟土地，除尽柽椐路通畅。

剔去坏树留好树，留下山桑和黄桑。上帝卫护明德主，犬戎败逃走仓皇。上天立他当天子，政权巩固国兴旺。

上帝视察岐山阳，柞棫小树都拔光，松柏直立郁苍苍。上帝建立周王国，太伯王季始开创。

这位王季好品德，对兄友爱热心肠。王季热心爱兄长，他使周邦福无疆，天赐王位显荣光。

永享福禄保安康，统一天下疆域广。这位王季真善良，天生思想合政纲，他的美名播四方。

他能明辨是和非，区别坏人和善良，堪称师范好君王。在此大国当君主，上下和顺人心向。

到了文王接王位，人民爱戴德高尚。既受上帝赐福禄，子孙万代绵绵长。

上帝启示周文王，不要暴虐休狂妄，莫羡他人当自强，先据高位路康庄。

密人态度不恭顺，竟敢抗拒周大邦，侵阮袭共太猖狂。文王勃然大震怒，整顿军队去抵抗，阻止敌人向莒闯。

周族福气才巩固，民心安稳定四方。周京军队真强壮，从阮班师凯歌扬。

登上岐山远瞭望，没人敢占我山冈，高山大陵郁苍苍；没人敢饮我泉水。

清泉绿池水汪汪，规划山头和平原，定居岐山面向阳，紧靠渭水河边旁。你为万国作榜样，天下人民心向往。

上帝告诉周文王，美好品德我赞赏，从不疾言和厉色，遵从祖训依旧章。

好像不知又不觉，顺乎天意把国享。上帝又对文王说，团结邻国多商量，联合同姓众国王。

用你大钩和戈刀，临车冲车赴战场，讨伐崇国削殷商。

临车冲车声势壮，崇国城墙高又长。捉来俘虏连成串，割下敌耳装满筐。

祭祀天神祈胜利，安抚残敌招他降，各国不敢侮周邦。

临车冲车威力强，崇国城墙高又广。冲锋陷阵士气旺，消灭崇军有威望，各国不敢再违抗。

灵 台

【原文】

经始灵台①，经之营之②。庶民攻之③，不日成之④。
经始勿亟⑤，庶民子来⑥。王在灵囿⑦，麀鹿攸伏⑧。
麀鹿濯濯⑨，白鸟翯翯⑩。王在灵沼⑪，於牣鱼跃⑫。
虡业维枞⑬，贲鼓维镛⑭。於论鼓钟⑮，於乐辟廱⑯。
於论鼓钟，於乐辟廱。鼍鼓逢逢⑰，阇瞍奏公⑱。

【注释】

①经始灵台：规划建筑灵台。经：规划。始：通“治”，治理，建造。灵台：可用于观测天象，也可用于游观，相传为周文王所建。②经之营之：规划它，建造它。

营：治理，建造。之：它，指灵台。③庶民攻之：老百姓齐心合力建造它。庶民：民众，百姓。攻：制作，建造。④不日成之：没几天就建成了。不日：没几天。成：建成。⑤经始勿亟：规划建筑不必太急。勿：不要，不必。亟：急，紧急。⑥庶民子来：老百姓像儿子一样主动前来劳动。子：像儿子一样，指主动前来。⑦王在灵囿：文王游赏灵囿。灵囿：囿名。囿为古代帝王畜养鸟兽的地方。⑧麀（yōu）鹿攸伏：母鹿公鹿就静静地伏在那里。麀：母鹿。攸：乃，就。⑨濯濯：肥硕油亮的样子。⑩白鸟翯（hè）翯：白鸟洁白光洁。翯翯：洁白有光泽的样子。⑪灵沼：池沼名，供周王游赏观鱼。⑫於（wū）牣（rèn）鱼跃：啊！满池鱼儿蹦跳欢跃。於：感叹词，相当于"啊"。牣：满。⑬虡（yù）业维枞（cōng）：木架、大板和崇牙。虡：古代悬挂编钟、编磬的木架的立柱。业：放有悬挂钟磬的架子上刻有锯齿的大板，用于装饰钟架。维：和。枞：悬挂钟磬的木架上所刻的锯齿，也叫"崇牙"。⑭贲（fén）鼓维镛：挂着大鼓和大钟。贲：一种大鼓。镛：大钟。⑮於论（lún）鼓钟：啊！鼓声钟声和谐悦耳。论：通"伦"，有条理，节奏鲜明流畅。⑯于乐辟廱（yōng）：啊！文王在学校里多么高兴。辟廱：周王朝为贵族子弟设立的学校。⑰鼍（tuó）鼓逢（péng）逢：鼍鼓冬冬响。鼍：扬子鳄，也叫鼍龙，皮可制鼓。逢逢：鼓声。⑱矇（méng）瞍（sǒu）奏公：盲人乐师奏乐献艺。矇、瞍：都指盲人。古代多用盲人担任乐官。奏公：进行工作，指开始演奏乐曲。

【译文】

开始规划造灵台，仔细经营巧安排。黎民百姓都来干，灵台建成进度快。
建台本来不着急，百姓起劲自动来。国王游览灵园中，母鹿伏在深草丛。
母鹿肥大毛色润，白鸟洁净羽毛丰。国王游览到灵沼，满池鱼儿欢跳动。
木架大版崇牙耸，挂着大鼓和大钟。钟声鼓声配合匀，国王享乐在离宫。
鼓声钟声配合匀，国王享乐在离宫。敲起鼍鼓响蓬蓬，瞽师奏乐祝成功。

下　武

【原文】

下武维周①，世有哲王②。三后在天③，王配于京④。
王配于京，世德作求⑤。永言配命⑥，成王之孚⑦。

成王之孚，下土之式[⑧]。永言孝思[⑨]，孝思维则[⑩]。
媚兹一人[⑪]，应侯顺德[⑫]。永言孝思，昭哉嗣服[⑬]。
昭兹来许[⑭]，绳其祖武[⑮]。於万斯年[⑯]，受天之祜[⑰]。
受天之祜，四方来贺。於万斯年，不遐有佐[⑱]。

【注释】

①下武：有圣德能继续先王功业。下：后代（能继）。武：步伐。丰功伟绩。维周：是周朝。②世：世世代代。哲王：贤明的君主。③三后：指王季、文王、武王。一说：指太王、王季、文王。④王：指周成王。京：镐京。⑤世德：世世代代的德行。求：通“逑”，配（于天）。⑥永言：永远，长久。言：语气助词。配命：符合天帝的意思。⑦成王：武王的儿子。孚：诚实，可信赖。⑧式：榜样。⑨孝思：有孝敬先人的思想；⑩则：法则，典范。⑪媚：爱戴。⑫应（yìng）：接受。侯：君主，指成王，成王的。顺德：美好的德行。⑬昭：显示。嗣服：继承先人的事业。⑭昭兹：明确告诉那些。来许：后辈、后人、后代、后进。⑮绳：继续。祖武：祖宗的脚步。⑯万斯年：几万年，永远。⑰祜：大福。⑱不遐：永远。佐：辅佐。

【译文】

周人能继祖先业，代代都有好国王。三代先王灵在天，武王在镐把国享。
武王在镐把国享，堪与祖德共增光。永远顺应上天命，成王守信有威望。
成王守信有威望，身为天下好榜样。永遵祖训尽孝道，效法先人建周邦。
人们爱戴周成王，能承祖德国运昌。永遵祖训尽孝道，后代争气名远扬。
后代争气名远扬，继承祖业世永昌。国祚绵绵万年长，受天之福永兴旺。
受天之福永兴旺，四方来贺庆吉祥。国祚绵绵万年长，怎无辅佐作屏障！

文王有声

【原文】

文王有声[①]，遹骏有声[②]。遹求厥宁[③]，遹观厥成。文王烝哉[④]！
文王受命，有此武功。既伐于崇[⑤]，作邑于丰[⑥]。文王烝哉！

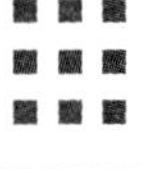

筑城伊淢⑦，作丰伊匹⑧。匪棘其欲⑨，遹追来孝⑩。王后烝哉⑪！

王公伊濯⑫，维丰之垣⑬。四方攸同⑭，王后维翰⑮。王后烝哉！

丰水东注⑯，维禹之绩⑰。四方攸同，皇王维辟⑱。皇王烝哉！

镐京辟雍⑲，自西自东，自南自北，无思不服⑳。皇王烝哉！

考卜维王㉑，宅是镐京㉒。维龟正之㉓，武王成之。武王烝哉！

丰水有芑㉔，武王岂不仕㉕？诒厥孙谋㉖，以燕翼子㉗。武王烝哉！

【注释】

①声：声誉。②遹（yù）：发语词，同“聿”“曰”。骏：大，增大。③厥：其，指天下。④烝：君，尊贵伟大之意。⑤崇：古国名，殷商时有崇侯虎。其地在今陕西户县一带。⑥邑：都邑。丰：地名。在今陕西西安西南，沣水以西，本为崇国地，周文王伐崇后，将都邑从岐迁于此。⑦伊：是。淢（xù）：通“洫”，护城河。⑧匹：匹配。⑨匪：非。棘：通“急”。欲：欲望。⑩追：追随于后。来孝：来行孝敬。⑪王后：君王。后：君主。⑫公：公侯。濯：大，伟大。⑬维：语助词，有判断之意。垣：城墙。⑭攸：所。同：聚。⑮翰：通“榦”，筑墙的支柱。⑯丰水：即沣水，源出今陕西西安西南秦岭山，与渭水合流注入黄河。⑰绩：通“迹”，足迹。传说因大禹治水，故言沣水所流是其足迹。⑱皇：大。辟（bì）：君主。⑲镐京：地名，故地在今陕西西安西南沣水东。文王都丰，在镐京建离宫。武王灭商后，自丰迁都于此。辟雍：离宫。⑳思：心想。㉑考：察看。卜：占卜。㉒宅：定居。㉓龟：古人占卜用龟定吉凶。正：确定。㉔芑（qǐ）：一种野菜，可食。㉕仕：作事，犹言有所作为。㉖诒：同“贻”，赠给。厥：其。孙：子孙。㉗燕：通“宴”，安。翼：庇护。子：子孙。

【译文】

文王已有好名望，大名鼎鼎四海扬。力求人民得安宁，终见成功国富强。人人赞美周文王！

文王受命封西伯，立下武功真辉煌。举兵讨伐崇侯虎，迁都丰邑好地方。人人赞美周文王！

按照旧河筑城墙，丰邑规模也相当。个人欲望不贪图，孝顺祖先兴周邦。人人赞美周文王！

文王功业真辉煌，他是丰都的城墙。四方同心齐归附，扶持天下是栋梁。人人赞美周文王！

沣水东流入黄河，大禹之功不可磨。四方同心齐归附，君临天下是楷模。英明武王美名播！

镐京离宫喜落成，诸侯朝见来观光，东西南北都到齐，哪个不服我周邦。人人赞美周武王！

国王卜居问上苍，定居镐京最吉祥。迁都决策神龟定，武王完成功无量。英明伟大周武王！

沣水水芹长得旺，难道武王在闲逛？留下安民好谋略，保护儿子把国享。英明伟大周武王！

生　民

【原文】

厥初生民[1]，时维姜嫄[2]。生民如何？克禋克祀[3]，以弗（祓）无子[4]。

履帝武敏歆[5]，攸介攸止[6]，载震载夙[7]，载生载育，时维后稷[8]。

诞弥厥月[9]，先生如达[10]。不坼不副[11]，无菑无害[12]。

以赫厥灵[13]，上帝不宁。不康禋祀[14]，居然生子[15]。

诞置之隘巷[16]，牛羊腓字之[17]；诞置之平林[18]，会伐平林[19]。

诞置寒冰，鸟覆翼之。鸟乃去矣，后稷呱矣[20]。

实覃实訏[21]，厥声载路[22]。诞实匍匐[23]，克岐克嶷[24]，以就口食[25]。

艺之荏菽[26]，荏菽旆旆[27]。禾役穟穟[28]。麻麦幪幪[29]。瓜瓞唪唪[30]。

诞后稷之穑，有相之道[31]。茀厥丰草[32]，种之黄茂[33]。

实方实苞[34]，实种实褎[35]。实发实秀[36]，实坚实好[37]。实颖实栗[38]。

即有邰家室[39]。诞降嘉种[40]，维秬维秠[41]，维穈维芑[42]。

恒之秬秠[43]，是获是亩[44]；恒之穈芑，是任是负[45]；以归肇祀[46]。

诞我祀如何？或舂或揄[47]，或簸或蹂[48]。

释之叟叟[49]，烝之浮浮[50]。载谋载惟[51]，取萧祭脂[52]。
取羝以軷[53]，载燔载烈[54]，以兴嗣岁[55]。
卬盛于豆[56]，于豆于登[57]。
其香始升，上帝居歆[58]，胡臭亶时[59]？
后稷肇祀，庶无罪悔，以迄于今[60]。

【注释】

①民：人，指周人。②时：是。姜嫄：传说中远古帝王高辛氏（帝喾）之妃，周始祖后稷之母。姜是姓。“嫄”亦作“原”，是谥号，取本原之义。以上二句言姜嫄始生周人，就是指生后稷。③禋（yīn）祀：一种野祭。祭时用火烧牲，使烟气上升。这里似指祀天帝。一说指祀郊禖。禖是求子之神，祭于郊外。④弗：“祓”的借字。祓是除不祥，祓无子就是除去无子的不祥，也就是求有子。⑤履：践，踩。帝：天帝。武：指足迹。敏：脚拇指，“武敏”就是足迹的大指处。歆：心有所感的样子。姜嫄踏巨人脚印而感生后稷的故事是周民族的传说（或疑履迹是祭祀仪式的一部分，即一种象征的舞蹈。所谓帝就是代表上帝的神尸。神尸舞于前，姜嫄尾随其后，踏神尸之迹而舞）。⑥介：读为“愒”，息。这句是说祭祀完毕休息。⑦震：娠，就是怀身。夙：肃，言谨守胎教。⑧时维后稷：即是为后稷。后稷又名弃。⑨诞：发语词，有叹美的意思。弥：满。弥厥月：言满了怀孕应有的月数。⑩先生：犹言“首生”。达：滑利。这句是说头生子很顺利地生出。⑪坼：裂。副：破裂。这句是说生得滑利不致破裂产门。⑫菑：灾字的古写。⑬赫：显。这句是说因上述的情况而显得灵异。⑭宁、康：都训安，言上帝莫非不安享我的禋祀吗？这是写姜嫄的惴惧。踏大人迹而生子是大怪异的事，姜嫄疑为不祥，所以下文又说“居然生子”。⑮居然：徒然。生子而不敢养育所以为徒然。这里三句辞意和下章紧相连接。⑯隘：狭。这句是说将婴儿弃置在狭巷。⑰腓：见《采薇》篇。字：乳育。⑱平林：平原上的树林。⑲会：适逢。这句是说适逢有人来伐木，不便弃置。⑳呱：啼哭。㉑实：与“寔”同，作“是”解。覃：廷。訏：大。㉒载：满。以上二句言婴儿哭声壮大。㉓匐：古音“必”。匍匐：伏地爬行。㉔岐：知意。嶷：认识。克岐克嶷：是说能有所识别。㉕以：同已。就：求。以上三句是说后稷当才能匍匐的时候就很聪颖，能自求口食。㉖蓺：种植。荏菽：大豆。这句的“蓺之”两字贯下“禾役”“瓜瓞”等句。㉗旆旆：即芾芾，茂盛。㉘役：《说文》引作颖。禾

尖。穟穟：美好。㉙幪幪：茂盛覆地。㉚唪唪：《说文》引作“菶菶”，多果实貌。以上五句是说后稷知道游戏时候就爱好种植，所种瓜谷无不良好。㉛相：助。以上二句是说后稷的收获有助成之道，即指下文茀草等事。㉜茀：拔除。㉝黄茂：指嘉谷。㉞方:整齐。苞：丰茂。㉟种：肥盛。褎：长高。㊱发：舒发。秀：初长穗。㊲坚好：言谷粒充实。㊳颖：垂穗。栗：犹栗栗，众多。以上五句依禾生长成熟的次第描写禾的美好，言外见出人工之善。㊴邰：地名，又作“斄”，音同。邰故城在今陕西省武功县西南。这句是说后稷到邰地定居。相传后稷在虞舜时代佐禹有功，始封于邰。㊵降：言天赐。㊶秬：黑黍。秠：一稃（米壳）含有二粒米的黑黍。㊷穈：赤苗嘉谷（初生时叶纯色）。芑（qǐ）：白苗嘉谷（初生时色微白）。㊸恒（héng）：犹“满”。恒之秬秠：言遍种秬秠。㊹是获是亩：收割而分亩计数。㊺任：犹“抱”。㊻肇：始。以上五句言遍种四种谷，成熟后收获抱负而归，始祭上帝。㊼揄：《说文》作舀，取出。㊽蹂:揉搓。㊾释：淘米。叟叟：亦作溲溲或謏謏，释米之声。㊿烝：同“蒸”。浮浮：《说文》引作“烰烰”，热气上升貌。以上四句写准备用于祭祀的米和酒。(51)惟：思。言思念于祭祀的事。(52)萧：香蒿。祭脂：即牛肠脂。祭祀用香蒿和牛肠脂合烧，取其香气。(53)羝：牡羊。軷：祭道路之神。因为将要郊祀上帝，先祭道神，就是《说文》所说“将有事于道，必先告其神。”达句是说取牡羊为牲以用于軷祭。(54)燔（fán）、烈：烧烤。这句是说将萧与脂烧燎起来。(55)嗣岁：来年。这句是说祭祀是为了兴旺来年，意思就是祈求来岁的丰年。(56)卬（áng）：我。(57)豆：盛肉食器，木制。登：瓦豆。(58)居:安。歆：享。(59)胡：犹“何”。臭：气息。即指上文“其香始升”的香。亶：诚。“时”，得其时。这句是说何以那馨香之气这样地真正得其时呢，这是赞美的话。(60)迄：到。以上三句是说后稷始创周人的祭祀制度，直到于今，庶几乎没有获罪于天，遗恨于心的事了。

【译文】

最初生下周祖先，那是有邰姜嫄娘。如何生下周族人？姜嫄祈祷祭上苍，因为尚未生儿郎。

踩了上帝拇趾印，神灵保佑赐吉祥。十月怀胎行端庄，一朝生子勤抚养，便是后稷周先王。

怀孕足月期限满，头胎生子真顺当。产门没破更没裂，无灾无难身健康。

显出灵异和吉祥，上帝原来心不安，姜嫄惊慌祭祀忙，徒然生下小儿郎。

把他丢在小巷里，牛羊喂奶当妈妈。把他丢到树林中，樵夫砍柴救娃娃。

把他丢到寒冰上，大鸟展翅温暖他。后来大鸟飞走了，后稷啼哭声哇哇。

哇哇不停嗓门大，声音满路人惊讶。后稷刚会地上爬，又是聪明又乖巧，能够觅食吃得饱。

少年就会种大豆，大豆一片长得好。种出谷子穗垂垂，麻麦茂密无杂草，瓜儿累累真不少。

后稷种地种得好，能够想出好门道。除却满田野生草，选择良种播得早。

种籽含苞吐嫩芽，禾苗窜出向上冒。拔节抽穗渐结实，谷粒饱满颜色好，禾穗沉沉产量高。

定居邰地乐陶陶。后稷推广好种籽，子子粒粒黍米大，糜子高粱棵棵粗。

遍地秬子和秠子，收获下来堆垅亩。遍地糜子和高粱，挑着背着忙运输，运回开始祭先祖。

说起祭祀怎个样？有的舂米有舀粮，有的搓米有扬糠。

淘米声音叟叟响，蒸饭热气喷喷香。祭祀大事同商量，涂脂烧艾味芬芳。

拿来公羊剥去皮，又烧又烤供神享。祈求来年更丰穰。

我把祭肉装进碗，木豆瓦登都用上。

香气渐渐溢满堂，上帝降临来品尝，菜饭味道确实香。

后稷开创祭祀礼，幸蒙神佑没灾殃，至今流传好风尚。

行 苇

【原文】

敦彼行苇①，牛羊勿践履②。方苞方体③，维叶泥泥④。

戚戚兄弟⑤，莫远具尔⑥。或肆之筵⑦，或授之几⑧。

肆筵设席⑨，授几有缉御⑩。或献或酢⑪，洗爵奠斝⑫。

醓醢以荐⑬，或燔或炙⑭。嘉殽脾臄⑮，或歌或咢⑯。

敦弓既坚⑰，四鍭既钧⑱。舍矢既均㉑，序宾以贤⑳。

敦弓既句㉑，既挟四鍭㉒。四鍭如树㉓，序宾以不侮㉔。

曾孙维主㉕，酒醴维醹㉖。酌以大斗㉗，以祈黄耇㉘。
黄耇台背㉙，以引以翼㉚。寿考维祺㉛，以介景福㉜。

【注释】

①敦（tuán）彼行（háng）苇：那路边的芦苇丛丛密密。敦：丛聚的样子。行：道路。②牛羊勿践履：不要让牛羊践踏它。勿：不要，别。③方苞方体：芦苇茂盛茎杆茁壮。方：开始。苞：茂盛。体：长成形体，长出茎杆。④维叶泥（nǐ）泥：叶儿蓬勃翠绿。维：语气词，表示肯定语气。泥泥：叶润泽的样子。⑤戚戚兄弟：亲如骨肉的兄弟。戚戚：亲热。⑥莫远具尔：不要互相疏远，都要彼此亲近。莫：别，不要。远：疏远。具：通“俱”，都。尔：通“迩”，近，亲近。⑦或肆之筵：又给他们铺上竹席。或：又，表示并列的几个动作。肆：陈设，铺上。之：他们，指客人。筵：竹编的垫席。⑧或授之几（jī）：又给他们摆好几案。授：给予。几：矮桌，古人设在座前摆放食物。⑨肆筵设席：铺好竹席，展开蒲席。设：陈设，铺设。席：莞蒲织的席子。⑩授几有缉（qī）御：侍者轮流将菜肴摆上几案。缉：相继，轮番不断地。御：进献，上菜。⑪或献或酢（zuò）：有的（主人）敬酒，有的（客人）回敬。或：有的人。献：主人向客人敬酒。酢：客人回敬主人。⑫洗爵奠斝（jiǎ）：主人洗好酒杯斟酒敬客，客人饮毕置之案上。爵：古代的酒器，青铜铸成。奠：放置。斝：古代酒器，与爵类似。周代饮酒仪式是：敬酒前要将酒杯洗一洗，斟满酒后敬给客人，客人饮毕将其放在几案上。⑬醓（tǎn）醢（hǎi）以荐：摆上多汁的肉酱。醓：肉酱的汁。醢：肉酱。以：用。荐：进献，摆上。⑭或燔（fán）或炙（zhì）：有的是烤肉，有的是烧肉。或：有的，有的东西。燔：烧熟的肉。炙：烤熟的肉。⑮嘉殽脾臄（jué）：美味佳肴有百叶和牛舌。嘉殽：同“佳肴”。脾：通“膍”，牛百叶。臄：牛舌。⑯或歌或咢（è）：有人唱歌，有人击鼓。号：只击鼓而不唱歌。⑰敦（diāo）弓既坚：雕弓都刚劲有力。敦：通“雕”，绘有彩画的。既：都。⑱四鍭既钧：四个人都用同样的箭。鍭：金属箭头的箭。钧：通“均”，一样。⑲舍矢既均：开弓放箭，箭箭中的。舍：放，射出。均：都（射中）。⑳序宾以贤：按照射技高低排列宾客座次。序：排列次序。以：按照。贤：才能，这里指射技。㉑句（gòu）：通“彀”，拉满弓，张弓。㉒既挟（xié）四鍭：四支箭都搭在了弦上。挟：接，箭与弦相接，即将箭搭在弓弦上。㉓四鍭如树：四支箭如同用手插在靶心上一样。树：竖立，插。㉔序宾以不侮：排列宾客座次也不怠慢射

不中的宾客。㉕曾孙维主：这位贵族是主人。曾孙：先王的后代，这里指宴客的贵族。维：语气词，加强判断语气。㉖酒醴（lǐ）维醹（rú）：美酒芳香醇厚。醴：甜酒。醹：（酒味）醇厚。㉗酌以大斗：用大杯斟酒。酌：舀（酒），斟。以：用。斗：古代的一种酒器。有柄。㉘以祈黄耇（gǒu）：从而求神保佑大家健康长寿。祈：向鬼神祷告、恳求。黄耇：长寿。㉙黄耇台背：长寿老人弓腰驼背。台背：驼背。㉚以引以翼：在前边领他，从两旁搀扶他。以：连词，表示两个动作并存。引：牵引，在前面导引。翼：从两旁搀扶。㉛寿考维祺：长寿健康就是吉祥。考：寿命长。祺：吉祥。㉜以介景福：从而祈求大福。介：求。景：大。

【译文】

路边芦丛发嫩芽，别让牛羊践踏它。苇心紧裹初成形，叶儿柔润将长大。
兄弟骨肉应友爱，互相亲近莫分家。铺上筵席请客人，敬老茶几端给他。
摆好酒菜铺上席，侍者轮番端上几。主人献酒客回敬，洗杯捧觞来回递。
献上肉糜请客尝，烧肉烤羊美无比。牛胃牛舌也不差，唱歌击鼓人人喜。
雕弓拉起劲儿大，利箭匀直质量佳；放手一箭就中的，各按胜负来坐下。
雕弓张开如满月，箭儿上弦准备发。箭箭竖在靶子上，败者也不怠慢他。
宴会主人会当家，美酒醇厚味不差；斟上美酒一大杯，敬祝老人寿无涯。
老者龙钟行不便，侍者引路扶着他。长命百岁最吉利，神明赐您福分大。

既　醉

【原文】

既醉以酒，既饱以德①。君子万年，介尔景福。
既醉以酒，尔肴既将②。君子万年。介尔昭明③。
昭明有融④，高朗令终⑤。令终有俶⑥，公尸嘉告⑦。
其告维何⑧？笾豆静嘉⑨。朋友攸摄⑩，摄以威仪⑪。
威仪孔时⑫，君子有孝子。孝子不匮⑬，永锡尔类⑭。
其类维何？室家之壶⑮。君子万年，永锡祚胤⑯。

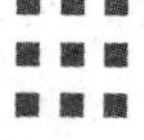

其胤维何？天被尔禄[17]。君子万年，景命有仆[18]。
其仆维何？釐尔女士[19]。釐尔女士，从以孙子[20]。

【注释】

①既饱以德：备受德泽，受足了好处。这种解释，和上句及第二章的前两句不协调。一说："德"是"食"之误写，可从。②尔肴：你们的荤菜。将：美，精。③昭明：光明。④融：长远，永久。⑤高朗：善始。令终：美好的结局，好结果。⑥俶（chù）：开始，美好的开头。⑦公尸：古代天子祭祀中代表被祭者的神灵而受祭的活人。由于用卿担任尸，所以称公尸。嘉告：美好的祝告，祝辞。⑧维何：怎么样。⑨笾（biān）：在祭祀和宴会时用来盛果脯等物的竹编食器。静嘉：清洁精美。⑩攸：于是。摄：辅佐，相帮。⑪威仪：礼节。⑫孔时：很好。⑬不匮：孝子的孝心不会减少。⑭锡:赏赐。尔类：你的同类，即你的合家老小。⑮壸（kǔn）：广，扩充。和睦团结。⑯祚：赐福。胤：子孙后代。⑰被：加给，施加。⑱景命：大命，上帝的命令。仆：奴仆，指奴隶和农奴。⑲釐（lí）：赐予。女士：女奴仆和男奴仆。⑳从以孙子：那些奴仆的子孙也跟着你的子孙当奴仆。从：跟着。

【译文】

美酒喝得醉醺醺，饱尝您的好恩情。但愿主人寿万年，神赐大福享不尽。
美酒喝得醉酩酊，您的佳肴数不清。但愿主人寿万年，神赐前程多光明。
前程远大又光明，善终会有好名声。善终必有好开头，神主好话仔细听。
神主好话说什么？碗碗祭品洁而精。朋友宾客来助祭，祭礼隆重心虔诚。
祭祀礼节无差错，主人又尽孝子情。孝子孝心永不竭，神灵赐您好章程。
赐您章程是什么？治理家庭常安宁。但愿主人寿万年，子孙幸福永继承。
子孙后嗣怎么样？上天命您当国王。但愿主人寿万年，天赐妻妾和儿郎。
妻妾儿郎怎么样？天赐才女做新娘。天赐才女做新娘，随生子孙传代长。

凫鹥

【原文】

凫鹥在泾[①]，公尸来燕来宁[②]。尔酒既清，尔殽既馨[③]。公尸燕饮，福禄来成。

凫鹥在沙，公尸来燕来宜[④]。尔酒既多，尔殽既嘉。公尸燕饮，福禄来为[⑤]。

凫鹥在渚，公尸来燕来处[⑥]。尔酒既湑[⑦]，尔殽伊脯[⑧]。公尸燕饮，福禄来下。

凫鹥在潨[⑨]，公尸来燕来宗[⑩]。既燕于宗[⑪]，福禄攸降。公尸燕饮，福禄来崇[⑫]。

凫鹥在亹[⑬]，公尸来止熏熏[⑭]。旨酒欣欣[⑮]，燔炙芬芬[⑯]。公尸燕饮，无有后艰[⑰]。

【注释】

①凫（fú）：野鸭。鹥（yī）：鸥鸟。泾：水名，源于宁夏，流经甘肃，入陕西与渭水合。②公尸：周先公先王的尸神。尸：代神受祭的人。燕：通“宴”。宁：安。③殽：鱼肉类菜。馨：香气传远。④宜：适，舒适。⑤为：作，指佑助。⑥处：安居，以指休止。⑦湑（xǔ）：滤过的酒。⑧伊：是。脯：干肉。⑨潨（zhōng）：水相会处。⑩宗：尊，受尊崇。⑪宗：宗庙。⑫崇：通重，厚多。⑬亹（mén）：山岸夹水处，即峡谷。⑭止：《鲁诗》作“燕”，宜是。熏熏：同“醺醺”，酒醉貌。⑮旨酒：美酒。欣欣：喜悦貌。⑯燔：烧肉。炙：烤肉。芬芬：味香貌。⑰艰：困难。

【译文】

河里野鸭鸥成群，神主赴宴慰主人。您的美酒那样清，您的佳肴香喷喷。神主光临来赴宴，福禄降临您家门。

野鸭鸥鸟在水滨，神主赴宴主人请。您的美酒那样多，您的佳肴鲜又新。神主光

临来赴宴，大福大禄又添增。

野鸭鸥鸟在沙滩，神主赴宴心喜欢。您的美酒清又醇，下酒肉干煮得烂。神主光临来赴宴，天降福禄保平安。

野鸭鸥鸟在港汊，神主赴宴尊敬他。宴席设在宗庙里，神赐福禄频降下。神主光临来赴宴，福禄绵绵赐您家。

野鸭鸥鸟在峡门，神主赴宴心欢欣。美酒畅饮味芳馨，烧肉烤羊香诱人。神主光临来赴宴，今后无灾无苦闷。

假　乐

【原文】

假乐君子①，显显令德②。宜民宜人③，受禄于天④。
保右命之⑤，自天申之⑥。干禄百福⑦，子孙千亿⑧。
穆穆皇皇⑨，宜君宜王⑩。不愆不忘⑪，率由旧章⑫。
威仪抑抑⑬，德音秩秩⑭。无怨无恶⑮，率由群匹⑯。
受福无疆⑰，四方之纲⑱。之纲之纪⑲，燕及朋友⑳。
百辟卿士㉑，媚于天子㉒。不解于位㉓，民之攸塈㉔。

【注释】

①假（xià）乐君子：美好快乐的君王呀！假："嘉"，美。君子：这里指周王。②显显令德：美好的品德光昭日月。显显：光明的样子。令：美好。③宜民宜人：善于安民。善于用人。宜：善，相处得宜。民：百姓。人：贵族，群臣百官。④受禄于天：他承受上天的赐福。禄：福。⑤保右命之：上帝保佑他，授予他天命。保右：同"保佑"。命：授命。⑥自天申之：上帝还不断地赐福予他。申：重复，多次。⑦干（gān）禄百福：求得无数的幸福。干：求。禄：福。⑧子孙千亿：子子孙孙无穷无尽。千亿：形容数量多。⑨穆穆皇皇：他们庄重恭敬品德高尚。穆穆：庄重恭敬的样子。皇皇：美好的样子。⑩宜君宜王：是称职的君王。宜：相称，适合。⑪不愆不忘：没有过错，没有失误。愆：过错，过失。忘：通"亡"，遗失，失误。⑫率由旧章：一切都遵循先王制定的章程。率：遵循。由：依从，遵循。旧：现有的，先王制定的。章：章程，制

度。⑬威仪抑抑：仪表举止雍容高雅。威仪：仪表举止。抑抑：美好的样子。⑭德音秩秩：美名远扬。德音：好名誉，美名。秩秩：清明的样子。⑮无怨无恶（wù）：没有人怨恨也没有人憎恶。怨：怨恨。恶：憎恶。⑯率由群匹：完全听从群臣的正确意见。匹：佐，指辅政大臣。⑰受福无疆：永远受到上帝的福佑。无疆：无穷无尽。疆：止境，界限。⑱四方之纲：你是天下四方的准则。纲：法则，纲纪。⑲之纲之纪：这维系天下的纲纪。之：这。⑳燕及朋友：使朝中群臣和谐一致。燕：安，和谐。及：达到，涉及。朋友：群臣。㉑百辟卿士：各国诸侯和朝内大臣。百：所有的。辟：君，诸侯。卿士：总管朝政的大臣。㉒媚于天子：对天子非常爱戴。媚：爱，爱戴。㉓不解（xiè）于位：他们勤勤恳恳忠于职守。解：怠惰，松懈。位：职守，职责。㉔民之攸塈（xì）：是百姓爱戴的人。攸：代词，与后面的动词组成名词性结构，表示“……的人”。塈（xì）：爱，爱戴。

【译文】

周王令人爱又敬，品德高尚心光明。能用贤臣能安民，接受福禄从天庭。
上帝下令多保佑，多赐福禄国兴盛。千禄百福齐降临，子子孙孙数不清。
个个正派又光明，当君当王都相称。不犯过错不忘本，遵循旧制国太平。
仪表堂堂威凛凛，政教法令真清明。没人怨来没人恨，依靠群臣受欢迎。
受天福禄无穷尽，四方万国遵王命。君临天下王为首，大宴宾客请朋友。
诸侯卿士都赴宴，爱戴天子齐敬酒。勤于职守不惰怠，万民归附国长久。

公 刘

【原文】

笃公刘[①]，匪居匪康[②]。乃埸乃疆[③]，乃积乃仓[④]。

乃裹餱粮[⑤]，于橐于囊[⑥]。思辑用光[⑦]，弓矢斯张，干戈戚扬[⑧]，爰方启行[⑨]。

笃公刘，于胥斯原[⑩]。既庶既繁[⑪]，既顺乃宣[⑫]，而无永叹。

陟则在巘[⑬]，复降在原。何以舟之[⑭]？维玉及瑶，鞞琫容刀[⑮]。

笃公刘，逝彼百泉[⑯]。瞻彼溥原[⑰]。乃陟南冈[⑱]，乃觏于京[⑲]。

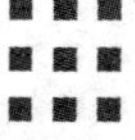

京师之野[20]，于时处处[21]，于时庐旅[22]，于时言言，于时语语。

笃公刘，于京斯依[23]。跄跄济济[24]，俾筵俾几[25]。既登乃依[26]，乃造其曹[27]。

执豕于牢[28]，酌之用匏[29]。食之饮之，君之宗之[30]。

笃公刘，既溥既长[31]。既景乃冈[32]，相其阴阳[33]，观其流泉。

其军三单[34]，度其隰原[35]。彻田为粮[36]，度其夕阳[37]，豳居允荒[38]。

笃公刘，于豳斯馆[39]。涉渭为乱[40]，取厉取锻[41]。止基乃理[42]，爰众爰有[43]。

夹其皇涧[44]，遡其过涧[45]。止旅乃密[46]，芮鞫之即[47]。

【注释】

①笃：厚。每章以笃字起头，赞美公刘厚于国人。公刘：后稷的后裔。公是称号，刘是名。②居、康：都训安。这句说公刘在邰不敢安居。③埸、疆：都是田的界畔。疆是大界，埸是小界。这句是说修治田亩。④积：在露天堆积粮谷。仓：在屋内堆积粮谷。以上都是叙在邰地故居的事。⑤餱：乾粮。⑥囊、橐：都是裹粮的用具，就是口袋。囊有底，橐无底（盛物则结束两端）。⑦辑：和。用：犹“而”。这句是说公刘要使人心和协，民族光大。⑧干：盾。戚、扬：都是武器，斧类。⑨爰：犹“于是”。方：始。启行：开辟道路。⑩胥：相察，和《绵》篇“胥宇”的胥相同。斯原：指豳（今陕西邠县）地的原野。⑪庶、繁：言陆续随公刘迁来的人多了。⑫顺：安，和。宣：通畅。这句连下句是说众人情绪和畅，安于新土，没有长叹的人。⑬巘：不连于大山的小山。这句和下句写公刘上下山原，相察地势。⑭舟：通“周”。周，环绕，带。这一问句的作用是引起对于公刘身上佩件的描写。⑮鞞：刀鞘上端的饰物。琫：是刀鞘下端的装饰。容刀：佩刀。这句是说用玉、瑶装饰鞞、琫。⑯逝：往。百泉：众泉。⑰溥：大。以上二句是说公刘往于众泉之间，视察广大原野。⑱迺：与乃“同”。⑲觏：见。京：豳之地名。当在南冈之下。⑳师：都邑之称，如洛邑亦称洛师。京师就是京邑。京师连称始见于此，后来才成为天子所居城邑的名称。㉑于时：即“于是”。处：居住。㉒庐、旅：同义，寄。疑原作庐庐或旅旅，和上下文一律用叠字。以上二句

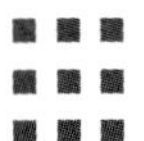

是说使常住的人有住处，远来暂居的人有寄托处。以下二句描写众人笑语欢乐。㉓依：言安居。上章“处处”是众民定居。这里“斯依”是君长定居。㉔跄跄：行动安舒貌。济济：庄严貌。㉕筵：竹席，铺在地上。俾筵就是说使众宾就席。几：坐时凭倚的用具。㉖登：谓登席，依：谓凭几。㉗造：犹“比次”。曹：群，指众宾。席位是按尊卑排定次序的，众宾坐定以后次序就很清楚了。㉘牢：猪圈。㉙酌之：言使众宾饮酒。匏：匏爵。一匏破为二，用来盛酒，叫作匏爵。㉚宗：宗主。君之宗之：就是为之君为之宗。之指众宾。也就是众臣，与上文一致。㉛溥：广。既溥既长：言土地开垦面积已很大。㉜景：日影。这里作为动词，言测日影定方向。冈：登冈。㉝阴：山南。阳：山北。㉞其军三单：更换。言成立三军而用其一军，更番相代。㉟度：测量。㊱彻：治。以上三句似谓使三军轮流度测隰原，从事治田。㊲阳：日。山的西面夕时见日，所以叫夕阳，正如山东叫朝阳。这句是说扩展种植的土地，开辟山的西面。㊳允：实在。荒：大。这句是说豳人的居地确是很广大了。㊴馆：建房舍。这句是说造宫室。㊵乱：于水的中流横渡。㊶厉：即“砺”，糙石，用来磨物。锻：又作“碫”，椎物之石。砺、锻都是营建时需要的东西。㊷止基：言居处的基址。理：治理。㊸有：犹“众”。这句是说来居住的人众多。㊹皇：涧名。这句是说人夹皇涧而居。㊺过：涧名。遡：向。这句说或面向过涧而居。㊻止、旅：常住者和寄住者。密：安。这句是说止居的人众多。㊼芮：亦作“汭”，水流曲处岸凹入为汭，或叫作隩，凸出为“鞫”。之：犹“是”。“芮鞫之即”就是说就水涯而居。或许有陆续迁来的人，所以再作一番安顿。

【译文】

忠诚周民好公刘，不敢安居把福享。划分疆界治田地，收割粮食仓囤装。

揉面蒸饼备干粮，装进小袋和大囊。和睦团结争荣光，张弓带箭齐武装。盾戈斧钺肩上扛，开始动身去远方。

忠诚周民好公刘，豳地原野察看忙。百姓众多长跟随，民心归顺多舒畅，长吁短叹一扫光。

忽而登上小山坡，忽而下到平原上。周身佩戴啥装饰？美玉宝石尽琳琅，佩刀玉鞘闪闪亮。

忠诚周民好公刘，来到泉水岸边上，眺望平原宽又广。登上南边高冈上，发现京

师好地方。

京师田野形势好，于是定居建新邦，于是规划造住房，谈笑风生喜洋洋，七嘴八舌闹嚷嚷。

忠诚周民好公刘，定居京师新气象。犒宴群臣威仪盛，入席就坐招待忙。宾主登席靠几坐，先祭猪神求吉祥。

圈里捉猪做佳肴，葫芦瓢儿斟酒浆。酒醉饭饱皆欢喜，共推公刘做君长。

忠诚周民好公刘，开垦豳地宽又长。测了日影上山冈，山南山北勘察忙，查明水源和流向。

三支军队轮番作，测量土地扎营房，开垦田亩为种粮。上去测望山西头，豳地确实大又广。

忠诚周民好公刘，营建宫室在豳原。横流渡过渭水去，磨石捶石都采全。此地基址初奠定，民康物阜笑语欢。

住在皇涧两岸边，面向过涧也敞宽。此地定居人口密，河岸两边都住满。

泂 酌

【原文】

泂酌彼行潦①，挹彼注兹②，可以馈饎③。岂弟君子④，民之父母⑤。
泂酌彼行潦，挹彼注兹，可以濯罍⑥。岂弟君子，民之攸归⑦。
泂酌彼行潦，挹彼注兹。可以濯溉⑧。岂弟君子，民之攸塈⑨。

【注释】

①泂（jiǒng）：远，从远处。酌：舀取。行：通“洐”，水沟。潦：积水。②挹（yì）彼注兹：从那里舀出来灌到这里。挹：舀。彼：那里。注：灌。兹：此，这里。③馈（fēn）：蒸饭。饎（chì）：酒食。就是把糯米磨成细粉，与酒浆和匀，做成糕点，现在用米酒的沉淀物（俗名酒脚）发酵的发糕，和此相似。④岂弟（kǎi tì）君子：温文尔雅的贵族老爷。这句是反话。⑤民之父母：这算是老百姓的爹娘吗？这句和下文的“民之”两句都是反话。⑥濯：洗涤。罍（léi）：古代的一种酒器。⑦攸归：所归。

⑧溉：通“概”，古代一种油漆漆过的酒樽。⑨塈：休息。

【译文】

远舀路边积水潭，把这水缸都装满，可以蒸菜也蒸饭。君子品德真高尚，好比百姓父母般。

远舀路边积水坑，舀来倒进我水缸，可把酒壶洗清爽。君子品德真高尚，百姓归附心向往。

远舀路边积水洼，舀进水瓮抱回家，可供洗涤和抹擦。君子品德真高尚，百姓归附爱戴他。

卷 阿

【原文】

有卷者阿①，飘风自南②。岂弟君子③，来游来歌，以矢其音④。

伴奂尔游矣⑤，优游尔休矣⑥。岂弟君子，俾尔弥尔性⑦，似先公酋矣⑧。

尔土宇昄章⑨，亦孔之厚矣⑩。岂弟君子，俾尔弥尔性，百神尔主矣⑪。

尔受命长矣，茀禄尔康矣⑫。岂弟君子，俾尔弥尔性，纯嘏尔常矣⑬。

有冯有翼⑭，有孝有德，以引以翼⑮。岂弟君子，四方为则⑯。

颙颙卬卬⑰，如圭如璋⑱，令闻令望⑲。岂弟君子，四方为纲⑳。

凤皇于飞㉑，翙翙其羽㉒，亦集爰止㉓。蔼蔼王多吉士㉔，维君子使㉕，媚于天子㉖。

凤皇于飞，翙翙其羽，亦傅于天㉗。蔼蔼王多吉人，维君子命，媚于庶人㉘。

凤皇鸣矣，于彼高冈。梧桐生矣，于彼朝阳㉙。菶菶萋萋㉚，雍雍

喈喈[31]。

君子之车，既庶且多[32]。君子之马，既闲且驰[33]。矢诗不多，维以遂歌[34]。

【注释】

①有：形容词头。卷：弯曲。阿：大丘陵。后人遂以卷阿为地名。《岐山县志》："卷阿在县西北二十里，岐山之麓。"②飘：风吹。③岂弟：同"恺悌"，和乐平易。④矢：陈。音：指歌声。⑤伴奂：徘徊。⑥优游：悠闲自得。⑦俾：使。弥：满，此指时间最长久。性：性命。⑧似：通"嗣"，继承。酋：通"猷"，功业。⑨土：土地。宇：房屋。昄（bǎn）：大。章：明。⑩孔：甚。厚：多。⑪主：主祭。⑫茀：通"福"。康：安。⑬纯：大。嘏（gǔ）：福。⑭冯：通凭，依靠。翼：辅助。⑮引：扶引。翼：保护。⑯则：法则，典范。⑰颙（yǒng）颙：容貌温和貌。卬（áng）卬：气质高昂貌。⑱圭、璋：古代朝聘、祭祀等重要场合所用的高贵玉制礼器。⑲令闻：好名誉。令望：好声望。⑳纲：提网的大绳，喻指起统领作用的主体。㉑于：语助词。古人以凤凰为鸟之王，《说文》："凤飞，群鸟从以万数。"㉒翙（huì）翙：羽声。㉓爰：乃。㉔蔼蔼：众多貌。吉士：贤臣。㉕维：仅，只。㉖媚：喜爱。㉗傅：通"附"：至。㉘庶人：平民。㉙朝阳：指山之东面。㉚菶（péng）菶、萋萋：枝叶茂盛貌。㉛雍雍、喈喈：皆拟凤鸟鸣声。㉜庶：众，指种类众多。㉝闲：熟练。㉞遂歌：配成乐歌。遂：成。

【译文】

曲折丘陵风光好，旋风南来声怒号。和气近人的君子，到此遨游歌载道，大家献诗兴致高。

江山如画任你游，悠闲自得且暂休。和气近人好君子，终生辛劳何所求？继承祖业功千秋。

你的版图和封疆，一望无际遍海内。和气近人好君子，终生辛劳有作为，主祭百神最相配。

你受天命长又久，福禄安康样样有。和气近人好君子，终生辛劳百年寿，天赐洪福永享受。

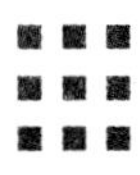

贤才良士辅佐你，品德崇高有权威，匡扶相济功绩伟。和气近人好君子，垂范天下万民随。

贤臣肃敬志高昂，品德纯洁如圭璋，名声威望传四方。和气近人好君子，天下诸侯好榜样。

高高青天凤凰飞，百鸟展翅紧相随，凤停树上百鸟陪。周王身边贤士萃，任您驱使献智慧，爱戴天子不敢违。

青天高高凤凰飞，百鸟纷纷贤相随，直上晴空迎朝晖。周王身边贤士萃，听你命令不辞累，爱护人民行无亏。

凤凰鸣叫示吉祥，停在那边高山冈。高冈上面生梧桐，面向东方迎朝阳。枝叶茂盛郁苍苍，凤凰和鸣声悠扬。

迎送贤臣马车备，车子既多又华美。迎送贤臣有好马，奔驰熟练快如飞。贤臣献诗真不少，为答周王唱歌会。

民 劳

【原文】

民亦劳止①，汔可小康②。惠此中国③，以绥四方④。无纵诡随⑤，以谨无良⑥。

式遏寇虐⑦，憯不畏明⑧。柔远能迩⑨，以定我王⑩。

民亦劳止，汔可小休⑪。惠此中国，以为民逑⑫。无纵诡随，以谨惽怓⑬。

式遏寇虐，无俾民忧⑭。无弃尔劳⑮，以为王休⑯。

民亦劳止，汔可小息⑰。惠此京师⑱，以绥四国。无纵诡随，以谨罔极⑲。

式遏寇虐，无俾作慝⑳。敬慎威仪㉑，以近有德㉒。

民亦劳止，汔可小愒㉓。惠此中国，俾民忧泄㉔。无纵诡随，以谨丑厉㉕。

式遏寇虐，无俾正败㉖。戎虽小子㉗，而式弘大㉘。

民亦劳止，汔可小安[29]。惠此中国，国无有残[30]。无纵诡随，以谨缱绻[31]。

式遏寇虐，无俾正反[32]。王欲玉女[33]，是用大谏[34]。

【注释】

①民亦劳止：老百姓也劳苦不堪了。亦：也。劳：劳苦，疲劳。止：句末语气词。②汔（qì）可小康：真希望能稍微喘口气儿。汔：庶几，希望。可：能。小：稍微。康：安，安定。③惠此中国：仁爱这京师百姓。惠：仁爱，爱护。此：这。中国：周王朝直接统治地区，即京城。④以绥四方：从而安抚天下四方。以：从而，以便。绥：安抚。⑤无纵诡随：不要听从奸诈虚伪的人。无：通“毋”，不要，别。纵：听从，听信。诡随：奸诈虚伪的人。⑥以谨无良：对不良之人要小心警惕。以：连词，而，并且。谨：小心，谨慎。⑦式遏寇虐：应制止掠夺和暴虐。式：该，当，表示劝诱。遏：制止。寇：抢劫，掠夺。⑧憯（cǎn）不畏明：他们竟然不怕白天（他们竟然在光天化日之下为非作歹）。憯：曾，竟然。明：白天。⑨柔远能迩：要招抚远方之民亲善近处之人。柔：爱抚，招抚。远：远方之民。能：安抚，亲善。迩：近处之人。⑩以定我王：以安定我们的君王。定：安定。⑪休：休息，歇息。⑫以为民逑：从而使百姓安居乐业。逑：聚集，聚居。⑬惛怓（hūn náo）：争吵不休。⑭无俾（bǐ）民忧：不要使百姓忧愁不堪。俾：使，让。⑮无弃尔劳：不要前功尽弃。劳：功劳。⑯以为王休：从而成就君王的美德。为：成，成就。休：美，美德。⑰息：歇息，休息。⑱京师：义同“中国”，参见注③。⑲罔极：无法无天，为非作歹。罔：无，没有。极：法则。⑳作慝（tè）：作恶。慝：恶，邪恶。㉑敬慎威仪：要十分注意你的言行举止。敬慎：小心谨慎。威仪：仪容举止，言行举止。㉒以近有德：并且要亲近有德之人。近：亲近。有德：有德之人，品德高尚的人。㉓愒（qì）：休息。㉔忧泄：消除忧愁。泄：发泄，除去。㉕丑厉：邪恶。㉖正败：政治败坏。正：通“政”，政治，朝政。㉗戎虽小子：你虽然是个年轻人。戎：汝，你。小子：年轻人。㉘而式弘大：但作用却十分巨大。而：但。但是。式：作用。弘：大。㉙安：安定，安宁。㉚国无有残：不要让国家受到危害。残：害。㉛缱绻（qiǎn quǎn）：反覆无常。㉜正反：政权覆灭。反：颠覆，覆灭。㉝王欲玉女（rǔ）：君王爱护你。玉：爱，爱护。女：汝，你。㉞是用大谏：因此我才深切地劝谏你。是用：因此。大：深切地，大大地。谏：规劝，劝谏。

【译文】

人民劳累真苦死，只求稍稍喘口气。国家搞好京师富，安抚诸侯不费力。别听狡诈欺骗话，不良之辈要警惕。

制止暴虐与劫掠，胆大妄为违法纪。爱民不分远和近，国王安定心中喜。

人民劳苦莫提起，只求稍稍得休息。国家搞好京师富，人民才能心满意。别听狡诈欺骗话，争权夺利要警惕。

制止暴虐与劫掠，莫使人民心悲凄。从前功劳休抛弃，成就国王好名气。

人民劳苦莫提起，只求稍稍松口气。国家搞好京师富，安抚诸侯就顺利。别听狡诈欺骗话，两面三刀要警惕。

制止暴虐与劫掠，不使作恶把人欺。立身端正讲礼节，亲近贤德勤学习。

人民劳苦莫提起，只求稍稍歇歇力。国家搞好京师富，使民消忧除怨气。别听狡诈欺骗话，险恶之人要警惕。

制止暴虐与劫掠，莫使政局生危机。你虽是个年轻人，作用很大应注意。

人民劳苦莫提起，要求稍稍得安逸。国家搞好京师富，社会安定好风气。别听狡诈欺骗话，结党营私要警惕。

制止暴虐与劫掠，莫将政权轻丧弃。我王贪财爱美女，所以深深规劝你。

板

【原文】

上帝板板[1]，下民卒瘅[2]。出话不然[3]，为犹不远[4]。靡圣管管[5]，不实於亶[6]。犹之未远，是用大谏[7]。

天之方难[8]，无然宪宪[9]。天之方蹶[10]，无然泄泄[11]。辞之辑矣[12]，民之洽矣[13]。辞之怿矣[14]，民之莫矣[15]。

我虽异事[16]，及尔同僚[17]。我即尔谋[18]，听我嚣嚣[19]。我言维服[20]，勿以为笑。先民有言，询于刍荛[21]。

天之方虐[22]，无然谑谑[23]。老夫灌灌[24]，小子跻跻[25]。匪我言耄[26]，尔

用忧谑[27]。多将熇熇[28]，不可救药[29]。

天之方侪[30]，无为夸毗[31]。威仪卒迷[32]，善人载尸[33]。民之方殿屎[34]，则莫我敢葵[35]。丧乱蔑资[36]，曾莫惠我师[37]。

天之牖民[38]，如埙如篪[39]，如璋如圭，如取如携[40]。携无曰益[41]，牖民孔易[42]。民之多辟[43]，无自立辟[44]。

价人维藩[45]，大师维垣[46]。大邦维屏[47]，大宗维翰[48]。怀德维宁[49]，宗子维城[50]。无俾城坏，无独斯畏[51]。

敬天之怒[52]，无敢戏豫[53]。敬天之渝[54]，无敢驰驱[55]。昊天曰明[56]，及尔出王[57]。昊天曰旦[58]，及尔游衍[59]。

【注释】

①上帝：指周王。板板：乖戾，反常。②下民：在下面的人民。卒瘅（dàn）：终于受苦遭难了。卒：终于。一说：通“瘁”，病。瘅：劳苦，病。③出话不然：说出的话不算数，言而无信。不然：不是，不对。④为犹不远：作出的方针政策没有远见。目光短浅。远：远见。⑤靡圣：不聪明，愚蠢。管管：没有依据、无所凭借的样子。指做事没有准则，爱怎么干就怎么干。⑥实：充实，老实。亶：忠诚，厚实。⑦大谏：狠狠的批评。⑧方难：正在降下灾难。⑨无然：不要这样。宪宪：欢乐的样子；⑩方蹶：正在践踏我们，正在找麻烦。蹶：践踏。⑪泄泄：多说话的样子，议论纷纷的样子。⑫辞:政令上的文辞，文件。辑：缓和，亲切。⑬洽：协和，和朝廷一致。⑭怿：败坏。⑮莫：通“瘼”，病，疾苦。⑯异事：担任两样的职务，做不同的工作。⑰同僚：同在一间屋子里办公，同事。⑱我即尔谋：我跑来和你商量。即：往就，前去相就。⑲听我嚣（xiāo）嚣：听了我的话反而嫌我唠叨。嚣嚣：唠唠叨叨。⑳服：有用的，真实的。㉑“先民有言”两句：古人说得好，要向劳动人民请教。询：咨询，请教。刍：割草的人。荛（ráo 饶）：打柴的人。㉒方虐：正在施行暴政。㉓谑谑：嬉皮笑脸开玩笑的样子。㉔老夫：老人，成年人。灌灌：恳切的样子。㉕小子：指掌权的年轻人。跻（jiǎo）跻：骄傲放肆的样子。㉖匪我言耄：不是我在说糊涂话。耄（mào 贸）：昏乱，糊涂。㉗尔用忧谑：是把我的这种忧虑当做开玩笑。㉘多将熇（hè）熇：多拿烈火烫人，即多干惨毒的坏事。一说：像得了虐疾在发高烧。熇熇：火势猛烈，火热得烤人。

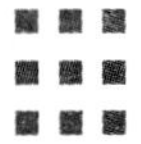

㉙不可救药：好医好药也救治不了啦。救药：用药物救治。㉚懠（qí）：发怒，生气。㉛无为：不要当。夸毗：卑躬屈膝，软骨头。㉜威仪：礼节。卒：完全。迷：迷失，搞乱。㉝载尸：好像一具尸体。是说不敢说话了。㉞殿屎：痛苦呻吟。㉟莫我敢葵：即"我莫敢葵"，我不敢去猜度（国家的前途）。葵：通"揆"，审度，猜测。㊱丧乱：死亡和战乱。蔑资：财产全部丧失。蔑：没有。资：财产。㊲惠：恩惠，给予恩惠。师：从，这里指民众，百姓。㊳牖（yǒu）：通"诱"，引导，教导。㊴如埙（xūn）如篪（chì）：这是说教导人民要像埙篪合奏那样和谐。埙：古代的一种陶制吹奏乐器。篪：古代的一种管乐器。㊵如取如携：提携，帮助。㊶携无曰益：这种提携不要说没有益处，教导百姓是有益的。㊷孔易：很容易。㊸辟：邪恶，邪僻，不良行为。㊹无自立辟：不要再教导他们邪僻了。㊺价人：士兵，军队。价：通"介"，甲胄，军装。维藩：是篱笆，是可靠的国家保卫者。比喻捍卫国家的第一道防线。㊻大师：大众，人民群众。垣：围墙，比喻捍卫国家的人。比喻捍卫国家的第二道防线。㊼大邦：大的诸侯国。维屏：是屏风。比喻捍卫国家的第三道防线。㊽大宗：同姓宗族。翰：柱子，引申为骨干，栋梁。㊾怀德：心里存放着仁德。宁：安宁，太平。㊿宗子：嫡子，太子。维城：好比城墙。51无独：不要让他孤独，即不要让他失去人民的拥护。斯畏：这是很可怕的。52敬：敬畏。53戏豫：游玩逸乐。54渝：变卦。55驰驱：放纵。56明：英明。57王：通"往"。58旦：明白。59游衍：游荡。

【译文】

上帝发疯不正常，下界人民都遭殃！话儿说得不合理，政策订来没眼光。不靠圣人太自用，光说不做真荒唐。执政丝毫没远见，所以作诗劝我王。

老天正把灾难降，不要这般喜洋洋。老天正在降骚乱，不要多嘴说短长。政令协调缓和了，民心和协国力强。政令混乱败坏了，人民受害难安康。

你我职务虽不同，毕竟同事在官场。我到你处商国事，忠言逆耳白开腔。我提建议为治国，切莫当作笑话讲。古人有话说得好："有事请教斫柴郎。"

老天正把灾难降，切莫喜乐太放荡。老夫恳切尽忠诚，小子骄傲不像样。不是我说糊涂话，你开玩笑太轻狂。多做坏事难收拾，不可救药国将亡。

老天正在生怒气，你别这副奴才相。君臣礼节都乱套，好人闭口不开腔。人民痛苦正呻吟，对我不敢妄猜想。社会纷乱国库空，抚恤群众谈不上。

老天诱导众百姓，如吹管乐和音响，如像玄圭配玉璋，如提如携来相帮。培育扶植不设防，因势利导很顺当。如今民间多乱子，枉自立法没用场。

好人好比是藩篱，大众好比是围墙，大国好比是屏障，同族好比是栋梁。关心人民国安泰，宗子就像是城墙。别让城墙受破坏，不要孤立自遭殃。

老天发怒要敬畏，不敢嬉戏太放荡。老天灾变要敬畏，不敢任性太狂放。老天眼睛最明亮，和你一起同来往。老天眼睛最明朗，和你一起共游逛。

荡

【原文】

荡荡上帝[①]，下民之辟[②]。疾威上帝[③]，其命多辟[④]。
天生烝民[⑤]，其命匪谌[⑥]，靡不有初[⑦]，鲜克有终[⑧]。
文王曰咨[⑨]，咨汝殷商[⑩]。曾是强御[⑪]，曾是掊克[⑫]。
曾是在位[⑬]，曾是在服[⑭]，天降滔德[⑮]，女兴是力[⑯]。
文王曰咨，咨女殷商。而秉义类[⑰]，强御多怼[⑱]。
流言以对[⑲]，寇攘式内[⑳]。侯作侯祝[㉑]，靡届靡究[㉒]。
文王曰咨，咨女殷商。女炰烋于中国[㉓]，敛怨以为德[㉔]。
不明尔德[㉕]，时无背无侧[㉖]。尔德不明，以无陪无卿[㉗]。
文王曰咨，咨女殷商。天不湎尔以酒[㉘]，不义从式[㉙]。
既愆尔止[㉚]，靡明靡晦[㉛]。式号式呼[㉜]。俾昼作夜。
文王曰咨，咨女殷商。如蜩如螗[㉝]，如沸如羹[㉞]。
小大近丧[㉟]，人尚乎由行[㊱]。内奰于中国[㊲]，覃及鬼方[㊳]。
文王曰咨，咨女殷商。匪上帝不时[㊴]，殷不用旧[㊵]。
虽无老成人[㊶]，尚有典刑[㊷]。曾是莫听[㊸]，大命以倾[㊹]。
文王曰咨，咨女殷商。人亦有言，颠沛之揭[㊺]，
枝叶未有害，本实先拨[㊻]。殷鉴不远[㊼]，在夏后之世[㊽]。

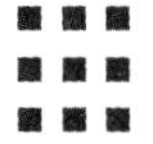

【注释】

①荡荡：无法无天的样子。形容周王朝的法度混乱。上帝：实指周王。②辟（bì）：君主。③疾威：可恨可怕，暴虐。④其命：他的本性，他的政令。辟（pì）：邪僻，邪恶，不正道。⑤烝民：众人，群众，百姓。烝：众。⑥其命匪谌（chén）：天帝给他们安排的命运不可靠。谌：诚信。⑦靡不有初：没有好的开头。⑧鲜克有终：很少能够有好的结果。鲜：少。克：能够。⑨咨：嗟叹声；⑩咨汝：可叹你们。⑪强御：强横暴虐。⑫掊（pòu）克：以苛捐杂税搜刮民财，搜刮民脂民膏。⑬在位：在帝王的位置上，控制着统治权。⑭服：事，政事。⑮天降滔德：天帝生下你这个胡作非为的人。滔德：越出常规，超出了正常的道德范围。⑯女兴是力：你所喜欢的是使用暴力镇压。⑰秉：操持，掌握。义：善良。⑱怼（duì）：怨恨。⑲流言：谣言。对：通"遂"，顺心，满意。⑳寇：强盗。攘：小偷。式：一概。内：通"纳"，容纳，收罗。㉑侯：语气助词，和"惟"相当。作：通"诅"，求神把灾祸给别人。祝：咒诅。㉒靡届靡究：没完没了。届：到头，终。究：穷，尽。㉓炰烋（páo xiāo）：同"咆哮"。猛兽的吼叫声。㉔敛怨：收聚怨恨。德：好的行为。㉕不明尔德：昏庸糊涂就是你的美德。㉖时无背无侧：所以你的周围没有好人。背：后面。侧：旁边。㉗以：因此。无陪：没有陪臣辅佐。陪：副手，指三公。卿：三公以下的大臣。㉘湎（miǎn）：沉迷于酒。㉙不义从式：不干好事，放任奸邪。从（zòng）：放纵，放任。式：通"慝"，邪恶。㉚既愆尔止：你的罪恶已经不能遏止。愆：罪恶，过错。㉛明：白天。晦：黑夜。㉜式号式呼：喝酒喝得大呼大叫。号：大叫。㉝蜩（tiáo）：蝉。螗（táng）：蝉的别种。这句形容国内怨声载道。㉞沸：开水。羹：菜汤。这句形容国内动乱像开了锅一样。㉟小大：指大大小小的诸侯国。近：几乎，接近。丧：丧失。㊱人尚乎由行：你还在一意孤行。人：指纣王。㊲奰（bì）：愤怒。㊳覃：延及，影响到。鬼方：古代北方的少数民族。即玁狁，春秋时叫戎狄，汉代称匈奴。㊴不时：不善，不好。㊵旧：指殷商先王所制订的法规政策。㊶老成人：德高望重的老臣。㊷典刑：常规成法，模式。㊸莫听：不听从，不遵照。㊹大命：国家的命运，国家。倾：倒塌，垮台。㊺颠沛：倒下来。揭：小木桩。这里指树木。㊻本实先拨：实在是树根先坏。本：树根。拨：断绝，败坏。㊼殷鉴：殷商的镜子。鉴：镜子。㊽在夏后之世：就在夏桀这一代，就是说夏桀的灭亡就是殷商的镜子，那么商纣的灭亡就是周的镜子。

【译文】

上帝骄纵又放荡，他是下民的君王。上帝贪心又暴虐，政令邪僻太反常。

上天生养众百姓，政令无信尽撒谎。万事开头讲得好，很少能有好收场。

文王开口叹声长，叹你殷商末代王！多少凶暴强横贼，敲骨吸髓又贪赃。

窃据高位享厚禄，有权有势太猖狂。天降这些不法臣，助长国王逞强梁。

文王开口叹声长，叹你殷商末代王！你任善良以职位，凶暴奸臣心怏怏。

面进谗言来诽谤，强横窃据朝廷上。诅咒贤臣害忠良，没完没了造祸殃。

文王开口叹声长，叹你殷商末代王！跋扈天下太狂妄，却把恶人当忠良。

知人之明你没有，不知叛臣结朋党。知人之明你没有，不知公卿谁能当。

文王开口叹声长，叹你殷商末代王！上天未让你酗酒，也未让你用匪帮。

礼节举止全不顾，没日没夜灌黄汤。狂呼乱叫不像样，日夜颠倒政事荒。

文王开口叹声长，叹你殷商末代王！百姓悲叹如蝉鸣，恰如落进沸水汤。

大小事儿都不济，你却还是老模样。全国人民怒气生，怒火蔓延到远方。

文王开口叹声长，叹你殷商末代王！不是上帝心不好，是你不守旧规章。

虽然身边没老臣，还有成法可依傍。这样不听人劝告，命将转移国将亡。

文王开口叹声长，叹你殷商末代王！古人有话不可忘：大树拔倒根出土，枝叶虽然暂不伤，树根已坏难久长。殷商镜子并不远，应知夏桀啥下场。

抑

【原文】

抑抑威仪[1]，维德之隅[2]。人亦有言，靡哲不愚，庶人之愚，亦职维疾[3]。

哲人之愚，亦维斯戾[4]。无竞维人[5]，四方其训之[6]。有觉德行[7]，四国顺之。

讦谟定命[8]，远犹辰告[9]。敬慎威仪，维民之则。其在于今，兴迷乱于政[10]。

颠覆厥德[11]，荒湛于酒[12]。女虽湛乐从[13]，弗念厥绍[14]。罔敷求先王[15]，

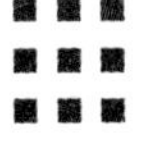

克共明刑[16]。

肆皇天弗尚[17]，如彼泉流，无沦胥以亡[18]。夙兴夜寐，洒扫廷内[19]，维民之章[20]。

修尔车马，弓矢戎兵[21]。用戒戎作[22]，用逷蛮方[23]。

质尔人民[24]，谨尔侯度[25]，用戒不虞[26]。慎尔出话，敬尔威仪，无不柔嘉[27]。

白圭之玷[28]，尚可磨也。斯言之玷，不可为也。无易由言[29]，无曰苟矣[30]。

莫扪朕舌[31]，言不可逝矣[32]。无言不雠[33]，无德不报。惠于朋友，庶民小子。

子孙绳绳[34]，万民靡不承[35]。视尔友君子[36]，辑柔尔颜[37]，不遐有愆[38]。

相在尔室[39]，尚不愧于屋漏[40]。无曰不显，莫予云觏[41]。

神之格思[42]，不可度思[43]，矧可射思[44]。

辟尔为德[45]，俾臧俾嘉[46]。淑慎尔止[47]，不愆于仪[48]。不僭不贼[49]，鲜不为则[50]。

投我以桃，报之以李。彼童而角[51]，实虹小子[52]。荏染柔木[53]，言缗之丝[54]。

温温恭人，维德之基。其维哲人，告之话言，顺德之行。

其维愚人，覆谓我僭[55]，民各有心。於乎小子，未知臧否[56]！

匪手携之[57]，言示之事[58]。匪面命之[59]，言提其耳。借曰未知[60]，亦既抱子。

民之靡盈[61]，谁夙知而莫成[62]？昊天孔昭，我生靡乐。视尔梦梦[63]，我心惨惨[64]。

诲尔谆谆[65]，听我藐藐[66]。匪用为教[67]，覆用为虐[68]。借曰未知，亦聿既耄[69]。

於乎小子，告尔旧止[70]。听用我谋，庶无大悔[71]，天方艰难[72]，曰丧

厥国[73]。

取譬不远[74]，昊天不忒[75]。回遹其德[76]，俾民大棘[77]。

【注释】

①抑抑：谨慎严肃貌。威仪：庄重的举止。②隅：方角。物之方者，皆有四隅，此句承上句言严谨的庄重举止是方正品德的一角，据此以类推其三。③职：主，专做。维：是。疾：病，毛病。④斯：此。戾：罪，大过错。⑤竞：争。维：是。⑥训：教诲。⑦觉：通梏（jué），正直。⑧讦（xū）：大。谟（mó）：谋。⑨犹：同"猷"，谋略。辰：时。⑩兴：起，出现。⑪颠覆：败坏。厥：其。⑫湛（dān）：通"耽"，沉于逸乐。女：汝。⑬虽：惟。从：跟随。《尚书·无逸》："惟耽乐之从。"与此句文义同。⑭绍：继。指将来。⑮罔：无。敷：通"溥"，普遍。⑯克：能。共："拱"之本字，执持。刑：法规。⑰肆：故。尚：佑助。⑱沦胥：相率，相跟随。沦：率。胥：相。⑲廷：同庭，庭院。内：室内。⑳章：规则。㉑戎兵：作战武器。戎：战事。㉒作：起，发生。㉓逷（tì）：借为"剔"，剪除，征服。蛮方：远方异族。㉔质：诚实。㉕侯度：诸侯的法度。㉖不虞：不测。㉗柔嘉：温和妥善。㉘圭：上端为三角形的瑞玉。玷（diàn）：玉上的斑点。㉙易：轻易。由：于。㉚苟：苟且，随便。㉛扪：执持。朕：我。㉜逝：往，去。㉝雠：通"酬"，回报。㉞绳绳：戒慎貌。㉟承：顺从。㊱友：接待。君子：指朝臣。㊲辑：和。辑柔：柔和。㊳遐：通"胡"，何。愆：过错。㊴相：看。㊵屋漏：古人屋顶所留透光的空缺之名，因以指代青天。㊶云：语助词。觏：看见。㊷格：至。思：语助词。㊸度：揣测。㊹矧：况且。射（yì）：厌倦，指厌倦不敬神灵。㊺辟：彰明。㊻俾：使。臧：善。㊼淑：美好。止：举止，行为。㊽愆：过失。仪：仪容。㊾僭：超越本分。贼：残害。㊿鲜：少。则：榜样。51角：古时未成年人束发如两角。52虹："讧"之借字，败乱。53荏染：柔韧貌。柔木：指可做琴瑟乐器的树木。54言：语助词。缗（mín）：安弦线。丝：指琴弦。55覆：反而。56否（pǐ）：恶。57匪：非但。携：拉。58示：指点。59命：教导。60借：假如。61靡：无。盈：满，犹言十全十美。62夙：早。莫："暮"之古字。63梦梦（méng）：昏愦。64惨惨：忧苦貌。65谆谆：教诲不倦貌。66藐藐：轻视不纳人言貌。67用：以。68虐："谑"之借字，戏谑。69聿：语助词。耄：老。70旧：时间长。止：语气词。71庶：庶几，表希望之词。72艰难：指降灾祸。73曰：语助词。丧：灭亡。74譬：比喻，指同类事例。

⑮忒（tè）：偏差。⑯回遹（yù）：邪僻。⑰棘：通急。

【译文】

仪表堂堂礼彬彬，为人品德很端正。古人有句老俗话："智者看来像愚笨。"常人显得不聪明，那是本身有毛病。

智者看似不聪明，那是装傻避罪刑。有了贤人国强盛，四方诸侯来归诚。君子德行正又直，诸侯顺从庆升平。

建国大计定方针，长远国策告群臣。举止行为要谨慎，人民以此为标准。如今天下乱纷纷，国政混乱不堪论。

你的德行已败坏，沉湎酒色醉醺醺。只知吃喝和玩乐，继承帝业不关心。先王治道不广求，怎能明法利众民。

皇天不肯来保佑，好比泉水空自流，君臣相率一齐休。应该起早又睡晚，里外洒扫除尘垢，为民表率要带头。

整治你的车和马，弓箭武器认真修，防备一旦战事起，征服国外众蛮酋。

安定你的老百姓，谨守法度莫任性，以防祸事突然生。说话开口要谨慎，行为举止要端正，处处温和又可敬。

白玉上面有污点，尚可琢磨除干净；开口说话出毛病，再要挽回也不成！不要随口把话吐，莫道"说话可马虎，没人把我舌头捂"。

一言既出难弥补。没有出言无反应，施德总能得福禄。朋友群臣要爱护，百姓子弟多安抚。

子子孙孙要谨慎，人民没有不顺服。看你招待贵族们，和颜悦色笑盈盈，小心过失莫发生。

看你独自处室内，做事无愧于神明。休道"室内光线暗，没人能把我看清。"

神明来去难预测，不知何时忽降临，怎可厌倦自遭惩。

修明德行养情操，使它高尚更美好。举止谨慎行为美，仪容端正有礼貌。不犯过错不害人，很少不被人仿效。

人家送我一篮桃，我把李子来相报。胡说秃羊头生角，实是乱你周王朝。又坚又韧好木料，制作琴瑟丝弦调。

温和谨慎老好人，根基深厚品德高。如果你是明智人，古代名言来奉告，马上实

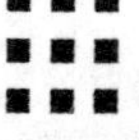

行当作宝。

如果你是糊涂虫，反说我错不讨好，人心各异难诱导！可叹少爷太年青，不知好歹与重轻！

非但搀你互谈心，也曾教你办事情。非但当面教导你，还拎你耳要你听。假使说你不懂事，也已抱子有儿婴。

人们虽然有缺点，准会早慧却晚成？苍天在上最明白，我这一生没愉快。看你那种糊涂样，我心烦闷又悲哀。

反复耐心教导你，你既不听也不睬。不知教你为你好，反当笑话来编排。如果说你不懂事，怎会骂我是老迈！

叹你少爷年幼王，听我告你旧典章。你若听用我主张，不致大错太荒唐。上天正把灾难降，只怕国家要灭亡。

让我就近打比方，上天赏罚不冤枉。如果邪僻性不改，黎民百姓要遭殃！

桑柔

【原文】

菀彼桑柔[①]，其下侯旬[②]。捋采其刘[③]，瘼此下民[④]。不殄心忧[⑤]，仓兄填兮[⑥]。

倬彼昊天[⑦]，宁不我矜[⑧]。四牡骙骙[⑨]，旟旐有翩[⑩]。乱生不夷[⑪]，靡国不泯[⑫]。

民靡有黎[⑬]，具祸以烬[⑭]。於乎有哀[⑮]，国步斯频[⑯]。国步蔑资[⑰]，天不我将[⑱]。

靡所止疑[⑲]，云徂何往[⑳]？君子实维[㉑]，秉心无竞[㉒]。谁生厉阶[㉓]，至今为梗[㉔]。

忧心殷殷[㉕]，念我土宇[㉖]。我生不辰[㉗]，逢天僤怒[㉘]。自西徂东[㉙]，靡所定处[㉚]。

多我觏痻[㉛]，孔棘我圉[㉜]。为谋为毖[㉝]，乱况斯削[㉞]。告尔忧恤[㉟]，诲尔序爵[㊱]。

谁能执热[37]，逝不以濯[38]？其何能淑[39]？载胥及溺[40]。如彼溯风[41]，亦孔之僾[42]。

民有肃心[43]，荓云不逮[44]。好是稼穑[45]，力民代食[46]。稼穑维宝[47]，代食维好[48]。

天降丧乱[49]，灭我立王[50]。降此蟊贼[51]，稼穑卒痒[52]。哀恫中国[53]，具赘卒荒[54]。

靡有旅力[55]，以念穹苍[56]。维此惠君[57]，民人所瞻[58]。秉心宣犹[59]，考慎其相[60]。

维彼不顺[61]，自独俾臧[62]。自有肺肠[63]，俾民卒狂[64]。瞻彼中林[65]，甡甡其鹿[66]。

朋友已谮[67]，不胥以穀[68]。人亦有言[69]，进退维谷[70]。维此圣人[71]，瞻言百里[72]。

维彼愚人，覆狂以喜[73]。匪言不能[74]，胡斯畏忌[75]。维此良人[76]，弗求弗迪[77]。

维彼忍心[78]，是顾是复[79]。民之贪乱[80]，宁为荼毒[81]。大风有隧[82]，有空大谷[83]。

维此良人，作为式穀[84]。维彼不顺[85]，征以中垢[86]。大风有隧，贪人败类[87]。

听言则对[88]，诵言如醉[89]。匪用其良[90]，覆俾我悖[91]。嗟尔朋友[92]，予岂不知而作[93]。

如彼飞虫[94]，时亦弋获[95]。既之阴女[96]，反予来赫[97]。民之罔极[98]，职凉善背[99]。

为民不利[100]，如云不克[101]。民之回遹[102]，职竞用力[103]。民之未戾[104]，职盗为寇[105]。

凉曰不可[106]，覆背善詈[107]。虽曰匪予[108]，既作尔歌[109]。

【注释】

①菀（wǎn）彼桑柔：那茂盛柔嫩的桑枝哟。菀：茂盛的样子。桑柔：即柔桑。②其下侯旬：它的下面是均匀的树荫。侯：语气词，加强判断语气，相当于“维”。旬：普遍，这里指均匀的树荫。③捋（luō）采其刘：成把地采摘，只剩下光秃秃的枝条。捋：成把地采，用手握住树枝向一端滑动。其：那。刘：凋残，光秃秃的枝条。④瘼（mò）此下民：使这些下面乘凉的人遭受日头的曝晒。瘼：病，痛苦，这里用作使动，使……痛苦。⑤不殄（tiǎn）心忧：我无法消除心中的忧愁。殄：消除。⑥仓兄（chuàng huǎng）填（chén）兮：悲伤失意久久困扰着我。仓兄：同“怆怳”，悲伤失意。填：长久。⑦倬（zhuō）彼昊天：那朗朗的上天哟。倬：光明。昊天：上天。⑧宁（nìng）不我矜（jīn）：竟然毫不怜惜我。宁：何。不我矜：宾语前置，即“不矜我”。矜：怜悯，同情。⑨四牡骙（kuí）骙：拉车的四匹马奔走如飞。四牡：驾一辆车的四匹马。骙骙：马不停地奔跑。⑩旟（yú）旐（zhào）有翩：画有鹰隼和龟蛇的旗子迎风飘扬。旟：绘有鹰隼图案的旗帜。旐：绘有龟蛇图案的旗帜。有：助词，放在动词之前。翩：飘动的样子。⑪乱生不夷：祸乱滋生久久不能平定。夷：平定。⑫靡国不泯：没有哪个诸侯国不混乱不堪。国：诸侯国。泯：乱。⑬民靡有黎：百姓流离失所，没有从前那么多了。黎：众，多。⑭具祸以烬：全都遭受战祸化为灰烬。具：通“俱”，都，一齐。祸：遭祸。以：连词，而。烬：化为灰烬。⑮於乎有哀：呜呼哀哉！⑯国步斯频：国家的命运就十分危急了。国步：国家的命运。斯：就，乃。频：危急。⑰国步蔑资：国家命运艰难资财耗尽。蔑：无，没有。资：资财，财物。⑱天不我将：上天不帮助我们。不我将：宾语前置，即“不将我”，将：扶助，帮助。⑲靡所止疑：没有安身立命之地。所：代词，与后面的动词组成名词性结构，表示“……的地方”。止：停留，住。疑：安定。⑳云徂何往：去吧，可上哪儿去呢？云：助词，无实义。徂：去，往。何往：宾语前置，即“往何”，到哪里去。㉑君子实维：我扪心自问。君子：这里为作者自称。维：通“惟”，想。㉒秉心无竞：没有争权夺利的险恶用心。秉心：用心。竞：争，争夺。㉓谁生厉阶：是谁种下了这样的祸根？厉：祸乱，恶。阶：阶梯，引申为根源。㉔至今为梗：至今还为害百姓。梗：害，病。㉕忧心殷殷：我心中充满忧虑。殷殷：忧愁的样子。㉖念我土宇：心中想念我的故土家园。土宇：田地房屋，家园。㉗我生不辰：我生不逢时。不辰：不逢时运，不是时候。辰：时，时运。㉘逢天僤

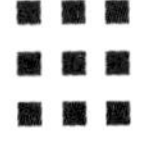

(dàn) 怒：正碰上老天爷大发雷霆。僤：厚，盛。㉙自西徂东：从西到东。徂：往，至。㉚靡所定处（chǔ）：没有安身立命之地。定：安定。处：居，住。㉛多我觏痻（mǐn）：我碰上重重灾难。觏：见，遇到。痻：疾，灾难。㉜孔棘我圉（yǔ）：强敌大举侵犯我边境。孔：很，十分。棘：紧急，这里用作使动，使……紧急，指大举进犯。圉：边境。㉝为谋为毖：周密策划，谨慎从事。为：连词，表示并列的两个动作。谋：策划，谋划。毖：谨慎。㉞乱况斯削：混乱的状况就会减轻。况：情况，状况。斯：乃。就。削：减轻。㉟告尔忧恤（xù）：我告诉你要忧国忧民。尔：指执政者。恤：忧虑。㊱诲尔序爵：教育你应选贤任能，量才授官。序：排定次序。爵：爵位，官爵。㊲谁能执热：谁能手持滚烫的东西。执：拿着。热：热物，滚烫的东西。㊳逝不以濯（zhuó）：却不将其放入凉水中降温？逝：助词，无实义。以：以之，把它。濯：洗。㊴其何能淑：这样下去怎么能有好结果？其：这样，如此。淑：善，有好结果。㊵载胥及溺：大家就会相继陷入灭亡的境地。载：则。胥：相率，相继。及：到，陷入。溺：淹没，灭亡。㊶如彼溯风：就像面风而立。溯：向，面对。㊷亦孔之僾（ài）：就会觉得很难呼吸。孔：很，十分。之：助词，用于状语与中心词之间。僾：气紧，呼吸困难。㊸民有肃心：人虽有前进之心。民：人。肃：前进，向前走。㊹荓（pīng）云不逮：狂风也使他不能达到目的。荓：使。云：助词，无实义。逮：及，达到。㊺好（hào）是稼穑：努力从事这农业生产。好：喜爱，这里指努力从事。是：这。稼穑：耕种和收获，这里指农业生产。㊻力民代食：率领百姓种田产粮代替俸禄。力：使……尽力。代食：代替俸禄，指率领百姓自食其力。㊼稼穑维宝：农业生产是法宝。维：语气词，加强判断语气。㊽好：好方法。㊾天降丧乱：老天爷降下灾难。丧乱：死丧祸乱。㊿灭我立王：推翻了我们遵立的君王。立王：所立的君王，周厉王。厉王施行暴政，被放逐到彘。51降此蟊（máo）贼：降下了这些害虫。蟊：一种吃庄稼根须的害虫。贼：吃庄稼茎杆的害虫。这里泛指危害农作物的害虫。52稼穑卒痒：庄稼全都遭受虫害。稼穑：这里指农作物。卒：皆，尽。痒：病。53哀恫（tōng）中国：可怜我的国家呀。恫：痛，悲伤。中国：国中，国内，指周王朝的版图之内。54具赘卒荒：各地都连续不断地发生灾荒。赘：连属。55靡有旅力：人们精疲力竭。旅力：同“膂力”，力量。体力。56以念穹苍：只有祈求上天开恩。以：而。念：祈祷，祷告。穹苍：上天，苍天。57维此惠君：只有这样的顺应民心的君王。维：只有。惠：顺。58民人所瞻：才是万民景仰的人。瞻：仰起头恭敬地看，景仰。59秉心宣犹：一心用在通盘规划上。宣：遍，

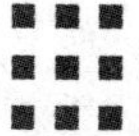

全面。犹：谋划，规划。⑥0考慎其相：全面考察慎重选择他的辅佐大臣。考：考察。慎：慎重选择。相：辅佐大臣。⑥1维彼不顺：只有那不顺民意的昏君。⑥2自独俾臧：只为自个儿舒服。臧：善，好。⑥3自有肺肠：别有一副心肠（与百姓不同心同德）。肺肠：心肠，心地。⑥4俾民卒狂：使百姓劳累成病骨瘦如柴。卒：通"瘁"，劳累致病。狂：通"尪"，消瘦。⑥5瞻彼中林：看那树林之中。中林：林中。⑥6甡（shēn）甡其鹿：鹿儿成群奔跑。甡甡：通"莘莘"，众多的样子。⑥7朋友已谮（jiàn）：朋友之间相互猜忌。已：已经。谮：不信任，猜忌。⑥8不胥以穀（gǔ）：不能相互以诚相待。胥：相互。穀：善意相待。⑥9人亦有言：古代贤人曾言过。人：指古代的贤人。⑦0进退维谷：进不得退不得。谷：穷，无路可走。⑦1圣人：具有最高智慧和道德水平的人。⑦2瞻言百里：能看到百里之外。言：助词，无实义。⑦3覆狂以喜：大祸临头反而狂妄欢喜。覆：反而。狂：狂妄。以，而。⑦4匪言不能：并不是不能说话。匪：通"非"，不是。言：说话。⑦5胡斯畏忌：为什么如此顾忌害怕。胡：何，为什么。斯：如此。⑦6良人：贤人，德才兼备的人。⑦7弗求弗迪：当政者却对他们既不寻求也不任用。求：寻求，访求。迪：任用。⑦8忍心：残酷无情的人。⑦9是顾是复：又照顾又包庇。是：助词，表示两个动作并存。顾：照顾。复：庇护，包庇。⑧0民之贪乱：百姓本来就要造反了。之：助词，用于主语与谓语之间，取消句子独立性。贪：贪求，想要。乱：作乱，造反。⑧1宁为荼毒：怎么还能继续干残害百姓的事呢？宁：竟，怎能。为：做，干。荼毒：残害，这里指残害百姓的事。⑧2大风有隧：狂风猛吹。有：助词，放在形容词之前。隧：迅猛，急速。⑧3有空大谷：来自深深的大谷。空：深，大。⑧4作为式穀：所作所为善良高尚。作为：所作所为，言行。式：助词，无实义。⑧5不顺：义同"忍心"。⑧6征以中垢：专干见不得人的事。征：行，做。中垢：内里的污垢，指阴暗见不得人的事。⑧7贪人败类：贪鄙小人摧残同类。败：摧残，残害。类：同类。⑧8听言则对：顺耳的话就回答。听：顺从。对：答。⑧9诵言如醉：讽谏的话一概不听。就像醉酒一般毫无理智。诵：讽谏。⑨0匪用其良：不采纳善言。用：采纳。良：善言。⑨1覆俾我悖：反而使我不得安宁。悖：悖乱，身心狂乱不安。⑨2嗟尔朋友：唉！朋友！嗟：叹息声，唉。⑨3予岂不知而作：我难道不知道你的所作所为？而：你的。作：言行，所作所为。⑨4如彼飞虫：就像那天上飞翔的鸟儿。虫：这里指鸟。⑨5时亦弋获：有时也会被弓箭射中。弋：用带有绳子的箭射。获：猎获。⑨6既之阴女（rǔ）：我已经了解你的底细。既：已经。之：助词，放在状语与中心词之间。阴：通"谙"，了解，熟知。女：汝，你。⑨7反予来

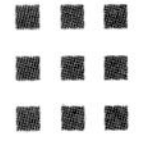

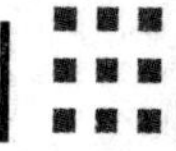

赫：反而来恐吓我。赫：通“吓”，恐吓。⑱民之罔极：百姓无法无天（百姓奋起造反）。罔极：没有法则。⑲职凉善背：是因为统治者刻薄无信。职：是因为。凉：刻薄。善背：惯于背弃，指毫无信义。⑳为民不利：干不利于百姓的事。㉑如云不克：好像还嫌做得不够（无所不用其极）。云：助词，无实义。克：能。㉒民之回遹：百姓干非法的事（百姓奋起造反）。回遹：邪僻，干违法之事。㉓职竞用力：是由于统治者竞相采用暴力。㉔民之未戾：百姓骚乱不安。戾：安定。㉕职盗为寇：是因为贪官污吏成了一帮盗匪。盗：盗贼，指贪官污吏。为：成为。寇：盗匪。㉖凉（liàng）曰不可：我恳切地说：这样下去可不行。凉：恳切，诚恳。㉗覆背善詈（lì）：你反而在背地里大骂我。背：背后，背地里。善：大。詈：骂。㉘虽曰匪予：即使你反对我。虽：即使。曰：助词，无实义。匪：通“非”，反对，否定。㉙既作尔歌：我也写了这首诗歌来揭发你。作：写作，创作。尔：这。

【译文】

青青桑叶密又嫩，桑树下面一片荫，采完桑叶剩枝根。害苦百姓难遮身，愁思绵绵缠我心，社会凄凉乱纷纷。

皇天能把善恶分，怎么不怜我老臣！四马驾车不住奔，旐旗翻飞各逃生。祸乱发生不太平，到处纷乱难安宁。

百姓死亡人稀少，全都遭难变灰烬，长叹一声心悲痛，国运艰难势将倾！民穷财尽国运紧，老天不助我人民。

没有地方可安身，想走不知去何村？君子扪心自思忖，没有争权夺利心。是谁生此祸乱根？至今作梗害人民。

隐隐作痛心忧伤，想念故土旧家邦。生不逢时真不幸，碰上老天怒火旺。从东到西天地宽，没有安居好地方。

灾难遭到一连串，再加敌寇侵边疆。谋划国事要谨慎，祸乱状况会减轻。你们应当忧国事，合理授官任贤能。

好比谁想驱炎热，不去洗澡行不行？国事如果不办好，大家淹死都丧命。好比顶着大风跑，呼吸困难心发跳。

人民空有进取心，形势使他难效劳。重视春种和秋收，百姓劳动官吃饱。农业生产是个宝，官吏坐吃是正道。

死亡祸乱从天降，要灭我们所立王。降下害虫和蟊贼，大田庄稼金吃光。哀痛我们全中国，绵延田地一片荒。

大家没有尽力干，怎能感动那上苍。通情达理好君王，人民对他就景仰。心地光明善治国，慎重考察择宰相。

君主违理不顺民，只管自己把福享，别有一副怪心肠，使民迷惑而放荡。看那野外有树林，鹿儿成群多相亲。

朋友反而相欺骗，不能置腹又推心。人们经常这样说："进退两难真苦闷。"只有圣人有眼力，目光远大望百里。

只有蠢人眼近视，反而狂妄瞎欢喜。并非有口不能言，为啥害怕有顾忌？这位君主心善良，不求名利不争王。

那位君主太残忍，反复无常理不讲。百姓为啥要作乱，因遭暴政苦难挡。天上呼呼刮大风，峡谷从来是空空。

这位君主心善良，多做好事人歌颂；那位君主不讲理，日夜荒淫不出宫。天上大风呼呼吹，贪利小人是败类。

顺从话儿你答对，一听忠谏装酒醉。忠臣良言不采用，反而说我老背晦。叫声朋友听我说，我岂不知你所作。

好比天空飞翔鸟，有时也被猎人捉。你的底细我掌握，如今反而恐吓我。人心不正好作乱，主张刻薄搞反叛。

你做不利人民事，好像还嫌不凶残。人民要走邪僻路，竟用暴力解苦难。人民不把好事做，主张为盗结成伙。

诚恳告你行不通，你反背地咒骂我。虽然被你来诽谤，终究为你把诗作。

云 汉

【原文】

倬彼云汉[1]，昭回于天[2]。王曰於乎[3]，何辜今之人[4]。天降丧乱，饥馑荐臻[5]。

靡神不举[6]，靡爱斯牲[7]。圭璧既卒[8]，宁莫我听[9]！

旱既大甚[10]，蕴隆虫虫[11]。不殄禋祀[12]，自郊徂宫[13]。上下奠瘗[14]，

靡神不宗[15]。

后稷不克[16]，上帝不临[17]。耗斁下土[18]，宁丁我躬[19]。

旱既大甚，则不可推[20]。兢兢业业，如霆如雷[21]。周馀黎民[22]，靡有孑遗[23]。

昊天上帝，则不我遗[24]。胡不相畏，先祖于摧[25]。

旱既大甚，则不可沮[26]。赫赫炎炎[27]，云我无所[28]。大命近止[29]，靡瞻靡顾[30]。

群公先正[31]，则不我助[32]。父母先祖，胡宁忍予[33]。

旱既大甚，涤涤山川[34]。旱魃为虐[35]，如惔如焚[36]。我心惮暑[37]，忧心如薰[38]。

群公先正，则不我闻[39]。昊天上帝，宁俾我遁[40]！

旱既大甚，黾勉畏去[41]。胡宁瘨我以旱[42]，憯不知其故[43]。

祈年孔夙[44]，方社不莫[45]。昊天上帝，则不我虞[46]。敬恭明神，宜无悔怒[47]。

旱既大甚，散无友纪[48]。鞫哉庶正[49]，疚哉冢宰[50]。

趣马师氏[51]，膳夫左右[52]。靡人不周[53]，无不能止[54]。瞻卬昊天[55]，云如何里[56]！

瞻卬昊天，有嘒其星[57]。大夫君子[58]，昭假无赢[59]。大命近止，无弃尔成[60]。

何求为我[61]，以戾庶正[62]。瞻卬昊天，曷惠其宁[63]。

【注释】

①倬：高远明显的样子。云汉：银河。②昭回：光辉运转。回：回旋，运转。③於乎：叹词，即“呜呼”。唉！④辜：罪，罪孽。⑤饥馑：荒年。五谷不收叫饥，蔬菜不收叫馑。荐：再次，重复。臻：到，来到。⑥靡神不举：没有一位尊神没有祭祀过的。举：祭祀。⑦靡爱斯牲：对于祭祀用的牲口没有吝啬过。爱：吝啬，舍不得。⑧圭璧既卒：圭和璧全都用完了。圭璧：古代的玉器，诸侯朝会或祭祀时用

作信符。卒：用尽。⑨宁莫我听：即“宁莫听我”，怎么没有听到我的呼声；为什么不肯听我的祈求；⑩甚：过分，厉害。⑪蕴：通“煴”，闷热。隆：旺盛，强烈。虫虫：热气薰蒸的样子。⑫不殄：不断地。禋祀：古代祭天的典礼，拿祭神的牲口和玉帛放在噶柴上，烧柴烟起，上升于天，表示向天祷告。⑬郊：城外。宫：庙。周人祭天在郊外，祭祖在庙。⑭上下奠瘗（yì）：即“上奠下瘗”，上面祭天，下面祭地。瘗：把祭品埋在地下以祭地神。⑮宗：尊崇。⑯后稷：周人的始祖。不克：不享受祭祀。⑰临：降临来到。⑱耗：损耗。斁（dù）：败坏。下土：对上天而言，下方的土地，人间。⑲宁丁我躬：为什么偏偏落到我的身上。丁：当，挨上。躬：自身。⑳推：排除。㉑“兢兢业业”两句：旱灾的可怕，好像雷劈一样。兢兢：小心谨慎的样子。业业：畏惧的样子。㉒周馀黎民：周国剩下的一些百姓。㉓靡有孑遗：没有一个遗留下来。没有一个不受灾。孑：单独，孤独一个。遗：遗留，剩下。㉔则不我遗（wèi）：就是不给我们饮食。遗：送给食物。㉕“胡不相畏”两句：祖先们难道不怕吗？不感到伤痛吗？摧：悲伤痛苦。㉖沮：阻止，阻挡。㉗赫赫：阳光明亮的样子。炎炎：暑气蒸热的样子。㉘云：语气助词。无住所：连一个阴凉躲避的地方都没有。㉙大命：寿命。近止：离死亡不远了。㉚靡瞻靡顾：再也没有什么瞻前顾后的了，没有什么盼头了。神鬼们不闻不问。㉛群公：前代的异姓鬼神。先正：前代的贤臣。㉜则不我助：即“则不助我”，就是不来帮助我们。㉝“父母先祖”两句：自己的祖先和死去的父母之神，对我们为什么这样忍心。㉞涤涤：没有草木光秃秃的样子。㉟旱魃（bá）：古代神话中的旱鬼，能造成旱灾。《山海经·大荒北经》载：蚩尤请风伯雨师降狂风暴雨，黄帝就让天女叫做魃的下来，于是风雨停息，蚩尤战败被杀，魃却不能回到天上，所到之处不下雨，造成旱灾。为虐：作恶。㊱惔（tán）：火烧。㊲惮（dàn）：畏惧，讨厌。㊳薰：烟薰火燎。㊴不我闻：即“不闻我”，不听我们的呼声。㊵宁俾我遁（dùn）：为什么使我们活得那样艰难。遁：通“屯”，艰难。㊶黾（mǐn）勉：勉力，努力。畏去：把这可怕的旱灾除去。㊷胡宁瘨（diān）我以旱：为什么要拿旱灾来害我们。瘨：病，害。㊸憯（cfin）：竟然。故：缘故，原因。㊹祈年：向神祈求丰年。孔夙：很早。㊺方社：祭祀四方之神。不莫：不晚。莫：古“暮”字。㊻不我虞：即“不虞我”，不爱我们。虞：亲爱。㊼悔：怨恨。㊽散：松散，涣散，散漫。友纪：法纪。㊾鞫（jū）：穷困。庶正：众官长。㊿疚：内心痛苦。冢宰：总理大臣，宰相。51趣马：官名。掌管饲养马匹的官。师氏：官名。主管教导国君和贵族子弟的官，皇家教师。52膳夫：官名。掌

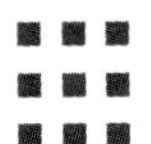

管国王和后妃饮食的官。左右：国王的近侍。㊳周：通“惆”，忧愁。㊴止：指解除旱情。㊵瞻卬（yǎng）：仰望。卬：通“仰”。㊶里：通“悝”，忧伤。㊷嘒：光芒微小。㊸大夫君子：官员士绅。㊹昭：祈祷。假：通“嘏”，福。无赢：无益，没有好处。㊺无弃尔成：不要放弃你的成功。不要放弃你的虔诚。㊻何求为我：即“我何求为”“我为何求”。我还去祈求些什么呢。㊼以戾：以求安定。戾：安定。㊽曷：何时，什么时候。惠：赐给。宁：安宁。

【译文】

浩浩银河天上横，星光灿烂转不停。国王仰天长叹息：百姓今有啥罪行！上天降下死亡祸，饥荒灾难接连生。

哪位神灵没祭祀，何曾吝惜用牺牲。祭神圭璧已用尽，为啥祷告天不听！

旱情已经很严重，酷暑闷热如火熏。不断祭祀求降雨，从那郊外到庙宫。上祭天神下祭地，任何神灵都尊敬。

后稷不能止灾情，上帝圣威不降临。天下田地尽遭害，灾难恰恰落我身。

旱灾已经很不轻，想要消除不可能。整天提心又吊胆，如防霹雳和雷霆。周地剩余老百姓，将要全部死干净。

皇天上帝心好狠，不肯赐食把善行。祖先怎么不害怕？子孙死绝祭不成。

旱情严重无活路，没有办法可止住。烈日炎炎如火烧，哪里还有遮荫处。大限已到命将亡，神灵依旧不看顾。

诸侯公卿众神灵，不肯降临来帮助。父母祖先在天上，为啥忍心看我苦！

旱灾来势很凶暴，山秃河干草木焦。旱魔为害太猖狂，好像遍地大火烧。长期酷热令人畏，忧心如焚受煎熬。

诸侯公卿众神灵，毫不过问怎么好。叫声上帝叫声天，为何陷我于困境！

旱灾来势虽凶暴，勉力在位不辞劳。为啥降旱害我们？不知缘由真心焦。

祈年祭祀不算晚，祭方祭社也很早。皇天上帝太狠心，不佑助我不宽饶。一向恭敬诸神明，想来神明不会恼。

旱情严重总不已，人人散漫无法纪。公卿百官都技穷，宰相盼雨空焦虑。

趣马师氏都祈雨，膳夫大臣来助祭；没有一人不出力，没人停下喘口气。仰望晴空无片云，我心忧愁何时止！

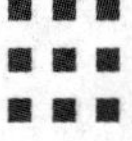

仰望高空万里晴，微光闪闪满天星。大夫君子很虔诚，祈祷神灵没私情。大限虽近将死亡，继续祈祷不要停！

祈雨不是为自己，是为安定众公卿。仰望皇天默默祷，何时赐我民安宁！

崧 高

【原文】

崧高维岳[1]，骏极于天[2]。维岳降神，生甫及申[3]。维申及甫，维周之翰[4]。

四国于蕃[5]，四方于宣[6]。亹亹申伯[7]，王缵之事[8]。于邑于谢[9]，南国是式[10]。

王命召伯[11]，定申伯之宅[12]。登是南邦[13]，世执其功[14]。王命申伯，式是南邦。

因是谢人[15]，以作尔庸[16]。王命召伯，彻申伯土田[17]。王命傅御[18]，迁其私人[19]。

申伯之功，召伯是营。有俶其城[20]，寝庙既成[21]。既成藐藐[22]，王锡申伯[23]。

四牡跻跻[24]，钩膺濯濯[25]。王遣申伯，路车乘马[26]。我图尔居[27]，莫如南土。

锡尔介圭[28]，以作尔宝。往近王舅[29]，南土是保[30]。申伯信迈[31]，王饯于郿[32]。

申伯还南，谢于诚归[33]。王命召伯，彻申伯土疆[34]。以峙其粻[35]，式遄其行[36]。

申伯番番[37]，既入于谢，徒御啴啴[38]。周邦咸喜[39]，戎有良翰[40]，不显申伯[41]。

王之元舅[42]，文武是宪[43]。申伯之德，柔惠且直[44]。揉此万邦[45]，闻于四国。

吉甫作诵[46]，其诗孔硕，其风肆好[47]，以赠申伯。

【注释】

①崧高：山大而高。崧：又作嵩，山大而高。维：是。岳：高大的山，此指四岳：东岳泰山、南岳衡山，西岳华山，北岳恒山，四岳是古人心目中最高的山。②骏："竣"之借字。极：至。③甫：又作"吕"。吕和申是虞夏时姜姓古国（吕：地在今河南南阳县西；申：地在今河南南阳县北）。周续其封：此指甫侯与申伯。④翰：通"榦"，桢干。⑤蕃：通"藩"，藩篱，此指保护。⑥宣：通"畅"。⑦亹亹（wěi）：勤勉貌。⑧缵（zuǎn）：继承，使继承。⑨于邑：建邑。于：通"为"。谢：地名，在河南唐河县，为申伯封地。⑩式：法则，榜样。⑪召伯：召穆公，周宣王大臣，名虎。⑫宅：居住之地。⑬登：成，建成。⑭执：守。⑮因：依靠。⑯庸：通"墉"，城。⑰彻：治理，开发。⑱傅：官名，太傅。御：侍御，周王近侍之官。⑲私人：奴仆。⑳俶（chù）：始。㉑寝庙：宗庙。庙之前曰庙，后曰寝。㉒藐藐：房屋众多排列长远貌。㉓锡：赏赐。㉔跻（jiǎo）跻：雄壮貌。㉕钩膺：套在马胸前颈的带子。濯濯：光亮貌。㉖路车：诸侯所坐之车。乘马：四匹马。㉗图：谋虑。㉘介：大。圭：玉制礼器。㉙近（jì）：语助词。㉚保：守护。㉛信：真。迈：行。㉜郿：地名，今陕西郿县。㉝谢于诚归：即诚归于谢。㉞疆：地界。㉟峙：通"庤"，储备。粻（zhāng）：粮米。㊱式：用。遄：快速。㊲番番（bō）：勇武貌。㊳徒：步兵。御：车夫。啴（tān）啴：众多貌。㊴周：遍布。邦：指谢邑。咸：皆。㊵戎：你们，称谢邑之人。㊶不：通"丕"，大。显：光耀。㊷元：大。㊸宪：法式，典范。㊹惠：待人好。㊺揉：使和顺。㊻吉甫：尹吉甫，宣王卿士。诵：诗歌。㊼风：曲调。肆：极。

【译文】

五岳居中是嵩山，巍巍高耸入云天。中岳嵩山降神灵，吕侯申伯生人间。申家伯爵吕家侯，辅佐周朝是中坚。

诸侯靠他作屏障，天下靠他作墙垣。申伯勤勉美名扬，继承祖业佐周王。赐封子谢建新都，南国诸侯有榜样。

周王命令召伯虎，去为申伯建住房。建成南方一邦国，子孙世守国祚长。王对

申伯下令讲：要在南国树榜样。

依靠谢地众百姓，建筑你国新城墙。周王命令召伯虎，治理申伯新封疆。命令太傅和侍御，助他家臣迁谢邦。

申伯谢邑工已竣，全靠召伯苦经营。巍峨谢城坚又厚，寝庙也已建筑成，雕栏画栋院宇深，王赐申伯好礼品。

骏马四匹蹄儿轻，黄铜钩膺亮晶晶。王遣申伯赴谢城，高车驷马快启程。仔细考虑你庄处，莫如南土最相称。

赐你大圭好礼物，作为国宝永保存。叫声娘舅放心去，确保南土扎下根。”申伯决定要动身，王到郿郊来饯行。

申伯要回南方去，决心南下住谢城。周王命令召伯虎，申伯疆界要划定；沿途粮草备充盈，一路顺风不留停。

申伯威武气昂昂，进入谢城好排场。步骑车御列成行。全城人民喜洋洋，从此国家有栋梁。高贵显赫的申伯。

周王大舅不寻常，能文能武是榜样。申伯美德众口扬，和顺正直且温良。安定诸侯达万国，赫赫声誉传四方。

吉甫作了这首歌，含义深切篇幅长。曲调优美音铿锵，赠别申伯诉衷肠。

烝 民

【原文】

天生烝民[①]，有物有则[②]。民之秉彝[③]，好是懿德[④]。天监有周[⑤]，昭假于下[⑥]。

保兹天子[⑦]，生仲山甫[⑧]。仲山甫之德，柔嘉维则[⑨]。令仪令色[⑩]，小心翼翼[⑪]。

古训是式[⑫]，威仪是力[⑬]。天子是若[⑭]，明命使赋[⑮]。王命仲山甫，式是百辟[⑯]。

缵戎祖考[⑰]，王躬是保[⑱]。出纳王命[⑲]，王之喉舌[⑳]。赋政于外[㉑]，四方爰发[㉒]。

肃肃王命[㉓]，仲山甫将之[㉔]。邦国若否[㉕]，仲山甫明之[㉖]。既明且

哲[27]，以保其身[28]。

夙夜匪解[29]，以事一人[30]。人亦有言[31]，柔则茹之[32]，刚则吐之[33]。

维仲山甫[34]，柔亦不茹[35]，刚亦不吐。不侮矜寡[36]，不畏强御[37]。

人亦有言，德輶如毛[38]，民鲜克举之[39]。

我仪图之[40]，维仲山甫举之[41]，爱莫助之[42]。

衮职有阙[43]，维仲山甫补之[44]。仲山甫出祖[45]，四牡业业[46]，征夫捷捷[47]，每怀靡及[48]。

四牡彭彭[49]，八鸾锵锵[50]。王命仲山甫，城彼东方[51]。四牡骙骙[52]，八鸾喈喈[53]。

仲山甫徂齐[54]，式遄其归[55]。吉甫作诵[56]，穆如清风[57]。仲山甫永怀[58]，以慰其心[59]。

【注释】

①天生烝民：上天创造了人类。生：生育，创造。烝：众。②有物有则：有事物就有其规律。物：事物。则：法则，规律。③民之秉彝：人禀受自然天性。民：人民。之：助词，用于主语与谓语之间，取消句子独立性。秉：掌握。彝：常情，天性。④好（hào）是懿德：喜欢这美好的品德。好：喜好，喜欢。是：这。懿：美，美好。⑤天监有周：上天俯视周朝。监：察。俯视。有：助词，放在名词之前。⑥昭假于下：看到周王在下面虔诚地祈祷。昭假：向神祷告。⑦保兹天子：决定保佑这周天子。兹：此，这。⑧生仲山甫：于是就让仲山甫降生人间。仲山甫：周宣王的大臣。⑨柔嘉维则：温和善良而有原则。柔：温和。嘉：美，善良。则：原则。⑩令仪令色：美好的仪表，善良的脸色。令：美好，善良。仪：风度。色：脸色，表情。⑪小心翼翼：小心谨慎恭敬认真。翼翼：恭敬谨慎的样子。⑫古训是式：宾语前置，即“式古训”，严格遵循先王的遗典。古训：先王的遗典，祖先留下来的遗训。是：代词，放在动词之前，复指前置宾语。式：效法，照着做。⑬威仪是力：宾语前置，即“力威仪”，努力使自己的言行符合礼节。威仪：礼节法度。力：努力。⑭天子是若：宾语前置，即“若天子”，事事处处服从天子的旨意。若：顺，服从。⑮明命使赋：所以天子让他颁布政令。明命：正确的命令，这里指朝廷的政令。

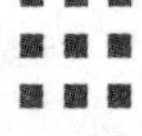

使：让。赋：通“敷”。布，颁布。⑯式是百辟：规范教育这些诸侯。式：规范，给……做榜样，百：众多的。辟：君，诸侯。⑰缵（zuǎn）戎祖考：继承你祖辈的事业。缵：继承。戎：你的。祖考：祖先。⑱王躬是保：宾语前置，即“保王躬”，保卫天子。⑲出纳王命：发布天子的政令，听取臣下的意见向天子汇报。出：发布。纳：收进，听取。王命：天子的政令。⑳王之喉舌：他是天子的心腹之臣。喉舌：比喻掌握机要的重臣，代言人。㉑赋政于外：颁布政令于四方各诸侯国。外：周王朝直接统治的地区之外的地方，各诸侯国。㉒四方爰发：天下各诸侯国就坚决执行。爰：乃，于是。发：执行，实行。㉓肃肃王命：威严公正的天子政令。肃肃：严正的样子。㉔仲山甫将之：仲山甫贯彻执行。将：奉行，执行。之：它，指“王命”。㉕邦国若否（pǐ）：诸侯国好坏。若：善，好。否：恶，坏。㉖明之：十分了解这些情况。明：明白，明察。㉗既明且哲：他既明察秋毫又明智周全。既……且：既……又，表示并列的两种状态。哲：明智，懂事理。㉘以保其身：从而能保全他的名誉节操。以：从而。身：身体，这里指身份、地位等，这两句指仲山甫能应付各种复杂的情况，在政治斗争中立于不败之地。㉙夙夜匪解（xiè）：起早贪黑勤于王事，不敢有丝毫松懈。夙夜：从早到晚努力工作。匪：通“非”，不。解：懈怠，松懈。㉚以事一人：来全心全意地侍奉宣王。事：侍奉。一人：天子，强调其独一无二，这里指宣王。㉛人亦有言：古代贤人曾说过。人：古代贤人。㉜柔刚菇之：软的东西就吃掉它。柔：软的东西。则：就。茹：吃。㉝刚刚吐之：硬的东西就把它吐出来。刚：硬的东西。㉞维仲山甫：只有这仲山甫。维：只有。㉟柔亦不茹：软的也不吃。亦：也。㊱不侮矜（guān）寡：不欺侮鳏寡孤独无依无靠的人。矜：通“鳏”，没有妻子的人。㊲不畏强御：也不害怕强横暴虐有权有势的人。强御：强横暴虐的人。㊳德輶（yóu）如毛：品德即使轻如鸿毛。輶：轻。㊴民鲜（xiǎn）克举之：人却很少能举起它来。鲜：少。克：能。㊵我仪图之：我心中仔细琢磨。仪图：考虑。思索。㊶维仲山甫举之：只有仲山甫能举起来。㊷爱莫助之：只可惜我帮不上他。爱：可惜。㊸衮职有阙：天子的绣有卷龙的礼服偶尔破了。衮：故代帝王穿的绣有卷龙图形的礼服。职：适，偶尔。阙：同“缺”，残破，破损之处。㊹维仲山甫补之：只有仲山甫能补好它。这两句有双关语义：天子的言行偶有失误，只有仲山甫能补救。㊺仲山甫出祖：仲山甫出行，祭祀路神。祖：出行时祭祀路神，以求旅途平安。㊻四牡业业：拉车的四匹骏马高大威猛。四牡：拉一辆车的四匹马。业业：高大矫健。㊼征夫捷（qiè）捷：左右随从行动敏捷。征夫：随行人员。捷

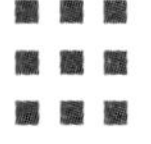

捷：行动快速敏捷的样子。㊽每怀靡及：时时想着尚未完成的任务。每：常，时时。怀：心中存有，惦念。靡及：达不到，指完不成工作。㊾彭（bāng）彭：强壮有力的样子。㊿八鸾锵锵：八只铃铛丁当悦耳。鸾：挂在马嚼子两头的铃铛，四马拉车，故曰“八鸾”。锵锵：清脆悦耳的金属撞击声。51城彼东方：到那东方去修筑城堡。城：筑城。52骙（kuí）骙：马奔驰不停的样子。53喈（jié）喈：义同“锵锵”，参见注㊿。54仲山甫徂齐：仲山甫前往齐国。徂：去，往。55式遄（chuán）其归：望他能早点回来。式：表示劝诱，有“当”“应”的意思。遄：迅速，这里用作使动，使迅速，加快。归：回来。56吉甫作诵：尹吉甫写了这首诗。吉甫：尹吉甫，周宣王的大臣。诵：诗，诗篇。57穆如清风：和畅优美如清风拂面。穆：和畅，优美。58仲山甫永怀：仲山甫令人怀念。怀：怀念。59以慰其心：用这首诗安慰他。以：用。

【译文】

天生众人性相合，万物本来有法则。人心自然赋常情，全都喜爱好品德。上帝审察我周朝，周王祈祷意诚恪。

为保天子能中兴，生下山甫辅君侧。山甫天生好品德，和气善良有原则。仪表堂堂脸带笑，办事谨慎不出格。

遵循古训无差错，尽力做到礼节合。处处承顺天子意，颁布命令贯政策。周王命令仲山甫，要作诸侯好榜样。

祖先事业你继承，辅佐天子立纪纲。受命司令你掌管，作王喉舌代宣讲。颁布政令达各地，贯彻执行到四方。

王命严肃不可抗，山甫执行很顺当。全国政事好和坏，山甫心里最明亮。知识渊博又明理，保全节操永流芳。

日夜工作不松懈，全心全意侍周王。有句老话经常讲：东西要拣软的吃，硬的吐出放一旁。

只有这位仲山甫，软的东西他不吃，硬的不吐真坚强；见了鳏寡不欺侮，遇到强暴不退让。

有句老话人常道：品德即使轻如毛，很少有人举得高。

细细揣摩暗思考，只有山甫能做到，无力帮他表倾倒。

周王破了衮龙袍，只有山甫能补好。山甫远出祭路神，四马雄壮如飞奔。

左右随从很勤快，惦念任务还在身。

四马蹄声得得响，八铃锵锵车轮滚。周王命令仲山甫，筑城东方立功勋。四匹骏马奔跑忙，八只铜铃响叮当。

山甫到齐去平乱，望他早日回故乡。吉甫作歌赠老友，和如清风吹人爽。山甫临行顾虑多，唱诗安慰望心宽。

韩奕

【原文】

奕奕梁山[1]，维禹甸之[2]。有倬其道[3]，韩侯受命[4]。王亲命之，缵戎祖考[5]。

无废朕命[6]，夙夜匪解。虔共尔位[7]。朕命不易[8]，榦不庭方[9]，以佐戎辟[10]。

四牡奕奕[11]，孔修且张[12]。韩侯入觐[13]。以其介圭。入觐于王，王锡韩侯[14]。

淑旂绥章[15]，簟茀错衡[16]，玄衮赤舄[17]，钩膺镂钖[18]，鞹鞃浅幭，鞗革金厄[20]。

韩侯出祖[21]，出宿于屠[22]。显父饯之[23]，清酒百壶[24]。其肴维何[25]？炰鳖鲜鱼[26]。

其蔌维何[27]？维荀及蒲[28]。其赠维何？乘马路车[29]。笾豆有且[30]，侯氏燕胥[31]。

韩侯取妻[32]，汾王之甥[33]，蹶父之子[34]。韩侯迎止[35]，于蹶之里[36]。

百两彭彭[37]，八鸾锵锵[38]。不显其光[39]，诸娣从之[40]，祁祁如云[41]。

韩侯顾之[42]，烂其盈门[43]。蹶父孔武[44]，靡国不到[45]。为韩姞相攸[46]。

莫如韩乐。孔乐韩土，川泽讦讦[47]，鲂鲔甫甫[48]，麀鹿噳噳[49]。有熊有罴，有猫有虎。

庆既令居[50]，韩姞燕誉[51]。溥彼韩城[52]，燕师所完[53]。以先祖受命，因时百蛮[54]。

王锡韩侯，其追其貊[55]，奄受北国[56]，因以其伯[57]。

实墉实壑[58]，实亩实籍[59]。献其貔皮[60]，赤豹黄罴[61]。

【注释】

①奕奕：高大的样子。梁山：山名，在今陕西省韩城县境，接合阳县界。②甸：治理。③倬：广大。道：马路。④受命：接受周天子的册命。⑤缵戎祖考：继续你祖先的业绩。戎：汝，你。⑥废：背弃。朕：我。这个字从秦始皇开始才规定为皇帝自称的专用词。⑦虔：恭恭敬敬，小心谨慎。共：奉，守住。位：职位，侯爵的位置。⑧不易：不是轻易（给的）。易：容易，随便。⑨榦（gàn）：整治。不庭：不来朝贡。不肯臣服。方：邦国，诸侯国；⑩佐：辅佐。辟：君主。⑪奕奕：姿态悠闲，神采飞扬的样子。⑫孔修：很长。张：大。⑬觐：诸侯在秋季朝见天子。⑭锡：赐,赏赐。⑮淑旂：美丽的龙旗。淑：美。绥章：古代装饰在旗竿上用以区别贵贱的标志。⑯簟（diàn）茀：遮蔽车厢的竹席子。错衡：涂上金色绘有花纹的车辕前端的横木。⑰玄衮：黑色的绣龙大礼服。赤舄（xì）：红色的鞋子，古代贵族所穿的。⑱钩膺：马腹带的装饰物，套在马胸前颈上，用宽带做成，带上有钩，下面装饰垂缨，又叫繁缨。镂：刻，雕刻。钖（yáng）：马额上的金属装饰物，马行走时振动有声响，也叫“当卢”。⑲鞹鞃（kuò hóng）：蒙上兽革的扶手。鞹：去毛的兽皮，皮革。鞃：古代车子的前厢供人依凭的横木叫轼，轼上用兽革或漆布蒙着叫鞃。浅：毛不厚的兽皮，虎皮浅毛。幭（miè）：车轼上的覆盖物。浅幭就是用虎皮做的幭。⑳鞗（tiáo）革：马笼头。金厄：金黄色的轭。厄：通“轭”，驾在马颈上形状好像人字的马具。㉑出祖：出行而祭祀路神。㉒宿：暂时歇宿。屠：古地名。㉓显父：人名。饯：备酒筵送行。㉔清酒：美酒。百壶：一百壶，不是实数，形容酒准备得多。㉕其肴维何：荤菜是哪些？肴：肉类菜肴，荤菜。㉖炰（páo）：烧烤。㉗蔌（sù）：蔬菜。㉘蒲：蒲菜。蒲草的嫩芽。㉙乘马：四匹马。路车：贵族乘坐的豪华车子。㉚笾：装果脯的竹器。豆：高脚木盘。且：多。㉛侯氏：指韩侯。燕：宴饮。胥：语气助词。㉜取：通“娶”。㉝汾王：一说为周厉王，因厉王被国人赶跑到彘地，彘地在汾水边，所以称汾王。一说为汾胡之王。一说为汾水上的大王。甥：

外甥女。㉞蹶父：姓姞，周宣王的大臣。韩侯的妻子是蹶父的女儿。㉟迎止：迎娶她。止：代词，之，她。㊱于蹶之里：到蹶的封地那里。里：封邑。㊲百两：一百辆车子，形容车子多。两：通“辆”。彭彭：车辆多的样子。㊳锵锵：车鸾铃声。㊴不显其光：很大的显耀光彩。不：通“丕”。㊵娣：妾，古代贵族嫁女，往往把女儿的妹妹或侍女多人陪嫁作妾。㊶祁祁：众多的样子。㊷顾：看。㊸烂：灿烂有光彩。盈门：满门。㊹孔武：很威武。㊺靡国不到：没有一个国家不到过。㊻韩姞：韩侯的妻子姓姞，所以称韩姞。相：看，寻找。攸：处所。㊼讦讦（xū xū）：广大的样子。㊽鲂鲇：两种鱼名。甫甫：又多又好的样子。㊾麀（yōu）：雌鹿。噳噳：众多成群的样子。㊿庆：贺，幸运。既：取得，得到。令居：好住处。(51)燕誉：安乐。(52)溥：广大的。韩城：在今河北省固安县东南，今名韩寨营。(53)燕（yān）：燕国，这里指北燕，姓姬，召公奭的封地，在今北京市大兴县。师：民众。完：完成，筑完。(54)因：顺服，使顺服。时：此，这。百蛮：众蛮族。(55)追：古代北方的部族国名。貊（mò）：古代居住在东北地区的少数民族，部族国名。(56)奄：尽，全部。受：接受，都来归附。北国：北方各小国。(57)因：因此。以：为，做。伯：长，领导。(58)实：于是。墉：筑城墙，筑城。壑：挖城壕。(59)亩：整治田亩。籍：收租税。(60)献：进贡，献上。貔（pí）：猛兽名，形状像老虎。(61)罴（pí）：猛兽名。

【译文】

巍巍高耸梁山冈，大禹治水到此间。一条大路通周邦，韩侯入朝受册命。周王亲自对他讲：祖先事业你继承。

我的命令切莫忘，早晚工作别松懈，忠诚职守勿疏荒。我的册命不轻发，望你伐叛正纪纲。以此辅佐你君王。

四匹公马真肥壮，又高又大气昂昂。韩侯入周来朝见，手捧大圭上朝堂，俯伏丹墀拜周王，王赐礼物示嘉奖。

锦绣龙旗彩羽装，镂金彩绘车一辆，黑色龙袍大红靴。铜制马饰雕文章，浅色虎皮蒙轼上，马辔马轭闪金光。

韩侯离朝祭路神，路上住宿在屠城。显父设宴为饯行，美酒百壶醇又清。席上荤菜是什么？清蒸大鳖鲜鱼羹。

席上素菜是什么？嫩蒲烧汤竹笋丁。临行赠品是什么？高车驷马垂红缨。七盘

八碗筵丰盛，韩侯宴饮真高兴。

韩侯结婚娶妻房，她的舅父是厉王，司马蹶父小女郎。韩侯驾车去亲迎，蹶邑大街闹洋洋。

百辆新车挤路上，车铃串串响丁当，荣耀显赫真辉煌。陪嫁众妾紧相随，多如彩云巧梳妆。

韩侯举行三顾礼，满门灿烂又堂皇。蹶父威武又雄壮，出使各国游历广；他替女儿找婆家，莫如韩国最理想。

住在韩地欢乐多，河川水泊很宽广，鳊鱼鲢鱼多肥大，母鹿公鹿满山冈，深林有熊又有罴，山猫猛虎幽谷藏。

欢庆得了好地方，韩姞安乐心舒畅。韩国城邑宽又广，工程完竣靠燕邦。韩国祖先受王命，节制蛮族控北方。

王赐韩侯复祖业，追貊两族由你掌，包括北方诸小国，你为方伯位居上。

城墙城壕替他筑，垦田收税样样帮。他们贡献白狐皮，赤豹黄熊好皮张。

江　汉

【原文】

江汉浮浮①，武夫滔滔②。匪安匪游，淮夷来求③。既出我车，既设我旟④。

匪安匪舒，淮夷来铺⑤。江汉汤汤⑥，武夫洸洸⑦。经营四方⑧，告成于王。

四方既平，王国庶定⑨。时靡有争，王心载宁⑩。江汉之浒⑪，王命召虎⑫。

式辟四方⑬，彻我疆土⑭。匪疚匪棘⑮，王国来极⑯。于疆于理⑰，至于南海。

王命召虎，来旬来宣⑱。文武受命⑲，召公维翰⑳。无曰予小子，召公是似㉑。肇敏戎公㉒，用锡尔祉㉓。

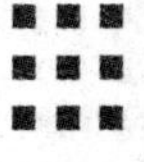

釐尔圭瓒[24]，秬鬯一卣[25]。告于文人[26]，锡山土田。

于周受命[27]，自召祖命[28]。虎拜稽首[29]，天子万年。虎拜稽首，对扬王休[30]。

作召公考[31]，天子万寿。明明天子，令闻不已[32]。矢其文德[33]，洽此四国[34]。

【注释】

①江：长江。汉：汉水。浮浮：水流貌。②滔滔：行进气势壮盛貌。③淮夷：当时住在淮水南部的东方部族。来：犹“是”。求：指讨伐整治。④设：树立。旟（yú）：绘有鹰隼的旗。⑤铺：通“痡”（pū），病：此指攻击。⑥汤汤（shāng）：水浩大貌。⑦洸洸（guāng）：威勇貌。⑧经营：指征伐叛逆。⑨庶：庶几。⑩载：则。⑪浒：水边。⑫召虎：召伯，名虎，谥召穆公。⑬式：语首助词。辟：开辟。⑭彻：治。⑮疚：病害。棘：通“急”。⑯极：准则。⑰于：语助词。疆：划定边界。理：治理土地。⑱旬：通“徇”，巡视。宣：指宣布王命。⑲文武：文王和武王。⑳翰：通“榦”，桢干。㉑召公：指召虎之先祖召公奭。似：通“嗣”，继承。㉒肇：开创。敏：迅速。戎：你。公：通“功”，事。㉓用：以。祉：福。㉔釐：通“赉”，赏赐。圭瓒：玉柄酒器，形似勺。㉕秬鬯：用黑黍和郁金香草酿成的香酒。秬（jù）：黑黍。鬯（chàng）：郁金香草。卣（yǒu）：有柄的酒壶。㉖告：指祭告。文人：有文德之人，指召虎祖先。㉗周：岐周，周的发祥地。受命：受册命为伯。㉘召祖：召氏之祖，指召公奭谥康公。命：指褒奖。㉙稽（qǐ）首：叩头。㉚对：回答。扬：颂扬。休：美。㉛考：郭沫若《青铜时代·周代彝器进化说》：“‘考’乃‘簋’（guǐ）之假借字。”簋是古代食器，此指作祭祀召公的铜器簋上铸受册命铭文。㉜令闻：美誉。㉝矢：通“施”。㉞洽：协和。

【译文】

长江汉水流滔滔，壮士出征逞英豪。不贪安逸非游遨，誓把淮夷来征讨。驾起戎车如飞跑，树起战旗随风飘。

不求安逸不辞劳，陈师淮夷除凶暴。长江汉水流浩荡，壮士勇猛世无双。讨伐四方叛乱国，捷报飞来告周王。

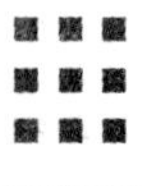

四方叛国已平定，周邦方得保安康。时局平定无征战，周王安宁心舒畅。长江边啊汉水旁，王命召虎为大将：为我开辟四方地，为我治理好土疆。施政宽缓莫扰民，一切准则学王都。划定边界治国土，直到南海蛮夷邦。

周王册命任召虎，宗庙当中告百官：文王武王受天命，召公辅政立朝班。

不要说我还年轻，召公事业你接管。速立大功来报效，赐你福禄示恩眷。

赏你玉勺世世传，黍酒一壶香又甜。祭告你的祖先神，先王曾赐山和田。

你到岐周受册命，仪式按照你祖先。

召虎拜谢又叩头，恭祝天子寿万年！召虎拜谢又叩头，为报王赐礼物厚。

特铸青铜召公簋，恭祝天子万年寿！勤勉不倦周天子，名垂千古永不朽。施行德政惠万民，协和四方众诸侯。

常 武

【原文】

赫赫明明①，王命卿士②。南仲大祖③，大师皇父④。整我六师⑤，以修我戎⑥。

既敬既戒⑦，惠此南国⑧。王谓尹氏⑨，命程伯休父⑩。左右陈行⑪，戒我师旅⑫。

率彼淮浦⑬，省此徐土⑭。不留不处⑮，三事就绪⑯。赫赫业业⑰，有严天子⑱。

王舒保作⑲，匪绍匪游⑳。徐方绎骚㉑，震惊徐方㉒。如雷如霆㉓，徐方震惊㉔。

王奋厥武㉕，如震如怒㉖。进厥虎臣㉗，阚如虓虎㉘。铺敦淮濆㉙，仍执丑虏㉚。

截彼淮浦㉛，王师之所㉜。王旅啴啴㉝，如飞如翰㉞，如江如汉㉟，如山之苞㊱，如川之流㊲。

绵绵翼翼㊳，不测不克㊴，濯征徐国㊵。王犹允塞㊶，徐方既来㊷。

徐方既同㊸，天子之功。四方既平，徐方来庭㊹。徐方不回㊺，王

曰还归㊻。

【注释】

①赫赫明明：威武严正，英断明察。赫赫：威武的样子。明明：明察，明智的样子。②王命卿士：宣王命令卿士。王：周天子，这里指周宣王。卿士：主持政务的大臣，为百官之长，相当于后代的宰相。③南仲大（tài）祖：在太祖庙里命令南仲。南仲：人名，周宣王时大臣，曾率军征服玁狁。大祖：同“太祖”，这里指太祖庙。④大（tài）师皇父（fǔ）：还有太师皇父。大师：同“太师”，周代的最高官职。皇父：人名，周宣王时大臣。⑤整我六师：整训我军队。整：整顿，整训。六师：六军，周朝制度，天子六军，六诸侯国三军。一军一万二千五百人。⑥以修我戎：修缮我弓箭戈矛等武器。以：连词，表示并列关系。戎：兵器，武器。⑦既敬既戒：提高警惕，动员士兵。既……既：表示并列。敬：通“警”，警惕。戒：告诫，动员。⑧惠此南国：（平息叛乱）给南方诸侯国以安定和平。惠：惠赐，施恩。此：这。南国：指南方各诸侯国。⑨王谓尹氏：宣王又对尹氏说。尹氏：周宣王时大臣。⑩命程伯休父：任命程伯休父为大司马。命：任命。程伯休父：周宣王时为大司马，休父是名，因其封于程国，爵位为伯爵，故称“程伯”。⑪左右陈行：让士兵分左右列队。陈：陈列，排列。行：军列，队列。⑫戒我师旅：告诫我军。师旅：军队。⑬率彼淮浦：顺着那淮水沿岸推进。率：沿着，顺着。淮：淮水，淮河。浦：水边，岸边。⑭省（xǐng）此徐土：巡视这徐国。省：视察，巡视。徐土：徐国：诸侯国名，西周初年由徐戎建立，分布在淮河中下游一带，曾与周王朝对抗。后被吴国所灭。⑮不留不处：不要停留驻扎。留：停止，停留。处：居住。⑯三事就绪：使农、工、商各业正常从事其工作。三事：指农、工、商。就：从事。绪：事业，工作。⑰赫赫业业：威武严正，气冲霄汉。业业：声势大的样子。⑱有严天子：神圣庄严的天子，宣王。有：助词放在形容词之前。严：威严。⑲王舒保作：朝廷的军队从容不迫稳步推进。王：王师，朝廷的军队。舒：徐缓，从容不迫。保：安闲，沉着。作：行进，进军。⑳匪绍匪游：不拖延不轻敌。匪：通“非”不。绍：缓慢，延误战机。游：游玩，这里指轻敌。㉑徐方绎骚：徐国军队的阵脚大乱。方：邦，诸侯国。绎：阵，古代作战时队伍分布排列的队形。骚：骚乱，乱。㉒震惊徐方：朝廷的军队震惊徐国。㉓如雷如霆：朝廷的军队来势迅猛，像炸雷，像闪电。霆：

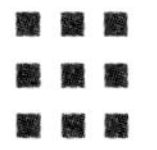

疾雷。㉔徐方震惊：徐国上下震惊恐惧。㉕王奋厥武：宣王奋扬他的武功。奋：发扬，奋扬。厥：其，他的。武：勇力、武功。㉖如震如怒：展雷霆之威，发冲天之怒。如：而。㉗进厥虎臣：传令他的勇猛将士冲锋。进：使进军，使前进。虎：勇猛如虎。臣：臣下，这里指将士。㉘阚（hǎn）如虓（xiāo）虎：杀声震天如同怒吼的猛虎。阚：虎吼。虓：猛虎怒吼。㉙铺敦淮溃（fén）：屯兵列阵于淮水边的高地上。铺：分布，陈列。敦：通“屯”，驻扎，屯兵。溃：河边高地。㉚仍执丑虏：不断俘获敌兵俘虏。仍：屡次，不断。执：抓获。丑：丑类，对敌兵的蔑称。㉛截彼淮浦：平定那淮水边的叛乱。截：平定，治平。㉜王师之所：将其变成朝廷军队的驻地（在那里驻扎军队）。所：处所，驻地。㉝啴（tān）啴：众多而威武的样子。㉞如飞如翰：行动快如飞，凶猛如鹰隼。翰：鹰隼一类的猛禽。㉟如江如汉：如长江汉水气吞万里。㊱如山之苞：如高山岿然不动。之：助词，用于主语与谓语之间，取消句子独立性。苞：屹立不动，根深本固。㊲如川之流：如大河奔流势不可挡。川：大河。㊳绵绵翼翼：绵绵不绝军威雄壮。绵绵：连绵不断的样子。翼翼：雄壮盛大的样子。㊴不测不克：神出鬼没所向无敌。测：测度，估计。克：胜，战胜。㊵濯征徐国：大张旗鼓征讨徐国。濯：洗涤。即将徐夷完全征服。㊶王犹允塞：宣王的谋略的确切实可行。犹：谋略，计划。允：的确，确实是。塞：诚实，切实可行。㊷徐方既来：徐国已经归顺。来：归顺，归服。㊸同：归顺。㊹徐方来庭：徐国来京都朝见天子。庭：通“廷”，来朝廷朝见天子。㊺回：背叛，反叛。㊻王曰还归：宣王命令军队班命回朝。曰：说，命令。

【译文】

威武英明周宣王，命令卿士征徐方，太庙之中命南仲，太师皇父同听讲：整顿六军振士气，修理弓箭和刀枪。

告诫士卒勿扰民，平定徐国惠南邦。”王令尹氏传下话，策命休父任司马，士卒左右列好队，训戒六军早出发。

循那淮水岸边行，须对徐国细巡察。大军不必久居留，任毕三卿便回家。”威仪堂堂气概昂，神圣庄严周宣王。

王师从容向前进，不敢延缓不游逛。徐国闻讯大骚动，王师威力震徐邦，声势恰似雷霆轰，徐兵未战已惊慌。

宣王奋发真威武，就像天上雷霆怒。冲锋兵车先进军，吼声震天如猛虎。大军

列阵淮水边，捉获敌方众战俘。

切断徐兵溃逃路，王师就地把兵驻。王师势盛世无双，行动神速如鸟翔。好比江汉水流长，好比青山难摇撼，好比洪流不可挡。

连绵不断声威壮，神出鬼没难估量，大征徐国定南方。宣王计划真恰当，徐国已服来归降。

纳土称臣成一统，建立功勋是我王。四方诸侯既平靖，徐君朝拜王庭上。徐国从此不敢叛，王命班师回周邦。

瞻 印

【原文】

瞻卬昊天[①]，则不我惠[②]。孔填不宁[③]，降此大厉[④]。邦靡有定，士民其瘵[⑤]。

蟊贼蟊疾[⑥]，靡有夷届[⑦]。罪罟不收[⑧]，靡有夷瘳[⑨]。人有土田，女反有之[⑩]。

人有民人，女覆夺之[⑪]。此宜无罪[⑫]，女反收之[⑬]。彼宜有罪，女覆说之[⑭]。

哲夫成城[⑮]，哲妇倾城[⑯]。懿厥哲妇[⑰]，为枭为鸱[⑱]。妇有长舌[⑲]，维厉之阶[⑳]。

乱匪降自天，生自妇人。匪教匪诲，时维妇寺[㉑]。鞫人忮忒[㉒]，谮始竟背[㉓]。

岂曰不极[㉔]，伊胡为慝[㉕]？如贾三倍[㉖]，君子是识[㉗]，妇无公事[㉘]，休其蚕织[㉙]。

天何以刺[㉚]？何神不富[㉛]？舍尔介狄[㉜]。维予胥忌[㉝]。不吊不祥[㉞]，威仪不类[㉟]。

人之云亡[㊱]，邦国殄瘁[㊲]。天之降罔[㊳]，维其优矣[㊴]。人之云亡，心之忧矣。

天之降罔，维其幾矣[㊵]。人之云亡，心之悲矣。觱沸槛泉[㊶]，维其深矣。

心之忧矣。宁自今矣，不自我先。不自我后。藐藐昊天[42]，无不克巩[43]。无忝皇祖[44]，式救尔后[45]。

【注释】

①瞻卬：仰望。②不我惠：即“不惠我”，不把恩惠给我。③孔：很。填（chèn）：长久。不宁：不得安宁。④厉：灾祸。⑤士：贵族的最低等级。民：老百姓。瘵（zhài）：疾病。⑥蟊：吃庄稼的害虫。贼：残害。蟊疾：蟊虫造成疾病。⑦靡有:没有。夷：语气助词。届：尽头，终结。⑧罪罟：法网。不收：不收拢，不惩办坏人。⑨瘳（chōu）：疾病痊愈。这句是说人民的疾苦没有解除的日子；⑩人有土田，女反有之：别人有自己的土地，你反而去强占。女：汝，你。有：占有。⑪人有民人，女覆夺之：别人有自己的奴隶，你又去抢夺过来。民人：奴隶。覆：反，反而。⑫宜：应该。⑬收：拘捕，收进监狱。⑭说：通“脱”，开脱，放掉。⑮哲夫:智慧高见识广的男子汉。成：建成，完成。⑯哲妇：漂亮的女人，指周幽王的妃子褒姒。倾城：毁坏城市。⑰懿：通“噫”，叹气声。厥：那个。⑱枭：一种恶鸟，相传长大后要吃掉母鸟。鸱（chī）：猫头鹰。⑲长舌：舌头长，形容搬弄是非。⑳维厉之阶：灾祸的台阶，祸根。厉：灾祸，瘟疫。㉑时维：就是。寺：寺人，宦官，后来叫太监。㉒鞫（jū）：穷究，研究。人：这种人，指“妇寺”。忮（zhì）：忌恨，恶毒。忒（tè）：邪恶。㉓谮（zèn）：进谗言，说别人坏话。始：开始。一作：通“绐”，欺骗。竟：终于，终究。背：背叛。㉔极：过分。㉕伊：语气助词。胡为：为什么。慝（tè）：邪恶。㉖如贾（gǔ）三倍：好像做买卖那样至少要赚三倍的利润。贾：做买卖。㉗君子是识：君子（指周幽王）根本不会认识到。㉘妇无公事：女人又不参加工作。㉙休：停止。蚕织：养蚕和织布，这是古代妇女的专职。㉚天何以刺：老天为什么责备。刺：批评，谴责。㉛何神不富：为什么神明不肯赐福。富：福。㉜舍：放弃。尔：你，你的。介：甲，盔甲。狄：西方的少数民族。这句是说幽王放开狄人的侵犯不管。㉝维予胥忌：就对我猜忌。㉞吊：善，好。㉟威仪:礼节。不类：不成样子，不合规格。类：法式，规定的仪式。㊱人：指贤人。亡：出奔，逃亡。㊲邦国：国家。殄：病，疲困。瘁：憔悴。㊳罔：灾祸，不祥。㊳优：厚，引申为“严重”。一作：通“忧”，忧愁。㊵幾：危险。㊶觱（bì）沸：泉水涌出的样子。槛泉：喷涌而出的泉水。槛通“滥”。㊷藐藐：高远的样子。

㊸克：能够。巩：用牛皮绳子捆扎物件，引申为“约束”。㊹忝：有愧于。皇祖：祖先。㊺式：发语助词。尔后：指周的后代子孙。

【译文】

仰望老天灰冥冥，老天对我没恩情。天下很久不安宁，降下大祸真不轻。国家无处有安定，害苦士卒和百姓。

好比害虫吃庄稼，没完没了总不停。滥罚酷刑不收敛，生灵涂炭无止境。别人如有好田地，你却侵占归自己。

别人田里人民多，你却夺来做奴隶。这些本是无辜人，你却捕他不讲理。那些本是有罪人，你却开脱去包庇。

男子有才能立国，妇女有才毁社稷。可叹此妇太逞能，她是恶枭猫头鹰。妇有长舌爱多嘴，灾难根源从她生。

祸乱不是从天降，出自妇人真不幸。没人教王施暴政，女人内侍话太听。专门诬告陷害人，说话前后相矛盾。

难道她还不凶狠，为啥喜欢这妇人？好比商人会赚钱，叫他参政难胜任。妇女不该管国事，她却蚕织不躬亲。

上天为啥罚我苦？神明为啥不赐福？放任武装夷狄人，只是对我很厌恶；人们遭难不抚恤，礼节不修走邪路。

良臣贤士都跑光，国运艰危将倾覆。上天把那刑罚降，多如牛毛不胜防。良臣贤士都逃光，心中忧伤对谁讲。

上天无情降法网，国家危险人心慌。良臣贤士都逃光，回天乏术心悲伤。泉水翻腾往外喷，源头一定非常深。

我心忧伤由来久，难道只是始于今？祸乱不先也不后，恰恰与我同时辰。老天浩茫又高远，约束万物定乾坤。

不要辱没你祖先，匡救王朝为子孙。

召旻

【原文】

旻天疾威[①]，天笃降丧[②]。瘨我饥馑[③]，民卒流亡[④]。我居圉卒荒[⑤]。

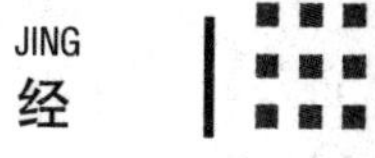

天降罪罟[⑥]，蟊贼内讧[⑦]。昏椓靡共[⑧]，溃溃回遹[⑨]，实靖夷我邦[⑩]。

皋皋訿訿[⑪]，曾不知其玷[⑫]。兢兢业业，孔填不宁[⑬]，我位孔贬[⑭]。

如彼岁旱，草不溃茂[⑮]，如彼栖苴[⑯]。我相此邦[⑰]，无不溃止[⑱]。

维昔之富[⑲]，不如时[⑳]。维今之疚[㉑]，不如兹[㉒]。彼疏斯粺[㉓]，胡不自替[㉔]？职兄斯引[㉕]。

池之竭矣，不云自频[㉖]！泉之竭矣，不云自中？溥斯害矣[㉗]，职兄斯弘[㉘]，不灾我躬[㉙]？

昔先王受命[㉚]，有如召公[㉛]。日辟国百里[㉜]，今也日蹙国百里[㉝]。於乎哀哉[㉞]，维今之人，不尚有旧[㉟]。

【注释】

①旻（mín）天：敬称天，如皇天、老天。疾威，如说暴虐，凶暴施威。②笃：厚。严重。丧：死亡：指重大灾难。③瘨（diān）：病。④卒：尽。⑤居圉：国中至边境。圉：边境。⑥罟：网。此句言天降罪网，谓幽王暴虐，使人人获罪。⑦蟊贼：吃庄稼的害虫，喻恶人。内讧（hòng）：内部争乱。⑧昏：昏乱。椓：通“诼”，谗毁。靡：无。共：通“供”，供职。⑨溃溃：坏乱的样子。回遹（yù）：邪僻，不正违理。⑩靖：图谋。夷：灭。⑪皋皋：轻狂貌。訿訿：极力诽谤貌。⑫玷（diàn）：玉的斑点，喻指人的污点。⑬孔：甚。填（chén）：通“尘”，久。⑭贬：贬黜，降低。⑮溃：遂，达到，指长成。⑯栖苴（chá）：挂在树上的枯草。栖：倒伏。苴，枯草。⑰相：视。⑱溃：毁坏，崩溃。止：语气词。⑲维：发语词。⑳时：是，此。指今时。㉑疚：病。㉒兹：此，指此时。㉓疏：粗粮米，指稷米。斯：乃，竟。粺（bài）：精米。㉔胡：何。替：废弃。㉕职：此。兄：通“况”，情况。斯：此。引：延长，指拖延。㉖云：语助词。频：通“滨”，水边。㉗溥斯：溥然，普遍貌。害：受危害。㉘弘：大，扩大。㉙躬：身体。㉚先王：指武王、成王。㉛召公：即召公奭，武王、成王的辅臣。㉜辟：开拓。㉝蹙（cù）：缩小。㉞於乎：同“呜呼”。㉟尚：还。旧：指旧时大臣。

【译文】

老天暴虐难提防，接二连三降灾荒。饥馑遍地灾情重，十室九空尽流亡。国土

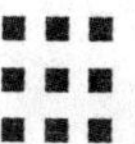

荒芜到边疆。

天降罪网真严重，蟊贼相争起内讧。谗言乱政职不供，昏溃邪僻肆逞凶，想把国家来断送。

欺诈攻击心藏奸，却不自知有污点。君子兢兢又业业，对此早就心不安，可惜职位太低贱。

好比干旱年头到，地里百草不丰茂，像那枯草歪又倒。看看国家这个样，崩溃灭亡免不了。

从前富裕今天穷，时弊莫如此地凶。人吃粗粮他白米，何占茅房不出恭？情况越来越严重。

池水枯竭非一天，岂不开始在边沿？泉水枯竭源头断，岂不开始在中间？

这场灾害太普遍，这种情况在发展，难道我不受牵连？

先王受命昔为君，有像召公辅佐臣。当初日辟百里地，如今土地日瓜分。可叹可悲真痛心！

不知如今满朝人，是否还有旧忠臣？

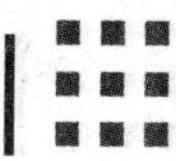

周 颂

清 庙

【原文】

於穆清庙①，肃雝显相②。济济多士③，秉文之德④。
对越在天⑤，骏奔走在庙⑥。不显不承⑦，无射于人斯⑧。

【注释】

①於（wū）穆清庙：啊！美好静穆的宗庙。於：叹词，相当于“啊”。穆：美，美好。清：静穆，安静庄严。庙：宗庙，古代帝王供奉祭祀祖先的地方。②肃雝显相：恭敬和顺端庄雍容的助祭诸侯。肃：恭敬。雝：和谐，和顺。显：光明，高贵。相：助祭的诸侯。③济（jǐ）济多士：整齐美好的公卿百官。济济：多而整齐的样子。多士：众士，指参加祭祀的百官公卿。④秉文之德：继承了文王的品德。秉：秉受，继承。文：指周文王。⑤对越在天：报答并颂扬文王的在天之灵。对越：报答称扬。⑥骏奔走在庙：在宗庙中祭祀恭敬而敏捷。骏：迅速，敏捷。奔走：快走，指忙于祭祀。⑦不（pī）显不承：无比光明无比美好。不：通“丕”，大，甚。显：光明。承：通“烝”，美好。⑧无射（yì）于人斯：永远为人们所景仰。射：通“斁”，厌恶。于：介词，在被动句中引进主动者，相当于“被”“为”。

【译文】

啊，在那深沉清庙中，助祭端庄又雍容。众士祭祀行列齐，文王德教记在胸。

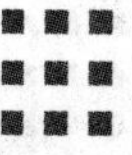

遥对文王在天灵，奔走在庙疾如风。光照上天延后嗣，人们仰慕无时穷。

维天之命

【原文】

维天之命，於穆不已①。於乎不显②，文王之德之纯③！
假以溢我④，我其收之⑤。骏惠我文王⑥，曾孙笃之⑦。

【注释】

①於穆：美哉。不已：不停止。②於乎不显：多么高贵显赫。③纯：伟大。④假：给予。溢：旺盛，富强。⑤收：接受。⑥骏：通“俊”，英俊有才能。惠：仁慈。⑦笃：继承，实行。

【译文】

想那天道在运行，庄严肃穆永不停。多么显赫多光明，文王品德真纯正！
仁政使我得安宁，我们一定要继承。遵循文王的大道，子子孙孙要力行。

维 清

【原文】

维清缉熙①，文王之典②。
肇禋③，迄用有成④。
维周之祯⑤。

【注释】

①维：语首助词。清：清明。缉（qì）熙：积渐至于光明。②典：制度，法则。③肇：始。禋：祭天。④迄：至。⑤祯：吉祥。

【译文】

想我周朝政清明，因为文王善用兵。
由他始行祭天礼，直到武王才功成。
这是我周的祥祯。

烈 文

【原文】

烈文辟公①，锡兹祉福②。惠我无疆③，子孙保之④。
无封靡于尔邦⑤，维王其崇之⑥。念兹戎功⑦，继序其皇之⑧。
无竞维人⑨，四方其训之⑩。不显维德⑪，百辟其刑之⑫。
於乎，前王不忘⑬。

【注释】

①烈文辟公：建立了文治武功的诸侯们。烈：有功烈的，有军事方面的业绩的。文：有文德的，有政治教化方面的业绩的。辟公：君，指诸侯。②锡兹祉福：文王锡给你们福佑。锡：赐，赐予。兹：此。指诸侯们。祉：福。③惠我无疆：永远忠于我周天子。惠：顺，忠于。无疆：无尽头，无穷尽。④子孙保之：子子孙孙永保你们的封国。保：保有，守住。之：它，指天子封的官爵，领地等。⑤无封靡（mǐ）于尔邦：不要在你的封国内奢侈无度。无：通“毋”，不要，别。封：大，过度。靡：奢侈淫靡。邦：封国，诸侯国。⑥维王其崇之：天子将会尊重你们。维：语气词，加强肯定语气。王：君王，这里指周天子。其：语气词，表示推测的语气，有“将会”“将要”的意思。崇：尊重，尊敬。⑦念兹戎功：念及你们的大功。念：念及，想到。戎：大。⑧继序其皇之：让你们的子孙继承你们的事业并发扬光大。序：通“绪”，事业。其：语气词，表示推测语气。皇：发扬光大。⑨无竞维人：没有比贤人更宝贵的了。竞：强，胜过。维：于，比。人：贤德之人。⑩四方其训之：有了贤人，四方之人就会顺从你。其：语气词，表示推测语气。训：通“顺”，顺从，服从。⑪不（pī）显维德：最光辉的是先王的品德。不：通“丕”，大，最。显：显耀，光辉。维：语气词，加强判断语气。德：道德，这里指先王的道德品行。⑫百

辟其刑之：各位诸侯要效法学习。百：所有的。其：语气词，表示委婉的祈使语气。刑：效法，照……做。⑬於乎前王不忘：啊！别忘了先王之德。於乎：同“呜呼”，叹词，相当于“啊”。前王：先王，指周文王周武王。

【译文】

功德双全诸侯公，赐给你们助光荣。对我周朝永驯顺，子孙长保福无穷。

莫在你国造大孽，我王对你才尊重。应念你祖立战功，纪承祖业更恢宏。

强盛莫过得贤士，四方才会竞相从。光明最是先王德，诸侯应该学此风。

先王典范永铭胸。

天 作

【原文】

天作高山①，大王荒之②。彼作矣，文王康之③。

彼徂矣④岐。有夷之行⑤。子孙保之。

【注释】

①作：生，制造，创造。高山：指岐山。②大王：太王，即文王的祖父古公亶父，是他从豳迁居到岐。荒：开垦，开拓。③彼：指太王。作：开垦。康：通“赓”，继续。④彼：指文王。徂：通“殂”，去世，死。⑤岐：岐山。夷之行：平坦的大路。

【译文】

天生巍峨岐山冈，太王经营地更广。上天在此生万物，文王安抚定周邦。

人心所向来归顺，岐山大道坦荡荡，子孙永保这地方。

昊天有成命

【原文】

昊天有成命①，二后受之②。

成王不敢康[③]，夙夜基命宥密[④]。
于缉熙[⑤]，单厥心[⑥]，肆其靖之[⑦]。

【注释】

①昊天：敬称天，如言皇天。成命：已定的天命。②二后：指文王、武王。后：君主。③成王：周成王，名诵，武王之子。康：安逸。④夙夜：早晚。基命：以天命为根基，即信守天命。宥：宽。密：通“谧”，宁。⑤於（wū）：感叹语词。缉熙：积渐至于光明。缉：搓麻成线。熙：光。⑥单（dǎn）：诚厚，通“亶”。厥：其。⑦肆：故，所以。靖：安定。

【译文】

天命昭昭自上苍，受命为君文武王。
成王不敢图安逸，日夜谋政志安邦。
多么光明多辉煌，忠诚厚道热心肠，国家巩固民安康。

我 将

【原文】

我将我享[①]，维羊维牛[②]，维天其右之。[③]
仪式刑文王之典[④]，日靖四方[⑤]。伊嘏文王[⑥]，既右享之[⑦]。
我其夙夜[⑧]，畏天之威[⑨]，于时保之[⑩]。

【注释】

①我将我享：我献上祭品祭祀神灵。将：进献（祭品）。享：奉献祭品，祭祀。②维羊维牛：用作祭品的牺牲是羊，是牛。维：语气词，加强判断语气。③维天其右之：望上天保佑我。维：语气词，加强肯定语气。其，语气词，表示委婉的祈使语气。右：通“佑”，保佑。④仪式刑文王之典：遵循文王制定的典章制度。仪、式、刑：都是效法，遵循的意思。典：法典，典章制度。⑤日靖四方：每日操劳，以安定天下四方。日：每天。靖：安定，平定。⑥伊嘏（gǔ）文王：伟大的文王。伊：助词，无实义。嘏：大，伟大。⑦既右享之：文王之灵降临，安享祭品。既：

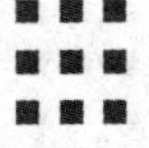

尽。右：古代祭祀，神主在右边受祭。享：鬼神享用祭品。⑧我其夙夜：我将日夜祈祷。其：将。夙夜：早晚努力。⑨畏天之威：敬畏上天的威力。⑩于时保之：从而永保江山社稷。于时：于是。时：通“是”。

【译文】

我要祭祀先烹调，祭品牛羊不算少，上帝保佑好运道。

典章制度效文王，治理天下日操劳。伟大神圣我文王，享受祭祀神灵到。

我要日夜勤祭祷，崇敬天威遵天道，这才能把天下保。

时　迈

【原文】

时迈其邦[①]，昊天其子之[②]。实右序有周[③]。薄言震之[④]，莫不震叠[⑤]。

怀柔百神[⑥]，及河乔岳[⑦]。允王维后[⑧]。明昭有周，式序在位[⑨]。

载戢干戈[⑩]，载櫜弓矢[⑪]。我求懿德[⑫]，肆于时夏[⑬]。允王保之。

【注释】

①时迈：及时巡行。一说：“迈”通“万”，这句是说：当今之世有万国。②子之：把……当做儿子。③序：按顺序更替。一说：读“予”。我。④薄言：语气助词。震：震慑，用武力示威。⑤震叠：“叠”通“慑”，在武力面前惧怕。⑥怀柔：安抚。⑦河：大河，指黄河。乔岳：高山。⑧允：诚信，确实。⑨式：语气助词。在位：处在王的位置上，为帝王。⑩戢（jí）：收藏。干：盾牌。⑪櫜（gāo）：古代装衣甲或弓箭的袋子。这里是把弓箭藏到袋子里的意思。⑫懿德：美德。⑬肆：施行。夏：中国。

【译文】

出发巡视大小邦，上帝视我如儿郎，佑我大周国运昌。才始发兵讨纣王，天下诸侯皆惊慌。

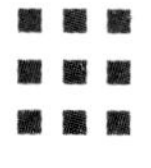

为悦众神备祭享，遍及河山及四望。武王不愧天下长！大周昭明照四方，满朝称职皆贤良。

收起干戈没用场，装好弓箭袋里藏。我去访求有德士，遍施善政国兴旺。周王定能保封疆。

执竞

【原文】

执竞武王①，无竞维烈②。不显成康③，上帝是皇④。
自彼成康，奄有四方⑤，斤斤其明⑥。
钟鼓喤喤⑦，磬管将将⑧。降福穰穰⑨。
降福简简⑩，威仪反反⑪。既醉既饱，福禄来反⑫。

【注释】

①执竞：保持强盛。执：持。竞：强。②竞：争。烈：功业。③不：通“丕”，大。显：光明。成：成王。康：康王。④皇：此指伟大君王。⑤奄：包括。⑥斤斤：明察貌。⑦喤喤：钟鼓声。⑧磬：一种悬挂的敲击乐器。管：竹制乐器。将将：同“锵锵”。⑨穰（rǎng）穰：众多貌。⑩简简：盛大貌。⑪威仪：庄重举止。反（bǎn）反：慎重和善貌。⑫来反：又一次来到。反：通“返”。

【译文】

制服强梁称武王，克商功业世无双。功成名就国安康，上帝对他也赞赏。
由于功成国安康，一统天下有四方，武王英明坐朝堂。
敲钟擂鼓咚咚响，击磬吹箫声锵锵，上天赐福降吉祥。
无边洪福从天降，祭礼隆重又端庄。武王神灵醉又饱，保你福禄绵绵长。

思文

【原文】

思文后稷①，克配彼天②。立我烝民③，莫非尔极④。

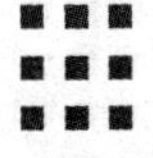

贻我来牟[⑤]，帝命率育[⑥]。无此疆尔界[⑦]，陈常于时夏[⑧]。

【注释】

①思文后稷：文德彪炳的始祖后稷。思：助词，放在形容词之前。文：有文德的，有政治教化方面的业绩的。后稷：周族的始祖。相传其母姜嫄踩了上帝的脚印而怀孕，生下后认为不祥而将他丢弃，故名弃。长大后担任舜的农官。号后稷，别姓姬氏。因其发明种植五谷，被尊为农神。②克配彼天：只有你能配享那上天。克：能，能够。配：配享，在祭祀中作为次要对象（陪衬）受祭。周人在祭天时以其始祖后稷为配享。③立我烝民：你使我百姓得以生存。指后稷教百姓种植五谷，从而使百姓得以生存。立：使……立，使……生存。蒸民：民众，百姓。烝：众。④莫匪尔极：没有人不以你为准则。莫：没有人，没有谁。匪：通“非”，不。极：准则。⑤贻我来牟：留给我们麦种。贻：遗留。来：小麦。牟：大麦。⑥帝命率育：上帝命令用谷物养育所有的百姓。率：遍，普遍。育：养育。⑦无此疆尔界：不要分是我的疆域还是你的边界。无：通“毋”，不要，别。⑧陈常于时夏：在这华夏地区推广农业种植这种制度。陈：施行，推广。常：常法。这里指农业种植。时：是，这。夏：华夏，古代中原地区。

【译文】

想起后稷先王，功德能配上苍。养育我们百姓，谁未受你恩赏。
留给我们麦种，天命充用供养。农政不分疆界，全国普遍推广。

臣 工

【原文】

嗟嗟臣工[①]，敬尔在公[②]。王釐尔成[③]，来咨来茹[④]。
嗟嗟保介[⑤]，维莫之春[⑥]，亦又何求，如何新畬[⑦]？
於皇来牟[⑧]，将受厥明[⑨]。明昭上帝，迄用康年[⑩]。
命我众人，庤乃钱镈[⑪]，奄观铚艾[⑫]。

【注释】

①嗟嗟：慨叹声。臣工：群臣百官。②敬：恭敬，勤勤恳恳。尔：你们。在公：替公家工作。③釐：赐予，奖励。成：成绩。④咨：咨询，请示。茹：商量，忖度。⑤保介：古代的副职官员，和王同车，坐在王的右边，叫做车右。这里是田官，相当于现代的农业部长。⑥莫之春：暮春，指农历三月。莫："暮"的古字。⑦新畬(yú)：畬是已经开垦种植了三年的熟田。古代实行轮种，土地耕作了一个时期后要休闲一个时期，休闲后再种植的土地叫新畬。⑧於皇来牟：啊！多美的小麦大麦呵。⑨将：持，拿着。受：通"授"，给予。明：通"萌"，"萌"通"氓"，农民，农奴。⑩迄：给予，赐予。康年：丰收之年。⑪庤（zhì）：准备好，拿着。钱：铲子。镈（bó）：锄头。⑫奄：停留。观：参加，监视。铚（zhì）：镰刀。艾：通"刈"(yì)，收割。

【译文】

群臣百官听我言，对待公事要谨严。周王赐你耕作法，你应考虑细钻研。
农官你要忠职守，暮春农事应早筹，你们还有啥要求？如何对待新田畴？
美好麦籽壮又圆，秋来定能获丰收。光明上帝真灵验，一直赐我丰收年。
就该命令众农夫，锄锹你要备齐全，他日一同看开镰。

噫 嘻

【原文】

噫嘻成王①，既昭假尔②。率时农夫③，播厥百谷。
骏发尔私④，终三十里⑤。亦服尔耕⑥，十千维耦⑦。

【注释】

①噫嘻：叹呼声。②昭假：指明诚祈祷达神。昭：明。假：通"格"，至。尔：语气词。③时：通"是"。④骏：迅速。私：此指耒锄之类农具。⑤终：尽。⑥服：事。⑦耦（ǒu）：两人并肩拉犁耕地。

【译文】

成王祈呼向苍穹，一片虔诚与神通。率领农夫同下地，安排农事快播种。迅速开发私邑田，三十里地尽完工。从事耕作须抓紧，万人耦耕齐劳动。

振 鹭

【原文】

振鹭于飞[①]，于彼西雝[②]。我客戾止[③]，亦有斯容[④]。
在彼无恶[⑤]，在此无斁[⑥]。庶几夙夜[⑦]，以永终誉[⑧]。

【注释】

①振鹭于飞：成群的白鹭展翅高飞。振：鸟成群飞翔的样子。于：助词，放在动词之前。②于彼西雝：就在那西边的水泽上。雝：湖泽，水泽。③我客戾止：我的客人来了。客：客人，这里指来朝见天子诸侯。戾：至，到。止：句末语气词。④亦有斯容：也有像白鹭一样潇洒的姿容。斯：这样。容：姿容，打扮。⑤在彼无恶（wù）：他们在自己的封国里无人憎恶。彼：那里，指各自的封地。恶：憎恶。⑥在此无斁（yì）：在朝廷中无人讨厌。此：这里，指朝廷。斁：厌，厌恶。⑦庶几夙夜：希望他们勤于政务。庶几：表示希望。夙夜：日夜忙碌。⑧以永终誉：从而能永为百姓称誉。终：通“众”，众人，百姓。

【译文】

白鹭成群展翅翔，在那西边大泽上。我有贵客喜光临，也穿整洁白衣裳。他在本国无人怨，很受欢迎到我邦。望您日夜多勤勉，众口交誉美名扬。

丰 年

【原文】

丰年多黍多稌[①]，亦有高廪[②]，万亿及秭[③]。

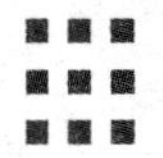

为酒为醴④，烝畀祖妣⑤，以洽百礼⑥。降福孔皆⑦。

【注释】

①黍：小米。稌（tú）：水稻。一说专指粳稻；一说专指糯稻。②廪（lǐn）：粮仓。③万亿及秭（zǐ）：几万几亿石粮食，形容收获很多粮食。秭：数位名。一万亿。④醴：甜酒。⑤烝：敬献。畀：给予。祖妣：历代的男女祖先。⑥洽：符合。百礼；祭祀祖先的各项仪式。⑦孔皆：非常普遍，大家都得到。

【译文】

丰年多产糜和稻，粮仓堆得高又高，万斛亿斛真不少。

酿成醇酒和甜醪，献给先妣与先考，牺牲玉帛同敬孝，恩泽普降福星照。

有　瞽

【原文】

有瞽有瞽①，在周之庭②。设业设虡③，崇牙树羽④。
应田县鼓⑤，鞉磬柷圉⑥。既备乃奏，箫管备举，喤喤厥声⑦。
肃雍和鸣⑧，先祖是听。我客戾止⑨，永观厥成⑩。

【注释】

①瞽：盲人，周代以盲人任乐官。②庭：宗庙的大庭。③业：用以悬挂钟磬的木架横梁上的大板，刻如锯齿状。虡（jù）：悬挂钟磬的直木架。④崇牙：即业上所刻的锯齿状物。树羽：崇牙上立羽毛作为装饰。⑤应田：皆是小鼓之名。田：通“輴（yǐn）”，是先敲领引大鼓的小鼓。应：是后敲以和大鼓的小鼓。县：“悬”之本字。悬鼓：周乐器有悬挂的鼓。⑥鞉（táo）：亦作“鼗”，一种有柄的摇鼓。磬：玉石制打击乐器。柷（zhù）：一种打击乐器状如漆桶，中有椎，乐开始时先击它。圉（yǔ）：亦作“敔”，形如伏虎，背有锯齿，木尺划之发声，乐毕时所用。⑦喤喤：乐

器和鸣之声。⑧肃雍：庄重而和谐。雍：和。⑨戾：至。止：语气词。⑩永：长久。成：指演奏完成。

【译文】

盲乐师啊盲乐师，排列宗庙大庭上。钟架鼓架都摆好，架上钩子彩羽装。

小鼓大鼓悬挂起，鞉磬柷圉列成行。乐器齐备就演奏，箫管并吹音绕梁。

众乐同声多洪亮，肃穆和谐调悠扬，祖宗神灵来欣赏。我有贵宾也光临，曲终不觉奏时长。

潜

【原文】

猗与漆沮[①]，潜有多鱼[②]。有鳣有鲔[③]，鲦鲿鰋鲤[④]。以享以祀[⑤]，以介景福[⑥]。

【注释】

①猗（yī）与（yú）漆沮（jū）：多么美啊！漆水和沮水。猗：美。与：语气词，表示赞美，相当于“啊”。漆、沮：均为古水名，在今陕西省。②潜有多鱼：水中有许多鱼儿潜游。③有鳣（zhān）有鲔（wěi）：有鳣鱼、鲔鱼。鳣：大鲤鱼。鲔：鲤鱼的一种。④鲦（tiáo）鲿（cháng）鰋（yǎn）鲤：还有鲦鱼、鲿鱼、鰋鱼、鲤鱼。鲦：白鲦鱼。鲿：黄颊鱼。鰋：鲇鱼。⑤以享以祀：敬献祖先灵，前祭祀祖先。以：表示并列的两个动作。享：敬献祭品。⑥以介景福：以求得大福。介：求。景：大。

【译文】

在那漆沮二水中，鱼儿繁多藏水草丛：也有鳣鱼也有鲔，鲦鲿鲇鲤多品种。用来祭祀供祖宗，求降洪福永无穷。

雝

【原文】

有来雝雝[①]，至止肃肃[②]。相维辟公[③]，天子穆穆[④]。於荐广牡[⑤]。相予肆祀[⑥]。

假哉皇考[⑦]，绥予孝子[⑧]。宣哲维人[⑨]，文武维后[⑩]。燕及皇天[⑪]，克昌厥后[⑫]。

绥我眉寿[⑬]，介以繁祉[⑭]。既右烈考[⑮]，亦右文母[⑯]。

【注释】

①来：指前来助祭的诸侯。雝雝：和睦的样子。②至：（诸侯）来到。止：语气助词。肃肃：恭敬的样子。③相：助祭的人。维：是。辟：诸侯国君。公：公卿。④天子：周朝的君主，是主祭。穆穆：举止端庄，严肃恭敬。⑤於：赞叹声。荐：进献。广：肥壮。牡：公的牲畜。⑥相：帮助。肆祀：把祭品摆开。⑦假：伟大。皇考：对已经去世的父亲的美称。皇：完美。考：去世的父亲。⑧绥：安抚。⑨宣哲维人：明哲的是人臣。⑩文武维后：文武兼备的出君主。⑪燕及皇天：使上帝得到安宁。燕：安宁。⑫克昌：能够昌盛。厥后：他的后代子孙。⑬绥：赐予。眉寿：长寿。⑭介：助。繁：许多。祉：福。⑮右：通“佑”，保佑。烈考：显赫的先父。⑯文母：有文德的母亲，指太姒。

【译文】

人们来此皆和睦，到此地恭敬严肃。助祭是诸侯群公。周天子端庄静穆。献一口肥大公畜，相助我办好“肆祀”。

伟大啊光荣先父！您安抚我这孝子。用贤臣聪明仁智，圣主兼武功文治。安周邦上及皇天，能昌盛子孙后世。

赐与我长命百岁，又助我大福大祉。既拜请父饮一杯，又敬请先母大姒。

载 见

【原文】

载见辟王[①]，曰求厥章[②]。龙旂阳阳[③]，和铃央央[④]，鞗革有鸧[⑤]，休有烈光[⑥]。

率见昭考[⑦]，以孝以享。以介眉寿。永言保之[⑧]，思皇多祜[⑨]。

烈文辟公[⑩]，绥以多福[⑪]，俾缉熙于纯嘏[⑫]。

【注释】

①载：初始。辟：君主。②曰：语首助词。厥：其。章：典章制度。③阳阳：色彩鲜明貌。④和：车轼上的铃。铃：旗上的铃。央央：铃声。⑤鞗（tiáo）革：马笼头的皮带子。有鸧（qiāng）：犹“锵锵”，金饰明亮貌。⑥休：美。烈：明亮。⑦率：带领。昭考：指武王。庙制：太祖居中，左昭右穆。周庙文王当穆，武王当昭，《书》称“穆考文王”，则武王为“昭考”。⑧言：语助词。⑨思：语助词。皇：天。祜：福。⑩烈：功业。文：文德。辟公：诸侯。⑪绥：安。⑫俾：使。缉熙：光明。纯：大。嘏（gǔ）：福。

【译文】

诸侯始来朝周王，求赐法度与典章。龙纹旗子真漂亮，车上和铃响叮当。辔头装饰金辉煌，华丽耀目亮晃晃。

率领你们祭武王，隆重献祭在庙堂。祈求赐我寿无疆，保佑天命永久长，皇天得福又吉祥。

英明有德诸侯公，君王受福靠你帮，使他前程光明福无量。

有 客

【原文】

有客有客[①]，亦白其马[②]。有萋有且[③]，敦琢其旅[④]。

有客宿宿⑤，有客信信⑥。言授之絷⑦，以絷其马⑧。

薄言追之⑨，左右绥之⑩。既有淫威⑪，降福孔夷⑫。

【注释】

①有客有客：客人呀！客人呀！有：助词，放在名词之前。客：客人。这里指来朝见天子的诸侯。②亦白其马：他的座车套着雪白的骏马。③有萋有且（jū）：他的随从众多。有：助词，放在动词前。萋、且：众多的样子。④敦（diāo）琢其旅：他的随从彬彬有礼。敦琢：同“雕琢”。治玉，引申为“规矩”，有礼貌。旅：通“侣”，随从。⑤有客宿宿：客人住了两夜。宿宿：住两夜。⑥有客信信：客人住了四夜。信信：住四夜。⑦言授之絷：给他绊马索。言：助词，放在动词前。之：他，指客人。絷：绊马索。⑧以絷其马：用来绊住他的马。以：用来。絷：绳索。⑨薄言追之：天子来为他送行。薄言：语助词，无实义。追：送，送别。⑩左右绥之：百官群臣也来欢送他。左右：天子左右的人，百官群臣。绥：安抚，这里引申为欢送。⑪既有淫威：既已有高尚的德行。淫威：大德，高尚的德行。⑫降福孔夷：上天将赐给他更大的福运。孔：很，十分。夷：大。

【译文】

有客远来到我家，跨着一匹白骏马。随从人员一大串，个个品德无疵瑕。
客人头夜这儿宿，二夜三夜再留下。最好拿根绳索来，把他马儿四蹄扎。
我为客人来饯行，群臣百官欢送他。客人既然受优待，天赐福禄会更大。

武

【原文】

於皇武王①，无竞维烈②。

允文文王③，克开厥后④。

嗣武受之⑤，胜殷遏刘⑥，耆定尔功⑦。

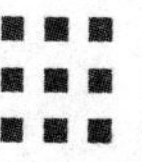

【注释】

①於于皇武王：啊！英明伟大的武王。②无竞：没有人能够和他竞争。竞：竞争，比并。烈：功绩。③允：诚然，果然。文：文德。④克开厥后：能够为子孙后代开创基业。开：开创，为……开创。⑤嗣：继承。武：武王。受之：接受了文王的基业。⑥胜殷：战胜了殷商。遏：制止，禁止。刘：杀戮。⑦耆（zhǐ）：到达。定：成，成功。尔：指武王。

【译文】

赞叹伟大周武王，他的功业世无双。

诚信有德周文王，能为子孙把业创。

嗣子武王承遗业，战胜敌人灭殷商，巩固政权功辉煌。

闵予小子

【原文】

闵予小子[①]，遭家不造[②]，嬛嬛在疚[③]。
於乎皇考[④]，永世克孝。
念兹皇祖[⑤]，陟降庭止[⑥]。
维予小子，夙夜敬止。
於乎皇王[⑦]，继序思不忘[⑧]。

【注释】

①闵：通“悯”，哀怜。②造：成就。不造：不幸，指武王去世。③嬛（qióng）嬛：同“茕”“茕”，孤独无依貌。疚：忧伤。④於乎：同“呜呼”。皇考：敬称亡父。⑤皇祖：敬称先祖父。⑥陟：升。庭：朝廷。止：语气词。⑦皇王：敬称先王，即文王、武王。⑧继序：继承前人事业。序：通“绪”，开端。

【译文】

念我嗣位年纪轻，家中遭难真不幸，整天忧伤叹孤零。

放声赞我先父亲，能尽孝道终其生！

想我祖父国初兴，任用群臣很公平。

我今嗣位未成丁，日夜勤劳坐朝廷。

叫声先祖听我禀，誓承遗业永记铭！

访 落

【原文】

访予落止①，率时昭考②。於乎悠哉③，朕未有艾④。

将予就之⑤，继犹判涣⑥。维予小子⑦，未堪家多难⑧。

绍庭上下⑨，陟降厥家⑩。休矣皇考⑪，以保明其身⑫。

【注释】

①访予落止：我开始主持国政征询百官群臣的意见。访：询问，征求意见。予：我，成王自称。落：开始。止：句末语气词。②率时昭考：完全遵循先父武王制定的方针政策。率：遵循，遵照。时：通“是”，这。昭考：指武王。③於乎悠哉：啊！多么任重而道远啊！於乎：同“呜呼”。叹词，表示感叹，相当于“啊”。悠：远，任重道远。④朕未有艾：我没有阅历，经验不足。朕：我。艾：阅历。⑤将予就之：众位大臣辅佐我继承王位。将：帮助，辅佐。就：接近，开始从事。⑥继犹判涣：继承先王的宏伟规划不断发扬光大。犹：谋略，规划。判涣：不分散。⑦维予小子：想我这小孩子。维：通“惟”，想。予小子：我这小孩子，成王自称。⑧未堪家多难：实在难以承受家门多难。堪：承受。多难：指成王之父武王去世以及其叔父管叔和蔡叔发动叛乱。⑨绍庭上下：告诫朝中百官。绍：通“诏”，告，告诫。庭：通“廷”，朝廷。上下，百官群臣。⑩陟降厥家：按时上下朝，忠于职守。从家中上朝为陟（上），下朝后回家为降（下）。⑪休矣皇考：多么光辉伟大啊！先父武王！休：美，美好。皇考：古代王室称其死去的父亲，这里指武王。⑫以保明其身：

你的英灵将保佑我大周君臣。以：连词，而。明：勉。

【译文】

即位始初须计议，遵循先王志不移。真是任重道远啊，我少经验水平低。助我遵行先王法，继承宏业定大计。想我如今年纪轻，家国多难担不起。先父善将祖道承，用人得当国康熙。想我皇父多英明，以此保身勉自己。

敬 之

【原文】

敬之敬之①，天维显思②，命不易哉③。无曰高高在上④。
陟降厥士⑤，日监在兹⑥。维予小子，不聪敬止⑦。
日就月将⑧，学有缉熙于光明⑨。佛时仔肩⑩，示我显德行⑪。

【注释】

①敬：警惕。②天维显思：上帝是明察的。思：语气助词。③命不易：天命不会不变的。易：变，改变。④无曰高高在上：别说上帝高居在天上不管事。⑤陟降厥士：他派遣他的使者一直在上上下下。⑥日监：每天都监视着。兹：此，下土。⑦不聪敬：即"不聪不敬"。不聪明也不警惕。⑧日就月将：日去月来，是说时间一天天地过去。⑨缉熙：开窍。光明：懂得道理，明白事理。⑩佛（bì）：通"弼"，辅佐。仔肩：担任，责任。⑪示我显德行：请告诉我怎样才能做得更好。示：指示。显：发扬。德行：好的行为。

【译文】

为人处事常警惕，天理昭彰不可欺，保全国运实不易！莫说高高在上面。升黜群臣即天意，每天监视在此地。我刚即位年纪轻，不明不戒受蒙蔽。日积月累常学习，由浅入深明事理。众臣辅我担重任，美德向我多启示。

小 毖

【原文】

予其惩，而毖后患[①]。莫予荓蜂[②]，自求辛螫[③]。

肇允彼桃虫[④]，拚飞维鸟[⑤]。未堪家多难[⑥]，予又集于蓼[⑦]。

【注释】

①予其惩而毖后患：我要警惕以往的错误，从而谨慎小心，以免再犯。惩：警惕，警戒。毖：谨慎。②莫予荓（píng）蜂：宾语前置。即“莫荓蜂予”，没有人指使我。莫：没有人，没有谁。荓蜂：小草和细蜂。③自求辛螫（shì）：是我自惹祸害。求：找，惹。辛螫：毒虫刺人。比喻灾祸，祸害。④肇允彼桃虫：那本来是只鹪鹩。肇：助词。无实义。允：的确，本来。桃虫：鹪鹩，一种小鸟。⑤拚（fān）飞维鸟：最终会上下翻飞成为大雕的。拚：通“翻”。维：为，变成。这两句含义是：虽然我（成王）现在年幼孱弱，像鹪鹩一样，但最终会成长强大，成为大雕的。⑥未堪家多难：只是现在实在承受不住家门多难。堪：承受。多难：指成王之父武王去世以及其叔父管叔和蔡叔发动叛乱。⑦予又集于蓼（liǎo）：我这只鹪鹩又落到了辣蓼丛中。集：落，停留。蓼：辣蓼，生于水边的一种草。茎叶有辣味。

【译文】

惩前毖后不摔跤，缺少辅佐我心焦，只能独自操辛劳。

开始以为小鹪鹩，谁知飞出大海雕。家国多难受不了，今陷困境更难熬。

载 芟

【原文】

载芟载柞[①]，其耕泽泽（释释）[②]。千耦其耘[③]，徂隰徂畛[④]。

侯主侯伯[⑤]，侯亚侯旅[⑥]，侯强侯以[⑦]。有嗿其馌[⑧]，思媚其妇[⑨]，

有依其士⑩。

有略其耜⑪。俶载南亩。播厥百谷，实函斯活⑫。

驿驿其达⑬，有厌其杰⑭。厌厌其苗⑮，绵绵其麃⑯。

载获济济⑰，有实其积⑱，万亿及秭⑲。

为酒为醴⑳，烝畀祖妣㉑，以洽百礼㉒。有飶其香㉓，邦家之光。

有椒其馨，胡考之宁㉔。匪且有且㉕，匪今斯今㉖，振古如兹㉗。

【注释】

①芟：除草。柞：除木。②泽泽：土质疏松。以上二句是说先除草木然后耕地，似是新开的田。③耦：二人并耕。千耦言其多。耘：除田间的草。④隰：低湿之地，即指田地所在。畛：田畔路径。⑤侯：语助词。主：家长。伯：长子。⑥亚：长子以次的诸子。旅：众，指更幼的一群。⑦强：强有力。以：用或干。这句是总述上文，言这些人都强壮而得力。⑧喰：众声。送饭的妇女不止一人，行走和笑语的声音众多。⑨思：语助词，和“有喰”“有依”等“有”字作用相同。媚：美好。⑩依：壮盛貌。士：指在田中耕作的男子。一说“依”是爱悦依倚之貌，上句“媚”字也作为爱悦的意思。言送饭的妇与耕作的“士”彼此相媚相依，也可以通。⑪略：古作“畧”，锋利。耜：农具名，用来插地起土。其柄名为“耒”。⑫函：含藏。活：生气。⑬驿驿：《尔雅》作“绎绎”，连续貌。达：生。⑭厌：饱满。杰：先长特出的苗。⑮厌厌：《集韵》作“穛穛，苗齐貌。以上三句是说禾苗连续出土，那杰出的异常饱满，一般的很齐整。⑯绵绵：详密。麃：除禾苗之间的草，是耘的别名。⑰济济：众多貌。⑱实：满。积：见《公刘》篇。⑲秭：万亿。以上三句言收获多。⑳醴：甜酒。㉑烝：进。㉒洽：合。百礼：各种祭礼。以上三句言所收的谷可以造酒，供祭祖先和各种祭祀之用。㉓飶：本字为“苾”，芬芳。这句和下文“有椒其馨”都是用草木的馨香喻酒醴的馨香。㉔胡：寿。考：老。胡考安宁和邦家光大都是说因祭祀合礼而得福。㉕匪：读作“非”。且：此，指丰收。“匪且有且”是说不敢期望这样的丰收而竟有这样的丰收。㉖匪今斯今：言不敢期望现在就能实现的而竟然现在就实现了。㉗振：起。振古：犹言“由古”。这句是说得到神祐不始于今日，从古以来就这样了。

【译文】

开始除草又砍树，用力耕地松泥土。上千对人齐耕耘，走下洼地踏小路。

田主带着大儿子，小儿晚辈也相助，壮汉雇工同挥锄。大家吃饭声音响，温顺柔美好农妇，她的儿子健如虎。

犁头雪亮又锋利，先耕南面那块地。各色种子撒下去，颗颗粒粒含生气。

苗儿不断冒出来，高大粗壮讨人喜。庄稼茂盛一色齐，穗儿连绵把头低。

开始收获丰硕果，场上粮食堆成垛，千担万斛上亿箩。

酿成美酒味醇和，祖妣灵前先献酢，祭祀宴享礼节多。黍稷热气真芬芳，家门荣幸国增光。

美酒醇厚真馨香，敬给老人得安康。耕作不从今日始，丰收并非破天荒，从古到今就这样。

良耜

【原文】

畟畟良耜[①]，俶载南亩。播厥百谷，实函斯活。

或来瞻女（汝）[②]，载筐及筥[③]，其馕伊黍[④]。

其笠伊纠[⑤]，其镈斯赵[⑥]，以薅荼蓼[⑦]。

荼蓼朽止，黍稷茂止。获之挃挃[⑧]，积之栗栗[⑨]。

其崇如墉。其比如栉[⑩]，以开百室[⑪]。

百室盈止，妇子宁止[⑫]。杀时犉牡[⑬]，有捄其角[⑭]。

以似以续[⑮]，续古之人[⑯]。

【注释】

①畟畟：耜深耕入土之貌。②瞻：视。汝：对耕者而言。③筥：圆筐。④馕：同“饷”，将食物给人叫作饷。伊：犹“是”。以上三句是说有人送食物给农夫，用筐筥盛着黄米饭。⑤纠：犹“纠纠”。纠纠见《葛屦》篇。笠用草编，所以用纠来形容。⑥镈:农具名，用来除草。赵：《周礼·考工记》郑注和《集韵》引作“搁”，刺。⑦薅:拔除田草为薅。荼：陆地秽草。“蓼”，水田秽草。⑧挃挃：割取禾穗的声音。

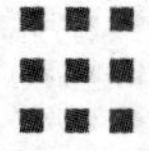

⑨栗栗：众多。⑩比：排列迫近。栉：理发器，梳篦总名。以上二句言谷堆既高且密。⑪百室：指储藏谷子的仓屋。⑫宁：言农事已毕，安闲无事。⑬时：犹“是”。犉：见《无羊》篇注。杀牛用于祭社稷。⑭捄：见《小雅·大东》篇注。⑮似：嗣续。⑯古之人：指先祖。言先祖于秋收之后常举行这种祭典，现在正是嗣续古人。

【译文】

上好犁头真快利，翻土除草南亩地。各色种子播下去，颗颗粒粒含生气。
那边有人来看你，背着方筐和圆篓，送来饭食是小米。
头戴草编圆斗笠，挥动锄头把土起，除去杂草清田畦。
杂草腐烂肥田里，庄稼长得更茂密。镰刀割来唰唰响，场上粮食如山积。
粮垛高耸如城墙，密密排列似梳篦，大小仓库全开启。
成百粮仓都装满，老婆孩子心安逸。杀了那头大公牛，双角弯弯美无比。
用来祭祀社稷神，前人传统后人继。

丝 衣

【原文】

丝衣其紑①，载弁俅俅②。
自堂徂基③，自羊徂牛④，鼐鼎及鼒⑤。
兕觥其觩⑥，旨酒思柔⑦。不吴不敖⑧，胡考之休⑨。

【注释】

①丝衣其紑（fóu）：丝绸衣服光洁鲜亮。其：用于主语与谓语之间，增强表述语气。紑：鲜明洁净的样子。②载弁（biàn）俅（qiú）俅：头戴礼帽彬彬有礼。载：戴。弁：古代贵族男子穿礼服时戴的礼帽。俅俅：恭敬的样子。③自堂徂（cú）基：从庙堂到墙根。堂：庙堂。徂：到，至。基：墙角，墙根。④自羊徂牛：从献祭的羊到牛。⑤鼐鼎及鼒（zī）：大鼎小鼎一应俱全。鼐：大鼎。鼎：古代烹煮食物的器具。鼒：小鼎。⑥兕觥（sì gōng）其觩：兕角做的酒杯角儿弯弯。兕觥：用兕角做成的酒杯。其：用于主语与谓语之间，增强表述语气。觩：兽角弯曲的样子。⑦旨

酒思柔：美酒绵软柔和。旨：味美（的）。思：助词，放在形容词之前。⑧不吴不敖：不大声说话，不傲慢无理。吴：大声说话，喧哗。敖：通“傲”，傲慢。⑨胡考之休：这是长寿的吉兆。胡考：长寿。休：美。

【译文】

身穿白衣是丝绸，漂亮帽子戴在头。

庙堂直到门槛外，有的献羊有献牛；大鼎中鼎加小鼎。

兕角酒杯弯如钩，美酒醇厚又和柔。轻声细语不骄傲，保佑我们都长寿！

酌

【原文】

於铄王师[①]，遵养时晦[②]。时纯熙矣[③]，是用大介[④]。

我龙受之[⑤]，蹻蹻王之造[⑥]。载用有嗣[⑦]，实维尔公允师[⑧]。

【注释】

①於：赞叹声。铄（shuò）：通“烁”，光彩，辉煌。王师：指周朝的军队。②遵养时晦：应顺时势，积蓄力量，等待时机。屯聚和训练军队，以战胜黑暗的时代。时晦：时代的黑暗，指殷纣王的残酷统治。③时纯熙矣：这时候一片光明，天下太平了。纯：大，平静。熙：安宁，太平。④大介：大吉，指战胜了殷纣王，灭亡了殷商。⑤我：指周武王。龙：通“宠”，荣幸，荣幸地。受之：承受了殷王朝。⑥蹻（jiǎo）蹻：威武勇猛的样子。造：士兵。⑦载用有嗣：于是指挥了这些源源不断的武士。⑧实维尔公允师：实在是你王的善于用兵。

【译文】

王师战绩多辉煌，挥兵东征灭殷商。局势明朗国运昌，上天降下大吉祥。

光宠先业我承受，归功英勇周武王。后世子孙要牢记，先公是你好榜样。

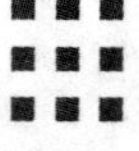

桓

【原文】

绥万邦[①]，娄丰年[②]，天命匪解[③]。桓桓武王[④]，保有厥士[⑤]。

于以四方[⑥]，克定厥家[⑦]。於昭于天[⑧]，皇以间之[⑨]。

【注释】

①绥：安。②娄："屡"之借字。③解：通"懈"。④桓桓：威武貌。⑤士：指武士。⑥以：用。⑦克：能。⑧於：叹词。昭：光明。⑨皇：君王。间：代替。之：指天。

【译文】

平定天下万邦，连年丰收吉祥。天命在周久长。武王英明威武，保有辽阔封疆。于是用武四方，齐家治国永昌。光辉照耀天上，君临天下代商！

赉

【原文】

文王既勤止[①]，我应受之[②]。敷时绎思[③]，我徂维求定[④]。

时周之命[⑤]，於绎思[⑥]。

【注释】

①文王既勤止：文王一生勤于政事孜孜不倦。既：已经。勤：勤勉。止：句末语气词。②我应受之：我继承了他的事业。应：承当。受：接受。之：它。指文王的事业。③敷时绎思：推广文王的仁政并将其发扬光大。敷：普及，推广。时：通"是"，此，指文王的仁政。绎：继续，发扬光大。思：句末语气词。④我徂（cú）维求定：我远征南方是为了求得安定。徂：出征。这里指武王征伐南方。维：是因为，为了。⑤时周之命：这是周朝承受的天命。时：通"是"，这，此。命：天命。

⑥於绎思：啊！周王朝的事业不断走向辉煌。

【译文】

文王一生多勤劳，我要继承治国道。推广实行常思考，天下安定最紧要。

你们受功承周命，文王功德要记牢！

般

【原文】

於皇时周[1]，陟其高山。嶞山乔岳[2]，允犹翕河[3]。

敷天之下[4]，裒时之对[5]。时周之命。

【注释】

①於皇时周：啊！伟大的周呵！皇：大，伟大。时：是。②嶞（duò）：通“椭”，长圆形，狭长形。乔岳：高大的山。③允犹翕河：允水犹水汇合于黄河。允：通“沇”。沇水：又名济水，发源于河南省济源县王屋山，至温县入黄河。犹：顺畅。河：黄河。④敷天之下：在整个天空覆盖的下面，整个世界。⑤裒（póu）：包聚。

【译文】

啊，多么壮丽我大周，登上高山望九州，不论大山或小丘，与河合祭献旨酒。

普天之下诸神灵，同聚合祭齐享受，大周受命运长久。

鲁 颂

駉

【原文】

駉牡马[1]，在坰之野[2]。薄言駉者[3]，有驈有皇[4]，

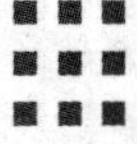

有骊有黄[⑤]，以车彭彭[⑥]。思无疆，思马斯臧[⑦]。

駉駉牡马，在坰之野。薄言駉者，有骓有駓[⑧]，有骍有骐[⑨]，以车伾伾[⑩]。思无期，思马斯才。

駉駉牡马，在坰之野。薄言駉者，有驒有骆[⑪]，有骝有雒[⑫]，以车绎绎[⑬]。思无斁[⑭]，思马斯作[⑮]！

駉駉牡马，在坰之野。薄言駉者，有骃有騢[⑯]，
有驔有鱼[⑰]，以车祛祛[⑱]。思无邪，思马斯徂[⑲]！

【注释】

①駉（jiōng）駉：马肥大貌。②坰（jiōng）：远郊。③薄言：语助词。④驈（yù）：黑马白胯。皇：黄白色的马，《鲁诗》作騜。⑤骊：纯黑马。黄：纯黄马。⑥以车：拉车。以：用。彭彭：强壮有力貌。⑦斯：乃。臧：善。⑧骓（zhuī）：苍白杂毛马。駓（pī）：黄白杂毛马。⑨骍（xīn）：赤黄色马。骐：青黑色纹马。⑩伾伾（pī）：有力貌。⑪驒（tuó）：青黑白鳞纹马。骆：白身黑鬣马。⑫骝（liú）：赤身黑鬣马。雒（luò）：黑身白鬣马。⑬绎绎：马善跑貌。⑭斁（yì）：厌倦。⑮作：起，指使用。⑯骃（yīn）：黑色杂有白毛的马。騢（xiá）：赤白杂毛的马。⑰驔（diàn）：脚胫长有毫的马。鱼：两眼眶有白圈的马。⑱祛祛（qū）：强健貌。⑲徂：行，指马行路。

【译文】

群马雄健高又大，放牧远郊近水涯。要问是些什么马，驈马皇马毛带白，骊马黄马色相杂，用来驾车人人夸。鲁公深谋又远虑，马儿骏美再无加。

群马雄健高又大，放牧远郊近水涯。要问是些什么马：黄白称骓灰白駓，青黑骍马赤黄骐，力大能把战车驾。鲁公思虑真到家，马儿成材实堪嘉。

群马雄健大又高，放牧原野在远郊。请看骏马多么好：驒马青色骆马白，骝马火赤雒马焦，用来驾车能快跑。鲁公不倦深思考，马儿撒欢腾身跳。

群马雄健大又高，放牧原野在远郊。请看骏马多么好：红色骃马灰白騢，黄脊驔马白眼鱼，身高体壮把车套。鲁公思虑是正道，马儿骏美能远跑。

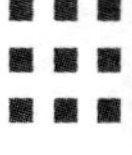

有 駜

【原文】

有駜有駜①，駜彼乘黄②。夙夜在公③，在公明明④。
振振鹭⑤，鹭于下⑥。鼓咽咽⑦，醉言舞⑧，于胥乐兮⑨。
有駜有駜，駜彼乘牡⑩。夙夜在公，在公饮酒⑪。
振振鹭，鹭于飞⑫。鼓咽咽，醉而归⑬。于胥乐兮。
有駜有駜，駜彼乘駽⑭。夙夜在公，在公载燕⑮。
自今以始⑯，岁其有⑰。君子有穀⑱，诒孙子⑲。于胥乐兮。

【注释】

①有駜（bì）有駜：矫健有力呀！矫健有力。有：助词，放在形容词之前。駜：肥壮有力。②駜彼乘（shèng）黄：那拉车的四匹黄马矫健有力。乘：四匹马，古代一车四马为一乘。③夙夜在公：一大早就在官府办公。夙夜：早夜，一大早。公：官府。④在公明明：在官府办公勤勉不倦。明明：勤勉，努力。⑤振振鹭：舞者手持白鹭羽毛做的舞具翩翩起舞，犹如一群展翅飞翔的白鹭。振振：鸟群飞的样子。鹭：白鹭。⑥鹭于下：舞者静伏。如白鹭飞落。于：助词，放在动词之前。下：降，飞落。⑦鼓咽（yuān）咽：鼓声咚咚，合着舞蹈的节奏。咽：形容声音低沉、悲切的样子。⑧醉言舞：酒喝得酣醉，乘兴而舞。言：连词，连接两个动作，相于“而”。⑨于胥（xū）乐兮：大家都十分高兴。于：句首助词，无实义。胥：都，皆。⑩牡：公马。⑪饮酒：喝酒尽欢。⑫鹭于飞：舞者跃动，如白鹭飞起。⑬归：回家。⑭駽（xuān）：铁青色的马。⑮在公载燕：在官府饮酒尽欢。载：则，乃。燕：通“宴”，饮酒。⑯自今以始：从现在开始。今：现在。以：而，连接状语和中心词。⑰岁其有：年年五谷丰登。岁：年成。年景。其：语气词，表示期望的语气。有：丰收。⑱君子有穀：君子有禄位。君子：这里指贵族。穀：禄位，指贵族世袭的爵位、俸禄等。⑲诒（yí）孙子：将它传给子孙后代。诒：遗留，传给。

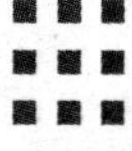

【译文】

马儿强健又肥壮，强壮马儿四匹黄。早夜办事在公堂，鞠躬尽瘁为公忙。

手拿鹭羽起舞，好像白鹭飞过。咚咚不停击鼓，酒醉舞态婆娑。上下人人都快活。

马儿强健又肥壮，四匹公马气昂昂。早夜办事在公堂，公事之余饮酒浆。

手拿鹭羽舞蹈，好像白鹭翱翔。鼓声咚咚狂敲，喝醉回家睡觉。上下人人齐欢笑。

马儿强健又肥壮，四匹青马真昂昂。早夜办事在公堂，公余宴饮齐举觞。

打从今年开始，岁岁都是丰年。君子做了好事，子孙后世相传。上下人人笑开颜。

泮 水

【原文】

思乐泮水[1]，薄采其芹。鲁侯戾止[2]，言观其旂[3]。其旂茷茷[4]。鸾声哕哕[5]。无小无大[6]，从公于迈[7]。

思乐泮水，薄采其藻。鲁侯戾止，其马蹻蹻[8]。其马蹻蹻，其音昭昭[9]。载色载笑[10]，匪怒伊教[11]。

思乐泮水，薄采其茆[12]。鲁侯戾止，在泮饮酒。既饮旨酒，永锡难老[13]。顺彼长道[14]，屈此群丑[15]。

穆穆鲁侯[16]，敬明其德[17]。敬慎威仪，维民之则[18]。允文允武[19]，昭假烈祖[20]。靡有不孝[21]，自求伊祜[22]。

明明鲁侯，克明其德。既作泮宫[23]，淮夷攸服[24]。矫矫虎臣[25]，在泮献馘[26]。淑问如皋陶[27]，在泮献囚[28]。

济济多士[29]，克广德心[30]。桓桓于征[31]，狄彼东南[32]。烝烝皇皇[33]，不吴不扬[34]。不告于訩[35]，在泮献功。

角弓其觩[36]，束矢其搜[37]。戎车孔博[38]，徒御无斁[39]。既克淮夷[40]，孔淑不逆[41]。式固尔犹[42]，淮夷卒获[43]。

翩彼飞鸮[44]，集于泮林[45]，食我桑黮[46]，怀我好音[47]。憬彼淮夷[48]。来献其琛[49]。元龟象齿[50]，大赂南金[51]。

【注释】

①思：发语助词。泮水：泮宫之水。泮宫：古代诸侯举行乡射所设的学宫，西南为水，东北为墙，一半有水，一半无水，有水的就叫做泮水。②鲁侯戾止：鲁侯（鲁僖公）到了。戾：到。③言观其旂：请看他的蛟龙旗。旂：画有龙图案的旗子。④茷（pèi）茷：通“旆旆”，旌旗飘动的样子。⑤鸾：通“銮”，车铃。哕哕：有节奏的车铃声。⑥无小无大：不论小官大官，大人小孩。⑦从：跟随着。公：指鲁僖公。迈：走，前行。⑧蹻（jiǎo）蹻：马匹勇武强壮的样子。⑨其音：指鲁僖公讲话的声音。昭昭：洪亮。⑩色：和颜悦色。笑：脸上堆笑。⑪匪怒：不是摆威风发火。伊：是。教：教训，教导。⑫茆（mǎo）：莼菜。⑬永锡：永远赐给。难老：不容易老，长寿。⑭顺：沿着。长道：长长的道路，通向淮夷的路。⑮屈：征服，使屈服。群丑：敌人，这里指淮夷。⑯穆穆：仪表美好，风度端庄恭敬。⑰敬：努力。明其德：修养他的品德。⑱则：榜样，典范。⑲允：能。⑳昭假烈祖：在列代的祖先面前祈求赐予福禄。昭：祈求帮助。假：通“嘏”。烈祖：伟大的祖先。“烈”通“列”，则为“列代祖先”。㉑孝：能继承先人的遗志。㉒伊：此，这。祜：福。㉓作：建造。㉔淮夷：古代居住在淮河流域的少数民族。攸：乃，于是。服：降服。㉕矫矫：勇武的样子。虎臣：武臣，猛将。㉖献馘（guó）：报告战功。馘：古代战争中割下敌人尸体的左耳朵以计算功劳。㉗淑：善，和善。问：询问，审讯俘虏。皋陶（yáo）：传说中虞舜时掌管刑狱（等于现代的最高法院院长）的臣子，以执法公正闻名。㉘囚：俘虏。㉙济济：众多的样子。㉚克：能够。广：发扬，推广。德心：仁德之心，爱心。㉛桓桓：威武勇猛的样子。于征：在战争中。㉜狄：通“剔”，剪除，征服。东南：指淮夷。㉝烝烝：兴盛，生机勃勃。皇皇：光明磊落。㉞不吴：不吵吵闹闹。一说：“吴”作“误”，在战争中犯错误。不扬：不自我表扬。一说：“扬”通“伤”，在战争中不受伤害。㉟不告：不提出特殊要求。讻（xiōng）：争辩，争多论少。㊱角弓：两头镶有牛角的弓。觩：弓弯曲的样子。㊲束矢其搜：把一捆捆的箭聚拢来。束矢：一捆捆箭。搜：聚集，众多。㊳戎车：兵车，战车。孔博：很大也很多。㊴徒：步兵。御：车夫，兵车驾驶员。无斁：精力旺盛，不会厌

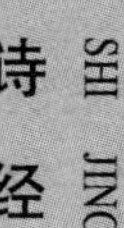

倦。㊵克：战胜。㊶孔淑：（战事进行得）非常完美。不逆：没有什么不顺利。㊷式固尔犹：乃是坚决执行了你的作战计划。固：坚决，坚定。尔：你，指鲁僖公。犹：通"猷"，谋略，计划。㊸卒：终于。获：得到，收服。㊹翩：快速地飞，飞得快。鸮（xiāo）：猫头鹰。比喻淮夷。㊺集：鸟儿飞落。泮林：泮宫的树林。比喻淮夷的首领或使者到鲁国来朝拜。㊻黮（shèn）：通"葚"，桑树的果实。比喻淮夷得到款待。㊼怀：带给。好音：喜报，收服淮夷的捷报。由于胜利的喜悦，猫头鹰的不祥叫声也变成了好听的声音。比喻淮夷改恶向善。㊽憬：觉悟。㊾琛（chēn）：珍宝。㊿元龟：大龟，古代用于占卜，视为神圣之物。象齿：象牙。51大赂（lù）：许许多多的财物。赂：美玉。南金：南方出产的铜。

【译文】

泮水那边喜气盈，人在水边采水芹。鲁侯大驾已光临，且看水旗绣龙纹。绣龙旗帜迎风展，车铃声儿响叮叮。百官不论大和小，跟着鲁侯随驾行。

泮水边边乐陶陶，人在水面采水藻。鲁侯大驾已来到，马儿强壮四蹄骄。马儿强壮四蹄骄，铃声清脆多热闹。鲁侯温和脸带笑，从不发怒善教导。

泮水那边多愉快，人在水上采莼菜。鲁侯大驾已到来，泮水岸上酒筵摆。痛饮美酒真开怀，永赐不老春常在。沿着漫漫远征路，征服叛贼除灾害。

鲁侯威严又端庄，修明德行振朝纲。容貌举止也端正，确是人民好榜样。又能文来又能武，英明能及众先王。事事仿效祖宗法，自求福佑保吉祥。

勤勤恳恳我鲁侯，能修品德性淳厚。既已建起泮宫来，征服淮夷众小丑。将帅英勇如猛虎，泮宫献耳诛敌酋。法官善审如皋陶，泮宫献上阶上囚。

百官济济人才多，鲁侯善意得远播。三军威武去出征，治服东南除灾祸。军容壮观又盛大，肃静无哗列队过。对待俘虏不严惩，泮宫献功赐玉帛。

牛角雕弓硬又强，众箭齐发嗖嗖响。战车奔驰千百辆，官兵上下斗志昂。淮夷已经被征服，俯首听命不违抗。坚持执行好计谋，终将淮夷全扫荡。

翩翩飞翔猫头鹰，停在泮水岸边林。吃罢我家紫桑葚，给我唱出悦耳音。淮夷悔悟有诚心，特地来献宝和珍。呈上大龟和象牙，再加巨玉和南金。

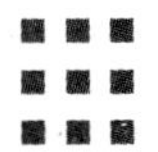

閟宫

【原文】

閟宫有侐[1]，实实枚枚[2]。赫赫姜嫄[3]，其德不回[4]。上帝是依[5]，无灾无害。

弥月不迟[6]，是生后稷。降之百福，黍稷重穋[7]，稙稚菽麦[8]。

奄有下国，俾民稼穑。有稷有黍，有稻有秬[9]。奄有下土，缵禹之绪[10]。

后稷之孙，实维大王。居岐之阳，实始翦商[11]。

至于文武，缵大王之绪。致天之届[12]，于牧之野[13]。无贰无虞[14]，上帝临女[15]。

敦商之旅[16]，克咸厥功[17]。王曰叔父[18]，建尔元子[19]，俾侯于鲁。

大启尔宇[20]，为周室辅。乃命鲁公，俾侯于东。锡之山川，土田附庸[21]。

周公之孙，庄公之子[22]。龙旂承祀[23]，六辔耳耳[24]。春秋匪解[25]，享祀不忒[26]。

皇皇后帝[27]，皇祖后稷。享以骍牺[28]，是飨是宜[29]，降福既多。周公皇祖，亦其福女。

秋而载尝[30]，夏而楅衡[31]，白牡骍刚[32]，牺尊将将[33]。毛炰胾羹[34]，笾豆大房[35]。

万舞洋洋[36]，孝孙有庆[37]。俾尔炽而昌[38]，俾尔寿而臧[39]。保彼东方，鲁邦是常[40]。

不亏不崩，不震不腾[41]。三寿作朋[42]，如冈如陵。

公车千乘，朱英绿縢[43]，二矛重弓[44]。公徒三万，贝胄朱綅[45]，烝徒增增[46]。

戎狄是膺[47]，荆舒是惩[48]，则莫我敢承[49]。俾尔昌而炽，俾尔寿

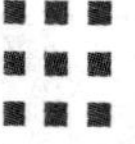

而富。

黄发台背[50]，寿胥与试[51]。俾尔昌而大，俾尔耆而艾[52]。

万有千岁，眉寿无有害。泰山岩岩[53]，鲁邦所詹[54]。奄有龟蒙[55]，遂荒大东[56]。

至于海邦[57]，淮夷来同[58]。莫不率从[59]，鲁侯之功。保有凫绎[60]，遂荒徐宅[61]。

至于海邦，淮夷蛮貊[62]。及彼南夷[63]，莫不率从，莫敢不诺，鲁侯是若[64]。

天锡公纯嘏[65]，眉寿保鲁。居常与许[66]，复周公之宇。鲁侯燕喜[67]，令妻寿母[68]。

宜大夫庶士[69]，邦国是有[70]。既多受祉[71]，黄发儿齿[72]。徂来之松[73]，新甫之柏[74]。

是断是度，是寻是尺[75]。松桷有舄[76]，路寝孔硕[77]。新庙奕奕[78]，奚斯所作[79]。

孔曼且硕[80]，万民是若[81]。

【注释】

①閟：同“闭”，深闭之意。宫：庙，指祖庙。有：形容词头。侐（xù）：清静。②实实：广大貌。枚枚：排列细密貌。③赫赫：显赫貌。④回：邪僻，不正。⑤依：听从。⑥弥：满。⑦重：通“穜（tóng）”，晚熟之谷。穋（lù）：早熟之谷。⑧稙（zhí）：早种之谷。稚（zhì）：晚种之谷。⑨秬（jù）：黑黍。⑩缵（zuǎn）：继续。绪：丝端，指开创的事业。⑪翦：同“剪”，断，消灭之意。⑫致：给予。届：通“殛”，诛罚。⑬牧之野：即牧野，在今河南淇县。⑭贰：有二心。虞：顾虑。⑮临：监视。女：汝。⑯敦（duī）：治，指击败。⑰咸：皆。⑱王：指成王。叔父：指周公。⑲元子：长子，指周公长子伯禽。⑳宇：居地，指领地。㉑附庸：指附属于大国的小国。㉒庄公之子：指鲁僖公。㉓旂：绘有龙的旗。承祀，继承祭祀之礼。㉔耳耳：盛貌。㉕解：通“懈”。㉖忒：差错。㉗皇皇：盛美貌。后帝：上帝。㉘骍

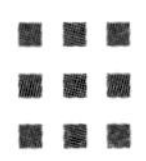

(xīn)：赤色。牺，祭祀牲。㉙飨：指享用祭品。宜：合适，指满意。㉚载：始。尝：秋祭。㉛福（bī）衡：缚横木于牛角，以防祭牛伤角。㉜牡：雄性。刚："犅"之借字雄牛。㉝牺尊：形似卧牛的酒杯。将将：同"锵锵"。㉞毛炰：去毛的烤猪。胾(zì）羹：带汁的肉块。㉟大房：一种盛大块肉的几案。㊱万舞：舞蹈之名，包括文舞、武舞。洋洋：盛大貌。㊲孝孙：祭祀之人，指僖公。㊳炽：盛。㊴臧：善。㊵常:恒，指保持兴盛不衰。㊶震：动荡。腾：混乱。㊷三寿：谓上寿、中寿、下寿。上寿百二十，中寿百年，下寿八十。朋：比并。㊸朱英：矛头红缨。绿縢(téng)：缚弓的绿绳。㊹二矛、重弓：士兵有二矛，二弓，以备损坏。㊺胄：头盔。朱绶（qīn）：红线。㊻烝：众多。增增，众多貌。㊼戎狄：西戎北狄。膺：击。㊽荆:楚之别名。舒：楚之属国，在今安徽北部。㊾承：抵御。㊿黄发：人老发由白变黄。台：通"鲐"。鲐背：人老背生黑斑似鲐鱼之背。(51)胥：相。试：用。(52)耆(qí)：年老七十以上称耆。艾：五十以上称艾。(53)岩岩：高峻貌。(54)詹："瞻"之借字。(55)龟：龟山，在今山东省新泰县西。蒙：蒙山，在今山东省蒙阴县南。(56)荒：占有。大东：极东。(57)海邦：近海小国。(58)同：朝侯朝见天子叫同，小国朝大国也叫同。(59)率：循。(60)凫：凫山，在山东省邹县西南。绎：绎山，在邹县东南。(61)徐宅：徐国土地。宅：居地。(62)蛮貊：称东南民族。(63)南夷：指楚国。(64)若：顺从。(65)纯：大。嘏（gǔ）：福。(66)常：常邑，在鲁国南境，曾被齐占，庄公时才归还鲁国。许：许田，在鲁国西境，曾被郑占，僖公时归还鲁国。(67)燕：通"宴"，宴饮。(68)令：善。(69)宜：和顺。庶士：众臣。(70)有：保有。(71)祉：福。(75)儿齿：老人齿落又生新齿而小。(73)徂来：即徂徕山，在山东泰安县。(74)新甫：山名，在今山东新泰县。(75)寻：八尺。(76)桷（jué）：方椽。有，形容词头。舄（xì）：粗大貌。(77)路寝：天子、诸侯的正室。路：正，大。硕：大。(78)奕奕：壮观貌。(79)奚斯：公子鱼，此指奚斯作此诗。(80)曼：长。(81)若：顺。

【译文】

肃穆清净姜嫄庙，又高又大又严谨。姜嫄光明又伟大，品德纯正无疵瑕。上帝赐福在她身，无灾无害有妊娠。

怀足十月没拖延，后稷诞生她分娩。上天赐他百种福：小米高粱都丰足，豆麦

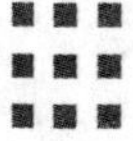

先后播下土。

后稷拥有普天下，教会百姓种庄稼。高粱小米长得好，还种黑黍和香稻。四海都归后稷有，继承大禹功业守。

说起后稷子孙旺，古公亶父谥太王，住在岐山向阳坡，开始准备灭殷商。

传到文王和武王，太王事业更发扬。替天行道伐商纣，牧野一战商朝亡。莫怀二心莫欺诳，人人头顶有上苍！

集合商朝众俘虏，完成大业功辉煌。成王开口叫“叔父，立您长子为侯王，封于鲁国守东方。

开疆拓土大发展，辅助周室作屏障。于是成王命鲁公，东鲁为侯要慎重，赐他山川和土地，还有小国作附庸。

周公子孙鲁僖公，庄公之子建殊功，继承祭祀龙旗用，四马六缰青丝鞚，四时致祭不懈怠，玉帛牺牲按时供。

光明伟大的上帝，先祖后稷神灵通，赤色牺牲敬献上，飨祭宜祭典礼隆，天降洪福千百种。伟大先祖周公旦，将福赐你真光荣。

秋天尝祭庆丰收，夏天设栏先养牛，白猪赤牛养几头。牺杯相碰盛美酒，生烤乳猪肉汤稠，大盘大碗皆流油。

场面盛大跳万舞，子孙祭祀神保佑。使你昌盛又兴旺，使你长寿且安康。愿你安抚定东方，守住国土保鲁邦。

如山永固不崩溃，如水长流不动荡。寿比三老百年长，犹如巍巍南山冈。

有车千辆鲁称雄，红缨长矛丝缠弓，弓矛成双待备用。鲁公步卒三万众，盔上镶贝垂红绒，排山倒海向前冲。

痛击北狄和西戎，严惩荆舒使知痛，谁人胆敢撄我锋。使你兴旺又繁荣，使你长寿又年丰。

鬓发变黄背生纹，高寿无比人中龙。使你繁盛又兴隆，使你寿如不老松。

千秋万岁寿无疆，长命百岁无病痛。泰山高峻接苍穹，鲁国对它最尊崇。龟山蒙山都属鲁，边境直到地极东。

沿海小国都附庸，淮夷带头来朝贡。没人胆敢不服从，这是鲁侯建大功。保有凫绎两山头，又把徐国拿到手。

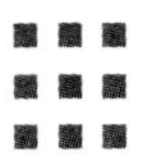

沿海小国都归附，东南淮夷齐俯首。势力直达荆楚地，莫不顺服来相投。个个唯唯又诺诺，人人服贴尊鲁侯。

天赐鲁公大吉祥，高龄长寿保鲁邦。收回国土常和许，恢复周公旧封疆。鲁侯举办喜庆宴，贤妻良母受颂扬。

大夫诸臣尽和睦，国家始能保兴旺。屡蒙上苍降福禄，鬓发变黄新齿长。徂徕山上千松栽，新甫岭头万棵柏。

砍下树木又劈开，锯成长短栋梁材。松树屋椽粗又大，宫殿高敞好气派，新庙和它紧相挨。颂歌一曲奚斯唱。

长篇巨制有文彩，人人赞他好诗才。

商 颂

那

【原文】

猗与那与①，置我鞉鼓②。奏鼓简简③，衎我烈祖④。汤孙奏假⑤，绥我思成⑥。

鞉鼓渊渊⑦，嘒嘒管声⑧。既和且平⑨，依我磬声⑩。於赫汤孙⑪，穆穆厥声⑫。

庸鼓有斁⑬，万舞有奕⑭。我有嘉客⑮，亦不夷怿⑯。自古在昔⑰，先民有作⑱。

温恭朝夕⑲，执事有恪⑳。顾予烝尝㉑，汤孙之将㉒。

【注释】

①猗（yī）与（yú）那（nuó）与：多么美好多么丰富啊。猗：美盛。与：语气词，表示赞美，相当于“啊”。那：多，丰富。②置我鞉（táo）鼓：堂上树起了我的摇鼓和大鼓。置：树起，树立。鞉：摇鼓，持柄摇动，两耳撞击鼓面发声。③奏鼓简简：击鼓咚咚。奏：演奏，敲击。简简：谐和洪大的鼓声。④衎（kàn）我烈祖：使我

列祖列宗高兴快乐。衎：使欢乐。烈：通“列”，历代的。⑤汤孙奏假：商汤的后代宋国国君虔诚祈祷。汤孙：商汤的后代，这里指宋国国君。武王灭商后，将纣王的庶兄微子启封于宋国。奏假：虔诚向神灵祈祷，请神降临。⑥绥（suí）我思成：保佑我安享太平。绥：安抚，保佑。思：助词，无实义。成：太平，和平。⑦鞉鼓渊渊：摇鼓大鼓响亮而有节奏。渊渊：鼓声。⑧嘒（huì）嘒管声：箫管齐奏和谐悦耳。嘒嘒：管乐声和谐的样子。管：古代的一种竹制吹奏乐器，类似现在的笛子。⑨既和且平：乐曲和谐而平缓。既……且：表示两种状态并存。⑩依我磬声：和着我的磬声。依：依从，和（hè）。⑪於赫汤孙：啊！显赫的商汤的后代宋君。於：叹词，表示赞美，相当于“啊”。赫：显盛，显赫。⑫穆穆厥声：他的乐曲多么和美动听。穆穆：和美的样子。厥：其，他的。声，乐声，乐曲。⑬庸鼓有斁（yì）：洪钟大鼓洪亮辉煌。庸：通“镛”，大钟。有：助词，放在形容词之前。斁：通“绎”，盛大。⑭万舞有奕：大型祭祀舞蹈宏伟壮观。万舞：周代的一种大型舞蹈，分文武两部分。文舞表演者手持鸟羽和乐器，武舞表演者手持兵器。奕：盛大。⑮我有嘉客：我有前来助祭的嘉宾。⑯亦不（pī）夷怿：大家都十分高兴。不：通“丕”，大，甚。夷：喜悦。⑰自古在昔：从古代开始。在昔：从前，过去。⑱先民有作：圣贤们就有所作为。先民：指古代贤人。⑲温恭朝夕：从早到晚谦和恭敬。温恭：温和恭敬。⑳执事有恪（kè）：勤于政事严肃认真。执事：从事工作。恪：恭敬的样子。㉑顾予烝尝：请神灵光顾我的祭祀典礼。顾：光顾，光临。烝：冬天祭祀。尝：秋天祭祀。㉒汤孙之将：商汤的后代宋国国君竭诚奉献。之：助词，且于主语与谓语之间，取消句子独立性。将：奉献，进献。

【译文】

多盛大啊多繁富，堂上摇鼓架起来。击鼓咚咚响不停，以此娱乐我先祖。襄公祭祀祈神明，赐我顺利拓疆土。

鼓声咚咚多激越，竹管嘹亮吹新声。曲调协谐音和平，依看馨声来演奏。

商汤显赫宋襄公，他的乐队真动听。

铿锵洪亮钟鼓鸣，洋洋万舞场面盛。助祭嘉宾都光临，无不欢乐喜盈盈。遥远古代先民们，先民行止有法度。

态度温文又恭敬，管理祭祀需虔诚。敬请祖先纳祭品，商汤子孙天佑助！

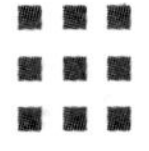

烈祖

【原文】

嗟嗟烈祖[①]，有秩斯祜[②]。申锡无疆[③]，及尔斯所[④]。既载清酤[⑤]，赉我思成[⑥]。

亦有和羹[⑦]，既戒既平[⑧]。鬷假无言[⑨]，时靡有争[⑩]。绥我眉寿，黄耇无疆[⑪]。

约軧错衡[⑫]，八鸾鸧鸧[⑬]。以假以享[⑭]，我受命溥将[⑮]。自天降康[⑯]，丰年穰穰[⑰]。

来假来飨[⑱]，降福无疆。顾予烝尝[⑲]，汤孙之将[⑳]。

【注释】

①嗟嗟：表示赞美的叹词。②秩：聚积。一说：大。斯：这。祜：福。③申锡：重重的赏赐。无疆：没有穷尽。④及：来到。斯所：这个地方。⑤载：陈设，准备好了。清酤（gū）：清酒，一种祭祀专用的美酒。酤：酒。⑥赉（lài）：赐予，赠送。思成：思想上所要的成功。⑦和羹：调制好了浓汤。⑧戒：准备，具备。平：全面完成。⑨鬷假（zòu gé）：“鬷”通“奏”，即“奏假”。指奏升堂之乐。无言：肃静。⑩时靡有争：这时静得没有一点声响。⑪黄耇（gǒu）无疆：永远长寿。黄耇：长寿。⑫约：用大红色绳子或皮革缠束。軧（qí）：车毂两头伸出车轮外面的部分。周代贵族的车子用朱革缠束车軧作装饰。错：镶嵌或绘绣花纹。衡：车辕前面用来驾马的横木。⑬鸾：通“銮”，车衡上的铃铛。鸧鸧：鸾铃声。⑭假：通“格”，（宋君）来到。享：致祭。⑮溥将：广大而长久。⑯降康：赐下安康。⑰穰穰：庄稼收获众多的样子。⑱飨：祖先来到宗庙享受祭祀。⑲顾予烝尝：光临我们这里享受祭祀。⑳将：奉献。

【译文】

赞叹先祖多荣光！齐天洪福不断降。无穷无尽重重赏，恩泽遍及宋封疆。供上

清酒祭先祖，赐我太平长安康。

还有调匀美味汤，五味平正阵阵香。心中默默暗祷告，执事肃穆无争嚷。

赐我长命寿百年，满头黄发福无疆。

彩绘车衡皮缠毂，八个鸾铃响叮当。宋君赴庙来致祭，戌受天命广又长。安定康乐自天降，五谷丰登粮满仓。

先祖降临来受飨，赐我福份大无量。秋冬致祭请赏光，汤孙奉献情意长。

玄 鸟

【原文】

天命玄鸟①，降而生商②，宅殷土芒芒③。古帝命武汤④，正域彼四方⑤。

方命厥后⑥，奄有九有⑦。商之先后，受命不殆⑧，在武丁孙子⑨。武丁孙子，武王靡不胜⑩。

龙旂十乘⑪，大糦是承⑫。邦畿千里⑬，维民所止⑭，肇域彼四海⑮。

四海来假⑯，来假祁祁⑰。景员维河⑱。殷受命咸宜⑲，百禄是何⑳。

【注释】

①玄鸟：燕子。燕色黑，故名玄鸟。②商：指契（xiè），契是商的始祖，故称商。传说有娀氏女简狄吞玄鸟卵而生契，而建国于商（今河南商丘）。③宅：居住。殷土：即“商地”。商王盘庚迁于殷，故商又称殷。芒芒：同“茫茫”，广大貌。④古:先前。帝：上帝，天帝。武汤：即成汤，因有武功，故称武汤。⑤正：“征”之古字。域：封疆，拥有土地。⑥方：借为“旁”，遍。后：君主，指四方诸侯。⑦九有：九州。⑧殆：通“怠”。⑨武丁：汤九代孙盘庚之弟小乙之子，在位五十九年，使殷商中兴。⑩武王：即成汤。此指武王功业。⑪旂：绘龙形之旗。⑫糦：同“饎”，米粮：指祭祀酒食。大糦：指代大祭祀。⑬邦畿：王都及周围地区。⑭止：居。⑮肇：发语词。⑯假：通“格”，至：指朝见。⑰祁祁：众多貌。⑱景：山名，在商的都城亳（bó），三面环水。员：“圆”之借字，四周之意。⑲咸：皆。⑳禄：福。何：通“荷”（hè），承受。

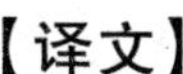

【译文】

上天命令神燕降，降而生契始建商，住在殷土多宽广。当初上帝命成汤，治理天下管四方。

广施号令为君王，九州尽入商封疆。殷商先君受天命，国运长久安无恙，全靠武丁是贤王。后裔武丁是贤王，成汤大业他承当。

十辆马车插龙旗，满载酒食来祭享。领土千里真辽阔，人民定居这地方，四海之内是封疆。

四方夷狄来朝见，络绎不绝各争先。景山四周黄河绕，殷商受命治国邦，承天之福永呈祥。

长发

【原文】

浚哲维商[1]，长发其祥[2]。洪水芒芒[3]，禹敷下土方[4]。外大国是疆[5]，幅陨既长[6]。有娀方将[7]，帝立子生商[8]。

玄王桓拨[9]，受小国是达[10]，受大国是达。率履不越[11]，遂视既发[12]。相土烈烈[13]，海外有截[14]。

帝命不违[15]，至于汤齐[16]。汤降不迟[17]，圣敬日跻[18]。昭假迟迟[19]，上帝是祗[20]，帝命式于九围[21]。

受小球大球[22]，为下国缀旒[23]，何天之休[24]。不竞不絿[25]，不刚不柔[26]。敷政优优[27]，百禄是遒[28]。

受小共大共[29]，为下国骏厖[30]。何天之龙[31]，敷奏其勇[32]。不震不动[33]，不戁不竦[34]，百禄是总[35]。

武王载旆[36]，有虔秉钺[37]。如火烈烈[38]，则莫我敢曷[39]。苞有三蘖[40]，莫遂莫达[41]。九有有截[42]，韦顾既伐[43]，昆吾夏桀[44]。

昔在中叶[45]，有震且业[46]。允也天子[47]，降予卿士[48]。实维阿衡[49]，实左右商王[50]。

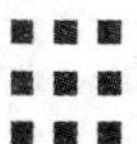

【注释】

①濬哲维商：商族的始祖契睿智明哲。濬：通“睿”，睿智，明智。哲：明哲，明智。维：语气词，加强判断语气。商：商族，这里指商族的始祖契。②长发其祥：在很久之前就体现出了那受命的祥兆。长：久。发：出现，体现出。其：那。祥：吉兆，指建立王朝的征兆。③洪水芒芒：古时候洪水泛滥一片汪洋。芒芒：同“茫茫”，水势浩大的样子。④禹敷下土方：大禹治理水患安定天下四方。禹：大禹。敷：治理。下土：天下，人间。方：四方。⑤外大国是疆：宾语前置，即“疆外大国”，将疆界划到王畿之外的各部族。外：王畿以外的地方。大国：大的部族。是：代词，放在动词之前，复指前置宾语。疆：划定疆界。⑥幅陨（yuán）既长（zhǎng）：领土的宽度和周边都变长了（疆域大大拓宽了）。幅：幅度，宽度。陨：通“员”，周边，周围。既：都。长：增加，变长。⑦有娀（sōng）方将：有娀氏之女简狄正当青春年华。有娀：古部族名，传说有娀氏女简狄在洗澡时吞下了燕子掉下的一枚蛋而怀孕，生了商族的始祖契。方：正，正当。将：强壮。⑧帝立子生商：上帝要培育儿子，就让她生下了契。帝：上帝。立：建立，培育。以上两句讲契是上帝之子。⑨玄王桓拨：契威武而刚强。玄王：契，因他是简狄吞玄鸟（燕）蛋而生，故称为玄王。桓：威武。拨：刚强。⑩受小国是达：接受小国能治理有方。是：于是，乃。达：通达。治理有方。⑪率履不越：遵循法度从不越轨。率：遵循。履：通“礼”，古代社会的等级制度及与之相适应的礼节仪式。⑫遂视既发：到各处视察民情，有利于民的措施全都实施。遂：普遍。视：视察，考察。即：尽，都。发：实行。⑬相土烈烈：其孙相土雄姿英发。相土：契之孙，商汤的十一世祖。烈烈：威武的样子。⑭海外有截：四方都来归顺，天下整齐划一。海外：四海之外，泛指天下四方。有：助词，放在形容词之前。截：整齐一致。⑮帝命不违：天命长在。违：离开，离去。⑯至于汤齐：到了商汤时机终于成熟了，天命归于商汤。汤：商汤，成汤，商王朝的建立者。齐：通“济”，成。⑰汤降不迟：商汤应运而生。降：降生。不迟：不迟延，指适逢其时。⑱圣敬日跻（jī）：明智谨慎的品质每天都在提高。圣：通达事理，明智。敬：谨慎，严肃。跻：上升，提高。⑲昭假迟迟：他久久地向神灵祈祷。昭假：虔诚地向神灵祈祷。迟迟：长久的样子。⑳上帝是祗（zhī）：宾语前置，即“祗上帝”，敬畏上帝。祗：敬，敬畏。㉑帝命式于九围：上

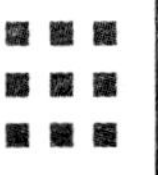

帝命他作天下的榜样。式：法，执法。九围：九州，天下。㉒受小球大球：他颁赐大大小小的珠玉。受：通“授”，授予，赏赐。球：圆玉，珠玉。㉓为下国缀旒(liú)：作为诸侯国的国君冠冕上的玉串。为：作为。下国：诸侯国，这里指诸侯。缀：连缀，串起来。旒：古代王侯冠冕前后悬垂的玉串。以上两句讲商汤分封各诸侯。㉔何天之休：蒙受上天赐予的美名。何：承受，蒙受。休：假借，庇荫。㉕不竞不絿（qiú）：不争强。不急躁。竞：争，争强好胜。絿：急躁。㉖不刚不柔：不强横，也不软弱。㉗敷政优优：执行政令宽和仁厚。敷：布，施。优优：宽和的样子。㉘百禄是遒（qiú）：宾语前置，即“遒百禄”，聚集了无数的福庆。禄：福。遒：聚集，收聚。㉙受大共（gǒng）小共：颁赐大大小小的玉。共：象征权力的玉。㉚为下国骏厖（máng）：作为诸侯国国君的传国之宝。骏厖：重宝，传国之宝。㉛何天之龙：蒙受上天的恩宠。龙：同“宠”，恩宠。㉜敷奏其勇：施展他的勇力。敷奏：施展，展示。㉝不震不动：不震惊，不动摇。㉞不戁（nǎn）不竦（sǒng）：不恐惧，不慌张。戁：恐惧。竦：惊惧。㉟总：汇集，汇聚。㊱武王载旆（pèi）：商汤将旗帜插上战车。武王：指商汤。载：（用车）装载。旆：旗帜。㊲有虔秉钺（yuè）：手持巨斧威风凛凛。有：助词，放在形容词前。虔：威武的样子。秉：拿，持。钺：古代一种兵器，形似大斧。㊳如火烈烈：如同熊熊的火焰。烈烈：火势猛的样子。㊴则莫我敢曷：于是没有人敢阻挡我。则：乃，于是。莫我敢曷：宾语前置，即“莫敢曷我”。莫：没有人。曷：通“遏”，阻挡，阻拦。㊵苞有三蘖（niè）：枯朽的树根上长出三根枝芽。苞：树根。蘖：树木倒下或砍去后新生的枝芽。树根比喻夏桀，三蘖比喻夏桀的三个盟国。㊶莫遂莫达：绝不能让它滋生壮大。莫：不，不能。遂：顺利地生长。达：（幼苗）长出。㊷九有有截：天下归为一统。㊸韦顾既伐：韦国和顾国都已攻灭。韦：豕韦，夏的同盟部落。顾：夏的同盟部落。韦、顾均为汤所灭。既：都。伐：讨伐，攻灭。㊹昆吾夏桀：昆吾、夏桀也一并剪除。昆吾：夏的同盟部落，为汤所灭。夏桀：夏朝的末代君主，历史上有名的暴君。㊺昔在中叶：当初商汤在位的中期。中叶：中期，指商汤在位中期。㊻有震且业：有震荡，也有危险。业：危险。㊼允也天子：多么诚信啊，天子商汤。允：诚信。㊽降于卿士：上天降予贤臣总管朝政。卿士：总管朝政的大臣，相当于后来的宰相。㊾实维阿(ē)衡：这就是伊尹。实：通“寔”，是，这。维：语气词，加强判断语气。阿衡：殷人称总管朝政的大臣为阿衡，这里指贤臣伊尹。㊿实左右商王：他辅佐商王商汤。左右：辅佐。

【译文】

商朝世世有明王，上天常常示吉祥。远古洪水白茫茫，大禹治水定四方。扩大夏朝拓封疆，幅员从此宽又广。有娀氏国也兴旺，简狄为妃生玄王。

商契威武又英明，受封小国令能行，受封大国能行令。遵循礼制不越轨，遍加视察促实行。契孙相土真威武，海外诸侯齐听命。

上帝之命不违抗，代代奉行至成汤。汤王降生正当时，明哲圣德日增进。虔诚祈祷久不息，无限崇敬尊上苍，帝命九州齐效汤。

接受上天大小法，表率诸侯作典范，蒙天之赐美名传。不相争来不急躁，不强硬也不柔软，施行政令很宽和，百样福禄集如山。

接受上天大小法，各国诸侯受庇蒙，蒙天赐与我恩宠。大施神威奏战功，不震惊也不摇动，不胆怯也不惶恐，百样福禄都聚拢。

汤王出兵伐夏后，锋利大斧拿在手，好比烈火熊熊燃，谁敢阻挡和我斗。一棵树干三个杈，没有一株枝叶稠。征服九州成一统，诛韦灭顾扫敌寇，昆吾夏桀也不留。

从前中期国兴旺，威力强大震四方，汤为天子诚又信，卿士贤明自天降。贤明卿士是伊尹，是他辅佐商汤王。

殷 武

【原文】

挞彼殷武[①]，奋伐荆楚[②]。罙入其阻[③]，裒荆之旅[④]。有截其所[⑤]，汤孙之绪[⑥]。

维女荆楚[⑦]，居国南乡[⑧]。昔有成汤，自彼氐羌[⑨]，莫敢不来享[⑩]，莫敢不来王[⑪]。曰商是常[⑫]。

天命多辟[⑬]，设都于禹之绩[⑭]。岁事来辟[⑮]，勿予祸适[⑯]，稼穑匪解[⑰]。

天命降监[⑱]，下民有严[⑲]。不僭不滥[⑳]，不敢怠遑[㉑]。命于下国[㉒]，

封建厥福[23]。

商邑翼翼[24]，四方之极[25]。赫赫厥声[26]，濯濯厥灵[27]。寿考且宁，以保我后生[28]。

陟彼景山[29]，松柏丸丸[30]。是断是迁[31]，方斫是虔[32]。松桷有梴[33]，旅楹有闲[34]，寝成孔安[35]。

【注释】

①挞：威武勇猛的样子。殷武：殷王武丁。②奋：振奋，奋发。荆楚：楚国。楚国最早的疆域大约是古荆州地区，故名荆楚。③罙（mí）：即“深”。阻：险阻。④裒：俘获。旅：士兵。⑤截：斩获。其所：他们那地方。指楚地。⑥汤孙：商汤的后代武丁。绪：功业。⑦女：汝，你。⑧居国：国家建立在。南乡：南方。⑨自彼：从那（遥远的）。氐羌：古代在西方的两个少数民族。⑩来享：来奉献，进贡。⑪王：尊奉殷武为王。⑫曰商是常：都说商是他们的君主。⑬多辟：诸侯。辟：国君。⑭设都：建立国都。禹之迹：禹迹。大禹治水，足迹踏遍九州，故称九州为禹迹。⑮岁事：每年的朝见。来辟：前来的诸侯。⑯勿予祸适：不会给予谴责或是惩罚。祸：灾祸。适：通“谪”，惩罚。⑰稼穑：农业。匪解：不要懈怠。解：通“懈”。⑱天命降监：上帝命令到下面来监察。⑲下民：世间的百姓。有严：要严肃恭敬。⑳僭（jiàn）：超越身份，使用和身份不相配的礼仪。滥：胡作非为。㉑怠：松懈。遑：空闲，闲暇，磨洋工。㉒下国：诸侯各国。㉓封建：封侯建国。福：通“副”，副佐。㉔商邑：商朝的京都，商朝的城市。翼翼：繁荣昌盛的样子。㉕极：准则，样板。㉖赫赫：显著。声：名声，声誉。㉗濯濯：光大。灵：神灵。㉘后生：后人，后代。㉙陟：登上。景山：大山。㉚丸丸：高大挺直的样子。㉛断：砍伐。迁：搬迁，移栽。㉜斫（zhuó）：用斧子砍。虔：杀，削。㉝桷（jué）：方形的椽子。梴（chān）：木材长的样子。㉞旅：众多。楹：厅堂的前柱，柱子。闲：粗大的样子。㉟寝：宗庙。指为殷武新建的庙。孔安：非常舒服宽敞。

【译文】

殷商大军疾如风，讨伐楚国真奋勇。长驱深入险阻地，大败楚军擒敌众，所到之处皆报捷，汤王子孙赫赫功。

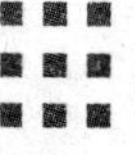

荆楚之邦听端详，你们住中国南方。昔我远祖号成汤，即使遥远如氐羌，谁敢不来献宝藏，谁敢不来朝汤王，都说服从我殷商。

天子下令诸侯听，禹治水处建都城。年终祭祀来朝见，不给你们加罪名，但莫松懈误农耕。

天子下令去视察，下民肃敬实可嘉。不敢妄为违礼法，不敢松劲又拖拉。天子下令达绪侯，努力兴建福禄广。

商都繁华又整齐，好给四方作标准。他有赫赫好名声，光焰灿灿显威灵。他既长寿又安宁，保我子孙常昌盛。

登上高高景山巅，苍松翠柏参云天。弄断松柏搬回去，又砍又削把屋建。松树椽子长又大，根根柱子粗而圆，寝庙建成神灵安。

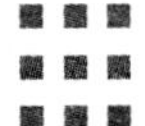